王火 92 岁时（2016 年）摄于成都大石西路 36 号家中（张文艺摄）

　　1997年10月第34届国际作家会议在贝尔格莱德举行，中、美、英、法、俄、日等25国400多位作家出席，王火率团与会担任开幕式执行主席并讲话。

1997年10月率团访问捷克时在布拉格卡夫卡故居

年轻时曾做剑桥梦，75岁时我们这对同龄夫妻两次到英国剑桥游览。

在法国巴黎雨果故居门前

八次全国作代会上与铁凝同志交谈

与老友汪灏、复旦大学校友余其敏合影。

第九卷

西窗烛　带露摘花

# 王火文集

四川文艺出版社

**图书在版编目（CIP）数据**

王火文集. 第九卷，西窗烛　带露摘花 / 王火著. —成都：
四川文艺出版社，2017.4
　　ISBN 978-7-5411-4631-2

　Ⅰ. ①王… Ⅱ. ①王… Ⅲ. ①中国文学－当代文学－作品
综合集②散文集－中国－当代③序跋－作品集－中国－当代
Ⅳ. ①I217.2

中国版本图书馆 CIP 数据核字（2017）第 067491 号

王火文集 ｜ 第九卷

XICHUANG ZHU　DAILU ZHAIHUA

# 西窗烛　带露摘花

王　火　著

责任编辑　余　岚
编辑统筹　周　轶　彭　炜
封面设计　叶　茂
版式设计　史小燕
责任校对　陈茂兴
责任印制　唐　茵等

出版发行　四川文艺出版社（成都市槐树街 2 号）
网　　址　www.scwys.com
电　　话　028-86259287（发行部）　　028-86259303（编辑部）
传　　真　028-86259306

邮购地址　成都市槐树街 2 号四川文艺出版社邮购部　610031
排　　版　四川胜翔数码印务设计有限公司
印　　刷　成都东江印务有限公司
成品尺寸　149mm×210mm　1/32
印　　张　15.75　　　　　　　　　　　字　　数　410 千
版　　次　2017 年 6 月第一版　　　　　印　　次　2017 年 6 月第一次印刷
书　　号　ISBN 978-7-5411-4631-2
定　　价　128.00 元

# 目　录

## 王火散文随笔集

【创作感受】

**王火序跋集**

西窗烛

# 蜀王行宫和花蕊夫人

　　到成都定居多年了，却还不知道在成都北面什邡县（现什邡市）龙居山麓有个龙居寺，五代十国时是花蕊夫人陪皇帝避暑的"消夏行宫"。据说那儿远离尘嚣，林木葱茏，云横雾绕，下雨时烟霭迷蒙，一片清幽，是个不可多得的凉爽好去处。

　　向来成了习惯，每到一处游玩，总要先查查来由，掌握背景材料。花蕊夫人名声极大，但却有两个，都是五代十国时蜀主的爱妃。

　　第一个是五代前蜀主王建的妃子。姓徐，称小徐妃，又号花蕊夫人（约883－926），生后主王衍，封顺圣太后。她交结佞臣，专权受贿，后来被后唐庄宗所杀。王建建都成都，蜀地富庶，留心政事，人民稍得休息。王建优礼中原士人。蜀与南唐当时的中国文化最昌盛发达，作诗填词的文人特多。小徐妃也擅长填词，她所作宫词，写前蜀宣华宫游乐故事，世称《花蕊夫人宫词》，其中可确定是她所作的大约有九十余首。第二个是五代后蜀主孟昶的爱妃，姓费，一说姓徐，我想也许是同王建的小徐妃混淆了的原因吧。籍贯是青城（今四川灌县西），也号花蕊夫人（约940－966），美慧多才，封慧妃。孟昶降宋后，后蜀灭亡，她被掳入宋宫，为宋太祖所宠。据说她也擅诗文，被掳后宋太祖曾命她作诗。她慨然伤感地吟七绝一首："君王城上竖降旗，妾在深宫那得知。十四万人齐解甲，更无一个是男儿。"宋太祖见她出自真情，不以为忤，反更宠爱，但她终于抑悒而死。

我问同行的起凤："你喜欢哪一个花蕊夫人？"

她毫不犹豫，说："当然是后一个！"

向人打听了一下，龙居寺的这个花蕊夫人，果然是后蜀孟昶的慧妃，明代史学家曹学佺著的《蜀中名胜记》上说："龙居山在什邡县，有等兹院（即龙居寺），飞瀑千尺，虚亭屹然，桥横路转，高柏拥翠。""龙居寺，隋建，旁有神龙潭，其右为蜀王孟知祥（孟昶之父）墓也。孟昶携花蕊夫人至寺避暑……"这倒使我和起凤增加了不少兴趣。因为"君王城上竖降旗……"那首七绝的故事，早已脍炙人口，谁都会同情这位身遭亡国之痛心怀哀怨与愤激的才女，要去有这位花蕊夫人遗迹的地方，我们岂能不满心充溢怀古之情！

由成都经新都、广汉到什邡，不过五十多公里。再由什邡向西北到龙居山，二十多公里。路不好，车子颠簸，走得很慢。到龙居山前，已是下午，只见远处高山连着高山，渺渺茫茫，青青绿绿；近处茂林修竹，崖壑增幽，峰岭苍翠，起伏绵亘，像浪涌波迭的绿色海洋。不多久，车子开到了龙居山麓的龙居寺前，这个隋朝大业年间始建，后经历代续修的巨大古寺庙建筑，顿时随着树上一片响亮刺耳的蝉声展现在眼前。

如今庙门里边两旁都是小卖部，使人马上感到一种改革开放经营搞活的味儿。一边卖些旅游纪念品之类的杂物，琳琅满目；一边摆着许多冷饮、食品之类的货架，花花绿绿。一个三十岁光景拍彩照的摄影个体户，挎着照相机，摆着个摊点，陈列着五颜六色的古代服装供游客穿上后拍照留念，热情地带点狡猾地招徕生意。他笑着招呼起凤："要不要穿上花蕊夫人的贵妃服拍一张？"起凤看看那些皱而脏的古装，笑着摇头，对我说："到我这年岁，已经不想做冒牌货了！"殿内现在供的是高大的花蕊夫人彩塑坐像。美丽的花蕊夫人居中，宫女侍候左右，似是一幅花蕊夫人吟咏图。殿前有林荫小院，古木森森。观音殿前有石刻浮雕人物图像，四角镌有蝙蝠图像，殿内殿外有镂雕飞龙抱柱，据说都是能工巧匠花了多年时间雕成的。

游人不多，我同起凤慢慢逛着欣赏，观音殿左侧是燃灯殿，右侧是客堂，如今成了"蜀王消夏行宫"的餐厅。本以为这餐厅供应的是素餐，没想到这里可以供应成桌的酒席，鱼肉鸡鸭荤腥俱全。起凤笑了，说："来之前你怕寺庙里吃素，如今可便宜你这俗人了！"我也笑，虽是暑天，荤腥我可还是爱吃的！

沿着石阶走向大佛殿。大佛殿厅堂轩敞，画栋雕梁，飞翠流丹，两侧是钟鼓楼，可惜空空如也，但石栏板雕着许多人物画面，造型各异，生动有趣，讲的似是佛家故事。大佛殿建筑独特，气象宏深，平面是"田"字形，但殿内没有菩萨，供的是一组后蜀主孟昶和大臣们的彩绘贴金的塑像，花蕊夫人则在孟昶座前作婀娜的舞姿。孟昶和大臣的造型绝妙，衣着、姿态、面貌、表情各具特色。居中坐的孟昶面目清秀蓄黑须。两侧站立的侍臣，有中书侍郎同平章事（相当于宰相）毋昭裔，这是个五代蜀中对文化发展有巨大贡献的人物；有博学多才的翰林学士韩保升，曾编注《本草图经》，史家称为《蜀本草》；有卫尉少卿、五代著名诗人赵崇祚，曾编有《花间集》一书传世；有悍勇的武将、太师中书令赵廷隐，曾败唐师于剑门，破石敬瑭军立过大功。

起凤又说幽默话了："这些文武大臣，当时站得不够，如今死了上千年，仍让他们站着，累不累？"

逛完大佛殿，我却在思索：偌大一个保存得如此完整的古寺庙，竟真的没有一个菩萨，也没有一个和尚！真的，一个也没有！原来，这个建筑巍然、风光旖旎的古寺庙，"文革"中所有佛像和菩萨全部被砸烂打光，和尚也早四散了，现在虽是在"旧皮囊装新酒"，企图恢复为一个旅游景点，但性质已经变了，是县里的文化部门在经管，观音殿里供的不是观音而是花蕊夫人，大佛殿里供的不是如来佛而是后蜀孟昶君臣。这寺庙虽然仍叫作"龙居寺"，实际已是古代"蜀王消夏行宫"了！

好大的蜀王避暑行宫哟！石阶高高低低，曲曲折折。山势和树丛遮住阳光，阴凉得很。佛殿两旁，有东西两个花园舒适幽雅，颇有江南亭园乐趣，可供游人憩歇。听得见蜂蝇小虫翅翼振动，看得见黄白的蝴蝶飞来飞去，闻得到空气里满满的花香与草香。我怀着满意的心情问起凤："来这儿消夏不错吧？"她点头笑答："可是我疲劳了，是不是找个住处落脚休息一下再慢慢欣赏？"

服务人员热情地将我们安置在后院厢房。这是一个幽雅精美的小四合院，种着花草，有一种紫色的花特别悦目。一间间精美木雕门窗的居室，古色古香，又有现代化的设备：席梦思床垫，活动式台灯，珍珠罗蚊帐……一个穿新潮运动衫裤的女服务员，十八九岁的姑娘，活泼健康，给我们提来一瓶开水，自豪地说："这房间，两位十六元，满意不？"确实不贵，我忙说："可以可以！"

天渐近傍晚，我们先去餐厅吃晚饭，那回锅肉色香味俱佳，卤鸭也好，喝的饮料是当地产的中国四川斯比泰饮料食品公司出品的纯天然饮料"天下秀豆奶"，是中国、新加坡合资的产品，八角一瓶，不甜不淡，清香爽口。趁着天色尚明亮，我们饱餐一顿后继续游览，却出乎意料地发现有几个农民模样的善男信女正在大佛殿前叩头烧香。殿前烧残的香烛不少，说明糊糊涂涂来跪拜的人不少，先前我们未注意这一点。看到他们叩头的那股虔诚劲儿，起凤不禁咯咯笑了，悄声附耳对我说："看呀！他们把孟昶当菩萨了！滑稽不？"

我却笑不出来，说："是呀！无知的人给他们一个偶像，不问是什么偶像，他们都会下跪求他保佑！真糟！"

"其实，孟昶是个亡国的昏君，何必给他塑像？塑了像就会害得无知的人去拜他！"

我说："孟昶开头还是不错的。继位时才十六岁，惩治了朝中骄横跋扈的元老，仿效唐太宗'忠言纳谏，择人而任'，选贤任能，惩治污吏，了解民情，重视农业，繁荣了巴蜀经济，使后蜀被史家称颂为'五代十国混乱中的一片绿洲'，不失为一位明主。可惜后来却亲佞臣、近宵小、腐化奢侈，甚至溺壶也用珍宝装饰。宋师入蜀，不攻自破，成了阶下囚，不久暴卒。后蜀仅仅二世。可见做一个好皇帝并不容易，善始者每每也不能善终。"

我这是在乱发感慨起怀古之幽思了。这时，接过来回答起凤的问题说："你说何必给孟昶塑像！这空空的大佛殿，菩萨早已遭劫粉碎，如要恢复，成本浩大。这里本是蜀王消夏行宫，文化部门放上花蕊夫人和孟昶君臣的彩塑，成本便宜，倒也颇有特色。"

起凤摇头，说："寺院的兴复、香火的繁盛，标志着生活安定，民间有了余裕。佛教的影响在民间、在海外都不可低估，这里如果是个有菩萨的古代著名寺庙，国内外朝山进香的信徒一定蜂拥而来。"

我说："人们对旅游的要求越来越高了。生财之道学问无穷。新都宝光寺，在宝光禅院对面照壁墙上有个大红'福'字，搞了个摸'福'游戏，游客到那里，都愿闭上眼朝前走用手去摸'福'字，摸到者说是有福气，并非迷信而是嘻嘻哈哈乐一乐。蒲江县朝阳湖里，有块'风动石'，人去用力推它，晃动却不会掉下去，也吸引不少游客。苏州寒山寺，凭那只大钟的钟声，吸引大批日本客人每年除夕去守夜听钟。北京天坛回音壁，中外游客更是流连赞叹。"

就在我们住的厢房后，有一株擎天的大银杏树，高有五丈以上，树冠如盖，绿荫蔽日，树身分成数根，大得难以一人合抱，枝干虬根蟠结，风姿独特，比我在山东曲阜孔府看到的古银杏树还要巨大古老。这树传说是花蕊夫人手植，距今一千多年。看到这么一株古树，顿时使我想到北京景山下那棵崇祯皇帝自缢的古槐了！那古槐游人都要看一看，这棵罕见的古银杏树却在此寂寞冷落于龙居山麓。其实，它是会使游客惊叹、凭吊并引起许多对史事的怀想与咏叹的！

临走时我和起凤在古树前合影留念，并不是仅仅为了树的巨大古老，实际是想念起花蕊夫人那首名诗中的愤激之情……

（本文刊于 1994 年秋《散文》）

# 大足石刻的奇光异彩

—— "千年之游" 日记两篇

## 2000 年 11 月 14 日　星期二　阴有小雨

应邀参加 "千年之游——全国著名作家大足笔会" 抵达重庆。

昨晚，重庆市委常委、宣传部部长邢元敏在雾都宾馆盛宴招待参加笔会的作家。她风度翩翩，介绍重庆建设发展情况如数家珍，她笑着说："到重庆不看大足石刻不算到过重庆……" 她祝大家旅途愉快。宴会后，罗中福、舒婷、黄济人、王群生等同志先后来看我。罗中福是重庆市作协党组书记，虽是初识，但很热情。舒婷的诗我一直喜欢，见面还是第一次。济人是位忙人，他是重庆作协主席，与余德庄等筹办了此次笔会。回想十八年前，我与他相识于西安电影制片厂，曾一同畅游华清池，并爬到骊山老母庙。五次文代会在北京召开时，同住一室谈得也很知心。群生早年我与他同在山东，前几年他身体不好我常挂念，见他健康状况极好，十分高兴。

今晨离渝乘车一个半小时到大足，此地在重庆市西北部，县里安排了热烈欢迎的仪式。先开大会，县委书记吕明良、副县长周放及大足石刻艺术博物馆馆长童登金讲话，高洪波和黄济人也讲话。来了不少电视台及报社的记者。重庆作家来了许多，我见到了老友梁上泉和傅天琳、赵晓铃、杜承南、邓毅、王志刚等，上泉赠新作《梦之花》一本。认识了重庆市作协秘书长蒙和平及涪陵女诗人冉冉。

改革开放以来，来旅游看大足石刻的中外客人据说已数以千万计。"大足石刻"是大足县境内全部石刻的总称，是中国晚期石窟艺术的代表作，最早的宗教石刻造像为唐永徽元年（650）所造，唐末有较大发展，五代至南宋是鼎盛期，明、清继续有建造，历时一千余年，各种人物造像达六万多尊，碑碣铭文有十几万字，分散在全县七十多处，是"包容佛、道、儒三教合一的艺术宝库"。午饭后，我们坐车先去宝顶山参观石刻。

宝顶山位于县城东北十五公里处，林木葱翠，是一处胜境，这里是南宋名僧赵风智（佛教密宗传法人）在公元1179－1249年间为弘扬佛教主持营建的一处密宗道场，倚山傍崖，以大佛湾和小佛湾为中心，四周全是石刻佛教造像。在大小佛湾之间，有宋朝时建的圣寿寺及明朝时建的万岁楼，经过重修，华丽壮观。我们跟着讲解员，讲解员专业知识丰富，能通俗扼要讲述要点，又有铿锵的声调和美好的形象。

石窟造像艺术风格多样，驱走了山的寂寞。我曾在洛阳龙门看过石窟，被它宏伟的气魄震慑，那多数是皇家宫廷所造的石窟佛龛，约三分之二的数量都是唐高宗与武则天执政时期制作完成的。这里的石窟则是地方军政官吏及绅士庶人营建的，可贵的是精心布局、数量惊人，将从印度传来的佛教艺术从内容到形式都中国化了！有多处摩崖造像令我看了难忘。

在大佛湾谷口向西，巨大的释迦涅槃卧像占据了整个七米高的东岩。卧佛长三十一米，是全国至今发现的古代卧佛中最长的。卧佛头北脚南，背东面西，佛前有诸弟子和帝王送别的石刻群像，如从地中涌出。卧佛只做半身，面部表情既非悲也非喜，而是一种禅悟之态。半身佛像卧于岩内，天地似乎更宽，形象更加宏伟，是艺术上的神来之笔。

巨大卧佛前端，有高约六米多的"九龙浴太子图"，上边凿九个龙头，下部刻释迦初生裸体像，双手合十坐在金盆内，岩上天然流水经过主龙之口常年吐水沐浴太子，龙首峥嵘，气象深幽，与相邻的释迦涅槃石刻构成生与死的组雕，十分巧妙。设计凿造者真是能工巧匠！

卧佛南侧有千手千眼观音像。千手千眼，意为法力无边，智慧无量。观音像占壁面近一百平方米，金碧辉煌。佛教造像中十手以上的观音便可称千手千眼观音。我在河北正定大佛寺见过有名的千手观音，其高大令人惊叹，但不过象征性地只有三四十只手臂。这里的石刻千手观音，竟有一千零七只手，实在令人叹为观止。千手观音多出七只手，不知何故。

另一处印象深刻的是大佛湾第十五号宋刻父母恩重经变相，造像为三层，上层有七尊巨佛半身像；中层是一组连续的石刻造像"十恩图"，表现父母辛勤养育子女的过程；下层为阿鼻地狱。我不相信轮回，相信的是现实生活中的爱心、善良、正义与正直。但这儿在佛教中提倡儒家的孝道，是一幅佛教造像中国化、生活化及引儒入佛的典型作品。据说其内容之丰富，大大超过同类题材的敦煌壁画，而作为石刻造像则独一无二。我感到人们同这些图景虽然隔了多少个世纪，却在生命深处有意味不尽的关联。孝，是不该胡乱全盘否定的，据说邓小平1986年1月来看大足石刻，看到这里时，连声说："这是中国的了！这是中国的了！"

又一处印象深刻的是大佛湾第二十号宋刻地狱变相，上部正中是地藏菩萨，左右排列端坐十殿阎王，地藏上方横列十佛，下部刻恐怖的十八层地狱。天色阴沉，这些石刻图景增强了地狱气氛，判官、狱卒等栩栩如生。营建这些场面，目的是"惩恶扬善"，从文学角度看，鬼卒及受刑者的表情、性格都生动而真切。奇怪的是鬼卒中有两个都是马面却无牛头，不知何故？

石刻无言，但其上点缀、描绘了不少神话，这些神话曾滋养过佛教信徒的心。

看这些杰出的石刻图景时想到，见到的那些精美的、庞大的石窟作品都是由于大足这块丰饶的宝地处于和平年代才得以完成的。宝顶山这儿的石刻造像，有一些只凿刻了上身而下身尚是石坯，是因为宋末蒙古军将战火烧到了四川，元代又有闻名的专制的暴政，因此停工留下了遗迹。这里没有元代的石刻，直到明、清，这里安定昌盛了，才又有一些延续。我不禁浮想联翩，想到和平昌盛之可贵，以及它与艺术的关系……

参观石刻毕，登山拾级到"圣寿禅院"，匾上四字是赵朴初题写，苍劲秀挺。陪同参观的周县长在正殿里要大家题字留念，高洪波、张雪杉两位都是诗人，擅长书法，字都龙飞凤舞，即席题诗，我草草写了"化石窟为神奇，赖艺术成瑰宝"十二字联交付差事，但这副对联确也是我的感受。

晚上在一处有残荷的湖心亭里吃鱼头火锅，席间大家谈笑风生，我左边坐的是评论、散文均出色的雷达，右边是西安的李天芳。雷达讲了一个幽默的笑话，大意是：一个官历经三朝而不倒，人问有何诀窍，他总不答，快去世时，儿孙再求教，他只说了六个字——"多叩头，少说话"。引得大家哈哈大笑。李天芳的作品我爱读，又听《当代》何启治兄曾说过她人好作品也好，因我年老不吃辣，她怕我吃不好，不断给我拈菜，使我常抱谢意。

夜凉如水，大批陪同的重庆作家都连夜赶回重庆。走得匆促，未曾话别，甚憾。夜间，在张昆华、徐康二兄房中聊天，回房又与克非兄聊天，十二点半才睡。

## 2000年11月15日　星期三　阴

北山摩崖石刻造像在县城西北两公里处的北山之巅。早上在大足宾馆吃自助餐后，九时乘车去北山。北山石刻多属中、小型龛窟，为保护石窟，修建了长廊庇护，此处石窟、石刻从晚唐到五代后蜀及宋朝均有。

印象最深的是北山石刻中的观音。多种多样，都经得起风霜，保存完好。一尊晚唐时的观音立像，头戴花冠，眉目秀美，两耳垂肩，长发披肩，双手在胸前握一枝莲花，服饰轻薄透体，线条柔和；一尊五代时的千手观音，面目慈祥，脚踩莲花，二三十只手姿态、动作各异，整个造型庄严肃穆；一尊宋朝的水月观音，身材窈窕，满身飘带，敞颈露臂，屈腿而坐，颇为潇洒；一尊数珠观音，裙带飘扬，神态妩媚腼腆，解说员说这是媚态观音……美丽的观音菩萨们似乎来到北山开会了！

更令人吃惊的是看到北山一百三十六号南宋绍兴年间的一龛石窟，十分珍贵。为加强保护，加了铁栏，平时一般不开放，今天特地为我们开了锁。里边阴气森森，我不喜欢，但造像之精美却使我赞叹！这儿真是美神集中的宝窟，有净瓶观音、日月观音、玉印观音、数珠观音、如意珠观音……均有人体的曲线和魅力，但充满神的灵气。特别引人注目的是普贤与文殊两尊石刻巨像，真是见所未见。普贤乘象侧身跏趺坐在莲台上，文静高雅，身下坐骑下的象奴粗犷英武，衬托出普贤的俊美。据说王朝闻到此，称普贤这尊石刻像为"东方维纳斯"。文殊骑狮，头戴宝冠，左手握经卷侧身坐在莲台上，面部充满智慧，莲台下的狮奴着武士装束，虬髯环眼，颇有气概。大家参观到这里，忍不住都纷纷摄影，我也站在普贤菩萨一侧留影作为纪念。来到北山，只要看到这一个石窟洞中的这些石刻精品，就不虚此行了。我站在那儿，看到这些石刻像沉默着，但又似在述说着它们的命运，不禁想：如今，它们是遇到了受保护、受重视、被喜爱的好命运了！后来，让我题字时，我由衷用毛笔写了"绝妙艺术"四字留念。

下午，高洪波、雷达、张平等三位要回北京，舒婷要回厦门，他们由黄济人、余德庄送回重庆上飞机。开这次笔会，德庄这位重庆作协副主席真忙，我到重庆也是他一大早在火车站接我，使我极为不安。走了些人，张贤亮姗姗来迟，他在重庆四川美术学院学习的儿子陪了他来。我们的参观队伍仍由热情的周县长陪同继续参观。

重庆市大足报社陈先学同志赠作品《大足石刻平话》《香如故》《余蛮子传奇》三册。认识了《重庆广播电视报·大足版》主编赵甫华，他有《赵凤智传》《蜀王与大足石刻》《大足石刻保卫战》等作品出版，并在电视片上也有成就，足见大足有丰富的创作素材，又人才济济。

集体去看南山和石门山的摩崖造像。这里均属道教摩崖造像。汉时道教在四川盛行，起初，道教崇拜的偶像来源甚广，神系杂乱。到唐宋时代神系渐渐系统化。南山距县城中心仅两公里，又名广华山，山顶有玉皇观，大树参天，郁郁葱葱，人说这里是大足书卷味最浓的石刻区，因自宋朝以来，许多文人在此吟诗作赋，至今保留着许多碑文。南山有三清古洞。道教神仙体系，据说在此俱全。这对研究道教就颇有价值了！

三清，指玉清、上清、太清，石刻像皆头戴莲瓣束发冠，穿道袍，气宇轩昂，有三绺长须。均非巨型石刻，但在大约四至六米光景的石窟中，处处造像，近五百个。虽说工艺并不精美，却构成一个道教的神仙世界，颇有文物、史料价值。

另一处石窟"后土三圣母像"，正壁刻三位圣母像，皆是后妃装饰，造像精美。出这石窟，大家热衷去看石龙窟。龙是道教尊神，此窟位于玉皇观左侧，窟内仅刻一黑黝黝的巨龙，头无角，闭嘴瞪眼，昂首跳跃欲腾空飞翔，鳞甲清晰，神形逼真。龙的后半身似匍匐隐在石中，却比全龙更加威风凛凛。见龙如此，似听见訇訇风雷声，确能引起激情。张贤亮看后题写了"盘龙欲飞"四字。

大足的冬天并不凛冽，四周绿草仍然萋萋。南山绿荫葱葱，草丛中夏天时应有不少野花开放吧？这里是可以清心养性的好地方。登石阶至一处古建筑前，上悬"南山翠屏"四字匾，系郭绍纲所写，不知郭是何许人。字写得平平稳稳，厚重而又秀丽，遂与张昆华、徐康两位好友及周县长在此合影。

离开南山，又到石门山。此处有颇具帝王仪态的玉皇大帝龛。有趣的是龛外左侧有"千里眼"及"顺风耳"两尊石像。《西游记》里有这两个小神，现在活生生站在我面前。"千里眼"左手持兵器，两眼凸出，狰狞可怕；"顺风耳"也犹如武士，手握一弯曲管状器，不知为何物。此像风化并损坏，手握的器物颇像听筒，当时想必在"听"的问题上已有某种想象。离此二石刻不远处，有一尊约二米高的独脚神像，面目丑怪，听介绍，才知这就是五通神。五通神是中国民间传说中的邪神，在我老家江南，流传着"五通"夜间出来奸淫妇女的传说，如《新搜神记》《古今图书集成》等书中也有关于"五通"的记述。民间立庙奉祀，是怕遭祸。可见恶人也会被封神、被人尊奉讨好。只是此像是独脚，一手被铁链锁住，虽一副可怜相，面部仍非常凶恶。从独脚且被锁住看，似乎不像尊奉，而是予以禁锢，不知对否？

"三皇洞"右壁已垮，仅留存中间的天皇、地皇、人皇三尊道教供奉的尊神及右壁侍立的七尊文武石雕，高度都在两米光景。若不知是石刻，看外表会误为是泥塑。其中一尊护法神将，三头六臂，气势凶猛，过目难忘。若左壁未毁，此洞石刻像颇像人间帝王金殿上朝，文武班列。

在重庆时认识了重庆市文化局副局长王川平，他分工管文物，这几年主管大足文物博物馆事务，颇多建树。他又是位诗人，赠我诗集一册。我曾问他："为什么大足石刻经历'文革'，却仍完整保存未遭破坏?"我这样问,是因为全国当时文物及古迹、名胜被破坏得十分严重。我在山东曲阜,就亲眼看见孔庙、孔府、孔林被毁的惨状,惊心动魄。他回答我:"一是因为大足县那时较偏僻,交通不便,北京的红卫兵未去;二是当地老百姓的善良和信仰,保护了石刻。"看完了石门山崖石刻,我又问陪同参观的大足县同志同样的问题,回答是:"也有点小的破坏,而且不仅'文革'中,有的农家孩子平日也不知爱惜石刻,会损坏些什么,只是'文革'中没遭大的破坏,是由于这儿当时交通不便,而且农民不少都信神,有的保护,有的怕破坏了要遭报应……"这说法同王川平的回答基本一致。我为这答案感到庆幸和欣慰,因为我爱上了大足的石刻,因为我反对披上"革命的"或披上"现代意识"的外衣毁灭文化、毁灭美的暴行和愚行。

看了宝顶山、北山、南山、石门山四处精华,大家已经满足。我觉得像看了一个石窟艺术万花筒,留下了丰富、变幻、五彩多样的印象。这使我想起了历史,想起了我们的华夏民族,想起了人类的文化、文明和智慧,也想起了政治、宗教、信仰,等等。拉回思绪,回到大足石刻上来,我觉得大足石刻是应当像现在这样成为"世界文化遗产",受到保护、爱护、重视,吸引中国人和外国人来旅游、欣赏、研究的!大足石刻将是永远辉煌的!

晚上,去一家名叫"羊的门"的餐馆吃羊肉火锅,举凡羊身上的种种可食之物全部上席,配上蔬菜,风味独特。

(本文刊于 2001 年春《东方青年》)

# 关羽神化和"关帝冢"的那些事

一

少年时代，爱读罗贯中的《三国演义》。这部名作"尊刘（备）抑曹（操）"，故事性强，文笔生动，情节精彩，刻画人物深刻。我最喜爱的英雄人物之一，就是关羽，俗称"关公"，三国时名将，蜀国"五虎上将"之首，是个传奇人物。《三国演义》上说他："姓关，名羽，字长生，后改云长，河东解人①。"又说："身长九尺，髯长二尺，面如重枣，唇若涂脂，丹凤眼，卧蚕眉，相貌堂堂，威风凛凛。"

《三国演义》是中国文学名著。晋朝人陈寿所著的史书《三国志》，系统地记载了三国时期的历史（陈寿原是蜀国人，晋灭三国后，他就成了晋朝人）。后来南朝宋人裴松之为《三国志》作的注，引证了几十种书，注文比《三国志》原书多出好几倍，包罗大量传闻逸事。与此同时，有关三国的故事也一直在民间口头流传，有的成为笔记，有的成为戏剧，宋元时代，三国故事更被许多说唱艺人采用。元杂剧中的三国戏就多达四十多种。许多戏都有演出本流传。元末明初的罗贯中，正是在史书、民间传说、话本和戏曲等的基础上结合自己的经验和体

① 河东解（县）人，今山西临猗西南人，当地人称关羽是解州常平村人。

会，再创作出《三国演义》这部长篇巨著的。罗贯中本人经历过元末农民起义，接近社会下层，同情人民疾苦，推崇忠义，敬慕名君贤相和勇将，有儒家思想。他的生平，现在所知甚少，但他的作品读者甚多，研究者也不乏其人。关羽是个比较复杂的形象，不仅武艺高强是个大英雄，作者还把他当作忠义的化身来描写。但也写了他的骄傲刚愎，最后失荆州、走麦城，结局悲惨。由于罗贯中写的关羽在忠义上形象高大，过去在百姓中影响深远。我年轻时，到过许多市县，都见到过关帝庙。不仅是关帝庙多，像上海的城隍庙，南京的夫子庙，苏州的玄妙观前，北京的东安市场等处，凡有古玩店及工艺品店聚合的地方，都可以买到红木、樟木或其他上好木材雕成的关公像，也有彩磁的或铜铸的关公像出售。大的有半人高，小的可以供在桌上，买的人不少。在社会上，许多理发店铺、商肆、酒馆、旅店大堂里，还有那些与帮会有些关系的人家，我都见到过挂着关羽画像或供着关羽雕像的场面。关羽画像一般是两种不同的画面居多。一种是关羽居中坐着，左边是捧印的关平，右边是手执青龙偃月刀的周仓；另一种是关羽独坐秉烛夜读《春秋》。有的画旁还配着对联，一种是："赤面秉赤心，骑赤兔追风，驰驱时无忘赤帝；青灯观青史，仗青龙偃月，隐微处不愧青天。"另一种是："青灯观青史，着眼在春秋二字；赤面表赤心，满腔存汉鼎三分。"这种画与对联，多数是印刷的，每到过旧历年时，与年画同售。总而言之，关羽的影响，那时是非常大的！

二

从少年时代开始，我喜欢过京剧，不但爱看，还能学着唱几段须生戏。但看京剧时，最喜欢看的是三国戏中的关公戏。关公戏又叫"红生戏"或"老爷戏"。在北京、上海、南京等地先后看过当时挂头牌的名角杨小楼、麒麟童（周信芳）、林树森、王少楼等的关公戏如《单刀赴会》《华容道》《过五关斩六将》《挂印封金》《斩颜良》《古城会》等。印象深刻的是在上海大舞台看林树森演《走麦城》时，进戏院大堂就看到高高供着关羽的画像，点燃着粗大的红烛和宝塔形的高香，烟雾缭绕。因为这是一出关羽被杀升天的戏，梨园规矩定要如此安排，使关羽被神化的气氛更浓，演关羽的名角上演这出戏时必须沐浴净手先烧香跪拜才能上台演出，十分郑重。观众进戏院看戏时，见到这种情景隆重肃穆，也会提高看戏的情绪，产生崇敬心理。

名武生杨小楼身材高大，武功扎实，他是与谭鑫培、梅兰芳、余叔岩等同台的名角，极少演红生戏。我抗战前随父亲在北京看他的戏时，他已年老，不几年就去世了，那该是抗战爆发第二年的事。麒麟童演关公我是在上海黄金大戏院看的。他擅长表演，与他配演马童的武生不断用高难动作翻筋斗，他上场亮相威风凛凛，虽然嗓子嘶哑但神态动人。王少楼比较一般，他是海派武生，常在上海共舞台主演连台机关布景的本戏，偶尔演演关公戏。我最欣赏的是林树森演关羽。他形象特好，不但个儿高大，脸谱勾画得特别威武雄壮，卧蚕眉丹凤眼的枣红脸配上绿色锦袍和闪耀着金银光彩的盔甲威严非常，唱腔高昂激越。只可惜，好像是在抗战开始前后，他在宜昌演出，天气热到江里游泳，不幸溺毙。报上登了新闻，我知道后还难过了一阵子。

京剧那时很普及，红生戏中的关公忠义形象，生动地呈现在广大观众面前，对帮助关羽神化起到了很大作用。

三

由于关羽成了"忠"与"义"的化身，加上他死后蜀国后主刘禅于景耀三年（260）追谥关羽为壮缪侯，以后不少朝代关羽都被推崇加封。例如宋徽宗崇宁三年（1104）封关羽为"崇宁真君"，明神宗万历年间（1573－1620）敕封关羽为"三界伏魔大帝神威远镇天尊关圣帝君"，清朝顺治九年(1652)敕封为"忠义神武关圣大帝",乾隆皇帝曾封关羽为"协天大帝"。这样,关羽不仅是神而且是帝。这样,关羽有生辰、死忌,是农历五月十三和九月十三(《三国演义》上第七十七回"玉泉山关公显圣　洛阳城曹操感神"上说"十月中旬"关羽与关平遇害。但《三国志·吴书·吴主传》上说是"十二月"遇害)。民间每逢这两天都有庙会,关羽在农民中也就受到普遍的颂扬,声望极高,影响也就极大。江湖上历来抬高一个"义"字,尊崇关羽在旧社会自然成了风尚。

但,新中国成立后经过一些运动,江湖帮会势力消除了,封建的许多活动清理了。经济蓬勃发展,几十年的变化,高楼大厦出现,原有的关帝庙之类大都消失了!"文革"中,又有不分青红皂白乱砸乱毁的情况。改革开放,青年人的爱好和信仰追求,起了极大变化,京剧及一些舞台剧不像当年那样普及,关羽的影响自然也随之变小。挂关公画供关公像的情况在许多年里已经消失。但近年似乎又在某些商店、餐馆和会所等处出现供关羽像的现象。例如古玩店、工艺品店有的也在出售木雕和彩瓷的关公像。我想:这也许同香港和有些东南亚国家的华侨把关羽当作财神来供奉有关。其实,旧社会时供奉的财神爷是骑黑虎的赵公明,亦称赵公元帅,是道教所奉的财神。赵公明黑面浓须,头戴铁冠,手执铁鞭,身骑黑虎,故又称"黑虎玄坛",相传姓赵名公明,秦时得道于终南山,道教尊之为"正一玄坛元帅"。传说他能驱雷役电、除瘟禳灾,主持公道,求财如意。赵公明怎么换成关羽了呢?这就弄不清楚了!

四

1999年春,我去过台湾,游日月潭时,曾坐车沿环潭公路参观了一个景点——文武庙。文武庙将孔子与关羽合祀在一庙,取"崇文重武"之意,所以得这名字。有大牌坊及三层楼高的庙宇,山光水色,雕梁画栋，有神秘空灵的气氛。孔子代表文，关羽代表武，放在一起合祀。这使我想起在大陆，文庙即孔庙，在孔子的家乡山东曲阜；武庙即中国最大的关帝庙，在属于关羽家乡的山西运城。这两处我都去过。所以一位台湾作家朋友问我："大陆有没有孔子与关公合祀的文武庙？"我如实告诉了他。

我是 1973 年到曲阜并住了一些日子的。曲阜有所谓"三孔"，就是孔庙、孔府和孔林。当时仍在进行"文化大革命"。"三孔"已被红卫兵"砸烂"。我去时，见孔庙里已无孔子像，高大的石碑坊被砸断砸倒。孔府里满地还留有砸碎的瓶、罐等的碎瓷片，上着锁，有些窗玻璃都已碎裂。孔林里有的坟被扒开，屎尿遍地。高大粗壮的白果树上倒还歇有少量不知从何处飞来的白鹤在凄啼。但到 1983 年 10 月我离开山东时，那里已经过整理，按原样进行了安排。

山西运城市解州镇西关的那个巨大的关庙，据说是全中国最大的一个关帝庙。历代尊关羽为武圣，所以关庙又称武庙。这个最大的关帝庙与山东曲阜的文庙（孔庙）遥望相对应，成为游览之所。这个庙真大，因为关羽原籍解州常平村，所以常平村有个关帝庙算是祖祠，而这个解州的巨大关庙被称为"武庙之祖"。庙是隋朝开皇九年（589）建的，宋、元、明、清都重新修建过。有个大殿叫崇宁殿，所以宋朝徽宗封关羽为"崇宁真君"。庙宇中有座春秋楼，供奉有关公读《春秋》的塑像。但十年"文革"中这里是否有损坏，就不知道了。

## 五

建安二十四年（219）冬，关羽五十八岁，失荆州败走麦城被杀死后，孙权为嫁祸给曹操，特将关羽的首级装木匣星夜着人送到洛阳给曹操，目的是使刘备以为杀关羽是曹操的主意。但曹操未曾上当。他设牲醴祭祀，刻沉香木为躯，以王侯之礼葬关羽于洛阳南门外，令大小官员送殡，曹操亲自拜祭，赠关羽为荆王，派官员守墓。此处在洛阳之南十余里处，北临洛水，南望伊关，据说占地二百五十平方米，冢高二十米，冢前的关帝庙系明代建筑，清朝经历扩建重修，关林占地百亩，建筑布局与宫殿相仿。院内有古柏八百多株，碑刻七十余方，石坊四座，石狮近百，隆冢丰碑，殿宇堂皇。本来这儿叫"关帝冢"，新中国成立后改称"关林"，是洛阳主要名胜古迹之一。曾听说这儿成为洛阳市古代石刻艺术陈列馆了。但不知道现在如何了。

　　我是1942年夏天到过这个关帝冢的。那是抗战时期，那年河南大灾，天灾是干旱和蝗虫，人祸是日寇的进犯与轰炸（洛阳常有警报并挨轰炸），汤恩伯的十三军驻扎河南抓丁抽粮扰害人民。贫苦农民逃荒要饭卖儿卖女的极多。我当时十八岁，步行走旱路到洛阳拟转陇海铁路的火车西去西安到宝鸡入川赴大后方。在到洛阳前，经过关帝冢。由于知道曹操曾埋关羽首级在关帝冢，遂决定顺路好好看一看。当时，关帝冢的一些宫殿式建筑里和大片柏树林中都驻着军队。古柏高大，郁郁森森。我要进去，被卫兵拦住。我说："因为这是葬关公头颅的坟墓，所以特地想看一看！"有个连长经过，听我说了情况，知道我是要去大后方重庆读书抗日的学生，同意我入内。我见关帝冢实际是一个小山状的大土坟，长遍野草。冢前和左右都矗立着清朝立的巨大石碑，周围被军人和军马的粪便糟蹋得臭气熏天。大殿破旧，在殿前到处拴着绳索，晒着士兵们洗过的军衣军裤，污水遍地，殿左架着大铁锅，炊事兵赤着膊正在烧粥煮饭，柴火黑烟弥漫空间，呛人眼鼻。我注意到：大殿门关着，但军人们倒是不进大殿的。我得到那个连长同意，用力推开大殿的门进去一看，大殿很大很高，塑的像是三个，十分高大，中间自然是关羽，他左边是关平，右边是周仓。但关羽的塑像完全是一个帝王，他戴着冕旒冠前后悬垂旒串，面涂金粉，我意会到这是因为关羽早被封为"大帝"，这里的大殿是清代扩建重修过的，遂按帝王规格及服饰塑像。关羽的脸涂了金也就不是枣红色了！这同我以前所见过的关帝庙、关帝像及京剧舞台上的枣红脸关公是迥然不同的。但再一看关平的塑像，又同我以前看到的画像、塑像及舞台上的关平迥然不同，以前见过的关平都是白净年轻武生型，这里的关平却是有须的。须不长，但也不短，我真是感到奇怪。但又一想，也想通了！《三国演义》中第二十八回"斩蔡阳兄弟释疑　会古城主臣聚义"中有关羽收关平为子的情节，关平十八岁，而关平跟随关羽近二十年，死时也年近四十光景，古人当时多有蓄须习惯，关平有三绺须应属正常。想是想通了，但因为是第一回看到关平有胡须，总是印象新鲜，觉得特别。当时看周仓的塑像，倒是虬髯簪缨黝黑的脸与京剧中及画像、瓷像上并无不同。当天，我绕关帝冢走了一圈，闻着柏树林散发出的清香，匆匆离开。二十世纪五六十年代曾有机会到过洛阳，但因为工作忙，顾不上再去关林看看。"文革"以后，总记挂着关帝冢不知是否受过破坏，不知如今是什么模样了？

# 六

　　读《三国演义》上关羽败走麦城被杀死及孙权送关羽首级到洛阳给曹操，曹操将关羽头颅安葬在洛阳南郊这些段落后，我又偏巧在1942年途经洛阳亲自看了关帝冢。我在这以后，心上常想起一个问题：关羽的头颅安葬在洛阳南郊了，但他那无头的尸体呢？是安葬了呢，还是被丢弃失踪了？曾经问过一些人，也看过一些研讨《三国演义》的文章，但没有得到答案。

　　1983年，我由山东调到四川成都工作。成都三国时是蜀国的都城。向成都的朋友们了解过关羽的情况，知道的是：

　　成都的关庙不少，少城内更多。在大城从前除山西会馆奉祀关羽外，还有老关庙和小关庙。早年，老关庙被豪富家买作宅地，庙没有了！老关庙街被改为玉泉街（因《三国演义》上有"关云长玉泉山显圣"之说），所以以后只有小关庙街了！此外，成都旧时还有"三义庙"，在提督街，也是奉祀刘备、关羽与张飞的。但庙也早不存在。

清代将南宋时供奉岳（飞）忠武王为"武圣"改为奉祀关（羽）壮缪侯为"武圣"。进入民国，关、岳并祀，在成都南门二巷子立关岳庙，与文圣街接近的武圣街，是专门祀奉关羽的关庙，但早已没有了。成都南门外神仙树附近本有关羽的衣冠庙，即葬衣冠所在地，抗日战争时曾在此设戒烟所，羁押烟犯，到新中国成立前夕，衣冠庙即已毁去，那一带成为集市贸易市场，地点尚存，衣冠庙早就泯灭了！……

但在成都了解的这些关于关羽的情况并未解决我心头那个关羽尸体埋葬在何处的疑问。关羽被吴国斩首后余下的尸体看来并未交还给蜀国处理。这该是一个定论！

这问题直到 1978 年秋季，我到武汉与书法家、诗人及学者吴丈蜀兄相聚把晤，谈话间才听他说："东汉三国时，当阳属荆州南郡。关羽败走麦城，麦城在今天当阳之东，沮、漳二水之间，关羽父子被斩于临沮。湖北省当阳市城西，有三国蜀汉大将关羽的陵墓，人称为关冢，即是吴国袭取荆州杀死关羽后所葬的那个关羽被斩首级遗体的地方……《三国演义》第七十七回"玉泉山关公显圣　洛阳城曹操感神"中的玉泉寺也离当阳不远，在当阳西南……"

这引发了我强烈的兴趣。见我有游兴，丈蜀为人豪爽，决定陪我前去当阳看看关羽的墓冢。他设法弄了辆轿车。社科院文研所的所长张啸虎是我复旦同窗好友，陪我们从汉阳出发。由公路去往当阳，路较远，但三人游兴皆浓，终于到了当阳看到了关羽的这个比较冷落残破的墓冢。

这是东汉建安二十五年（220）春天，关羽被下葬在这里的地方。起初就是一个大土冢，看来是吴国草草埋葬的。当地一位老人说：宋朝以后，历代增修，才形成了一个陵园。关墓也像个小山包，高约七米，冢周长有七八十米。明代在这里建了一个关帝庙，比起洛阳的关林就显得寒碜了！植的柏树也少。虽然有牌坊、正殿等建筑，也有剥落破损的红门，看得出新建时的光彩，但经过"文革"，也有损坏，正殿锁着门，贴着封条，无法进入。据看门的老人说：极少有游客光顾，一派凄凉景色。

值得注意的是庙上有副对联，也不知是何时何人写的，并不出色但颇不一般，我曾经录下来，在此作为结束：

生蒲州长冀州取徐州守荆州万古威灵第一；
兄玄德弟翼德擒庞德释孟德千秋忠义无双。

关羽是河东解人，河东解县后来改为蒲州临猗，故称他"生蒲州"；关羽曾由本乡出亡，投奔刘备，活动范围相当于汉的冀州一带，故云"长冀州"；关羽曾杀徐州刺史车胄守下邳，故说"取徐州"。

（本文改定于 2013 年 10 月，刊于 2014 年第 2 期《海外文摘》）

# 武后皇泽寺和蜀道"张飞柏"

## ——日记两篇

## 2003 年 11 月 26 日　星期三　晴

　　四川广元市作协曾两次邀请我去广元，均因忙未能成行。自两年前应聘为四川广元市作协名誉主席后，一直想了此心愿，去广元同那里的作家见面。加之，抗战时我十八岁，由上海万里迢迢到大后方，当时经陕西过秦岭入川时，途经广元，留下深刻印象。几十年来，总想旧地重游。今天这两个愿望得以实现。上午九点半，广元作协童臣贤副主席带车来迎接，我与起凤为互相照顾，遂结伴上车北行。驾驶员小袁在北京当过十几年武警，开车技术高超，让我们感到安全、舒适。

　　广元是川北名城，古称利州，位于川陕甘三省接合部。北连秦岭，扼嘉陵江上游，境内山陡水多，地理位置十分重要，古来为兵家必争之地。三国时遗下的名胜古迹甚多，属于"古蜀道旅游区"。蜀道之难，古时候首推广元那一段，古栈道等均在广元境内。从成都至广元的高速公路今年春天开通，原来火车要六个多小时的行程，高速路仅三个小时就可到达，途经广汉、德阳、绵阳，绕过剑门关等天险，通过三个大隧道，直达广元。路修得极好，唯一"缺点"是看不到山环路绕的风光，两边景色平庸，不似旧川陕路盘山公路之危险奇特。但时至今日，谁又不想要这"缺点"呢？车行快速，作打油诗一首："北上飞绕剑门关，潇洒逍遥到广元。疾驰高速六百里，'憾叹'未见蜀道难。"我这"憾叹"是开玩笑。

抵达广元，住南河湖心岛上唐式宫廷建筑风格的"凤台宾馆"，取"凤台"为名当同武则天有关。宾馆占地五十余亩，绿草如茵，树木高耸，四面临水，据云是川北最好的宾馆。广元市委宣传部副部长兼市作协主席白天培早早在此迎接。下午，童臣贤陪同游皇泽寺。

中国古代历史上唯一的女皇武则天在唐武德七年（624）生于广元（当时是古城利州），其父武士彟，并州文水（今山西文水）人，当时为利州都督。正因广元是武则天的出生地，皇泽寺即是祭祀武则天的寺庙。筑寺年代难以考证，此地背靠乌龙山，面对嘉陵水，历经千载，虽然原来的巍峨寺庙因为开路等已大半毁去，但尚存的倚山建寺部分犹可看出当年古老而森严的气象。相邻的千佛岩尚存佛像七千余尊，是全国重点文物保护单位，有大佛，有摩崖石刻。

我在大殿中平生第一次看到了武则天的坐像，像高两米多，仿照菩萨庄严端坐，浑身金塑，据说是武则天六十二岁时的模样，面部及身体均显得有些肥胖，神情也显得有些老态。如此珍贵塑像，经历"文革"还能保存，颇不容易。我猜也许因为这里是武则天的出生地，所以得到呵护；抑或因为"文革"中"四人帮"推崇"女皇"，所以此像无恙？

大殿玻璃橱内展出的有关武则天生平的资料中，令我感兴趣的是武则天的"文字改革"。

有一张改字对照表，列出武则天改了不少字，例如"國"字改为"圀"；"臣"字改为"忠"，均有其要改的寓意。又如武则天本名"照"，做皇帝后，有人对她的名字评头论足，她遂造出一个"曌"字，音仍读

"照"，意谓"日月行空"，自己虽是女人，照样可以统治天下。看来，她思想解放，认为古人能造字，自己也可造字，只是她改的字大都囿于政治，不属真正便民利民的文字改革，不少字都是由简变繁，也无必改的理由，于是并未通行畅用。

我到过西安，游过乾陵，武则天与唐高宗合葬墓，巍然一座高山，墓前有"无字碑"。乾陵被盗过，但因墓巨大，盗墓者未得逞。郭沫若在时，曾希望看到乾陵发掘，认为国宝必然无数。曾有某外国提出：愿提供资金与技术开挖乾陵，报酬是将其拍摄一部纪录片，但经研究认为不急于开挖，此事遂搁置。西安及乾陵，都没有武则天像，广元皇泽寺的武则天像就更珍贵了！

## 2003 年 11 月 27 日　星期四　晴

十八岁时到过广元，八十岁将临之际又旧地重游，广元变美了，我已老了！颇多感慨。

如今的广元，是一座漂亮、现代化的城市，市区扩大，被白龙江和嘉陵江隔成五个区，高楼大厦林立，市容整洁繁荣，夜晚灯火辉煌，同抗日战争时那个破破烂烂、贫穷落后、夜晚点着小油灯的小城相比，早已改天换地完全不同。这里陕、甘两省的人仍多，居然有个四川省豫剧团，说明河南人也不少。上午坐车观览广元市区时，童臣贤告诉我："温州人来广元投资创业的不少。"浙江温州人如今在外国也到处有他们的踪迹，被称为"中国犹太人"，居然也来川北广元经商，创业精神之强由此可见。春天"非典"猖獗时，广元有六人染病，但及时隔离医治，未扩大也无人死亡，说明广元的医疗条件也是好的。

看了新开发区和商业区的市容，小袁开车，我们由童臣贤陪同至剑门关游览。《剑门报》总编杨仕甫也是广元市作协副主席，他刚完成一部农村题材的长篇小说，和剑阁旅游局梁局长驱车赶来见面，并一路介绍，如数家珍。

剑门关是"蜀北屏障，秦川咽喉"，离广元五十余公里，到达后，只见大剑山壁立千仞。两山之间，是一道奇险的关口，宛如一剑劈开将山分为两半。那形势真是"一夫当关，万夫莫开"。"剑门天下险"，到此体会更深。

历代剑门都有关隘、关楼，多次被毁又多次重建，我们今天见到的剑门关是1993年重建的，楼体主建筑为两层一底，楼高近二十米，大块青石构成墙体四周，正中开拱形门洞，南北贯通，门洞上方有"剑阁"二字，墙上为旅游需要插有"汉"字大旗。山风猎猎，旗帜飘飞，望四壁云山，如闻古战场厮杀声，令人想起《三国演义》中姜维守关，钟会率魏兵攻剑门关不下，邓艾偷渡阴平直捣成都，蜀主刘禅花天酒地终于投降被俘等故事。剑门关易守难攻，但川陕红军当年曾在此攻克过剑门关，歼灭大批守关白军，说明红军那时士气之旺盛。我们夫妇年岁大了，只拾级到关上看看，不愿再往高处去爬山登险，遂走下去又上车，绕山路直到山顶高处原始森林公园。这里平坦，可以下瞰水库及梁武帝的藏经洞，并可远眺剑门群山，如排垒，如笔架，如插向青天的利刃。时令已是初冬，满山林木色彩缤纷，饱览胜景，顺口戏拈五绝一首："天险剑门关，排垒皆青山。怀古思姜维，不肖数刘禅。"无诗味，也无新见解，录下记趣而已。

离开森林公园后，驱车去游翠云廊，这是古蜀道上从剑门关到剑阁县城一段的美称，有七千余株千姿百态的古柏分列两边。其中十几株据说是三国时代张飞令人栽种的，故名"张飞柏"。其余均是历朝历代陆续植下的。古柏粗壮，一般要三四个人用双手才可合围，最粗的可容五六人合抱。古柏根部暴露，盘根错节，粗大的枝干参天，浓荫蔽日，郁郁苍苍。树下道路应是古时驿道。有一棵苍虬的古柏，形状古怪，如一巨大鹿角。主干根部残缺，已成空洞，有砍伐及焚烧痕迹，但两根从主干中长出的粗大树干依然鲜活。柏树旁立有一牌子，上写

"阿斗柏"三字。据传后主刘禅降魏后，邓艾派兵押他去洛阳，到此地时遇到大雨，刘禅曾在这巨柏下躲雨。此事被当地百姓传开后，因怨刘阿斗的昏庸，痛恨这棵柏树给阿斗遮了雨，就撕皮砍伐，用火烧树，将此树称为"阿斗柏"。

漫步在翠云廊中，空气新鲜，古意苍茫，目不暇接，使人不愿离开，想沿巨柏古道一直走下去……这批古柏真是国宝。像这么粗大古老的柏树，有一棵已很珍贵，如有十棵八棵，就是一个旅游景点。如今从剑阁到梓潼，有七千多棵这高大蓊郁的古柏，真可以算是一项"世界之最"吉尼斯纪录的景观了！只是这里还没有引起外界足够的注意，国内游客来得太少，国外游客基本没有。如将景区道路修得更宽更好，景区文化色彩弄得更浓更丰富，更有吸引力，旅游设施更完备，安全、卫生等问题解决得更好，就凭三国文化、红军文化，确实是大可招徕全球游客的！现在旅游对外国旅行社开放，也可吸引外资，对广元来说，正是发展旅游事业的良机。

中午，在剑门关镇的剑门关宾馆进餐。这个古镇颇有商业气氛，有趣的是到处是以豆腐佳肴为特色的馆店，店名不同但均带有"豆腐"二字。本地人说"中国豆腐甲天下，四川豆腐甲中华，剑门豆腐甲四川"。传说三国时，蜀汉大将军姜维用豆腐营养三军，用豆渣饱喂战马，以利攻守。又传说魏将钟会用剑门关豆腐制成豆腐干作为士兵干粮。还传说唐明皇避"安史之乱"逃至四川，一路茶饭不思，途经剑门关食用豆腐后胃口大开，赐名做豆腐的"黄豆"为"皇豆"。杨仕甫请我们吃了豆腐宴，满桌一盘盘豆腐制成的菜肴色香味均好。据说当地用炒、炸、熘、熬、煎、蒸、煮、炖等方法可以做出一百多种豆腐菜肴来，这的确形成了一种剑门品牌与特色，但万变不离其宗，全是豆腐，吃时似乎又觉得太单调了。

（本文刊于 2004 年第 2 期《四川省情》）

# 海南读史杂记

1996 年 2 月到海南参加笔会，曾到各处游览，深深为海南的椰风绿韵、碧海蓝天及高楼大厦的特区景色所吸引，也访问了一些名胜古迹，如读史书，颇有感触，爰写杂记数则作为纪念。

## 苏公祠里想苏轼

可能由于我是从四川来的，到海南后总想起宋朝绍圣四年（1097）被从惠州再贬儋州的苏轼。因此，在海口游五公祠时，发现与此紧紧相连的还有苏公祠，就不禁兴致勃勃了。相传苏轼被贬来海南后，曾在此寄宿并诵读诗书，且指导居民开凿双泉，命名为"浮粟泉"，题泉上亭名"洞酌亭"。此处南宋时就留下了"东坡读书处"的遗迹，后来元代改为"东坡书院"，院内修祠，供东坡画像，陈列东坡在海南事迹，名苏公祠。《琼台记事录》中说："宋苏文忠公之谪儋耳，讲学明道，教化日兴。琼州人文之盛，实自公启之。"苏轼在海南最大贡献是文化传播，可见一个人做了好事，人民是不会忘记他的。

"洞酌亭"的"洞"字，生僻，平时少用，音"窘"，谓远处取水。《诗经·大雅·洞酌》："洞酌彼行潦，挹彼注兹。"《诗序》以为该诗是"召康公戒成王"之诗。大意谓"君子"应使"民"归附自己。被一贬再贬远谪海南的苏轼，起这亭名，是否含有深意？

我曾通读苏轼在海南时的诗文，感到他在海南所作的诗，都较以前少了锐气、少了朝气，也少了才气。无他，是处于高压威慑及一贬再贬的惩罚打击下才如此的。他在海南的诗中，常流露生活的愁苦凄惨，处境的孤独寂寞，即使显露豁达乐观的风趣，也使人感到笑中含泪。人们常说宋诗不如唐诗。苏轼是大文豪，才华与抱负绝非不如李白、杜甫与元稹、白居易，可是宋朝文禁严厉、文字狱多，苏轼就曾因写诗一度险蒙"叛逆"之名而定死罪，以后又屡遭贬谪。他自己曾写诗形容自己的外貌与心情，说"心衰面改瘦峥嵘……畏人默坐成痴钝"（《佃安节远来夜坐》）。流放到遥远的海南后出不了好诗，并不奇怪。只是，这太可惜，令人慨叹！苏轼当年贬谪在海南昌化军（今儋州市中和镇）。传说苏轼与儿子在桄榔树中盖了一间茅屋居住，称之为"桄榔庵"。元代在此建东坡祠，以后明清两代重建并修缮过，并名之谓"东坡书院"。儋州市位于海南岛西北面，如今属洋浦自由经济开发区。我在四川时就听说四川眉山县已与儋州市结成友好县市，相互促进经济发展，四川省的人前往那里投资办实业的不少。当年苏轼被贬谪流放之地，如今已面目一新成为举世瞩目的洋浦自由经济开发区了。我因不满足于海口苏公祠的简陋空乏，很想去儋州看看，可惜行程安排匆促，未能如愿，深以为憾。

## 海瑞墓前谈海瑞

海瑞戏从"文化大革命"后，似已被冷落在一边了！这些年，海瑞几乎被我遗忘了。但到了海南，却又不能不想起海瑞，因为海瑞是海南人，他的墓就在海南。

海瑞墓坐落在海口市秀美区滨涯村南侧。"北有包拯，南有海青天"，去瞻仰的人都是怀着对这位清官、好官的崇敬心情去凭吊的。

海瑞字汝贤，号刚峰，生于明正德九年（1514），卒于明万历十五年（1587），海南琼山府城朱桔里人，回族。其曾祖父海答儿明代从军自广东番禺迁徙来海南，落籍于琼。海瑞一生廉洁奉公，史载他死时行囊中仅存俸金八两及旧衣数件。皇帝封典海瑞为二品官，其棺枢从南京运回琼州时，白衣冠送者夹道，哭而祭奠的百里不绝，家家绘像祭之，可见人们对敢于为民请命的廉洁清官多么崇拜。

但，海瑞一生并不顺遂。他三十六岁时中乡试成举人，进京会试，两次均不第。四十五岁才擢升为浙江淳年县知府，推行清丈、均儒，吏治有好名声。嘉靖四十五年，他五十二岁时任户部主事，上《治安疏》，批评世宗皇帝迷信道教，不理朝政等事，次年二月被诏逮下锦衣卫狱又转往刑部狱，幸好十二月世宗嘉靖皇帝病故，颁遗诏，获恩释免职。这以后，隆庆三年，他任应天巡抚，疏浚吴淞江，简化税制，压制豪强，平反冤狱，革新吏治，做了不少实事好事。可是五十七岁时又受排挤被革职回家乡琼山闲居整整十五年。直到七十二岁那年，才又被朝廷起用，为南京都察院右都御史。可是，他为严惩贪污，得罪人多，累遭论劾，两年后病逝于任上。封建时代，清官好官难做，海瑞的一生是相当坎坷的。

海瑞戏自清末后在京剧中就有。京剧名须生马连良的《大红袍》是他的保留节目，曾在新中国成立前后时亮相。"文化大革命"中，研究明史的专家吴晗因一出《海瑞罢官》遭到批判，后竟丧生。马连良1961年初演出了《海瑞罢官》，"文化大革命"中也丧生，却使海瑞成为人人皆知的历史人物。但也正因如此，在海口的海瑞墓在十年内乱中遭到了可叹的浩劫。

海瑞墓入口处有"海瑞陈列室"，这五个字是廖沫沙亲笔题写的。我问一位陈列室的工作人员："海瑞这个墓是真的吗？"

回答："当然是真的，墓碑就是最好的物证。"

我早注意到这劫后犹存的墓碑了。墓碑上有"万历十七年己丑岁二月二十二日午时吉旦敬建"，碑上古迹斑斑，确是四百年前留下的古碑，但我仍忍不住问：

"'文化大革命'时期，墓破坏没有？"

"当然喽！'文化大革命'中，这墓被砸毁，坟被刨开过！"

"发现遗骸吗？"

"有头发、骨骸等物，也都被毁了！"

我没有再说什么。这里确是海瑞的真墓，但曾被刨坟暴尸骨，隔了多年才又重新修建起来，说是真墓，已无海公真骸，夫复何言！

海瑞陈列馆里有海瑞画像，他身着大红袍，戴乌纱帽，左手持朝笏，端坐着。他是个白眉白须瘦削高颧骨长脸的老者，一脸清介廉洁之气，令人看了肃然起敬。于是，我站在他像侧，请同行者为我拍一张照片留念。

我不禁又一次想：中央现在很重视反腐倡廉，为什么京剧及其他一些戏曲戏剧中，不能适当提倡演出一些海瑞戏呢？

## 冯子材不应是讽刺对象

我很喜欢海南的通什市。这里气候宜人，鲜花盛开，槟榔映翠，市容整洁。到通什后我们往北到牙蓄岭上去参观海南省民族博物馆。在它的历史展厅里收藏着各朝代的海南历史文物。我在这里面发现了冯子材的有关资料。

冯子材（1818—1903）是清末将领，广东钦州（今属广西）人，行伍出身，早年曾随张国梁镇压太平军，升至提督。1884年，法国侵略军进犯滇桂边境时，两广总督张之洞起用冯子材。他年已古稀，以广东高、雷、钦、廉四府团练督办参加抗战。次年二月，任广西关外军务帮办，在当地人民支持下，率部在镇南关（今友谊关）、谅山大败法军，不可一世的法军司令尼格里也在此役中受重伤，闻风丧胆。老将冯子材因此成为清末爱国将领中的佼佼者。只可叹清朝腐败，打了胜仗仍由李鸿章出面与法国签订了丧权辱国的条约。

我以前并不知道冯子材曾在海南驻节并有政绩。通过这次参观，看到了一些有关冯子材在海南的活动情况和资料，虽然不多，但他在海南的开发中是起过作用的。这使我想到了冯子材当年率领包括海南黎族士兵在内的粤军大战法军的情况。冯子材因治军有方，令粤军面貌一新，士气大振，作战英勇，为人称道。

只是在这次参观中，女讲解员讲到冯子材时，用了讽刺的贬词，将他说成是一个可笑的"吹大牛"的，想治好海南却实现不了的清廷武官，对他的抗法功绩却一字未提。

事后，出于一种责任感，我对那位黎族姑娘善意地建议："你讲得都非常好，就是对冯子材的评价，是否提请馆里研究一下，无论如何要肯定他是一位清末抗法的爱国将领！"姑娘点头。我想：这个很精彩的博物馆，以后在讲解到冯子材这个历史人物时，或许会从爱国主义教育角度改变一下说法的。

（本文刊于 1996 年夏《四川统一战线》）

# 闲话沂水"黑旋风"

作者按：1975年9月，我在山东临沂地区，一天突然被召到"地革委"。某常委说："要评《水浒传》，想找些'秀才'写文章。《水浒传》上记载我们临沂地区沂水县是李逵家乡。李逵是革命派，宋江是投降派，你快去沂水，查查李逵历史，看看他是怎么革命的，怎么反对宋江投降的，写篇有分量的论文。任务光荣，要努力完成！"我大感惶惑，说："《水浒传》是小说，不是史书，李逵的历史怎么查法？"他说："只要写出文章，怎么查法都行！"于是，只得前去"调查"，结果，一月后写了个烦琐考证的报告塞责，结尾是："李逵究竟不是历史人物，材料搜集不易，论文难以完成。"某常委也只好不了了之。十多年后的今天，闲来无事，翻阅当年在沂水调查的杂记，感到用它来摆摆龙门阵，也不无意味。于是写下这篇闲话。

沂水是山东临沂地区十三个县中的大县，在沂河上游，是沂蒙山区的腹地。沂水县是隋朝开始设立（在汉朝时这里设东莞县），从那时起，长时期都属沂州府。沂州府北周时改北徐州置州，治所在即丘（今山东临沂东南），隋移治临沂（现临沂是地级市）。唐宋辖境相当于今山东沂河本支流域及枣庄市、新泰县地，清雍正初升为直隶州，后又升为府，治所兰山即今临沂。

这里战略地位重要，是沂（水）青（州）、沂（水）临（沂）、沂（水）博（山）、沂（水）蒙（阴）、沂（水）莒（县）五条公路的连接点，历来是兵家必争之地。例如城东十里有个谭家营，相传就是当年穆桂英大破天门阵时安营扎寨的地方，不时还发掘出古代兵器。抗日战争时期，日寇侵占沂水后，沂水是日寇在鲁中发动侵略的中心据点。解放战争时期，这儿既是敌人想重点进攻的地方，也是我军的重要根据地。

在《水浒传》这部著名的古典小说里，一百零八将中，沂水县人有四个，这就是："黑旋风"李逵，"旱地忽律"朱贵，"笑面虎"朱富，"青面虎"李云。朱贵和朱富是兄弟俩，朱贵早在梁山泊落草，朱富在沂水县西门外开酒店，李云本是沂水县的都头。《水浒传》七十回本（实为七十一回）中第十一回"朱贵水亭施号箭　林冲雪夜上梁山"中，朱贵说："小人是王头领手下耳目，姓朱，名贵，原是沂州沂水县人氏，江湖上俱叫小弟做'旱地忽律'。"第三十八回《及时雨会神行太保　黑旋风斗浪里白条》中，李逵第一次出现，戴宗对宋江道："这个是小弟身边牢里一个小牢子，姓李，名逵，祖贯是沂州沂水县百丈村人氏，本身一个异名，唤做'黑旋风'，他乡中都叫他做李铁牛……因为打死了人，逃走出来……"第四十三回"假李逵剪径劫单人　黑旋风沂岭杀四虎"中，朱贵对宋江说："小弟是沂州沂水县人。只有一个兄弟唤做朱富，在本县西门外开着个酒店。这李逵，他在本县百丈村董店东住，有个哥哥唤做李达，专与人家做长工。这李逵自小凶顽，因打死了人，逃走在江湖上，一向不肯回家。"也就在这第四十三回中，写到李逵上了梁山泊，想把老娘接到山上享福，就回沂水去接娘。去后，先是在路上遇到一个强盗李鬼自称是"黑旋风"李逵，冒名拦路抢劫，真假李逵相遇，李逵先饶了李鬼的命，后来发现他是坏人，终于将他杀了。接着，李逵接老娘，背着娘打算回梁山，赶到沂岭上，山顶有个泗州大圣祠堂，老娘口渴，李逵拿了祠堂里的石香炉去取水，回来却发现老娘已被老虎吃了。李逵一怒，找到虎洞，杀了大小四条老虎。接下去，就是众猎户发现李逵一人杀了四虎惊奇之至，将他请到曹大户家酒肉招待，但发现他是被通缉的梁山好汉，曹大户报了官府，李逵被捕，由都头李云押送，所幸李逵回乡后，宋江怕他鲁莽，派了朱贵回沂水暗中保护。这时朱贵、朱富两弟兄就施计将李云灌醉，救了李逵。李云醒来，经过朱氏弟兄相劝，四人一起离沂水去梁山泊聚义。

《水浒传》是以南宋以来流行的传说而写。这部书影响很大，在山东影响更大。"黑旋风"李逵这个人物，虽在《水浒传》中有些地方将他写得鲁莽、蛮干，不分青红皂白地乱杀人，甚至还吃人肉，但他那种爽直、豪放、淳朴、勇敢中还带几分天真的性格，那种忠于农民起义事业反抗蔑视封建统治者的强烈爱憎感，一直为广大人民所喜爱，在山东沂水，这种喜爱更深。

《大宋宣和遗事》这本书中写梁山泊三十六人故事，南宋末年的龚开（字圣与）写的《宋江三十六人赞》，南宋人周密著的《癸辛杂识续集》中保存的三十六人的全部名号，李逵是名列其中的。鲁迅在《中国小说史略》中说："又元人杂剧亦屡取水浒故事为资材……李逵尤数见。"据《录鬼簿》及《太和正音谱》所载，元杂剧演李逵故事者共十余种，现存三种，除康进之《梁山泊李逵负荆》一剧与百回本《忠义水浒传》第七十三回下半所叙情节大致相同外，余皆不见于《水浒传》。在京剧中，《真假李逵》等花脸戏也为群众喜爱。因此，李逵这个农民起义英雄不仅通过《水浒传》，而且通过戏剧和民间艺人的说唱，将他的形象和事迹广为传播。

沂水有县志，是清朝康熙十一年所修撰又在道光年间补修过的。李逵这个人物在《沂水县志》中一字未提，但在民间，李逵家喻户晓，流传着不少关于他的传说、故事。

1975 年 9 月，我在沂水到处访问老农、说唱老艺人及文化馆退休了的老工作人员，收集关于李逵的传说故事，所听到的许多，基本都是脱胎于《水浒传》的，但较具体。

比如李逵的出身和离家的原因，有的说得若有其事。说李逵家在百丈村，十分贫穷，但特别孝顺老母，最初总是到沂山上砍荆柴、采药到蒋峪（现属临朐县）赶集出卖，借以谋生。李逵脾气暴、力气大，人叫他李逵牛，一担能挑二三百斤柴火。后来，给一家姓阎的大户扛长工活，姓阎的大户虐待人，逼死了一个丫头，李逵一怒之下，喝了酒，打死了阎大户，当夜就逃离家乡，先到青州，后来上了梁山。

再比如李逵的家乡百丈村，由于历史上县界的变化，说法很多，但都未离开《水浒传》上的谱。一说是在沂源县境燕崖公社百丈村；一说是在沂源县东里公社东安大队；一说在沂水崖庄公社的北沂山上；一说是在临朐县大关公社李户庄（原属沂水）；还有一种说法传得更广，说"百丈村"原属沂水，现属沂源县，在沂山下有个百丈崖，百丈村就在百丈崖下，现在改名为苗家旺，以前是个人烟稀少的地方，但苗家旺如今已找不到姓李的人了。

再比如李逵杀虎的说法，老人们叙述的都同《水浒传》上讲的相似，只是杀虎的地点说法各异。一说在沂水县崖庄区张马庄附近；一说夏蔚区有虎墩和过虎峪两个地名，那就是李逵杀虎处；一说在沂水诸葛区的上华庄、下华庄、范家旺一带，这里都是山岭，李逵杀虎就在这里；一说杀虎处在沂水诸葛区的东五峪、耿家五峪。最普通的说法，认为李逵杀虎处就在沂水县城的东岭附近，我去时是东关大队的果园。这里原名"狼虎窝"，现在还有个虎洞，当时县委宣传部一位姓王的部长陪我去看了"虎洞"。洞已倾塌，人进不去。据说，这虎洞原来极大，抗日战争时期日寇攻侵沂水县时，百姓在洞内躲藏过。后来，日寇怕洞内藏游击队，便把它炸塌，现在仅有洞口遗迹了。

在果园附近，有条浅水小河，传说就是李逵接母时取水处，说得有声有色，李逵将母亲放下歇息，自己提了只石香炉来到这河边取水，洗净香炉舀水回去后，发现母亲被虎吃了，跟踪寻找虎迹找到了"虎洞"，杀死了四虎。小河虽没有名字，但周围住户都知道这个传说。

传说中最有意义的是李逵再上梁山的故事。它解答了李逵在梁山泊受招安后的下落与遭遇，满足了人们心理上同情、喜爱李逵的要求，听后使人产生不尽的遗憾。

传说梁山泊受招安以后，李逵心有不服，也不愿做官，独自悄悄回到了沂水百丈崖家中。哥哥李达这时已经死了，李逵独身一人十分凄凉，幸亏乡亲们都热情对待。李逵嗜酒，喝酒后常常放声大哭，高声怒骂大宋皇帝和贪官高俅。事情传到县里，官府要逮他。有人把这消息送到李逵处，要他快逃。当夜，大风雨，他带了一伙同乡青年逃走，说要再上梁山，终于不知去向……

上面所说这些，有的属于烦琐考证，意义不大，因为李逵究竟不是历史人物，所以要写这篇"闲话"，是因为十多年前确实花费时间做了些调查工作，湮没可惜，写出来也许对研究《水浒传》和写民间故事的同志有点参考作用，而且也能给到沂水的游客增加一些谈资和游兴。

（本文写于 1987 年 6 月，刊于 1989 年秋《龙门阵》）

# "刘罗锅"和文字狱

电视剧《宰相刘罗锅》播出后，刘墉之名大著。刘墉（1719－1804），山东诸城人，字崇如，号石庵，乾隆十六年进士，乾隆二十四年以内阁学士再任江苏学政，后官至体仁阁大学士，卒谥文清，著有《石庵诗集》。在电视剧中，曾写到乾隆时的文字狱之风大炽，十分恐怖，也描写刘墉对文字狱既害怕也厌恶。其实，刘墉在乾隆朝的文字狱中却也曾推波助澜，助纣为虐，也许他这样做也有出于使自己免祸的动机，但这同电视剧中那个既有智慧又耿直正义敢谏敢抗的刘罗锅显然不是一回事！

康熙、雍正、乾隆三朝，正是清统治者政权日益巩固的时候，也是文字狱遍于中国的日子。他们大兴文字狱，来禁锢思想，钳制舆论，捕风捉影，断章取义，牵强附会，以"想当然"、"莫须有"罗织罪名，来达到残酷镇压、消灭反清思想的目的。有案可稽的文字狱，就有七八十起，著名的如康熙二年庄廷钺《明史》狱，康熙五十年戴名世的《南山集》狱，雍正四年查嗣庭试题"维民所止"狱，雍正六年吕留良、曾静《文选》狱，乾隆四十二年王锡侯《字贯》狱，乾隆四十七年卓长龄等《忆鸣楼诗集》狱，都施以极残酷的刑罚。一起文字狱发生后，每每波及数省，株连数百人，真所谓"一言兴狱，偶语弃市"。

我这里所要说的是发生在乾隆四十三年（1778）的一起震惊全国的著名文字狱——徐述夔诗祸案，这件诗祸案因其惨烈及影响之大，被史学家列为清代四大文字狱之一（其余三大文字狱为查嗣庭、戴名世、吕留良及曾静三案），徐述夔诗祸案这一文字狱就是从刘墉的一个奏折开始的。

我少年时就听说过这一案件。因徐述夔原是江苏东台栟茶人，栟茶后属如皋县（后又属如东县）。我原籍江苏如皋（后算江苏如东）。父亲生前有个学生沈乘龙是江苏东台人，做过苏州市长，来家时常要谈到徐述夔文字狱的事，当时我虽不甚懂，以后却有心从乾隆朝《东华录》中了解过这一文字狱的情况，但正式看到刘墉的奏折，是由于家乡文化人士赵志毅在县政协的支持下，用多年时间收集、出版了《徐述夔诗案资料集》一书。如东图书馆馆长戴承明同志是此书责编之一。去年寄书给我，我才看到了赵志毅从北京清宫皇家档案中录到的"江苏学政刘墉"的奏折，日期是乾隆四十二年（1777）八月，全文如下：

> 臣刘墉跪奏，为奏闻事。
>
> 臣在金坛办理试务，有如皋县人童志璘投递呈词。缴出徐述夔诗一本，沈德潜传一本。并称徐述夔已故，既见此书恐有应究之语，是以呈出等情。
>
> 臣查童志璘是否挟嫌，有无教唆之处？应行地方官究问，其徐述夔诗语多愤激，而沈德潜所作传内有"伊弟妄罹大辟"之语。或者因愤生逆，亦未可定。其所著述如有悖逆，即当严办；如无逆迹，亦当核销，以免惑坏人心风俗。现移督抚搜查办理。谨此奏闻。
>
> 并诗一本，传一本，加签恭呈御览，伏祈皇上睿鉴。臣谨奏。

这一奏折，乾隆皇帝阅后大怒，八月二十七日就下了旨。于是劳师动众，动用了一品大学士诚谋英勇公阿桂、一品中堂大学士于敏中、两江总督高晋、河边总督萨载、江苏巡抚杨魁、闽浙总督杨景素、浙江巡抚王宣望等，一起来查办，大兴问罪之师。一个月内，乾隆皇帝下过十几道与此有关的诏书和批谕，残酷处置当事人，严厉查禁"违碍、悖逆之书"。

刘墉奏折中投递呈词的"童志璘"据传对徐述夔有过私怨，又在徐氏的仇家蔡嘉树家做总管。蔡嘉树因田地问题同徐述夔之孙徐食田发生纠纷，想灭人家族，置对方于死地，童志璘遂为蔡嘉树呈控。

刘墉奏折中的"沈德潜"是江苏长洲人，乾隆四年的进士，曾深受乾隆皇帝敬重，任礼部侍郎，年老辞归后回原籍食俸，后加为太子太傅食正一品。刘墉奏折提到他时，他已死去将近十年了，但因他生前替徐述夔写了传，乾隆皇帝痛骂沈德潜"丧尽天良，负恩无耻"。

奏折内"伊弟妄罹大辟"之语，指的是乾隆元年，有泰州民人缪照乘与缪又南之妻蒋氏通奸商同勒死亲夫，蒋氏因曾被徐述夔之弟徐赓武诱奸怀恨，故供指徐赓武同谋。徐赓武遂入监，后审出冤情，徐赓武方出狱。

"徐述夔诗一本"指的是《一柱楼诗》。徐述夔，字赓雅，生于康熙四十二年，乾隆三年戊午科江南乡试举人。他颇有文才，但在试卷中发挥了孟子以来的民本思想，到复核时，认为他的思想有违碍字样，罚他停止会试。他从此绝志功名，以诗酒发遣愤懑并抒情。他死于乾隆二十八年，年六十一岁。他的儿子徐怀祖及学生徐首发、沈成濯将《一柱楼诗》整理付印成书，广为流传，竟埋下了灭门株连的祸根。

徐述夔的诗中，主要被认为有反清思想的诗句，相传有：

《鹤立鸡群》："明朝期振翮，一举去清都。"

《鼠啮衣》："毁我衣冠真恨事，捣除巢穴在明朝。"

《曝书诗》："清风不识字，何必乱翻书？"

《咏紫牡丹诗》："夺朱非正色，异种亦称王。"

《咏宣德杯》："复杯又见明天子，且把壶儿搁半边。"

徐述夔是有强烈民族意识的人，这些咏物取喻的诗，有的确有比较明显的寓意，如《咏宣德杯》诗，是徐述夔有一次酒兴方酣，举杯时，忽见酒杯底有明朝宣德年号，触景生情，就赋诗云："欲洗清尘须借酒，今朝有幸醉樽前。复杯又见明天子，且把壶儿搁半边。"这就易被解释为："欲洗清尘"有推翻清朝统治之意；"樽前"与"君前"谐音，亦即"大明天子"的代称；"壶儿"是说"胡儿"，搁胡儿于半边是解除清朝压迫之意。有的诗句甚为精彩，如"清风不识字，何必乱翻书"，也许仅有含沙射影的嫌疑。但上列各诗及其他许多诗句均成大罪状，如乾隆四十三年十月二十五日"上喻"，就说："'明朝期振翮，一举去清都'两句，是借'朝夕'之'朝'，作'朝代'之'朝'，且不言'到清都'而云'去清都'，显有欲兴明朝之意，而其余悖逆词句，不胜枚举，实为罪大恶极。"

按清律：大逆者，凌迟处死；正犯之子、孙、兄、弟、兄弟之子，年十六岁以上皆斩；十五以下及妻、妾、姊、妹，子之妻、妾付给功臣为家奴；财产入官，知情隐藏者斩。

当时，徐述夔及子徐怀祖均早已不在人世，此案查办结果是：乾隆皇帝派乾清门侍卫阿弥达前往东台，开棺将徐述夔之尸枭首示众，尸体凌迟戳碎撒弃旷野，将徐怀祖首级也开棺枭首于栟茶，尸体凌迟，戳碎撒弃。阿弥达到了栟茶，将徐述夔之孙徐食田、徐食书全家老幼及徐首发、沈成濯逮捕。沿途并将与此案有关人员"未能立即查究"的东台知县涂跃龙、"迟缓""怠玩"的扬州知府谢启昆、"故纵大逆"的藩司陶易及藩幕友陆琰押解到北京，由武英殿大学士阿桂会同九卿及刑部严加审问。藩司陶易则由乾隆亲自审讯，这显然是乾隆皇帝督促下属巩固统治想杀一儆百的举措。乾隆皇帝当时说："陶易身任藩司……有祖护消弭情事，不知其是何肺肠？""陶易久任州、县、知府复自道员超擢藩司，乃竟敢于负恩若此，殊为可恶。"以上人犯，会审时均被逐一隔绝，严刑拷鞫，详细对质，记录供词，由刑部定谳。最后，徐述夔之孙徐食田、徐食书斩首处决，家财全部籍没。徐食田之子寿男、福男，徐述夔之妻缪氏、徐怀祖之妻陆氏及徐述夔之孙媳沈氏等均沦为旗人奴婢，徐述夔的门生徐首发及沈成濯二人，名字是徐述夔起的，清廷认为寓意反对剃发之意，又由于在诗集上列名校对，皆被斩首。东台知县涂跃龙，革职徙二年，扬州知府谢启昆，发往军台效力赎罪。藩司陶易及藩幕友陆琰均以"放纵大逆之罪"判为斩立决。陶易本定为斩立决，乾隆改为"斩监候，秋后处决"。但不久陶易即病死于狱中。为徐述夔作传的沈德潜，乾隆骂其"卑污无耻"，"昧良负恩"，下谕将沈德潜所有官爵及官衔、谥典尽行革去，其乡贤祠牌位一并撤去，所赐祭葬碑文全部毁去。

民间传说，查办徐述夔命下之日，栟茶徐姓之人纷纷逃避迁徙一空。有的诡托他姓，以谋全身。里中无一姓徐者。又说，乾隆派侍卫阿弥达来栟茶尚未到达时，夜深里巷中火光烛天，藏书人家将书付之一炬。此后数十年中，父诏兄勉，斥文字为不祥之物。"因此而古籍销沉，风雅绝响者近二百年焉。"

徐述夔诗祸案，在清代文字狱中，震惊全国。它在中国文化史上及反清思想史上均留下了不可磨灭的一笔，刘墉在这件残酷的文字狱中起了什么作用呢？在徐述夔家乡民间，有这样的传说，实际就是一种批评：徐述夔的诗是蔡嘉树告发的，先到东台，东台县不收，再到扬州府，扬州府不收，后来到了苏州臬台手里，臬台一看也不收，在上面批了"与你何干"四字。状子存档。蔡家就不告了。后来刘墉御史下来巡查，查到这份档案，一看还了得，马上奏本皇上。乾隆派人来查。当时从扬州到栟茶运盐河两岸，夜里火光映天，家家几乎把书都烧为一把火，化为了灰……

"刘罗锅"是不能轻松地站在这件徐述夔文字狱之外的。

（本文刊于 1999 年 7 月《珠海》杂志）

# 不尽沧桑静海寺

中英《南京条约》是中国近代史上外国侵略者强迫清政府签订的第一个不平等条约。道光二十二年（1842）清政府钦差大臣耆英、伊里布与英国全权代表、曾在印度任职的璞鼎查在南京签订了关于结束鸦片战争的条约，共十三款，主要内容为：中国向英国赔款两千一百万银圆；割让香港；开放广州、福州、厦门、宁波、上海五口通商；英商进出口货物交纳的税率由中英共同议定，不得随意变更。从此，西方资本主义侵略者打开了中国门户，使中国由封建社会逐步沦为半殖民地半封建社会，从此香港被英国攫夺。

五十年前，1946 年秋，在南京，我曾特意去寻访静海寺遗迹。当时，抗战胜利不久，在采访日寇南京大屠杀罪行的同时，怀着对帝国主义的仇恨，我有意在南京采访搜集有关帝国主义侵华的资料。那时，熟悉南京历史的老人都知道静海寺，把它与作为国耻的《南京条约》连在一起。有的老人说：1842 年的中英《南京条约》是在静海寺签订的。所以，除了翻阅各种史书考证外，我决定亲临实地去凭吊一番。虽然，我听说著名的静海寺在 1937 年 12 月日寇攻陷南京后，已经毁于战火。静海寺所在的山上，曾有激烈炮战，中国士兵与日寇顽强死战过。正因这样，我更想去看一看。

据史书记载：1842 年 5 月，英国舰队虎狼般地进入长江，由于事先已派奸细沿江侦探调查，而且英军中有会讲汉语的"中国通"，四天后，舰队越过江阴炮台，6 月 14 日攻陷镇江，七月初一（公历 8 月初）英舰驶到南京燕子矶附近江面，登陆占领了观音门外的江阴县丞署和卖糕桥，大小八十艘兵舰群集于南京下关江面，炮口对着南京城。

清廷派到南京任钦差大臣的耆英、伊里布加上两江总督牛鉴在南京面对英国炮舰，慑于淫威，十分狼狈。据陈恭禄《中国近代史》记载："二十日，耆英等谒璞鼎查于船上。二十四日，璞鼎查至下关静海寺答拜，固请入城，耆英许之。"耆英等在静海寺同英国侵略者见面，璞鼎查的"答拜"实际是同中方谈判，施加压力。在谈判中英国侵略军又抢占钟山高峰架起大炮，声称要炮轰南京城。在威迫下，耆英等奴颜婢膝，全部接受了璞鼎查提出的和约条款。

谈判并签约后，璞鼎查及其随员们飞扬跋扈地率军由仪凤门（即兴中门）入南京城。耆英等在上江考棚设满汉全席款待璞鼎查及英将莫理逊。侵略者曾游览城东南的正觉寺及南门外的报恩寺。报恩寺内有琉璃塔。英国侵略军曾登塔绘制南京城全景并窃取塔上的一些琉璃砖带走。签约那天，是道光二十二年七月二十四日（即 1842 年 8 月 29日）。当时，英国侵略者为宣扬炮舰政策的威力，让耆英等到下关江面英国兵舰"康华丽"号上去签约。但由于静海寺曾是谈判和约的地点，因此被误认为是签约的地点。静海寺是有名的古刹，作为西方列强侵侮中国的百年国耻历史开创纪录的见证，了解这段历史的人，谈起静海寺都会产生无穷感慨。

静海寺原先面积有两万多平方米，规模宏大，依山建于南京兴中门外狮子山麓。狮子山晋朝时原名卢龙山。传说晋元帝司马睿北下初渡江到南京时，见此山形似塞北卢龙，就取名卢龙山。此山屹立在下关江边，形势险要，是一处兵家必争的制高点，扼守着南京的北大门。明太祖朱元璋到此，说卢龙山像一头雄狮，改名为狮子山，狮子山就出了名。山并不大，周围不过十几里，也不高（传说高三十六丈）。宏大巍峨的静海寺和天妃宫都先后在明朝永乐年间建在狮子山下。

静海寺是永乐皇帝明成祖为了纪念郑和等人航海平安回京而建造的佛寺，寺名"静海"那是永乐皇帝以海外平服，四方平静而敕赐此名的。传说寺内原有庄严的大雄宝殿、天王殿、潮音阁等八十多楹，气势不凡。寺内还种植着郑和从西洋带回的各种珍贵植物。又有记载说，在郑和第二次航海归来后，明成祖就在南京建造了寺庙来供养他带回的"佛牙"，并存放郑和等带回的一些珍贵佛品。如按此计算，静海寺估计应修建于永乐九年（1411）左右。

我在1946年秋去寻访静海寺到了狮子山下。这里山势依旧，犹如雄狮兀峙于江城之间，但乱树荒草，一派萧瑟景色。正是秋季，那是个阴天，彤云密布，不禁想起抗战中南京城陷时，这里曾有过的激烈战斗，1937年12月，日寇在制造南京大屠杀期间，这里及附近下关一带都是日寇大量屠杀中国人民的屠场。想起苦难深重的中华民族，曾在这里的静海寺进行屈辱的议和，在英国侵略者的炮口下签下丧权辱国的《南京条约》。一百年来中国一直受着帝国主义列强的欺侮。又想，如今抗战胜利了，但却是"惨胜"，百业凋敝，民不聊生，物价飞涨，官吏腐败，特务横行令人发指，而国民党当局又一心在打内战，传说当时也有意收回香港，但英国根本不买账，美国站在英国一边，国耻根本无法洗雪。我当时的心情是十分沉重、悲伤的，我在山下寻访静海寺，但历尽沧桑和战火劫难，铜驼荆棘，杂草丛生，在碎石瓦砾间，静海寺早已杳然不见。只有南面的天妃宫遗址上，残存着一块高约五米的大石碑记载着永乐年间建造天妃宫的原委。我怅然而返，心中激荡着一股仇恨帝国主义又痛心于无法洗雪国耻的愤懑之气，久久难以平静。

从1946年到现在，弹指间五十年了！现在，香港回归，作为中国人，我感到兴奋和自豪。本来，囿于五十年前的印象，我遗憾于静海寺的无影无踪，觉得不应失去这一处可以向人民进行爱国主义教育的国耻遗址。但最近知道：南京市人民政府早已将静海寺部分复建，并辟为"中英南京条约史料陈列馆",陈列馆已经开放,这使我很激动。历史,我们不会忘记,也不该忘记!下次,我如果再去南京,一定要去狮子山下的静海寺游览,那心情当然与五十年前是完全不同的了!

(本文刊于 1995 年夏《四川政协报》)

# 晚清反侵略名将聂士成<sup>①</sup>

上海辞书出版社 1982 年 10 月出版的《中国近代史辞典》上有聂士成的词条如下：

> 聂士成（1836－1900）。安徽合肥人，字功亭，淮军将领。初入袁甲三部，参加镇压捻军和太平军，1862 年（同治元年）为把总，后累迁至副将、总兵。1868 年参与镇压西捻军后，升为提督。1884 年（光绪十年），率淮军千余名渡海赴台湾，参与抗法。1891 年，调统天津芦台的淮、练诸军，曾派兵镇压热河朝阳金丹道起义。次年，授太原镇总兵，仍留芦台治军。1893－1894 年间，曾率部将冯国璋等亲往东三省等地巡历，所过山川要隘形胜，均以西法绘图立说，著有《东游记程》一书。1894 年，随提督叶志超率军赴朝鲜，在牙山登陆，镇压朝鲜东学道起义。起义失败，日本拒绝与中国同时撤军，借此挑起战争。7 月，所部前锋在牙山成欢驿击败日军，日军旋大队来攻，他率部抵抗，以寡不敌众，突围后随叶志超绕道至平壤。10 月，奉命扼守辽东大高岭一带，奋战十余昼夜，日军不能越，以功升直隶提督，又先后夺回连山关、

---

① 作者岳母鲁淑兰是聂士成的外孙女，其父是聂的部将，作战阵亡。其母在夫死后不久病故。鲁淑兰是由聂士成抚养成人。聂怜爱她。她小时聂作战回来常抱她在怀。所以对聂的情况多有了解。

分水岭等处，并击毙日将富刚三造。1895年，以所部三十营属荣禄"武卫军"，称"武卫前军"。1900年春，曾镇压义和团。6月，八国联军攻陷大沽后，奉命率军守卫天津；7月9日，侵略军大队来攻，所部力战三小时，他负伤多处，仍持刀督战，后在八里台中炮阵亡。著有《东征日记》等。

这只是对聂士成一个简单的介绍，比较粗略，而且未能突出聂士成的主要功绩，聂士成自然有他的历史局限性，但他是清末抗法、抗日、抗八国联军的反侵略爱国名将。2000年第1、2、3期《报告文学》刊出的知名报告文学作家张建伟写的《最后的神话——庚子国变一百周年祭》（曾在《中华文学选刊》选登）及后由作家出版社出版的《张建伟历史报告——晚清篇》中写到聂士成时，曾夸其为"封建历史上最后一个真正的军人"。

为什么这样说？因为聂士成的确不愧是晚清历史上最杰出的一位反侵略名将。

1884年中法战争时，法军凭借强大舰队攻占台湾基隆，台湾告急。商务印书馆所出的陈恭禄教授著的《中国近代史》上说：淮军名将"刘铭传（注：当时为直隶提督授以福建巡抚督办台湾军务，中法停战后为首任台湾巡抚）迭电告急，左宗棠奏旨遣兵赴援，而兵不敢渡台"。但聂士成勇敢率部渡台，作为刘铭传的副将之一抗击法军取得胜利。中法之战后，聂士成率军先驻旅顺。1891年6月，聂士成"晋头品秩，调统芦台淮、练诸军"。1892年，"授山西太原镇总兵"，仍留直隶统率所部淮军。据山西人民出版社1999年出版的"中国近代军系丛书"《淮军》一书中记录：聂士成是能文能武、熟悉军事及兵法的有心人。1893年，聂士成"因见日本、沙俄窥伺东北，主动请求踏勘东三省边陲地带，测绘山川险要，历时半载，行程二三万余里，辑成《东游记程》一书，成为当时很有价值的军事地理文献"。这样的武将在当时是少有的。

1894年春，朝鲜南部爆发大规模农民起义，清廷应朝鲜请求，于农历四月初，派直隶提督叶志超和太原镇总兵聂士成率军渡海进驻朝鲜汉城以西的牙山。聂士成带兵纪律严明。到朝鲜后，出安民告示，"所有粮饷器械一律自备，不取朝鲜一分一毫"。据他抵朝后农历四月二十四日的日记载："有勇丁违纪取民间蔬菜，余虽爱兵，但即按军令割去一个耳朵，全军肃然"；朝鲜官员"以牛二、猪十、鸡子千犒师；命收鸡子，余悉璧还，作书谢之"；见朝鲜全州百姓在战乱中房屋被毁，他查明难户数目，"每家给以银洋二圆"，"难民得赈，均极感谢"。

这时，日本已想侵吞朝鲜，以"保护"使馆和侨民为名大量派兵进入朝鲜并占领汉城。敌众我寡，在农历七月，聂士成率部在牙山附近的成欢驿与日军接战。聂士成当时的日记记录牙山之战较为详细：

> 廿六日，辰刻，叶军门驰至，问战守计。告以"海道已梗，援军断难飞渡，牙山绝地不可守；公州背山面江，天生形胜，宜驰往据之，战而胜，公为后援；不胜，犹可绕道而出。此间战事当率各营竭力防御，相机进止也"。叶军门从之，即率所部叶玉标等五百人往。下午，探报稷山有敌骑出没，乃登山望倭军，见马步大队驻振威，众约二三万，军容甚盛。我军马步不满二千，众寡悬殊，颇为顾虑。驰归。晚餐，于光炘来谒，称探得倭于今夜分两股，来袭成欢官军，截住公州去路。即传令各营皆饱食以待。成欢距振威三十里，西南有高山，遥对振威来路。前行十余里，有河桥为必经之道。东有小山，草深林密。东南一山，下有小径通稷山、公州。即令哨长尹得胜带炮队驻扎西南山顶，见敌过袭击之。令帮带冯义和率精锐三百伏河旁林际，敌半渡即出击。令哨官徐照德率百人伏山侧，并在山顶嘹望，何方有警，悬灯为号。令帮带聂鹏程领兵四哨守大道西沟畔，营弁魏家训领五百人为接

应。令翼长江自康率仁营扼敌赴牙山路。令武备学生周宪章、于光炘等带健卒数十伏振威趋稷山道侧。营弁许兆贵率四百人扎成欢东角为声援。部署毕，慷慨誓师。众感奋，皆愿决一死战。

廿七日，五更时，倭前队果渡河桥，我军骤放排枪，毙敌数十。时夜色苍茫，敌猝遇伏，遽引退，桥小人众，挤拥坠水溺死甚众。我军逐之。敌设旱雷于后防追军，遽退，误触雷机，轰毙无数。我军少，不敢穷追。至天明，敌后队蜂拥至道口，与我军开枪互击。不虞尹得胜在山巅迭发大炮，歼敌甚多。正在得手，敌复翻山越岭，分道包抄，我军人自为战，莫不以一当十。自寅至辰，枪炮之声不绝，死伤积野，血流成渠，而敌愈聚愈众，布满山谷。我军四面受敌，犹复决命争首，抢占山头，轰击不停。时驰骋枪林雨弹中，往来策应，见军火垂尽，不得已率众溃围而出，至天安，与叶军门会，请军门先驰往公州，自为断后，一路招集残卒，晚宿广亭。是役，我军多埋伏地中，从暗击明，故死伤仅百余人，哨官吴天培、聂汝贵、学生周宪章、于光炘等皆力战捐躯。敌兵死伤千余，经此大创，遂不敢追。

牙山战后，聂士成奉命回国到天津募兵，转返中朝边界又突接李鸿章命令："奉廷旨，前敌得力之员，着毋庸回津招募。"他遂转返平壤助战，昼夜行一百六十里，但途中得知日军已攻占平壤，守将左宝贵等阵亡，他又奉命渡鸭绿江回国。农历十月，淮军所部全军溃退，只有聂士成仍率军在中朝边界安东六百吊要隘，与日军相持一月有余。九月下旬至十月中旬，聂士成守辽宁摩天岭、大高岭一带，大批日军进犯，聂士成日记记录了九月二十五日至十月二十九日之间的战况：

九月廿五日，叶军门被议（注：叶志超因指挥无方溃逃被革职后斩首），奉旨以帮办军务宋祝三（即宋庆），官保庆为全军统帅。

是时士卒疲乏，粮械不给。马金叙芦防三营复奉调他适，兵力益单。请济师，不许。旋奉帅命，移师分堵栗子园、虎耳山。

廿六日，倭兵由上游浦石河偷渡鸭绿江，来攻虎耳山，众约四五千。率队出御，自卯至午，枪炮互击，杀伤相当。下午，敌来益众。我军弹药垂尽；旋报宋帅退守凤凰，势益孤，只得将快炮二尊埋藏地下，率众且战且走，小驻笔子沟。翌日，命兵丁掘地，将炮取出，辇之而归。

廿八日，率队至凤凰城，谒宋帅，命令移守摩天岭、石佛寺。时孙子扬、吕道生同奉帅命率盛军马步扎附近连山关、甜水站等处。

十月初四，宋帅提兵援盖平，添派八营，令分守大高岭一带。时凤凰城已为敌据。

十四日，倭以大队来攻连山关。盛军马队出战，众寡不敌，登时失守。闻警，驰救无及，不得已扼守山巅，竭力抵御。是时我兵少，乃于丛林张旗帜鸣角鼓为疑兵，并乘间出奇截杀、攻剿，时出时没，步步设防，重重埋伏，卧雪餐风，苦守十余昼夜，敌不能越。

廿六日，奉上谕，特授直隶提督。天恩高厚，时事艰难，不觉感泣。

廿九日，雪。夜，密约盛军接应，亲率数百骑乘敌不备夺回连山关隘。时敌在梦中惊觉，不知我兵多寡，逃窜分水岭，我兵开枪蹑击，毙敌无数，并阵毙倭酋富冈三造。天明，盛军队伍纷纷继至。……


聂士成在前线作战，善部署，多计谋，能率直并及时贡献好的策略及作战方案，但由于上司畏怯退缩，每每使他无法掌握战机。据他的《东征日记》，平壤战前他到达平壤后，见大军"漫无布置，隐切杞忧"，遂提出"各军宜择要分扎、防敌抄袭，悉驻平壤城中非策"，当时叶志超等均认为对，但未及时布置。1894年底，在连山关、分水岭战斗后，农历十二月初七，聂士成电请李鸿章、宋庆，建议"军兴以来，只闻敌来，未闻我往，此敌之所以前进无忌也。拟将岭防布置严固，率精骑千人直出敌后，往来游击，或截饷道，或焚积聚，多方扰之，令彼首尾兼顾，防不胜防，然后以大军触之，庶可得手也"。但李鸿章、宋庆"均复电来阻"，这种正确的游击战法遂未能实现。

聂士成带兵作战，不仅常常身先士卒、不避艰险，而且能与士兵同甘苦。在朝鲜及东北作战时，士兵衣服单薄，他遂脱下自己的厚衣，也穿得与士卒同样单薄。士兵受伤，他必亲自安抚并做出妥善安排。在前线作战归来，脱换征衣，身上全是虱子。

聂士成统率的军队成为当时的一支精兵。1898年，北洋军设武卫军，聂士成部三十营改为武卫前军。陈恭禄所著《中国近代史》说："聂士成所部为前军，驻扎芦台扼守北洋门户；董福祥所部为后军，驻扎蓟州、兼顾通州一带；宋庆所部为左军，驻扎山海关，专防东路；袁世凯所部为右军，驻扎小站，扼守津郡西南要道……宋庆、董福祥所部虽历战争，然非新法操练，军械恶劣，其能战者惟聂士成、袁世凯所部之兵耳。"聂士成思想不保守，他主张部队请德国教官执教使用洋枪洋炮，并研究西方战法，故他的武卫军有较强战斗力。

1900年发生了义和团运动，聂士成先奉命"肃清畿辅"；八国联军侵华后，他又奉慈禧之命"调回聂士成一军，实力禁阻外兵北上"。

胡绳1981年在人民出版社出版的《从鸦片战争到五四运动》一书中谈到八国联军之役时说："在天津的清朝官兵，只有聂士成（任直隶提督）所率的武卫前军……在天津保卫战中进行了比较英勇的战斗。聂士成自己于六月十三日在天津城以南的八里台为抵抗侵略军的进攻而战死。""侵略联军在天津以北十公里的北仓遭到聂士成的残部和几千义和团武装群众的袭击（注：当时，聂士成曾将枪炮分发给义和团反侵略），发生了比较激烈的战斗。"陈恭禄在其《中国近代史》中说："津沽于六月十七日作战，七月十四日城陷，恶战凡二十七日，为中国自订约通商以来未有之力战。其作战者全为北洋军队，时称武卫军，数约三万余人，由聂士成、宋庆、马玉昆统率，三人久历戎行，负有盛名，尤以聂士成所部为能战，其兵新法操练，军械精良，及其战死，宋庆等仍力堵防应战。"

四川人民出版社 1995 年 10 月出版的《爱国志士》一书，在"聂士成"一章中说："1900 年，义和团运动兴起，聂士成奉命剿办，此时八国联军趁机大举侵华，直入天津。聂士成分兵三路：一路保护铁路，一路留守芦台，自率一路守卫天津，顽强抗击八国联军。在军粮城重创侵略军后，他又率部猛攻天津租界紫竹林，浴血奋战八昼夜，与侵略军恶战数十次。八国联军不断增兵，以日本和德国部队为前锋，并燃放毒气炮弹，而聂士成没有援军。但他决心誓死报国。他亲赴各防区，同官兵商讨战斗部署，激励全体士兵。7 月，他率部去八里台，同数倍于己的侵略军隔石桥对阵，他屹立在桥上，向部下大声疾呼：'这是报国之日，宁死也不得后退一步！'激战中，他在负伤七处、军衣焦烂的情况下，依旧忍痛指挥作战。最后他肠胃流出腹外，殉国于战场。后人为纪念聂士成，把他战斗过的八里台石桥，命名为聂公桥。"

聂士成血战八里台的事迹，在侵华八国联军中一些外国人写的战事回忆录中，提到聂士成和他的士兵，满篇都是钦敬。

聂士成部下有个士兵名叫苏锡麟曾写过《京津蒙难记》，其中涉及聂士成的一些片断，是很感人的：

　　聂军门感到势难挽回，且为大将者应以身殉国，于是换上紫纱袍、黄马褂，冠带整齐，骑马亲赴前线督战。这时有一个步兵管带叫宋占标，跟随军门多年，见军门冠带整齐亲到前线，他已明白了军门的心意，当即奔至军门马前，拽住马嚼环哭劝："军门！

你不能去呀!"

当时,军门也感动了,说:"你是小孩子,你不懂。"

宋占标因哭劝不成,于是随在军门马后一同奔赴前方。结果聂军门殉国,宋占标也阵亡了。

当时在八里台与我们对抗的敌军是德国兵,德军的前方指挥是库恩。此人在武卫前军当过骑兵教练,他认识聂军门。聂军门殉国那天穿的衣服特别显眼,库恩一见聂军门亲自出马,如果不把军门打死,这场战争就不易结束,于是他指挥士兵集中火力把军门打死了。军门殉国,战事也就停止了。

传说,聂士成死后,下令杀死聂士成的德国军人库恩向前走去,望着血肉模糊的聂士成,忽然大吼:"拿一条红毛毯来!"

他接过红毛毯,亲手把聂士成的遗体盖上,然后脱下军帽,命令士兵朝天开枪,向着聂士成的遗体致哀。聂士成,是那封建历史上最后一个真正的军人。

聂士成生前因战功曾获勋赏为巴图隆阿巴图鲁、赏穿黄马褂,赠太子少保,抗八国联军英勇战死后,清廷下诏赐恤,谥"忠节公",为他建"聂公祠"专祠祭祀。中华人民共和国成立后,天津建有他的纪念馆及骑马挥刀的高大塑像。

（本文刊于 1990 年冬《双拥》杂志）

带露摘花

# 天台山"等乐安"

上邛崃天台山那天，正是九九重阳节。我和老伴凌起凤都是六十九岁的老人了，但到此名山，又是登高节，岂能不上山？听人说山路大都有石阶，估计不会太险。于是，趁兴上山，打算饱餐天台胜景。

想不到，山路那么陡，又常遇到非常狭窄的小道，有时只能容一人走过；有时一面是悬岩斜坡，一面类似石栈道，有时苔滑路险，偏偏头上有凸出的岩石，能弯身低头而过。无数次，都想停步下山；无数次，都累得喘气。但看到周围轰然有声的飞瀑流泉，看到幽谷中苍郁夹着黄叶的大树、虬枝回绕的绿藤、峥嵘的怪石、五彩缤纷的野花，人与大自然交融，忘了自己的年岁，童真重回身心，有冒险的刺激，就一心地往上爬了。起凤是几乎被我拽着上山的，但如果没有她自己要登攀的意志力，怕也不行。知难而退，或者因为服老就停步，是爬不上险山看不成美景的。走走歇歇，坚韧不拔地用两个小时观看了响水滩等几个景点，足足爬了两公里的山，到达了"等乐安"。

"等乐安"，好怪的名字！爬到这里，豁然开朗，只见一块平坦广阔的地方，大树上高悬"等乐安"三个大字，有两家个体茶座兼餐馆正亮着"豆花饭"的牌子招徕顾客。刚到达时，一看"等乐安"三字，我心里竟一惊，从右至左念成了"安乐等"，心想，如今有不少人提倡"安乐死"，这地名叫什么"安乐等"，是什么意思？

待一问，才知不是"安乐等"而是"等乐安"。据说，原先此处附近有一个尼姑庵名曰"等柷庵"，年久废圮，庵已无存，以讹传讹，成了"等乐安"。爬山疲惫的人到此休息作安乐之等待，似乎倒也颇有雅趣。

本以为到达这里该距天台山顶不远了，心里不无几分自满。腰酸背疼亟待休息，在那家朝南的较大的个体茶座一坐，向老板夫妇一问，才知道这里距海拔一千八百米高的天台顶峰"还非常非常遥远"。他说，虽然这里离山下肖家湾已有四华里，但再往上爬，有二公里的小磨房，可以看到"天缝"奇观。如到山顶"一两天怕也爬不到"，无限风光当然是越往上越多，有"九寨之水、青城之幽、峨眉之秀"……他说得我们心里发痒。

站在"等乐安"的大树下眺望，阳光将山水染得灵光四射，群峰翠然，杰立豪峙，晴光阴岚，山孕云雾，有一叠散泉在左侧飞驰而下，澄洁甘凛。远处大山丛集，衍迤磅礴，郁如云烟，涌如波涛，繁林秋树，围拥森合，有诗味和禅味的共融，心胸畅快极了。旅游本为快乐，太劳累也无必要，决定登山到此兴尽为止。身在苍茫自然中，泡了清茶静静休息，天高气爽，深深呼吸成都没有的新鲜空气。

三十多岁的店主，木工出身，姓"植"。这姓少有。他说："先辈明朝时从广东迁来，本是书宦人家。"老板娘姓高，泡茶冲水，微笑待客，十分能干，起凤一再夸她潇洒漂亮又能勤劳当家。这家夫妻店附设古朴的木建构施舍数间，颇像云南傣家的竹楼，离地丈余高，价廉而洁净。老植说："上边正盖大宾馆，一年内盖成，那时，从山下坐汽车到宾馆，由宾馆往上再爬山观景就方便了！"

看看到了午餐时分，老板娘宰鸡下厨，烧来了鸡块，炒了鸡杂，端上腊肉、素菜、清淡的冬瓜汤。老板会讲吉利话，说："这里难得见到太阳，今天你们带来了极好的阳光！"引得我们开心地笑了。又说："从前，等乐安常有大熊、野猪和猕猴出没，现在，游客多了，只有泉流鸟鸣，那些野兽也迁到远处山里去了。"他建议我们以后再来，住在他的木屋里，不但吃住舒适，夜景有月亮或白天有雨雾，风光更迷人，上山也方便。

如果这里有著名的古迹古墓就更好，如果能听到远处寺庙悠扬的钟声就更好，如果能闻到阵阵醉人的桂花香看到似火鲜艳的红叶就更好。但没有，也不影响这儿的美与陶然，在这儿听泉水的喧嚣，看青山之无穷，似更体味到岁月的流逝、历史的变迁、生命的意义、人事的代谢……但"到此已无尘半点"、"万物静观各自得"，喝着茶，逍遥自在解脱了一切烦恼，盘桓了四个小时，有恬静的心醉。

并不想走，还是得归去。多亏店主夫妇指点了一条下山的便道，好走，不险，也近。傍晚时，我们曲曲弯弯顺便道下山。走到远处，瞩望"等乐安"，只见大树下雾气中那对会经营的店主夫妇还站在那里频频向我们热情挥手呢！

说是游天台山，实际只是游到了"等乐安"，但"等乐安"真好！爬到山顶是青年人的事了，但人到老年也还能像年轻人那样爬山登高，即使只到了"等乐安"也得到了欢愉！

（1993 年 10 月）

# 青神中岩江山美

　　到青神县中岩寺，其实是为了评定四川省优秀图书奖来的。但来后一下子就被中岩的山景和岷江的浩瀚吸引住了。真想不到这里竟有这样一片山水、园林、古寺的好景色。中午抵达后，我们住在中岩寺红墙围绕的临江招待所内。这里推开阳台门窗就可以看到宽阔湍急的大江和远处无边的绿树。远山迷蒙，江上有白色的鹭鸟在飞，也有捕鱼的小船在摇驶，午后的阳光灿烂高照，银白的沙滩横亘在江中央，确会想起"晴川历历汉阳树，芳草萋萋鹦鹉洲"的诗句。

　　美景吸引人，到达后当天下午就登山览胜。山的最高峰海拔近800米。山径两旁，大树参天，竹林掩映。间或看到泉水潺潺流淌。一路景点甚多，有水月楼、唤鱼池、牛头洞、罗汉岩、卧佛窟、玉泉岩等。在唤鱼池旁，停留时间最长。相传北宋时，山上有中岩书院，青神宿儒王方在书院主讲，年轻的苏轼来此游学攻读，见这潭池水清澈可人，苏轼常来观赏游鱼，而且拍手唤鱼。鱼儿习以为常，听到掌声就浮水游跃。苏轼给这潭池水起名为"唤鱼池"。

　　王方有女王弗，后来嫁于苏轼。北宋治平二年（1065）王弗病故十年后苏轼曾填词《江城子》悼念，情深意长，为人传诵。在唤鱼池摄影留念后，我们继续上山，一路探访景点，也有歇足的茶棚、小亭，浓荫遮顶，青幽安谧，茂草微风，钟灵毓秀。有些地方，有高高的相思树，结下的红豆，撒落得满地都是。山谷间有不少野姜花，叶片墨绿，花朵洁白，香气扑鼻。走走歇歇，确有宋朝诗人范成大游中岩时吟出诗句的感觉："赤岩倚玲珑，翠逻森戍削。岑蔚岚气重，稀间暑光薄。……"

足足一个半小时，爬到了石笋峰下，两腿已酸。石上刻有"中岩"两个巨字。昂望灵岩石笋，真是奇观胜景，三个突起的巨大山峰如三只石笋，上面怪树虬生，姿态各异，奇伟峥嵘不可名状。只是登山的石级比较陡直，人到老年，游兴已经满足，遂小憩片刻，徜徉着下山归来。

第二天起，抛下美景开始评奖，地点选在山上江边的茶廊里。茶廊空敞，十分洁净，竹制的新桌椅美观舒适，冲茶的山泉水很甜，女服务员态度颇和善。背山靠江，环境极好，"美物静观各自得"，江上有时确也"秋水共长天一色"。从晨至暮，喝茶品书，认真议论，各抒己见，虽费思索却无累乏之感。

住处院内有一棵高达二丈余的大芙蓉树长在岩上，正盛开着几百朵红白二色的鲜花，白色开放后会渐渐变红，艳丽之至，晚饭后忍不住要站在院子里欣赏一番。天黑后，房里没有彩电，不爱跳舞唱歌的人感到无处可以消遣，只好睡觉。附近的卡拉OK舞厅里有客人用噪音大唱流行歌曲，十分热闹。好的是白天爬山累了，就是开炮丢炸弹也不怕了，一觉睡到次日天亮才醒。

我历来认为，非常出名的名胜处虽好，只是游客太多，一片嘈杂，反而得不到真正的享受；真要旅游，该去寻访不知名的景观，到那里才有可能真正享受到与大自然的交融。中岩有山有水，风光不凡，有临江的干净客房，有很好的茶廊，泉水引作自来水，使用尚称方便，而厕所也注意了打扫，但现在从事旅游业的有眼光的经营者认识到：旅游业是现代商业文明的产物，作为一种全方位、高层次的文化消费，早已不再是单纯的游山玩水了。游客希望有的是方便的交通、较高标准而货真价实的食宿、清洁的卫生设备、较多的景点和丰富的活动项目和天地……怎么注意市场变化与游客需求改变经营观念？怎么投姿吸引旅客？都到了该多动脑筋的时候了！

在中岩时，看到这个被"藏在深闺"的景点，已经络绎不绝地有一批批游客来光顾了！写这篇游记，为中岩做做宣传，更重要的是寄望于一切旅游地点，为吸引游客，适应新的形势，观念不能老化，应当更注意"包装"的更新！

（1996 年）

# 寻梦洞庭路

我心里有一种汹涌而神秘的呼唤。

到南京后，第四天上午，决定实践久已蕴藏的愿望：去洞庭路寻找、探望故居。洞庭路在我的一百六十多万字的《战争和人》三部长篇小说（《月落乌啼霜满天》《山在虚无缥缈间》《枫叶荻花秋瑟瑟》）中被改作"潇湘路"了。小说中的人和事本是"演义"，何况路名。因此，"洞庭路十号"在小说中就成了"潇湘路一号"了！

我同起凤请堂侄秌都陪伴去探访故居。秌都建议我们步行从唱经楼、丹凤街经过安仁街、高楼门、百子亭直趋洞庭路。这正合我的心意。《月落乌啼霜满天》里写过这段路，我当然愿意看看今天的景象，抱着通幽的情趣走着去，去寻找。

天气晴朗，冬阳溅泼。小小的唱经楼想不到依然存在。庙宇似的两层小楼，经过修整，白墙黑瓦，住着居民。从这到丹凤街，当年张恨水的名著《丹凤街》中形容的拥挤、喧嚣、肮脏都失踪了，那种我们当年听惯的市声，亲眼看到的堵塞现象不见了。许多熟悉的店面都成了人家的住所。安仁街变化更大。记得有家小食品店，常出售煮熟的五香牛肉，滋味鲜美，如今却无影无踪。这里本来有个高坡，高坡上是横穿南京的小铁道。小铁道早已拆除，高坡仍在。我们走上高坡，没有了当年破落的棚户区，看到的却好像是一处密集的校舍。下坡来到高楼门，过去空旷的两侧是一些红砖或青砖的二三层花园洋房，现在则密密麻麻新旧交杂的全是栉比鳞次的五六层办公楼和工房。房屋起伏如海洋。一切均非畴昔。真是"旧时心事已徒然"，"惟余眷眷长相忆"。年少时的梦哪里去寻？

终于，经过百子亭，到了洞庭路。洞庭路的路名当初还是父亲起的。想不到当年带有六朝烟火气的这条两侧有高大柳树的僻静短路，如今已成了热闹的集市，开设着"凤凰餐厅"、摆着一些"风味小吃"的羊肉串小摊，熙来攘往的人摩肩接踵在采购花色品种繁多的蔬菜和鸡鸭鱼肉。

稍停，站在洞庭路十号两幢灰青色三层楼房面前了。熟悉，又陌生！这两幢外壳破损凋败的"洋房"，像两个遍体鳞伤的老人在苟延残喘。前幢久无人住，墙上遍布青苔，门窗朽败。进去一看，心紧缩了：从楼下抬脸可以看到三楼的屋顶天花板。后幢原来的大门用砖封闭了，只剩一个后门进出。二楼阳台上晒着衣服，开着窗。上前去探询，住在楼下的一个三十来岁胖胖的女传达出来问："找谁？"

原来是南京市肿瘤医院的宿舍，一共还住着八九户等待搬迁的人家。

我笑着说："不找谁，我们早先在这里住过，现在回来看看。"

"呵，从海外来，是吗？"

我戴着黑眼镜穿着夹克挎着相机，起凤梳着发髻，穿着比较鲜艳的豆青色羊毛衫，秣都穿着西服，引起误会了。

我笑着摇头，拿出老干部离休证给她看，告诉她：新中国成立前，洞庭路十号这前幢房屋是抗战胜利后中共代表团修理好准备办《新华日报》用的。因为有这点纪念意义，我们特地来看看。

她很客气，热情地说："那你们随便看好了！迟来一个月，就看不到这房子了！"

"为什么呢？"起凤奇怪地问。

"这房子决定拆了！"她指指堆积满地的瓦片和砖块，说，"拆起来快得很！要盖大楼了！"

一种舍不得的感情弥漫胸间。我这次来，是怀旧和伤逝的情感驱使自己来的。找到了故居。看到它败落得难以辨认，本已感慨，再听说马上要拆除，今后它将完全消失，更难忍受了。

原先，前幢房屋前面，是大茶园，总该有一亩半地以上吧，面临一个可以钓鱼的水塘。塘上漂满绿萍，塘边杨柳丝丝。花园里那时种有竹林、珍珠梅，有葡萄架，一棵野桑树很高，我尝过树上紫红的桑椹，酸甜味依然难忘……可现在，清水塘早填没了（2015 年 8 月江苏广播电视总台编导白谛与一位摄像来采访我时，这位摄像正巧是旧日邻居，他说早年南京日寇杀死大批男女丢在水塘里，所以后来用土将水塘填没了），花园加上水塘的地皮已矗立起一幢十几层的大厦。对比崭新的大厦，洞庭路十号的旧房更像一个"乞丐"。这一带紧靠玄武湖，改革开放招来大批国内外游客，远近都有漂亮的高层建筑拔地耸立，洞庭路十号的房屋夹杂在新建的大厦内无论如何是不像样的了！

秾都忽然提议："这房子不该拆！向市委反映吧，这是有纪念意义的一处房屋，应保留它！"

想法不错，我却没有同意。我默默伫立屋前，一些遥远的故事从记忆中回来了，在心灵上引发出某种寻觅意象中所获得的满足，一时难以甩脱。我们这样一个伟大的国家，我们这样多的人民，在党领导的革命中具有纪念意义的地方有多少？少数是应当保存的，多数未必都应当保存，也不可能都保存。就拿这房屋说吧，让它随着祖国开放和建设的脚步从拆除转化为新的大厦怎么不好呢？这种"新生"较之保存它似乎更有意义，不是吗？

我老了！也许不会也不可能再来；我也许在以后的日子里，常会在寂寂的夜暝中依然对这故居和它的历史魂牵梦绕！我也许会在创作和怀念的时节依然会冲动地享受到那种消逝了的壮美的情怀。但这一切仅仅不过从属于我个人，是我生活浪花中曾激发的小小的涟漪。在整个人民生活的潮汐中算得了什么呢！一幢实实在在的新的大厦总比这残破衰败了的旧屋好得多！这代表着我们的如火如荼的社会主义建设在前进！……

"拍点照片作纪念吧！"起凤提醒、催促我。

我突然发现那块"洞庭路十号"的已经锈损了的蓝底白字的门牌仍高悬在砖砌的门柱上。它当然快将与这旧屋一同毁灭。我迈步上前，高高举起了臂膀，轻轻用手将门牌摘取在手，像面对一件"文物"，珍贵地将它用手帕包起放入口袋。这对别人已经无用的废物，对我却有意义。我将把它带回到四川成都，放在我卧室里的那只玻璃橱内。

拍了照片，离开洞庭路时，我带着寻梦后的怅惘，也怀着斐然诗意，有离绪悠悠，也有豪情满怀。

（本文刊于 1990 年《文学报》）

# 永不忘却的血色回忆

岁月水也似的流过去了，记忆已经遥远。那是一种游荡在我的血管之中，熨遍我的全身，刺激我的心灵，似乎永远不会改变的特殊感受。

置身于古老而又现代化的南京，看着龙盘虎踞的"白下"形胜，这种锥心泣血的感受总是随着血淋淋的记忆，不断强烈侵袭着我。我不能不想起1937年12月日军攻占南京时发生的惨绝人寰的大屠杀。这场大屠杀的高潮在1937年12月13日日军攻占南京后昼夜不停地持续了六周之久。当时全市被烧毁的房屋约三分之一，无辜同胞惨遭杀害达三十万人以上。只要想起这些，我心情总是变得非常压抑、非常愤激。旅游的欢愉兴致也就受到了创伤。于是，从我下榻的金都大酒店九楼的窗口，外眺南京四下里云霞斑斓、茫茫无边的景色时，我常默默凝思，怅然不悦，沉浸在苦涩复杂的心情中。

到南京第三天晚上，民革南京市委主任委员夏瑺瑛同志，请我和起凤到家里吃饭。夏老安排了"侵华日军南京大屠杀遇难同胞纪念馆"的孙芷莉同志，利用吃饭前的时间来采访我。纪念馆的同志们，为搜集、考证资料，做了大量宝贵而有意义的工作，在国际上也颇有影响。由于我在1946—1948年间常在南京，有意识地搜集过南京大屠杀的资料，又参加采访过当时在励志社礼堂对日本战犯的审判，目睹过在中华门外兵工厂后面小山上和南京城北一带死于日军屠刀下的同胞尸骨的发掘，纪念馆的同志希望我谈谈当年的情况。于是，回忆的帷幕打开了，我的心走进了寒冬，那种特殊的感受顿时变得格外浓烈。

我在1947年间访问过一批在大屠杀中幸免于难的见证人，可惜厚厚的几本笔记连同一些照片早已毁于"文化大革命"。那时，我曾用"王公亮"的笔名在1947年的上海《大公报》、上海《时事新报》和重庆《时事新报》发表过关于南京大屠杀和审判日军第六师团长谷寿夫的纪实散文和特写，但这些文章早已失落。不过，印象深刻的事总是难忘，现在还牢牢记得的并不少。

1946年2月，当时中国成立了"国防部审判战犯军事法庭"，审判日本乙级和丙级战犯达两千多人。我在南京小营"国防部战犯拘留所"，访问了三个南京大屠杀中的受害者：梁廷芳、陈福宝和李秀英。

1947年2月，开始审讯谷寿夫。这个身材短小容貌猥琐光着头的日本军人率领的第六师团是最早由中华门攻入南京的日寇部队，杀人最多，暴行最烈。4月26日上午，我在中华门外刑场目击他被枪决，当时，在东京的远东国际法庭，正审讯恶名昭彰的松井石根大将。他是日本华中派遣军总司令官，对大屠杀负有直接的最高责任。他的罪行需要证人，梁廷芳、陈福宝、李秀英三人本来都应当而且愿意去做证控诉，但当时的蒋介石政府不给他们解决来回的旅费。后来仅梁廷芳一人成行，去到东京做了证人，当庭陈述了他所亲身经历的令人毛骨悚然的大屠杀。

我访问梁廷芳时，这个饱经风霜的壮实中年汉子，为人朴实，脸色庄严，叙事清楚。他本来参加了保卫南京城的战斗，是担架队的一个班长，城破后，逃入了当时外国人组织的国际委员会设立的难民区（也称国际安全区），地址南自新街口起，经过中山北路、中山东路、汉中路，直到汉中门、挹江门等地，包括山西路、宁海路一带在内。日军来搜查，发现梁廷芳手上有老茧就拉出来反绑双手架走。在南京陷落的第四天，梁廷芳同华侨招待所的男女难民五千多人一起，排列成行，由大批日本兵用刺刀押解到江边中山码头。日军架起机枪开始集体大屠杀，死人遍地成堆，血流成河，尸首随波漂流。梁廷芳中弹负伤，在滔滔江水中拼死游到对江登岸，才逃得命。我在《月落乌啼霜满天》的续集《山在虚无缥缈间》的第五卷写到尹二在中山码头脱险的一段经历，原型就是来自梁廷芳。记得参加当年东京国际军事法庭审讯松井的梅汝璈法官，在政协《文史资料选辑》第二十二辑上发表过一篇《关于谷寿夫、松井石根和南京大屠杀事件》的文章，曾谈到当时有个证人在东京做证，他记不清是谁了，其实就是梁廷芳。我问芷莉知不知道梁廷芳的下落，她说："人已经不在了！"我的心一动，不禁唏嘘。南京大屠杀已五十四年，梁廷芳活着该有九十岁左右了吧？人不是都能活得那么长的！

陈福宝给我的印象是很深的。南京城陷时，他只是一个十几岁的小孩，被日军逮住，与其他几十个人一同用绳索捆绑着，带到五台山下屠杀、活埋。日军勒令其中一些人用铁锹把活埋的洞穴加大。他力气小，挖时使不上劲。一个会柔道的日本兵把他拎起举在背上，猛摔在地昏厥过去他像死了一样，日军将其他人刺杀和活埋后扔下他走了。他苏醒后，天已黑，悄悄爬起潜逃。几个月后，平靖了，他有亲戚在新街口开照相馆，有日军拿了胶卷来冲洗，拍的全是烧杀奸淫的"纪念照"。他亲戚是有心人，特地加洗了一套照片密藏，准备将来抗战胜利了拿出来作罪证。我在1947年2月见到陈福宝时，他穿着西装，已是一个高个儿的二十多岁的青年人了，有一双明亮的大眼睛。他将一套几十张照片送给了军事法庭。我从检察官陈光虞那里看到了这些照片，看时汗毛悚然，心在战栗，热血沸腾。照片上的日军砍中国人的头，刺中国人的心脏，轮奸裸露的中国妇女，奸后剖腹杀死……我那天曾随陈福宝到五台山下，他指给我看日军活埋中国人的地点。军事法庭取证时，曾按他提供的地点挖出过不少骷髅和骨骼。审讯谷寿夫时，各处挖来的大批骷髅骨骼作为罪证都摆在谷寿夫面前。陈福宝提供的照片也使妄图狡赖的屠夫谷寿夫哑口无言，因为照片上烧杀奸淫的日军佩戴着第六师团的番号。我问小孙陈福宝的下落，她说："知道有这么一个提供照片的人，但未曾找到。"是呀，悠悠数十年，青年早已成了老年，他也许早已病故，也许浪迹天涯离开了南京，哪里去找呢？

我同小孙谈起李秀英，想不到星换斗移，这位了不起女同胞，至今还在南京，该是七十好几的老人了吧？她家住南京玄武区鱼市街卫巷，当年南京城破之日，她怀孕已七个月，丈夫到乡下躲避去了，她随父亲躲藏在五台山一所小学的地下室里。大屠杀期间，来了几个日本兵要强奸她。为了不被侮辱，她宁死不屈，一头撞在墙上，头破血流昏倒在地。头一批日军走后，不久又来了第二批。三个日本兵要奸污她。一个日本兵来解她的钮扣，她见日本兵腰间有刀，就夺日军的刀，用牙咬日本兵拼命。日军用刺刀将她刺砍了三十几刀，以为她死了，这才扬长而去。日军走后，父亲见她死了，十分伤心，但她苏醒过来哼了一声，才知道她还活着，但腹中的胎儿流产了。我在《月落乌啼霜满天》中写的庄嫂那种宁死不屈的精神，也就是用了她作原型。知道她仍健在，我真高兴。我还能记得当年，她长长的脸型和严肃、冷峻及庄重、愤怒的表情，还有她脸上的伤疤。小孙告诉我：她采访李秀英老人时，老人告诉她："当年有一个年轻的记者访问过我，并且写了文章。可惜我忘了名字。"我想，那该就是我吧？我当时确是访问了她和她的丈夫，也写了文章的。我真想去看望她，叙叙旧。可惜因为匆匆离宁急于去上海治病，未能如愿，成了一件憾事。

1991年6月，在美国发现了一部由已故美国牧师、当时南京国际红十字会委员长约翰·玛吉等拍摄的实录影片，能放映三十分钟，证明了日寇当时在南京的种种灭绝人性的残酷暴行。接着，日本《每日新闻》10月5日报道说："记录片中'有一位被刺刀刺伤横躺在床上的年轻姑娘'。记录片放映后不久，一位《每日新闻》记者发现这位姑娘的脸形和经历与他在南京市见过的李秀英极为相似。接到这一消息，《每日新闻》采访组在南京大屠杀纪念馆有关人员协助下，找到了李秀英，最终判定为同一人。"我读着这段报道，心潮起伏，衷心祝愿这位有民族气节、经历过大劫难而如今沐浴在社会主义阳光中的老人健康长寿。对我来说，仅仅只是在四十四年前采访过她，但她绝不是匆匆相识又可以匆匆忘却的人。我希望她能看到我写的这篇文章，也希望以后到南京时能再同她见面。

那晚，菜肴丰盛。吃饭时，我们谈南京的美好变化，谈改革开放的巨大成就，谈今天中国再不受帝国主义侵略和摆布的自豪……但一直到宴罢回到住处，我心中总因那种由于南京大屠杀引起的压抑和愤激感到难受。我望着夜深仍华灯灿烂的南京，仿佛仍听到金戈铁马声。半个世纪过去了！欣欣向荣的南京城已难寻觅早年沦陷时凄风苦雨的容颜。但当年南京遭受敌人铁蹄蹂躏的百姓的哀号声，仍在我灵魂深处回荡。夜更深，天上有一泓朦朦月光，我关了电灯，让月光进房，仍不想睡，在疲惫的兴奋中默默思忖。起凤同我站在月光中，并肩临窗眺望。她了解我，我也了解她的心情，她的小叔凌淦，是一个誓死抗日的爱国军人，军校十期的，保卫南京时守中华门，勇敢战死在南京城内。我在《月落乌啼霜满天》中写的童军威，身上就有他的影子。头一天，我们经过中华门，看见了城墙上当年激战时留下的大大小小的弹洞。当时，带着凭吊的心情，谈起她小叔凌淦的死，我倏然发现她的脸色变得那么苍白了！

两年前，我见到报载日本教育当局竟然企图涂改历史，将侵略中国和东南亚的战争罪行从教科书中抹去，将"侵略"一词改为"进入"。前年，我读过日本一个所谓评论家田中正明写的《南京大屠杀之虚构》一书，卑劣得竟把南京大屠杀的事实说成是无中生有。去年，我也读过日本众议院议员石原慎太郎胡说什么"南京大屠杀事件"是"中国人捏造的谎言"的文章。这些事，这些"书"和"文章"，在国内外都引起公愤，也遭到了日本有识之士的驳斥。

其实，铁一样的事实摆在世界人民眼前是怎么样也否认不了的！中日邦交正常化和中日友好关系的发展，是中日两国人民长期共同努力的结果。周恩来总理在 1972 年就说过："自从 1894 年以来的半个世纪中，由于日本帝国主义侵略中国，使得中国人民遭受重大灾难，日本人民也深受其害。前事不忘，后事之师，这样的经验教训，我们应该牢牢记住。"前事已是历史，但是不能遗忘，更不能否认、歪曲。这些年来，日本人民进行了六次"悼念南京大屠杀受害者植树访华团"的活动。这项活动由日中友好人士菊池善隆先生创始。他曾五次带队到南京，在珍珠泉公园种下两万多株树苗。他去世后，日中协会常务理事林右一又率一个三十人的访华团第六次到南京，团里有八十多岁的老人，也有八岁的孩子，他们怀着对大屠杀中受害者的悼念，怀着对中日人民友好的热忱愿望，又在南京珍珠泉公园种下了一千二百株象征日中世代友好的树苗。

南京之行，我的情感走了很远很远的路。对南京大屠杀的血色记忆，永不忘却，是因为我们愿同日本人民世世代代友好下去，共同阻止日本军国主义复活，不许历史悲剧重演；永不忘却，是因为中国人民应当牢记中国过去受侵略的血染历史和灾难，从而懂得我们应当怎样坚定地跟着中国共产党继续走振兴中华之路！

（本文刊于 1990 年《文学报》）

# 与管桦的还稿之交

1976年唐山大地震后，我去到唐山和冀东采访，主要目的是重写节振国（后由花山文艺出版社出版题为《血染春秋——节振国传奇》），也是想看看我有感情的唐山人。到唐山后，满目疮痍，遍地废墟，那真是惨绝人寰的景象。我住市委招待所——实际是帐篷里。用水困难，水里全是漂白粉，放出水来像牛奶一样，过一会儿才能澄清，招待所里有一个市委干部的女儿，全家死于地震，她疯了，总是坐在那里哭。天热，我到冀东烈士陵园，只闻到仍有尸臭味，原先华丽巍峨的纪念堂、陵园的办公室全部从根倾圮。烈士的墓，如包森司令员的已开裂，我找到节振国烈士墓，墓尚完好，但碑也倒了，陵园内有简陋的地震棚，住的是原来陵园管理局档案处的一位姓赵的女同志（年久了已忘名字）。她真了不起，家人有死亡的，她却将档案从废墟中挖出来存放地震棚中同住保存，十分敬业。我翻阅档案时，发现有两部厚厚的手稿，一部有稿名，一部没有。有稿名的一部是《包森传》。包森司令员在冀东抗日战争中牺牲，是位有名的将领，这我知道（但此书后来未见出版）。另一部没有书名，厚厚的，是用毛笔写的，很粗糙，但字很好，这部我觉得可能或应当是《将军河》的原稿。两部稿子末页均有红卫兵用歪歪扭扭的字体写的"此稿从黑帮管桦家抄来"的字样，并盖有红卫兵组织的图章。赵同志告诉我，这是地震前红卫兵留下的。

我不认识兼为作家、书法家、画家的管桦，但知道他是冀东丰润县人。他本名鲍化普，其父鲍子菁是革命烈士，1938年参加冀东二十万工人抗日大暴动，任九路军第七师师长带领家乡子弟兵抗日作战，抗战胜利前为抗日作战牺牲，也葬在冀东烈士陵园。而管桦的作品我是读过一些的，挨批判的《辛俊地》我认为是爱国主义的好作品。他写的歌词像《听妈妈讲那过去的事情》我也欣赏。我对赵同志说："我将去北京，这是作家管桦的心血，我将负责送还给他！"赵同志说好，我就将两部书稿一并带到北京给管桦送到石板房24号家里去。他不在家，但收到稿子写了信给我说："……我不在家，非常抱歉。感谢您从唐山烈士陵园给我带来的手稿，我正在查找不到，心里非常着急的时候，您就送来了，真是高兴极了。特向您致以衷心谢意……"

后来，我们通了电话（我当时住在北京朝内大街人民文学出版社作者宿舍），他为人豪爽，向我致谢，又说要画幅墨竹赠我。但我忙于创作想挽回因"文革"失去的时间，很少同人交往。既未再去拜访，同他迄未相会。文人相亲相助，我做了送还他稿件的事，理所应该。后来，见到他的长篇《将军河》出版，我认为送给他的手稿，至少应对他写成《将军河》这部巨作是有帮助的。遗憾的是我们之间只是神交，却未能见一面谈谈冀东和当年的抗日战争。以后，管桦同志去世，这件事也就封存在我心上，只剩下他的信和留在我心上的我们之间曾有过的感情交流了！

王火同志：

您来石板房，正赶上我不在家，非常抱歉。感谢您从唐山烈士陵园给我带来的手稿。我正在查找不到，心里非常着急的时候，您就送来了。真是高兴极了。特向您致以衷心谢意。上星期六人民文学编辑部同志来，我曾托她代我向您致谢，我怕她工作忙，忘了，又写此信。本想去看您，因为闹心脏病，近日血压又高起来，出不得门了。

　　专此并祝

近好。

管桦

十月十八日

# 难以忘怀

人到老年，容易怀旧。我也不例外，今年七十四岁了，童年已经那么遥远，有的事早已在记忆中消失，有的事仍留下了印象，即使粗疏，却难以忘怀。

从小父亲就把乡思乡情的种子播在我的心田，父亲告诉我：我们是苏北如东县掘港北坎人，那地方离黄海很近。有时海上刮龙卷风，传说是龙垂下尾巴在"哗哗"取水……于是，浩瀚的大海在我心中留下了神秘感。家乡的亲属有时带些海味到南京送给父亲，有虾米，有鱼干，有紫菜。吃着家乡的海味时，父亲就会谈起他童年的一些往事。他说十六岁时，独自离开家乡，祖母夜里给他缝补衣服，早晨流着泪送他到村头，让他带的有几个煮鸡蛋，塞给他一个小包袱。那时家穷，他决定出去闯一闯。但从那以后，就没有回过家乡，更是回忆着少小离乡背井的痛苦。于是，我年纪虽小，也默然了。到今天想起这些，心里仍是恻然，仿佛看到父亲那深情湿润的眼睛。

父亲离家是步行去南通的。那该是 1905 年，当时南通城之一代名流张謇先生把实业、教育称为"富强之大本"。父亲自己用红纸写了名帖要求晋见"张四先生"。张氏见来者字迹挺秀，是一个气宇轩昂的贫穷少年，问："找我何事？"父亲回答："我要读书救国，家穷无法如愿，想请先生帮助，愿拜先生为师。"张謇先生奇怪这么一个贫穷的十六岁少年竟有这样的抱负，赐座与之交谈，发现他气度不凡，谈吐渊博得体，上进心强，高兴地笑道："好好好！我收你做学生，帮助你上进。"后来，让父亲到南通县渔团任团练，团部设在南通城东北的王藻祠内。父亲当时在张謇先生处干了几年，终于剪辫去沪，考入中国公学法律系，以后参加了辛亥革命，又东渡日本入东京早稻田大学法政科攻读……父亲终生对张謇先生是作为恩师对待的。

从父亲的嘴里我不但知道了如东，也知道紧靠家乡的南通。1936年暑假，我这个高小毕业的学生随父亲由南京坐火车到上海，然后由上海乘船去南通。父亲说："到了南通也就是到了家乡！"我也就有了一种回家乡的亲切感和光荣感了！真想看看南通是什么模样，真想在南通好好随着爸爸玩一玩。然后告诉人："我回过家乡了……"

记得很清楚，在上海是晚上去坐轮船的。船行一夜，第二天黎明红日升起时到达了南通，在天生港上岸，我们住的那个旅馆当时是南通有名的，名字好像叫"桃之华"（读音如此，是哪三个字早忘了），来看望爸爸的客人很多，爸爸有时也外出看望人家，南通话我能听得懂，但觉得"你到哪里去"念成"你到哪里剎"，把"糟了"说成了"豁倒"，感到有趣。我也就学着讲，因为这是家乡话。

南通整个城市留给我很美好的印象，干净、整洁、繁荣、精致，气候也不错。爸爸和朋友带我游玩了著名的狼山。狼山旁边好像还有剑山、马鞍山等小山。在狼山上游玩，使我想起了镇江的金山寺和焦山上的寺庙。和尚出来殷勤招待，我们在那里吃了斋饭，都是素菜：素鸡、素火腿、豆腐、竹笋、素圆子、香菌、玉兰片……爸爸和客人们吃得津津有味，我却因为鸡呀、火腿呀、鱼呀都是假的，颇感失望。只有风景很好，可以爬山，可以看江，满足了我"玩"的愿望。

到过一处祠堂，给我至今留下了虽然模糊却很长久的记忆。这是纪念一位明末抗日英雄的祠堂。这位英雄姓曹，是位卖切面的人。当倭寇登陆来进犯大肆烧杀奸淫时，他拿起切面刀奋起去杀倭寇，杀死了不少敌人。听了这个故事，我当时十分激动和敬佩。祠堂门口有个铜像，塑的是一个勇武刚毅的中华爱国男儿，手执一把切面刀。铜像虽经风霜雨雪已经斑驳陆离，但人物的英雄气概使人看了难忘。这件事所以给我留下印象，显然是同当时的时局有关。那时要求抗日的民众情绪十分高涨，当局想压制但压制不住，连我这样一个高小六年级的小学生也早就怒火满胸膛了。就在这年的 12 月，发生了西安事变，而第二年就发生了七七卢沟桥事变和八一三淞沪抗战！全民抗日战争终于爆发了！这个祠堂和铜像如今不知还在不在。

南通离我的家乡掘港北坎很近，爸爸到了南通，动了乡思乡情，很想回去看看。他是对家乡有感情的人。到了南通，在旅馆里，晚上他又讲起小时在家乡的经历、谈起祖母在他离乡时送他的情景……讲着讲着，泪水满面。我明白，讲这些是教育我上进，也是将家乡观念灌输给我。他说过："爱家乡的人多数爱国，爱国的人多数爱家乡。"但因时间紧，他突然急着要回南京。以后，他终于独自回乡去了一次。那是他十六岁离开家乡后唯一的一次回家乡。

我迄今从未回过家乡。但我想，我总要回一次家乡去看海的！也要到改革开放后蓬勃发展的南通去寻找我过去的踪迹的！

（本文刊于《南通日报》）

# 心存乡情

一

未到过家乡南通如东北坎，年老了，却仍会深深想念家乡。这好像成了父亲留给我的一份"遗产"了！每每思父和思乡缠在一起，情景朦胧，滋味复杂。

抗战前，在南京，我年岁还小，从父亲嘴里听他讲起北坎，感情好深。他小时候家境贫寒，提过篮子卖梨；十六岁时，决定出外求学寻找出路，祖母煮了几个鸡蛋送他到了村头。他提个小包袱步行去了南通。说到这里，他眼里含着泪花。他也谈到家乡的大海和"龙取水"（龙卷风），于是我脑际留下了乌云密布、天风浩荡，远处海上阴森恐怖地挂下一条条黑色、白色的"龙尾"垂入海中，搅动得海水哗哗地响的情景。那时候，家乡的人带来了海味，从鱼干至水晶虾米。父亲吃得不多，介绍时却浓情蜜意夸这些海味怎么怎么好。从家乡来的一些堂兄们都会喝酒。据说，家族里酒不沾唇的人仅有我。一些年后，我长大了，堂兄们喝酒时仍会笑指着我说："北坎人都会喝酒，你不行！"如今，父亲早已去世，堂兄洪海、洪江、洪治、洪流们也一个个西行，往事遥远，记忆难忘，笼罩心际，音韵久长。

## 二

年月流泻，1937 年"八一三"抗战爆发后，日寇占领了大半个中国。颠沛流离，我从南京到武汉去香港，从香港到上海租界。"孤岛"沦陷，又从上海途经苏、皖、豫、陕入川。1945 年抗战胜利，我重回沪、宁一带。新中国成立后，从上海调至北京工作了十年，又到山东工作，再从山东到了四川，在成都瞬息二十多年了！兜着圈子度过似水年华，年岁渐老，从未回过故乡。前年春天，应邀到安徽开笔会，南京、南通也有友人邀去欢聚、疗养。怀着好心情本拟顺道到一次如东北坎看看家乡新貌，拜访父老乡亲，见见大海，给先人扫墓献花。不巧 SARS 猖狂，四月间匆匆从安徽飞回成都。与家乡失之交臂。可见，人的愿望每每要实现并不容易。如今，在我这年逾八十视力与身体都不好的老人，想回家乡已是一种奢望。我这一辈子，始终好像在做游子，总有萍飘似的感觉。乡情上心，有时像一杯甜水，甘美解渴；有时像一颗橄榄，回味无穷；有时像一盅美酒，可以温暖陶醉；有时又像一剂汤药，苦涩却能治疗思乡病。

有人说过："我的故乡不止一个，我住过的地方都是故乡！"我却不这样想。我住过的地方是第二故乡、第三故乡，但真正的故乡如东北坎，那是第一，这位子我一直留给了您！

## 三

1997 年出国访问捷克，在布拉格由捷克作协主席陪同与肖复兴等一同参观德沃夏克故居。那是一幢古老建筑物，被大树绿荫包围，宅前有德沃夏克的青铜像，环境幽美，四下静谧，一些洁白的花盛开，有小鸟唧啾。

德沃夏克（1841－1904）是 19 世纪下半期捷克民族乐派的代表、世界音乐大师，出生于捷克，1891－1895 年曾应邀任美国纽约国家音乐学院院长。

那天，下着细雨。走进他故居客厅，管理人员是位白发老太太，特地为我们在客厅里播放德沃夏克的名作《思乡曲》，神奇的旋律，让人心头荡起一种难以言说的乡愁。该是他远离家乡客居美国时的作品，有淡淡的动人心弦的震撼力。也巧，这是一首曾被译成中文而且我年轻时就会唱的歌，歌词是："念故乡/念故乡/故乡喜又爱/天甚清/风甚凉/乡愁阵阵来/故乡人/今如何/常念念不忘/在他乡/一孤客/寂寞又凄凉/我愿意/回故乡/再过旧生活/众亲友/聚一堂/共享从前乐。"

音乐的魅力不是语言文字所能表达的。至今想起那天听音乐的情景，我仍激动，也又总搅动乡情。从那时起，我常想购买德沃夏克的音乐碟片，希望常能听听他的《思乡曲》。可惜，无数庸俗浅薄的流行碟子都有，这样经典的名曲至今还未觅到买回。

我有一种难言的感情，欲说还休！乡情应该是无价的。

身在家乡的人有福了！我祝福大家！

# 秋雨淅沥

晚上，秋雨淅沥，友人 G 来访，闲谈间，告诉我：一位青年作家刚写过两三本书，就十分骄傲狂妄了，竟大言不惭地说："G 的作品算什么！我是不屑一顾的！"G 本是位谦虚的老作家，谈到这里竟激动了，说："难道我的作品真那么孬，他的作品真那么好？"我安慰他，也真心地说："不，作家的特点是谁也代替不了谁！骄傲者的作品未必一定好，谦虚者的作品未必不好。正如引起轰动的作品未必一定佳，不引起注意的作品未必一定差。读者多种多样，作品又各不相同，无法用一杆秤来称作品的！何况，如今还有'炒'和'捧'的风气干扰……"

G 走后，我的心却不平静了，窗外墨黑，一切朦胧，一切显得寂寞，听着雨声，想起了不少往事。

也许骄傲狂妄是年轻人的通病之一，我也是过来人，但如今回忆起一些骄傲的往事，剩下的只有惭愧了！

那是在初中阶段，一位教国语的教师，我主观地认为他"不行"！上课时就不愿好好听讲！一天上课，他教的是课本上摘自《水浒传》的"武松打虎"那一节，教到武松说"鸟大虫"时，他一定是因为班上还有女同学，这个"鸟"字念出来刺耳，所以念作"乌大虫"。

他竟将"鸟"念作"乌"！抓住了老师的辫子，我好不得意！就逞能地马上举起手来，打断了他讲课。他问："什么事？"我站起来答："老师你念错了！这不是'鸟'字，怎么你念'乌大虫'？"于是，课堂上哗然起了笑声。老师气恼地说："别以为做老师的连这两个字的区别都不知道！但在这课堂上我不愿意传授骂人的话！你知道这不是'乌'字不就行了吗？……"这一说，反倒弄得我脸和耳朵都红起来。其实，这位老师就是鼎鼎大名的苏州才子范烟桥先生，他学识渊博，有许多著作的，我当时对他毫不知深浅。

后来，在四川江津高中时，骄傲的毛病我仍未改。在高二时，一位葛老师教语文，讲到了韩愈的《答李翱书》。这位"文起八代之衰"的韩退之老夫子是位古文运动的倡导者，文字既有创新，却也常常艰深奇崛而险怪，要讲深讲透他的句子有时是十分难的。我却举手提些刁钻古怪的问题考老师，使老师当堂难堪，气得脸色发白，我却自以为能，暗自扬扬得意。那阶段，我借居堂兄王洪江家上学，堂兄比我大二十岁，做律师；见我骄傲，常笑着说："你啊，你的头上有两只角！将来，这两只角磨平了你才知道怎么做人！"我听了，并不介意。

考大学时，我决心只考一个，而且要"考一个取一个"，被哥哥宏济骂了一顿，说："别胡乱骄傲自大，谁也没把握考什么学校就能录取什么学校！快去再考第二个大学！"于是，我忙再去考复旦大学新闻系。结果发榜时，第一个蛮有把握的大学未录取，复旦大学却录取了。幸亏又考了复旦，要不，就只好失学了！

到复旦大学后，情况渐变，同学中人才济济，比我强的很多。大学里有一批著名教授，听讲一次课或读他一本著作就使我折服。我也开始大量地读中外名作，遂开始认识到世界之大，人才之多，学说之广，知识之博，自己实在是"沧海一粟"，算不了什么。面对权威，越学越知不足，谦虚遂应运而生，努力想求知的欲望也更强烈。记得当时选修了上海某大报总编辑赵君豪的课。选他课的仅三个学生，但按大学规定，教授的课有三个学生选就可开讲。赵君豪总编辑本不是一个口才好的教授，见来上课只有三个学生更不来劲。一次上课，那两个同学都跑到后排坐着而且打起瞌睡来了，只有我独自坐在第一排专心听课，因为我觉得他的实践经验丰富，许多内容还是有独到见解的。两节课完，他突然走到我的面前，手里拿着名单亲切地问："我能知道你的名字吗？"我回答后，他点点头，热情地伸出手来说："谢谢你专心听我的课！"后来，他因为忙不再来上课了，却写了封信给我，大意说：由于工作忙，以后不能来上课了，很对不起，希望我有空到他报社里玩。我虽未去找过他，但这件事使我懂得：尊重常是相互给予的，目中无人那种无端的骄傲除了伤害人之外并无道理，虚心倒是可以得到收获并也得到别人敬重的。

从那以后，随着年龄的增长，阅历的加深，学习的深入，工作中碰钉子的教训，这才体味出堂兄洪江说的那句话的滋味来了。尤其是参加革命后，从马列主义中学到了辩证唯物主义与历史唯物主义，学到了一分为二，学到了实事求是，学到了全面看人看问题，学到了向工人农民学习，尤其是见到一些谦虚的学者、长者、智者的表现，更感到做井底之蛙的可笑……骄傲有时也许还会剩点尾巴要冒出头来，狂妄则确实铲除了。孔子说："三人行必有我师。"我在山东做过一些年的中学行政领导工作，就深深感到教师中的"能人"很多。"人各有长短"，"红花也得绿叶扶"，向他人学习是使自己进步并做好工作的前提。比如拿笔写作，我从不认为自己写的东西有多好，但我却总不断阅读别人的作品，从中汲取营养。谦虚使我受益，我总觉得《皇帝的新衣》中那位赤身裸体的君主昂首阔步摆出一副高傲的皇帝架子来既可笑可悲，也很丑陋。

"文革"结束后，有一年，在北京人民文学出版社招待所住着。一天，一位名小说家来，几位年轻的作家要他谈谈创作经验，他见是几个年轻人就谈了。我年岁大，但长相年轻，小说家起先未注意，谈到中间，突然发现有个年岁大的在座，问："这位是谁？"别人作了介绍，握完手，他就再也不肯往下讲了，并且仿佛怀着愧怍两次致歉，说了不少谦虚的话，惭愧自己不该摆老资格乱谈经验。其实，他谈得很好，我很受教益。平时我是很欣赏他写的短篇小说的。可是他的谦虚使我感到有能耐的人总是很谦虚的，而谦虚更使人起敬。

在一些年里，狂妄的人不是没遇到过，印象最深的是一次去中越边界，在昆明时，军区首长宴请。我们是解放军总政治部邀请组成的作家代表团，十几个人，其中老、中、青作家都有。宴请那天，一位名作家到了昆明，军区就把他也请来了。但他的骄傲狂妄却非一般，与我们团会见时，逐一介绍后同他握手。他知道姓名的握手时还像样，对"无名之辈"却用不屑一顾的态度握手，引得有的同志非常气愤！宴请时，一共两桌，他在军区首长张铚秀这一桌上。军区首长站起来祝酒时，我们一起起立碰杯，他不但坐着不动，而且动筷先自顾自地吃了起来，特殊思想十分浓厚。这当然不仅是骄傲狂妄，也是教养太差的问题了。大家不否定他的才华，但事后不少人都摇头谈他，鄙夷得很。其实，这个作家代表团中，有的是老革命，有的是老作家，有的有专业知识，有的有行政才能，有的是很出色的诗人……他不可能比人家都强，也没有理由骄傲自大。

多少年来，我有个深切感受，中国的知识分子，不论是老一代还是后起的青年一代，他们中的绝大多数人，都像鲁迅说的"吃的是草，挤出来的是奶、血"，他们忍辱负重默默奉献，即使在狂风暴雨中，就是有流血的创口，也用手按压住昂头挺胸去完成时代所赋予的历史使命。他们中的精华人物都是谦虚而不是骄狂的。像蒋筑英，他的事迹已拍成了电影。像敦煌艰苦环境中以常书鸿、段文杰为首的那些"守护神"们，倾一生心血于神奇的石窟，都不太肯说自己的贡献。像王承书，隐姓埋名一辈子，死后报上才登载她那石破天惊的事迹，人们才知她是我国铀同位素分离事业理论的奠基人。她一贯谦虚，生前总是谢绝记者采访，由她参加或主持过的科研获奖项目有几十项，她都谢绝署名，贡献非常大，她自己却未得过什么奖。临终遗言居然说："虚度八十春秋，回国已三十六年，虽做了些工作，但是由于主客观原因，未能完全实现回国前的初衷，深感愧对党，愧对人民。"……中国这么大，人口这么多，英雄人物、先进人物、专家、学者这么多，谦逊常是庄严，常是尊贵，骄傲则常是无知的产物。以为自己"老子天下第一"骄傲狂妄者，不是孤陋寡闻，就是有"自大狂"病态抑或眼睛看不见、耳朵听不见。不然，我想他会惭愧，也会变得谦虚些的。

因为，自己觉得高大，那是你的一种错觉造成的，你总还是你！

因为，山外有山，天外有天，看到过山外山，天外天的人，就不会"家有敝帚，享之千金"了！使人肃然起敬的每每是谦虚而有不凡之长处的人。

张岱在他的《夜航船》序中提起过一个故事：一艘夜航船载着些人，其中有位读书人，自以为有学问，所以就高谈阔论，多占了地盘。一个和尚只好跟那些胆怯的人缩在一边蜷足而寝。

一会儿，老和尚问读书人："请教，澹台灭明是一个人还是两个人？"

"当然是两个人！"读书人骄傲地回答。

"那么，"老和尚又问，"尧舜是一个人还是两个人？"

"当然是一个人！"读书人回答，仍旧傲气凌人。

这时老和尚自言自语地笑了，说："哎哟！这下子我可以伸伸腿了！"他把蜷缩的双脚大胆地伸开到读书人那边去了！

这个故事似乎很值得赠送给那种骄傲狂妄、目中无人的人当作一帖清醒剂服用。因为至今看了这故事，想起我自己年轻时曾有过的那种糊涂的骄傲狂妄，我仍觉得惭愧。岁月推移，我悟出了要自己少点惭愧，就得使自己少点无知的骄傲与狂妄。

窗外很静，静得很美，夜在消逝。听着淅沥的秋雨声，想起了往事，想起了惭愧这个主题，有疲乏不安而抑悒的沉思。我失眠了！到下半夜才睡着。上面写的，实际就是在秋雨淅沥中睡前所想起的片断。

# 敬礼！人民的公安

在我心目中，和平年代警察是最可爱的人。这种好感来自亲身的体验，以下便是这半世纪来我与警察结缘的几个小故事。

50年代中，我在北京《中国工人》杂志社工作，常常出差。一个冬夜，我在河北沧州因班车取消逗留车站心情懊丧。这时，来了两个警察盘查了我，待弄清身份后，他们告诉我：他们执行任务要抓一个抢劫犯，认为我一人夜间在此有危险。于是，便陪我找旅店住定，才热情离去。望着他们的背影，我极感动。

60年代"文革"前夕，我在沂蒙山区深入生活，一次由张庄赶往沂源时，在山间迷了路，天暗下来，四周无人，忽听后边有脚步声追赶我。星光下，我发现原来是张庄的公安员，他说："书记说你独自要赶夜路，我怕你迷路出危险，所以赶来。"他的话使我好温暖。他的名字我已忘却，但面容至今难忘。

70年代"文革"后，我在山东临沂认识一个"老公安"，人称老邵。他爱好文学常来找我聊天，同时也把他写的散文给我看。"文革"中我因是一个省属重点中学的校长，有个姓马的"红卫兵"抄我家时将我的《鲁迅全集》及一部手稿拿走了。我告诉老邵："《全集》我可再买，手稿于我很珍贵。"过了很久，有一天老邵来对我说："你的书早被马某卖了，手稿也被他弄丢了！"我说："你怎么知道？"他说："马某犯了案，我办案时想起了你的手稿，问过他。这家伙真孬！"老邵是个疾恶如仇侠义忠诚的朋友！

80年代，有次我在上海坐火车赶赴徐州，很挤，站了三小时，两脚酸疼。右边座位上有个公安人员，浓眉，虎彪彪的黑眼，不到三十岁，他到天津，比我路远，但到镇江后坚决站起要我坐下。我不肯，他说："你年岁比我大得多，你下了车我可以再坐的！"他把我揿到座位上，乐呵呵地在我边上站着。我觉得他真是可爱。

90年代，也就在两年前，我遇到一件困难事：我老伴的名字中有个"凤"字，可是身份证发下来时错成了"风"字。我们年老眼花，没看清也不注意。可是后来上飞机等等都发生了问题。我就到派出所去要求改正。谁知遇到一个女同志态度不好，不给办更正，还说："责任在你们自己！为什么发证时不仔细看看！"我承认是我们不好，检讨了也无用。实在没法办通此事，万般无奈下我只好写信给成都市公安局局长。想不到局长很快让秘书给我打了电话，这事遂迎刃而解。写这件事，一是谢谢他和那些许多为人民服务的好警察，也有批评那位女同志的意思。人民警察应多给人民办实事，合情合理地多给人笑脸与方便。

回顾往事，使我思想上一直有个概念：和平年代，人民警察是最可爱的人！我从心中向他们致敬！

（本文刊于 2000 年 5 月四川省公安厅《警苑》）

# 心灵镜上的图影
## ——十年（1966—1976）散记

### 一

"文革"中，我在山东一所省重点中学——临沂一中做行政领导工作，作为"资产阶级反动权威"被打倒后，独自被禁在一间小屋里，不断遭到批斗。一天夜里，被揪到图书馆里提审。灯光雪亮，一排审讯者凶神恶煞，气氛恐怖。一顿"杀威棒"过后，别了"烧鸡"，我满身尘土被强迫像只大虾似的弓腰低头站在那里。

"查了你的档案，你1949年在复旦大学新闻系做助教时，本来要去美国哥伦比亚新闻学院留学，为什么后来不去？"

"那时，上海快要解放，为了迎接共和国的诞生……"

"胡说！"问话的人敲桌子指着我鼻子，"难道你就这么爱国吗？快坦白，你留下来的目的是什么？是不是为了潜伏下来搞资本主义复辟！"

幼稚荒唐得可笑，我不承认，又挨了一顿揍。第二天，被戴上了烟囱似的高帽子敲锣游街。接着，造反派里制了两个漫画了的高大木头人竖在校门口，一个刘少奇，一个邓小平。每次批斗，书记和我要到校门口，把木头人抱来放到批斗会的台上陪斗。书记抱"刘少奇"，我抱"邓小平"。后来有人还说过玩笑话："哈哈，你倘若去找邓小平，他要知道你那时对他这么好，准能提拔你！"

"四人帮"垮台时，我和妻子及两个女儿是在地震棚里得知消息的。我们高兴得落泪，"国家得救了！"

谁还敢再指着我的鼻子说："难道你能这么爱国吗？"


## 二


不能忘记"文革"中的两件事：

第一件：1968年和1970年，从河北唐山先后来了两批"抓叛徒"的红卫兵，粗暴地勒令我写出节振国是"叛徒"的材料或"可疑线索"。这是由于我1956年写了以民族英雄节振国事迹为蓝本的小说《赤胆忠心》（1956年工人出版社出版，后被改编为京剧、电影），我坚持实事求是，挨了打，也没使他们达到目的。

第二件："文革"中有一年清明前夕，红卫兵押我去学校附近的烈士陵园拔草打扫。烈士陵园里有一块国际友人、德国知名作家、记者汉斯·希伯的墓。希伯1941年在八路军115师中身穿八路军军装参加反扫荡，与日军作战牺牲在沂蒙山区。"文革"前，我不止一次瞻仰过他的墓。一个外国人为了一种信仰，不远万里来到异国，为反侵略献出生命的业绩深深使我感动。我曾萌发想写希伯传记的愿望。休息时，我用笔将希伯的墓志铭抄下来，押着我们劳动的红卫兵看见了，问："你干什么？"我把抄下来的字给他看了，他撇撇嘴，鄙夷地说："这个烈士陵园里叛徒不会少！这个洋人还没审查过，谁知他是不是个间谍？"

现在，我终于有了重写节振国和希伯的可能。

这两本传记小说，写节振国的《血染春秋》是三十八万字；写希伯的《外国八路》是二十万字，我几乎是同时构思的。

重写节振国，除了写中国魂，也是将被颠倒的历史颠倒过来，不使烈士蒙受耻辱，当然，最主要的是我想正确反映日本侵华那段历史，弘扬中华儿女的爱国抗日情操。

很长的一个阶段，我奔波在冀东唐山开滦矿及东八县，并到河北邯郸、石家庄采访，为"寻根"专程到节振国的故乡河北故城县找材料。我没有按一般传记小说的常规从幼年写到死，而只是重点写了节振国一生中最光辉灿烂、可歌可泣的一段，时间是从 1938 年春写到 1939 年秋节振国牺牲，取名《血染春秋》。

《血染春秋》出书后，连印二版，1982 年评为花山文艺出版社优秀图书，1983 年被河北省列为职工读书活动推荐书，1986 年由唐山电视台改编为电视剧。

采访汉斯·希伯的事迹写成传记小说《外国八路》是与写《血染春秋》交叉进行的。

1978 年雨季，为收集希伯的材料，我在鲁南东蒙群山中艰苦地沿着希伯当年足迹采访。蹚过山洪泛滥水深齐腹的蒙河，冒雨登山凭吊战场遗址。恶劣的气候和卫生条件造成的痢疾折磨着我，使我完全能体会到当年一个外国作家兼记者，随八路军在这里反扫荡时的艰苦状况。我访问了许多当年了解希伯的中国人和外国人，终于将长眠在沂蒙山区四十多年的希伯的点点滴滴发掘出来，写成了《外国八路》。

《外国八路》出版后，很快再版。山东电视台 1986 年拍了电视剧。接着《希伯文集》由山东人民出版社出版，民主德国的汉学家谢纳尔博士 1988 年在德国发表了评介《外国八路》的文章，最近她来信通知我：民主德国军事出版社已请人翻译，拟在 1991 或 1992 年出版此书。

# 三

我曾经有过一个寂寞痛苦的童年，由于父母在我童年时离婚，我先后有过两个后母。如果说，屈辱的童年导致我极注重事业，那么，童年的艰辛更使我珍视温馨的家庭生活。我一直努力在事业和家庭之间找到和谐与平衡。

认识我的人都知道我有一个好妻子。我们从十八岁认识到现在，四十多年间从未吵过架或红过脸。

我们的结合是经历了十分曲折坎坷的途程的。这也许就是为什么我们都互相更珍视爱情的缘由吧！

新中国成立初期，我在上海总工会工作，她是国民党一位元老的最小的女儿，随家去了台湾。我们被无情的海峡分开，在敌对战火中割离，只能经香港中转秘密通信。这在当时的确不是件小事，好心的同志劝我同她一刀两断，可是我做不到。

一位"左"得可怕的同志拍桌子要我回答："是要革命还是要爱情？"

我发自内心地冷静回答："我都要！"

幸好当时主要的领导人通情达理，相信我的真诚，最后答应："想法争取她回来！"

她的回来，真是一段曲里拐弯不寻常的历程。她冲破了重重罗网踏进了罗湖桥，我们终于团聚。我们只花了五毛钱在上海法院公证结婚，她抛弃了公主般的生活，穿上灰布制服同我这个拿供给制的干部共同生活。一晃几十年，1981年《花城》第一期上曾发表我一个电影文学剧本《明月天涯》，是以她的回归写成的。那是我献给她和献给我们之间爱情的礼品。人说那写得很美。

我们在"文革"中同患难。我们互相爱护慰藉，全赖爱情支撑生命。可能她是得到保护的，没人侵犯她，侮辱她，这是我唯一的欣慰。

一个冬日的夜晚，我被殴打得太重，感到苦海无边，万分冤屈，我对她说："起凤，我们死了算了。"我悄悄藏着一瓶安眠药，足够两个人用的。

她动情地说："跟你一起死，我愿意！可是，你再慎重想一想好不好？如果我们死了，问题更弄不清，何况，两个孩子还小，太可怜了！"我终于打消了自杀的念头。

在患难中，她承受的痛苦一点也不比我少，她从不当着我的面哭，但我知道她心里有多少苦。当我母亲病故的消息从上海传来时，她怕我受不了刺激，独自承受悲伤，瞒了我七十多天。

我们养过一只小麻雀，训练到能飞到手上吃食，放在门外飞出去还会飞回来。这小麻雀带给我们很多乐趣。可是，它被一个学生看中了，强索去喂养。我们叮嘱他好好照料，他答应了，可第二天我们就得知，他将麻雀当晚就烧熟吃了！这件事至今我们想起还会难过。

这些年里，我以忘我的精神拼命工作，为采访、写作，经常离家，经常熬夜，一个家，两个孩子，里里外外，全都由她承包了，有些作品她也出了力，从未有过一句怨言。我对她说："我的一切作品都该署上你的名字。"

我的职称被评为编审后，她也被评为中学一级教师。拿到聘书那晚，月光如银，洒满窗前，我们关了电灯，沐着月光，喝着清茶。

我说："我们现在都找到了我们自己的价值。"

她说："可惜我们都老了！"

我望着月光下她那略带憔悴已变得苍老的面容，心里无穷感慨。她年轻时人人夸她美丽，可是美丽的姑娘经过艰苦岁月的磨难，已变成老太太了！韶光似水，往事如烟，我们得到了一些东西，可是，失去的也太多了！

她常说："只要国家富强了，我们个人有再大的牺牲也没关系。"

是呀，祖国！我们什么不是为了您呢？

# 四

我在"文革"中和后来的几年中常做噩梦，总是梦见被"提审"时，反复问我："你写《月落乌啼霜满天》是不是为国民党树碑立传？"然后，浑身冷汗，在被殴打中醒来……

《月落乌啼霜满天》是我"文革"前花了十多年业余时间写成的长篇小说，那时有一百二十万字，从1936年西安事变写到1945年抗战胜利。"文革"既起，这部书稿使我受尽摧残，最后，书稿片纸无存，全部毁灭，十多年的心血烟消云散。这是我在"文革"中伤心的一个大损失。

天下的事每每难以预料，70年代末，我在山东突然收到中国青年出版社的信，热情索取此稿，我只好回信表示遗憾。不久，又收到人民文学出版社来信，询问此稿情况，收到我的复信后，他们鼓励我将书稿重写出来。

重写这样一部书稿实在不是件容易的事！我想起明清之际著名史学家谈迁，他用二十多年完成了卷帙浩繁的明史《国榷》，不料一夜手稿竟被小偷窃去。这时他已五十五岁，伤心而不灰心，又用十年编《国榷》，终于第二次完成了一百零八卷《国榷》。巧的是那年我也五十五岁。我思索到：人生包括两部分，过去的是一个梦，未来的是一个希望。我不能放弃希望。1980年，我重起炉灶，开始进入紧张的创作。

《月落乌啼霜满天》是一部歌颂爱国主义、革命人道主义、反对非正义战争的长篇小说。中国的抗日战争始终是在以国共合作为中心的抗日民族统一战线的旗帜下进行的，这才可能团结了一切可能团结的力量，调动各阶级、阶层抗日的积极性，最大限度地孤立了日本侵略者和汉奸。然而当时我感到在极"左"路线影响下，文学作品或史学研究常有人讳言事实。我力求按历史唯物主义原则如实再现那段多棱多角的历史。

我终于将《月落乌啼霜满天》重写出来，我心中感受到一种从未体验过的"合浦珠还"的喜悦。

这本书1987年5月出版，五十六万字，初版一销而空。《人民日报》《文艺报》《文学报》《读书》《当代文坛》《小说评论》《当代作家评论》等近二十家报刊发了评介，1988年荣获四川郭沫若文学奖。它的续集姐妹篇《山在虚无缥缈间》，五十二万字，已由人民文学出版社审定发稿。

五

我在沂蒙做了十四年教育工作，可以说是"桃李满天下"。一次，在北京，路遇七八个军官，都上来亲切地叫我"王校长"，然后邀请我参加他们中一人的婚礼，享受到贵宾式的待遇；一次，走在乡间的公路上，后边来了一辆吉普，在我身边"吱"地停下，一个县委干部跳下来说："校长，请上车，我送您去目的地！"还有一次，在一个公路车站上，一位务农的学生忽然跑去买了几十根油条猛地塞在我手上，说："校长，请带着路上吃！"这样使我心弦颤动的事数不清。

我爱山东，也爱沂蒙，山东给了我许多的荣誉。有人试过，写信给我只写名字不写地址，我也照样能收到。

1983年，我调到成都，在四川人民出版社做副总编辑的工作。走时，我在《山东文学》发了《别沂蒙》一文告别。我说："离开沂蒙的前夕，才理解到我是多么深深地爱着沂蒙大地，爱着这里的山山水水，爱着这里的同志和朋友……我在这里扎根了二十二年，将我人生历程中最好的一段献给了沂蒙山……这里是我的第二故乡……我带着对祖国的爱而走，我也将爱留在此地……"

起程那天，天未亮，屋里屋外就来满了人，告别时，一握手许多人都淌下眼泪。到四川后，收到的惜别信有二百多封。

# 六

编辑工作是我的本行，1984 年 10 月我从四川人民出版社调至四川文艺出版社任总编辑，终审看稿先后达三千万字。我身体本来不错，年近六十岁时，人常说我"远看像三十，近看像四十，细看像五十"。但人生常难免意外的不幸。1985 年 6 月，我为把一个六七岁的女孩从一个深沟里救出，撞伤了脑子，经过治疗后痊愈。谁知 1987 年 9 月，左眼突然失明。原来那次撞伤时左眼也受了伤，当时治脑疏忽了眼。这次，左眼伤疤出血造成外伤型视网膜脱落，动了两次大手术，左眼失明。虽然我只有一只眼睛，但我知道我是不会浪费生命的。

近十年中，我共出版发表了三百多万字的作品，计长篇小说六部，中篇小说十二部，短篇小说六十余篇，散文、论文、杂文等三十万字。

十年以来，我注视着国家取得的进步和其间的曲折，改革开放的成绩使我具有信心，那些现存的积弊也使我忧国忧民。我们认为中国人最需要的是振奋爱国主义精神。

自己写自己太困难，但我还是写了一点。我平凡，处在大时代中，经历和生活却并不平凡。有人建议我写一本厚厚的自传，说那是一本爱国主义的、剖析一个中华儿女的书！凭它的真实，是会有点意义也能吸引人的。我想，也许我会写的。

（本文刊于 1987 年《中华儿女》）

# 友情知多少

今夏，吴丈蜀①同志从武汉回到家乡四川来歇夏，借住在成都青羊宫四川省书画院。得到消息后，我正想去看望，未料到 8 月里的一天，他竟先来看望我了！

未见丈蜀同志时，只以为他已古稀以上，可能有点"仙风道骨"，一定已经拄杖蹒跚、老态龙钟。想不到他那天一气爬上五楼来到我的住处同我见面时，我看到面前站着的竟是一个气不喘色不变、气度轩昂、清秀不凡的谦谦君子，只像五十多岁，身板挺拔，精神很好，潇洒得很。于是，我恍然大悟：他的真挚、热诚与豁达，使他年轻，这样的人，是不会老的。他确实就该是这副模样，充满青春气息。我原来的主观臆想完全错了。

我早就从吴丈蜀的诗文和书法上了解他了。

提起四川籍的名书法家，不少人向我推荐过吴丈蜀。

我在好友马骏同志的客厅里见到丈蜀写赠的一幅屏条。他精于笔法而以稚拙简漫出之，形成自己的独特风格，格调清新，刚劲飘逸，飞扬洒脱，气质高雅。那是他 1982 年新春重访桂湖时写的诗："升庵园苑筑新都，烟雨重来访桂湖。庭树依然人不见，一池荷梗几橱书。"

---

① 吴丈蜀：湖北省政协常委、省文史馆长、社科院研究员、书法报社社长、中华诗词学会副会长、荆楚文史学刊主编、全国作协会员。

诗自然，情真切，字精美。每次我到马骏兄家，坐在沙发上总忍不住要频频看看这幅字，品尝这首诗。一件绝妙的艺术品妙就妙在看不厌而且越看越好。丈蜀兄的这幅屏条就是这样。

四川美术出版社前些年出版过吴丈蜀书法选集，那是一本印刷精美的书法集。一套出了好几本，有于右任、张大千、谢无量等，都是书法的大家。1989 年夏，我在灌县歇憩，曾捧读丈蜀的书法选集细细把玩，不忍释手，暑热熏人，但看他的墨迹及诗文，意境高旷，清明流畅，心静情远，大可消夏。

不过，使我对他印象最深的是另外一件事。

我有个复旦大学新闻系的同学张啸虎，是前湖北省社科院文研所所长，与丈蜀是好友。过去通信时，啸虎常提到与丈蜀的交往，并盛赞丈蜀为人倜傥真挚。1991 年 2 月，啸虎兄不幸病故，病故后，立娟嫂将丈蜀的挽诗寄我，诗曰："才通今古重群伦，旷达襟怀耿介身。巨著辉煌成善史，覃思敏湛出宏文。云封岱岳同携杖，沙拥阳关各挥襟。十载知交难割舍，更伤学海失高人。"当时，我读后，思念啸虎，泫怅久之。现在回想，可能是"云封岱岳同携杖"一句，才使我对丈蜀有了"拄杖蹒跚"的错误印象。而丈蜀诗中所说的"巨著辉煌成善史"，却蕴含着一段令人感动的故事，使我难以忘怀。人的生活，离不开友谊，但要获得真正的友谊并不容易。丈蜀和啸虎的友谊故事，使我感到友谊的不朽。

啸虎一生有过许多著作，但他的巨著《中国政论文学史稿》是他耗尽毕生精力写成的。书稿完成尚需修订，可是他患骨癌已无法完成。啸虎病重时，丈蜀去看望，啸虎说："我已自知不起，唯一的心事，是这部书稿。我想请你为书作序，并希望你能协助完成这部书稿的修订工作，并且使它出版。"

出版学术性著作之难，人所皆知。丈蜀含泪接受了好友的托付，慷慨地回答说："啸虎兄，你放心吧！只要我活着，在我有生之年，我想尽办法总要使你这部佳作出版的！"

啸虎听了这番话，连声说"谢谢"，不久，就去世了。

啸虎去世后，丈蜀思想上增加了负担。他必须不负亡友的托付，无论如何要实践自己的诺言，也深知，能够将啸虎的这部有价值的遗著介绍给社会，不仅是为了私人之间的友情，更重要的是这部极具学术价值的著作能够公诸社会，填补了中国文学史中的一项空白，对中国的文化事业将是一项贡献。

于是，丈蜀同志奔走呼号，不遗余力。后来，得到中共湖北省委和省委宣传部及出版部门的支持。省委宣传部和湖北省社科院并在科研经费项下拨出一笔款补助印刷费用。这样，出版问题总算得到解决。丈蜀遂与啸虎生前指导的硕士研究生易树人一同研究文稿的修订工作。易树人对待老师的遗作极负责任，付出了大量精力作了修订。丈蜀年逾古稀，又仔细通读全稿，继续修订。终于，厚厚两大本精装的张啸虎著的《中国政论文学史稿》由武汉出版社出版。丈蜀在"序"中说："从此，我国有了第一部中国政论文学史，使我国的文学史行列增加了一个新的伙伴；而'政论文学'一词，也从此正式确立。这都是本书作者建立的功绩，应该记在中国文学史中。啸虎这部伟构，内容丰富，特色很多，真算得珠玑满纸，光彩四溢。我这篇短文，实不足以道其万一，深感愧对亡友，只不过为了实践对啸虎的诺言，略尽友道而已，但能与他的弟子易树人共同代他完成了未竟的工作，实现了他的遗愿，实感到无比欣慰。"

这样一个故事，理应传为佳话，它使我对生活感到温暖，对具有美好人情的社会倍感可爱。这段故事不禁使我想起了写《十日谈》的薄伽丘讲过的一段名言："友谊真是一样最神圣的东西，不光是值得特别推崇，而且值得永远赞扬，它是慷慨和荣誉的母亲，是感情和仁慈的姐妹，是憎恨贪婪的死敌，它时刻准备舍己为人，而且完全出于自愿，不用他人恳求。"

我对丈蜀兄从心底里泛出一种敬仰之情。我喜欢他这种真诚、真挚、侠义的人情。不能设想没有人情的生活能使人热爱，也不能设想人们不热爱生活的社会能取得应有的进步和发展。

　　所以那天，见到吴丈蜀同志后，我们一见如故，我慨然对他说："丈蜀兄，啸虎是我的好朋友，你是啸虎的好朋友，所以你我也是好朋友。"我多么愿意结识这样一位好朋友啊！愿我们之间的友谊也地久天长！

# 友情的世界

年轻的时候，我特别热情。一次，见到在南京《新民报》做记者的老同学金光群，隔着马路，我高叫着他的名字从汽车中间窜过去同他握谈。他笑着说："你太热情！这样是要短寿的！"但我现在活到七十了！看到老朋友时，那份热情依然未变，相反的，越老越觉得友情不可少了！

离休后，很忙，除了需要干的一点工作和写作外，要读书看报，每天还要花不少时间给朋友写信，也要花些时间会客陪伴朋友，当然，随着年岁增大，如今已很难陪同远方来客游览成都，也不可能请妻办一桌丰盛的菜肴招待朋友，但同朋友见面晤谈，同忆往事，畅论今朝，在家里简单吃点方便食品或到附近餐馆里聚一次餐依然可以做到。朋友们的到来，总是带给我慰藉或使我激动。我现在已经循着人生之路走得很远，但在以前仅仅偶然结伴同行的许多人，如今已成为我千真万确的好友。法国谚语说："人生无友，恰似生命无太阳。"我的朋友们所给予我的友谊，像人生的调味品，使我常常感到生活的丰富多彩。

六十年前我小学时代的同学已经很少了。但那天，曾淑英突然从长沙来成都出现在我的房门口。小学二年级时她是我的级长，那时她秀丽挺拔，非常有工作能力，运动会上总是五十米短跑冠军，照片曾作为 1935 年某期《东方画报》封面。六十年不见，重逢时她已是一位花白头发的老太太了！她做过多年编辑工作，是情报工程师，有一百数十万字的科技译作，得过部级、省级科技成果奖，我赠作品给她，她必将书中的错字改正后成批写信告诉我，那天两个白发老人谈起小学时的许多事，都开心地笑着像回到了童年。她走以后，我写过好几篇回忆童年的文章，至今我们通信不断。

又一天，高中时代的好友施懋桂和柏美伦夫妇从加拿大回来旅游，特地到成都看望我和妻。施懋桂本来经商很发达，年岁大了就不做了，子女有的在美有的在加，都是从事本专业不经商的。我同懋桂在高中时有衣同穿，有钱同花，亲如手足。五十来年不见，懋桂已白发苍老，生活全靠美伦照顾，情况像老年痴呆，但见到我依然肯说话露笑容。相聚一星期，回忆了许多往事，情深意长，遗憾的主要是美伦谈，懋桂只能偶尔谈少量的话，分别时送他们登机，懋桂突然大哭，显然是舍不得同我分开。在海外也历经艰辛，现在经济不错，但精神生活单调，懋桂在加拿大，每天只是散步、看电视、吃饭、睡觉而已。近日美伦来信说："你们来的信，懋桂已不能阅读，但问他想不想你们，他会点头……"看了信我很难过，也想得很多。

再有一天，大学新闻系的同学好友张镇中和他的夫人姚永蕙专程从上海来成都看望我们夫妇。我们几十年不见，当这位教授和他的医生夫人从软席车厢里下来时，大家就热烈拥抱在一起。他们在家里住了一周，每天我们从白天谈到深夜。成都的名胜古迹对他们的吸引力比不上我们的相聚谈话。几十年的风风雨雨，他们有过冤屈坎坷经历，但爱国之心不泯。这时上海市的领导同志会见美国客人时，常特地用车接这位教授去当翻译，上海外办也请他去给美领馆每周讲一二次中国文化课了。镇中夫妇的到来使我深深体会到高级知识分子是怎样迎来了春天。现在七十岁的镇中被请去在一个外资企业当行政总裁，用他的话说是"打工"，每月的工资相当我一年的工资还多。他常常还去美国探亲，但却坚定地认定他的"根"在上海。

我只举三个例子说明小学、中学、大学老朋友的一点交往情况，以表明我生活的充实。其实，朋友的交往是极多的，国外有、港台有，甚至有一次香港女作家卢玮銮女士介绍一位美籍法国工程师来，要我向他介绍道教情况，陪他参观青羊宫，我只好勉为其难。不过与这种外国新朋友的交往我只能尽力，并无兴趣，同老朋友之间叙友情是两类事。老朋友是"相知无远近，万里尚为邻"的。老朋友的友谊，是历经忠诚去播种，热情去灌溉，原则去培养的。它是完全出于自愿的。我曾长期在上海、北京与山东工作，因此这三地来的老友特别多，尤其是山东的，因为那是我的"第二故乡"，每年从省到地、市，总有不少人来，甚至连不认识的也上门来看望。我是复旦大学毕业的，复旦同学中老友自然多，在重庆的老诗人张天授、老报人游仲文来家，有时只是清茶一杯，面条一碗，但却互相都敞开心扉，有作品也互相品评。一位学长董谋先和他夫人李克芝对我的作品特别喜爱常多鼓励，热情地办菜为我祝寿并邀老同学聚会，使我感到非常温暖……今年我七十，外地的贺电、贺卡并贺信，来得不少。事实上，每到新年、春节，贺卡与信件总纷至沓来，使我感到友谊的亲密。日前，吴丈蜀兄来赠我他的书法辑一大册，我历来喜爱他的书法与诗文，这本《吴丈蜀书法辑》我把玩欣赏了好几天，其天趣洋溢，书法已趋于道的境界，每幅作品均给我美的享受。他每次从武汉来，总要来谈谈心，但怕增我劳累，总在兴尽时飘然而去。张惊秋兄，即老作家殷白，来蓉必来畅谈，返渝过一段总要来个电话聊聊，朋友是不让你孤独寂寞的。我在与朋友的交往中，成了"秀才不出门，能知天下事"。改革开放的气象，国家建设的进展，各界的动态……从壮怀激烈到忧患意识莫不一一在胸。

确实，年龄渐大，有时已力不从心。但友情是世界最美好的东西，深挚的友情最感人，正如普希金说的："不论是多情的诗句、漂亮的文章，还是闲暇的欢乐，都不能代替友谊。"我愿衰老得慢一些，身体健康一些，老朋友们都活得长寿一些，大家共享幸福的晚年。因为，人老，友情不可少啊！

（本文刊于《晚霞》1994年第二届随笔征文）

# 文学殿堂何所似?

文学是迷人的。我就是被文学迷住的一个人，算算从20世纪40年代抗日战争中期开始写作以来，瞬息快七十年了。我爱读文学作品，也爱动动笔写小说写散文写特写，间或也涉足诗词，一晃如今八十八岁了！

我从年轻时就接触到许多文学青年，那都是些迷恋于文学的人。我对迷恋文学的中学生强调：你们该学好基础知识和基本训练，学好基本功。想搞写作可以，但把基础打好很重要。我对已在工作岗位上的文学爱好者说：一定要摆好工作和写作的关系。首先要做好本职工作。我在六十多岁离休前，一直是业余写作的。而且我的工作总是做得极好的！绝不因为迷于文学而影响本职工作。中宣部编的《编辑家列传》中，写到我的那篇文章题目就是《在编辑与创作两个领域成就显著的王火》。我这不是老王卖瓜，我是建议迷恋于文学的人，最好有个职业，在认真踏实地做好本职工作的条件下，利用业余时间和假日来从事创作，实现自己的文学梦。不从实际出发是不行的！

现在全国作协有近万会员，加上全国各省、直辖市、自治区，还有一些省辖市、县的作协、文联的会员，作家就有好多万！这么多作家拥挤在狭窄艰难的文学道路上，要出人头地绝非易事。所以，图名图利者、想靠做作家维持生计的、想发财者要懂得作家中极少数畅销书作者收入较多，但仅仅是极少数，绝大多数作家均难以靠写作为生。

业余写作，发挥所能，这是迷恋文学者应走的正道。

　　有从事创作的一个年轻朋友索诗，我曾写了四句赠他："文学殿堂何所似？既非天庭亦非池；宛如迷宫难出道，坚韧何惮人笑痴。"我指的是：别把文学看得太高，文学的道路是曲折难有成就的，要写出点好作品是费力的！

　　（该文摘自作者与一青年写作者的通信——《四川日报》编者注）

# 不喝酒者谈酒

　　熟人都知道我从不喝酒。怎么不喝酒的呢？我的家庭成员不喝酒；从小，父母还教育我别喝酒抽烟。所以，我小时候不接触酒。上中学、大学时，同窗好友没有酒徒，我也不接触酒。步入社会，有接触酒的机会，却已不想再学着喝酒了。中年时期，去一个省属重点中学做校长，"中学生守则"中禁酒，为以身作则，十几年与酒无缘。习惯养成，虽离开教育岗位，也不喝酒。如今进入老境，过去既无喝酒锻炼，从身体条件出发，干脆就一再以"不会喝"三字挡驾了。

　　我虽不喝酒，只要人不酗酒，我从不反对人喝酒。中国是个有悠久酒文化的古国。爱饮者多，酗酒者并不像俄罗斯等国那么多见。中国人喝酒绝大多数场合似乎总想带点文雅味。烂醉如泥肮肮脏脏往大街上一躺或大发酒疯打人斗殴者少见。自古以来，酒与文人雅士关系紧密。我所崇敬的古代大诗人、大文人都嗜酒，我所交游的当代名作家名诗人都好像未见谁从不沾酒。一次，一伙作家诗人聚会，因我不喝酒，竟玩笑地宣称要将我"开除"出文坛。我想：虽是玩笑，也自有理。如果我会喝酒，也许作品会写得比如今好些。

　　赴宴不会饮酒，常使我处于尴尬。最初，我每每"滥竽"，不会饮却礼貌性地频频举杯，实际酒不沾唇。有时对方敬酒，我也假作饮酒回报，实际一口未动。这样一被发现，敬酒者自然大哗。20 世纪 70 年代，有一次在上海，上海电影制片厂春节宴请，石方禹代表上影敬酒。

我只好干脆将小酒杯藏掉。他发现了，诧异地问："酒杯呢?"我笑答："酒杯也喝下去了!"

现在，酒是都市生活不可缺少的宠物。觥筹交错，酒酣耳熟，情感互补，思想交流，喝酒之乐，人所共知。我主张理性饮酒，反对"酒驾"和颓废式的狂欢一醉方休。我能欣赏那种乐陶陶细酌慢饮的微醺。我认为劝酒者应当礼貌待客，尊重对方酒量，爱喝则喝，不能喝就不喝。"只要情意到，喝多喝少不计较;只要感情有，端杯可以不喝酒!"一位外国朋友来华做生意，大惑不解地问过我："你们为什么总是劝人喝酒，而且一定要将人灌醉? 我很害怕!"想必他是遇到过"张飞"了!我很高兴自己虽历经酒场还没遇到过"张飞敬酒"。

说来有趣，我倒并不是从未有过喝酒的欲望。酒有强烈诱惑力，半个多世纪前，中华人民共和国成立那天，上海总工会文教部的几个同志聚餐。部长纪康向我劝酒，我就动过凡心。良辰吉日，喜庆大事，有酒助兴岂非锦上添花? 但积习难返，仍滴酒未尝。又如"文革"时，受到莫名其妙的冲击，心情苦闷，见一个姓杨的校工每日傍晚独酌，有滋有味，我竟觉得喝点酒摆脱烦恼然后倒头大睡，未尝不是一种幸福。有一年，访问外国，宴会上推来一辆酒车，排列各式各样洋酒，红红绿绿色泽诱人，任凭挑选，但我终无勇气让侍者倒上一杯。蹉跎至今，连酒是什么味道也只可意会却无体验。是好是坏，是对是错，是聪是呆，是执着是傻帽，真是说不清了!

有一年在张家界参加笔会，有机会随鲁之洛、杨闻宇、蒋子龙、陈忠实等诸兄到湘西吉首市，受到湘泉酒总厂厂长热情款待，参观了泉水清冽、厂房宽敞明净、管理出色的酒厂。见同行者喝名酒"酒鬼"时都赞不绝口，我也不禁嘴馋，颇想一试，结果当然仍未兑现。记得从俄罗斯漫游归来的友人曾说：那儿不少酒厂的围墙上都安着电网，防止酒徒偷酒。俄罗斯人说："也许除了路灯不喝酒，谁都要喝!"我不禁莞尔笑想：连"酒鬼"这样的名酒放在面前我都不张口，难道我真是一盏路灯吗？

　　沾酒而量不大的人多，像我这种一生从未沾酒者却绝少。不喝酒者谈酒，是外行谈酒，隔靴搔痒，谈不深也谈不透的。但我身体较好，肝功好，医生认为与不喝酒有关。这倒可给过于爱饮酒的朋友提个醒呢！

　　　　　　　　　　　（本文刊于 2012 年 2 月 3 日《四川日报》）

# 温暖的回忆

## ——记邓季宣校长

　　1942年我十八岁时，离开了沦陷的上海租界，决定独自到抗战大后方继续求学。7月1日，我告别母亲和妹妹起程到南京，坐淮南铁路火车到安徽合肥，偷过日寇封锁线，然后曲曲弯弯步行经皖、豫入陕，又经陇海铁路经宝鸡入川。途中有时搭商人运货的木炭卡车，有时步行，翻越秦岭到达成都，再过重庆到达江津，投奔我的堂兄王洪江。行程八千里，历时三个月，到江津时已是秋季的9月底了。当时国立九中已经开学，我堂兄王洪江是江津的名律师，认识九中的邓季宣校长。我堂兄去找了邓校长，向他表达了希望让我插班进九中读高二的愿望，并说明我有上海东吴大学附属中学高中部的转学证书。邓校长听他介绍了我的情况，表示可以，但要求我必须进行一次考试。先笔试，然后他要亲自对我进行口试，看看我是否可以插班进高二。我记得很清楚：9月28日那天，按照约定，我独自由江津西门处鲤鱼石摆渡过几江，到德感坝国立九中校本部应考，在上午9点钟前到了教务处。

　　这是我第一次见到邓季宣校长。他个儿高高的，仪表很严肃。事先我听我堂兄介绍说：邓校长是安徽怀宁人，早年勤工俭学留学法国，在里昂大学和巴黎大学文学院毕业，极有学问，为人正直。我心里不由对邓校长产生了敬重之情。初见他时见他表情严肃，我不免有些拘谨。但他见到我，立即变得和颜悦色，叫我在一个桌前坐下，说："你很准时，很好！"教导处的一位老师拿来考卷放在我面前。邓校长见我满头是汗，满脸风尘之色，亲自倒了一杯水给我，说："你从上海到江津，这一路吃了不少苦吧？"我点头说是。他说："别紧张，你好好考！这次只考你的国文和数学，你是从上海来的，英文就不考你了。给你两个钟点，你自己掌握好时间，考完后我亲自对你进行口试。"说完，他有事就走了。

我喝了水，看了看试卷就做了起来。我记得作文题是《抗战必胜论》，数学题包括了几题几何题和代数题。我自己带了小字毛笔和墨盒，也带了钢笔。于是我先写了作文，又用钢笔做起数学题来。

还不到十一点，我就做完了这些试题。这时见邓校长也回来了，见我已经做完了考卷，他将我的卷子拿到手里大致翻看了一下，取出数学卷子对教导处的那位教师说："请把这数学卷子送去给徐慧娟老师看一看。"（后来我才知道徐老师是九中有名的数学老师）然后邓校长坐下来认真地看我的作文。快看完时，他说："作文写得不错，毛笔字也好像是练过的！"我心里感到邓校长看起来严肃，实际上是待人很亲切的一位校长，就告诉他："在来江津的路上我吃了很多苦，九死一生，不然会考得更好一些的！"他问我毛笔字是临的什么碑帖？我告诉他："大楷是《汉张迁碑》，小楷是《星录小楷》，但到了高中就不练了！"他点点头说："有时间还是应该练！"

邓校长当时又问了我一些家中的情况。不一会儿，徐慧娟老师拿着我的数学考卷来了。她对邓校长说："这个学生考得还可以！"邓校长把考卷放在一起给了教导处的老师，并说："请你给这个学生办一下注册的手续吧。"

我明白自己入学已无问题了，不禁松了一口气。邓校长又说："你为爱国，为抗战，冒险犯难来大后方，作文中表达了你的爱国心，为这就该录取你！你可以到高一分校高二插班上课。这里生活是艰苦的，但艰苦可以磨炼人！希望你努力，做个好学生！"

我心里当然又激动又高兴，向邓校长表示了我的谢意。

邓季宣校长收了我这个学生，给了我温暖，使我有了前途。后来，1961年我三十八岁时，在山东省一所省属重点中学做了校长。在对待学生的问题上，我常想起邓校长当年给我的那种温暖。于是，我也总是愿意给学生一些温暖。

高一分校在蜘蛛穴山上，我后来也没再去过校本部。第二次见到邓季宣校长，是在我堂哥王洪江的家里。

那天，邓校长和邓仲纯弟兄二人同来堂兄家做客，邓仲纯是江津城里的一位名医，是邓校长的二哥。那时我每逢周末常到堂兄家我的那间房里看书读报。堂兄把两位客人带到我那间房里坐坐。当时我正在房间里摊开旧报纸，用毛笔在上面练字。见邓校长等客人来了，我除热情招呼外，忙着给客人泡茶。却见邓校长拿起我写在旧报纸上的字在看，我很惭愧，因为没有碑帖，字是胡乱写的。邓校长却笑着说：你应该认真临摹一下碑帖。写字古人叫书法，例如平正竖直，苍劲庄严，流利清新，精于篆、精于隶、精于草，都是用工夫换来的。你喜欢书法，就应该找些碑帖，多看多写。（大意如此，原话记不真切了。）我明白，他这样说，是为我的书法的进步指明一个正确的方向。我确是想把一笔字写得更好些。邓校长和邓仲纯先生走后，堂兄向我介绍说："邓季宣是邓石如的后代，邓石如是清代书法、篆刻大师，他开辟了清代书法界一代新风。其书法二百年来，不仅在国内广为流传，而且远及朝鲜、日本，为后人师从之楷模。邓石如的书法、碑刻、篆印，是书法界公认的神品。邓季宣校长的书法也是得自祖传，是非常好的。他教导你的话，你要好好地记住。"

只是我没有这方面的才能，我当时是练过字的，却写不好。这里顺便讲一个小故事，我在高一分校时同班有个同学王先永，和我相处极好。这些年来，每到春节，我们之间总互相通信，互报情况，互相祝福。2012年12月，他来了一信，其中附有一张复印件，那是1944年3月间，面临高中毕业时，我写赠给他的一幅字，这事我早忘了。现在他把这幅字复印寄来了，不由得使我想起当年邓校长指导和勉励我写字的事，往事历历如在眼前。可是我却辜负了邓校长的期望，后来放弃了练字。二十六年前，我的左眼因为救一个小女孩而失明后，更怕使用毛笔。如今年已九十，更是写不出一笔漂亮的书法，真是惭愧。

邓校长后来被人暗算离开了国立九中，我却一直在关心着他，同学们也一直尊敬他。

他离开九中后，应聘到白沙女子师范学院任教授。抗战胜利后，他回到了安徽任安庆女中校长。中华人民共和国成立后，他任南京国学图书馆、南京市图书馆和江苏省文史馆馆员和研究员。他是一位研究学术并学富五车的学者。在学术界和上述这些单位中都很受人们的尊重和尊敬。1962年，邓季宣校长和他家人做了一件很了不起的事。他们将世代相传的邓石如金石、书法大约一百七十多箱全部无偿献给了国家文化部，那真是极大地丰富了国宝的贡献。这件事我们的老校长默默地做了。当时文化部办公厅主任朱天是我复旦大学新闻系的同学，他告诉了我这件事，使我十分感动。那时我身在沂蒙老区，无法去看望我的老师、我这位博学正直的老校长，至今仍感遗憾。

邓季宣老校长在"文革"时期的1972年在安庆病逝。亲爱的邓校长千古！您当年教诲过的学生在这里向您鞠躬了！

(2014年1月10日于成都)

# "那是广告！"

　　如今的广告术日新月异花样翻新，人人每天都会接触到各种各样的广告，出现在彩电上的广告尤其吸引人：吃的食物让你看了垂涎三尺；用的东西让你恨不得马上买来试一试；治病的药物似乎都是仙丹，一服就可病除……可惜每每买了、试了，常要叹息：唉！上了广告的当！受骗了！

　　前些日子，研究德国文学的三妹告诉我她新读到的一个德国笑话：某广告公司董事长兼总裁病危时，忽见神灵降临，问他："你想上天堂抑或想下地狱？"病危者问："天堂什么样子？"神灵用手一指，出现了天堂：鸟语花香，山清水秀，春光明媚，美景如画。病危者又问："地狱呢？"神灵又用手一指，出现了地狱：那儿酷似夜总会，五彩灯光，歌舞翩翩，美女如云，酒香扑鼻……病危者毅然说："我想下地狱！"话音刚落，他就一命呜呼，只见许多恶鬼凶恶地闯上来揪绑其手足欲将其投入油锅然后再掷进蛇窟。他高声叫屈："为何骗我！你刚才给我看的地狱不是这样子的嘛！"神灵笑答："是的，那是广告！你难道这还不懂？"

　　看来，不论中外，广告常掺水分已不稀奇。自从国家制定的《广告法》出台后，广告理应规范。但骗人与虚假夸大的广告仍多如牛毛。完全不信广告自然不对。因为有些广告是一种信息的传递，并非是产品卖不出去，完全相信广告势必也容易上当。

那么，这个德国笑话也许不无启示。只要我们记住"那是广告"这句话，至少也该多一份理智！你说是否？

（本文刊于 1995 年 6 月 13 日《蓉城周报》）

# 乌镇记事

## ——欧阳蕙龄的画

茅盾先生的家乡浙江桐乡乌镇古老而美丽。

7月26日，在乌镇著名的博文堂参加"岁月磨洗后的辉煌——茅盾文学奖历史和成就展馆开馆暨揭牌仪式"后，随着人流参观，我看到了欧阳蕙龄。一位女记者指着她背影说："认识吗？那是首届茅盾奖获得者莫应丰的夫人，五十岁了，看上去还那么年轻漂亮！……"

远远一望，我心头猛地一热，不是别的，是突然想到时光真是无情。茅盾奖评了六届，而今，周克芹、姚雪垠、莫应丰、李准、路遥等均已西行，他们照片、原稿、作品、读者等都在，人却不在了！多么让人追忆和悼念……更又觉得，这次，中国作协特邀了已逝作家的夫人、女儿……同来参加活动，真是做了一件有情有义的好事，不禁心里又深深受到感动。

后来，在摆着《将军吟》和莫应丰遗照的展栏前，瞥见风致清娴的欧阳低调地默默静伫在那儿，悄悄离去时似在微微拭泪，这使我涌出一种难以言述的心情。

夜里闲聊，"你知道欧阳蕙龄是出色的画家吗？她擅长花鸟，喜欢画荷花与牡丹，得过很多奖……"有人向我介绍。我知道莫应丰是音乐书画与文学创作都有修养的作家，他夫人是画家并不使我诧异，但朋友拿了她的多幅印在画页上的作品给我看（都是荷花、莲叶与牡丹），我欣赏着却顿时因这些运以精心、出以工巧的作品赞叹了，说不出为什么看了又看她画的荷花、牡丹心里竟难以平静了。

有人评论说："欧阳蕙龄是一泓秋水，她的画亦是秋水一泓。"又说："画为心中诗。欧阳显然在画她的情结，画她的心愫。"评得真好！欧阳的画诗意盎然，取材掂意，布局用色，画如其人，清雅脱俗，诗韵真情，她的画似会说话，说的就是芬芳的意境与心曲。

我特爱莲荷，抗战前，住在南京玄武湖畔，夏日湖上荷花红白相映，绿叶莲蓬衬托，清香氤氲，划着小船在荷叶丛中游弋。欧阳的《荷塘情趣》《荷韵》等作品，风神昂扬的白荷，淡雅婀娜的莲叶，绿羽红尾的翠鸟，有乐趣，有可爱的光和色，勾起我许多回忆。我也特爱牡丹，早年专门到河南洛阳及山东菏泽观赏各色品种的牡丹。欧阳的《牡丹》《清香》等画上，那雍容高贵、清雅俊俏的墨叶花王，引起我不少归梦遐想。心里无法平静，该或同这些有关吧？

欧阳肯定聪慧而且用功，她的画妙用笔法，感情细腻，透润清丽，求高洁和静气之美，有内涵和深度，从生活中来，从感情中来，从悟性中来，不失自然的气度与空灵的美，欣赏时使人有时似有朦胧梦境的幻觉。

绘花鸟易带俗气，即使彩色缤纷、眩目夺神的作品，不能脱俗我也挑剔。我中意她的画雅静清谧意味隽永，"神会于物，因心而得"。我在欣赏有些绘花的美术作品时不免想：如果说自然中的花比画中的花好看，还要画做什么？如果说画的花耐看耐爱，那才是好画。当然，画是画，自然中的花是花，不能等同，妙在似与不似之间，而又超出原形，写出无尽之自然似寓有宇宙之常理。贵在用艺术之眼及手借助于心思及技巧营造表达出那种虚无飘忽却又实实在在能触动观众的美。

我这些话没有对谁说，更没有对画家本人说。因为萍水相逢，连交谈的机会也没有。

　　散会那天——7月28日，天晴热，上午有车送我们去杭州萧山机场。同车的人，焦祖尧兄回太原，朱晖兄返北京，我到成都，另外一位想不到竟是欧阳女士，她去长沙。她坐在前面，我看到的仍是她的背影，途中我偶然说起她的画雅洁清高，朱晖建议我写篇文字配上她的画发表，可惜的是我同欧阳不但没能谈谈她的画，而且下车登机前就走散了，既未同英年早逝的莫应丰的夫人交换一张名片，也未礼貌地道别，不免遗憾。时光如水，人生常会东南西北，那么，这篇文字算是补上这点遗憾和为纪念莫应丰同志和乌镇之行而写的吧！

（2005 年 8 月 5 日于成都）

# 啊！永远难忘的笑容

## ——悼念李福崇书记

　　离开山东临沂到成都二十九年多了，但总常想起临沂当年的老领导、老同事、老朋友和出版办及临沂一中的老师和同学们。半年多前，一位临沂的老朋友打电话给我，谈话中，他说起福崇同志病故了，后来开追悼会时，他参加了，当天去开追悼会的人很多……我当时感到突然，又感到难过。如果知道得早，我是会发唁电给福崇书记的夫人鲁民同志表达悼念及慰藉之情的。但事已过去多时，我发唁电已不合适，如果写信给鲁民同志，怕反而会又勾起她的悲伤。那天，放下电话后，我怅然很久，许多往事都恍若又在眼前。福崇同志留在我眼前的种种印象，绝不是沙滩上的足印，风起浪过就会消失。只要想起他，我就忘不了他同我谈话时那种和蔼可亲而又坚定沉稳的笑容。

　　1972年初秋，仍是"文革"期间，当时"支左"任中共临沂地委第一书记的61军副政委刘湘同志派秘书找我谈话，宣布决定"解放"我。随即，地委组织部胡广惠同志到一中宣布恢复我原来的行政职务。从1966年夏，"文革"开始到此时，已经六年，山东在文化大革命中"造反""武斗"等折腾得十分厉害。我在"文革"中，由于是省属临沂一中的领导之一，受到过极大冲击，其中两次被"解放"，但"解放"

了又被"打倒","打倒"了又被"解放"。使我不知这种胡闹要闹到哪天。这次"解放"虽是正规、郑重其事的，但我身心疲惫，"解放"后就请假带了孩子去上海和江南探亲，看望去世了安葬在家乡的母亲坟地及住在上海的妹妹，大约到了年底才回来。

这样，就进入1973年了！在我的回忆录中是这样写的："一天，地委有位同志来找我，很客气，很友好，说是上边让写一个土改戏，因为山东的两个样板戏——《奇袭白虎团》和《红云岗》（即《红嫂》），都写得不错，所以交下这个任务，要新搞一个土改题材的样板戏。而且说：'这是毛主席的意旨，一定要把这个任务完成好。'由此成立了土改剧组，由临沂地委李福崇副书记任组长，要调我参加土改剧组。"在那八亿人民只有八个样板戏的岁月里，让多写点戏出来，确实是需要的。考虑到教育工作这件事危险，我很想点头答应，但想到动笔杆的事同样危险，我又犹豫了。我当时未答应，我说："让我考虑考虑！"谁知，过了一天，我就被引去同地委李福崇副书记见面了。他态度很好地说："听说你很能写，调你来土改剧组集体创作土改样板戏。学校的职务和名义仍旧挂着，但不去管事了，专门来创作。希望你能好好发挥一技之长（这是当时的流行口语，但我听了感到不大悦耳）！你们应该先出去深入生活，到一些应该去的地方看看，深入寻找素材，然后写出剧本来。生活是创作的源泉嘛！你是能写出好的作品来的！……"

分别时，我说："那我就到土改剧组来！"李书记伸出手来，他的手是温暖友好的，他脸上的笑容和蔼可亲而又坚定沉稳。这是第一次见面的印象，很深刻。

土改剧组除福崇书记是组长外，一共有段坤恩、朱孟明、仲朋、王慎斋四位和我。他们四位原来是地区创作组的成员。此外，还有莒南的作家魏贤圣，后期又有何玮参加了工作。段坤恩是原地区创作组负责人，此时是学习组长，是个很负责的好同志。我们接受集体创作的任务后，每天都要学习文件、开会讨论，还要深入生活。为深入生活，到过曲阜、苍山、莒南、沂水、沂南、费县、日照等地进行采访和收集素材，最后终于决定将莒南大店镇早年发生过的一件平鹰坟的实事作为故事写成一个戏剧舞台剧本。有福崇书记作为组长，说明上边对这件事的重视。因是样板戏组我们到各地都得到支持和欢迎。福崇书记工作抓得很紧，所以工作进展比较顺利而且迅速，大家在一起工作也很快乐。辛辛苦苦写成了一个戏剧剧本，我们集体到济南听取省里负责同志的意见，在他们认为写得不错以后，回来经福崇同志同意，交给地区豫剧团彩排，彩排演出后反响不错，这个暂定名为《换新天》的剧本算是有了基础，并且得到了上影厂导演傅超武、夏天及上影厂党委书记江雨声及文学部陈清泉同志的重视，决定要将这个戏改成电影剧本由他们拍成电影。这个过程如今说起来很简短，但执行过程确足足有三年左右。这三年左右中，见过福崇书记的次数不少，但深谈并且印象深刻的只有两次。

文学创作本来是带个人色彩的事，所谓集体创作或江青当时提倡的那一套做法本身是容易引起创作中的困难和矛盾的。因为每个作者的思路不同、文风不同、性格不同、爱好不同、修养不同、基础不同、生活经历不同、对名利的想法不同……种种不同，有时摩擦出一点火花来并不奇怪。回想整个创作过程中，我们这一伙人在作为组长的福崇书记领导下，都还是勤勤恳恳注意团结的。我为人喜欢低调和团结，注意做人之道，从不与人争名争利，这点我认为福崇同志是了解的。我不喜欢独自去他家汇报什么，但他似乎有时想要听听我的意见和想法。印象深刻的是大约1975年秋天一个夜晚，白天时他让文化局长薛密基同志通知我晚上去谈谈。晚上我遂到了他住处。那晚，鲁民同志在下挂面给他当晚饭，清水煮面条加上点味精，地委书记的生活简单且节俭使我起敬。见我来了，他说："你也吃碗面条好吗？"我说："我吃过饭了！您吃的真简单。"他笑了。让我坐下后，他说："你很少来，所以我想找你来听听你的意见！"我点头说："我没什么意见。"他夸了我一句说："你这人好！"就逐个问我组里每个人的情况。我大致说："我们合作得很好，有时讨论剧本也许会有点分歧，但都属于正常的情况。"我说："老段有老干部的好作风，吃苦在前，注意团结，我们外出深入生活时，他管经济，注意节约，账目清楚，学习小组长干得很好；小朱为人聪明，思想活跃；仲朋是济南下来的作家，文学修养不错；慎斋写过《姊妹易嫁》，对戏剧熟悉，人也诚恳……"诸如此类，他听了点头说："你这个人不错，不讲别人的坏话。"但突然问："他们对你尊重不？"我如实说："都叫我'校长'！这就够尊重了！"说这话时，我笑了，他也笑了，说："你有事尽管找我！调你来，是我同意的！你能发挥大作用、好作用，那就是我的希望！我是信任你的！"他说这话时是带着笑容的，仍是那种和蔼可亲而又坚定沉稳的笑容。

这以后，在我将《平鹰坟》的故事写成电影剧本时，他突然又找我到办公室去谈过一次话。这次，他要谈的是剧本的署名问题。

我恳切地表态说："怎么样署名都可以！"我是说的心里话，既是集体创作，不署名完全可以的，但他似乎有一种要主持公正和公平的态度，所以找我去谈的。过了一会，我们闲谈起来。我告诉他：当年在北京时，1961年召开亚非澳工会执行局会议时，调我到宣传组工作，为写开幕式上由红领巾列队入场时的一首朗诵诗，我整整一夜未睡，在人民大会堂赶着写，改了送审，审毕又改，凌晨才定稿交给少先队员去背熟，以便上午十时开幕式上朗诵。当然不会署名。1958年，大跃进时我采访甘肃省委第一书记张仲良写的文章发在《中国工人》杂志上，用的是"本刊记者"的署名。在《中国工人》上我采访何香凝等的文章都不署名……诸如此类，我是让他理解我的确不会因争名争利而影响团结与任务，让他放心。他看出我的诚恳，最后点着头说："写成《平鹰坟》让它上了银幕，既完成了上边交代下的任务，又是替沂蒙人民做了一件好事！你是有贡献的！"分别时，他仍是用温暖的大手同我紧紧握住，脸上又是那种和蔼可亲而又坚定沉稳的笑容。

《换新天》由舞台戏剧改变成电影剧本，是要费很大周折的。为这，常由临沂去到上影厂。初稿是1976年1月完成的，上影方面认为有基础，但提出了不少新的要求。二稿是1976年6月完成的，但仍要继续花大力气修改。导演傅超武指定一定要我执笔。

　　在修改基本快完成可以交由上影厂老导演傅超武同志去进行分场台本供拍摄使用时，演员基本已经开始确定了，阵容颇好，名演员张伐、张翼、夏天、乔奇等人都愿意在影片中饰演主要角色。陈清泉同志（他后来曾任上海电影局副局长、上海市文联党组书记）作为责编与土改剧组的同志们都交流、相处得极好。但在影片正式开始拍摄不久后，"四人帮"垮台了！十年荒谬的"文革"结束了！人心大快！我们土改剧组的人员也非常高兴。只是忽然在听说江青等被捕后，有人放风说："土改戏是江青让搞的！"这阵阴风吹来，使我听了十分刺耳。但后来听福崇同志说："上边查清楚了，这任务是毛泽东主席要搞的！江青是传达了毛主席的指示！"于是，一场危险的风波平息了，《平鹰坟》的电影也放映了！

　　最后一次见到福崇书记，是在1983年冬天的成都。这年秋天我由山东调到了四川成都。那天，通了电话知道他到成都开会，我和起凤夫妇俩兴奋地到他住的宾馆看望，谈得很高兴。我感谢他在临沂时对我的关心，他却不断地说："当年我没有好好重用你，埋没了你！"我说："不！山东的许多好领导像朱奇民、高克亭、余修、薛亭、张学伟、张清波、王树群、胡广惠等对我都是极好的！你在领导我们创作土改戏时也是极好的！我是一个知道感恩的人！我不会忘掉沂蒙老区所给予我的恩德的。"他自从见到我后，一直对我笑着，那是十分亲切的笑容。由于我忙，他也忙，我未能陪他游玩成都。谈了些往事，已是夜深，他亲热地下楼送我和起凤上车。车开动时，他仍然站在那里，和蔼可亲而又真诚沉稳。

　　于是，他这种笑容就定格在我心上永远不会消逝了！

（本文刊于2015年《洗砚池》）

# 养　生

对养生之道，我有点讲究，也并不讲究。

"讲究"者，吃东西时我注意营养，注意摒弃吃了对身体有害的食物；工作写作时不爱熬通宵，生活注意点规律；我怕在烈日下曝晒，烈日当空就尽量不外出；我怕闻香烟味，能避免就尽量避免，客人来我也不用香烟招待。近两年，因年岁渐大，与老伴都一起减少吃糖，菜也吃得淡些。如此等等，都可以说是"有点讲究"。

"并不讲究"者，指的是：对长寿与否我思想上并无负担，并非时时都注意养生之道。比如人家请吃饭，我就决不谈这样吃那样不吃，我是一概都尝尝，免得人家扫兴或觉得难以款待；比如我的生活规律是晚睡晚起，午间喜欢小睡片刻，可是工作或集体活动需要早睡早起，我也绝不例外，根据实际情况和条件许可来做就是。这样我既安心，思想上也无压力，不觉得这会"损害"我的健康。正如需要熬夜，需要闻香烟味，避免不了时，偶尔为之，我思想上不觉得多么有害，实际上也是一样。

所以，有人说我"讲究"养生之道，有人又认为并不。其实什么都不绝对，倒是合乎辩证法的。

三五年前，人说我"远看像三十，近看像四十，细看像五十"。如今没人这么说了，看来我确比以前老了，但仍有不少人说我"年轻"。

问我养生之道的人确乎不少。我其实并不在养生上多花脑筋多找

"窍门"，但人家问我，我就不能不认真思考一下这个问题了。

我想：年轻时有两条对我的健康是有利的。一是我从未吸过烟喝过酒，年轻时甚至连茶也不喝。倒是这几年年岁大了，人说喝绿茶对身体有益，于是我也就不加排斥，老伴泡了茶，我就喝一点。二是我从小爱运动，溜冰、骑自行车更加内行。溜冰会一些花样滑冰的技巧，骑自行车能掌握杂技演员的一些本领。田径、球类我都喜欢，开运动会时，四十岁前总参加一些项目。1960年我三十六岁那年，在北京参加中共中央直属机关体育运动大会，在二百米平衡竞走项目中，四百几十位运动员中我获得第二名，当时北京市委副书记万里同志发给我一个"练好身体、做好工作"的奖状。我不吸烟、不喝酒维持到现在，可惜，运动未能坚持。由于创作忙，这些年来常常连散步都无法天天保证。虽有当年的基础，步伐仍轻快，腰背仍挺拔，但如坚持运动和活动，我想身体状况一定会比现在更好的。

我的"年轻"同保持童心或年轻的心境密切有关。我总不愿丧失童心和年轻时的心境。我1961年夏天开始在山东一个省属重点中学做过若干年的校长工作，常同高初中学生接近。愿意了解他们，关心他们的思想和生活，同他们亦师亦友。我与老伴从十八岁时相识，后来一同生活，是伴侣，也是好友，迄今未吵过架红过脸。我对她始终保持着年轻时的感情和心境。我有两个女儿，我爱她们，她们小时候，我带她们溜冰，给她们讲故事，甚至希望她们始终是孩子，但她们终于年岁一年年大起来。于是，我又在外孙楠楠的身上找到寄托。我陪他踢球，陪他下棋，甚至同他一样趴在地板上套圈圈……如今又有了小外孙安帝，我抱他，逗他，搔他的脚底，同他一起大笑……所以，我在童年回忆录《失去了的黄金时代——金陵童话》一书的自序中说："孩子每每能抛开人世间的烦恼与困扰，流着眼泪会突然嬉笑，挨了打后会依然亲惬，淋着雨浑身湿透仍在玩着游戏……我愿意童心永存……"

离休前，我是淡于权力和地位的。对于名利这种身外之物，如来得自然，我不排斥。要自己去孜孜强求或因得不到而懊丧，我是做得到淡泊宁静的，正如我对于养生之道一样。这可能会使我活得潇洒超脱些。

　　我 1987 年离休，离休后，写作是我的最大乐趣。我不热衷于一定要活多少多少岁，但我愿意活得长些，多做些有益于国家人民的工作。我不把写作当作包袱或认为这会是影响我健康的"苦差"，而是当作生活的寄托、奉献和乐趣。只要写出了自己满意的作品，我就怡然自得，感到文思如潮，精力充沛，我还不老！还可再写十年、二十年。

　　确实，对于作家来说，写到八九十岁的在中外古今都不少，七十多岁并不老，更非古稀！

# 石头的故事

　　小时候，住在南京城南张府园，有个同年小朋友夏康强，小名叫石头。张府园是个前清留下来的大府第，一进一进的房屋，每进都有花园和假山石，古木参天，住着些做官人家，也住着些小户人家。石头他爹是给住在张府园的大户人家做厨子的，就住在后边一进的小平房里。石头长相聪明灵巧，其实人憨厚迟钝，反应特慢，干什么都慢半拍，我们玩"藏猫猫"，别人一下都躲起来了，问"好了没有?"别人不吱声，他总说还没藏好。玩"捉强盗"捉别人费力，捉他是一逮就准。他家后来因为父亲嗜赌生活困难，将他这独子用二十块大洋卖给一个变戏法的人做徒弟，学变戏法去了。那年他才十岁，他走，我好舍不得!

　　石头跟那变戏法的到哪里去了也不知道了。后来一晃好几年，我家搬到了城外，我也进中大实校上六年级了。有一年过年，我跟同班的同学杨河金去夫子庙玩。夫子庙过年时人山人海真热闹，西洋镜、木偶戏，耍猴子，练武术，什么都有。忽然，我看到了一处拉场子变戏法的，我心里一动，突然想起了石头。天下也偏多巧事，想到了石头偏偏就看到石头站在场子中央帮着师傅和师姐变戏法。他长大长高了! 瘦了! 长相仍旧聪明，只是脸上皮肤黄黄的，穿一身破旧宽大打着补丁的棉衣，蓬松着头发。他那师傅是个五十左右、中等个儿的老头，装着小黑胡子，穿套脏兮兮的黑破西装，戴顶旧黑呢帽，化装得跟卓别林似的，正在从一块黑布里往外掏东西，一会儿是只鸭蛋，一会儿是束纸花，一会儿是只橡皮狗……杨河金拉拉我胳臂说："戏法都是假的，没看头！走，看猴戏法！"可我挪不开脚步了，我舍不得看到了石头就走。我得多看看他。

谁知就在这时，石头闯祸了！不知怎么搞的，他笨手笨脚，递错了东西给师傅；竟露了马脚，将藏在棉衣里的一只活乌龟一下子"扑"的一声掉在地上！

师姐正端个收钱的铜盘要观众赏钱，师傅扬言给了钱马上要变个活灵活现的金眼乌龟来，没想到石头藏着的大乌龟露了馅，观众哄地笑起来，有的还嚷嚷："什么蹩脚戏法呀！走走走，别看了！"

师姐一脸惊惶，师傅火了！对着石头"啪"的一个耳光，又"乒"的一拳打在他头上，咬牙切齿地嘴里骂着"妈的×"！石头的鼻血滴洒到地上，他抱头蹲了下去。我好心痛，又好害怕！边上观众里有好心人喊："别打了！"我也忙喊："别打了！……"有人往盘子里扔钱！我掏出身边的银角子、毛票、铜板跑上去全塞在石头手里。

"人生何处不相逢"，又一晃几年，抗日战争时期，我十九岁那年，酷暑天途经中原灾区去大后方，万万想不到在河南漯河附近，竟又见到了石头。

那年，旱灾加上蝗灾，民不聊生，好些村庄都是"白骨乱蓬蒿"，逃荒讨饭卖儿卖女的沿途都是。由漯河往西走，去到茨沟一带，沿路常多打闷棍抢劫行人的事，不时可见头破殒命被剥光衣服赤身裸体的单身行人陈尸路边。在漯河城郊路边挂着"保护旅客，武装护送"的木牌，有张办公桌，两个当兵的坐着收钱，七八个穿粗布黄军衣的荷枪士兵七歪八斜地站在一边。

为了安全，我上前交了款，等候着人多些后结伴一同走，由士兵护送。太阳火辣辣地照在地上，我忽然发现那些士兵中有一个黑黄脸的瘦高个儿很面熟，仔细端详回忆，很快认出这就是石头！他乡遇故知，我按捺不住上前叫了一声："石头！"

他先是怔了一下，认不出我是谁了。我报了自己的名字，他似乎想起来了，走近我，带点憨厚迟钝地说："嗬，是你啊！"

我说："你怎么当了兵啦？你没再学变戏法啦？"

他摇摇头，无表情地说："学不会，师傅不要我了。"

我说："不学那也好。"

他说："好什么？我爹输了钱自杀了，娘也病死了。师傅不要我，我无家可归，只好讨饭。后来，鬼子打到了南京，我逃往皖北，遇到拉夫子，就当了兵！"

我不禁问："当兵还行吧？"

他突然笑笑叹口气，看看手里执着的步枪，说："什么行不行？都差不多。当兵是想干点老老实实的事，想和鬼子打，就是死了也比变戏法强！可是……"

那天，石头他们六个军装破烂的士兵护送我们五六十人一窝蜂地穿过灾荒地段。路旁的树皮早被剥光，树全枯死了。大道边上有条小河也干涸了！在大车道上扬着灰尘顶着烈日走了一程，不多久，前边出现了个小村庄，路在这里分岔了。回头一看，护送的六个士兵包括石头已经不见踪影，估计是找机会打回票了。原来，"护送"实际是军队敛钱的骗局。行路人只好各走各的。那时候，我恍然明白为什么石头会说"都差不多"，明白为什么石头先前说到"可是……"后边的话停口不讲了！

从那以后，我再也没见过石头，不知道他是否找到想干的事情，是否打鬼子死在沙场。

(1984 年)

# 春　恋

夜里没有风，淅沥的细雨沙沙沙直下到天明。清早，东面的红日从青山间跳跃浮动着上升，照得房里通亮。懒懒醒来，听到一片悦耳的鸟鸣声。打开窗来，新鲜的空气扑面而来，不远处的红柱八角亭侧绿树浓荫中，有飞来飞去的画眉、白头翁和银眼圈在枝头欢唱。雨后，园里的绿草更绿，盛开的桃花、山樱、茶花、紫荆、玉兰、海棠仿佛流动着彩色的光晕，美得叫人心醉。这些年来，住在喧闹的成都，难得见到飞鸟听到鸟音，有一年秋天去九寨沟，也没见到这么多漂亮的鸟儿，听到这么使人开心的鸟叫。就凭这鸟和花，我就爱上这儿了！

十多天前，我突犯平生第一次的心绞痛，来势凶猛，疲惫不堪。关心的同志们都劝我检查心脏疗养几天。空军都江堰疗养院院长卢克瑞，他是我在山东时的学生，就把我"劝"到这里来了。这里远离尘嚣，坐落在都江堰市的蒲阳镇，背靠岷山，面向平原，傍临岷江。一百八十亩地的疗养院里，满眼翠绿，银杏树古老，香樟木参天，竹影婆娑，垂柳飘拂，充溢诗情。开阔处，登高可以看到几十里外大片金黄的菜花，隐蔽处曲径通幽会叫你迷路。最美的是点缀在浓绿淡绿中的红花、白花、紫花、黄花汇成的繁花似锦的世界。在成都市区只能感到春意，在这里可就看到真正的春天了！克瑞告诉我：这里四季花开不断，春夏不必说，秋天的桂花和菊花，冬天的蜡梅和红梅，疗养的人都特别喜欢。他陪我逛了一些地方，我才发现这儿既有游泳池、健身房、球场、服务部、医疗大楼，也有碧波荡漾的钓鱼池、吃麻辣烫的火锅店和卡拉 OK 舞厅、电影放映厅等。他说："在这不会寂寞，去游青城山都江堰都很方便。"我笑答："我喜欢寂寞！我住处附近有个汽车修配厂，空气严重污染，而且敲敲打打的噪音使我失眠。我是来寻找清静的！"于是，他安排我住在最后一个花园里的小楼上，让我同清静作伴了。

这里原是抗战时期国民党空军幼年学校旧址；早先都是茅草房，如今旧屋荡然无存。去年，在此开过一个六七百人的联谊会，从台湾驾机归来的王锡爵及来自国内外的许多当年"空幼"的学生都来聚会，看到新面貌后，不胜感慨。今年，"空幼"四期的学生还要再来聚会。这所西南唯一的空军疗养院，在改革开放中，也面向地方开放了。卢克瑞志在开拓，正与四川一些著名中青年画家筹备成立一个"蓝天书画院"，既为提高四川中青年画家知名度，使优秀作品走向市场，也可提高疗养院的文化品味扩大影响。我来的那天，就有画家正在大厅里挥毫作画。

我住下后，一边检查身体，一边优哉游哉享受这里的美丽。早上爱听欢快悦耳的鸟叫，中午漫步花草丛中看燕啄泥蜂酿蜜，午后阅读带来的散文集，晚上看看电视新闻。这时的北京正热气腾腾开"两会"，于是，我虽处在清静中，却仿佛也听到春潮的澎湃。

我想，如果在这里疗养一段时间，定会有益健康。可是，当拿到检查结果说身体无严重问题时，我的心又不定了！我确实喜欢这儿的清静。唉！偏又是习惯于忙碌的命，总是希望生命里有一个主题，生命的美丽不在于它的永不停歇吗？

寂寂春夜，夜夜都有蒙蒙细雨，草木总是那样鲜活。悠闲了五天，"思凡"之心又起，怎么也克制不了，我告诉克瑞："我过了五天世外桃源式的生活，很快乐，但现在要潇洒地回了！""你不是说爱这儿的清静吗？""是的，但我得走！"他留不住我，似乎很遗憾。但我觉得他迟早会了解我的。

第六天一早，在鸟声欢唱中，我离开了那所可爱的疗养院。

# 思念也是回味

## ——在新都桂湖思念艾芜和哈华

多次到过新都，留下的都是极美好的独特印象。

这个有近三千年历史的古蜀名都，如今是一座省级历史文化名城，是成都的旅游卫星城。来到这里，我总是流连忘返。

它既繁华又古朴，既现代又有浓烈的川味。来这里后，古刹宝光寺的悠长钟声和缭绕香烟，著名明代状元杨升庵留下的园林桂湖的绿叶荷花，甜美雅逸的金桂香气，会沁入我的心田，久久逗留……

我是最爱在初秋桂花飘香时节来新都寻找秋意的，虽然此时荷花已经凋零，但带着残荷的脱俗意境更具诗味。

我会坐在桂湖边的石头上，想这想那……久久不愿离开。

这时，我差不多每次都会想到艾芜和老友哈华。

他们都是新都籍的现当代著名文化人、文坛的优秀作家。由于同他们交往留下的印象，在新都桂湖，我总会久久在心头浮起想念。我在桂湖品味新都，不但有怀古之幽思，而且每每别有一番滋味在心头。这是由于对新都这两位文人的怀想和思念。说来也巧，一次，看到有位老者瘦瘦的极像艾芜；又一次，一个穿西服的白发老人戴着眼镜特别像哈华。我正嗟叹间，他和他都却隐没在树丛和亭台后的人群中了……

　　是呀，他俩早都走了，但我眼前仍仿佛看到他们依然活着，在桂湖的秋色中缥缈地与那些游人一同走过……同这古老的桂湖名胜一样，人不在了，但历史存在。历史存在，那些不该忘却的人也依然会存活在大众的心里……于是，思念也是回味，思念无尽，回味无穷……

# 《香港文学散步》引起的回忆

　　香港女作家卢玮銮（小思）女士赠我她新近由商务印书馆出版的《香港文学散步》一书，我读后很喜爱。卢女士曾留学日本，擅长写散文，多年来从事香港文学及香港早期文化活动的研究，工作颇有成果。这本《香港文学散步》从文学的角度寻根认往，在上篇"思故人"中，介绍了蔡元培、鲁迅、戴望舒、许地山、萧红等人在香港的行踪及他们与香港的关系；在下篇"临旧地"中，列举了孔圣堂、学士台、六国饭店、何福堂中学等处当年中国文化人的活动。每个人或每一处地方，都附录有精心编选的文字。附录之前，都有卢女士一篇文笔清丽、带着浓郁怀想幽思的散文抒情点题。她在香港搜寻往事，发掘史料，使《香港文学散步》既有史料价值，也有文学价值。读时，我总是思绪绵绵夹杂着感慨，并得到美的享受，感觉到"处处都有历史的叮嘱，文人的精魄"。于是书中的篇章感染了我的情愫而引起一些往事的追忆。年代虽久远，记忆也不免破碎，但仍觉新鲜。

　　记忆是从蔡元培先生开始的。1937年抗战爆发以后，10月间，我随父亲离武汉来到了香港。当时我只是一个初中学生。但父亲无论到哪里都常带着我。在香港滞留居住的一年左右的生活在我脑海中留下了深刻的印象。父亲同文化教育界关系密切。早年，他在上海时，曾在中国公学和南方大学任商科主任、法律系主任并兼任上海大学、暨南大学等校教授，创办过上海法政大学。上海法政大学成立后，曾一度做该校校长。在南京时与别人创办过文化学院。冬天，在香港期间，父亲曾带我与友人杨天骥同去看望生病的蔡先生。我们一起坐香港巨商李尚铭的私人汽车去的。住址在哪里，已全忘却，只有印象的是蔡的住处会客的房里书特别多，橱架上、桌上，连房中央的一张长条桌上也全放满了。蔡穿长袍、戴眼镜、上唇蓄须，说话声音不大，腹部突出，人显得很苍老。父亲让我叫他蔡老伯。他当时身体很不好，脸黄有病容。他们谈些什么，别的均无印象。只记得杨天骥老伯笑着问过我："你上学时是不是男女同校？"我点头。他就笑着说："这就是你这蔡老伯提倡的！他那时做教育总长……"我后来听父亲说过："一·二八"那年，我随父亲离南京到北京住过一段时间，当时蔡是北大校长。父亲在北京时曾同蔡见过面，父亲这次与杨天骥看望蔡先生后，在香港圣约翰大礼堂参加过"保卫中国大同盟"等举办的展览会及支持抗战的募捐活动，同蔡先生也见过面，只是我未在场。蔡与父亲同一年去世。那是1940年2月，我与哥哥宏济从上海到了香港。当时父亲已因抗日出事身亡。我们在香港见到了杨天骥先生。杨那时不知为什么竟去做了杜月笙的顾问。在告诉我父亲的一些熟人的情况时，也提到蔡先生身体不好。接着，个把月后我就在报上见到了蔡先生在香港病故的消息。出殡那天，参加的人极多，全港学校及商店都下半旗志哀。《香港文学散步》中谈到蔡先生葬于香港的华人永久坟场。卢女士说："香港山水有幸，让这位文化巨人躺着，可是，香港人也善忘……不是善忘，是根本不知道，年年清明重阳，不见有多少人去扫墓。扫墓，只是个仪式，不必斤斤计较。但如果在五四纪念日的前后，能去蔡先生的墓前致敬，沉思蔡先生生前走过的道路，这毕竟是我们香港人可以做得到的事！"说得是非常有感情的。

《香港文学散步》中提到了许地山先生。我那时熟悉他写的那篇短小而朴素无华的佳作《落花生》，也知道他的笔名就叫"落华生"，读过他的短篇小说集《缀网劳蛛》。1940年2月，我与哥哥到了香港，在香港皇后道上的宁波同乡会楼上那时举办着一个有关支持抗战的摄影展览。我们有个本家名叫王琪的在那儿帮忙工作。我们去找他时，看到有个相貌清秀而又堂堂，黑发、留一绺黑须、戴黑边眼镜的人，穿灰长袍，由人陪同在看展览，边看边同人谈话。他被几个人簇拥着，给我一种典雅威严、学者气质的印象。王琪说："这就是许地山，落华生！"许那时是香港大学的教授，碰巧见他一面，也是一种机遇。这次看卢女士在书中介绍，才知他在我见到他的第二年就因心脏病突发逝于香港，葬在薄扶林道的中华基督教坟场，年方四十九岁。卢女士说："这个坟地，没有一朵花，没有一炷香，寂寂的在那儿已经四十六年，里面埋着一个为香港做过许多事的有用人，一个著名作家，许多香港人不知道！"真令人不禁唏嘘。那么，我愿这篇文章算是为许先生献上的一朵小花吧！

刚才谈到过杨天骥先生。他一般爱用"杨千里"这个名字，是苏州人，诗词书法均佳，人称他为"才子"。他早年在上海某学堂教过国文，胡适是他学生。在1906年，胡适十五岁时，杨天骥汇辑《西一斋课文》以备日后查看学生进步之迅速。其中收入胡适根据杨先生的命题所作的议论文《物竞天择，适者生存，试申其义》。当时杨先生对此文作了赞赏的批语，人都夸他"识才"。1937年冬，胡适声名正盛，秋天时经香港去了美国。杨天骥同父亲不时谈到胡适的事，只可惜许多具体的事我都记不清了。

我随父亲在香港住湾仔"六国饭店"。当时这个八层楼的大饭店算是高级的旅馆。朝着海滨的房间阳台上可以看到翡翠色的大海。我们住房的隔壁，住的是川籍名流谢无量老伯。他个儿不高不矮，胖胖的，脸色很好，两只大眼看起人来慈祥和蔼，脸上总有笑容，不笑时也像在笑，给人坦诚和大而化之的印象，说话声音也很柔和。他那时常穿一套新的藏青色西装，打黑领带。但西装上衣因吃饭时不小心很快就染上不少油渍。父亲说他是"名士风度"。他当时同杨天骥一样，也是监察委员。我们的住房朝海都有个阳台，谢无量那时单身一人在港，他比父亲年龄大一些，四川口音，是同盟会员，曾做过孙中山先生大元帅府秘书。父亲特别夸赞他的学识和书法，听父亲说他在中国公学教过书，著述甚多。我后来上大学时，在复旦大学图书馆查过他的著作，均是由中华书局和商务印书馆出版的。其中鲁迅很重视的《中国大文学史》就是他的名著。新中国成立后，我听说他在成都任过四川博物馆馆长，在四川大学任教，主讲《庄子》等，后来是全国政协委员，到北京人民大学任教，住在铁狮子胡同红楼宿舍内。毛泽东主席对他很尊重，曾在中南海专门设宴款待他。大约是60年代初，我看到过当时新华社发的照片，他坐在毛主席的身旁，仍带着他那种安详坦诚的笑容，席上还有章士钊先生。以后，他出任中央文史馆副馆长，1963年去世。我因1961年夏就离北京去了山东，以后未有机会和心绪去看望这样一位堪称为文化名流的父辈。

谢无量在香港滞留的期间，应是1937年秋冬。他在香港留的墨迹不少。当时，香港巨商李尚铭很爱结识政界上层人士及文化人。一连几个月，每晚都在他山光道寓所设宴待客，款待得十分大方，毫无吝啬，吃的菜肴总是海鲜及名菜。父亲和我有一次应邀特别吃了"猴脑宴"。他每次都派汽车接送客人，家中照例有一桌麻将或一桌"沙蟹"。谢无量和父亲几乎每天总带着我同坐一辆车去李尚铭公馆玩，当时的常客，除谢无量、杨天骥和父亲外，有"两广监察使"刘侯武及他儿子，有卸了任的天津海关关长孙隆吉（此时是银行家），有一个瘦长高颧骨的商人郭绪发。此外，当时著名拍粤语片的影星梁翠薇等也应邀常来吃饭。李尚铭备有文房四宝，有时就请谢、杨和我父亲到书房给他写字题诗留下墨宝，并代别人索字，写后很快就裱了挂起。谢无量的书法风格独特，看来像小孩写的字，但个个苍劲挺拔，不落俗套，人都称好。

谢无量喜欢古玩。在港期间，许多古玩商人都到六国饭店送货给他看，要他购买，他极善鉴别。当时香港假的古董玉器极多，他用白洗脸盆，注上一盆酒精，将商人送来的玉器、翡翠、鸡血石等都放入盆里浸泡。假的就会褪色。他就当面退还商人，使以假充真的古玩商十分难堪，我到他房里，看到这样常笑得很高兴。他用放大镜鉴定古玩，还将一只德国货的小放大镜送给我玩。虽属无意的保存，但迄今仍在我抽屉里。他又特别爱打牌，在山光道李宅打麻将的常有他。他总是输得很多，但输了脸上也仍是十分从容，带着他特有的憨厚的微笑。

《香港文学散步》上提到六国饭店，有卢女士写的怀旧散文，说："六国饭店的名字紧紧和40年代的中国文艺南方发展连在一起。"书中，节录了我在那《战争和人》三部曲中的第一部《月落乌啼霜满天》中写的"六国饭店"的那个片断。那是1937年冬到1938年春时的状况，看到书上八层楼高的六国饭店的旧景照片，半个世纪前我在那里生活过的情景不觉都出现在眼前。现在，八层楼的六国饭店已变成三十层高的六国酒店了，听说是爆炸掉旧楼后重建的。看来，历史就是这样。它不会被人们遗忘和背弃，它也总是在向前进步发展的。有人说香港是"文化沙漠"，实在太偏激片面了！过去不是这样，现在也不是这样！《香港文学散步》昭示了这一点。现在，香港自有一批值得尊敬的作家，正在不怕寂寞地努力埋头耕耘。他们有一颗可贵的中国心。他们珍重历史，也在开拓今日塑造未来。他们懂得在拥有现代物质文明的同时，该如何去怀念、珍视那些值得铭记的文化先行者，保存并光大香港历史上有过的那些属于中国的、美好的东西！

（1987年）

# 带着感情谈四川

抗日战争时期，1942年，我十八岁，夏天离开沦陷了的上海，长途跋涉，经历千辛万苦，秋天第一次到达大后方四川求学。我的高二高三阶段和大学一、二年级都是在四川度过的。那次，在四川整整住了四年光景才回下江。未想到三十几年后，我又来到四川。那是1983年秋，因调来工作，我落户成都，到今年10月，整整二十周年了！我是江苏如东人，从来未回过家乡，一直萍踪飘泊，在上海、北京、山东先后都长期工作过，但累计起来在四川工作、生活的年月最长，对四川自然有深厚的感情。

如今想来，第一次在四川，对天府之国留下的美好印象是很多的。

首先是四川的山水，我走南闯北，到过许多名山大川，但四川的山水，其青、幽、险、雄是独特的。我第一次入川，由当时的"西北公路"越秦岭后，经剑阁、梓潼、罗江、广汉到成都，那如排垒的剑门关，群山奇峰如尖刀并竖插向天空的雄姿给我留下了无法磨灭的迤逦壮观。我见画家关山月画过剑门群山的雄姿，他用墨色作基调，将山姿的险峻、气象的森严表现得淋漓尽致。而后，我又见到了四川的江水，川江水势开阔，看似平稳实际湍急，浩瀚的江水中漩涡不断，这使人自然想起李白的《蜀道难》但又有其不可言喻的美。犹记得第一次入川抵达成都时，在望江楼看到的一副楹联："引袖拂寒星，古意苍茫，看四壁云山，青来剑外；停琴伫凉月，予怀浩渺，送一篙春水，绿到江南。"当时我就想：啊！这真是我到四川面对山水的印象与心境！当时背诵熟了迄今也未忘记。以后，在川江边上求学，常听到船工拉纤的川江号子声。许多年来，川江号子在我耳畔常常回旋，引起我无限的遐想与回忆……四川的自然风光，实在欣赏不够，也忆不完。

四川淳美的风土人情，同样给我留下了深永的回味。抗战时期，大批川军将士背井离乡出伐御敌，在淞沪、江苏、安徽、山东等地的抗战中流血牺牲贡献极大。四川百姓当时出钱出粮，整个四川成为抗战大后方，对支撑抗战起了无法估量的作用。日寇对四川的大轰炸，无法摧毁中国人民的抗日意志。我们这些当时流亡学生，在四川上学深深体会到四川民风的淳厚与人情的可贵。在记忆中的有些小事，可以作为说明。四川盛产橘柑，我们那时学生贫穷，生活艰苦，有时一天两顿稀粥，发一匙盐巴做菜，营养缺乏，走过橘柑园，才知当地风俗：过路人可以随便采摘了吃。吃后可将橘皮放在树下，愿吃多少均可，但不要摘了带走。学生去不花钱白吃橘柑的自然不少，可见农民的厚道。最后因不少人破坏了规定，摘了大量橘柑带走。橘柑林的主人才只好出来看守加强防范……那时我们外来的流亡学生与本地川籍同学相处融洽，由于我的家乡沦陷，有的川籍同学就盛情邀约去他们的家里吃饭"打牙祭"。我食量小，一碗米饭尚未吃完，想不到同学的家人在我背后用一把大木勺满满装了一勺米饭，结结实实扣在我的碗里。原来主人怕客人客气吃不饱饭，所以传统用这种方法待客，使我十分感动。我实在是吃饱了，只能拼命又硬将一碗饭撑下去。这足见四川民风的朴实可爱。此后，有了经验，提前预防，才能避免胀胃……那是1943年，我上的国立九中高一分校突然发生中毒案件，早饭里被人放了砒霜，大批同学中毒昏迷呕吐。我与几个未中毒的同学赶快到附近农家买生鸡蛋给中毒的人吃了解毒，许多农家知道这事，纷纷拿出鸡蛋不肯收钱，快拿去救那些学生娃娃的命要紧！……往事如烟，但上述这些事是怎么也忘不了的。我们那时外来的流亡学生与本地的同学相处极好。如今我又来成都，这二十年来，晤及不少当年中学和大学的校友，大家都非常珍惜当年共艰辛同患难的抗战岁月中建立的友谊，夜秉秋灯，谈及往事，真是十分亲切甜密。

我也无比喜欢四川的人文蕴积，四川物华天宝人杰地灵，名胜古迹处处都有，历史上的峥嵘人物多如灿烂明星。"自古诗人多入蜀"。四川是名副其实的文化之邦。在此怀古采风可以无尽无休，不胜感慨，又在盛衰悲欢之间感悟历史沧桑大有所得。

我当然不能不喜欢四川的"食"，诸如川菜。作为抗战时的一个穷学生，不可能大尝川菜，但对川菜中的几样家常菜是情有独钟的。比如回锅肉、鱼香肉丝、麻婆豆腐就是。再如担担面、抄手和汤圆这类普通小吃也是一样。总使我口舌留香，余味无穷。我吃不了太辣的菜肴，但这些普通菜点加上火锅，那是走遍全中国都想吃也吃不厌的。

用两千多字来写四川，就只能用"思昔"的方式把留在脑中的点滴印象精略地记一记。这些印象是抗战时期的四川留下的，其实我重来四川这二十年来，四川值得写的人和事更多了。因为四川随着祖国的发展，在改革开放中不断在飞跃进步。

抗战时在四川，在旧政权统治下，四川还是十分贫穷的。那时百姓面有菜色，反动派拉壮丁，对农民敲骨吸髓，农民赤脚草鞋头缠白布衣衫褴褛，那时不仅农村，城市里的破烂旧屋也满目都是，高楼大厦少得可怜。小轿车数量有限，街道狭窄拥挤。那时四川没有铁路，航运落后，公路少而崎岖；民族工业奄奄一息，农村经济日趋破产。那时全省平均好几千人中才有一个大学生，更别说什么硕士、博士了！那时，我在一个县城里发现全城一共只有三个西医。那时……而如今，拿成都来说，综合经济实力跃上新台阶，社会主义市场经济体制基本建立，全方位开放格局基本形成，城乡面貌变化巨大，各项社会事业全面进步，社会主义民主政治和精神文明建设深入推进，人民生活显著改善，交通四通八达，文教医疗卫生事业和旅游事业蓬勃发展，川菜烹饪精益求精……

看今日，想过去，那真是天上地下，不可同日而语了！要我来写四川，就是用十万字、几十万字也写不完的。继往开来，过去的光荣与今天的辉煌集聚于四川。四川在西部大开发的进军号中将会越加绚丽多姿！

我爱四川，过去这样，现在更这样。我长期工作过的山东，一直把我当作山东老乡对待。直到现在，仍常把我作为齐鲁名人来宣传。如今，四川与山东一样都是我的第二故乡，我早已经融入四川。近年外出，在海南、在北京、在安徽，不少人都把我当作是四川人或误说成是"四川人"，我已欣然接受，从不否认。

（2003 年 9 月于成都）

# 张召信的故事

### 第一天，在淮镇听到的故事……

我到河北献县淮镇去访问售货员张召信。张召信，是河北省商业工作者中的一面红旗，七年来，他一直在勤恳地为支援农业贡献着力量。

这天傍晚，到了淮镇。淮镇中心商店的同志说："张召信在西高官村支援抗旱，正忙着哩！"他们建议我明天下乡去访问他。

这时，夜幕笼罩下来，镇外平原上抽水机正在灌溉着麦田，有人欢乐地在田垄上唱歌。中心商店的小段同志，一边陪我到住的地方去，一边就给我讲起张召信的故事来了：

"张召信，在我们这里，可出名啦！抗日战争时期，他是我们这一带的游击队长，神出鬼没。他的游击队，先后打死过二百多鬼子和伪军……"说着，他用手一指，"你看——"

我抬头向西一望，月光下，那儿是一排新房子，有几棵大槐树迎风摇摆着枝叶。

小段说："过去，这儿是鬼子的炮楼，后来给咱们平毁了，盖上了新房子。淮镇，那时是鬼子的一个大据点。就在炮楼附近，住着一个汉奸特务队长安振胡。这家伙简直是狼心狗肺，杀了我们不少干部和群众。老百姓恨透了他，党决定为民除害，把这任务交给了召信……"

小段讲得真生动，使我眼前像演电影似的浮起了一幅鲜明的景象：

十八年前，那是一个秋天的夜里，张召信，带了两个队员，悄悄摸进了淮镇。安振胡正跟小老婆在听留声机。忽然，门开了，灯下人影一闪，张召信出现在他的面前，严正地宣判了汉奸的死刑。

小段接着说："张召信除了这个大害，老乡们真高兴啊！鬼子可气坏了。在淮镇贴起大告示：谁抓住张召信，不论死活，一律重赏。回头村的鬼子，还在杀人场上钉了枣木橛子，声明：捉住张召信，马上钉死在橛子上！当然鬼子是'瞎子抓鸡'——连张召信的一根毫毛都没摸着。"

故事确实吸引了我，但是小段却把话题一转，说："你不是要了解召信支援农业生产的事吗？我就给你讲一些。反正召信这人过去是斗志昂扬，现在是干劲冲天。为了农业生产，他像战斗一样地在工作，简直不知道什么是休息。领导上因为他在战争中受过十二次伤，很关心他的身体，他却总是说，'身体很结实嘛，叫我闲着就不行。'像他这种革命意志旺盛的人，病痛不放在心上，不让他多为党和人民做些工作，他却感到无比痛苦。"

我心里涌起一种肃然起敬的感情，听着小段有声有色地讲下去："1958 年，大跃进，这儿成立了人民公社，大家的干劲更大了。那是冬天的一个夜里，大雪纷飞，徐村为了打井，要席子搭窝棚。召信推起车子装了四十领席子赶着送去，俗话说，'走雪如走沙'，走了一个半钟点，才到徐村。徐村的干部们正在开会。见进来一个'雪人'，仔细再一看，原来是召信，忙给扫雪倒茶，说，'召信哥，路难走，天寒雪大，剩下的明天一早我们自己套车去拉吧！你别再送了！'这时已是夜里十一点了，雪花鹅毛般地降得正欢。社干部留他住下，他坚决不肯。回到店里，他赶紧又装上四十领席子给送了去。这次，社干部一见，更感激了，劝他一定要当心身体。哪知他听说打井需要六十盏灯笼夜战，又悄悄赶回去冒雪把灯笼送来了。社干部感动得握紧他的手，连连说，'召信哥，你爱护公社，我们懂，你是拿自己的干劲来鼓舞我们的干劲。我们要是不把干劲鼓得更足，别说对不起党和毛主席，连你也对不起！'……"

我很感动，正想说点什么，小段却又接着讲起第二个故事来了。

这故事也发生在大跃进里。一天傍晚，大风大雨，西高官村为了夜战，急需煤油和皮绳。召信挑着担子冒着瓢泼大雨给送去。走到半路，一脚滑倒在水沟里，闪伤了腿，浑身一潮，伤口都疼了。他后脑上曾给炮弹皮打过一个洞，手指骨给枪弹打断过，腿上给子弹打穿过，现在都疼得像蛇咬。他却不管疼痛，跛着腿，一鼓干劲就到了目的地。社员们忙迎上来说："召信哥，多亏你呀！要不就影响生产了！"他回答："支援农业，我们是后勤兵。我们多流一滴汗，你们好多鼓一分干劲。只要你们大跃进，用什么有什么，什么时候用，什么时候送！"当天他回到店里，刚好公社党委有个急信要分送到七个村子里去。信没有人送。他不管自己并非公社的通讯员，也不说自己伤了腿，讨起这个任务，忍住疼，连夜把信送到了七个村子。他常说："党对一个党员的要求不必有限度，一个党员对共产主义事业的责任也不应有止境。"

小段同志只讲到这里就回去了。但在我的脑子里，张召信的形象已经逐渐鲜明起来。


## 第二天，在下乡路上听到的故事……

第二天清早，淮镇中心商店派了一位小马同志陪我到西高官村去找张召信同志。小马约莫二十岁，也是个会讲故事的人。我们骑着自行车在公路上飞驰，两旁真是美景如画，到处是成片的果树林绵延相连。小马说："你不是要访问召信吗？在这些果树上，就有他不少故事哩！"

于是，他给我讲了一个枣林的故事。

原来，淮镇出的金丝枣，外销很受欢迎。去年春天，公社党委号召多种枣树，那天，召信送货到西高官村。社员围住他："召信哥，谷雨快过了！再不种枣树就晚了！你帮助我们想法找批树秧吧！"

召信找不到树秧，心里好急。晚上翻来覆去睡不着。想着想着，猛然忆起当年打游击时的一段往事来了……

那是在一次激烈战斗以后，他跟一些同志来到沧县浦窝村东面一块洼地里露宿。地上，净是一点点大的枣秧。乌云遮住了月亮，大家没看清，睡下去，刺得身上像蝎子螫似的……

召信想：现在，那地方可能还有枣秧。第二天，鸡叫头遍，他就推着小车去了。当地公社听他说明来意，满口答应支援。召信饿着肚子去刨秧。从清早到中午，一口气刨了一千多株，这才装车回来。西北风呼喇喇吹，走到滹沱河边，他又累又饿，一股急风吹来，头一晕，连人带车倒在河里。幸好一个赶大车的路过，把他救了上来。他心里着急的是枣秧放久了栽不活，于是又熬着饥寒，赶到西高官村。社员们十分高兴，夸他是"及时雨"。召信忙说："要不是人家浦窝村的社员们共产主义风格高，我一株秧也带不回来。"大家一听这树秧是邻县公社支援的，都保证要把秧栽活。说干就干，召信也跟大家又干了半宿，把一千多株秧全种了下去。

听完这个故事，正巧，我们走近了这片枣林，枣树现在已经有半人高了。

我要求小马再讲张召信的故事。小马说："反正，召信的故事挺多。他自己是不说的，旁人也说不全。就拿这果树的事说吧，平日，他送货，在路上见了果树，总要翻开枝叶看看有没有毛病。一次，他突然发现好些果树都长了八角虫，大吃一惊，走一村是这样，再走一村又是这样。他马上奔到各个村子去报信，去向领导汇报，自己又连夜到外地去运农药。这样一来，村村动手，及时消灭了虫灾，两万三千亩果树保住了丰收。老乡们后来见了他常说：'召信，今年吃果子的时候，可忘不了你啊！'"……

## 在高官村听到的故事……

事情好像也并不出乎意料，因为张召信本来是忙人。我们到达高官村分销店时，他又不在！怎么办呢？我想，先找村上的人谈谈也好。果然，这一谈，又谈出故事来了。

据说，张召信刚做售货员，作风就不同。他总是推着车、挑着担，给大家把需要的东西送到田间去，送到门上去。他说："你们农忙，别误了生产。"每次，党委召开会议布置生产任务，他就在会上统计各村需要的东西，会一散，货就送到。所以大伙说他："跟在党委后面，走在生产前面。"他自己也常说："听党的话，执行党的指示，决不能打折扣。"讲这些事的，是个村干部，最后笑着说："反正召信跟咱们分不开。他支援咱们搞生产，咱们少不了他。他收购东西，咱们也尽力支持他。过去，他们商业中提倡收蛋到院，收猪到圈。召信却用不到这么麻烦。他要什么，只要开口，咱们各村就自动给他送上门去。"

一个白胡子老头，讲了另外一个故事：那年，长夏一过，来了新秋。一夜，西高官村东头的堤岸决了口。召信刚送货回来，睡下不久，听到呼喊声，立刻跑上了堤岸。

堤岸已被冲开一个大口子了。抢险的人拼命扔土。可是土一下水，都被滚滚的激流冲跑了。眼看十多个村子的庄稼、田地、房舍、人畜全有被淹没的危险。召信纵身跳下水去，喊道："会下水的快下水抢险！"二十来个小伙子见他奋不顾身，也纷纷下水。这才堵住了决口。

高官村分销处的老郭同志，这时插嘴告诉我："召信这人就是好。支家务村有个烈属陈老大爷，临终已经不能多说话了，却还忘不了叮嘱儿子，'你要学张召信，他不愧是个共产党员。'"

我问："陈老大爷为什么会这么说？"

老郭说："召信埋头苦干，全心全意为人民服务，大家能不看到吗？我举个例你听，种庄稼总离不开积肥。召信来后，从我们这高官村通往周围各村的道路两旁，老乡们常常发现田里出现一个个粪堆。起初，有人怪纳闷，谁不声不响干这好事呀？后来才发现，原来张召信每次单身出门，就背上粪筐，推车下乡就带上粪箱，走到哪拾到哪，拾满了就往田里倒。"

边上有个中年人，说："老郭，你把召信哥复员回来当售货员的事给他说说。"

老郭接着就说开了。

1953年，召信复员回到了家乡。复员前他是中国人民解放军某部的副连长。复员回来，他就做了售货员。有人问他："召信，你怎么跑回农村干事了？多没出息！"他平心静气地回答："我是这儿土生土长的，祖祖辈辈是庄稼人。咱们国家农民多，农业重要。把农业搞好，全国人民吃的大事解决了，工业发展也就更顺利了。现在，农村需要人工作，我是个共产党员，回来，我觉着挺好啊！"

有的人怂恿他："回来倒也罢了，不过，还是想办法套上两条自己的牲口，拴上一辆自己的大车，走南闯北跑个脚，又自在又赚钱，多舒坦。一样干买卖，何必非干你现在这个？"

张召信听了一皱眉，满脸严肃："不行！拉脚是个人的小买卖。这是革命的大买卖，自私自利，往资本主义路上跑，我不愿意。售货员是革命工作，对农业生产，对农民生活，密切相关。我就爱干这个！"

稍后，又有人干脆露骨劝他："你是打天下有功的人，要干也得闹个主任当当！每月只挣十六块五毛，又是个售货员，划得来吗？"

一句话，好似火上泼油，张召信勃然大怒："划得来？干革命有这话？那么多先烈为人民献出了一切，难道都没有你明白？不想想你现在过的好日子是怎么来的？……"说这话的人见召信一脸火气，吓得跑了。从此，没有再敢"劝"他了。……

## 第三天，见面时候亲眼看到的事情……

天黑了，张召信同志还不回来。晚饭后，我便到分销店里准备找门市部的同志聊聊。门市部有个小伙子在整理一些排灌器材。跟他一谈，他就讲起张召信同志支援抗旱的故事来了。

"有一次，店里来了一百辆粗管式水车。正逢浇麦，水车来得好啊！可是这种水车是新产品，社员们买了去不会安装，也不会使用。有的人传来了怨言。召信想，这是工厂支援公社的新产品，决不能让它影响工农联盟！夜里，他通宵围着水车研究构造，心里想，过去打游击时，缴获了鬼子的机枪、掷弹筒，我都能摸索着拆开又装上，水车不见得会比枪械复杂，为什么不能试着弄弄？一夜没睡，窍门真给他摸到了。东方露白，他骑车直奔小李庄。这个村有十辆水车，社员们正在发愁，他下车就安装，一会儿白花花的水直往麦田里灌，社员们都乐了，说，'工人老大哥的新产品真顶用！'其他各村，他去跑了一圈，问题也都这么解决了。这以后，他便提倡做'多面手'，现在咱们这儿的水利工具早就连卖带装修一手包办了！"

我问："他这次是出去修水利工具的？"

"这次不是。"小伙子讲，"咱们这儿管理区派出一批民工支援抗旱，明天早上就出发，急需六辆推车。店里没货，召信到处想法都想不到，他就决定巧干。他到这个村子觅点车上座，到那个村子找点车轮，还要跑到邻县找零件，想配成六辆车给民工带去……"

我说："时间这么急，明天一早就要，能行吗？"

小伙子望望我："召信哥说到总要做到，我看能行！"

正说着，忽然老郭出现在门口了："召信回来了！"

我连忙跟他跑出去，远远看见一个四十多岁粗壮结实的人，黑红脸膛，一副庄稼人的打扮，正在从脚踏车上往下卸车圈零件。

我自然非常高兴，总算把他等到了。我们热烈地握了手。我说明了来意。他诚恳地说："我实在没什么谈的。工作嘛，都是党领导着大家一起干的，要有一点成绩，那也全是党领导得好。"但又似乎怕我失望，陪我到房里，说："天已经晚了，我还有点急事要到陈高官村去一次。你请先休息，明天一早我就有空陪你了。行吗?"

他亲切地把我安置好，又骑上车走了。

第二天天刚亮，我就起来了。出外一看，远处田间红旗飘扬，社员们早出工了。今年天旱，可是，社员们提出要"无雨保丰收"。我向分销店前的广场上走去，看到广场上停着六辆手推车。昨天那个小伙子看到我，高兴地笑着迎来，说："怎么样? 你看，召信哥奔波了两百里路，昨天干了一夜，'变'出六辆车子来了!"

就在这时候，张召信同志笑着向我们走过来了，他是那么精神抖擞，意气风发，使人感到这真是一个浑身是劲、永不疲倦的人。

滹沱河水在哗哗地响，一刹那，我突然沉没在思索中，我在想：二十多年来，在这一带，他经历了战争时期的考验，也经历了建设时期的考验，他度过了多少个有意义的日日夜夜呵! 农村，居住着我国五亿以上的人口，农业，是我国国民经济的基础。他能深刻认识这一点，忠诚地为党为人民在这条战线上战斗。什么艰苦，什么困难，都不在话下。他做的事，哪一件不闪烁着共产主义思想的光辉! 看吧! 他的家乡现在变得多么美丽! 党有这样的战士，我们的事业怎么能不繁荣昌盛!

他走近了! 我得要好好听他谈谈了。但是，我想：旁人所告诉我的故事，不是已经生动地使我了解了他的一切了吗? ……

（这是1958年"大跃进"时，我为《中国工人》杂志写的一篇人物故事，真实反映了当时一些情况。）

# 流　逝

　　岁月流逝，时光不能倒转，人就总是爱找那些历史的彩色碎片和尘封的生动传奇，考古似的加以注视，予以关怀。

　　怀旧情结，人所皆有，老人更甚。"十年生死两茫茫"，"夜来幽梦忽还乡"……一类便是。但年轻人甚至少年人，也未始不强烈。明末抗清的义士夏完淳，只活了十七岁。他那有名的《西江月·写怀》就有充满国仇家恨的"离恨夜来寂寞，归期春去蹉跎"的名句。

　　是呀！一帧旧时的老照片，一片夹在书中早已变色的干枫叶，一曲当年听过的旋律，以至一行诗句，一封旧信……在一定条件下，无不可以使人心灵震颤，引起嗟叹，招来唏嘘。

　　是漂泊者的苦泪？是寂寞人的叹息？是游子乡愁的纠结？是黑发蜕白的遗憾？是珍贵友情的滋润？是生死恋情的烧炙？是风暴过后夜听点滴到天明的意境？是行走夜路在黑暗中瞥见前方有几点灯火？是踟躇在雨巷中彳亍移步的迟疑？是曾陷身苦难难以言表的回忆？……

　　啊！都有，都是，但也都不仅仅止于这些，怀旧的感情与心中萌生的那种意境是说不完、道不清也写不明的！

　　我正是抱着这种说不完、道不清也写不明的心态与意境，比较顺乎自然地来写自己那些流逝了的追忆的。

　　已经是很遥远的抗日战争时期里了，我在四川江津德感坝上高中时，同学们爱唱一支歌，第一句就是："我走遍茫茫的天涯路……"那时，日寇发动大规模侵略战争，家乡沦陷，亲人流离，大后方惨遭轰炸，生活清苦凄凉。自己唱或是听人唱这支歌时，心里总是酸酸的，汇聚了复杂的感情，掺和了难以说清和说明的意境。

其实，当年唱这支歌时，只不过十八九岁，人生的道路只是刚刚开始起步，心中有的大多还属于"为赋新词强说愁"的那种少年幼稚情怀，对于真正的人生，既无深刻的了解，对于杌陧的道路尚少踏步与跋涉。

终于，如今我从青年、中年到了老年，再蓦然回首，悚然感到自己确实是走遍了茫茫的天涯路。翘首云天，许许多多的经历、事件、人物……都像一幕幕舞剧复苏呈现在记忆中。光阴流转，四季转换，五味杂陈，虽然时地境迁，尽管留在记忆深井中的旧事，陈迹残垣，有的早已并不如原样完整，却总像影子似的跟随着我，有的更像陈年的花雕那样越久越是芬芳。夜雨秋灯，心上常卷起潮汐。于是，透过记忆的浓雾，写回忆录的愿望油然而强烈。

我确实有过许多独特的、人所少有的甚至稀奇古怪的遭遇。时代的赐予，战争的残酷，人生的沉重，红尘的烦恼，生离死别的刺激，爱情的艰难，革命的磨炼……不能不使一些经历带有传奇的意味。有些个人的隐秘历来既无须也不愿轻易告诉别人或作为炫耀，而到这两鬓斑白时却常浮上心头，朋友怂恿我该把那些不轻易示人的事写出来别让它湮没，一位朋友甚至诚恳地说："你应当写一部百万字的回忆录，肯定会吸引读者。把你走过了的脚迹印在书上吧！那样，可以保存下来，不然像沙滩上的脚印似的风打雨淋消失掉就太可惜了！"

我懂得一切都会流逝，沙滩上的脚印再深也会被淹没消失，印成了书本，流逝就会变慢或者侥幸得到保存。古代人曾经用石刻的艺术来保存神像、帝后像和经文，可惜时光仍会将早年的石刻打磨风化得成为粉尘或光溜溜的石板。著名的阿富汗石像巴米扬大佛遇到了"塔利班"仍避免不了炸毁的恶运，金属上的雕镂镌刻比石头坚固，日久天长固然避免不了氧化锈朽，有突发事故更难免遭到劫难烧熔坍毁。因此，写长长的回忆录的愿望虽有，同时也有踌躇与犹豫，望笔而兴叹。

要感谢一位朋友，他出了一个好点子，说："你能选自己生活经历中最精彩最吸引人最值得写的一些事写成若干篇合成一本书吗？如果是这样一本书，一定有价值一定有读者！"这话使我开窍！

接着，我读到过一条美联社的电讯，标题是《短而精图书风靡美国》，电讯中说：在过去两年中，美国霍尔特公司成为全美第五大图书出版公司，它出版了一系列简短严肃的非小说类写实文学作品，涵盖了一切领域，这类短而精图书风靡美国，出版商拒绝透露他们的销售数字，但估计印数很大。策划这类系列图书的编辑詹姆斯·阿特拉斯说："人们用于阅读的时间更少了，这是现代社会令人发狂的方面之一。"在美国，有趣的短篇小说比较畅销，读者也欢迎。该公司的另一个编辑斯科特·莫耶斯认为从长远看，纪事系列图书比短篇小说卖得更好。

这则电讯启发了我，我愿意尝试一下用若干篇比较扼要的纪事的文字来报答朋友们的好意。作为一本书来说，这本书不薄，但作为每篇文字来说，就都不算长。说实在的，如果化开来写而不是凝缩了写，这每篇文字都可以写成一本书的。

这就是我这部作品得到诞生的由来。

我一生经历的事太多，但就是只写下来这一些事，我就已知足。怀旧是真正意义上的纪实作品。现在，我看到的许多纪实作品有些似乎已经离真正意义上的纪实作品越来越远了！从文学笔法到杜撰编造之间，似乎已无界限，我不喜欢那样做，因此，为了真实可信，我宁可少一些生花的笔触和美丽的描写，而多一些平实朴素。当然，如果仅仅是回忆，也就太局限了，我的目的还在于通过不同的背景，不同的时期，以我自己为中心人物，以我的独特生活写出我所遇到了的处于不同环境下的人及其不同的生活。这是鲜活真实的生命历史。我愿意像一个在天涯路上风尘仆仆走了许许多多年路的老人，歇下脚来像一个过客似的利用他熟悉的自身历史和生活，坦诚老实地讲讲 20 世纪里我自己在人生旅途上最难忘最值得讲的人和事，不加虚构和浮夸，以事情本来的模样，让读者了解他讲的那些过去了的故事。倘会引起您的兴趣，打动您的心，引起您的思索与回味，那我就高兴不尽了。

（2002 年夏于成都）

# 巴老不朽

20世纪20年代起，巴金就在中国文坛上不倦地做出贡献，他是一位伟大的作家。作为后生的晚辈，我从他的作品不断吸收过营养。

巴老的作品是他在人生中所见到、经验到、想到和感觉到的生活记录、生活解悟和生活哲理，给予我们最直接最永久的兴味和启示，扣动我们的心弦，与我们同呼吸，使我们的心与他一同跳动。

巴老最爱的一直是祖国、是人民、是他的读者。巴老最可贵的，是他的热情、他的热血和他的热心。巴老是我们文学大军前边一面呼啦啦飘扬的旗帜。巴老是站在文坛上的一个鲜活高大的榜样。巴老百岁时，我曾写诗一首祝贺，诗如下：

敬寿巴老百岁

时光如水，巴金是金。

真心真爱，深意深情。

大智大悟，举重若轻。

大作大家，淡泊宁静。

曲奏南薰，霞焕椿庭。

人歌上寿，仁者遐龄。

立言立德，益世益民。

如鹤如松，长寿常青。

百岁翩临，华夏集庆。

海上人瑞，天际有星。①

现在，一百零一岁的巴老西行了，使我们依依不舍。但他的讲真话的、富有传世价值的作品会永远发挥作用；灿灿的"巴金星"会永远在天上发出耀眼的光芒；那撒在大海里的他的骨灰会永远随波激荡。巴金的光辉名字和沉思的形象会永远活在人们心上。

10月17日夜深知巴老去世的噩耗，我曾想写些什么悼念巴老，但只写了四句："讲真话的人走了/你叫我说什么好/说假话的人那么多/你叫我又怎么说/……"由于激动哽咽，终未成篇。

百岁巴老，永垂不朽！

此刻，请允许我在此向巴老致敬！虔诚地为老人家送行，深深地缅怀……

（2005 年 10 月 22 日，本文刊于《银河系》）

---

① 中科院北京天文台 1997 年 11 月 25 日发现的小行星 1997WA22，经国际小天体命名委员会批准，1999 年通知国际社会，正式命名为"巴金星"。

# 时光如水，巴金是金

## ——静夜思，敬悼巴老

今夜，当得知巴老逝世的消息后，我沉下激动的心，忍住悲伤的情绪，开始静思。虽然事前，我明知巴老病重不会长久于人世，但他的西行，总不能不在我脑海掀起波涛。

此时此刻，我的心飞到了上海。我仿佛看到了安详静卧在芬芳鲜花丛中的巴老，于是，我静静地想起了巴老的教导。

他说过："爱真理，忠实地生活，这是至上的生活态度。没有一点虚伪，没有一点宽恕，对自己忠实，对别人也忠实，你就可以做你自己的行为的裁判官。"

他说过："当初我献身写作的时候，我充满了信仰和希望。我把写作当作我的生活的一部分，我以忠实的态度走我在写作中所定的道路。"

他说过："我现在的信条是：忠实地生活，正当地奋斗，爱那需要爱的，恨那摧残爱的。我的上帝只有一个，就是人类，为了它我准备献出我的一切。"

他说过："我写作不是我有才华，而是我有感情，对我的祖国和同胞我有无限的爱，我用作品来表达我的感情。写作六七十年，我并无大的成就，可以说是愧对读者。我提倡讲真话，并非自我吹嘘我在传播真理。

正相反，我想说明过去我也讲过假话欺骗读者，欠下还不清的债。"

他说过："我并不希望替自己树碑立传，空话我已经说得太多，剩下的最后的两三年里我应当默默地用'行为'偿还过去的债。我要做一个普通的老实人。我没有才华、没有学问、没有本领，只有一颗火热的心、善良的心。"……

引起我静思的巴老的这些教导，只是我此刻回想起的一部分，但仅仅就这么多输入我头脑里的营养，已足够使我无尽地享用。巴老用他的一生，用他的笔，表明了他是一个不虚伪、不做作、不作秀、不狂妄自大，不欺名盗世而有赤子之心的人；是一位讲真话、讲实话、讲真情、充满爱心、爱人民爱中国爱中华民族的作家。巴老是作家的旗帜和模范，是中国的良心和骄傲，他的离去，我们舍不得！但人不能违背自然规律。有他生前的榜样，我们会奋而前行。有他那些宝贵的作品和教导，阅读的人们将遵循着去追寻真理和进步。

像我这一代的人，从青年时代起就传阅着巴金的作品，以后几十年至今，仍在深受他优秀作品的影响。今夜，我产生着一种强烈的愿望。望着这样一位远远逝去的巨人的脚迹和背影，我想尽量从他那多富于哲理及人生态度的名言中向他学习。我无法学到他朴实无华的全部，但哪怕只要学到一点、两点或三点也好……

巴老对人的影响自然会由于文字而一代代传播下去的。十年前，巴老的侄子李致同志使我知道他幼年时巴老写赠他的四句话："读书的时候用功读书，玩耍的时候放心玩耍，说话要说真话，做人得做好人。"我曾将这四句话抄写给我读小学的外孙，希望他这么做。此刻，一种圣洁的悼念使我冲动地想写一封信给我那已在读大学的外孙；告诉他我现在的感受，并要他永远别忘掉那四句箴言……

尊敬的巴老，我在这里向您鞠躬！……

（2005 年 10 月 17 日深夜，本文刊于《作家文江》）

# 为《当代》祝寿

1999年的6月，是《当代》杂志创刊二十周年。我表示热烈的祝贺。作为一个读者兼作者，更要表示谢意。

一个大型文学刊物，在二十年漫长的路程中，在全国那么多的文学期刊中，始终坚持高品位的严肃文学刊物的方向，在处于转型期的中国文学期刊出版业队伍中，出类拔萃，成为最有影响力的文学杂志之一，是不容易的。二十年来，《当代》致力于文学创作的繁荣与发展，从不哗众取宠，空谈什么"主义"，空要什么"花枪"；从不为了发行乱"炒"作品和作家；不花篇幅和时间去形式地进行多种文体试验；也不重视表面功夫、泡沫效应、猎奇或降低格调。它只是踏踏实实选精取萃，实事求是，为爱好文学的读者不断奉献出那些有生命力的、值得一读的、优秀扎实、有影响力的小说、报告文学……旗帜鲜明地坚持、发展现实主义，不问你是谁，只问你的作品质量好不好。于是，支持了老人，培植了新人，无门户之见，不排斥任何流派，老、中、青作家兼容并蓄。我很欣赏这一点，希望《当代》与中国文学同步，继续这样做。

我将《当代》看作是老朋友，愿意即兴谈心，讲点希望和建议：

一、希望《当代》特别重视加强作品的可读性。可读，既是文风，更是内容的新颖动人或捕捉住了读者心目中的热点和焦点。生活节奏快，人们都忙，电视、电脑夺去许多读者，报纸杂志和书籍多，不用可读性吸引读者是"傻子编辑"。读者多种多样，关注青年人的兴趣是对的，但中国有那么多的老年和中年人，中老年知识分子都有阅读的习惯。《当代》要切实注意掌握它所不应丢失的读者。

二、建议《当代》发表作品时加深介入度，重点作品必有表态。采用编者按、短评、短介指导阅读，传达信息。这点《当代》在做，但还可增多。捕捉创作中的问题与进展，有所发现地探讨，是其所当是，非其所当非，有争议也不怕。这将更有利于打响作品、培养作者，使读者更多对《当代》发表的作品进行关注。

三、《当代》应是"静态"的刊物，又是"动态"的刊物。《当代》的重场戏应是长篇小说和报告文学之类，这该稳定，就是"静态"。"动态"指的是刊物不能古板单调，"面孔"不变。《当代》近期除原来那些重点栏目外，又有不少新栏目出现，这种"动态"的变化很好，并不多占篇幅却使杂志生动活泼，红花绿叶相得益彰。"动态"即是有变化，不断给人"面目一新"之感。

四、希望《当代》多在使自己具有"不可替代性"上下功夫。刊物多，有不可替代性的刊物才能生存发展。《当代》一是要多刊登富于独特性、有所创新和发现的稿件。独特的生活和思考，对生活独到的感情和发现应是吸引读者的要诀。别开生面的作品才有强大的不可替代性。二是应更多注意塑造典型人物的作品。近年小说出现不少新的写法，打的旗号同典型塑造有别，但还似乎都无法代替典型的价值。典型的感染力和典型之美是不可抹杀或忽视的。《当代》如在一年所发表的作品中推出一二个或二三个引起注意或议论的典型，将是很大的成功。

五、设立"人生回忆录"（包括采访录）一栏。这栏稿件应使读者有强烈的真实感，得到启示，扩大眼界，增进学识，帮助人们温习和体验历史，让人们解悟人生哲理。把生活和人物剖开给人看，应是名家、学者及有特殊经历者的耐咀嚼的、非一般的、新鲜厚重有文学意趣的、立论灵敏的感性的人生回忆录。希望这栏成为《当代》有意识设立的在新世纪的特色名牌之一。

廿一世纪已在面前！为《当代》祝寿！祝《当代》办得更出色，创造更辉煌的历史！

（本文刊于 1999 年《当代》第三期）

# 文学的"丝绸之路"与美国的"中国作家之家"

　　由中国作家协会和全美中国作家联谊会联合举办向美国哈佛大学燕京图书馆、耶鲁大学东亚图书馆、哥伦比亚大学东亚图书馆签名赠送中国作家代表作的活动，在海内外报界刊登后，得到无数海内外中国作家的热烈响应，目前已有数千册书寄往美国，四川也有数十位著名作家寄去了作品。赠书仪式今秋在美国举行。这是一个具有国际眼光的大举动，被许多作家誉为"利于民族，功在人类的壮举"。有史以来，还从没有这么多中国作家的代表作以如此多的数量浩浩荡荡走出国门到达美国。这是改革开放以来，随着中国文化与世界各国的不断交流，而出现的一次史无前例的活动。文学工作者认为这次活动是打开了一条让世界人民了解中国文学的"丝绸之路"。

　　中国作协编译中心主任向前说："由于历史及诸多原因，中国优秀文学作品译介出去的情况同整个中国文学发展现状相比，基本上呈片面、自流状况，还有一些国家很希望了解并译介中国作品，却由于没有书而无法展开。这次的赠书活动可以努力争取将中国真正优秀的作品较全面地展示出去。"

　　全美中国作家联谊会会长冰凌认为，联合举办赠书活动，有两层意义：一是弘扬中华民族文化，促进中国文学走向世界；二是促进中美两国在文学艺术领域的实质性交流。作为西方大国，美国的舆论辐射面广，中国作家的赠书对美国读者和专家学者了解和研究中国文学，对中国作家作品走向世界，都将有积极的作用和深远的意义。冰凌表示，热忱欢迎台港澳作家和海外华文作家参加这项签名赠书活动。咨询电话为：(023) 933－0151。地址：全美中国作家联谊会，全美中国作家联谊会秘书处：ICOLEMAN STAPT2A WESTHAVEN，CT6516 U.S.A.。今年5月，由全美中国作家联谊会主办的"中国作家之家"在美国康州海滨城市麦迪逊正式挂牌。中国驻纽约总领事邱胜云、中国常驻联合国代表团公使林承训、在美讲学的中国作协副主席王蒙、学者赵浩生、艺术家林缉光及许多旅美作家、各界华人均出席了剪彩仪式。

全美中国作家联谊会会长、旅美作家冰凌在剪彩仪式上说，康州著名华裔实业家沈世光、凌文璧夫妇将自己的房产用于作为中国作家交流的场所，这种无私的奉献精神非常难能可贵。冰凌表示，今后中国作家之家将成为全美中国作家联谊会的会址。作为非盈利机构，将主要用于接待美国作家和中国的作家代表团，既可做写作交流，也可用于作家们进行文化之旅。作家们在这里可以参观马克·吐温的故居、耶鲁大学、容闳墓、印第安人的保护区、长岛海滨的老渔村等人文和自然景观，同时可以开展中美两国作家交流，并开展文学研究和探讨。

中国驻纽约总领事邱胜云说，推动中美两国的文学和文化交流对于中美友好非常有意义。康州是中美文化教育交流的发祥地，又是大文豪马克·吐温的故居和耶鲁大学所在地。康州州长曾经说过，中国第一个留美学生容闳就是到康州留学，中国人民的老朋友海伦·斯诺的故居也在麦迪逊市，在这样一片土地上，中美作家交流一定会有丰硕成果。

中国作家协会发去贺信，称中国作家之家的建立，意味着"中国作家在大洋彼岸也有了一个美丽的家园"。

著名学者赵浩生题词："中国作家有家可归了。"

# 给冰凌的信

冰凌兄：

春天好！

今天，收到厚厚的一个信封，有信两封，非常高兴。您那么忙，还给我写这么长的信，使我感动，我觉得您待人真是诚恳，人生态度又这么积极，讲友谊，讲感情，实在不可多得。读了袁弘女士写的文章，我觉得她写得实事求是，的确记录下了您为中国文学披荆斩棘，为中国文学走向世界，为中美文学交流所做出的奇迹般的贡献，您做的这些无私贡献，影响会很深远，是不会被历史遗忘的。您是一个爱国者，一个热心、一个醉心于中国文化、中国文学以及中美交流（包括两国人民间的了解和友谊）的为达到目的而不惧万里长征的苦行僧，您的工作已有很大成绩，值得祝贺并向您致敬。

关于到美国的事，今年就一定不来了！明年如来，我们的机票款自己可以出，请不必客气，发奖的事，我很感谢，但会受之有愧的，因此，不发为好，我说这话是出自内心的，希望理解。

并不怕长途飞行，前年到欧洲访了捷克、南斯拉夫及奥地利，长途飞行感觉很舒适，平时在国内，也常坐飞机飞来飞去的。主要是我一直很忙，四五月间访台，六月去英国后，可能还要去些国家，回成都当已是暮秋或初冬，处理一些事情，一年也就过去了。今年我感到疲劳（最近接待了些来成都的亲友），想休息休息，生活得松弛轻快些，不想给自己加压了！

谢谢在《侨报》上给我发了《半个世纪……》一文，这是给一本书写的，最近在国内《出版广角》上发表了，稿酬不必给，千万千万，袁弘女士写的一文，也请不要费心与催发。

附来《上海画报》一文，从标题到三人三文，八张照片，都好，看了亲切。我其实也是个上海人，《战争和人》第二部里写了许多上海的情景和人物，所以看了你们三位的文章，既加深了了解，又好像听同乡叙旧。文璧女士童年那张照片十分有意思，您照片背后那幢十三层楼的房子我是熟悉的，见到沈先生夫妇，请代我们问好并致谢，以后他们再回云南"探亲"，希望路过成都来见面聚一聚，好好谈谈心。

希望你在从事的又一项有意义的工作——计算机中心能办成，更希望《彼岸》写成，但您一定注意劳逸结合，不要太超负荷，知小说选和散文选均要出版，高兴之至！

另邮寄上《禅悟》一书，《当代》已出，但书也快出。《霹雳三年》出后即寄，《当代》不完整，不寄了。您忙，信不必复。

紧握手！

王火、起凤

1999 年 4 月 1 日

（本文刊于 2012 年，纽约商务出版社出版的《幽默冰凌》）

# 闲话同名

前些年，我干过一件滑稽事，我有两个老友同名，都叫陈清泉。那时，他们一个是上海市文联党组书记，另一个是光明日报出版社社长。一次，我在北京请两位老陈吃饭，介绍时，我说："这位是陈清泉!"又说，"这位也是陈清泉!"于是两位陈清泉大笑握手，以后成了朋友。

同姓同名的极多，尤其盛行取单名后，排列组合同名的机会更多。我的小女儿本名王亮，偏偏自己在"文革"中改名王红。她上大学时，我去学校找她，传达室问："你找哪个王红?"原来同年级就有三个王红。文坛的人可能都知道作家李准和评论家李准同名的事，结果作家李准宣布用繁体"凖"字，以示区别。背后，人用"大李准""小李准"来区分，倒也不混淆。一个干公安的朋友说：他们为破案，在C城找一个关系人××，结果查了户籍，同名者达三十余人……

我这笔名"王火"，有点怪，并不一般，可是居然也三次碰到同名：第一，早年我在山东，一个省属重点中学的教导主任气愤地告诉我："今年招来初一新生中，居然有个'王火'，而且原名不叫'王火'，是改成王火来上初一的。我一查，他父母竟都是你的熟人！不知搞的是什么鬼!"我也奇怪。后来，另一友人告诉我：改名是那孩子母亲的主张，因风闻我要调往外地，这孩子的母亲认为我这人不错，又有点名气，给儿子改名"王火"，是想让他"当个接班人"。听到这起因，我自然无话可说。现在，不知那小"王火"怎么了？第二，三四年前，有人来信与我商榷在福建某刊物上发表的一篇评论文章中的观点。我目瞪口呆，忙回信说我没写过那篇文章。找来刊物一看，果然有署名"王火"的评论在焉！只是从此以后，未再见那位"王火"的作品。不知他是改名了还是不再写文章了？第三，一年前的一次会上，某君同我谈起正在放映的电视剧《天桥梦》，虽然捧场，言下之意却又表露出：你们搞的那个电视剧不怎么样！我解释我没参加搞！某君竟笑道："别谦虚！"当晚，打开电视一看，"王火"之名赫然出现于屏幕，真是有口难辩了！但不知这是否就是在福建刊物上发评论的那位"王火"？

这些年，听说给孩子取名已注意避免雷同，方法一是少取单名；二是取冷僻深奥古怪字为名；三是取四个字的名字，在父母姓氏外加个双字名（只是颇像日本名字的风味了），但在有十二亿多人口的中国是否就能避免雷同了呢？我看依然难说。

无意同名，很正常。但别有用心的冒名顶替，就属于卑鄙了！

1928年初，有个"在杭州教书的人"，自说姓周，并说"曾做一本《彷徨》，销了八万部"。此人冒鲁迅之名，与当时上海法政大学学生M女士同游孤山，在苏曼殊坟旁题赠了一首歪诗——《鲁迅游杭，吊老友曼殊句给M女士》，诗曰："我来君寂居，唤醒谁氏魂？飘萍山林迹，待到当年随公去。"他答应M女士"时常通讯及指导"。那位M女士写信给鲁迅，鲁迅才知出了"李鬼"，曾在《语丝》上登了启事，说："中国另有一个本姓周或不姓周，而要姓周，也名鲁迅，我是毫没法子的……要声明的是：我之外，今年至少另外还有一个叫'鲁迅'的在，但那些个'鲁迅'的言动，和我也曾印过一本《彷徨》而没有销到八万本的鲁迅无干。"

这是假冒，与正常范围里的同名不一样。正常范围里的同名，你是你，我还是我，没什么大不了。有意假冒，那就糟糕可笑了！

# 厚黑正传

贪官成克杰被处决已成旧闻，但其一则政治笑话流传至今："成克杰生前最崇拜的人是李宗吾，在他的公事皮包里成天夹着李宗吾的名著《厚黑学》，他天天读。正因如此，成克杰不仅官升人大常委会副委员长，而且既拥有漂亮情妇，又深藏贪污受贿来的巨额财产……"李宗吾何许人？原来他籍贯四川，本世纪初写了一本《厚黑学》，被称为"厚黑教主"，此作从民国元年开始在成都《公论报》上发表，1917 年印成小册子，30 年代出版单行本，风行多年，也曾被禁。他从钻研三国英雄的"特长"入手，论证出史上大奸大雄，无一不是皮厚心黑。沉寂半个世纪后，又被人从故纸堆中挖出，再次出版流传，只是出版后被人误读、误传，使一些人对"脸厚心黑"之道忽然有了浓烈兴趣，似乎认定要发财、成功，非脸厚心黑不可。于是厚黑之学在相当一部分人中走俏。倘若李宗吾泉下有灵，知其作品的副作用今日如此之大，恐怕将顿足三叹了！

上述成克杰的政治笑话，不能说它不深刻，但也有可以议论处。

确实，贪官污吏、腐败分子无一不是皮厚心黑。从新中国成立初被处决的刘青山、张子善到今日的成克杰、陈希同、胡长清……以至四川的刘中山、郑道访……哪个不是厚黑教徒。成克杰生前曾对人说："要弄点钱，有了钱没有权也一样风光！"他在一份"检查"中称：看到情妇"常年奔波于香港和内地间做生意，总想帮帮她。同时也想为今后的共同生活打点物质基础。"于是，心一黑，利用特权疯狂掠取钱财、贪污受贿款物高达人民币四千万元；又如胡长清，其脸厚心黑更是人所共知，"东窗事发"前夕，竟还在一次会上大谈反腐倡廉的重要性与紧迫性，仿佛他真的不知道自己是谁？再拿四川省交通厅正副厅长刘中山和郑道访来说，刘中山反侦破的本领、办事的隐秘和狡猾均属一流。他伪装"拒收"澳籍华侨公司一百万元贿赂，以标榜自己的"廉洁"，私下却将女儿、儿媳、孙女均移居澳大利亚，贪污事发后，他密签攻守同盟，直至大案告破，才发现这位"清官"与人合伙贪污达千万元之巨。而郑道访与妻、儿三人在收贿上你索、我取、他收，短短几年，就疯狂敛财上千万元。搜查他家时，"在他并不豪华的家里发现卧室里到处是钱：梳妆台上、抽屉中、公文包里，甚至挂在衣架上、放于床上的衣服口袋里，伸手一摸随处可取。在梳妆台下搜出的一个信封里，十万元的现金已被虫蛀发霉！一个用黑色小包装的十万现金还没来得及打开。"

再说成克杰的那则政治笑话，成克杰的犯罪真是从李宗吾的《厚黑学》一书上学来的？其实不然，《厚黑学》是正话反说，是一部鞭挞大贪大奸之书，而且，即使不知《厚黑学》为何物的贪官污吏，也个个都是脸厚心黑的货，把他们统通归之为"厚黑族"均是当之无愧的。这就是说，厚黑理论已在这类人中泛滥成灾。近年，"厚黑"在一些人中确成时髦，也有市场。在书报摊上，我就亲眼见到一本正式出版的《厚黑智慧大全》，洋洋五十万言，不遗余力地推崇厚黑智慧，将"厚黑"作为世人从事一切活动的"圣经"！这类精神垃圾说明，打击、抵制、警惕、排除误导的"厚黑"理论在今天已刻不容缓。

最后一点尤为重要：关于成克杰的这则政治笑话，能否让全社会、至少一部分人惊醒：走厚黑之道死路一条！

公仆政要、富商巨贾、明星大腕、老板老总乃至普通如你我者均无一例外。否则，恐怕真足以让人顿足三叹了！

（本文刊于 2000 年 11 月 23 日《新经济时报》）

王火散文随笔集

# 《战争和人》创作手记

## 一、总体构思

　　《战争和人》三部曲：《月落乌啼霜满天》《山在虚无缥缈间》和《枫叶荻花秋瑟瑟》，共一百六十多万字，由人民文学出版社最近出齐。这部以抗日战争作背景的小说，从 1936 年 12 月西安事变写起，一直写到 1947 年春全面内战即将爆发，就是为了要将整个抗日战争的来龙去脉交代清楚，将整个抗日战争作为背景，歌颂这中华民族从鸦片战争到新中国成立的一百多年间唯一战胜帝国主义的伟大的抗日战争。题材规定了我不是要去写一部通常意义上的军事题材的长篇，广大敌后游击战场在我的长篇中只能虚写，我着重写的是蒋管区大后方和孤岛及沦陷区在抗战时期的人和事。但共产党的中流砥柱作用通过地下党的活动及重庆谈判、访问延安等都要写一些。我把中国的抗战放在世界反法西斯战争的范围中作为东方主战场表现，当时的这些人和事，这些生活，我熟悉，是我的"优势"。

　　在写我要写的这些地域时，除了抗战爆发前和抗战胜利后的情景、态势、时局、人物外，要着重写出抗战时期大后方和孤岛上海的芸芸众生相。在那里，光明同黑暗搏斗，抗战同投降较量，进步同反动对垒。当年的"大后方文学"和"孤岛文学"的影响人们都记忆犹新，我希望这部今天写的作品与那既非毫无关连却又有极大的区别和发展。这是时代及政治形势决定的。我用欧洲古典流浪汉小说的手法（也不仅用这种手法，什么手法方便就用什么手法）使我书中的人物，从这个到那个，从这里到那里，互相交往碰撞，来完成他们各自的任务，为总体构思服务，目的是有利于构成一幅比较真实而且色彩斑斓的宽阔画卷。

这应当是一部中国人写给中国人读的小说，有当代意蕴却能散发着中国古典的美学风韵。应当有阳春白雪般的高品位，却绝不排斥一般读者的阅读。

一部多卷的长篇小说，很难用简单的几句话来概括主题，但写作时的立意十分重要。想表达的东西很多，主要的必须明确。

有个现成的关于抗日战争的结论，人民胜利了！日本侵略者失败了！过去写抗日战争的小说都是这样写的。但是否应该完全重复应用原有的这个结论呢？这结论当然并不错，只是在我的亲身感受上所得到的立意是：与日本侵略者同步失败的还有当时蒋介石领导的"国民政府"。这个立意发掘下去大有可写。

写作时，我想得很多、很远、很复杂、很无边际，自由自在：中国的人和事有多复杂？国民党这样的庞然大物当年是怎么会腐烂垮台的？民主党派与民主人士在统一战线政策下如何产生？共产党当年是怎样深得民心而国民党又是怎样大失民心的？今天有无必要再展示那已过去了的漫长而严峻的战争年代中的人和事？我们应当如何以史为鉴？……我要抱着满腔热情写。

战争，对于经历过它的人，是想忘记也忘不掉的。迄今只要想起抗战时期所经历的日机大轰炸、偷渡敌人的封锁线、潼关遭炮击、穿过赤地千里的中原灾区……总觉得历历在目。想起战争，会使有的人惧怕，有的人悲伤，也会使有的人感到豪迈。但未曾经历过战争的人，也许会无动于衷。不管怎么，生活总迫使人们去思索那些难忘的遭遇，那些关于战争的历史，从中得到启示，认识战争的破坏性。写战争是为了和平，害怕战争并不能避免战争。

这部小说，既应当写给经历过抗日战争的人看，也应当写给未曾经历过抗日战争的人看，尤其是青年！

怎么能笼笼统统不分青红皂白地反对一切战争呢？有进步的战争，也有反动的战争；有正义的战争，也有非正义的战争。虽然一切战争都不可避免地要带来灾难，从这点上来说，战争本身从来不是可歌颂的事。但随其进步性与正义性存在的那些英雄事迹，是值得讴歌的；在反侵略战争面前猥琐退缩的懦夫和败类，必须鞭挞。热爱祖国是中国人民的历史传统，从古到今，汉奸卖国贼始终是最被鄙视和唾弃的民族败类。抗战时期，以汪精卫为首的汉奸卖国集团背叛祖国和人民，替侵略者为虎作伥，罪大恶极，写抗日战争为背景的小说，这一点不能不写好写足。

在侵略者面前，中华民族的儿女从来不是弱者。有人说过："战争是一面镜子。"指的应该就是人们在战争中的是与非、勇敢与怯懦等等的抉择表现的反映吧？人，随时随地会遇到不容回避的抉择，正确与错误，不应归之于命运，它首先决定于你本人。这一点，我想，在《战争和人》中是该表达清楚的。

## 二、胜日寻芳

有人说："避免战争的唯一方法，就是凭借实力去要求公平和正义。"说这是"唯一方法"，值得商榷。但颂扬从事反对非正义战争者的坚决、勇敢与无畏，是正确的。许多事实说明：有人在战争中用消极出世的态度去逃避战争的残酷，显然"此路不通"。

抗战期间，1945年春，胜利尚未降临，我曾在北碚缙云山上走访太虚法师。他五十多岁，一口带浙江口音的话语迄今在耳边回响。他被视为佛教的新派代表人物，抗战时期曾率国际佛教代表团出国访问，争取国际佛教徒对中国抗战的同情。他对抗战是坚定的，认为佛教徒也不应消极出世。这与当时有些人的对抗战厌烦、消极形成鲜明对比。有人嘲讽太虚是"政治和尚"，我当时认为他对抗战的态度很对。深刻的印象一直留在脑际。

安排童霜威三上缙云山的情节与此有关联。我要写好卢婉秋这个人物。在战争时期，这样的人物是有一定典型性。她代表知识分子中的一种思想。那时，我听说过战争中丧夫失子自己遁入空门削发为尼的女人的故事。

我想说明的是：战争给人灾难，但当人面对灾难时必须坚强。"经不起不幸乃不幸之最。"这是说：莫向不幸屈服，人应该发挥主观能动性，无畏地向不幸挑战，改变灾难，消除灾难。

从艺术上说，在紧张、压抑得透不过气的间隙中，穿插这样的几笔，也可能会使读者能得到一种"胜日寻芳泗水滨，无边光景一时新"的感觉与享受。缙云山与北温泉的风光景物与人物交汇造成的气氛和意境是要重彩涂抹的。


## 三、经常寻思


以前写抗日战争，有一种并不完全合乎历史唯物主义和辩证唯物主义的写法。现在也不应出现另一种片面错误的倾向，那就是把抗战只写成是国民党独家在干，或主要是国民党干的，抹杀共产党的历史功绩。

《战争和人》要根据史实来写。虽然地域主要是写蒋管区和沦陷区，但共产党和共产党领导的抗日队伍当时所起的影响和作用应当正确反映，而且必须使读者感到和看到坚持抗战的共产党的力量由于抗日而不断由弱变强、由小变大，终于从敌伪手中取得了大片大片解放区，取得民心。牵制并大量消灭日寇。

用一种倾向掩盖另一种倾向都是片面，胡乱美化不该美化的东西是错误。作者屁股坐在什么地方写，这点绝不应含糊。事物的本质方面一定要经常寻思。

抗日战争时期南京遭到日本侵略者大屠杀时，上海《字林西报》上曾谴责日军暴行说："这些凄惨的事实……要成为若干世纪的读物。"

写南京大屠杀，要真实写出日军的血腥残暴，也要真实反映中国士兵与百姓的奋勇抵抗。这不要疏忽！

抗战八年，中国军民伤亡人数超过三千五百万人，财产损失和战争消耗折合一千多亿美元。但中国军民共歼日军二百六十余万，日本在整个祸及亚太各国的侵略中，有三百多万人丧生，而且日本是世界上唯一遭到原子弹轰炸的国家。战争不仅使被侵略国家的人民蒙受灾难，也给侵略国家的人民带来极大的不幸。

《战争和人》也应当注意到这个问题，防止疏忽，哪怕是较小的篇幅，极次要的人物，但不可能不涉及这一个方面，在全书中应注意到这种安排。当然要自然而真实地安排，不能硬加，不能画蛇添足。我写这部小说的目的，不是笼统地"仇日"。


# 四、天灾与人祸

天灾与人祸常常结伴而来。战争，应算最大的"人祸"，它不但用自己本身带来的伤害与毁灭力量肆意摧残人们的和平生活，而且由于它的降临，天灾来到后，人民同天灾抗争的力量变小了。人类的渣滓会更有机会利用战争攫取利益、草菅人命。在写战争时，我希望从更广阔的视野来探求战争和人的关系。

在《山在虚无缥缈间》中，我安排了整整一卷（第七卷），题为《天灾人祸，故国三千里》来表达这一点。其中不乏我的亲身经历和体会。当我写到那段难忘的生活经历时，眼前仍浮现当年由于日寇侵略，河南在"水、旱、蝗、汤（恩伯）"为害下灾区那种"人间地狱"的惨景。我写的这段令人心儿战栗的生活，由于其真实，应被当年在中原地区生活过的人认可，也应能使今天的读者惊心动魄。

## 五、解放思想

我一直不断在解放思想。这同我对历史的认识，同"左"的失误的逐渐得到端正，同时间的淘洗都有关系。我那毁于"文革"的第一稿，同这次写的三部曲，必须应该有很多的不同，以前我的框框套套够多的了，如不是解放思想，我将不会去写这个题材。如不是解放思想，童霜威和他的下一代童家霆将不能在书中占有重要地位。20世纪50年代开始写这部作品，"文革"中被有的极"左"分子污蔑是"为国民党树碑立传"。其实完全不是！我是在为全民抗战，为那个伟大的时代，为中国共产党领导的中国抗日民族统一战线，和坚持抗战、团结、进步的方针，为中华民族的优秀儿女而树碑立传的。可是那场浩劫，稿毁了，还险些人亡。

如果不是解放思想，我就不敢真实地去写旧社会那种复杂的人际关系。人际关系本来是犬牙交错、十分复杂的。童霜威是国民党人，第一个妻子却是共产党人。他自己后来成了民主人士，儿子却追求进步即将成为共产党员……柳忠华是共产党人，在狱中坚贞不屈，出狱后却一直并不斩断与童霜威的关系。冯村是共产党员，却会给童霜威当贴心秘书……欧阳筱月做了汉奸，在特定条件下却接受了共产党的使用与教育。老同盟会员燕翘的大女儿是地下党员，小女儿却是天真的自由主义者。陈玛荔是三青团的处长，却也援救冯村。童家霆追求进步，却一直深爱已陷身泥淖身不由己的欧阳素心……生活本来就是复杂的，这些五光十色的人和事其实人们在那时代都多少有过见闻，但不解放思想就不会这么写，也不"敢"这么写。

多少年来，写人物可以不费力地动辄按模式去套用阶级标签，使许多作品中人的个性都简单又简单，使人的关系都死板又死板。那样，真实动人的作品很难写或根本没法写。那样，人物都是大致相仿。清规戒律的束缚，阻碍作者的创造性，也阻碍好作品的诞生。在内容与写法上仍去蹈袭故常吗？不！也许这是我大胆想做出的一点奉献吧。

马列主义的要旨是实事求是，唯物辩证法和历史唯物主义是有强大生命力的。所以，我应该力求按照历史唯物主义观点，如实地再现那段多棱多角的历史；按照辩证唯物主义精神真实地从生活出发，塑造各式各样情况复杂性格迥异的人物。这话说说容易，做却艰难，但有党中央文艺方针、路线、政策作准绳，我给了自己肯定的答复。

## 六、独　特

为了反映自己的时代，必须恪守自己的风格来写自己熟悉的生活经历。

在史诗性的美学探索上我走过一段长长的路。我感到长篇小说都应该是站在当今、回顾过去、昭示或召唤未来的。为此，如果没有这种想法，没有这种气势和审美观，写出的长篇就不可能有很强的生命力，就不会有强烈震撼人心的感染力。时代召唤史诗，不管我的努力能达到什么程度，但必须有这种创作意图。我正是决心这么写的。做人必须谦虚，但在闭门独自写作时，自负些何妨呢？没有自信和自负，也许我将难以克服从生理到心理的困难写完这么长的长篇。

每个人，都有他自己的独特的生活经历、生活道路。没有生活，创造是困难的（当然，凭史料和自己的观点写历史小说不同）。我曾衡量过自己掌握的生活分量，感到我所经历的时代、生活，是可以写这样的作品的。它会有丰富的内涵和多姿的形态。它会有思想的宏伟和情感的丰满。它会有独特的情节和顽强的生命力。这就是《战争和人》这部长篇小说的由来。我最初仅想写那个时代，那个一去不复返的时代，后来思索深入了一步，就决定写战争和人，去想一想幸福的由来和人生的意义，去想一想历史的借鉴和中国的命运，去想一想希望、信念、理想、爱国主义和民族精神，去想一想历史必由之路……这些结合，很自然地会形成一部《战争和人》这样的作品。

我有自己独特的不平凡的生活经历和生活感受。我喜欢选择有自己特色的独特题材，并在作品中抒发自己的独特感受。任何一个作者恐怕只有这样将自己区别于别人，不去"嚼人家嚼过的馍"，才能够写、容易写并且写得不一般些。《战争和人》中，确有我的直接生活和间接生活，也有众多我熟悉的人物的影子。但，小说总是小说，它绝非自传体小说，自然无须让读者牵强地大胆假设、小心求证；无须让读者凭猜测按图索骥或对号入座。而我自己，创作中需要努力的是：使自己有过的独特生活小说化，不拘泥于原来的生活。除了用真名字的人物和因情节、细节需要而忠实于本来面目外，尽量要使人物离开原型，典型集中，源于生活而高于生活。应努力使往事构成的画卷，通过艺术的聚光镜，有助于人们认识历史、开拓生活。

# 七、关于"全景式"

虽然我想构成一幅比较真实而色彩斑斓的宽阔画卷，但《战争和人》这三部曲是"史诗式"而可能做不到通常意义上的"全景式"。

固然我也想尽量通过虚写，尽量通过描述面的加宽与背景的衬托，给读者一种"全景式"的印象，但不可能真正完全做到"全景式"。因为全景式涉及一个全面重点描写的问题，《战争和人》着重描写的"侧面"（在书中则是正面）是沦陷区和大后方。整个解放区战场是有意放在背后的。写共产党领导的抗日游击战争，主要是虚写。当然，我是按照历史有意努力在写国民党由庞然大物走向衰败的同时，努力写中国共产党如何在壮大与成功。这用的是虚写或"蜻蜓点水"式的手法，却时刻会使读者感到这种力量的存在与发展。共产党人的活动，也是根据具体条件（国统区和沦陷区），放在它应放的位置上的。因此，像柳苇，属于完全虚写，像杨秋水、柳忠华、冯村等，我不可能也不必用更多的篇幅分叉来写。当然，杨秋水是个令人起敬的洒热血、献生命的战士，柳忠华是个坚定却富于人情味令人亲切的共产党人，冯村是一个机警、隐讳而从容牺牲的地下工作者，这些人物都必须尽力在节省笔墨的情况下刻画好。但，在书中，他们代表的事业是"主角"，他们自己却不是。

从根本上说，无论多大的作品，也只能写一个或几个侧面，这"侧面"，在具体作品中，则是正面。《战争和人》就必然是我意图所表现的那样，它不可能也无须去正面全景式地用来既写国统区和正面战场，又写解放区和敌后战场，既写国民党区域，又大写共产党人和解放区、游击区。那样，写一大部全景式的根据史料库汇成的长篇是可以的，根据生活写我这样一部小说则无须那样也非我所愿的。我是用文学的笔法让小说根据我熟悉的生活在那段历史的画幕上展开，不是用史学的角度来记载抗日战争史。抗日战争史只是做背景，主要根据我独特的生活进行艺术构思与典型集中来自然地写。

过去，写敌后战场抗日战争的长篇不少，写大后方的正面战场的溃败的小说也有，但像我在《战争和人》中要这样表现的在我动笔时还未见到。重视正面与侧面、侧面与正面的互补，科学、辩证地尊重历史、尊重生活，是应当遵循的原则。所以，抗战初的武汉、重庆谈判、黄炎培介绍延安书中都写。

此外，应以写人物为胜。主要人物如童霜威父子等要写好写活，次要人物如欧阳素心、谢元嵩、管仲辉、陈玛荔、燕寅儿、冯村、杨秋水等等都要刻画得各有特色。笔墨少的如柳苇、卢婉秋、燕翘、燕姗姗甚至老钱等，也必须努力做到性格突出。因为《战争和人》是以人物的命运和经历而不是以其描写方面之"全"之"大"显示其史诗性的。

因此，是"史诗式"，愿努力去做到"全景式"，但在"全景式"上未必是我这部作品的优势。写作时应当明确而注意。

## 八、大师的影响

少年时代，就爱阅读一些从优秀外国文学中翻译改写过来的作品，青年、中年时期直到现在，只要可能，从不愿中断这种接触。我最喜爱的十位外国长篇小说作家是：托尔斯泰、屠格涅夫、肖洛霍夫、爱伦堡、巴尔扎克、雨果、莫泊桑、狄更斯、哈代和德莱塞。当然这绝不是说其他外国作家我就不喜欢。对川端康成、泰戈尔、蒲宁的不同风格的优美，我喜欢。对欧·亨利的艺术技巧与俏皮，我欣赏。对卡夫卡、加缪，我也觉得颇有可取之处。对雷马克和G·格林的作品我总很爱读……我最喜爱的四位中国古典长篇小说作家是：曹雪芹、施耐庵、罗贯中和吴敬梓。但也必然受现代和当代一些名作的影响。好作品我是从不排斥的。

潜移默化中，我吸收大师或大手笔们的长处，那是一种"随风潜入夜，润物细无声"的浸润和吸收。要说清楚受了哪些影响或如何受了影响是困难的。回顾在我的创作中，我可能有过下意识的模仿，却没有有意识的模仿。写完《月落乌啼霜满天》时，我觉得谢元嵩这个人物有时似乎像受到巴尔扎克笔法的影响了。写《山在虚无缥缈间》第六卷第四节童家霆上最后一课时，我就不觉想到了法国都德的名篇《最后一课》。但我写的最后一课，基本是我自己在上海的亲身经历，我并无意于模仿都德。安排《枫叶荻花秋瑟瑟》中第五卷内的桂林大火时，突然想起过托尔斯泰《战争与和平》中的莫斯科大火，只是并非有意效法，因为1944年9月著名的桂林大火才是使这一段能否出现的关键和依据，这是生活的赐予。

模仿而无创造是幼稚笨拙的，但否定影响和启发是不科学的。文学并不纯粹是技法问题，文学的主要价值在于有创造。

我不拘一格地写《战争和人》，不想走人家的老路落入俗套，也不给自己定什么样的框套。我只是按照自己的心意想写一本中国味儿、中国生活、中国民族精神的长篇，能真实地从生活出发，塑造各式各样情况复杂、性格迥异的人物。我是在大师们的影响下走自己的路的。如无大师们的影响，可能我还要去摸索长篇小说该是个什么模样的东西。世界上没有比书更丰富的遗产了！搞文学也要接受遗产、拜师，要接受大师的遗产拜大师为师。中国的大师要拜，外国的大师也要拜。大师的笔法、手笔，大师的道路，大师的经典作品，你要是读过、见过，就不会把土岗当高山，把湖泊当大海了！当然，拜师绝不是一味去模仿，去死学，要坚持走自己的路。我的题材与生活每每与别人并不相同，即使写不好，也是属于我独特所有的，人所没有的！是我自己的！有了这，加上感染到的，举一反三的大师的气魄、笔法与技巧，那就好得多。拜师而艺术上不受老师束缚。我应当摒弃洋腔洋调，却又绝不排斥意识流小说专写人物内心活动的技巧。要注意中国味儿，却不要使今天的读者感到陈旧而无创新，要兼收并蓄而不是一家独尊。这也许艰难，但该努力。


# 九、走自己的路

白石老人上承徐青藤、八大山人和扬州画派，近师吴昌硕等，走自己的路，自创一体，不但画出玲珑剔透活生生的虾虫花卉来，还创出了红花墨叶一派。花叶本应是绿色，但作为艺术，红花墨叶人们不但接受，还感到墨叶比绿叶脱俗，更有意味，于是成了特色。在山东时结识的名画家王小古，是苏北名画家唐鲁臣的弟子，先学仕女画，后攻花鸟画，终于以画葡萄、牡丹取胜，但最有特色的是他后期的"墨葡萄""墨牡丹"及"墨菊"。"墨"的创作，也许采撷了齐白石墨叶的优点，却又独具一格，是他自创的艺术流派。于非闇本来的画也是吴昌硕式的大写意，据说张大千对他说：现在画吴昌硕式的人太多，我建议你改画院体的工笔画。于非闇遂从宋人勾勒重彩入手，用色富丽典雅，自成一家。这些名画家都受过前人中大师们的影响，又各自走自己的路。可见艺术上，不可忽视大师的影响，更不可忽视自己的特色和独创。

应当抓住《战争和人》来寻找、发挥自己的特色和独创。只有我自己能写的独特题材、独特思考的作品，如果能配上我独特的真实感情，用我自己的文笔来表现，那必然会有我自己的特色和独创。既受大师的影响，又走我自己的路。倘若谁说我的作品像某某的，那就不好；倘若谁说我的作品使他想起某个大师的作品，但又不是模仿来的，那就好。我的作品有些也许是人家所能写的，有些也许是人家所不能写的。《战争和人》就属于人家未必能写的。这里就有一个走自己的路发挥自己特色、特长的条件和领域。创作时，对这必须明确。


# 十、不能就易避难

小说，不是理论书。主题，应该深藏在复杂的人物形象中，在故事流动、发展、变幻着的时候，引起读者思索，让主题自然而然地传导、转达给读者，这就好；如果作者处处要现身说法来讲解自己的主题，就笨拙。

一部长篇的主题，尤其不能靠几句话或一段话来点题作一番交代。

那样虽然容易，岂不是把生活简单化了，就是把书所含的意蕴简单化了。那样对于一本字数少、反映生活单薄、人物少、情节简单的小说也许勉强可以；对于一部字数多、反映的生活面广阔、人物众多、情节和头绪复杂的长篇，就不行。

有人说，主题越隐讳越耐人思索越好，实际恐怕也指的是这意思。主题需要深邃！

因此，主题和想要表达的种种，作者要时刻放在心上，构思时就该早已"心中有数"，但写作时却又非把注意力放在写出活生生的不同的人物来不行。如人物写得成功，就得表现出他们的思想和心灵来，表现出他们内在的情感情绪来，这要比表现他们那些外在的东西困难，却是表达主题必须努力去做的。这比用一段文字叙述主题难得多，却不能避难就易。

将来，谁如果看了《战争和人》马上用几句话就说出了它的主题，那我该失望了。谁如果能引起思索或悟出一些深邃的内涵或有些说不清却又想得明的启示，那就也许算在体现主题上有点成功！


# 十一、窗户种种

篇幅特长的小说写得不好就像是盖了一幢没有窗户的大厦。不能设想，屋子没有窗户。没有窗户的屋子，气闷、黑暗、单调、无声、时空停止、死气沉沉。人不能置身于那种难忍受的环境中。窗，是光亮的由来，是新鲜空气和拂面春风的输入口，是色彩和声音的进口处，是美景和人物的舞台……人可以从窗里看到外界春夏秋冬的变异，感到白昼和黑夜的交嬗，看到热闹的街道或远山近水，看到新的天地、新的面孔，从窗中感到画、感到诗，发挥想象。

我在有意识不断地为读者打开一扇扇窗户，目的是为读者增加场景，增加色彩感，增加新的视野，看到他们值得看的东西，看到他们想看的东西，看到他们可能难得看到的东西。有了窗户，小说才能"活"，才丰富多彩。

乱开窗户当然不行。不能朝放垃圾有臭水沟的地方开窗户，不能朝着烟囱和散发着有毒气体的方向开窗户，不能向人们看了恶心的地方开窗户。

只向同一个方向开窗户也不行。那样，视野视角太窄，有了日出没有日落，有了北风没有南风，有了临街的景色，没有后园的绮丽。

开窗户最好要有罕见的、少见的景物，人们爱欣赏耐欣赏的景色和人物。

应当变着方向、变着视角和视野，变着形式、变着大小和高低，技巧地开窗户。

在"三部曲"中，每一部开的窗户都要尽量避免重复。每一部都要新开一些窗户，就像高楼上每一层每个方向都要开窗户。

《月落乌啼霜满天》里，有地域的窗户，透过窗户可以看到南京的六朝烟水气，苏州的锦绣园林，吴江的浩淼太湖风光，安徽南陵的夜行船，香港的灯红酒绿……可以看到国民党官场上错综复杂的矛盾，童霜威家庭中的炎凉纠葛，江三立堂土财主的小天地，香港巨富奢侈的猴脑宴……通过那一时期规定情景的窗户，可以看到西安事变时的狂飙，抗日高潮时的武汉洪波曲，日寇攻占南京时的大屠杀，那一时期战与和的暗斗……

比如《山在虚无缥缈间》，开的地域窗户是："孤岛"时的上海租界，沦陷了的苏州和南京，天灾人祸的中原，白雾茫茫的重庆……同是地域的窗户，与第一部并不重复。我开的生活窗户，是"孤岛"上海汉奸、特务的血腥罪恶，童霜威被囚禁的悲凉岁月，童家霆与欧阳素心的忠贞爱情，杨秋水无畏的壮烈牺牲，"大后方"庄来与无耻的对衬……抗日时期"孤岛"上海的面貌在这一部里应当写充分有较全面的反映，这该是这一部的特色，而如果没有地域窗户的变化（由"孤岛"推向苏州、南京；由"孤岛"经沦陷区过封锁线通过中原经陕西入川到大后方），会显得单调。有了地域的变化，"窗户"多了，效果也许会好。

《枫叶荻花秋瑟瑟》，写了四川江津小城抗战众生相和学潮，写了雾都重庆的光明与黑暗搏斗，写了北碚缙云山的翠岗禅悟，写了成都的名胜古迹，写了桂林的冲天大火，然后又回写到"天亮了"的南京、苏州与上海。在生活面上，我写了冯村的死，童霜威父子走向进步与光明，卢婉秋的消沉出世，童家霆的成长与燕寅儿的爱情，欧阳素心的悲惨下场，湘桂黔大溃败，写了重庆谈判，写了全面内战爆发前的态势。于是，这一部书可望有沉重的历史感和厚实丰满的时代风貌。窗户是伴随着情节主要是陪伴人物出现的，开窗户时应当有意识这么做。

安排童氏两代做主角，有利于开窗户。童霜威的身份地位、亲友关系及经历，接触各种人物，到许多地方，有各种独特遭遇，便于展开复杂的生活和广阔的画面。让他做主要人物，可以不断地起"触媒"作用。正如二次世界大战时北非的"卡萨布兰卡"因其特殊地位而能成为各国人、各种人物集中表演的一个"舞台"（上海租界实际在抗战时期也是这样一个有特殊性的地点）。外国有些文学作品选用卡萨布兰卡这个地点展开故事情节并非偶然。

童家霆除了家庭关系外，赋予他新闻记者的身份，可以利于开窗户。他可以参加学潮，可以接触各种人物，可以飞来飞去，可以有独特的遭逢……

我希望开出的窗户，使人享受到真实的生活，栩栩如生的人物，绚烂的诗情画意。像宋代诗人杜耒说的："寻常一样窗前月，才有梅花便不同。"窗外要有"月光"，有"梅花"的幽香。

# 十二、"余音嘹亮尚飘空"

画上有技巧地留出空白，正是它特别具有魅力的地方。"空白"正是隐藏的作品的可表现性下面不可言说的"神秘空间"。欣赏者可以通过自身的体验、理解、生活积累来解说、领略作品的这块神秘空间，想象的天空广阔而多姿多彩，能使画的内涵更丰富、更美。而且，有技巧地留出空白，这空白处本身也是画的一部分，会衬得画的整体更美。画得太满的画，每每会"吃力不讨好"。

写小说时，留下"空白"十分重要。有许多地方少写，有许多地方虚写，有许多地方不写，正是留"空白"的各种不同的方式。这比"一览无余"或"说得太白""啰唆"要高明。

留下"空白"，就是留有丰富想象和耐咀嚼让别人去发挥的余地。作者在创作时要利用这种可借助于读者想象来帮助自己完成作品的技巧。

1982年春我在北京参观美国石油大王哈默藏画展，见一幅画：白墙、白帐、白床上睡一裸女，白色的光来自窗外。画很引人注意，一是它的光和色的运用，一是空白的部分多，画了，也没有画，天地很广，空白大，艺术性反而强了！它不同于一张裸体照或一张通常的人体画。它是件艺术珍品，看了就忘不掉，有纯洁的美。

写电影剧本有人主张："编剧写百分之六十，留百分之二十给导演，也留百分之二十给演员。"好像也正是这种意思。

我过去有些作品常写得太实，空白留得少了，好像是怕读者不懂，尽量想以作者的身份找地方多"哇啦哇啦"几句。结果意尽而无味，会使人胀饱厌食。

《静静的顿河》写到格里高里回来，就行了，如再去写他怎么被处理，就完了。

《复活》写到聂赫留朵夫与喀秋莎一同流放，就够了，再多写，就画蛇添足了。

主题，作者顶多写出其中的七分或八分；情节和意境，也一样。篇幅长的作品，就该常注意留空白，不该写满的地方空出来，让读者想得更多一些。

流行的台湾校园歌曲《外婆的澎湖湾》，歌词在这点上很高明，结尾是："澎湖湾，澎湖湾，外婆的澎湖湾，有我许多童年的幻想：阳光、沙滩、海浪、仙人掌，还有一位老船长。"它留出"空白"跳跃，似断非断，不能一目了然，咀嚼后却余味无穷，联想丰富。文字节约，看来互不关联的"阳光、沙滩、海浪、仙人掌"以及"一位老船长"，读和唱的人以及听众都可在音乐的旋律中展开想象的翅膀，用各自的经历和思索去填补其中的空白。而真要用文字来说明这中间的一切，可能花几百字也说不清说不好。

清人叶燮论诗："诗之至处，妙在含蓄无垠，思致微渺。其寄托在可言不可言之间，其指归在可解不可解之会。"该琢磨这道理。

泰戈尔的诗说："我求索我得不到的／我得到了我不求索的。"将这借用到创作上，似也可解释为留出"空白"可以得到你无法写出的意想不到的巧妙效果呢！

"虚写"也是留出"空白"的一种。写的是虚虚实实，反映的却可以实实在在。"悬念"也是留"空白"的一种方式。悬念连续下去，空白也保持下去。

三部曲中，每部分八卷，每卷分五节，卷与卷之间，节与节之间均留出"空白"，有个跳跃，省了不少笔墨，也"多"了不少笔墨。

欧阳素心是一个重要人物。她的遭遇和命运从第二部《山在虚无缥缈间》就引起关注。在第三部中，她，始终被安排成"悬念"。对她的遭遇在最后是留空白呢还是实实在在地写出？要写也不难，但留出空白似更技巧。读者也许会想象得比我写的更悲惨动人。

柳苇是虚写的一个重要人物。书开始时，她早已牺牲，用虚写而不实写，也许会使人在感觉上"此时无声胜有声"。

柳忠华是一个未按"模式"写的共产党人，他富于人情味，却党性强。他的活动如要实写本来不乏机会，但虚写多留空白，既不喧宾夺主，也不冲淡书的整体风格或许更有韵味。如多写他，写成李玉和或杨子荣，那是另一部书的任务。

对于中国共产党在抗战中的作为、贡献、流血战斗及牺牲，对于中国共产党的由小变大、由弱变强，涂抹的笔墨并不太少，但留出的空白必须很大。留空白绝不是画个零，留空白是让读者感到她的力量的存在，衬得整幅画更壮丽。

有两个小小的细节，我试用了空白，用真的空白来表现艺术上的空白。

写童霜威初访卢婉秋时，她墙上那幅空白的画本身就是一块空白。这使童霜威和读者对卢婉秋这个女人都会产生许多丰富联想。写燕寅儿时，最后，她给家霆写了一封空白的长信，那也比拿出一封真真实实的信强得多，千言万语都在留出的"空白"之中了！用几千字来写这封信也未必有这样的"空白"有韵味。

类此，写卢婉秋之死，未去实写她如何丧夫之后又有丧子之痛，因而抑郁至死。这本来未始不可以联系战争写成动人之笔。但我宁可留出空白。

唐朝诗人赵嘏诗："曲罢不知人在否，余音嘹亮尚飘空。"该是我对留空白所期望的那种意境吧？


# 十三、可读性

忙，时间紧，生活节奏快，有了电视机、游戏机、录相，有了带刺激性的游乐场、迪斯科、卡拉 OK……能悠闲读长篇的人相对减少。

再好的小说，没人读等于白写，写长篇时，必须充分考虑到要吸引人，能抓住读者，使人看了放不下。这难，必须努力。

过去有些世界文学名著，很难读懂或很枯燥的都有。今后不会也不能排除这样的作品。但无论如何，在今天写长篇，如果充分注意可读性，完全是切合今天的需要，适合今天的态势与读者的阅读心理。写时我脑子里常想着这个问题，常问自己："看不看得下去？""好看不？"我希望给读者以"这部书真好看"的印象。当然，不应也不会降低格调来加强可读性的。

"删，就是提高！"在写完删改时，我将努力把那些"拦路虎"、"枯燥"、"乏味"、"拖沓"的地方尽量删去。《月落乌啼霜满天》初稿六十万字，听取责编和终审意见后，今天删完定稿尚余五十六万字。郑板桥著对联："删繁就简三秋树，领异标新二月花。"使人开窍！

要可读，首先是写好人物。故事应是人物性格发展和变化的过程，是主题的巧妙显现的过程。依靠什么取胜？取胜之处首先应是人物、人情、氛围、细节，是情和史（即热烈的感情倾向与历史描写的动人事实），是史和诗，是时代风云的体会和涵盖，是文化品位、民俗习气，典雅悠长的韵味，是表现审美范畴和道德范畴中那些民族和文化中晶莹、可贵、五光十色的瑰宝，是众多人物间形成的错综复杂的关系，戏剧性很强的变化，是生离死别——偶然的相逢和永久的诀别，坎坷独特的遭际和惊险，出其不意的奇遇，朦胧的画意与艺术的魅力……

当代长篇小说面临着一个形式创新的任务，面临着手法的变化与发展。传统现实主义必须发展，但可读性应当成为长篇小说发扬优势的不可失去的基本特征。如果长长的电视连续剧能有观众，就应当想到长篇小说有可读性依然能吸引一定的读者面。应当不拘一格地从各种流派中吸收有用成分，使自己在现实主义的运用上有所得益，不受任何模式的限制，只重在写好人物。希望写的人物能因其典型性和生动性而富于魅力，有助于作品可读性的加强。

# 十四、开头和结尾

从古代流传下来的龙的形象，头与尾都是绝妙的。那样峥嵘的头配那样气势的尾，于是，一条神龙跃然活起来了，给人留下了唯有龙才有的使人慑服赞叹的威武印象。

长篇的头和尾必须特别讲究，头开得好，能使人往下读；尾结得好，使人余味无穷想看下去。恰似画虎，虎头必须轩昂，虎尾必须强劲；恰似画孔雀，仰起凤头与展尾开屏，相得益彰。

专门找了许多中外名著来看开头与结尾，无意评判好与差，只是发现做到头尾俱佳并不容易。

《安娜·卡列尼娜》的开头是好的，就凭那句名言："幸福的家庭都是相似的，不幸的家庭各有各的不幸"，就叫人不能不往下读读安娜的哥哥家里究竟什么事乱了套？

《贵族之家》的结尾是妙的，丽莎进了修道院，那种悲剧气氛由于屠格涅夫的优美文笔，使人掩卷后仍怅然久之。

《卡斯特桥市长》的开头很特别：主人公赌输了钱卖了妻，读时一下子进入了故事。结尾也特别，主人公死了，由于他的悲惨命运，他立了一块愤世的墓碑，使人读毕留下不尽沧桑。

《嘉莉妹妹》有一个十分朴实却十分简洁的开头和结尾，好处是开头女主角就上场，容易让人看下去；结尾是两个男人和嘉莉之间的有趣故事告终，嘉莉实现了往时的幻梦，但找不到现实生活的意义，作家涂抹了寂寞、凄凉的一笔……

在拟每一部的写作提纲时，我就把每一部的头尾都想了又想，设计得很具体，作了安排。

《月落乌啼霜满天》用西安事变突然发生、童家霆在房顶飞舞红旗赶鸽子飞作开头，气氛紧张，红旗鲜艳，氛围造成悬念。结尾时，夜黑风高，水天茫茫，童霜威上了海船回上海，靠的也是氛围和悬念，使人关心着主人公：他去到敌人魔爪下的"孤岛"会怎么样呢？……

《山在虚无缥缈间》的开头，意图是快速地将读者带入1939年的"孤岛"上海的典型环境中去，求其扼要、简洁。结尾写童氏父子与欧阳素心月夜在重庆江边重逢，目的是有诗情画意，有浓烈的感情色彩，有强烈的悬念。

《枫叶荻花秋瑟瑟》的开头设计过好几次，都不成功，最后只好用了点"噱头"——李参谋长谈喝鸡汤不喝鸡的洗澡水，至少使人看了发笑愿意读下去，而这点细节也对塑造李参谋长这个人物有利。结尾好的是悲欢离合出人意外，思想气势较强，而最末几百字又能同第一部开头相呼应。第一部开头，家霆在潇湘路1号房顶上舞红旗赶鸽子飞，第三部结尾童家霆又回到潇湘路1号了，夜里，结尾写道：

> 许久许久，家霆睡着了，做了一个梦。
>
> 他梦见自己又变成小孩了！变成了一个十四五岁的男孩子。他又爬上了潇湘路1号这幢三层楼花园洋房的屋顶了，看着四下的风景。他高高站在屋顶上，勇士似的高举着一面红旗挥舞。鲜艳的红旗，像燃烧的烈火在大风中呼啦啦飘动。白雾迷茫，红旗在浓雾中飞舞，像白色宣纸上润开的一抹鲜红，美丽地招展……
>
> 啊！流逝了的童年，流逝了的童年旧事在梦中又回来了！又回来了！……

主观上我感到这是一个精彩结尾，我偏爱。但客观上读者会怎么看，尚待时间检验。

开头难，结尾也难，要求精彩更难。只不过，我确为书的开头与结尾动了脑筋，花了心思，而且，我懂得一点：作品临近结局，便应加快，不可拖拉！

# 关于《战争和人》答《书城》杂志记者问

问：听人说，"抗战才打了八年，你这部小说从动笔到出书却过了四十年以上。"是吗？

答：早在50年代初我在上海劳动出版社任副总编辑时就动手创作这部小说了。那是1951年。到1953年，我由上海调到北京，仍坚持业余创作，白天忙，夜晚写，我是个不爱打扑克或闲聊、逛街的人，写作是我的一种乐趣。到60年代初，稿写成，共一百二十万字，交给北京中国青年出版社，他们评价很好，认为是"百花园中一株独特的花"。但不久，有了"利用小说反党是一大发明"的指示，出版社检查工作，停止出小说，耽搁了。那时我已到了山东，对小说进行过修改、润色，但"文革"开始，小说遭毁。"文革"后，人民文学出版社敦促重写。1980年，我为重写作准备，特地到南京、苏州、上海等地旧地重游，回溯历史，逗起遐想，终于灵魂震惊、文思畅开，重新动笔。1983年在山东完成了第一部，是年调到成都工作，接着又完成了第二、三部，在1992年三部出齐，共计一百六十余万字，前后确历四十一年。

问：第一稿毁后又重写，在构思方面前后有无变化？

答：当然有不小的变化。第一稿原来的书名为《一去不复返的时代》，又名《月落乌啼霜满天》，从西安事变写到1949年南京解放。重写稿总名改为《战争和人》，用三句诗作为三部曲书名：《月落乌啼霜满天》《山在虚无缥缈间》《枫叶荻花秋瑟瑟》，但只由西安事变写到抗战胜利后全面内战即将爆发。原本有个考虑：三年解放战争作为背景的第四部名为《春风又绿江南岸》，写到南京解放，又有个打算，四部《战争和人》写完后，接着再写建国后的四部，总名《和平和人》，人物继续顺着故事往下延伸，有的死了，有的生了。有的由年轻变老了，有的由小长大了，悲欢离合与幸福坎坷都有。但由于我现在视力不好，虽未死心，实现不易。当然我还要努力。

问：写这个长篇的动机是什么？

答：今天的生活，负载着逝去的以往岁月，要真正理解今天，必须理解那些同我们的未来密切相关联的昨天和前天。对旧事，我有新的思索。长时期以来，人们向文坛在呼唤史诗，我钦羡能写一部史诗般的画卷来表现那个战争年代的长篇小说，它是爱国主义的、革命人道主义的、反对非正义的战争的，也是宣扬我们的理想信念和描绘历史的必由之路的，当然不是靠大道理而是用人物形象和艺术手法。我愿意站在今天，回顾历史，展望未来，用我满腔热情的作品真实可信地给人以感染，使人看到祖国过去了的一段长长的悲壮历史，懂得现在，知道未来，懂得生存的严肃性和严酷性，明白人的责任。正因为这样，我是用拼搏的姿态完成这个长篇的。今年，是世界反法西斯战争胜利五十周年，又是我国抗日战争胜利五十周年，从1840年鸦片战争起，到1949年中华人民共和国成立的一百零九年间，是中华民族灾难深重、危机四伏的时代，帝国主义列强发动了一系列大规模的侵华战争。在这些战争中，除了抗日战争是中国取得了胜利之外，其他的战争中国无一不败。我这部以抗日战争作背景的小说，正确反映了那段历史。人民文学出版社今年春又将三版《战争和人》以满足读者需要。在纪念世界反法西战争和抗日战争胜利五十周年时阅读本书，我相信读者是会有更多的感悟更深的感受的。

问：这部严肃文学作品有些什么特点呢？

答：这个问题太大，而且最好由读者和评论家回答。就我来说，只能主观地扼要谈几点：

一、这部小说有较强的可读性。它不断打开一扇扇绚丽多彩的窗户，展示一片片诗情画意的天地，使你觉得新鲜生动。取胜之处首先是人物、人情、氛围、细节，是情和史，是史和诗，是时代风云的体会和涵盖，是文化品位、民俗习气的韵味，是表现审美范畴和道德范畴中那些民族和文化中晶莹可贵五光十色的瑰宝，是戏剧性很强的变化。

二、这部小说会使人感到真实。绝不胡编乱造，绝不虚假拼凑。它厚实、丰满、来自生活，不是"放一勺米泡一锅水"的作品。

三、这部小说是清洁的。我摒弃把作品降格写得肮脏，也反对渲染、玩味中国文化中陈腐的东西。我愿意作品使人崇高、美丽，体会到人生的价值，得到人生的启迪。

四、这部小说是独特的。我喜欢选择有自己特色的独特题材，并在作品中抒发自己独特的感受。

五、这部小说熔历史小说、政治小说、社会小说、家庭小说于一炉。主心骨是着重写好人物，复杂多变的人物性格和形形色色的不同人物，通过跌宕曲折的内容凸现。童霜威这种典型人物是文艺画廊中前所未有的。我以人物的魅力和命运来吸引读者。

问：《战争和人》出版后，反响强烈，请谈谈这方面情况。你感到欣慰吗？

答：《战争和人》出版后，反响确实比较强烈。1992年8月，中共四川省委宣传部和四川省作协及《当代文坛》杂志社在成都召开了研讨会；9月，人民文学出版社在北京召开了研讨会。我非常感谢主持和出席会议的那么多作家、评论家和编辑出版家。著名作家评论家如萧乾、陈荒煤、邓友梅、马识途、江晓天、张炯、蔡葵、谢永旺、雷达、殷白、胡德培、吴野、滕云、陈辽、宋遂良、冯宪光、戴翊、陈朝红、游仲文等都写了评论。迄今，全国报刊如《人民日报》《光明日报》《文艺报》《新闻出版报》《文学报》《作家报》《当代》《读书》《人物》《小说评论》《文学评论》《当代作家评论》《红岩》等已发表评论、专访、报道等一百五十余篇（次）。《文艺报》发了一个评论专页，《作品与争鸣》发了专辑，《当代文坛》发了特辑，《文学故事报》选了《战争和人》的部分章节连载，《新华文摘》转载了《作品与争鸣》上的文章。四川文艺出版社出版了三十六万字的《王火〈战争和人〉论集》一书。三部曲中的第一部《月落乌啼霜满天》获首届郭沫若文学奖；第二部《山在虚无缥缈间》被选入《世界反法西斯文学书系》作为一卷出版。天津社科出版社的《中国当代文学专题史》作了专题评述。四川人民广播电台从 1994 年 5 月连播这部小说，要播到今年 2 月结束，应听众要求，将再重播一次以配合抗日战争胜利五十周年。峨眉电影制片厂已将小说改编为三十集电视连续剧。1994 年 12 月人民文学出版社评十年优秀图书奖时，《战争和人》获"人民文学奖"……对这些，我既感幸运也十分感谢。但像我这种年岁，对身外之物，在荣誉面前已能处之泰然了。追求的只是希望我的辛勤劳动成果——作品，能被广大读者看到而且喜爱，那才是我的欣慰。

问：《战争和人》写的是抗战老题材，为什么能吸引人不使人感到老一套？

答：我想这主要也许就是它的"独特"所造成。抗日战争确让人听了感到是一个陈旧的题材，因为写的人已不少了，但旧瓶可装新酒，老题材可有新思考，旧事中未被人重视之处甚多。从史的角度讲，抗战确乎是老题材，从文学讲，只要你塑造的人物是新的，主题又是深邃而新鲜的，写的生活和故事是新的，那么，没有老一套的感觉就很自然了。不少青年人读了这书都说很感兴趣。事实上，我写作时就考虑到给青年人阅读的问题。我希望让青年了解那段中国的历史。

问：为什么你正面写了蒋管区和沦陷区，却未正面写解放区？

答：一方面，是生活经历和积累所决定；一方面，正面写解放区抗日战争时期的作品已很多，正面写蒋管区和沦陷区的作品却没有，而从大后方、"孤岛"上海、沦陷区和香港来反映抗战历史，同样十分重要和必要。何况，我也虚写了解放区和共产党的领导作用并未忽略。事实上，写蒋管区和沦陷区要看你怎么写，我写了许多优秀的共产党员和为抗战及进步捐躯的先进人物。我如实写了抗战如何能胜利、人心如何倾向进步方面的根由。主导和推动历史的是谁，表达的是鲜明的。

问：为什么你要塑造童霜威这样一个典型？

答：童霜威来自生活。塑造一个别人未曾塑造过的典型人物很重要。童霜威从国民党的中间派最后转变成民主进步人士，这样的人物我们在抗战八年到后来的三年解放战争中屡见不鲜。这样的人物反映了那个大时代的本质及历史的走向。童霜威，由于他所处的政治地位、经济状况，由于他的思想演变和升迁沉浮，才可能有极不平凡的遭遇，才有可能接触到各阶层的各种人物。用他作一个主角，便于情节、画面和地域上的展开，便于囊括抗日战争史上重大事件，便于在高潮的涌流中推出史诗性意味和历史的沉重感，也便于使全书凸现那个特定年代的气氛。读者应当注意到：童霜威的儿子童家霆也是一个主要人物。这个人物的成长反映了历史的进步。事实上，到第三部时，童家霆已是作品的主角了！

问：从《战争和人》看，你的写法基本是现实主义的，你显然受了过去不少现实主义大师的影响，但你也采用了一些意识流等西方现代派文学的写法。你对20世纪西方现代派文学看法如何？

答：这题目很大，我也许说不完整。我的基本观点大概是两条，体现在《战争和人》的创作中。第一，不发展而有生命力的东西是没有的。现实主义沿袭了长时期的创作思维准则正面临冲击，它需要发展也会发展。它有不可忽视的存在价值，它是有强大生命力的，直到今天，我仍信服现实主义大师们的大手笔，愿意学习他们，当然是有变化和发展的学习。第二，20 世纪无论在东方或西方，都是一个充满发展又历经灾难的时代。我们现在似乎已经具备了总结和评价这个世纪的西方文学的条件。大量的西方文学著作和信息得以通过各种渠道介绍到国内。事实上，西方现代派文学在中国的文学界所产生的影响已经很大。我不笼统拥护或反对西方现代派文学。这中间有不值得效法的糟粕，跟在西方人后面亦步亦趋写那种浑浑噩噩的混世者、多余人，学那种隐讳的影射或不知所云的表达等也是不行的。但，西方现代派文学也有精华，一大批坚持自尊、自信、自爱的文学家，以开拓创新精神丰富着西方文学的库藏，不乏大可借鉴之处。20 世纪终将结束之际，我们如只抱住许多光辉的古典大师或现实主义大师不放，闭眼拒看这个世纪的西方现代派文学作品，那是一种欠缺。文学是需要不断交流、借鉴的！

（本文刊于 1995 年《书城》第二期）

# 和平，是一种不可推卸的历史责任

## ——王火答《中国青年报》记者毛浩问

问：王先生，我们知道你在创作《战争和人》的过程中，经历了许多的曲折，并且我们还听说你为了写第二、第三部，你在五十八岁时同意调到"抗战时的大后方"四川工作。请问你为什么如此执着地要写出这部作品，你的创作动机是什么？

答：抗日战争是一百多年来中国人民反对帝国主义侵略唯一取得胜利的一次大型战争。抗日战争是世界反法西斯战争的重要组成部分。中国人民为此付出了极大的牺牲，对世界人民做了巨大贡献。抗日战争是应当大书特写的，我在抗战时期，有自己独特的生活经历和感受。旧事，我有新的思索。我决心把它写成一部史诗留下来。我写八年抗战的艰难复杂的历史进程，主要是如实写出中国共产党对抗战的领导作用，国民党在抗战全过程中的表现，日寇的残暴，战争风云变幻下的社会生活，各式各样的人在这场战争中的演出……闪射民族的凛然正气，鞭挞日寇和汉奸卖国贼的卑鄙无耻……当然，一部一百六十万字的长篇是很难简单来表达它的主题和意蕴的，我迷恋于文学创作，写过五百多万字作品，但《战争和人》是一部内含丰富可读性强的高品位作品，应是我的代表作。可惜它写成后毁于"文革"，我能估量出它的分量，觉得别人无法写出这样的作品，而读者应该需要它。爱国和奉献是我毕生的信念。所以决定重写。到四川工作有利于我回忆和补充生活。

问：人们说"理性是长篇小说的烛光"，对于历史小说，可能尤其如此。《战争和人》书名本身也很具理性意味。请问，你这部书是建立在一种怎样的理性之上呢？

答：我认为文学的终极价值是在于提高人民的思想、道德、精神文明境界，对人类的命运，人生的价值应有终极的关怀，这是我个人的选择。因此，理性的追求必不可少。长篇小说应该是站在今天，回顾过去，展望未来的。我的理性基础是建立在辩证唯物主义与历史唯物主义基础之上的，我是怀着激情从感性上升到理性来写《战争和人》的。

问：评论家们认为《战争和人》是反映抗日战争整体风貌的，具有史诗品格的作品，但是你为什么要选择一个国民党高级官吏的家庭作依托来反映这场中国人民抗击帝国主义侵略的伟大战争呢？

答：这是一部文学性强的小说。我是从生活出发来写这部长篇的，选童霜威一家作依托正是我这部作品独特之所在。写我熟悉的生活和人，是我的优势。

《战争和人》重点写了蒋管区兼及沦陷区，也通过人物重点虚写了解放区和游击区，并实写了共产党人在蒋管区、沦陷区的活动和牺牲。这切入角度是新的，却真实全面地反映了抗战的整体风貌，反映了中国共产党及其领导的抗日军民是全民族抗战的中流砥柱。由于童霜威父子所处的地位，才有可能接触到各党派、各阶层的各种人物，才能到达上海、南京、武汉、香港、重庆等地。童霜威确如评论家李友欣所说的："是以他作为一种试剂，作为一架探照灯和显微镜，通过他对国民党的五脏六腑，进行探幽显微，暴露他们的丑恶和不可救药，同时显示共产党的影响和力量。"中国的社会是复杂的。童霜威的家庭也是复杂的，童离了婚的前妻柳苇是牺牲在雨花台的共产党人，柳苇的弟弟柳忠华是被囚于苏州监狱的一个共产党人，童的秘书冯村是一个以爱国进步人士面目出现的共产党员，正因如此，西安事变后转向国共合作抗日，童霜威父子和共产党人之间始终有千丝万缕的关系，而这也造成了童氏父子后来的走向。

问：有人说《战争和人》表现了很强的党性原则，你自己也说过，这本书的立意就是要写出"与日本侵略者一起失败的还有当时国民党领导的国民政府"，你是否要在你的作品中揭示某种历史必然性？

答：是的，有评论家说："《战争和人》不仅一般地表现了战争的正义与非正义及人的美丑善恶，并深刻而形象生动地显示了经过抗日战争，共产党之所以能够战胜貌似强大的敌人取得胜利，国民党之所以丧尽人心一败涂地，这一点，不仅准确地反映了抗日战争的真实面貌，而且对我们今天和以后永远葆有深刻的教育意义。"

共产党在抗战中用鲜血换来的功勋，使她扩大了力量得到了民心。抗战胜利后，国民党发动内战但仅仅四年，解放战争就打倒了蒋家王朝建立了新中国，这就是那时的历史必然。童霜威这样一大批民主人士的产生，童家霆这样一批青年人跟着共产党走，也都说明了历史的必然。

问：评论家们说：《战争和人》走的是文学史诗（而不是文献史诗）的路子，你是通过塑造一系列典型人物来达到这个目的的。请问童霜威这个形象的典型性在哪里？他是不是现代文学人物画廊里的一个从未有过的形象？

答：从一般意义上说，"文学是人学"，我想通过一系列典型人物来达到创作的目的，童霜威当然是首要的（其他如童家霆、柳忠华、杨秋水、欧阳素心、谢元嵩、管仲辉、江怀南、卢婉秋、陈玛荔、燕翘等其实也各有其典型意义），评论家谢永旺在《当代》上说："童霜威是一个信守民族气节的爱国者形象，是典型的，又是个性的，如果说，这是一个由国民党的高级官吏向一个革命的民主派转变的典型，我以为也是不错的。"张炯在《作品与争鸣》上说："小说最重要的成就是刻画了童霜威这个复杂人物的典型形象，这是个相当典型的中国传统知识分子的形象。"殷白在《文艺报》上说："为中国新文学和中国文学画廊增添了前所少见的人物形象，在时代的社会认识意义上，人生哲学的审美意义上，都有相应的价值和独到的特色。"在北京和成都开的作品研讨会上，不少评论家和作家都认为："童霜威这样的典型人物在过去的文学作品的人物画廊中还不曾出现过"，"童霜威是一个独特的艺术典型，在新时期文学人物画廊中实不多见"。

问：你是抗日战争的亲历者，你也说过这部书融进了你和你夫人两个家庭的一些影子，这种亲历者的身份是很难得的。以后的抗战题材作品就只能依靠史料了。现在也出现了一些依据史料创作的作品，你认为这部作品与此有何不同？

答：现在，有的评论家指出《战争和人》不是单纯根据资料写成的，而是作者根据其独特生活来写的，把它区别于完全根据资料来写的作品。我认为这是强调并指出本书的独特性和优越性及塑造了典型人物的文学价值，亲历过的生活写出来会更逼真和亲切，但这也并不排斥参考史料来写小说。小说并非真人真事的"拷贝"，我写《战争和人》时也是大量收集阅读各种有关资料的。

问：有许多评论家们认为《战争和人》中关于"南京大屠杀"的一卷是惊天地、泣鬼神的一章，请你谈谈这一章的创作情况？

答：1946年秋至1947年间，怀着对日寇的仇恨，我曾在南京对南京大屠杀进行采访和研究，有过好几本采访记录，可惜均毁于"文革"。重写《战争和人》中这一章时，我返南京旧地重游，唤起回忆。创作时，又收集了大量资料重新做了研究。写的是小说，但我力求真实。人物塑造有的也有原型。比如尹二是以大屠杀的幸存者梁廷芳在下关码头遭日寇集体大杀戮时他跳江逃生作原型的，庄嫂的拒绝被强奸与日寇搏斗而毁容的情节，是以幸存者李秀英作原型演化来的。童军威的战死则基本根据我老伴的小叔凌凇在南京阵亡的遭遇写的，如此等等，诸如日寇的罪恶，当时的攻防部署，城破及屠杀的过程等均有根据，所以南京大屠杀纪念馆及评论家们均予肯定。我自认为这一章在全书中仅是"称职"，比这精彩的部分一、二、三部中均有。

问：在新民主主义革命时期，许多青年，包括许多出身富裕家庭的青年自愿选择了马克思主义世界观，这在现代文学史上有许多成功的典型。作为一部90年代创作的作品，童家霆的形象有什么特别之处？对今天的青年有什么影响？

答：其实我这部书主要是想写给今天的青年人看的！荒煤等评论家在评论本书时也强调青年人该读读本书。童家霆是在八年抗战漫长艰辛过程中成长为一个先进的时代青年，战争使他早熟，国家民族的命运同他密切相关，他的不平凡遭遇使他深具忧患意识思索着中国应向何处去？他面临何去何从的抉择。他的特点是由于出身和社会关系，出国留学，升官发财，他都会有。他不是为寻找个人出路才革命的，他爱国，有正义感和是非感，忠贞于爱情，洁身自好，为了理想和信念，宁可不出国而为了人民的利益留下来奋斗，在那个时期，像童家霆这样出身的青年走这样的路是一种典型。在塑造他时，我曾自问：今天有没有必要再展示那已过去了的漫长而严峻的战争年代中的人和事？现在年轻一代中的有些人是否太注重他们的个人欲望以致会否定过去，认为当年那场战争与现实毫不相干？出国热、金钱崇拜、物质引诱、西方文化和性解放、享乐主义……是否会损害青年人的灵魂？越是思索，我越觉得应当将童家霆写得真实，写得可信而给人以感染，我在创作中，致力于找到历史与现实的契合点，以引发读者思考。

我想：童家霆是应当对今天处在世纪之交、肩上有着时代重担的青年一代富有启示的！

（本文刊于1995年8月13日《中国青年报》）

# 时代精神、典型人物、独特个性

## ——《战争和人》三部曲创作杂谈

爱国主义始终是我一心想宣扬的主旋律。抗日战争是取之不尽用之不竭的爱国主义的创作题材。在实践中，我感到，改变一下"习惯性"的写法也很必要，不能以为战争文学就是写战争过程和重要的战役，而不需要深化与拓进；不要以为写抗日战争题材的作品就单纯是写"同鬼子打了一仗又一仗"；也不能以为除写敌后军民抗战外，广大蒋管区和正面战场及沦陷区人民的抗日战争就不能写。用历史唯物主义和辩证唯物主义观点来写是完全可以、完全必要的。中国人民对世界反法西斯战争做了巨大的牺牲和不可磨灭的贡献，但二战以后在西方有那么一些研究世界反法西斯战争的"学者"，却无视中国在世界反法西斯战争中的历史作用。日本一些右翼分子始终在为军国主义招魂。记得抗战胜利后不久的 1946 年初，我在上海采访过日俘日侨。当时日本战败，许多日俘集中于江湾"京沪区日本徒手官兵管理处"，虹口区则有"第三方面军日侨管理处"，上海有十万日侨仍散居于原来的住处。从采访中，我感到美国人包庇日本，国民党当局也包庇战犯，而有些日俘日侨对侵略罪责缺乏认识，我就感到恐怕需要许多年的时间，而且要用真正的历史事实告诉那些不知情的受欺骗的年轻人和下一代才能纠正，没有这种纠正，中日两国今后的友好和平，恐怕是难以符合理想的。这些深刻的感受，当我在八年抗战过去后又经历过四年解放战争，随之以新中国的建立，我开始创作《战争和人》的前身《一去不复返的年代》时就有所用心。二战以后，美国出现过不少"仇日"小说，有的还是畅销书。我认为区分日本人民和日本军国主义分子是必要的。仅仅写"仇日"，不过停留在谴责小说的水平，而我们需要意蕴深厚、立意高远、站得高看得远的作品。对抗日战争的血色记忆永远不忘却，是因为我们愿同日本人民世世代代友好下去，共同防止日本军国主义复活，不许历史悲剧重演；永不忘却，是因为中国人民应当牢记过去受侵略的血染历史和灾难，从而懂得我们应当怎样坚定地继续走振兴中华使中国富强起来之路。因此，我想写的是一部有史诗性和独特艺术追求的长篇，首先要能高度概括时代精神和历史、社会风貌，能充分反映抗日战争的风云变幻。我要写战争和人、写战争和平、写美与丑、善与恶、生与死、爱与恨、肯定与否定、是与非的选择，当时的人物、生活、氛围……然后写出一个时代的结束和一个时代的开始。于是，《战争和人》三部曲这以抗战和二战为背景的长篇，从1936 年 12 月西安事变起，一直写到 1947 年春全面内战即将爆发，就是为了要将整个抗战的来龙去脉交代清楚，将整个抗战作为背景，歌颂在中国共产党的领导下中华民族的抗日战争。但题材规定了我不是要去写一部通常意义上的军事题材的长篇，广大解放区和敌后游击战场在这长篇中只能虚写，我着重写的是蒋管区大后方及沦陷区在抗战时期的人和事。我把中国的抗战放在世界反法西斯战争的范围中表现。当时的这些人和事，这些生活，我十分熟悉，是"优势"，不可能费力写自己不熟悉的人和事。

在写我要写的这些内容时，除了抗战爆发前和抗战胜利后的情景、态势、时局、人物外，我着重写出抗战时期"大后方"和"孤岛"上海及香港的众生相。在那儿，光明同黑暗搏斗，抗战同投降较量，进步同反动对垒。当年的"大后方文学"和"孤岛文学"的影响人们都记忆犹新，我写的这部作品与它们既有关联却又有极大的区别和发展。这是时代与年代及政治形势所决定的。我使我书中的主要人物，从这个到那个，从这里到那里，交流碰撞，为总体构思服务，目的是有利于构成一幅真实而色彩斑斓的宽阔画卷。

有个现成的关于抗战的结论：人民胜利了！日本侵略者失败了！过去写抗日战争的小说都这样写。这结论当然对，只是在我的亲身感受上所得到的立意是：与日寇同步失败的还有当时蒋介石领导的走向法西斯和十分腐败的"国民政府"。《战争和人》就是从这开掘下去而写的。

在描绘历史生活的文学作品中，任何作家都不能纯粹地展示历史，实际都是在用今天同历史对话。我也是通过回忆历史，思考现实并展望未来希冀有助于人们认识历史启示生活的。我想充分表达自己的以时代精神为底蕴的对祖国、对人民、对正义事业与人类前途的坚定信念。虽然地域主要是写蒋管区和沦陷区，但共产党人和党的领导作用以及党所领导的抗日队伍当时所起的影响与作用，共产党人领导下的在蒋管区和沦陷区的抗日斗争和民主人士的活动，是得到了明确而充分反映的，并如实地使读者感到和看到党的力量怎样在不断增强、变大，不但打击牵制了大量日军兵力，从敌伪手中夺回大片大片土地，并建立起一个又一个解放区，赢得了民心成为中流砥柱。事物的本质方面的充分体现，是我创作时牢牢把握的一环。我不是要根据史料来写一部新闻性的纪实小说，我想写的是文学性和可读性俱强的深入到历史深处，能努力表达情感和战争中人的亲切感受与心灵震撼的长篇，这就使我明确：不仅要塑造出在长篇小说历史画廊上未出现过的一两个真实生动典型感人的主要人物，也要同时塑造出当时的其他各种人物。只有这样，才可能更好地概括时代精神和历史、社会风貌及抗战风云；只有这样，作品才会厚重而精彩。作品是否已经如此，该由读者和评论家回答，我只是说，作为作者，我塑造人物是下了功夫的。

除了上述的时代精神和社会、历史风貌及典型人物这两条外，我在创作《战争和人》时，努力掌握的第三条是独特个性。

独特个性体现在三个方面：一方面，是我所具有的独特生活，首先，我经历过抗战，而且抗战八年中有许多别人所难有的生活。举例而言，凡我写到的地方，我都到过而且有所了解，这同完全凭资料或想象来写就全不相同了。第二方面是我的独特感受。比如对南京大屠杀，由于我采访过并参加过对日本战犯谷寿夫等的公审及在华日寇战俘营等的调查，我的感受就会深刻复杂一些。比如抗战时河南受日寇战火蹂躏及"水、旱、蝗、汤"的为害，天灾人祸，使中原大地白骨遍野，惨绝人寰，由于我1942年夏季亲身经历过那儿的生活，当时的感受自然难忘。第三方面是小说的写法是独特的。我从"反面切入"，既写"反面"也写"正面"，用的"反面文章正面做"的独特手法。我写蒋管区和沦陷区，这就是从"反面切入"，但我却时刻注意全面反映抗战，着重如实突出中国共产党对抗战的领导及中流砥柱作用。按照史实，从西安事变写起，使人认识到国共合作时进行全面抗战的由来，就体现了这种用意。

独特，是一种个性，是别人难以代替的。文学作品可以凭借它创造特色，使它既不会与过去的任何作品雷同，也不会使人感到它与某一个作品重复。

我不善于总结经验，也因太忙，还未能真正静下心来思考创作要谛。上面写的是一些感受，不免粗浅，只是创作心路上的一种坦诚罢了！

（本文刊于 1996 年 3 月《文艺报》）

# 《战争和人》创作谈

## 一

抗日战争题材的小说已经不少，但这场使中国军民伤亡近三千五百万、财产损失一千多亿美元、歼灭日军二百六十余万的战争，未写和可写的范围还很大很多。改变一下"习惯性"的写法也很必要。不能以为写抗日战争题材的作品就单纯是写"打鬼子"。也不能以为除写敌后军民抗战外广大蒋管区和正面战场就不能写。用历史唯物主义和辩证唯物主义观点来写是完全可以、完全必要的。而且，中国人民艰苦卓绝的抗日战争，抗击和牵制了日本的大部分兵力，打乱了日本侵略者的战争部署，使它无法"北进"，使苏联能避免东西两线作战的被动局面，也推迟了日本的"南进"计划，支援了美、英盟军在太平洋战场和东南亚战场的作战。中国人民对世界反法西斯战争，做了巨大的牺牲和不可磨灭的贡献。现在西方有那么一些研究世界反法西斯战争的"学者"，迄今却仍无视中国在世界反法西斯战争中的历史作用。日本有那么一些右翼分子，仍在为军国主义和侵华作梦呓式的辩解，否认在华的侵略和屠杀。那么，写一本文学作品来反映那个时代就完全是必要的了！我愿能为此提起我的笔，写一部有史诗性和独特艺术追求的长篇小说。

## 二

有时候，一个人或一家人的一生，可以清楚而有力地说明一个时代。历史本身，我们未曾意识到、感觉到或者判定它的地方，那真是太多太多了！从人生去发现历史，常会更真实形象些。我应当用人物和家庭带出事件，来写那段历史。是写战争和人，但又不是战争小说。我写的应当是一部熔历史、政治、军事、社会、家庭于一炉的丰富而厚实的长篇。着重写人，加强文学性，作品才有生命力。我应当从生活出发来塑造人物，不遵循任何模式。童霜威应当是一个典型。通过童氏父子的遭际反映那个大时代，反映那段不一般的历史。作品中写到的每一个人物，哪怕是次要的下笔不多的人物，也要努力尽量做到使他（或她）栩栩如生。

## 三

我想写的是战争和人，写战争与和平，写美与丑、善与恶、生与死、爱与恨、肯定与否定、是与非的选择。当时的人物、生活、氛围……如果再往下写，将写出一个时代的结束和一个时代的开始。

对战争，应当有一个正确的看法；对和平，也应当有一个正确的看法。战争年代的经验是无穷无尽的。回顾过去那段历史，至少，可以使我们懂得：人类必须阻止战争，如果发生了无法阻止的侵略战争，唯一的办法就是努力战胜侵略者。对民族存亡命运的历史责任感，对侵略者奋战到底的铁石意志，为保卫祖国而不惜牺牲一切的正气，是我们当年用劣势武器坚持抗战的强大精神力量。战争残酷可怕，但和平不能靠祈求和恩赐。不能不加选择地从敌人手中去接受诓人的和平！同时应当认识到：和平不是一种政治策略，被利用来帮助和掩盖侵略，被利用来调解冲突和应付谈判，或作为一种赢得喘息和时间的工具，以准备新的战争。和平是人生哲学，是一种人生态度，是每一代人对自己和后代前途所负的历史责任。

## 四

真实可信，是文学作品的生命。

倘若我完成了这部长篇，有人问我："这是一个真实的故事吗？"

我将回答："小说，终究是小说。但，它不该是虚假编织的赝品。历史的波涛会使它具有复杂、深刻的内涵。它的生命力依赖于生活的真实和艺术的真实。"

要达到真实可信，首先是人物要使人感到真实。但其他诸如服装、用具，甚至吃的一只菜，坐的一辆车，都不能马虎。

我应当立一条原则：凡未曾到过的地方就不写，写了要闹笑话，也不像。因此，南京的六朝烟水气，苏州的寒山寺钟声，去南陵的"夜行船"风光……都要经得住当时曾身历其境者的检验，要让他们说："像！很像！"

我更应当立一条原则：凡用真名真姓写的人物，必须是认识的或接触过的，至少是见过面的。要不然，全凭资料写，必然会"不像"，甚至会出笑话、脸谱化。这种例子在文学创作中并不少见。

## 五

我是有资格写一本关于1937年12月侵华日军在南京大屠杀的书的！但我在《月落乌啼霜满天》中只打算用一卷来写南京大屠杀。而这一卷，应当是悲惨、壮烈令人难忘而且震撼心灵的。主要是写人，但生活积累应当全用进去！

1946 年至 1947 年间，我曾在南京采访、收集大屠杀的资料。也参加旁听过对日本战犯谷寿夫等的审判。还在中华门外及五台山等地看到过发掘遇难同胞骸骨的挖掘。我采访过梁廷芳、陈福宝、李秀英等亲身经历大屠杀的见证人，当时并在《大公报》《时事新报》上发表过文章。抗日战争中，仅仅一场日本侵略军在南京的大屠杀，中国军民就被杀了三十多万，大大超过了两颗原子弹给日本人带来的灾难。我们能不如实地写出当年的实情使中日现代的青年和将来的人民了解真相吗？"前事不忘，后事之师"，正确了解历史，才有利于中日两国人民世代友好下去。

　　南京大屠杀这一卷中，我写了当时下级军官的誓死抗日，也写了老百姓的爱国精神，那都是有原型的、真实可信的。但在日本兵中，我也写了一个和善一些的日本兵，他不让狼狗咬"老寿星"。正如后来我又写了一个冈田医生一样。那是听人说起过的事，也是真实的。本来，人民总是友好的。我对中日关系寄希望于人民的友好。


# 六


　　一部多卷的长篇小说，很难用简单的几句话来概括主题，但写作时的立意是十分重要的。想表达的东西很多，但主要的必须明确。

　　有个现成的关于抗日战争的结论：人民胜利了！日本侵略者失败了！过去写抗日战争的小说都是这样写的。但我不想完全重复应用原有的这个结论。这个结论当然并不错，但在我的亲身感受上所得到的立意是：与日本侵略者同步失败的还有当时蒋介石领导的国民政府。这个立意发掘下去是大有可写的。

　　写作时，我想得很多、很远、很复杂，很无边际，自由自在：中国的人和事有多复杂？国民党这样的庞然大物当年怎么会腐烂垮台的？民主党派与民主人士是怎样产生的？共产党当年为什么会得民心？今天有没有必要再展示那已过去了的漫长而严峻的战争年代中的人和事？我们应当如何以史为鉴？……我是抱着满腔热情写的。从某种意义上说，一切历史都同现代生活应当有关。写历史题材，如果只是为写历史而写历史就意义不太大了。旧事，我希望有新的思索。

# 时代召唤史诗的美

## ——茅盾文学奖得主王火答文学社记者姜刚问

王火，原名王洪溥，江苏如东人，作家、编辑家。1924年生，1948年于复旦大学新闻系毕业。做过大学助教、工会干部、山东省属重点中学校长，参与创办两家出版社及三个杂志。40年代开始创作，作品六百多万字。代表作长篇小说《战争和人》三部曲，被评论界誉为是"反映抗战的雄伟史诗"，曾获郭沫若文学奖、"炎黄杯"人民文学奖、第二届国家图书奖、第四届茅盾文学奖、"八五"期间优秀长篇奖；另有长篇小说《节振国传奇》《外国八路》《浓雾中的火光》《雪祭》《流萤传奇》《王冠之谜》《女人夜沙龙》《禅语》；中短篇集《梦中人生》《东方威尼斯——一个京剧女演员的传奇》《心上的海潮》《边陲军魂》《隐私权》《流星——王火中短篇小说精选》等；童年回忆录《金陵童语》，"文革"回忆录《在"忠字旗"下跳舞》；散文集《西窗烛》《王火散文随笔》《五味人生》及《带露摘花》；电影剧本《平鹰坟》《明月天涯》《绿云寨》等。

本刊特派南通师院雏凤文学社记者姜刚就王火的成长道路及围绕《战争和人》这篇史诗般的长篇小说的创作，采访了作者。

问：请问您是如何走上文学创作道路的？

答：小学时我在父母和哥哥的书架上开始一知半解地翻阅他们的藏书，后来，就逐渐养成了爱读文学书籍的习惯。小学和中学时代，作文比赛得过奖，对写作有了兴趣。抗战时期，我在四川江津上国立九中高一分校，一次，同学们吃稀饭中毒，情况严重，送到江津县卫生院后，医生官僚主义，我愤而写了一篇《九中就医学生感言》予以抨击，立刻被刊登在《江津日报》上。以后，我就开始了写小说、散文和诗，后来我进了复旦大学新闻系，有心要以笔为枪，做个好记者，阅读了图书馆及同学中所有能觅到的中外文学名著，并不断练笔写稿，常有小说、散文、特写发表。抗战胜利，我做记者，采访了南京大屠杀及对日军战犯和汉奸的审判，并在沪、宁一带活动，发表了不少稿件。1948年，出版了《新闻事业关系论》一书（上海东新书局）。在革命队伍中，我先后在编辑出版工作岗位上多年，用笔写作成了习惯。年轻时精力充沛，我既热爱文学，自然而然就走上了业余文学创作的道路。

问：《战争和人》动笔于50年代，"文革"时文稿尽毁，是什么促使您再次写下了这部巨著？

答：这部书稿从开始写，我就倾注了最大的热情，调动了过往的生活积累和思维成果，用拼搏的态度进行创作，我经历过抗战八年，并有独特的生活经历，那段历史给我的深刻感受，使我不能不写。按照自己的心意想写一本中国味儿、中国生活、中国民族精神的长篇，希望能有宏伟的思想和丰满的情感，希望能有鲜活的典型人物，有当代意蕴却能散发着中国古典的美学风韵，应有阳春白雪的高品位，却绝不排斥一般读者的阅读兴趣，我一直认为这部书有其不可替代的价值，文稿毁后值得重写，人民文学出版社的编辑于砚章等同志又锲而不舍地鼓励我重写，于是，我下了决心使这部作品失而复得。

问：《战争和人》以战争历史为文化背景，请问您如此关注这段历史，从历史中发现了什么，或者说您在历史中融汇进了什么独到的发现？

答：《战争和人》的背景是抗日战争，我熟悉这八年前后的生活，愿重现这段不平凡的历史。从1840年鸦片战争开始，中国受尽帝国主义侵略和欺侮，但抗战八年，中国胜利了！抗战八年，有个当然的结论，就是日本侵略者的失败，中国人民的胜利，但我在《战争和人》中则更说出了：在八年抗战中失败的不仅是日本帝国主义，还有名义上领导抗战的国民党政权，指出国民党的反民主和腐败是他们失败的主要原因，并写出了当时共产党抗战的许多情况为何能得人心……在写抗战题材的小说中，我是以这种新意来写的，而且在我这部长篇小说之前，新中国成立五十年来还没有另一部长篇是实写国统区和沦陷区及正面战场上的抗战图景又写地下党活动以及重庆谈判延安情况的。

问：您的战争题材历史小说与80、90年代之后开始流行的"新历史小说"存在着艺术上的许多不同，请问您如何看待正史类历史小说与"新历史小说"在对待历史的态度以及其他方面的分野？

答：其实，"新历史小说"的新，是突破历史真实的局限，走向一种新的历史叙述方法。我不反对创新，但我喜欢自己写正史小说时应当让人相信作者叙述的是真实的历史，而作者也应当依据真实的历史来写。胡编乱造、随意打扮历史、"戏说"历史，现在很流行，但严谨的史学家反对，我这样的要写真实历史的作者也摇头。"新历史小说"的作家们，突破历史真实的局限，以主观叙述的感觉形态进入历史表现历史，使文学中的历史成为现代人表述的历史，艺术上也有其创新之处和特点。在西方，这种手法也早有过。我认为这也是作家在创作中的一种"自由"，只不过我不愿要这种"自由"，在写严肃而沉重的正史小说时，我要根据历史，不容许自己违背历史的真实。

问：您1999年出版的长篇《霹雳三年》与《战争和人》有何承续又有何发展呢？

答：《霹雳三年》是以1946年6月到1949年6月那三年内战为背

景的。在时间上，它是承续《战争和人》来写的，但它不是《战争和人》的续篇，人物变了，写法变了，结构变了，叙事风格也变了。我是用记者笔法来写一男一女两个记者当时的生活的。而且把新中国成立后五十年压缩了与过去那三年时空交叉着写。这部作品较之过去我写的有些作品可能更贴近现实和读者的心。

问：在《女人夜沙龙》中，您为什么放弃擅长的历史题材，把目光转向知识女性，关注她们的生存状态和人生悲欢呢？

答：我除历史题材外，也写当代现实题材。《女人夜沙龙》的诞生，是我在五光十色的社会生活中，着意于探索市场经济条件下都市女性的生活状态和心灵变幻，并在小说的叙事方式、艺术结构及其通俗化、大众化等方面，广泛进行一次探索。《文艺报》发表过评论家陈朝红的评论，认为这是"别具一格的探索"。我确是借鉴吸收了通俗文学的某些表现技巧，力图把严肃的思想内涵与曲折生动的故事情节结合起来，造成雅俗共赏的效果，增强作品的可读性。

问：90年代以来，长篇小说的史诗性，越来越受到重视，请问您如何看待长篇小说的史诗性要求？您认为自己的作品在这一方面成功的是哪一部？

答：在史诗性的美学探索上，我走过一段长长的路，我感到长篇小说都应该是站在当今、回顾过去、昭示或召唤未来的。如果没有这种想法，没有这种气势和审美观，写出的长篇就不可能有很强的生命力，就不会有强烈震撼人的感染力。时代召唤史诗，不管我的努力能达到什么程度，但必须有这种创作意图，我正是这么想并这么做的。

《战争和人》三部曲出版后，由于它具有的"独特风采，史与诗的结合，人生哲理的显示，震人的气魄，壮丽的画面，浓烈的色彩"（评论家语），反响是强烈的，以评奖来说，它先后得过"炎黄杯"人民文学奖、第二届国家图书奖、第四届茅盾文学奖和"八五"期间优秀长篇小说奖，这些奖各有各的评委班子，包括了老、中、青三代的著名专家，其组成体现了百家争鸣、兼容并蓄的精神。一部长篇连获四个全国奖项似乎少有。故直到目前，虽然此书已经上网，但盗版书仍猖獗出现，西部省份连新疆都被盗版书涵盖，从这点的反面来说，未始也不是一种成功。

问：80年代以来，中国当代文学就广泛汲取西方文学经验的成果，您在小说的艺术结构、叙事方式方面也做了探讨，您如何看待中国新时期文学这一现象？

答：这是一种好的文学现象，改革开放，增进了中国与西方文学的交流、借鉴、补充、启发、探索，植入新观念、新手法、新追求，都是好事，闭关自守，自尊自大，排斥一切外来的新事物，都是无益的，关键在于吸收、学习时需要扬弃，需要有主心骨，需要将好的拿来，不受腐朽的侵蚀。我看西方作品，从不排除任何一种创作方法。我也很喜欢"新"，新的东西凡有长处我都欣赏，但我不造成一味追新求异随波逐流，有人唯现代主义是崇，唯新唯怪是崇，把那奉为上帝，排斥其他，我不会受这种影响。

问：在商业文化高度发展的今天，小说必须在顾及自身艺术性的同时，实现通俗化与大众化，您认为这一倾向对文学本身有何意义？

答：作品是多种多样的，作家也是多种多样的。作品可以有严肃、枯燥、深奥……只供少数人读的一类；也可有通俗、畅销的一类。作家根据自身的条件与创作目的、创作手法可以自己决定道路，但一般来说，文学作品写出来是给人看的，看的人越多，作品起的作用就越大，提倡通俗化与大众化，目的不外是使作品有更多读者，我这些年来，除了坚持自己作品的高品位，坚持纯文学的严肃性外，也曾想试走一下雅俗共赏的道路，在通俗化与大众化方面探索一番。不久，我有一本小小说集子将由一家出版社出版，他们请漫画家王复羊配了漫画，这也算是一个新的尝试。

问：《战争和人》出版后，请问您是否尚有遗憾？

答：中央电视台的白岩松同志曾为《东方之子》栏目采访我，当时他问过：《战争和人》这部书，得到评论界的好评，但毕竟还有非常多的年轻人没有读到过这部书，你对这些是否感到遗憾？我当时回答：我最遗憾的就是这，因为我的本意希望能拥有许多青年读者，我这书主要是写给年轻人看的，他们应当了解那个时代和那段历史，但可能由于书价太高，篇幅太长，加上发行渠道不通畅，影响了大学生和高中学生的阅读，我极为遗憾。

（本文刊于《作家与文学》杂志）

# 应如实描写中国人民的抗战历史

近来看到一些拍摄日寇南京大屠杀的电视、电影及写南京大屠杀的作品，总的都不错，但有的只注重写屠杀而忽略了中国军民的抗战和斗争。在一本新出的杂志中，我看到有几个大学研究生竟发表了这样的谬论："我们在血雨腥风的南京城里竟看不到几许中国人的积极反抗，有的只是任人宰割……几个日本兵可以顺利地杀掉几千中国人，没有遭到反抗……奴性的民众。""试比较一下南京城保卫战与莫斯科保卫战……也许可以把民族性格的某些方面看得更清楚一些。""面对这场战争我们必须深刻反思我们的国民性问题。""刀架在脖子上时，和平居民做了什么？""山河哭泣之时，南京居民只有聚集在金陵大学的足球场上，聚集在长江边的下关码头，无奈地面对敌人的枪口，等待被杀戮，他们木然地看着同胞的死亡，也木然地等待着自己的死亡……没有想到迎上日军的枪口与刺刀决一死战玉石俱焚。"……说实在的，读到这些摇着扇子乘凉的谬论，我是十分愤怒的。二战中，日寇进攻新加坡时，七万英军集体投降，类似这种事，在中国从未发生过。"八女投江"、"狼牙山五壮士"一类的事是极多的。宽容一点去想，那就是这几个未经历过战争的"研究生"太不了解战争，不了解南京当时的实况。所以在一次会上，我说"抗日战争是伟大的，一个作家写抗日战争的作品写得不好，应由他自己负责；写得好，光荣应当归于抗战！"我在采访并研究南京大屠杀时，既看到并发现日寇的凶残与疯狂兽性，也看到并发现了中国军民的英勇抗战与斗争，他们并无"奴性"，并未"木然"。国民党蒋介石等上层人物当时在守南京的问题上忽而要死守忽而要撤退，指挥混乱，不发动民众，不发枪给壮丁，整个领导层糟糕透顶，理应负咎。但这同中国的广大军民和国民性无关。当时，唐生智跑了，留下的南京城防司令萧山令中将及一批军官率队是勇敢战死在南京的。中国官兵作战英勇，日寇战报上一再提及"华军作战顽强"、"抗日情绪高昂"，守中华门的部队基本全部战死，在南京五台山、狮子山、牛首山等地被遗弃下的整营整连士兵都打到底。百姓们有的参加战斗，有的同日寇拼命被杀，有的妇女不肯受辱被杀。最典型的是迄今仍活在南京的李秀英老大娘，那时十九岁怀着孕，因反抗侮辱与日寇搏斗被刺三十余刀。我1947年在上海《大公报》上写过一篇《被侮辱与被损害的——记南京大屠杀中的三个幸存者》就写到了她。所以，我写《战争和人》时，如实写了这些可歌可泣的事，童军威、尹二、庄嫂、"老寿星"等都基本有原型作根据，目的是把真相告诉读者，中国人民在抗战中不是孬种，虽也有少数败类做了汉奸，但人民并无"奴性"、"木然"。日军屠杀中国人是有预谋的，用二十万兽兵屠杀三十万以上非武装的中国人当然不难。但被杀者双手被捆绑面对屠刀，依然横眉怒目（有的照片就是如此），仇恨敌人死为鬼雄的是主流。我写这些，是说明作家、戏剧家的责任多么重要，你的作品写得不好就会对读者进行误导；也想说明我是用认真的态度在写《战争和人》的；更想说明源于生活忠实于生活的重要。我希望那几位不了解当年抗战实况及胡说什么"奴性"的"研究生"，能多研究选读一些真实而优秀的写抗日战争的作品，不要再坐在那里喝着咖啡说污辱中国人的风凉话！

（本文刊于1995年12月《文艺报》）

# 诺贝尔文学奖谈片

春秋时，楚人卞和，在山中得一璞玉，献给厉王。王使玉工辨识，说是"石头"，以欺君罪断卞和左足。后武王即位，卞和又献玉，仍以欺君罪再断其右足。及文王即位，卞和不献玉了，他抱玉哭于荆山之下。文王派人问他，他说："吾非悲刖也，悲夫宝玉而题之以石，贞士而名之以诳。"文王使人剖璞，果得宝玉，人称"和氏璧"，天下共传宝也。

这个故事在中国流传很广。我提它与谈诺贝尔文学奖有什么关系呢？

瑞典化学家诺贝尔（1833—1896）曾立遗嘱规定，将其遗产一部分共 920 万美元作为基金，分设物理、化学、生理或医学、文学、和平事业及经济学等多种奖金，从 1901 年开始，每年在诺贝尔的逝世日 12 月 10 日颁发。文学奖金由瑞典文学院评定，90 多年来，全世界已有 30 几个国家的几十位作家获奖，其中不乏许多货真价实的大师级作家。他们的作品辉煌了世界文学之林，使我们在兴奋之余大受其益。诺贝尔文学奖既有评出的大师级作家撑台，又有丰厚的奖金，加上以西方新闻媒介为主的宣传包装，它自然为世人注目，尤其为文学界注目。

轻率否定诺贝尔文学奖是不科学的，有这样一个世界性的文学大奖总比没有好。这对提高文学的价值和地位，对推动、发展和繁荣文学创作有好处，对推荐文学巨人，对促进世界文学和文化的交流也有好处。但是，每每诺贝尔文学奖的评定结果公布后，世界各地反响不一。有首肯的，有沉默的，有否定的，有议论纷纷的。而在文学界，对诺贝尔文学奖，作家诗人们的态度也不相同，有羡慕向往的，有置之脑后的，甚而像法国的萨特，他拒绝领奖。日本的井优鳟二，生前曾多次获得诺贝尔奖提名，但他早在被提名时就写好"我无意接受"的声明公之于世。当然，他从未被评上。

为什么会这样？很难一言以蔽之，但这同评奖本身有关，恐也不容讳言。

历来，在评奖工作中，即使评委们想比较公正、严肃与客观，但仍不能不受一些因素的制约：提名的推荐介绍问题、个人好恶问题、欣赏趣味问题、政治上的考虑、平衡上的思索、评委自身的水平、外力的干扰、傲慢与偏见及无知、认真与马虎作风的差别、价值观念之不同、可比性的差异……如果处理得当，评奖也许能比较公正与公平，如果处理不好，公平与公正就会受到侵犯，倘若更有不正之风及私心杂念的袭击，结果就更难说。

用这种感受来看诺贝尔文学奖，我不禁就想到把玉当成石头，或者有眼不识美玉的和氏璧的故事。当然，这倒也不仅仅是针对诺贝尔文学奖而言。

中国至今还与诺贝尔文学奖无缘！为什么？

诺贝尔在遗嘱中叮嘱："必须授予曾经写出有理想倾向的最优秀的文学作品的人。"这"理想倾向"，被有的西方人利用成意识形态的棍子，以政治因素来排斥中国，加上语言文字的隔阂，中国作家和作品的翻译输出很少，这都使中国与这个大奖无缘。但我上述评奖中的其他种种问题所产生的不公也与这"无缘"密切有关。

那天，一位作家朋友来访，恰巧见我正写这篇短文，遂谈起诺贝尔文学奖。他笑道："7月间，彗星首次撞击木星，机会千载难逢。我感到得诺贝尔奖简直就同这彗星撞木星一样，既难，又得碰巧！"更说："宇宙之大，夜晚满天星斗，其实人类发现、了解的星体是那些近的，还有许许多多远的尚未发现，更不了解。而且正因离得远，明明巨大，看上去反而似乎很小。如凭几位坐井观天者说他能了解整个宇宙中的星星，由他评定哪一颗最大最亮，岂不有趣？"

不能说他这番笑话毫无可以思考之处。

去过欧洲的人，都有一个印象：欧洲许多国家的人对中国太不了解，正像中国对他们的了解也很不够一样。瑞典文学院的那些位评委也许了解瑞典和北欧，了解西欧、中欧和东欧，但对中国文学了解多少？看过多少？谁也摸不清楚。有个例子倒是颇能说明问题。当1993年诺贝尔文学奖颁给非裔美籍女作家托尼·莫里逊后，香港《明报》记者问诺贝尔文学奖前一届评审委员会执行主席马悦然："目下中国作家比起莫里逊女士怎样？"马悦然答："没有一个当代活着的中国作家比得上她。"记者又问："为什么？"马悦然说："中国大陆40年代到70年代根本没什么文学作品，浩然的小说价值不大，王蒙在50年代写了《组织部新来的年轻人》，但被打成'右派'，写不出作品。中国大陆才开放十年的工夫，不能很快地写出好的作品。"

我不想说马悦然先生带有明显的个人好恶、政治倾向或傲慢与偏见甚至无知。但是，我不禁又想起了"和氏璧"的故事，也不禁又想起评奖问题中容易存在的那些矛盾和通病。

天下并无绝对公平的事。文学作品的好坏与价值高低，要人们完全取得一致看法也难。由美国电影艺术与科学学院5000名会员所评出的奥斯卡金像奖，人们虽肯定并接受了它，但长期以来，在其66届评选中人们也在纷纷议论它的不公平。事实上，经过一代又一代、一届又一届、一年又一年的时间淘洗及观众评估后，当年不少奥斯卡金奖的宠儿，许多早已销声匿迹、烟消云散。而当年未评上的许多"遗珠"，却经受了时间的考验，在世界电影史上放射光芒。诺贝尔文学奖又何尝不类似如此！

美丽的世界本来是一个复杂的多民族、多人种、多国家、多语言、多地区、多人口……的综合体，五大洲、七大洋、50多亿人口、170个左右的国家、地区中，存在着各种差异。正是这种差异，形成了丰富多彩的奇异世界。谁如参加过国际性的民间艺术节，欣赏过世界许多国家的民间艺术，就会有一种感觉：这个国家、这个民族的音乐、舞蹈与那个国家、那个民族的音乐、舞蹈，是这样的不同而各富自己的特色，谁也不能代替谁、否定谁。而作家呢？不仅这国这民族的代替不了那国那民族的，而且只要是大手笔的作品，绝非别的大手笔所能代替摒斥的。当然，最民族的也是最具有世界性的，伟大作家的伟大作品属于全人类，并能被各国人民所接受，难的只是这种涉及人际关系的富于创造性的精神产品，其质量、优劣与贡献，是难以用天平或任何计量器具测定的，这就造成评定很不容易符合实际，因此评定更需慎重。从作家和作品的海洋中去觅评一颗大珍珠并不难，但却不易使人人都满意。既可能找到一颗非常大的分工会的珍珠，也可能找到的只不过是大海一角中的一颗不太大的珍珠，而遗留在汪洋大海其他部分中的大珍珠又何止成千上万？但只要找到的是比较美丽硕大的珍珠也就值得欣慰。人们是通情达理的。这就是为什么对文学评奖的结果即使感觉欠缺什么却仍可以谅解的原因。

　　世界需要交流与沟通。一国与他国，一个民族与其他民族之间，文化与文学的互相交流、互相影响十分重要。文学创作中的互相借鉴与启示，本来是文艺历史发展的必然趋势。中国的作家愿使自己在一个八面来风的环境里吸收外国文学的营养，这是有利而且必需的。中国正在进一步改革开放，中国在富强起来，中国的地位正随着经济建设的发而日益重要，过去无视和不了解中国的人，将会逐渐改变对中国的偏见，包括对中国的作家和作品。人口有11.6亿，作家数超过5万的中国，有诺贝尔文学奖得主，很好；没有，或将来有也不会影响中国作家的创作热情和前景。他们中的巨人，他们中的精品，总是客观存在；流传下去，走向世界，也是历史的必然。诺贝尔文学奖不能说不权威，但不可能是评定世界文学作品至高无上的唯一权威。伟大作家和伟大作品并不是靠"评"才诞生才存在的。中国的广大有志气的作家不应也不会为了得奖而去迎合评委们的政治口味和艺术趣味写作。他们正在努力耕耘，首先是为本国的人民拿出无愧于时代的杰作，同时也是为了中国文学与世界文学的辉煌！而在这一点上，诺贝尔文学奖的存在意义与我们是一致而非相悖的！

（本文刊于 1994 年 9 月《中外交流》月刊）

# 四面来风

　　早有人经过试验得出结论：在四面高墙不通风处种上花木很难含苞，种上果树不易结果。但在四面通风处种上花木果树，却必然花香扑鼻、硕果累累。"比喻总是跛子"，只是这个例子不能不使我想到一国与他国之间，一个民族与其他民族的必然趋势。现在似乎已很少听到有人主张闭关自守，对外来的事物一概拒绝了！阅读一些外国文学作品。后来，只要可能，就不愿意中断这种接触。从事创作四十几年，深深体会到把自己放在一个四面来风的环境里吸收外国文学的营养对创作是有利而且是必需的。现在将一封复信发表于此，介绍一些情况，表达一些看法，并不深刻，但求真实。

## 关于我与外国文学的关系
### ——答上海华东师大王智量教授

智量兄：

　　感谢对我的《战争和人》三部曲①所作的肯定和鼓励。来信谈及想了解我与外国文学的关系，并问我自己认为"与俄国小说的联系是否有明显的轨迹可寻"，只能就我与外国文学的关系做点简介，附带谈点

———————————

① 《战争和人》三部曲：指《月落乌啼霜满天》《山在虚无缥缈间》《枫叶荻花秋瑟瑟》，人民文学出版社出版。

看法，恕我没有直接、具体地正面回答您所感兴趣的问题。

我小学时代是在南京度过的。有关童年的自传起名为《失去了的黄金时代——金陵童话》，今冬将由四川少儿出版社出书。父亲曾留学日本，属于高级知识分子阶层，继母是北师大的毕业生，哥哥宏济比我大三岁，是个爱读书的中学生。在那种环境里，继母给我启蒙的翻译书是意大利作家亚米契斯的《爱的教育》。我从小读过《鲁滨孙漂流记》、《瑞士家庭鲁滨孙》、《安徒生童话》、《黑奴魂》（即斯托夫人的《黑奴吁天录》的通俗读本）、《爱丽思漫游奇境记》（好像是赵元任翻译的）、《大人国》、《小人国》（即《格列佛游记》的通俗本）、《金银岛》、《苦儿努力记》等从外国翻译过来的作品。我还记得第一次读安徒生的童话《卖火柴的小女孩》时，那种使我灵魂战栗、感情震动的情景。我同情得恨不能把自己穿的衣服、吃的东西都拿出来给她！直到今天，我已双鬓白发了，这篇童话仍使我百读不厌！并且每每读起时就会记起童年时初读它的感情。

中学时代，我先后从哥哥宏济的书架上取读过辛克莱的《石炭王》、肖洛霍夫的《静静的顿河》、高尔基的《母亲》、斯托姆的《茵梦湖》、法捷耶夫的《毁灭》（鲁迅译的）、果戈理的《死魂灵》……但更多的是自己一次次地在"孤岛"上海的四马路一条小弄堂的启明书局里买到的大批翻译小说：有莎士比亚的剧作、狄更斯的《双城记》、歌德的《少年维特之烦恼》、托尔斯泰的《复活》、大仲马的《侠隐记》、小仲马的《茶花女》、陀思妥耶夫斯基的《罪与罚》、契诃夫的短篇小说，等等。启明书局的书价很便宜，虽然排印粗糙、错字多，却使我大开眼界。在我面前好像打开了一扇扇窗户，又仿佛走进了一个个奇异的宝库，见到了许多闻所未闻见所未见的人和事，接触了许多闪闪发光的思想，得到了许多智慧和知识，使我喜悦、满足：人类原来这样伟大！中国之外，有那么多人类文化的结晶应当去采撷，有那么多无价之宝通过书籍这一媒介能送入我的怀抱。我对外国文学作品的喜爱与日俱增。那些年间，甚至连文言文的翻译小说，我也从图书馆和同学家中借来大量阅读，包括林琴南、苏曼殊等翻译的作品在内，诸如《花心蝶梦录》（其实即普希金的《上尉的女儿》）、《块肉余生述》（即《大卫·科波菲尔》）等，都读得津津有味。记得有一次，找到了开明书店出版的茅盾写的《世界文学名著讲话》，其中雨果的《悲惨世界》（雨果当时译为嚣俄，《悲惨世界》曾译为《哀史》或《孤星血泪》）和塞万提斯的《堂吉诃德》我在启明书局买到过并已经读过，别的却无法看到。但茅盾的"讲话"使我心向神往，下定了要尽量多读世界文学名著的决心。读了一批外国的好作品后，使我对人生、对世界增加了了解、受到了鼓舞，得到了真、善、美的享受。我对外国文学的兴趣似已坚定不移了！后来动笔写作，也不能不说是受到外国作家那些好作品的启示。

阅读外国作品，逐渐由自发到自为，从单纯看故事情节、看新鲜、看知识小趣味到看思想主题、看人物和冷静地思索琢磨了。尤其开始动笔写作后，更有一种学习技巧的愿望。写出好作品的外国作家，都成了我的洋教师。抗日战争时期，在四川夏坝及后来抗战胜利回到上海江湾进复旦大学新闻系的时候，该算是我对外国文学作品阅读得最多最广的时期。要问大学时代最大的收获是什么，平心而论，不是新闻学而是文学。我努力博览群书，尤其是中外文学作品。一方面从作品了解作家，一方面一个个地去搜罗外国作家的作品来阅读，或根据外国文学史，去寻觅一个个国家的出名的作家和作品，真是如饥似渴。尽管在大后方时书是用黄色土纸印得模模糊糊的，油墨味也特别腥臭。屠格涅夫的六大名著外加《猎人日记》读得最熟。《贵族之家》与《前夜》中的片断读得简直能背诵。雨果的《悲惨世界》，托尔斯泰的《战争与和平》和《安娜·卡列尼娜》都是看了一遍，再看二遍。读中有学，学中再读。不但读中文的，还读点英文的，当时在华美军带来了许多袖珍本的文学读物，有《战地钟声》《苔丝》《巴黎圣母院》《浮士德》及毛姆的《剃刀边缘》等，我都买来或借来，既学英文又看小说。

那些年里，我喜爱的外国作家，俄国的除托尔斯泰和屠格涅夫外，还有普希金、契诃夫、莱蒙托夫、冈察洛夫；英国的有莎士比亚、拜伦、雪莱、狄更斯、哈代、王尔德、萧伯纳、柯南道尔等等；法国的有雨果、莫泊桑、莫里哀、巴尔扎克、梅里美、乔治·桑、福楼拜、都德、左拉、罗曼·罗兰；德国的歌德；美国的有德莱塞、马克·吐温、杰克·伦敦……

　　阅读外国文学作品的习惯一直延续着。我一直在文教部门工作，新中国成立以后，直到1987年我因伤丧失左眼因而不能大量阅读书籍之前，我接触得最多的当然是大量被翻译过来的苏联的作品，此外，就是以前少见的日本作家的作品，从小林多喜二、德永直到井上靖、芥川龙之介、川端康成……及一些今日被称为"第三世界"国家的作品。只要是翻译过来的名作都在必看之列，可以开列长长一连串的作家名字和书名。只有在"文革"十年期间，阅读是空白，而且"破四旧"中毁了我许多珍爱的外国文学书籍，使我心疼。但即使是在那期间，我也总是认为：优秀的文艺作品所具有的认识价值，不是别种学术著作所能代替的。在文学艺术古今中外的关系上，把古代的和外国的在历史上起过好作用的作品全盘否定是愚蠢的，更是必然要失败的！人民不会容忍长长的文化沙漠现象！

　　从那时起，直到以后，在我心中的评价里，最喜爱的十位外国长篇小说作家是：托尔斯泰、莎士比亚、屠格涅夫、肖洛霍夫、爱伦堡、雨果、巴尔扎克、莫泊桑、狄更斯、德莱塞。他们都是大手笔！

　　当然，这绝不是说其他外国作家都不行，我很难说我不喜欢谁，我只能说我最喜欢谁。因为在阅读中，我不喜欢的我也要找找他的"优点"。世界上杰出的作家实在太多了！对川端康成、泰戈尔、蒲宁，我欣赏他们风格不同的优美；对欧·亨利和亨利·菲尔丁，我欣赏他们洞察世态的艺术技巧；对卡夫卡、加缪，我不带偏见也不排斥；对契诃夫和柯切托夫的有些作品，我非常佩服；对雷马克、海明威和G.格林的作品我从不放过；对加西亚·马尔克斯、福克纳、乔伊斯的作品，我有强烈的好奇心……

可惜我视力不好，现在已无法大量看书，因此我自己遵循的读书座右铭是："书无限，而生命有限。只能拿有限的生命看有限的书，不能用有限的生命去看无限的书。"这不是反对博览，而是讲读书要有选择。对阅读外国作品，现在我抱的就是这种态度，要读佳作、读精品、读名著，不读糟粕和平庸之作。而且，从实际出发按我现在的需要和爱好来选择该读的书。

人的喜爱有些是说得清的，有些是难以说清的。我说不出也没有周密思考过为什么特别喜欢上述十位外国长篇小说作家。这也许仅仅是一种自然的主观的直感或是气魄、气质、题材、风格、技法上的吸引，也恐怕是一种习惯的爱好。正如我在饮食习惯上特别喜欢吃肉却不大爱吃鱼，特别喜欢吃芒果荔枝而又不大爱吃枇杷杨梅（却不是不吃）。当然，也许是他们影响了我而使我热衷于写长篇，或许是因为我爱写长篇而所以特别喜欢"同行"。是什么原因？我自己也拿不出成熟的答案来。只是，对这十颗巨星的名作，我总是怎么也看不厌的，而且感到我在潜移默化中总在吸收他们的长处。有的多一些，有的少一些，正在化为己有。不能确切说出我吸收了多少，那是一种"随风潜入夜，润物细无声"的吸收。我不能说从未吸收过消极的东西，但我应该说：我吸收的有营养的东西是主要的，这种吸收，受制于我的"体质"，我的"消化力"，也决定于我的思想、立场和爱憎。读了许多外国作品的人，说是自己可以不受任何影响，那决不可能。只不过想具体说清受了什么影响，那既因人而异，也是很困难的。

回顾一下，我写了几百万字作品，包括多部长篇。在我的创作中，我受过外国文学作品的影响，有过借鉴，有过下意识的模仿，却没有有意识的模仿。也就是说，我是避免模仿，认为"照葫芦画瓢"是不可取的。写了某些作品，事后想想，很像有时会有来自某位外国作家的影响。例如我写节振国的长篇小说时，事先听人说：节振国的性格就像夏伯阳（即《恰巴耶夫》），我读过《恰巴耶夫》，看过电影片《夏伯阳》，脑中自然有恰巴耶夫的形象。但经过采访和研究，节振国的性格与故事并不与恰巴耶夫相同。后来书写成了，其中也无雷同的情节和细节。节振国就是中国的抗日战争中的节振国，并非模仿了恰巴耶夫而得来的人物。有人问我：长篇《外国八路》中是不是受过海明威《战地钟声》的影响？我起先愕然，事后想想，我写的也是一个外国人（德国的国际主义者汉斯·希伯）到异国帮助反对侵略最后战死的故事。只是我写作时并未想到过模仿。甚至写的时候，也未想到过《战地钟声》。在长篇《山在虚无缥缈间》中，写了一个"最后一课"，那是受过都德的《最后一课》的影响，但这是我自己亲身经历过的一段历史，有我自己生活的影子。我虽无意模仿都德，却可能不自觉地受到都德《最后一课》的启发。天津社科院文研所所长滕云同志在《当代文坛》上写评论时曾说："'最后一课'一节……这可真是不逊于都德名篇的中国文学自己的'最后一课'。"这也许溢美了，但我的真实生活和真情实感必然是动人的。有的评论家用《一部中国式的〈战争和平〉》的标题来评论我的"战争和人"三部曲，其实我这"三部曲"同托翁的《战争和平》确不相涉，我写作时从未想到要模仿。只是有的同志觉得我在第三部《枫叶荻花秋瑟瑟》中写了桂林大火，《战争与和平》中写了莫斯科大火；托翁的《战争与和平》是伟大的史诗，我的"三部曲"也是作为反侵略的史诗来写的；托翁写战争与和平，我写战争和人，也涉及战争与和平，均有可以比较之处……我认为这样比较有些勉强，却不能否认我早年读《战争与和平》，后在潜意识中确有也想写一部史诗性巨著的企望。但我没有模仿。我受外国文学的影响是"综合"的。比如《月落乌啼霜满天》中的第六卷写的是 1937 年 12 月的南京大屠杀。这卷从结构上说似乎有点游离，但却又是"三部曲"中有机的部分。这六万字我自己采访和寻找资料花的功夫很多，"侵华日军南京大屠杀遇难同胞纪念馆"也是十分肯定其"成功"的。像我这样写、这样结构可不可以？我突然想起了雨果的《悲惨世界》第二部分"阿塞特"中的第一卷《滑铁卢》，这整整一卷写滑铁卢战役，像块硬骨头不太好读，从结构说在整部作品中好像是外部附加上去的，但又是有联系的。据云雨果为写这一卷在考证上花了很多时间和精力。他写的虽是小说，但连历史学家、军事家看到这一卷都叫绝。想到了这，我就决定保存我的这一卷不动。这当然是影响和借鉴，而非模仿，我历来认为向大师学习、受大师影响，但应走自己的路。看来这学习和影响势必会寓含了借鉴。

从青年时代起，我就有机会行万里路，南到广东、香港；东到上海、南京；西到玉门、酒泉；北到富拉尔基。在上海工作五年，北京九年，山东二十二年，四川从 1983 年至今……于是，讲的是一口会合南腔北调的普通话，但这并不妨碍我讲一口纯熟的上海话。从事创作时，我不禁想：我长期受外国文学影响，四面来风，该开什么样的花，结什么样的果呢？我注意防止自己的语言洋腔洋调。写节振国时，我注意语言要在唐山和冀东通得过；写长篇《流萤传奇》时，我注意语言要在鲁南和沂蒙山区得到肯定。我在创作手记中写过这样的话：

> 搞文学也要拜师，要拜大师为师，中国的大师要拜，外国的大师也要拜。大师的笔法、大师的道路、大师的作品，经典的，你要是没见过、没读过，那怎么行？那你只能把土岗当高山，把小河当大海了！当然，拜师并非叫你一味去模仿，去死学。拜师而艺术上不要受老师束缚！

多少年来，我坚持走自己的路。我的题材与生活每每与人并不相同，即便写不好，也是我独特的题材、独特的生活和感受，是我所自有的，是独特的！有了这，加上大师的笔法、气魄与风范，那就好得多。我不能面对托尔斯泰、雨果、巴尔扎克……学习聆教，但我可以从作品中沐浴雨露般地学。这点我也不动摇。

多读外国作品，文章洋腔洋调改不了就未必好。所谓走自己的路，必须特别注意这一点。要不拘一格，兼收并蓄，可又要不失去其中国气派、中国味道、中国风格。一个人该会几套笔法，也是必要的。

所以当十一年前开始重写《战争和人》三部曲时，我在《月落乌啼霜满天》的后记中说："我不拘一格地写这部小说，不想走人家的老路落入俗套，也不给自己定什么样的框框。我只是按照自己的心意想写一本中国味儿、中国生活、中国民族精神的长篇。希望能有思想的宏伟和情感的丰满。"我所说的"走自己的路"，内容就是这样。

世上没有比书籍更丰富的遗产了！只要愿意读，就是继承人。各国优秀作品多若繁星，我读了几十年也只读了世界文学宝库中的极小一部分，实际连许多早该去读的名著也未能读到。作家比一般人更需要有四面来风的环境和习惯，并能充分品尝到外国优秀的精神食粮，吸收精华，取得借鉴。我始终觉得：不断阅读优秀的外国文学作品是一种幸福，能为我的祖国和人民努力创作也是一种幸福！

匆匆写来，字虽多而意犹未尽，也不知对您是否有点用？

顺颂

夏祉

王火

1992 年 7 月 8 日

（本文刊于 1992 年《外国文学评论》第 4 期）

# 留给过去，献给未来

## ——《王火中短篇小说精选集》谈片

有时，写了自己满意的作品常不易得到关注和理解。

自己并不欣赏的作品，也许会被报刊和读者得视，给予好评。自己所重视的作品，发表后却像投入水中的石头，沉沦在湖底深埋着不见天日。

一篇作品自以为有其独特和发现，期盼人们注意到那是一片葱茏的绿洲，可是人们品头论脚，却无视这些亮点。作品太多了，好作品摒弃在视野之外，并不奇怪。

年轻人的作品也许充满朝气、锐气、新鲜感、驾驭新潮，但老年人写的作品年轻人又何尝一定不爱读？新潮与旧浪连在一起，岂能一刀割断？老年人也并非只会写守旧古板的作品。人们关注并寄望于青年，当然是对的，希望本在年轻人身上，对他们的作品理应多一些宣扬和推崇。只是老年人的作品却更易受冷落，让它无声无息是常有却并不公平的现象。

有的作品，作者是关注人的生存状态，把它作为社会问题推出的，既无意揭人隐私，更无意攻击或刺痛朋友。可是人的生活常常相似或相近，遭人指鹿为马，遂会受到误解，产生不快。明明是小说，竟使

"对号入座"的朋友痛苦，也使作者蒙冤，诚挚的解释甚至也难平复朋友心灵的创伤。别人有此遭遇，我也遇到过类似问题。很想让作品再有机会说话，好听听公论。

如今，全国有几万作家，一年何止出笼五位数以上的中短篇小说，但得到报纸青睐，被书商有计划轰炒抬高的也就那么寥寥可数的极少数作家或作品。何况，好小说在金钱炒家面前从无标准，臭的说香，孬的说好，已见怪不怪。加上报刊太多，书也太多，作为读者，想读一些那种未被乱炒值得一读而却被掩埋在书海中的作品，势必十分困难。

因此，我不能没有感触，遂有想自己选一本中短篇集的愿望，把我写的自认为值得介绍给读者的中短篇集中挑选在一起，便利读者阅读。

在我的长篇小说《战争和人》三部曲获奖（1995年获"炎黄杯"人民文学奖，1996年获第二届国家图书奖，1997年获第四届茅盾文学奖，1998年获"八五"期间优秀长篇小说奖）后，我开始较多的受到读者关注。一方面是大量盗版的《战争和人》三部曲在各大城市面世；一方面是不少读者和友人来信询问我其他的作品，有的要购买，有的要索取，特别指出希望读到我的中短篇小说。

一个好朋友在信中说："我极想读到你的中短篇集，你能寄给我吗？我希望你能发掘你自己，把你被埋没了的作品挖出来给人看看。不然，太可惜也太遗憾了！……"

有的在大学里任教的读者，为了在讲课中了解我的创作全貌，更希望多读到一些我自认为较好的作品，像在山东烟台师院中文系任教开设"茅盾文学奖作品研究"这门课的陈思广先生，在来信中就说："由于您的许多小说均没见到，这使得我计划中的'王火的创作道路'部分，只得忍痛割舍，但我实在于心不甘，抱着希望再次给您写信，想问问您手头是否还有其他作品集？……"

可是，很抱歉，友人和读者们的这些愿望很难满足。于是，感触之外，我又像欠了债似的难受了。

现在，承重庆出版社李书敏社长、蒲华清总编和文编室主任杨希之等同志的关心和支持，选编这本集子的愿望可以实现，我很高兴。

作者对自己的作品应是最了解的，自己选作品，也许较之别人来选，有独到或恰当的优点。

过去的二十年中，我发表过二十多个中篇，九十个左右的短篇（包括小小说），这本集子撷选的只是全部中短篇里的小部分，但，是我喜爱、重视的部分。

为了选这本集子，我对自己创作的中短篇小说，作了一番阅读。

阅读的过程，也就是我发掘自己的过程，发掘的过程，也是我重新评估、理解自己这些作品的过程。

我感到自己并没有白写这些中短篇。这些题材广泛的小说，有长有短，但都描绘了人生悲欢离合的命运，反映了五光十色的社会生活及许多年来的风雨和变幻，它们依然有生命力，依然告诉了读者一种真实的生存状态，让读者看到了生命的方方面面。有人认为我只爱写长篇，其实我也醉心于写中短篇，甚至小小说。有人以为我只爱写历史、写往事、写旧梦，其实我也爱写现实生活，长、中、短都只不过是形式，更重要的是用什么样的生活来充填！

选在这里的作品中，像《新"三岔口"》等得过奖，像《滚烫的回忆》和《菟丝女人》等被《新华文摘》或《新华月报》全文选载过；像《白下旧梦》《流星》《异国的秋雨黄昏》等引来过不少来信，像《香姨的"青鸟"故事》，有一天我遇到一位著名的女诗人，她见面就说："我看了你这个中篇，写得极好！……"但也有的入选作品发表后毫无反响，只是，我选撷的标准不是得奖或其他。有些得奖甚至选入某种课本的作品我并没有选，我重视的是这次重新发掘时阅读的新感受，感受好的才收。

难忘写作这些小说时那种摇荡心旌的感觉，当揭开尘封的旧事时，当探索现实的深层时，当显示生活智慧能找到一种叙述方式铺开稿纸时，我曾苦苦在笔尖上凝聚了自己的创作灵感、生活阅历和对人生及世事的体悟，以及我迷恋文学的深情。今天来看，当初投入的思想、情愫和劳累都未白废。这些作品，似无序而有序，可贵的是既不浮躁，也不矫情，写得朴实、踏实而认真。它们有我自己返璞存真的风格，也有渗入文学意趣历久而未消失的芬芳。它们不是某种简单意义上的玩弄文字或文学的游戏。

我历来认为，写作者，除了思想、生活和技巧外，还应该有渊博的知识、饱满的激情、丰富的想象力、敏锐的创新力和鲜活的塑造力。当然，要到达彼岸常远如翘首仰望天上宫阙或去西天取经。我在写，也不断在学；我在写，也不断在探索。写出那么多，挑出一点点。总算自己还觉得挑出了这么些，就不无欣悦了！

历来欣赏一种清新优美如素面朝天的情调和文笔，欣赏一些奇思妙想和崇高圣洁，历来也喜欢抓住独特，即是我独特的生活、独特的思考，对生活有独到的感情和发现。利用有个性的属于我的表现手法，无论用什么好听的说法或遮掩的幌子，我怎么也不喜欢写得肮脏和庸俗，我的作品应该不会让人误读，它们都是明白易懂无所粉饰的，我从不胡乱反对朦胧，但我不喜欢自己的小说故弄玄虚，假作高深或伪装神秘，以写得叫人不知所云为高明。

文学作品总是要塑造人的，有很好很强的故事很好，没有故事也无妨。但应当让人觉得好看。生动的细节、丰富的形象、深刻的生活见解很重要。人工编排故事从来不是我的目的。近年来，小说出现不少新的写法，打的旗号同典型塑造有别，但还似乎都无法代替典型的价值。典型之美总是不可抹杀的。因此，这本集子中，《迷宫悲喜》中的"乡下大少爷"（实际就是新的一种异型的"八旗子弟"）、《流星》中的白俄姑娘卡特林娜、《天下樱花一样红》中的日本反战者、《白下旧梦》中的"林荷妈妈"、《滚烫的回忆》中的"不犯错误的好干部"和错划的要做"透明体"的右派、《菟丝女人》中的"菟丝女人"、《香姨的"青鸟"故事》中的香姨、《朦胧之谜》中的京剧名演员穆兰芬、《异国的秋雨黄昏》中的那对夫妇……我以人与人之间错踪复杂的关系塑造性格鲜明的人物。我都希望能给读者留下印象,他(她)们甲不是乙,乙不是丙,但男男女女各有性格、遭遇和外貌及内心,都应适合他(她)们当时当年所处的时代和生活,大千世界,无奇不有;人类社会,千奇百怪,文学作品中人的生活也理应各不相同。我这里写的人和他们的心灵,都是 20 世纪 40 年代到 90 年代里的人。凑在一起,应该像一幅各色人物的众生相。

历来写小说,还是依靠自己的生活积累,这是"功底"。由于这,我喜欢作品使读者有真实感,把生活和人物剖开给人看,写历史或写当今都是为此,这并不意味着我认为写作一定要用写实手法和近距离的角度。我只是不喜欢虚假。我们生活在真实的世界和社会中,除了科幻小说和狐鬼传奇外,虚假既不易引起共鸣,也未必对现实有益,我这儿的一些作品都希望使读者强烈地感受到特定时代和年代的特定气氛,反映着真实的人性。

反映现实,贴近现实,并不是写出现实就行,小说源于生活,高于生活是很有道理的。小说必须有强烈的艺术吸引力,能满足读者的审美愉悦要求,能使读者对人生进行解悟和思考。艺术吸引力和长短的篇幅也有关系,短的拉长了,势必也要减少艺术吸引力,集子中选的微型小说,写作时是从精些、浓缩些的出发点产生的。

20 世纪是吸引外来文化的时代,中国人崇拜、接受了外来文化就来贬低自己的文化,那很不足道。但赞成吸收、采集一切优秀的外国文学流派的长处从中得到启示,开拓新视野和新空间,丰富新技巧和新方式,使我们的创作不断得到营养,那就很好,我不愿意多花时间去太注意形式地进行多种文体实验。但我愿意用虚心吸收的态度容纳我能接受的叙事表达方式来写我的小说。

当前，流行一些文学思潮，错把传统的认为就是最没价值的，偏激地以为走出正统的生活观念和思维模式就是最了不起的。只问是不是"新"，而不问"新"到哪里去，揭露些什么？也不问是否脱离了人民中的多数。陈腔滥调当然不可取，形式上的新是否有价值恐怕仍主要依靠内容的深度与对生活的发现。如今，现实主义的创作方法似乎已经成了一些人的"靶子"，但我仍坚信现实主义有顽强的生命力。当然，它也需要丰富、改进、变化，对任何一种创作方法，采取"枪毙"态度，都很可笑！对任何一种创作方法，我认为都应当不断改进并丰富，放弃或拒绝丰富和改进，都不会有生命力！文学发展到今天，什么流派什么创作方法事实上都不可能纯之又纯毫无变化，求同存异、百花齐放没有什么不好。各种流派互相借鉴、互相吸收和丰富，可以听凭作家自由自在从各自实际出发来吸收各种养料、各种状态，那就很好！

新的世纪已经在招手！世界在不断改变中，中国也要而且也会改变。二十年来，我们的生活已经并正在随着改革开放不断向前进步，文学总是要打上时代烙印的。面对即将来临的21世纪，我像是站在海边已经看到旭日东升，听到大潮澎湃！跨过这个世纪，进入新的世纪，我不会放下我的笔！我用这本集子留给过去，献给未来！

（1998 年 12 月底）

# 写自己独特的生活和感受

——创作《新"三岔口"》的体会

记得海涅有过这样的诗句："每一座十字架下，都埋藏着一部长篇小说。"已经盖棺论定作为"十年内乱"的"文化大革命"，制造了许许多多十字架，就是它本身也终于被历史埋葬，竖上了一个大十字架。那么，它该埋藏着多少部长长短短的小说呢？

俗话说："戏法人人会变，各有巧妙不同。"我搞创作，就常想起这句富有哲理的话。现在回顾写《新"三岔口"》的经过，就又想起了这句话。"戏法"虽然"变"得不好，但我是从自己特有的生活和感受出发来"变"的。

1961年夏天开始，我在一个省属重点中学里工作。1966年夏，"史无前例"像海啸袭来，我首当其冲卷入狂涛。"十年内乱"中，挨批斗、关牛棚、变相刑讯、打扫厕所、在"学习班"被整得死去活来。时而"解放"，时而"打倒"，戴上各式各样丑恶而又尺码不合的帽子……什么残酷的折磨和打击都经历过。"文革"十年，对我来说，时光流逝，像竹篮打水什么也没有剩下。这些惊心动魄的经历，却总像噩梦一场，历历在目，难以忘怀。我在这个中学校园里前后住了十七年，其中包括"文革"阶段，因此，有了这十七年尤其是"文革"阶段的生活垫底，我就总想如何以自己熟悉的学校生活为背景来写一个反映"文革"的小说，欲望孕育的时间是很长的，不能不一吐为快。

但，光说在中学里生活了十七年，也还够不上说有什么"独特"。独特的是我算个"当权派"。作为学校里的一个"当权派"，在内乱中的生活当然是有特殊性和与一般同志不同的。我熟悉当时当地的"规定情景"，也熟悉与我相似的几个校一级干部的复杂内心活动和种种表现。我们几个校干部的"当权派"人物关系是现成放在那里的，需要剪裁整理，却无须花太大的力气去重新结构，既如此，我就决定从自己独特的生活出发，从自己熟悉的人物出发，写写学校里的几个"当权派"，所以，小说最初定的名字就叫《我们三个当权派》。当时，别人写"文革"的小说已经不少。不过，写伤痕的多，写"当权派"之间一场混战的好像还未见。而在"内乱"中，"当权派"之间"你整我，我整你，整来整去大家都挨整"的情况是到处可见的。写这，可以避免一般化，可以避免大同小异，却又有典型意义，也可以从"当权派"的角度来补充一幅"文革"的图景。而且，见到许多单位的领导层，本来是很团结的，经历过"十年内乱"后，干部关系上造成了裂痕。要搞"四化"，这是个值得重视、应当解决的问题，恰好我们学校里的几个"当权派"，也都在"浩劫"中曾经搞得离心离德互存芥蒂。但事实证明，大家都是好人，这笔糊涂账还真不该纠缠。好的是由于我们彼此之间在十一届三中全会精神的光辉照耀下，能以党和人民的利益为重，能够真诚交心，彼此之间终于恢复了信任和团结。尤其当时在学校担任过书记的一位老同志，他整过人，也挨过整，但能以共产党人的责任感和宽广胸怀，带头自我批评落实政策，带动大家搞好团结，我们互相之间，重建了良好的同志关系。有感于此，小说的主题和结局自然而然也就有了。

生活既是自己特有的，人物又是那么熟悉的，在脑子里概括生活、塑造形象构思好一个轮廓后，我就觉得这小说所要刻画的三个主角并不费力就都活生生地站在面前了。要写的容量是大的，因为实际概括了全部的"文革"历程。写个中篇也可以，但我想写得集中而凝练一点，就决定作为短篇处理。

动笔之前，我曾把这个构思讲给一些同志听。听了的同志认为有点新意，鼓励我写出来。于是，这个1.5万字的短篇得以诞生。

写时，有独特的生活和感受指导，所以是顺畅的，不太费力。初稿完成，进行修改，忽然又产生了一段真切的感想。这段感想就是小说结尾中借一个主要人物之口说出来的："我们三个，'文化大革命'里像演了一出《三岔口》，在黑暗中混战一场。导演者是极'左'路线。……三中全会的明灯高照，让我们的这出新《三岔口》到此结束吧！……"这当然是一个小"当权派"经历了十年曲折后的独特感受。因此，决定将小说的题目改为《新"三岔口"》。这样，似乎既生动了一些，又能起"画龙点睛"的作用。

题目改为《新"三岔口"》，与小说的笔法风格是协调的。在结构这个短篇时，我从这个独特的题材出发，感到完全可以不用凄凉悲怆的文笔来写"文革"，写伤痕的愈合，给读者以光明、希望和信心似乎更有意义。再说，回顾在"十年内乱"中，我常有一种"又气又好笑"的独特的感受。当人在最痛苦失望的境地中还能不丢掉笑，我认为是可贵的。不管什么样的"笑"，总是会使人对生活保持一种兴趣和希望的。回想在"浩劫"中，我确还是没有丢弃过笑的。当然，那都是苦笑、暗笑、愤怒的笑、含泪的微笑、冷笑、尴尬的笑。但笑是一种反抗和鄙夷，只要有笑，人就没有丧失生机。比如：我所在的中学，红卫兵造反时，一下子成立了百十个战斗队，每个战斗队来抄我一次家，我便要蒙受百十次侮辱。抄家固然使我生气，但有一天，一个"铁扫帚战斗队"来抄家，这是一个初一的学生独自组织的战斗队，名谓"铁扫帚战斗队"，实际就他一人唱独角戏。他年岁很小，拖着鼻涕，叉着腰，虎着脸，装出一副"唯我独革"的神气，吆三喝六地独自翻箱倒柜，我就忍不住笑了！又比如学生斗我时，给我糊了一顶一丈多高的纸帽，像个大烟囱，根本戴不牢，戴上这帽子我就想笑，觉得太荒唐！又比如拉我游街，本来很紧张，谁知上街后发现所有"当权派"都在游街，我不但不紧张，反而感到可笑了……执笔时，"浩劫"早已过去，春光正是明媚，我感到歌德有两句格言诗很亲切："痛苦留给你的一切，请细加回味！苦难一经过去，苦难就变为甘美！"所以，《新"三岔口"》里，是用了幽默、讽刺、嘲笑、俏皮的笔法。我用这种笔法写三个小"当权派"在那场身不由己的"内乱"中的可悲命运和不同性格。我是希望把那种"又气又好笑"的独特感受表达出来，鞭挞与否定那些应该否定的东西，使读者笑过之后，够引起一点冷静的思考，独具慧眼地发现一点生活的真理，也能燃起对林彪、四人帮和极"左"路线的仇恨，加强对美好生活的热爱和向往。我觉得这样来写，社会效果可能会好一些，小说的格调会高一些、健康一些。这是来自生活的一种表现方法，放在写《新"三岔口"》这个题材上，它也是具有独特性的。当然，限于水平，小说所反映出来的生活和思想虽未必一定准确，更谈不到深刻，但真实这一点，可能还是会使读者起一点共鸣的。

拉杂写来，已达到规定字数，最后简单地再说两点：

第一，《新"三岔口"》写的并不是真人真事。虽然来自自己独有的那段生活，小说总是小说，决非原型照搬，无须"对号入座"。

第二，《新"三岔口"》得山东省文学奖，我虽受鼓励，更多的是惭愧。因为自知水平和技巧不高，尤其深深感到自己想说的道理写得太实太露，遂必然会使读者减少了联想和咀嚼的余地。我今后要很好地向同志们学习，在创作实践中继续探索，努力写得更多一点，更好一点。

（1982 年 6 月 10 日）

# 也谈传记文学

　　《北京文艺》发表了一篇文章——《文学常识之一》专谈传记文学问题。文章作者对传记文学作品的问题似乎并没有作深入的研究，初学写作者读了是会起副作用的。因此我想提出一些意见，同作者商榷。由于这个问题是目前文学范畴中引人注意的问题之一，因此，我也想把自己的看法，提供对传记文学作品有兴趣的同志研讨。

## 一、"传记体小说"和"传记文学"是两个概念，但应当注意到这两个概念的关系

　　该文作者说："前不久，我曾参加一个座谈会，漫谈几年来的传记文学作品……对这类作品的写作，大家的意见有分歧。有的人认为写这类作品时，不可改变人名、虚构情节；有人认为，次要人物的名字和个别情节还是可以改动的……座谈会上对人名真假、情节能否虚构之所以有所争论，恐怕和对某些概念不清不无关系……传记文学和传记体小说（着重点是我加的——作者），在文学现象上是两个概念。我们某些同志偏偏把它们混淆在一起了。"所以，他举例说："流行于民间较广的《杨家将》和《薛仁贵征东》等说部，都是根据《宋史》中的《杨业传》和《新唐书》中的《薛仁贵传》而写成的传记小说。因为它是小说，作者为了突出他所要歌颂的英雄，就虚构了很多情节……同

样，罗曼·罗兰写过《贝多芬传》，也写过以贝多芬为模特儿的《约翰·克利斯朵夫》；我们读《马丁·伊登》时，会感到其中有很多情节和《杰克·伦敦传》相似，前者是自传体小说，后者却是传记文学；《我的儿子》是传记文学，《青年近卫军》是传记体小说；《钢铁是怎样炼成的》是奥斯特洛夫斯基的自传体小说，却不是他的传记，另外一本《奥斯特洛夫斯基传》则是传记文学……"

该文作者的这些论断，首先使我发生疑问的是：传记体小说属不属于传记文学的范畴？

我觉得，"传记文学"和"传记体小说"确是两个概念，但这两个概念是有关联的，不能把它们一刀两断，截然分开。事实上，该文作者也认为《把一切献给党》《不死的王孝和》《海员朱宝庭》等是传记文学作品，那么，试问：这几本书是不是小说呢？它们具不具有小说的特征呢？我想回答应当是肯定的。

可能，该文作者会说这些是"传记小说"，而不是"传记体小说"，但我觉得"传记小说"必然也都是"传记体小说"。因此，传记体小说无法包括传记文学，传记体小说却肯定应该被包括在传记文学的范畴中。

如果这样，那么，该文作者对这两个概念的关系就似乎并没有去考虑，他所说的把这两个概念弄清，然后"所谓真名假名；情节能否虚构的问题，也就迎刃而解了"的意图，也就是缺乏根据和说服力了。

## 二、传记体小说的范围不应无限制地扩大

"传记体小说"，我想，除了包括真人真事的传记小说外，也包括假人假事的传记小说在内。所以它是应当被包括在"传记文学"范畴中的。因为从文学创作方法上来说，它应当受"传记文学"理论的指导。

但"传记文学"所包罗的范围是广的，它既包括像《马丁·伊登》

《约翰·克利斯朵夫》《阿Q正传》这样一些假人假事的传记体小说；它更主要的是包括了许许多多真人真事的人物传记的文学作品（而且这些写真人真事的人物传记的文学作品是它的最重要的构成部分）；当然，它也还可以包括那些根据传说所写的"半真半假"的人物传记的文学作品。

因此，"传记文学"、"传记小说"、"传记体小说"这些概念都有其特定含义，而且它们之间的关系是复杂的，不应当简单化地来处理。

从《文学常识之一》这篇文章来看，我觉得这几个概念被混同了、模糊了，而且，更有另外一个值得探讨的问题，就是：从"传记体小说"来看，它的范围也不应无限制地扩大。

例如该文作者所举的《杨家将》《青年近卫军》，是否能算传记体小说，我觉得就大可斟酌。因为文学作品总离不开写人，而且每每一个作品中总有一个至数个主要人物。假使对"传记体小说"的特定范围没有一个比较一定的概念，不从传记这一角度出发来分类，那推而广之，不但《三国演义》《水浒传》《红楼梦》《西厢记》等都是传记体小说，差不多一切的小说都可以说是传记体小说，那么，要"传记文学"、"传记体小说"等概念，也就缺乏意义了。

要明确传记文学作品的特定含义，是很重要的。因为，只有明确了这一类文学作品的特定含义，才对创作方法有帮助，不在这类作品范围内的小说，可以不受这类作品应有的特殊性的任何限制。

## 三、写真人真事的传记文学和传记体小说，作者对事实必须采取认真负责的态度

中国青年出版社的《董存瑞的故事》出版了。作者在前言中告诉读者，由于收集材料和考证问题中存在着困难，因此有些地方可能与完全的"事实"有些出入，同时，有些活着的人，因为谦虚，不肯用自己

的姓名，因此人名有了改动。我觉得这种声明是有必要的。这是一种传记文学写作中的负责态度。读者看了作者的声明，并不会就对董存瑞烈士的事迹发生怀疑。读者知道这是根据真人真事写的文学传记作品，虽然其中某些地方作者声明是与事实有小出入的，但却会对其他的事实来个"全盘肯定"。读者可以更心甘情愿地从中吸收丰富的养料。

肯定地说，写真人真事的传记体小说是受到事实局限的。因此，有的时候，有些作者就会根据真人真事来写假人假事的传记体作品，因为这可以更加便利于他塑造人物形象和安排结构及情节。我认为，这也是一种对读者负责的态度。

该文作者举萧也牧同志所说的一个例子："《刘胡兰小传》的作者，为了将英雄突出，就将另外一个人写成了变节分子。而这个至今还活着的人，事实上只是动摇过，并未变节。这一'虚构'不要紧，这人所在单位的组织，就根据《刘胡兰小传》所描写的，给他在历史上做了政治性的结论，理由是：国家出版社出的书，当然可靠无疑。当事人不服，为此还打了一场官司。"于是，该文作者认为《刘胡兰小传》所引起的这场风波，"恐怕和对某些概念不清，不无关系"。实际上，我认为这倒不是这位作者不了解"传记文学和传记体小说"这两个概念的区别，而是这位作者对写真人真事的传记文学作品时应当忠实于事实，尤其在牵涉原则性的地方绝不能与事实有出入这一点了解执行得不够所致。在真人真事的传记文学作品中的"虚构"是有限度的，是不得已而为之的，这绝不意味着作者可以随心所欲地"凭空捏造"和"无中生有"。如果真如萧也牧所说的这位作者的动机是为了"将英雄突出"，而不是由于采访不深入，事实了解错误，那这是一种很不负责任的表现，因为这种做法的不良后果是人人都会想得到的。在写真人真事的传记文学作品时，真真假假，以假乱真，却又不声明，是很不好的。

当然，这里还应当作具体的分析。例如写今人和古人就有所不同。根据史料写和根据传说写也有所不同。传记文学作品中是可以容许

"百花齐放"的。

因此说，文学和史学在某些做法上，是有相同之处的，也有所区别。文学的"真实"，不像史学那样受约束，而且文学作品可以有文学上的想象、构思、剪裁和描写。

该文作者说："如果将'传记文学'和'传记体小说'这两种体裁混淆起来，传记文学就失去了作为传记文学的特点——严格的真实性；传记体小说就会被事实所拘束，不能在艺术上放出魅人的光彩。"这段话是机械化、绝对化了的。因为既是传记文学作品就应当在艺术上放出魅人的光彩。这是传记文学所应有的文学的特征。而传记体小说，如果写的是真人真事，就不应忽视真实。

探讨传记文学作品的问题，是有意义的，我所以除就以上意见提出商榷以外，也希望抛砖引玉，能听到关心这问题的其他同志的意见。

（本文 1957 年夏刊于《北京文艺》）

# 从选材上下功夫

## ——读稿随感

一部长篇小说的成功与失败，常常是多方面因素造成的。决定一部文艺作品的思想意义和艺术价值的，不仅在于它写什么，还在于它怎么写？题材的好坏，对作品成败的关系是一种重要的因素。因为，不同题材本身是存在着差别的。虽然，有的作者能从一般的题材中提炼出有一定社会意义的主题，但有些题材所能发掘出的社会意义，对于作品的主题究竟是具有一定的制约作用的。所以，题材好，当然还有一系列写作上的问题和别的问题需要解决，但每每题材选得好，即使写得差些，也还可以有重写或修改的余地；题材选得不好，则常常造成了"先天不足"的缺陷。题材的选取，既然比较重要，我想从选题材的角度谈一些看法，供初学写作的同志们参考。

为什么说长篇小说更要从选材上下功夫？

原因很清楚，因为长篇小说有其特殊性，这就是它的字数、章节比较多，结构、布局复杂些，人物多些，工程浩大，一般来说，作者是要付出较多的心血和劳动的。几十万字或百万字的稿件，且不说写，就是抄一遍，花的劳动量就惊人。一部长篇小说，如果选材不严，下笔就写，就像一项大的建筑工程草率施工，万一不行，损失必然更大。

因此，对长篇小说来说，严于选材更加重要。不然，因为选材不严而成了废品，付出的无效劳动或浪费，相对来说就会更大更多。由于选材上未下功夫，选得不好而草率从事写长篇以致失败的这种经验教训，在搞创作的人来说，是屡见不鲜的。所以，我说"长篇小说更要从选材上下功夫"，并且深切认为很有谈一谈的必要。

我想从最近有机会陆续读过的几部长篇小说手稿谈起。写这几部长篇小说稿的都是业余写作者，而且多数是初学写作的同志。在粉碎"四人帮"以后，他们眼见文艺界的春天降临了，干劲很大，在本职工作之外，努力挤出时间搞创作，这种热情是很可贵的。但我读了这些稿件后，虽然有时也从片断的章节中，能找到一些闪闪发光的东西，总的来说，却感到这几部长篇小说稿都是失败的。虽然，从政治内容上说，它们大致都没有什么问题，但它们恐怕很难会有被发表或出版的机会。为什么呢？除了写作技巧等方面的问题不谈，最主要的是题材问题，也就是说：选材不行！钢筋水泥宜于建高楼大厦，山珍海味宜于办上等筵席。题材本身不能决定一部作品的成败，但题材本身常常关系着作品的成败！可是，在写作上，这个题材的选择问题却常常会被一些初学写作的同志所忽略或不甚重视。从这几部长篇小说的题材来看，正是在题材上选得不严，受了损失，栽了跟斗。

让我们来看看这几部长篇小说在选材上存在着些什么问题吧！

一部二十多万字的长篇小说稿，题目叫《上天无路》，是一部反特惊险小说。故事梗概是：国境外派来了一个叛国投敌、经过特殊训练的 303 号谍报员，要来盗窃我国政治、经济情报。303 号与潜伏在我国东北某地多年的某国防工程里的一个特务接上了头，但在我公安人员严密监视下，经过几个回合荒诞离奇的较量，最后终于被我方破案。303 号上天无路，入地无门，被逮捕。写这部小说的作者是位工厂的工人，并无公安工作这方面的生活，这个题材不是从生活中来的。故事很假，不是作者有了生活感受而要写的，而是作者根据自己见过的影视、小说等文学作品，杜撰、臆造出来的。这个题材之所以失败，致命伤就是虚假。从这一点说，这部稿件也就先天性地注定了是失败之作。

第二部是位高中毕业当年插过队的知识青年写的长篇小说稿，三十万字，题目叫作《青春颂》。作者的题材倒是来自生活。看来，是写的他自己的经历。写的是一伙插队知识青年如何在农村广阔天地里经历考验，如何认识到农村是个广阔天地确实可以大有作为。但撇开作者的写作技巧较差不说之外，这个题材虽然真实却较陈旧，写知识青年插队的题材不少都是这个老套。这部小说的题材缺乏新意，看了头知道尾，也是一部失败的作品。

第三部是县文化馆一位同志写的长篇小说，足足有四十万字。他访问了一些当年参加过武工队活动的老干部，写的是《战斗在大沙河两岸》。这是抗日战争时期敌后武工队战斗活动的题材，写的是一支武工队如何发动、依靠群众神出鬼没地杀鬼子、除汉奸，不断取得胜利，坚持了敌后的斗争，题材也是从生活中来的，作者也有一定的写作水平。可是，这个题材与已经出版过的不少写抗日战争时期的武工队活动的长篇小说以及民兵斗争故事题材雷同。由于这个雷同的弊病，这个作品要获得出版或者发表的机会也很困难。

第四部长篇小说稿，是三十万字，作者是位机关干部。他将稿拿来给我看时，说："现在应当大力宣传科技人员。我见这类作品现在很吃香，所以才选了这么个题材！"这个题材是写的农科所的一位科技人员如何坚持搞水稻病虫害方面的科学实验的故事，但情节平庸无奇，事迹不突出，题材是不典型的。看来作者是吃了"赶时髦、随风找"的亏！只着眼于"吃香"的题材，却不去衡量一下自己所选取的这个题材分量够不够，是否典型？于是，作品也很难成功。

第五部长篇小说稿《欣慰》，也有三十万字左右。写稿的是位中学教师，写的倒是他所熟悉的教育方面的题材，写一位班主任老师如何全心全意教育一个落后学生使之转变而感到无限欣慰的经过。作者看来是有一定感受的。但熟悉教育工作的人一看，就感到这题材太一般化了！是个没有经过提炼、发掘、集中的题材。选题材做思想上的懒汉是不行的，决不可像俗话说的那么马马虎虎"拾到篮里就是菜"！这题材不是没有教育意义，而是教育意义不大。试拿这个三十万字的长篇题材来同短篇小说《班主任》比较，就可发现同样是教育题材，同样写的班主任，可是《欣慰》这个题材写的是一般化的平淡的问题，使人感受不深的问题。《班主任》却是作者对生活严肃认真地进行思考后，提出了新的较深刻的问题，使读者能引起思索，发生强烈的反响。

上述几部失败的长篇小说稿涉及的有关创作上的问题是很多的，但我只准备从题材问题来谈谈看法，不涉及过多的其他问题。我不惮其烦地列举上面这几部长篇小说手稿的题材情况，目的也只是说明这几部长篇小说之所以遭到失败，题材属于要害。放在我面前的这几部长篇小说稿，字数总计达一百五六十万之多，稿纸堆起来有一尺多高。如果这些同志付出的时间和精力不是无效劳动有多么好！所以，这几位初学写长篇小说的同志，由于选材不好耗费了心血和劳动的教训，似可作为一种借鉴，昭示我们创作了长篇前第一步就要切实从选材上下功夫。

上面这几部从题材上来说是失败的长篇小说也大致反映出了初学写作的同志在创作实践中在选材上存在着的问题。无论如何，虚假的题材，陈旧而缺乏新意的题材，"赶时髦、随风找"与人雷同的题材，不典型的题材，一般化缺乏深度的题材，都是不行的！

当然，有时候也有很好的题材被作者写糟了，而很普通很一般的题材却被作者写成了好作品或比较好的作品的例子。这是同作者的生活底子厚薄、思想水平高低、写作技巧好坏等条件分不开的。像长篇小说《第一个回合》，题材就很一般，写的是新中国成立初期东北某钢铁基地的工人阶级在党领导下三年间接连修复了三座高炉，使产量突破了历史上最高水平：取得了"第一个回合"的全面胜利。这样的题材并不新鲜，也无什么特色，只是由于作者熟悉生活、掌握技巧，对典型环境和典型人物写得好，不失为比较成功的作品。但一般来说，题材选得好，总是有利于使作品成功的一个重要条件，这是不可忽视的。

怎么样在选材上下功夫呢？

我上面例举的这几部长篇小说的作者，他们写这些题材的作品，看得出也是费过一番斟酌的，但实际上都选得不好，说明下的功夫不够就急于求成地动手写作了。所以，选材是必须下功夫的，在写长篇小说之前，应当反复思考自己写的这个题材是否好？是否值得写成长篇？是否从生活中来？自己是否熟悉这些生活这些人物？这题材是否新颖而有特色？这题材是否典型？是否有积极的意义？这题材是否已同人家雷同？……总之，在选题材的问题上，要慎重、反复地思考，多打一些问号，多作认真的酝酿，深思熟虑确定了再写，不要盲目地，轻率地就施工！在选题材时，也要注意别老跟着人家的脚印走，要闯自己的新路，从自己熟悉的、特有的生活和感受出发选材，不要去嚼人家嚼过的馍。

无可争论，文学事业最不能作机械地平均、划一、少数服从多数。无可争论，在这个事业中，绝对必须保证有个人创造性和个人爱好的广阔天地，有思想和幻想、形式和内容的广阔天地。百花齐放的方针，就是我们在选择题材问题上的指导思想。

50年代，有个口号："到处有生活！"宣扬"题材无差别"，似乎作者选取什么题材，对于创作是毫无意义的问题，我认为是不对的。"无产阶级文化大革命"中，"四人帮"实行文化专制主义，大肆鼓吹"题材决定"论，只许作者紧密配合他们的阴谋活动，表现他们所认可的"重大题材"，强制推行"题材划一"的所谓"同走资派作斗争"的阴谋文艺。他们设下种种禁区，使文艺创作进入了题材无比狭窄的死胡同。他们这套倒行逆施的做法，也早已被人民深恶痛绝。我们应当明确识别、抑制"题材无差别"和"题材决定"论！值得提倡的，应当是要在写重大题材的前提下，提倡题材的多样化。写今天，也写过去，有昂扬的主旋律，作者要准确地描写现实生活中存在的东西。凡是能激发人民群众前进的健康的东西，都不应当成为艺术描写的禁区。

重大题材是社会矛盾斗争和生活本质特征的集中反映。重大题材也是丰富多彩的。多种多样的重大题材中，有的是现实生活中的重大事件，有的是历史进程中的重大斗争，还有的是集中代表了人民的利益和愿望，代表着历史前进方向的英雄人物的壮丽业绩。选这样的重大题材，就可以较好地反映出社会生活的本质，反映出我们这伟大的时代和各种人物，但重大题材和具有深刻社会意义的其他题材，恰如山水与树木一样，是相得益彰的。鲁迅先生在《且介亭杂文末编·论现在我们的文学运动》中说过："民族革命战争的大众文学决不是只局限于写义勇军打仗，学生请愿示威等等的作品。这些当然是最好的，但不应这样狭窄。它广泛得多，广泛到包括描写现在中国各种生活和斗争的意识的一切文学。"鲁迅先生的这种辩证观点，对于指导我们选材，依然是精辟而中肯的。

在创作中，题材问题历来是一个重要的问题。一定作品的题材和一定作品的主题虽然不能同等看待，但题材总是为作者表现主题提供了基础的。在选取题材的问题上，历来是各个阶级有其自己的标准的。因此，写作者只有解决好做"革命人"的问题，才有正确认识题材问题在文艺创作中的地位和作用，才能很好地处理好题材。不然，由于作者的世界观不同，不但会把坏题材当作了好货，而且就是选准了好题材也会写出坏作品来的。所以，对每一个文学创作者来说，深入生活，长期地无条件地全心全意地到工农兵群众中去，到火热的斗争中去，不断改造世界观，这是发掘、提炼多样化题材、创作社会主义文艺所必须遵循的道路。

生活是五色缤纷的，题材是百花齐放的。但好题材也不可能是俯拾即是或随手就可拈来的，好题材也不存在于别人已经写出了的作品之中。它像矿石似的蕴藏在人民生活之中，只能下功夫去挖采它，才能选出好题材来，进入创作过程。试看，一些成功或较成功的长篇作品，从题材来说，无一不是选得严格、认真而独特的。我们应当学习这些经验！

# 创作小谈（二则）

这是日常写下来的"创作拾穗"中的二则，应《中学生读写》编者之约，拿出来献给爱好写作的中学生，供参考。

## 一、谈写作和读书

这是一个很大的题目，但我"大题小做"，只限制在创作阶段和读书这一点上来谈。

谁都知道读书对于创作的重要意义，我认为在创作阶段读书尤其重要。

有的作家就有这样的脾气，一年十二个月，拿一半时间来创作，拿另一半时间来读书。甚至我认识一位诗人，他每年只拿三分之一的时间创作，而拿三分之二的时间读书。

读书，说说容易，其实是大有讲究的。最近江苏人民出版社来信，计划出版一本座右铭选，要我也寄一条座右铭去。我寄去的一条座右铭就是有关读书的。多少年来我在读书的问题上，除了每天必读报纸、读订阅的一些刊物外，遵奉一条自己定下的座右铭："人生有限，时间有限，而书无限；只能拿有限的生命和时间来读有限的书，绝不能拿有限的生命和时间去读无限的书。"

这就是说，书太多，要有目的有选择地读，并不是反对博览群书，更不是反对为了解情况随意翻阅一下某些书，而是反对无目的地乱读，浪费生命。60年代，我在山东某重点中学做校长时，常向学生讲这句话，我是希望青年人学会一种读书的方法，这当然不是唯一的方法，却是我实践后认为好的方法之一。

我的体会是：在创作阶段，我在座右铭中提倡的这个宗旨每每能执行得更好。读书的目的性，每每能更明确。

我的习惯是：写成了一个作品以后，就把它搁一搁。然后，在动笔修改之前，就先读一个阶段的书。我已习惯于把这个读书阶段纳入创作阶段中去成为创作阶段的一个组成部分了。在一个作品写完后，就有意识地去找与作品有关联的书看。比如写的是军事题材的作品，就有意识地去找那些中外优秀军事题材作品读一读；比如写的是云南，就有意识地找些写云南的作品读一读；写的季节是秋天，就有意识地找些写秋天的诗与散文读一读……这种读，当然不是为了模仿，而是为了开窍。诸如这样，读一个阶段的书，总是不但对于修改会有启发，对于提高作品质量，更有启发。在这当中，要选读的，当然应该是优秀的作品，出自大师手笔的作品，读书也就是拜书为师。"名师出高徒"，拿优秀作品来阅读，对比自己的作品，就易于找出差距。能找出差距，就能促进你在修改时提高作品。但除了优秀作品外，总常爱找些理论书来读读。这当然也每每是选与作品有关联的，比如写军事题材作品，我就总爱读点马恩列斯论军事的著作，读点《毛泽东选集》上的军事著作，读点中外军事家有关军事的著作，然后自己进行思索。通过实践，我觉得对提高作品的思想性是十分有用的。

作品要得到提高，必须要经过艰难的修改过程。修改过程放长一点，加进一个读书过程，看来时间拖长了，实际对提高自己、提高作品都是有重要作用的。这决不是什么"得不偿失"！

## 二、谈改和删

修改，是写作过程中一道必不可少的工序，甚至可以说是一种再创作。

写出来的初稿，即使对于思想十分周密、功力十分深刻、生活积累十分丰富的作者来说，也决不可能是无懈可击的。因此，修改就是必要的了。它能弥补不周、纠正失误、清除多余、充实内容、加深含意、美饰文句、突出人物和主题等等，在这些方面都能起到使作品提高、升华的重大作用。

修改从什么地方、用什么方法下手呢？

应当要从作品的形象和思想内容上下手，首先采用的方法就是"删"！

"删改删改"，删也就是改。

看来是"删"，实际就是一种十分重要的"改"。一篇累赘拖沓的散文，也许经过一"删"，马上会变得玲珑剔透；一篇不忍卒读的小说，也许经过精心的一"删"，立刻会变得凝练集中有吸引力，可以刮目相看。凝练每每体现精华，拉长每每变成拖沓。删，看来似乎简单，却每每可以有化腐朽为神奇的力量，不可等闲视之。删，是锻炼、琢磨文字提高写作能力的一种好方法。

曹雪芹写作《红楼梦》，曾经"披阅十载，增删五次"。这八个字的经验谈，道出了一种"删"的方法，就是：

1. 删前要多披阅，不能草率就删，而是要心中有数，胸有成竹后再删；

2. 删不是一次能完成的，必须反复地删；

3. 该删则删，该增可增，删中有增，增中有删。

鲁迅先生答北斗杂志社问——创作要怎样才会好？说："写完后至

少看两遍，竭力将可有可无的字、句、段删去，毫不可惜，宁可将作小说的材料缩成 Sketch，决不将 Sketch 材料提成小说。"（注：Sketch即速写）鲁迅的经验第一也是要写定后反复地看；第二就是要毫不可惜地删，要舍得删，该删的都得删悼，能短就勿长。

有一次，我同一位画家朋友谈心。他说："画家要在一张尽可能小的纸上表现出最大最丰富的内容，一张纸与大自然相比，即使是一张丈二匹，也仍是很小的，因此要珍惜画面。"

画家要"珍惜画面"，作家自然要珍惜篇幅。

画家李可染说过："一寸画面一寸金。"他画的山水，十分珍惜画面，内容值得用一寸的地方，决不能让它占一寸半。我们写文章，让多余的、可有可无的部分占了很多字数、很多篇幅，有时是喧宾夺主，有时是良莠并生，都需要用"删"来解决。

俗话说："癫痫头的儿子也是自己的好"。写作品的人常易犯的通病，每每是"家有敝帚，享以千金"，对自己文章中那些该删的地方不是视而不见，就是不忍割爱，主观上把糟粕当作上品供奉。

因此，要真正使"删"在"改"中起作用，作者自己必须一要虚心，二要清醒，三要有决心！

我的长篇《月落乌啼霜满天》，是由 60 万字删为 56 万字的；长篇《山在虚无缥缈间》，是由近 60 万字删为 52 万字的。一部写节振国烈士传记的长篇小说《血染春秋》，初稿 50 万字，经过两次大删，压缩到 38 万多字。主要是将不吸引人的、不形象的、噜苏的、多余雷同的部分大刀阔斧地删了一下。无论如何，少了 12 万字，从自我感觉上说，从读者反映上说，总是比原来有进步的。我的一个短篇《新"三岔口"》，初稿 2 万字，删成 1.5 万字发，也感到比原来紧凑集中。举这几个例子是说明从我自己的经验来说，作品经过大删（就是大改的第一步），总是能比原来有所长进的。

在"删"时，有时也会有苦闷，感到此处不能砍，那处也不能剔。

在这种时候，多听听别人意见，是有好处会得到帮助的。人家认为平淡、冗长、沉闷、多余……就对应了"删"的问题仍旧存在。

并非说一切文章"删"了都会变好，但可以肯定凡不肯删改的文章多数未必能好。

我从"删"中尝到这甜头，也因不肯"删"受过损失。直到如今，每写出一个作品进行修改时，第一道工序，总是拿起笔来先——"删"！已经成了写作习惯。

萧伯纳有一个幽默故事：他有一次给一个朋友写了一封很长很长的信后，说："请原谅，由于我没有更多的时间，所以不能写得短些。"这谈的是长短问题，实质上主要表达的是写成后必须"删"的问题。

"删"，每每总能提高。这是创作中一条应当"奉若神明"的真理。把一切"拦路虎"、"疙瘩"、不精彩的部分、噜苏之处、画蛇添足之笔、重复雷同或与其他作品中相似的情节与细节及对话、平淡无奇的段落、不合理的部分、虚假的东西、陈词滥调、格调不高的地方、你自己也不想看的章节……都删去，你的作品就会大大得到提高了！

# 剑桥印象

## ——访英杂记之一

　　年轻时，我做过剑桥梦，想不到七十五岁时竟真到英国剑桥来了！不过，是来观光游览，不是留学念书。

　　去了两次剑桥，但两次印象完全不同。第一次正逢放暑假，学生大半都不在校。那是一个凉爽的夏日，因是傍晚到达，来剑桥游览的人不多，洁净的步行街上，一些小巧精美的咖啡馆、酒吧和茶室里坐着聊天休闲的男女。啤酒杯闪着琥珀色的光，泛着雪白的泡沫。空旷油绿的大草坪天鹅绒地毯似的令人心旷神怡。剑桥在晚雾中显得风光清幽而恬静。第二次去，学校已开学，逢星期六，我们又是午间到达，外国游客来得极多。车如流水，各种肤色的人种来来往往，处处人满为患，拥挤而喧闹，文化气氛被冲淡消失了！河边一座桥旁，有一个醉了酒的流浪汉在与一个卖热狗的小店主吵架；街头有奏乐、敲鼓的流浪乐手在献艺，噪音震天……

　　剑桥原只是个乡间小镇，直到七百多年前有了剑桥大学，后来才变得名闻世界。一百多年来，许多中国学者不远万里到剑桥来求学、访问，华罗庚就是其中最著名的代表。如今，这座大学城可能有十万人左右，剑桥大学各学院分散在全城各处，不像中国的大学有一个完整的校园。整个剑桥城市都是剑大的校园，那条剑河的中间绕了一个大湾静静向着东北流淌，河上有一座座桥梁。各学院基本都是沿河而建。河面并不宽，架着石桥、木桥。看到这些桥，我不禁立刻想起徐志摩的名诗《再别康桥》："……那河畔的金柳，是夕阳中的新娘，波光里的艳影，在我心头荡漾。……那榆荫下的一潭，不是清泉，是天上的虹，揉碎在浮藻间，沉淀着彩虹似的梦……"

英文 Cambridge，是"剑河之桥"的意思。诗人徐志摩把Cambridge 音译加上意译就成了"康桥"，译得很美。剑桥在中国出名，同他也是分不开的！

如今的剑桥早已经成为一个游览区了，来英国旅游的外国游客很多都愿来逛一逛。市中心几乎被剑大的学院所包围，成了繁华热闹的生活区。书店、文具店、食品店、服装店、酒吧、露天咖啡馆、旅馆……一概齐备。汽车、自行车，简直多得吓人，在狭窄、古老的街道上行驶，时而会擦身而过吓你一跳，尤其是一些双层的大公共汽车，我简直奇怪怎么能容许这种"大象"在"小径"上奔跑。出国前到北京时，在北京大学做教授的三妹和妹夫陪我们参观校园。我感到校园里汽车太多（据说每天进出校门的有几百辆），到了剑桥，才感到这儿的汽车可是真多！我们的车子到了剑桥，好不容易才找了个停车地点，然后方能步行去逛剑桥。

牛津和剑桥是英国高等学府中的两颗耀眼的明星。英国过去流行一句话："牛津和剑桥统治着英国。"这说的是在英国的政要、高级官吏及议员中，毕业于牛津、剑桥的极多。皇室成员上大学的选择也在这里。牛津创立于1168年，由于它的保守及清规戒律太多，它的一批被开除出校的学生聚集于剑桥，后来就有了剑桥大学。剑桥在自然科学上的成就十分突出，牛顿、培根、达尔文这样的伟大科学家是剑桥的光荣，诺贝尔奖得主中有六十多位出身于剑桥或到过剑桥求学。文学家中，弥尔顿1625年进入剑桥大学的基督学院，华兹华斯1787年进过剑桥大学圣约翰学院，拜伦在1805年夏进入剑桥大学，萨克雷在1829年进入剑桥大学，福其特1897年进入了剑桥大学王家学院，1912年哈代曾被剑桥大学授予荣誉称号和学位……剑桥名声赫赫，与这些人物是分不开的！当然，时代变了，事情也会起变化。十七岁的英国王子威廉正值中学毕业，在选择大学的问题上，他就要打破皇室传统，不想进剑桥，而把眼光投向了布里斯托尔大学——一所坐落在英国西南港口城市布里斯托尔的现代化大学。但尽管如此，各国向往剑桥名声想进剑桥求学的人仍是多如牛毛。

剑桥有三十多所学院，分散在全城各处。男女同校，它以学院制和导师制闻名于世。各个学院有自己独特风格的建筑物，包括教室、实验室和图书馆等。哥特式建筑、文艺复兴建筑、巴洛克建筑、洛可可建筑……各有千秋。每个学院都有绿化得很好的安静小院，种植着花卉树木。有些学院的建筑物上都有巨大生动的人物雕像。基督学院的建筑物顶上的雕像全是《圣经》中的人物。为了避免受各国旅游者的打扰，许多学院门口都竖着"关闭"禁止游人进去参观的牌子，谢绝游客入内。各个学院差不多都有一所礼拜堂，有的礼拜堂里出售旧书。英国书价很贵，可这里的旧书不但多而且价格低廉。有许多好书，我真想买一些，但重得无法携带，只好割爱。

我从那些到过剑桥的先行者们的文章中，从徐志摩的诗文中，知道剑桥如诗如画非常美，"清澈秀逸"、"脱尽尘埃气"，剑桥有那条著名的"有灵性"的剑河，清水潺潺，波光粼粼，河上有小船破水划行，河岸有婆娑的垂柳与枫树，沿河有大片绿毯似的草坪。各个学院有古老、庄严的建筑物……但到了这里，则发现天下事每每总是文人笔下写的比实际要美得多！剑河的水并不清冽，河上的小船都已破旧，靠近河西的大片草地，尽管许许多多人在那里蹀躞或席地而坐，近前一看，草地上到处是干碎的牛粪……那些苍老斑驳了的古建筑，虽然庄严巍峨，但有了六七百年风雨的侵蚀，早已说不上瑰丽，反倒给人带来一种阴森苍凉的感觉。

来到这里，我不能不想起萧乾先生。他的名篇《剑桥书简》和《负笈剑桥》，曾使我对剑桥熟悉而亲切。1942—1944年，他曾在王家学院听课，1986年，他到英国访问重返剑桥时，曾在这里的绿草坪上同他当年的老师见面……于是，我特地到王家学院去看看。当门是一处哥特式尖塔林立的宏大建筑，被誉为是剑桥全城最美最高的宏伟教堂。门首的介绍说明它长近百米，高二十多米，建造已有五百年了！站在那儿，我仿佛看到萧乾先生又出现在我的面前，脸上带着他那有名的微笑……

剑桥大学今日已经成为一个高科技城市。这个老牌综合大学，科研成果累累，有一个有名的卡文迪什实验室。卡文迪什（1731—1810）是剑桥哺育出的杰出科学家。科学技术是生产力。在卡文迪什实验室的倡导下，剑桥有了一个"科学园"，使大学教学科研与企业结合起来，使科研成果向市场转移。世界上早把这种现代高科技企业与大学科研结合取得发展的现象，称为"剑桥现象"。许许多多高科技公司，正在这里谋求发展，想"近水楼台先得月"。这使我想起在北京海淀区中关村看到的北京大学与方正集团及一些其他电脑公司联姻发展的情况。中国的名牌大学向这条路发展也是一种历史的必然。

离开剑桥，我说不出自己有多少感想，有什么感想上的触动。倒是忽然又想起了熟悉的徐志摩的那首名诗："……悄悄地我走了，正如我悄悄地来；我挥一挥衣袖，不带走一片云彩。"

啊！诗人他写得真好！

# 我看唐宁街十号

## ——访英杂记之二

　　到英国伦敦后，决定到唐宁街去看看。

　　对唐宁街知道得不多，仅知它是伦敦白厅大街上一条横街，是17世纪英国外交官乔治·唐宁（George Downing，1623—1684）的私宅，以他名字命名。唐宁死后，房屋归公家所有。唐宁街十号后来一直是英国首相官邸，内阁会议一般都在这儿召开；有外国政要来，也在这儿同首相会晤。既然如此，到了伦敦，自然愿来逛一逛。

　　这里距议会大厦很近，在议会大厦北面，是东西走向的一条街，不到二里长，两侧有高高矮矮的建筑，建于不同年代，风格各不相同，街道上有匆匆来往的轿车、双层公共汽车和行人，就像一条普普通通的马路，并不戒备森严，更没有卫兵远远就警戒。首相住的地方，内阁开会的地方，老百姓或外国旅游者经过或来到，一切都很普通、正常，并不显得有什么特殊，这是我获得的第一个印象。

　　唐宁街十号，实际上只是一座陈旧的、灰色的、不起眼的三层楼的建筑物，里边似乎有三个门，其中的一个门就是十号首相官邸。我在电视上国际新闻报道中常见到的就是眼前这模样。

　　据说，80年代以前，这里警卫更加宽松，记者采访可以走近唐宁街十号的门边，各国游客来观光，有时能见到英国首相从唐宁街十号进出。后来，由于爱尔兰共和军宣称要炸掉唐宁街十号，为防患于未然，唐宁街十号的两头进出口处，才安上了黑色的高铁杆防护栏，并且设立了警察岗亭。但这岗亭里外，也只有一二个警察昼夜值勤负责安全。安全保卫当然必需而且重要，但把所有人都看作坏人也很遭糕。这里则不，外国游客好奇地走近铁门，站着朝里张望，并无警卫来干涉或驱逐，拿出相机站在那里拍张照片留念，门卫也很理解。这就不禁使我理所当然地表示欣赏。

我站在那儿，仔细地看了看这幢古老而并不讲究的建筑物。我能想象得到为了工作需要这幢房屋的里边肯定是相当豪华、气派的，里面无疑会有核桃木或苹果木的高级家具，会有羊皮垫的沙发，会有摆着鲜花的壁炉、大理石的地砖、柚木的地板，桌上有银器，墙上有贵重的油画……房屋外表虽经过刷新，但无论如何，它是一幢上了年岁的旧房子，给人的外观印象是简朴，是一代代英国首相住旧了的地方。但迄今为止，英国的新任首相都沿着前首相的足迹住在这里。他们中没有谁去动用大批国家钱财盖新的、大的、奢华的住宅。这就不禁使我理所当然地又产生了一些感想，觉得这很不错。

据云，英国现任首相布莱尔特别重视群众来信。首相每天要收到许多来信，秘书们会在唐宁街十号首相官邸中日夜不停地拆阅信件，向首相汇报并作处理。特殊重要的信件首相会自己答复。

首相住的唐宁街十号官邸，家具都由政府提供，但住房费用和雇清洁工打扫的钱都得首相自己掏腰包。布莱尔的夫人是个名律师，她收入比布莱尔多，但经常为了出庭等事，到地铁站乘地铁，并无夫人架子。布莱尔有时走出唐宁街十号，见到群众，也不摆架子地同人亲切握手。

英国住在唐宁街十号的首相与美国住在白宫的总统不同。美国总统下台离开白宫时，还常常拖泥带水慢慢离开。英国首相如果下了台，马上就得搬走，一天都不能多停留，上届首相保守党的梅杰落选，新当选的工党首相布莱尔当选，梅杰立刻就搬走了，布莱尔也立刻就搬进去办公了。因此，我又不禁有些感想，觉得这很好。

在英国我看到不少问题，但唐宁街十号倒给了我一些挺不错的感觉。

# 走出唐人街

## ——访英杂记之三

到了伦敦，作为中国人自然要到唐人街去看看。

18世纪末，到英国谋生的华人为数很少，可是今天，尤其是改革开放这二十多年来，中国人在英国的已有二十万人左右，住在伦敦的华人，大约有三万人。唐人街古老而有东方色彩，它在市中心的苏霍区（Soho）。这唐人街原名爵禄街，距最繁华热闹的皮卡迪利闹市很近。街两头各有一个中国式牌坊，一个上写"伦敦华埠"四字；一个上写"国泰民安"四字。到了这里，看到牌坊上的中文大字，就有一种亲切感。

唐人街上中国饭店、餐厅很多，也有新加坡、马来西亚口味的自助餐、泰国口味的餐馆。这条街不很整齐，也不豪华，路面有的地方很潮湿，但还算洁净。中国馆店和餐厅的名字诸如喜临门、万富宫、叙香园、杏花楼、金冠等，大都包含一种吉祥喜庆和似典雅却又俗的意味。有一处规模不小的中国超市，可以购到中国口味的食品和各种水果菜蔬，价钱便宜。街中央地带，有两家书店，走进去看看，一家书店有些港台书籍；另一家名叫"文艺"的书店，文艺书并不多，只是些港台武侠小说而已，它兼售杂货，大陆的书未曾看到。附近有个书报摊，有色情杂志出售。此外，街上有理发馆、药店、工艺品店之类。这里广东人特多，有趣的是街上有青岛来的按摩师，当街放着椅子给人按摩。有些外国旅游者高兴地坐上椅子尝尝中国人头部按摩的手艺。有个新疆艺人在奏乐献艺，希望有人布施。更有憔悴的吉卜赛女郎抱着孩子向中国人乞讨。

在唐人街上逛悠的各国旅游者不少，有些都愿意到中国餐馆吃一顿美味可口的中国饭菜或者面条、春卷和包子等点心。饭店餐厅营业时间很长，生意不错。天渐渐暗下来时，街灯金灿灿地亮了，店招和橱窗里的霓虹灯也红红绿绿地亮了。我们在一家名叫"财神"的餐厅吃晚饭。店堂宽敞，生意兴旺。价钱对伦敦人来说不算贵，折合人民币却不便宜。炒几只菜吃米饭要四五十镑，四只上海小笼包子两英镑，面条一碗要四镑到七镑。陪我们的P是大陆十多年前到英国留学的硕士，如今早已取得博士学位并在英国一家公司工作了。他说："那年刚来伦敦时，唐人街的饭店都不愿进，因为对大陆来的学生态度不好，觉得这些学生穷。我们来吃饭也嫌贵。但这些年变了！大陆学生拿到博士学位的不少，都成了白领阶层，人的态度也变了。"我问："如今，英国人对中国人的看法如何？"他答："也变得很多了！起先，说起中国人，他们印象中就是在唐人街开小餐馆的广东人的样子。后来，他们看到中国人是各种各样的！中国大陆来的学生，成绩优秀，拿学位的很多。社会地位也高了。加上香港回归，中国国际地位大大提高。所以，如今人们认为：中国人已经走出唐人街了！"

吃完饭，我们决定再逛一逛。闲逛着，就走到苏霍区的中心地带来了，这苏霍区实际就包括了伦敦的红灯区在内。红灯区与唐人街相距很近。这使我感到有点不是味道！

这里，酒吧可以营业到凌晨三点。咖啡馆是24小时昼夜营业，有优雅的，也有鄙俗的，夜总会营业到临晨六点。酒吧和咖啡馆门口墙上都悬挂着一盆盆鲜花，装饰得十分美观。煞风景的是酒吧、夜总会门口，把门的都是个儿高大、身材魁梧凶神恶煞般的打手。酒吧里乌烟瘴气、灯光幽暗，但生意兴隆，有的门外地上也坐满了喝啤酒聊天的顾客。

五颜六色、变幻移动的霓虹灯闪闪烁烁。这里有妓院。一家妓院的蓝色灯光招牌上写的是"Girls Girls"（女孩子们！女孩子们！），门内有女人彩色裸照，也有一个半裸的靓女挤眉弄眼招徕顾客。英国法律规定：妓女不准上街。这同法国不同，在巴黎时，无意中夜间逛圣马丁门一带的街道时，竟发现沿街都站满了白人和黑人妓女。我们连忙离开，有一种不安全感。

这儿有低级黄色的脱衣舞表演厅，电光声色富于刺激性，门口有人敲敲打打做广告招引顾客，但生意似很清淡。有性用品店亮着霓虹灯。也有放映黄色电影的小电影院……在这里的感觉和在伦敦那些高等地区的感觉是完全不一样的。

黑人很多，外国游客也不少，灰褐皮肤、黄皮肤的都有，在我们居住的那些地方，平时简直看不到警察。离伦敦市区不过十来分钟的哈罗区（Harlow）有七万人口，夜间只有两个警察巡逻。在这一带，却看到很多警察，而且不断听到警车呼啸声。不愿久留，我们匆匆离开。

我老是觉得唐人街在苏霍区同人欲横流、纸醉金迷的气氛的红灯区靠得这么近有点那个！走向归途，我对P说："走出唐人街，这句话说得多好啊！我想，放在今天，唐人街是不会选红灯区做邻居的，当然，在今天，唐人街尽管仍在苏霍区，但中国人的形象随着中国国际地位的提高，随着中国人在国外努力改变自己的地位，中国人是应该早已走出唐人街了！许许多多中国人也早就并不生活在唐人街了……"

P点头同意我的观点。

隔了些日子，今年春节期间，伦敦华埠庆祝春节，英国首相布莱尔夫妇一同出席在唐人街举行的盛会，这是有史以来，英国首相第一次这么做！布莱尔夫人说："我非常高兴能来参加这样一次华人的盛会，而在我们的家族中也有一位中国人，这就是我的嫂嫂。"原来，布莱尔首相的嫂嫂是位香港人。随后，我在英国《独立报》上看到刊登的一篇文章，作者是该报记者普莱尔斯·威兼斯，题目是《今非昔比的英国华人》，倒是道出了今天英国人对中国人的一些看法：

"今天英国各地的'唐人街'都洋溢着一派节日气氛，因为华人正在庆祝他们最隆重的节日——龙年新春。'龙'在中国的十二属相中是最勇猛的动物。

"然而，二十年前的英国华人却很少这样大张旗鼓地庆祝自己的节日。因为当时他们是英国社会地位最低的移民，那时的华人工资微薄、住房条件恶劣，而且大多讲不好英语。他们的工作只限于开餐馆、刷盘子和送外卖等几个低技术工种。

"但也就是经历了新一代长大成人的时间，英国华人已经成为经济界和学术界的中坚力量。开餐馆的父母们培养出了一代聪明好学、勇于进取和志向远大的知识分子。英国年轻华人上大学的人数是白人、黑人和其他亚裔年轻人的三倍。

"很多英籍华人在工作中的职位也高于其他民族，高达 $41\%$ 的华人雇员担任教授级或经理级的职务，而这一数字在白人雇员中是 $30\%$，其他亚裔民族中为 $15\%$，加勒比海人中为 $11\%$……"

这验证了 P 同我关于"走出唐人街"的谈话。

# 女王行宫温莎城堡

## ——访英杂记之四

温莎城堡是英国最负盛名而且规模宏大的古城堡。11世纪时，诺曼地公爵（即后来的威廉一世）在此开始建造了温莎城堡，作为防卫伦敦安全的战略要塞，经过历代君王的扩建改造，这里成了一个拥有精美群体的古堡城了！

这个城堡建筑群，在伦敦西郊伯克郡，位于泰晤士河南岸的山丘上，离伦敦市中心仅32公里，全由花岗石组成，庄严、雄伟，从12世纪以来，一直是英王行宫。英王每年总要由伦敦来此休息或度过夏季。当今的英国王朝称为温莎王朝，就是取名于这座古堡。如今，它是女王伊丽莎白二世的行宫。女王平时住在伦敦白金汉宫，夏天会来住一段时日，圣诞节时也喜欢带丈夫、子女来此度过。

抗日战争前，1936年，当时的英王爱德华八世，在这里曾与一个两度离婚的美国女人辛博森夫人恋爱并要结婚，引起过轩然大波。辛博森夫人是个平民，英王要同她结婚有违英国王家的规定。因此，爱德华八世下台让位给了弟弟乔治六世。他由国王降为温莎公爵。这段"不爱江山爱美人"的风流史，使温莎城堡名声更加显著。

蓝天白云，天气晴朗，游客众多，汽车成串，停车困难。我们在泰晤士河畔好不容易才找到一处停车场，停下车子，走到河边。河水清清，里边有白天鹅、大雁、野鸭、水鸟及家鸭成群浮游，水上荡漾着波环。用面包丢下去，它们全走上坪来乞食。水上有游船可坐，每半小时票价大人二镑，儿童一镑。观赏片刻后，我们步行往温莎城堡走去。

温莎城堡里外，全是各国游客，各种肤色，各种服饰。票价十镑一张，60岁以上老人优惠为7.5英镑一张。价钱算是很贵的了！皇家如今也很懂得赚钱。温莎城堡与伦敦的白金汉宫每年都有几个月开放，售票吸引旅游者参观，用票钱贴补开支。温莎城堡1992年11月曾发生过一场大火灾，损失惨重。修了五年，耗资巨大，但门票收入也可以贴补不少。

我们拿到了一张城堡的平面旅游指示图，开始参观。

古堡进口处，迎面是一个双塔矗立的亨利八世门，日光树影下，里边是广阔的绿茵茵的草坪和花坛，四周都是风格古旧属于哥特式建筑流派的房屋。我们先参观了圣乔治教堂。这里是历代国王举行授勋仪式的场所。二次世界大战胜利后，英国首相邱吉尔就在这里接受过勋章。这教堂也是许多国王、王后及皇家贵胄墓葬所在地。那些墓形状各异，墓碑上镌着名字及生卒年月及职务爵位，有的还有死者的塑像。教堂内气氛压抑，阴森森，光线阴暗。1992年11月火灾发生时，这儿损失最重。现在，树了一块碑在起火地点，作为纪念。

来此游历，都按指定路线走。到了中院，看到了有名的圆塔，这是温莎城堡中最高的建筑物。登上塔顶，能看到四周景色。天高气爽，阳光照着绿色树林。东面远远眺见朦朦胧胧的伦敦，西面近处就是繁华美丽的温莎镇；南面是占地2000公顷的温莎公园，当年皇家在此狩猎的场所，葱葱茏茏一望无际；北面，瞥过泰晤士河，是出名的贵族学校伊顿公学所在地的伊顿小镇。伊顿公学是私立中学，500多年来一直是英国培养拔尖人才的场所，费用昂贵，收的都是王家贵族和富家子弟，但也给助学金收一部分才华杰出的贫寒学生。伊顿公学也可买票参观，只是时间不允许我们再去伊顿，只好远远望一望算了。

圈在围墙里的温莎城堡全景在平面图上有点像一只粗壮的电话听筒，占地 5 公顷多。整个城堡分上、中、下三个庭院。我们到了上院，进国家厅室（State Apartment）参观。这里边有色调温暖、光线柔和的一进进客厅。绘画厅、舞会厅、接待厅等厅堂，宽敞宏大，地上铺着各色鲜艳华贵的地毯，窗上有天鹅绒的窗帘，精美非凡。除陈列着古老名贵的家具、悬挂着彩色图案的挂毯和巨镜，有各种各类来自各国赠送的礼品及炫目的银器和古玩，工艺品、铜雕、磁器、烛台美不胜收，内壁装饰金碧辉煌、豪华而富于魅力，真是琳琅满目。最精彩的是许多巨幅油画，全属珍品，都是著名的欧洲大师的作品，价值连城，伦勃朗、鲁本斯、凡·岱克等的作品都有，多数是皇室成员的肖像画，栩栩如生。最值得一看的，是滑铁卢战役陈列大厅，挂满了在 1815 年 6 月滑铁卢大战中大败法皇拿破仑著有功勋的英军将帅的画像。这一仗彻底粉碎了拿破仑想统治欧洲的迷梦，将他放逐到了圣赫勒拿岛上了此残生。雨果的名著《悲惨世界》中曾详尽描述了这一仗的情况。

我们继续参观了楼梯厅、前厅和卫士厅。这里仍放着不少文物和巨幅油画，仍有花花绿绿的摆设和富丽堂皇的桌椅，更有武士的盔甲放射着幽幽的冷光，有英国的军旗耀武扬威，还陈列着二战时东南亚盟军统帅蒙巴顿带回的日本军刀。卫士厅显得简陋、引人注目的是放着一具半身铜像。我上去一看，是温士顿·邱吉尔的半身铜像。对英国来说，邱吉尔作为首相在二战中的贡献十分巨大，但竟把他的铜像放在王家的卫士厅里，不知是什么意思？

再进人的是极有特色的玛丽王后原来居住的宫室了！她的卧室及女儿的卧室都保持着原样。床上的被褥帷幔花团锦簇富丽堂皇。在一个大厅里有件有趣的"玫瑰宫"，是一件可供观赏的微型宫殿，很受游客欢迎。这是 1920 年前后由英国艺术家和工艺师制造、布置的。玛丽王后是当今女王伊丽莎白二世的祖母。这小小一座玩具宫殿，将那时英国王室奢富斑斓的生活表露在游客眼前。它有华丽的殿堂、卧室、客厅、画室、御厨房……那些人物，从王后到公主，从卫士到侍女、仆役形象逼真、服饰各异，十分有趣。

英国人喜欢保存也喜爱古老的东西，温莎城堡似乎是他们的一个骄傲。我觉得他们对待温莎城堡正如我们对待北京的故宫相似。温莎城堡内浏览时有规定路线，女王居住的地方并不向游客开放。但所有看的部分大致已可领略到皇家的优裕生活和豪华风格。走出最后一个参观点时，看看手表，正好是五点一刻，见那些警卫已经在送走游客开始仔细巡视并且准备锁门了。

温莎城堡大门外，一个白皮肤的"巴斯克"（英国人称卖艺人为Busker）在奏电子吉他自弹自唱，脚下的琴盒里有解囊者投放的一些硬币。两个年轻漂亮淡棕色皮肤的吉卜赛女郎手捧鲜花，穿着18世纪细腰大纱裙的宫廷女侍服装笑着在与游客合影。愿合影的只要付钱即可。夕阳已经即将西坠，古老的城堡在苍茫暮色中，有一种难以形容的沧桑感，一座座城堡像一个个坐在夕阳中的衰颓老人在沉思……

# 寂静的海德公园

## ——访英杂记之五

英国的绿化非常好，拿伦敦说，最突出的是在市区有两百个左右的公园，外加好几百处绿草地，大大小小片片绿色星罗棋布。虽然伦敦极大，据云有五个上海大，但城市地盘终究有限，地价又高，舍得保留这么多的地面来做公园，使伦敦有一个良好环境，这很可贵。在我年轻时的印象中，伦敦是"雾都"，狄更斯等的小说中，伦敦浓冽的雾阴暗可怕，被描绘得有声有色。有了雾，雨水也多。二战前英国首相张伯伦总是手执一把黑布雨伞外出成了他特有的"形象"，而现在，伦敦人这种形象已随雾雨的减少不大见到了！过去的浓雾，固然由于英国是岛国，受海洋性气候的影响，主要还是大气污染造成，随着环保工作的加强，今天的伦敦，晴朗的丽日增多，平时也少见有雾，在改善环境上，公园的功劳不可小看。

伦敦最大的公园是肯辛顿花园，占地二百五十公顷，第二大公园就是与肯辛顿花园隔湖相连的海德公园。但要说有名，海德公园得数第一。

我国《辞海》上有一条关于海德公园的注解：

海德公园：英国伦敦西区的一座公园，占地三百六十多英亩，原属海德采邑。16世纪英王亨利八世在位时用作王室公园。查理一世时曾向居民开放。1852年第一次伦敦国际博览会在此举行。从那时起，人们常在那里举行政治集会和其他一些群众性的活动。公园里有一块地方专作人们公开演讲和宣传之用，这就是所谓"海德公园式的民主"。

"海德公园式的民主"，不仅在中国出名，在世界其他国家也有影响。英国有世界最早的两院制议会。海德公园有个名声远扬的"演说角"，从1866年起，人们享有在这里不受任何限制的自由讲演权。批评首相、大臣也无人干涉。

在历史上，这里确曾可能有过严肃认真的讲演者和渴求真理的听众。例如恩格斯，他就曾在海德公园演讲过。弗拉基米尔·列宁客居英伦时，在这里做过听众。

我在英国时，慕名两次来到海德公园。海德公园太大，第一次，我坐在汽车里兜风，从西边进入海德公园，绿树浓荫，大树林立，绿天鹅绒似的草地，白色水鸟游戏在蔚蓝色湖面上，使人眼明心亮，情绪舒畅。我看到有人在骑马、跑步、晒太阳、打球……对照地图，我弄明白了从公园南面入口处起，有三条道路穿越公园。右面的一条大道通向东北进口，左面的一条大道通向艾伯特亲王纪念碑，中间的一条林荫大道通向园中美丽的湖区。情况陌生，弄不清著名的"演说角"在哪里。

第二次是一个星期六，是有准备而去的，目标就是"演说角"。事先，有朋友说："现在那里没有什么看头，你去会失望的！""没人演说了？""星期六、星期日仍有，有宣传宗教的，有主张废除工资和商品的，也有控诉不民主侵犯人权的，甚至有宣传性解放的。但说者自说，说了也是白说，听众不多，去那里没什么意思！""闻名不如见面！"为了满足好奇心，我仍决定去见识见识。

先打听到了"演说角"在公园东北角，靠近厚重的古罗马康斯坦丁大理石拱门里面，我们那天就停好轿车，步行从有三个弧形门的大理石拱门进入海德公园。果然，"演说角"就在眼前。

偏偏天下起雨来了！"演说角"实际就是一块大梧桐树下的空地，大树正好遮雨，我们到时正有一个棕发、平头、戴黑眼镜、穿牛仔裤、上身是件长袖灰色圆领衫的人，约莫三十几岁，正慷慨激昂挥着右手演说，他个儿不高，脚下也没像过去我所知道的脚下垫个肥皂木箱或啤酒箱可以站得高些。围着的听众六七十人，有男有女，有老有少，有英国人，也有外国旅游者。这一带流浪汉多，听众中有几个那种无家可归的流浪者，面部胡子拉碴，衣履脏旧不整，有一个还牵条花狗。……演说者尽管激烈，听众却都平静，只有一个流浪汉含笑点头。

站着听了一会，又问先来的听众，才弄清演说者的来由。

英国是由四个民族区域组成：英格兰、威尔士、苏格兰、北爱尔兰。这人是从威尔士来到伦敦的，他说的是1925年英国有一条法律禁食一种烟草，吸食这种烟草的人作为吸毒论处。他因吸食这种烟草，曾被捕并且罚款数百英镑。他心中不平，因此由威尔士来海德公园发表演说，表示抗议，并要求政府修改、取消这条1925年制订的过时了的法律。

我们问边上在听演讲的一对夫妇，对这位演说者所讲的内容有何看法。那男的是一位中年人，他说这种烟草确非毒品，对人体无害云云。

天上下着雨，雨水从树叶缝隙处滴落下来，演说者仍义愤填膺一遍又一遍不断大声演讲并做手势抗议。人已渐渐散去一些，演说者身旁地上放着他的行囊。他似乎要坚持讲下去。只是他讲得唇干舌燥，讲归讲，讲的这些都在随风而逝。我十分怀疑是否会有作用、能有效果？……

我到英国后，从电视中见到 BBC 台有一个频道每天都直播英国的议会上院和下院开会演说或辩论的情况，喋喋不休。开初，也看一看，后来把那种无休止的天天播放节目看烦了。我看到一则路透社电讯，报道英国议会的情况，新闻标题是"英国议会的语言游戏"。于是，我换了别的频道，不再看这个频道了！

雨仍在淅淅沥沥，为数不多的听众又减少了一些，演说者有点声嘶力竭了，但仍在坚持……我感到海德公园这块"演说角"的设立，当初或许有其良好意愿，如今却早成了一件"聪明"的摆设了！人们对这块地方的热情早已退潮。你想说什么吗？那就给你一小块地方去说吧！它也许可以让人发泄发泄，但人们对这块地方的期望值早已很小，这块"演说角"只能是一只"聋子的耳朵"。

"闻名不如见面"，"见面"确比仅仅"闻名"好，因为有了体验。

后来，我们也离开了！我似乎有点扫兴，蒙蒙细雨中公园内一片绿油油的，倒是好看。这时的海德公园，已不见什么游客。

"演说角"下那位威尔士人还在演说吗？……四周静悄悄。我心上突然感到这是一种寂静，静悄悄之外，还有一种寂寞……

# 宠　狗

## ——访英杂记之六

在英国住了四个月，见到各种各样、大大小小、颜色各异的狗真是不少。

英国人爱养狗，简直是宠狗成风，几乎家家有狗。大街上、高速公路上的汽车里，常有狗与人一同坐着兜风，招摇过市。我们住在艾萨克斯郡（Essex）的却区兰里（Church Langley），邻居家养了两只外貌难看的狗，一只肥胖的黑花矮脚母狗名叫"苏菲"；一只公的黑花瘦狗名叫"摩里"。两条狗都不是好品种，丢在中国街上恐怕没人会要。但主人对这两只丑狗爱得很深。男主人派登先生每天早晚都牵着两只狗出去遛达。两只狗整天"汪汪"乱叫，主人也不厌烦。

我们夫妇俩每天傍晚散步，总要碰到十几个遛狗的男女。牵的狗有的高大凶猛，有的娇小滑稽。有时，一个人同时用皮带牵着两三条狗。有时候，狗是自由的，不拴皮带，在主人前后乱跑，一路拉屎拉尿，尽管常见路边竖着木牌提示："请勿让狗随地拉屎"，但有教养的主人按此办理，极少数没公德的主人，置之不理。所以，一路散步，少不了要在路上见到狗屎。有时甚至见到狗的主人牵着狗耐心等狗在路边把屎拉完才移步。幸亏英国的环境总的比较洁净，路上的狗屎常常很快会被扫除干净。

英国人不少都有绅士风度，我们夫妇散步时，那些陌生的英国人，绝大多数见到我们总要友好地点头，说一声"早安"或"晚安"。牵着狗的人，见我们是老人，估计我们怕狗，常常礼貌地站在一边，等待我们先过去。有的干脆远远就把狗牵过马路，避免同我们碰面。遛狗，其实确也"艰苦"。狗要拉屎拉尿，人也难以禁止。因此，见到过有的英国人在狗拉屎后，用随身带的塑料袋将狗屎捡起来装上，免得污染街道。有趣的是有时见到路边竖立的"请勿让狗随地拉屎"的木牌上竟挂着一只只装着狗屎的塑料袋。这倒颇有点讽刺意味了。回国后，有朋友问："在英国观感如何？"我笑着说："有好有坏，但绝非像有些想偷渡到英国去发财的人那样，以为英国遍地黄金！黄金是没有的！狗屎地上倒是有的！"

英国人爱狗爱到这样的程度，你如果爱他的狗，拍拍他的狗的头，赞美一下他的狗好，他就会报以微笑对你分外友好。女婿在一家公司工作，公司董事长家里养了一条大狗，是董事长全家的"心肝宝贝"，董事长夫人把狗当作家庭成员。来了客人冷落了狗，狗会生气撒娇，乱叫乱打滚。狗要同人贴脸，伸出前脚同客人握手。这狗每天洗澡、喝牛奶，定时要开门放狗出去大便。这家公司请了个女清洁工打扫卫生。女清洁工是个单身中年女人，每天开着她那辆旧汽车来上班。汽车上满载着她养的十多条狗。她挣的钱很多都花在十多只狗身上，快乐而无怨言。

英国拿救济金不工作的人不少，这些人闲得没事，喝喝啤酒逛东逛西，养狗也是他们的乐趣。狗成了伙伴、伴侣。地铁里，常看到有一些流浪者，男的女的都有。有的年轻的还成双成对，养一条狗。狗在流浪者心目中依然还是宠物。

英国人离婚率高，离婚后的单身男女，常常养狗。据说英国有上百万孤寡老人，儿女子孙一般均不同老人住在一起。老人寂寞，就养条狗做朋友。人与狗接吻，狗与人接吻，并不罕见，社会问题，助长了养狗之风。据说全英国被喂养的狗约有六百万条。

电视上和报纸上，常有罐头狗食品的广告。报刊上，常像美人照似的刊有狗的"玉照"。逛超市时，见到狗食品罐头形形色色丰富多样。伦敦据说有许多为狗服务的公司和店家，有狗的时装出售，也有狗的美容院和医院、洗澡店。

其实，英国的这种情况在欧洲许多国家大致也相仿。1997年，我访问捷克时，在布拉格的一次会议上，见有的人竟带了狗来参加会。狗汪汪乱吠，主人很高兴，客人也高兴，无人觉得不正常。在另一次会议上，有人不友好地问我："听说中国人吃狗肉？真的这么残忍吗？"我直率回答："其实，这是生活习惯的问题。中国是个大国，有五十几个民族。有的民族，比如朝鲜族，自古以来就爱吃狗肉。此外，有些省份里的某些县，自古以来也有养狗吃肉的习惯，但在中国全国，吃狗肉并不普遍。我就不吃狗肉。而吃狗肉这件事，正如你们吃牛肉、猪肉、羊肉一样没有什么不同，不属于残忍不残忍的问题。中国有十多亿人口，生活习俗不能统一规定。拿狗来说，历来有少数人吃狗肉，但从城市到乡村，更有无数人像你们一样养狗爱狗。你们对中国太不了解，建议今后到中国去旅游看一看。"这回答当时问者认为满意而且可以理解。

我最近还听说了一件发生在美国的真事：一个中国博士生到美国不久，进了一所名牌大学负责管理实验用的狗，给狗做好被实验前的准备工作。狗当然未必听话，他对狗就不断打踢，打得狗汪汪乱叫。狗固然可以用作实验把它杀死，但打狗是虐待，不可以的。为这，他立即被炒了鱿鱼。他很不理解，但国情为此，不理解也得理解。

说实在的，看到狗在外国之被如此宠爱，又看到英国有那么多穷苦的流浪汉和拿救济金的人，我还真有点说不出的不舒服感。但世界就是不同国家、不同民族、不同文化、不同风俗、不同生活习惯、不同生活方式及不同意识形态等种种不同价值观、生存观、生活观合成的综合体。在这里觉得奇怪的事，在那里未必奇怪。强求一律本来并不必要，有它存在也并不滑稽，无须少见多怪，还是求同存异的好，爱狗这件事就是一例。

# 伦敦点滴

## ——访英杂记之七

皮卡迪广场算是伦敦最繁华热闹的地区之一。这个广场其实只是地铁的出入口和几条街道的交汇处。在寸地如金的伦敦，这居于八面高楼中间的一块方圆约五六十米的广场得天独厚，被车辆人流充塞得喧嚣非凡。在这广场中央，树着高高的希腊神话中的爱神伊罗斯神像，周围有台阶可供过客小憩，附近高楼上大型电视广告显示屏不断变换着内容。我们在这星期天的早晨途经这里特地来站一站、看一看，领略点"英国风味"。

在石阶上，有两个酒徒，一个显然醉得厉害，闭着躺着；一个则在轻轻哼歌，衣服都很脏。有几个年轻的嬉皮士，奇装异服在闲逛，发型很怪，有的脸上涂得像鬼。对这种情况，初到伦敦的人看了觉得奇怪，我俩却是司空见惯了。

英国失业率是高，但具体分折，许多无职业者找个活干并不太难，只是他们看不中许多职业，工资不理想，职业种类不合意，他们宁愿拿救济金，比中国公派留学生拿的钱多。这个国家社会福利相当好，因此也养活了大批懒人，依仗社会福利救济生存，如不计较职业好坏和工资高低，靠双手养活自己并不困难。有些人拿到救济金马上进酒吧，钱没了，人醉了，政府只好将月发救济金改为每周发救济金，以免他们一拿到全月的钱就去猛灌，像父母对待一个拿到糖果全部塞进嘴里的小孩只好慢慢将糖果发给他。当然，对外国人而言，的确找工作较难，许多工作不轻易让外国人做。一份工作如当地人没人做，才能轮上外国人。保障本土利益，英国人是掌握得很好的。

一周五天工作制，假期多，上班晚，下班早。上、下午两次各半小时的饮茶或咖啡时间，是雷打不动的。上午十点钟，下午三点钟，人们在家里、餐馆或酒吧里、街边露天茶座里，都要饮茶或咖啡，吃点巧克力或甜点心，谈天说地。今天，我们就在一家街边露天茶座里坐着喝茶了。不喝咖啡，喝茶，会使我们想到祖国，想到在国内的日子。上星期天，我们是自己开车一个半小时到南部海边勃里丹（Brihtan）度假的。那天的天气晴朗，太阳特好。英国人对太阳特别喜欢，太阳一晒他们似乎更喜欢懒洋洋地过。因为这儿是海洋性气候，经常阴天下雨，温度也不高。有了晴天，那些空草坪上就会躺满了人享受日光浴。那些草坪旁的空横椅上就会坐满悠闲无事的英国男女，其中老人当然是很多的。英国人似乎欢喜这样的悠闲生活。我们到勃里丹海边后，忽然刮起了大风，风大得叫人受不了，有趣的是许多英国人仍裸着上身躺在海滨昏然入睡，好像舍不得离开。

英国人收入越高，税缴得越多，收入越少，则享受社会福利越多，这实在是个问题。但另一方面，大多数英国人工作还是讲究效率的，英国在高科技领域仍是具有实力的。英国人很注意改革和改进。

我们离开茶座，坐地铁准备去著名的大英图书馆参观。伦敦地铁是世界上最古老的地铁，有一百多年历史，主线十条，车站一百多个，遍布城区，每天有二十万人左右乘坐。它作为一个国营企业，收入来源只有售票、广告、车站商店盈余及多余地皮出租等，为提高经济效益，公司裁员二千几百人，又将车辆清洗、车站清扫及维护等工作通过招标交给私营公司干，节省大量开支。国营地铁能扭亏为盈是颇不容易的。而服务质量要求却很高。乘地铁如晚点十五分钟，可以退还票款。地铁车上总是十分安静，看报的人多，毫无表情想心事的人多，频频交谈的人少，这似乎也是"英国风味"。

我们后来到世界闻名的大英图书馆参观，图书馆就在大英博物馆里面。这里的阅览室真是华丽、宏伟，有四百个座位，每个座位配有一部检索微机，一把靠背椅，桌面上有可以调整方向的架书板。书桌上有辐照桌子两面的日光灯。厅内空气严肃，寂然无声，只见许多英国男女全神贯注地在阅读或翻找资料、写笔记。在这里，似乎使人能体会到英国的另一个方面，这里的许多精英，推动着英国科技文化的发展，他们并不慢悠悠，也不懒洋洋。

我们沿着墙边，按英文字母顺序来到 K 排，从 K 排到 P 排，每排最外边的座位是卡尔·马克思当年到大英图书馆阅读和工作的地方。他于 1850 年 6 月取得阅览证，当时住在伦敦索荷区迪安大街 28 号；1867 年发表《资本论》。我们在国内时看到资料说，当年马克思在大英图书馆坐的位子扶手上有印痕，桌椅下有鞋印痕迹；但我们失望地发现：桌椅和地面都已重新修整过，当年踪迹已无处寻觅了！

（本文刊于 1995 年《开放》杂志第一期）

# 伦敦杂拾

## ——访英杂记之八

国内朋友来信，说国内正在打击伪劣商品。其实英国的商品假冒现象也非常严重。《泰晤士报》刊登过一篇文章，题目是《街上伪造商品充斥，上万人因此失业》。文章中说：制造假冒商品者每年至少从中渔利十亿镑，致使制造业减少大约十万个就业机会。

在英国，假冒的名牌服装、药品、摩托车零部件、计算机软件、音像磁带、电子产品、香水等充斥市场。据说假名牌服装大多来自外国，先合法地出口到英国，然后打上名牌商标，进入市场以接近名牌服装的价格出售。

根据英国法律规定：警方有权搜查和没收任何冒牌商品。许多创出了名牌的公司还雇用私家侦探来保护他们的声誉和利益免受侵犯，"福尔摩斯"当然也能发现和抓到些制造假冒商品的骗子，但很难从根本上解决问题。这个问题现在带有国际性。国际商会下面设立了假冒商品情报局，报载那位局长爱立克·艾伦说："假冒商品现象很严重，不仅在远东地区，英国国内也是鱼龙混杂，而且常同犯罪团伙和毒品交易纠缠在一起。我们的工作变得越来越复杂了。"

坚持不懈地打击假冒商品，英国正这么做。

我对酒没有兴趣。看到国外报刊报道：由于人们生活变得富裕起来，中国的啤酒消费大大增加，1991年已达124.9亿瓶，仅次于美国和德国。中国的啤酒消费的迅速增长，近年来吸引了一些外国厂家到中国开办合资企业。帕布斯特公司已在华南办了一家合资啤酒厂。米勒啤酒酿造公司在北京的一家合资啤酒厂也投产。北京已举办过一次德国啤酒节。啤酒生产的发展给国家带来丰厚的利润。

在英国，酒吧很多，一般酒吧又可兼做餐馆，许多商人习惯于在他们公司附近的酒吧用午餐以便节省时间。英国人最爱喝啤酒，苦啤酒比较流行。英国啤酒在常温口感最佳。但在苏格兰，威士忌最受重视。威士忌成了苏格兰重要的出口产品。

在苏格兰，威士忌酒共分四大派系。地区不同，地貌不同，生产的酒也不同。这使我想起了国内许多名酒的情况，都是名酒，但各有不同。这就可以适应各种酒客的不同爱好和需要。白酒在英国本来很少知音。但现在听说白酒的饮用量也开始逐渐上升。中国是否应该酿造一种适合英国人口味的白酒来英国销售呢？

萧乾先生过去曾这样评价英国："二次大战后，这个一向靠剥削海外属领过活的大英帝国解体了。不过这个古老殖民国家本身没垮，仍居列强之一。当然，北海油田的发现帮了他们的大忙，但重要的毕竟是这个民族在世界上的适应能力。它十分保守，然而在关键时刻又颇现实，很识时务。"近几年英国经济不甚景气，但绝不能把她看得太"糟"。在不景气时代，新富翁仍在大量出现。这些人并不是靠什么平常人不能掌握的特别技术起家，他们的过人之处在于能开动脑筋，抓住机会，努力经营。

有一家自动修鞋公司，创办人名叫麦克·斯特罗姆。原先英国的修鞋店都是一些开在小街上的小脏铺子。他却在闹市开了家装潢漂亮的大修鞋店，修得既快又好，要价却较高。结果生意兴隆，门庭若市。如今他在全英已开了一百多家修鞋店，他成了一个大富翁。

罗伯特·厄尔是靠饮食业起家的百万富翁。他在大学里学的是饭店和旅馆管理，毕业后在伦敦塔附近的一家饭店工作。这家饭店为外国游客提供"中世纪式的饮食和娱乐"。他发现这种做法很受欢迎，有利可图，就在1978年自己开设了"莎士比亚酒家"，为海外旅游者举办"都铎（英国古代一个王朝的名称）之夜"，由此创业，几年之内，在英国建了一些新的饭店。成功后，更在美国开设了饭店。

杰里米·帕特维一直对园艺感兴趣，开了一家花店。70年代他在北海边的克拉克顿买了一处花园，并逐渐转向种植绿色植物，因为它比花卉更能卖钱。为了找到能供应植物的来源，他花了许多精力在加勒比海两个英属小岛上找到两个可以供应树苗的植物园。他密切注视市场需要的变化，及时供应时兴的植物，能在顾主订货后迅速把植物运来。他的主顾包括英国的许多大植物园、大花园、超级市场，马来西亚、沙特阿拉伯等外国也来订货。

安尼塔·罗迪克在非洲和太平洋中部的波利尼西亚群岛旅行时，发现当地妇女使用天然化妆品很好，她决定要成为一个使用天然化妆品运动的发起者，于是她向银行申请货款四千英镑开化妆店。现在，她的国际天然化妆品公司在英国已开设了四十九家店，在国外有六十几家店。公司的产品如黄瓜清洁剂、胡萝卜冷霜等，是十分有吸引力的。这些英国人的成功当然并非偶然。他们都是改革型的，也都是开放型的。

# 香榭丽舍的招引

——游法杂记之一

早受到巴黎香榭丽舍大街和凯旋门名声的招引了！到了巴黎，决定从协和广场开始步行，从头到尾走完香榭丽舍大街那一千八百八十米全程到达凯旋门。

香榭丽舍大街和凯旋门给我的好印象主要来自爱伦堡笔下的巴黎，在他的《暴风雨》《巴黎的陷落》和回忆录《人·岁月·生活》中，那条浪漫的林荫大道，两侧绿树高耸、郁郁葱葱。秋天时，红叶黄叶流光溢彩令人心醉，阳光下，踩着落叶散步……虽遥远，但我似早已熟悉并不陌生，我带上一种愉快的好心情走上协和广场。

人说协和广场是今日花都巴黎的中心，它与凯旋门、卢浮宫在一条直线上，广场大极了，四周一圈和当中的长条修成安全地带供人游览休息，内圈和外圈是汽车道。川流不息的汽车从这个大圆盘飞驶到四方。可能法国人特爱"自由"，巴黎的汽车特别粗野，一辆辆像一只只老虎，发出的声响震耳。比起英国的交通来，巴黎的交通乱得多。每条马路上汽车、摩托都像亡命之徒。以后看到，整条香榭丽舍大街上，并排飞驶的汽车、摩托都像在追魂。

协和广场中央竖立着一座二十多米高的方尖碑，是 19 世纪时埃及总督赠送法国的礼物，碑身刻满古埃及象形文字，两侧各有一个造型美丽附有青铜美人鱼雕塑的大喷水池。这广场原名路易十五广场，有国王路易十五的铜像，1789年，法国大革命起来，铜像砸倒。1793年，巴黎市民在广场上搭起了断头台，法国国王路易十六和他美艳的皇后玛丽·安东尼逃跑被抓住，在这广场的断头台上被处死，协和广场就更出名。美国电影《绝代艳后》拍的就是玛丽·安东尼的故事。我在捷克布拉格旧皇宫里看到过玛丽·安东尼做奥地利公主时的画像，可真是个大美人。现在这里日光煦和，有儿童嬉笑玩耍，有鸽群飞翔，一片平和。

蓝天白云，从协和广场西去，就是巴黎最漂亮的香榭丽舍大街，三百多年前，这是从巴黎西部田园中开辟出的一条供贵族消遣的跑马大道，法文"香榭丽舍"，原意是"田园乐土"。踏上香榭丽舍路口，笔直的大道宽阔有一百多米，中间可并行八辆汽车，大批汽车"哗哗"流水般风驰电掣东来西去。公路两侧是高大的梧桐和栗树，每侧都有非常广阔的人行道，人行道一边，又有大片绿化地带，有密集的大树和可以休闲的花圃及公园。为了安全，我们赶快走上人行道。

一千八百八十米长的香榭丽舍大街，分成两段，中间以大圆盘路口为界，这两段风格迥然不同。我们先走的这一段算是东段，是一条浪漫的林荫大道，两侧都有可供憩息的公园。西段则是巴黎最繁华时新的大街，有纸醉金迷的色彩。

走在东段的人行道上。给我从小说和电影中得到的印象相似。只是一路走去，只见沿着大街两侧的人行道上每隔百米左右就有一个现代派的艺术品陈列着供人欣赏，有巨型雕塑，有木料泥塑，有钢铁制成，有玻璃材料或水泥砌搭，着眼于"新"和"奇"，大的有两三间屋面积，小的也有三四米高，两三米宽，看的人有，是否很欣赏难说。一件艺术品是十几个粗笨的大铁环焊接在一起；另一件艺术品是一群丑陋人物的彩塑，有的身上穿着"可口可乐"的广告。我见也有中国美术家的作品，是一尊庞大的挺胸凸肚笨重的中山装半身人像，但没有脑袋……现代派艺术也有很好的，但美丽的香榭丽舍充塞这些艺术品有的很煞风景，犹如一间高雅的厅堂里放进了低劣粗俗的摆设，不伦不类了！

欧洲今年流行色依然处在黑、灰、白、蓝一类素净的时装上。来自外国的游客在香榭丽舍构成了美丽的图案。黑皮肤、白皮肤、黄皮肤……欧洲人、亚洲人、美国人、南美人……金发的、黑发的、赭发的、红发的……群集香榭丽舍，逛大街，去看凯旋门。走完东段，经过大圆盘路口，西段的香榭丽舍大街就给人另一种观感。那是穿了时装的巴黎，靓丽而丰富多彩，敏嚣而又堂皇，沿街一栋栋六七层的楼房，底层都是奢华的商店、漂亮时髦的时装店、化妆品店、精品店，又有许多剧场、影院、俱乐部、酒吧、舞厅、夜总会，夹杂着银行、旅行社、航空公司办事处、报纸杂志社、汽车展销厅、餐馆，沿街更多的是用鲜花装饰着的咖啡座。匠心独具的橱窗布置，使得街景目迷五色，琳琅满目；浓烈的咖啡香使人想停下来喝一杯歇一歇，但要看凯旋门，应该再往前走。

闻名世界的法国凯旋门早就远远展现在我们眼前。此刻，越近就看得越清楚了！它雄伟壮丽，雄踞在香榭丽舍大街的西端末尾，全部用石料砌筑而成，五十米高，四十五米宽，二十二米厚，四面有门。下面横门可以并排驶过好几辆汽车。"凯旋门"本是古罗马奴隶制统治者为炫耀对外侵略战绩而建的一种纪念性建筑，例如罗马的泰塔斯凯旋门就建于公元81年。法国这座凯旋门，是法皇拿破仑一世为纪念他的赫赫战功而建的，1806年开工，三十年后落成，只是拿破仑未等到它完工就一败涂地被放逐到大西洋中的圣赫勒拿岛，悒闷而死。这座门落成后，成了法国民族荣誉的象征和人民表达爱国热情的地方。1885年，大作家雨果的国葬仪式在此举行。1944年的8月25日为庆祝巴黎从德寇手中解放，戴高乐率法军在这里举行入城式，并与盟军统帅艾森豪威尔等在凯旋门下合影留念。我们走近凯旋门时，看到一批法国参加过二战的老战士。全已是白发苍苍的老人了，有男有女，戴着勋章缓带，举着三色旗正在聚会。

凯旋门上有巨型浮雕，著名的法国雕塑家吕德的浮雕《马赛曲》实在是不朽的佳作，我是早从摄影集和报刊上见过这浮雕的：一位右手持剑的女战士正在振臂高呼，号召人们战斗。法国国歌《马赛曲》是法国作曲家鲁日·德·李尔1792年创作的，它不仅在法国家喻户晓，在世界也传播极广。我是童年时代就会哼唱的，那旋律十分鼓舞人心。我想在《马赛曲》浮雕前拍张照留念，但既要拍完整的凯旋门，又要突出《马赛曲》浮雕，很难办到，外加汽车奔驰如虎，不敢站到大街上去。照片是拍了，《马赛曲》是模糊的。

凯旋门的拱门，内部刻有拿破仑麾下近六百名将军的姓名。中央是一座无名烈士墓，代表在第一次世界大战中死难的一百三十多万法军官兵。墓前有一盏明灯，日夜不灭。

走完香榭丽舍，来到凯旋门下，我仿佛听从招引已经完成了任务，仰脸向凯旋门顶上望去。上边密密麻麻全是人。人在高处显得这样小，但他们在举手指点，在东张西望，看得一清二楚。我历来看凯旋门的照片很粗心，从未想到凯旋门是可以让大批的人攀登俯览巴黎的。这次巴黎之游，才知凯旋门有电梯及石阶直通顶端，旅游者可以到上边去鸟瞰四方。亲眼目睹和看照片到底不一样。

（1999 年 10 月 25 日）

# 塞纳河天长地久

## ——游法杂记之二

天上布满雨云，偶而还飘点碎雨花。

我和起凤及小女儿一家在艾菲尔铁塔附近的塞纳河边，上了游船，以便乘船在水上瞻仰河两岸巴黎绚丽多彩的风光和名胜古迹。游船很大，一百多米长，干净、舒适，舱里舱外可容纳二百来人。有一排排猩红色靠背的座椅，透明宽大的玻璃窗。虽不豪华，却也富丽。每半小时一班，票价50多法郎一人。可能由于天气不好，上一班船满载而去，我们这班游船却很空，大约只上了四五成座。

巴黎是充满着浪漫、繁华与文化艺术气韵的都市，林荫道、大马路共有六千多条，纵横交错。碧绿的塞纳河像一条圆弧将市区一分为二。河北边为右岸，南边为左岸。著名旅游景点大多沿塞纳河分布。巴黎的城市建筑容纳了自古希腊以来的各类建筑风格。尖顶的、圆顶的、方顶的都有……像一个建筑博物馆。

游船的路线是沿塞纳河向东驶去。一路可以看到两岸美丽、雄伟的各种古建筑、热闹的街道和绿树、草地。我们每个座位上都有"译意风"耳机，我起先以为是英语的，谁知拿起戴在耳上竟有中国话的介绍，而且是纯正的普通话。介绍扼要、清楚，与两岸风光配合，从历史到人物，从景点到民俗。市中心是巴黎最古老、豪华的地区。有1937年为巴黎国际博览会而造的夏乐宫，路易十四当年为残疾军人建造的荣军院，现在都历历在我们目光之中。塞纳河右岸是贸易和金融区，左岸是作家、诗人、画家、音乐家等文人学士常来喝咖啡、购旧书和聚会的拉丁区。一些小咖啡馆里，寓言作家拉·封丹、戏剧家莫里哀、拉辛据说是最早坐咖啡馆的文化人；雨果、巴尔扎克、莫泊桑等常光顾咖啡馆。近代作家如阿拉贡、马尔罗、纪德常出现在街边的咖啡座上；二战后，萨特、加缪等人，也常在咖啡馆里谈论存在主义……再过去，我们就看到著名的华丽辉煌的卢浮宫了！它曾是王宫，法国大革命后，不再是王宫，现在成了国家美术博物馆，珍藏数十万件珍贵艺术品。"译意风"的介绍，配着悦耳的音乐，在过巴黎市府大厦时，突然插播了戴高乐将军在二战打败德国法西斯解放巴黎后的讲话录音。我不懂法语，但那声音激昂慷慨，引人遐想。而当我们的游船远远地可以看到典型的哥特式建筑巴黎圣母院时，播放了舒伯特的《圣母颂》……神奇的旋律将一种诗情画意带上心头。

巴黎圣母院在塞纳河上的一个大岛——西岱岛上。在历史上，巴黎原先只是塞纳河中间西岱岛上的一个小渔村，住着高卢族巴黎人。公元1世纪，罗马人占领了西岱并使它发展成一个小市镇。到4世纪，这里正式命名为巴黎。6世纪开始，巴黎成为法兰西王国的首都，直到如今。我放下"译意风"，走到船舱外尾部的甲板上去观看西岱岛。这个长不过一公里，宽仅五百米的小岛，布满古建筑。我凝望着有点阴暗的巴黎圣母院。这座最古老、雄伟的天主教堂，1163年开始建造，经过两个世纪才完成。造成后的几个世纪中，历遭天灾人祸，差点被拆毁，也差点被烧毁。修葺后，1864年才重新开放。我的目光在寻找钟楼，哪里该有雨果《巴黎圣母院》中的主人公卡西莫多敲打的那口大钟（虽然我明知那个故事只是作家的虚构）？那两座巍峨的塔楼，使我幻想起当年拿破仑在巴黎圣母院内加冕称帝的盛况；也想起1970年戴高乐在此举行葬礼……岛的西部，有灰色墙壁的司法宫。这里曾是王家宫殿，附有监狱。法国大革命后，1793—1794年间，这里曾是十分恐怖的地方，丹东和罗伯斯庇尔都从这里被送往断头台……

忽然，我听到了悠扬的钟声，钟声正是从巴黎圣母院里传出来的，清脆飘忽，碎了凝滞的空气，沁入心脾……

游船绕西岱岛后，又循原路回来。风，带着湿润和水腥味吹来。两岸傲然挺立的建筑典雅美观，但不免古老陈旧。塞纳河上的桥梁，既多且姿彩各异。整条河上有三十多座桥梁沟通两岸交通。我们的游船，兜这么一圈，只穿过十几座桥，但已饱览桥的艺术。一座名为"新桥"的十二孔大石桥，其实是河上桥梁中最古老的一座。桥头有亨利四世骑马仗剑的雕像，它连接西岱岛与河左岸；还有一座怪石桥，上面有三百多个怪面兽；最壮观的亚历山大三世桥，它离艾菲尔铁塔不远。

沐点碎雨丝在游船上饱览塞纳河两岸景物。听不见街上的喧闹声和汽车喇叭声，既舒服又开眼界，虽然不免匆匆，游兴未尽。但水上之游似可更体会到巴黎的美丽，只是在经过一段河岸时，瞥见一侧岸边人行道下类似桥洞的地方，透着幽暗的青色，住着些无家可归的流浪者，有男有女，囚首垢面，有的和衣席地而卧，有的抄手站立看着我们。这与游船的富丽及两岸美奢的建筑，形成强烈对比。

正是因为禁不住这次水上航行的诱惑，在接着来到的日子里，我们沿塞纳河步行，想进一步窥探巴黎的妩媚与巴黎的情调。

塞纳河边有那么多的书摊，而且有那么多旧书。书商们从上午开始打开固定锁着的木箱盖，展示他们出售的书籍。我在爱伦堡的作品里见他描述过这种露天的书摊。书摊也出售绘画作品。有些街头艺术家展出标上价格的新作，自己默默坐在一边的小凳子上，等待知音。10月上旬的巴黎，时雨时阴，有时风已寒凉刺人。一个走向迟暮的本来长得很美的黑发女艺术家，估计是法国人，穿一身深灰连衣裙，画的都是巴黎的名胜。她面上带点忧悒和寂寞，在河边冷风中独坐吸烟，但不见有人光顾作品……

喝咖啡自然必不可少。据说巴黎有一万多家咖啡馆。当年塞纳河左岸一些咖啡馆里，法国有名的作家、诗人最爱在街边一坐，喝着咖啡聊天或研读、构思作品，观赏街景和行人。领略一下他们当年光顾过的咖啡馆，岂能没有魅力？此前，我们在离艾菲尔铁塔不远处的一家名叫 KeNo 的咖啡馆喝过咖啡，为了避雨。在卢浮宫附近一家名叫 De la Comedie 的咖啡馆喝过咖啡，为了休息。这家在街边打着红色遮阳棚的咖啡馆，门首标明是 1664 年创办的老店，肥胖的侍者挺着肚子剃着光头打着黑领结，咖啡价格比别家贵得多。现在逛塞纳河边，我们找了一家在转弯角名叫 Au Vieux Chatelet 的咖啡馆，在沿街的小圆桌旁喝咖啡。靠背的藤椅很柔软，手拥着一杯加了奶的咖啡，咖啡苦而香，价格不算贵，悠闲地坐着，我不能不想起一批作家诗人的名字。巴尔扎克是个没有咖啡写不出作品的人，几万杯咖啡帮他完成了九十多部作品。他也许曾在此喝过咖啡？俱往矣！无须问，也无须考证他们中谁曾在此喝过。我追求的只是那喝咖啡时的一种环境和好心情。这对我仅仅是旅游巴黎的一种体验，或说是体验的一个方面。

沿河有花市。花店占道经营，却很得游客欢迎。宽阔的人行道变窄了，一边摆满五彩绚丽幽香扑鼻的各色鲜花，樱桃红、罂粟红、珊瑚红、纯白、淡紫、嫩黄、蝴蝶蓝……都有。一边放满深绿、浅绿、荧光绿、龟背绿的各种盆栽。从花团锦簇般的花市走过，身上似染上一层暗香，眼前似有彩云飘流。这自然也是塞纳河边的一道风景线。

终于沿河边过石桥走到西岱岛上的巴黎圣母院来了！宽阔可爱的广场上，飞翔、停歇着许多鸽子。游客多得难以数清。排队进了圣母院，大教堂内气势恢宏，巨大的七彩玻璃窗里透进光芒，使可容纳数千人的大厅阴暗肃穆。祭坛中央供着圣母悲伤抱着殉难耶稣遗体的大理石雕塑，边上天使围绕。四周许多名画和雕塑，庄严华丽，幽深古老……

　　修造在塞纳河右岸的卢浮宫，栋宇精丽，宫殿长达七百米，占地45公顷，是巴黎最大的王宫建筑群，自然非去不可。它的庞大美观，内涵的丰富，我读过一些巴黎旅游者的文章，对此都有介绍，我也为它的光辉灿烂惊喜。但也像在塞纳河上见到那伙河旁穴居的流浪者一样，在出卢浮宫的一个广场上，两个服饰狼狈蓄着长发的街头艺术家正在现场绘画出售。画得很快很好，手法奇特，色彩鲜亮，构图巧妙。一定还未被社会视线重视，无人赏识，因而连生计也十分艰难。满面疲乏伏地作画，有一种对艺术的忠诚和痴迷，辛劳而无助，似有一种无言的哀戚。

　　在同一个广场上，两个瘦削的乞讨者，一个化装成带白色翅膀的天使，一个化装成金色衣履的埃及法老木乃伊，两人分开站立，木然不动，谁如在他的面前的空盆中投下一个钱币，"天使"或"木乃伊"就会深深鞠躬。布施的人不多，盆中只有寥寥的钱币……起风同情他们，让外孙安帝往盆里投币。

　　我的心头有一种说不出的感情。

　　闪光的塞纳河天长地久。河水不清冽，也不算肮脏。它像一位饱尝沧桑的老人，目睹着巴黎历史的变化，目睹着兴与衰、贫与富、快乐与悲伤。它默默无语，却在潺潺不断地静静流淌……

（1999 年 10 月 30 日追记）

# 美丽的维也纳

——奥地利散记

秋天的奥地利维也纳真美、真好。

下午 3 点 20 分从贝尔格莱德起飞，一小时后，我们坐的奥航飞机已抵达维也纳了。飞机下降前，我就注意到了那条美丽的多瑙河。这是欧洲第二大河，全长 2850 公里，有大小支流 700 多条，流经德、奥、捷克、匈牙利、南斯拉夫、保加利亚、罗马尼亚等国。我在南斯拉夫时，站在多瑙河畔摄影，那河水毫无污染，蓝得发亮，清澈可爱。现在，从天上看下去，河水也是清亮亮的，绿树成片。大地像锦绣花园，令人神往。

我爱维也纳国际机场的华丽和宽敞。机场内部到处都是通道，五彩缤纷，有那么多形形色色漂亮的商店，有餐馆、咖啡厅，也有可以住宿的 Hotel。在里边逛一逛，异国情调和繁荣富裕的气氛，使你开心，问讯处、外币兑换处和商店里许多奥地利女郎彬彬有礼的笑脸都使你高兴，你忍不住要打开钱包进商店购一点欧洲旅游纪念品。但，价格并不便宜，甚至许多物品都比维也纳市里贵得多。

中国驻奥地利大使馆的贾建新文化参赞进机场迎接我们。他是一位戴眼镜的年轻外交官，不但能干，仪表、谈吐都好。互不认识，他却一下子就肯定我们一伙是中国作家代表团了！异国他乡，大家一见如故。他接我们到大使馆招待所休息。招待所原是一家三星级宾馆，大使馆买了下来改做招待所。我们每人一室，一天收40美元，还供三餐。我们访欧已超出20天，吃多了西餐，在维也纳能吃到本国菜肴、喝到稀饭，感到特别可口。

早就向往维也纳了！在文学书、历史书上读到过它；也从电影和戏剧中知道过它；更从那些大音乐家的生平和乐曲中增进了对维也纳的感悟。几十年来，每当听到《蓝色多瑙河》《维也纳森林的故事》和约翰·施特劳斯其他乐曲的旋律，听到贝多芬、舒伯特、莫扎特、海顿等的名字和他们的乐章时，总常常连带想起维也纳这"音乐之都"，这"华尔兹舞曲的故乡"。而现在，美丽的维也纳展示在眼前，张臂欢迎着我了！

奥地利是欧洲中部的内陆国，同捷克、斯洛伐克、斯洛文尼亚、意大利、瑞士、德国相邻，面积8.38万平方公里，人口近800万，12世纪形成公国，1867年与匈牙利合并成为奥地利共和国。1938年法西斯德国吞并奥地利，二次大战中，她曾作为德国的一部分参战。1945年德国战败，奥地利全境由美、英、苏、法四国分区占领。1955年四国同奥地利签订和约，同年10月宣布永久中立，奥地利恢复独立至今。从今天的奥地利来看，由于一直享受着和平安定，她是一个富饶、宁静、美丽的国家。维也纳街上外国旅游者极多，服饰多数都华丽讲究，生活在这里显得轻松而优雅，令人羡慕。

维也纳是奥地利的首都，人口只有160多万，但它是位于欧洲中心的国际都市，是联合国的三个总部之一，也是重要的国际交通枢纽。它背靠葱郁的卡伦堡山，面临潺潺流淌的多瑙河，风光如画，古迹众多，景色实在迷人。维也纳没有美国纽约那种摩天的高楼大厦，它的建筑物大多都建于欧洲著名的巴洛克文化的黄金时代。这些旧建筑物保护得很好，有欧洲的特色。在街头巷尾、广场、公园，常有一座座青铜的或大理石的雕像闪烁着美的光芒，在各式各样建筑物的顶部，在门墙上，也都可以看到各种精美绝伦的雕塑和雕像。这座精美绝伦的城市，充满音乐艺术和科技人文的气氛，由于绿化好，使它更充满了诱惑力。

感谢大使馆的安排，我们在维也纳短暂逗留，大使馆派车使我们浏览了这花园般城市的市容，又让我们游览了我们想去的一些著名的景点和旅游名胜。

打开我手边的维也纳市区和郊区图，国家歌剧院和维也纳音乐厅都在地图中央。我们的汽车在城区行驶，经过繁华洁净的街衢，经过国家图书馆、斯特凡大教堂……一路走马观花，来到了作为"音乐之邦"主要象征的维也纳国家歌剧院。

国家歌剧院有"世界歌剧中心"的美誉，建于1869年，它是一幢雄伟的建筑，阳光下显得金光灿灿。有带半圆形的双层顶部建筑，有两层楼的底部建筑。大门下边是五个拱形门，二层也有五个拱形门，显得很气派。这里晚间经常有音乐会演出，它的出名并不在于建筑，而在于演出的都是世界一流的乐队和歌剧，而且节目几乎从不雷同。

出名的维也纳音乐厅矗立在我们面前，它显得古老，却又有最现代化的音乐演奏厅。音乐演奏厅因为金碧辉煌，被称为"金色大厅"。世界一流的交响乐都以应邀在此演出为荣。每到除夕之夜，金色大厅新年音乐会总向全世界电视现场转播，成为收视率最高的节目，文化参赞贾建新告诉我：虎年春节前夜，这里将举行"中国新春民乐演奏会"。这是维也纳音乐厅首次邀请来自亚洲的乐团，也是中国民乐首次走进金色大厅。回国后，今年春节，我在中央电视台的荧屏上果然欣赏了这台使维也纳听众倾倒的音乐会，不禁遐想联翩，想起了几个月前在金色大厅门前瞻望和参观的情景。

访奥期间，我还游览了维也纳市立公园。这里有约翰·施特劳斯纪念碑。他演奏小提琴的金色铜像竖立在白色大理石的台阶上，姿态潇洒，背后的大理石拱门上雕刻着小天使、音乐女神的裸像，栩栩如生，背衬着高大的常青树和黄叶树，台阶前盛开着黄色的菊花。在这里，令人仿佛听到圆舞曲的旋律随风飘来。据说，每年夏季这里都要举行施特劳斯圆舞曲的露天音乐会。维也纳的人们得天独厚地能享受到乐坛大师的音乐。可惜我们是秋天才来。

为了凭吊那些音乐大师的坟墓。我们到了中央名人公墓。我真佩服并且钦羡欧洲一些国家对名人墓地的保护与关注。这种感觉，在捷克访问布拉格时我就有深切的感受了，到维也纳，这种感觉更浓。这个中央名人公墓里，有郁郁葱葱的古树、如茵的草地、可爱的喷泉，整个墓地就是一个设计精美的大公园，每个墓前石碑的雕刻设计形态与内容都不相同，表现了葬在墓中的人物各自的特点与禀性，可以说每个墓都是一件艺术品。有意思的是人们爱到这里来寻找、凭吊、献花的都是那些在人类文化史上做出过巨大贡献的大师的墓，皇位、爵位或金钱、富裕所造成的名人如今墓前却冷落而寂寞。

在维也纳，那条著名的商业街给我留下极好的印象。这条以18世纪奥地利女皇玛丽亚·特莱西娅命名的步行街，没有车辆行驶，逛街、购物安全方便。商店的大玻璃橱窗里都摆设着吸引人的华丽商品。这里讲德语，但英语也常可通行无阻。奥地利的先令，一美元合六先令，商店收先令也收美元。物价比捷克和南斯拉夫高，但商品丰富、质量也好。首饰店里珠光宝气，时装店里服饰上乘，旅游纪念品尤其多，外国旅游者都在这里悠闲地逛商店，我也选购了一些纪念品。

我到维也纳前，在英国的小女儿亮亮曾写信说："爸爸，您到维也纳一定要去故宫游览，到那里，您一定会想到希茜公主……"维也纳之游，故宫的确给我留下了深刻的印象。这个皇宫离国会大厦和国家歌剧院都不远。我既在亮亮寄给我她游维也纳的照片上看到过它，也从国际影星罗蜜·施耐特主演的电影《希茜公主》（又译《茜茜公主》）上熟悉过它。它并不高大巍峨，却有富丽堂皇的印象。皇宫前的广场平坦洁净，后花园里树林葱茏、花卉繁多。步行游览故宫时，我不禁想起了1742年开始的奥地利女皇玛丽亚和她的儿子约瑟夫二世相继进行改革的事。是他们母子，为奥地利国家奠定了近代政治、经济、军事、司法、教育的基础，在奥地利历史上占有重要地位。也想起了1853年与奥地利皇帝弗兰兹·约瑟夫结婚的那位神话般的美艳皇后希茜公主。希茜正式名字是伊丽莎白，她思想开放，感情丰富，热爱自由，会写诗擅长骑马，具有强烈的和平意识与民族感情，在奥匈民族冲突中，她为民族和解做出过贡献，但1898年9月10日，她在瑞士日内瓦被一个无政府主义青年暗杀殒命，当时这事使欧洲震惊。漫步故宫时我不禁想：我脚下踩着的路，也许希茜当年都走过。我看到的宫殿，她当年曾在大厅中随着出神入化的圆舞曲翩翩起舞过。于是，一种怀古的幽情油然而生……

故宫门前广场上，有十几辆马车停着，每辆马车由两匹骏马拉驶，花几元或十几元美金就可以乘坐，体味一下18世纪的宫廷生活。我看到一个白发的老年外国旅游者由一个导游的年轻美貌的金发姑娘陪伴着坐上了一辆马车，御者挥鞭，马车蹄声"嘚嘚"向西远去……

维也纳不是以赌场、红灯区、餐饮娱乐、摩天大楼等花花世界吸引游客。这里风光如画，古迹名胜众多，城市绿化得妩媚清新，洁净而无污染，富裕而平静，建筑物和雕像充满情趣，特别重要的是富有高品位的文化气息，充满音乐的浪漫气氛。由此可见，它成为世界名城绝非偶然。

# 在缅甸飞来飞去

## ——访缅散记之一

1993 年 12 月 1 日晨，中国作家代表团蒋子龙、冰夫、王扶、赵小兰和我五人从北京乘中国国际航空公司班机起飞时，北京是摄氏零下六度，真正严寒的冬天。两个半小时后抵达昆明，是摄氏十六度，春天一样。午后一点多钟，飞机继续飞行，两小时行程一千三百公里，到达仰光机场时，烈日高照，温度高达摄氏三十二度。一日之内，经历了冬、春、夏三季。

### 一

缅甸文化部副部长吴梭纽、印刷出版事业董事长吴昂乃、著名作家文学宫负责人吴苗丹等一批人都上来迎接。我驻缅大使馆文化参赞林朝宗、一秘韩学文、新华社首席记者张云飞等也来欢迎。新闻记者都纷纷拍照。天热，我们一下飞机感受到的不仅是气候的火热，而且是"胞波"情谊的温暖。这以后，仰光的英文、缅文报纸、电视台就常刊登我们的行踪和报道了。有时参加宴会，正坐着进食时，就看到旁边的电视荧屏上出现了我们来参加宴会的录像，报道的速度是很快的。

警官骑摩托开道，三辆"皇冠"和主人的轿车形成一支车队，载着我们中国作家代表团驶向幽静美丽的茵雅湖宾馆。一路上，警察敬礼、绿灯放行。这样的车队在仰光一直保持到我们离开。去到外地时，也是一样摩托或警车、军车开道，车队奔驰，将我们作为贵宾。刚抵茵雅湖宾馆，还来不及洗澡，就得到通知：宣传部部长谬丹将军立刻要热情会见代表团。大家匆匆洗脸更衣，马上乘车去宣传部。穿军装仪表堂堂的谬丹将军和一大批宣传部的负责人同代表团成员一一握手，愉快交谈，用缅式茶点招待我们。他强调：我们是亲戚、兄弟关系，有什么要求都可以提出来，希望我们在缅甸生活得像在家里一样，并表达了中缅双方文化界应多进行交流的愿望。会见后，韩学文一秘马上陪我们到大使馆见梁枫大使。梁大使当年曾是周总理的越南文翻译，他与我们一同喝茶交谈，告诉我们：缅甸是我们的友好邻邦，对我们很友好，在这里外交工作比较好做。大使是位仪表很好、和蔼亲切的外交家。以后，在宣传部吴登盛副部长盛宴招待我们时，梁大使也亲自来参加。当晚六时半，吴昂乃董事长在金碧辉煌彩灯闪烁的水上餐厅用中国菜肴宴请我们。厨师是在北京培训过的，鱼翅、明虾等的烹调滋味都很鲜美。在国外吃中国菜，别有一番滋味。

　　从这天开始，好客的主人每天都把日程安排得满满的，宴会也陆续不断，使我们确有"走亲戚"、"访好友"的感觉。


<h2 style="text-align:center">二</h2>


　　到仰光后，我就在注视着关心的一切。得到的印象是这个七十多万人的大城市非常美丽。西式建筑和缅式建筑及佛塔寺庙蔚为一体，形成仰光独特的风格。空气毫无污染，绿化极好。亚热带的树木枝繁叶茂，高高的椰树果实累累。到处鲜花盛开，市容整洁，街上汽车极多，街道宽阔而且干净，不见有人随地吐痰或乱抛废纸杂物。缅甸人

待人接物态度和蔼。在缅甸工作了八年的大使馆一秘韩学文说:"这里社会安定、治安也较好。"他未见过缅甸人在街上大声吵架或打架的。缅甸已经扫除了文盲,人民教养都不错。上公共汽车,年轻男人让老人妇女先上。市面看上去比较繁荣,私营企业已占百分之九十以上。我们逛盎山市场购物中心,见经商的个体户很多,给我们一种兴旺景象。

五年前,缅甸仰光发生了一件事:被缅甸人民尊奉为民族救国英雄的昂山将军(早在1947年7月已被刺遇难)的女儿昂山素季要竞选国家首脑。群众上了街,形成了骚乱。于是,产生了缅甸恢复法律和秩序委员会的组织。"恢复法律"指的是昂山时制定的宪法规定:凡与外国人结婚的人不得担任国家首脑,而昂山素季的丈夫是英国人。"恢复秩序",指的是保持国家的稳定团结。从那时起,昂山素季始终住在仰光她的宅子里,但不准出来从事政治活动。昂山将军的铜像、塑像、画像和照片今天在缅甸仍随处可见。昂山素季的事件发生后,西方大国以"人权"问题为借口制裁缅甸,诺贝尔和平奖也发给了昂山素季。从那以后,一晃五年了,到缅甸前,我看到过法新社9月7日发自仰光的一条电讯,标题是《缅甸政治气氛趋于宽松》,电文说:"五年后的今天,缅甸的将军们仍未显示出他们放宽控制的任何迹象。但是,此间持乐观态度的人士说,已开始出现发生变化的蛛丝马迹。当政的军人肯定不会返回兵营,军政府在缓慢地实行对外开放。乐观主义者——缅甸的和外国的都有——说,这对缅甸只会有好处。一位长期居住在缅甸的外国人本周早些时候说:'他们迈出的步子很小,但每一步都是对与世界其他地区发展关系的一种小小的承诺。'……"一位外交官说:"最重大的变化是他们意识到他们需要成为世界商业和经济社会的一部分。"军政府接管政权后不久便放宽了经济限制,而且已开始收到成效。一位态度比较乐观的观察家承认,毫无迹象表明军政府要放松对权力的控制,但同时又说制定会议至少标志着一种对话的开始。在过去的十八个月中约有一千八百名政治犯获释。一位外交官说："目前气氛比较宽松……"访缅归来后，我看到提前出版的日本《经济往来》杂志 1994 年 1 月号上有创价大学教授今川溟一写的《亚洲的时代属于谁》一文中说："近年来，实力不断增强的国家，如中国、菲律宾、马来西亚和印尼等，对美国和西欧发达国家公开宣传自己的主张。另外，亚洲也还存在着虽然经济实力不够，但凭借军事力量和地理特点，对欧美采取强硬态度的国家，如缅甸，对欧美的压制人权的批评毫不理睬……"西方记者的报道和日本教授的论述多少也反映了一点今日缅甸的实际。

西方大国有的总是爱用"人权"来干涉别国的内政，他们实际上对"人权"却有双重标准。对自己一套，对人家一套；对这个国家是这样，对那个国家是那样。缅甸过去是一个极贫极弱受尽帝国主义欺凌的亚洲国家。它有强烈的民族自尊感竭诚渴望自强自立，各国的事理应由各国自己处理，别国无权也无理由指手画脚横加干涉。中国同别国相处，五项基本原则中有互不干涉内政一条，这自然也是中缅友好相处中根本一条。

缅甸现在没有提改革开放的口号，但实际是在走改革开放的路，这两年来进展较快。1993 年 6 月，中国、泰国、老挝和缅甸四国，在曼谷召开了开发湄公河流域的会议。我国云南与缅甸的经贸往来关系密切。缅甸盛产红宝石和翡翠，据云前些时候在掸邦又发现了一个大红宝石矿，红宝石是国宝，国家控制出口的。缅甸森林占全国面积百分之五十七，从飞机上下望，森林覆盖面积之大令人惊叹。柚木最出名，盛产稻米，我们在缅甸每天都能吃到质量上好的大米。我们在缅甸遇到不少帮助他们建立烧碱厂、建立电视台的中国技术人员，也遇到一些来缅甸经商的商人，多数是从云南入境的。云南省的瑞丽已被批准为国家级通商口岸、边境对外开放城市，中缅贸易十分兴隆。到曼德拉市时，恢委会主席觉丹将军宴请时说："现在，日本来这里投资并开展贸易的人很多，中国来的也不少！我们是友好的近邻，希望中国更多的人来合作并做生意。"

从我们的感觉和见闻来说，这个国家机器的运行很正常，寺庙里香火兴旺，街道上看不到什么军人，人民安居乐业，社会气氛比较祥和。人说："泰国有什么风光名胜，缅甸也有，就是没有妓女和人妖。"我们到了不少地方遍览名胜古迹，确有此感。缅甸很注意意识形态问题，报刊书籍及电视没有诲盗诲淫的东西，歌星唱歌，台风较正。卡拉 OK 也有，有些个体户骑摩托来参加，纷纷把塑料花带及桂冠献给歌星，但举动都相当文明、克制。缅甸是佛教国家，法律并未禁止一夫多妻，但实际生活中一夫一妻制占绝大多数。在缅甸时，我们住过几个都很漂亮的一流宾馆，见到许多来自西方国家的男男女女及日本、印度的游客，也见到许多港台游客和商人。仰光茵雅湖宾馆里每天都有人举行婚礼，贺客盈门。餐厅旁的大厅里，晚餐后常有一位白发的老音乐家弹奏钢琴，叮咚的琴声、神奇的旋律使人心旷神怡。他弹的李斯特、巴赫等的抒情曲，使我陶醉。西方大国"制裁"虽给缅甸人民带来了困难，但缅甸正在前进！在发展！到处可以感到朝气！

12 月 3 日晨由仰光飞往蒲甘。蒲甘在上缅甸。我们坐的是缅航的小飞机，觉得像搭乘公共汽车一样方便。飞机开来后，载了我们立刻起飞。飞行平稳迅速，一个多小时就到了蒲甘。由机上鸟瞰，只见大佛塔成百成千到处林立，真是奇观。缅甸素称"万塔之国"，我们就是为瞻仰佛塔来的。


三


蒲甘属曼德拉省。缅甸人说："牛车轴声响不断，蒲甘佛塔数不完。"全程陪同我们的是缅甸国家文学奖获得者、诗人吴温佩和文学官编辑吴昂拉通以及大使馆一等秘书韩学文。我们就简称前二人为"佩"

及"通"，简称韩学文为"韩秘"或"老韩"。"佩"沉默寡言，一路上常在写诗；"通"在荷兰留过学，擅长英语，工作负责。"韩秘"会缅语，熟悉缅甸。有他和"佩"及"通"陪同，游览时方便不少。

驱车到良吴下榻底律毕萨耶宾馆（吉祥宾馆之意），真想不到建筑在伊洛瓦底江畔的这个宾馆如此美丽。红色、紫色、黄色、白色的鲜花盛开，大树葱葱。在广袤的大花园中，一幢幢不同的红色、白色的、别致的缅式木结构别墅式建筑，间隔矗立，有点像北京钓鱼台国宾馆那种布局。屋里墙壁、屋顶、地板及家具全是柚木的，住在里面舒适极了！"韩秘"陪我们在伊洛瓦底江畔漫步摄影。江边随处都可以捡到树木的化石。江里有船捕鱼。这里的木瓜特别甜美可口。有了木瓜，夜晚我们乘凉吃瓜，非常愉快。

在缅甸古代，国王本身就是修造佛塔的带头人。公元 11 世纪，蒲甘王朝的阿奴律陀王修建了瑞喜宫佛塔，江喜陀王修造了阿南陀佛塔……虔诚的佛教徒把修建佛塔作为一生中最大的愿望。有人说："蒲甘王朝后来衰亡是由于兴建佛塔过多造成财力人力浪费过大所致，也有人说佛塔的兴建并未损害王朝的基业。我无意去考证并争论这种是非。面对这古塔蔚为奇观的历史古城，我却觉得这是今天缅甸人民贡献给世界的精华和瑰宝，是缅甸人民体现他们的统一与坚定信仰的辉煌和骄傲。古代在蒲甘地区实际有佛塔约五千座，所谓佛塔，大的实际等于一座寺庙。可惜 1976 年一场地震，佛塔倒了二千多座，现在仅存二千几百座了。但随意闭上眼用气一指，手指向处仍总可以看到佛塔。此地天气干燥，雨水少，佛塔大都能保存良好。蒲甘王朝的国王们当时所做的，形成了吸引世界各国旅游者来瞻仰赞叹的奇景。看到蒲甘的古塔群，使我联想起中国的万里长城，为什么？我自己也说不清。

下午，参观瑞喜宫塔，实际是寺、庙、塔一体。塔与仰光的大金塔相仿，金碧辉煌。墙上雕塑精美，朝拜者极多。从里到外，铺了红地毯接待我们。我们入境随俗，在大使馆"韩秘"陪同下，献花、进香、捐款、题词都一律照办。缅甸人认为鞋是肮脏之物，不能用鞋玷污圣地。我们下车后都早早在外面脱了鞋袜赤脚进去。当年，周恩来总理到这里也脱鞋袜入庙，塔前有一处周恩来捐款纪念亭，是用周总理的捐款在1961年建作纪念的。有和尚在高声念经，声音洪亮，音调悠扬，像唱诗一样。塔帝有宽阔的长廊，两帝遍布香火店兼带出售精美的与佛家有关的手工艺品。

接着，又赤脚朝拜了阿南陀塔，阿南陀为佛教高僧，是释迦牟尼的弟子。塔很雄伟，四面都有大佛塑像。塔的建筑采光技术独特，光由窗户进来，使佛身闪闪发亮。站在下面仰观佛像，不同角度看上去佛的容貌表情就有不同的变化，十分奇妙。蒲甘最高的塔是他冰瑜塔，高六十几米，爬上塔顶看日落美景是信徒和旅游者必做的事。上塔顶的通道越来越陡，爬到三分之二处，冰夫、王扶和我都不想再往上爬了。我们被日落前的彩霞及远处的江水吸引。这里可以遍览蒲甘全景，虽未爬到塔顶，已感到满足了。

第二天，仍是看塔看寺庙，仍是处处用铺红地毯的高规格接待我们。乘车到距宾馆约五十英里的布巴山参观。布巴山是当年火山喷发后形成的。远看山顶佛塔高耸，险峭惊人，到布巴山下，拾级而登，想不到猴子比峨眉山还多，都纷纷来向游人索食，十分有趣。我也买了花生与王扶喂几只带着小猴的母猴，想不到却有一只凶恶的猴子上来抢食，一把抓伤了我的左臂。害得当地陪同我们上山负责保卫我们的"梭"——一个精明强干十分可爱的小伙子，马上动手驱赶猴子，连连用英语问我："痛不痛？要不要紧？"赤脚上布巴山，我感到艰难。冰夫、王扶也同我一样。子龙、晓蓝等向山顶爬去，我们三人却留下来下山休息在长廊里等候。

下午，继续参观摩奴诃庙。摩奴诃是孟族的国王，由于宗教信仰不同，被下缅甸国王俘来做寺奴，后来死在此地。死后，他弟弟建塔当作神来供，人们也都来敬献香火。摩奴诃的神像巨大威武，对比之下，庙塔显得又窄又挤。据说，这是用来表示摩奴诃遭囚禁做寺奴压抑万分的心态。他的像造型特别硕大健壮，也特别庄严。缅甸是个多民族国家，现在特别注意民族团结和宗教信仰的问题，借以增加凝聚力，摩奴诃庙的故事，寓含的教训对民族团结和宗教信仰都有其历史意义。

缅甸是一个佛教国家，佛教是国教。在全国三千五百多万人口中，百分之八十以上的人是虔诚的佛教徒。小乘佛教于公元前3世纪传入缅甸南部，最后传入上缅甸蒲甘王朝的都城蒲甘城，公元10世纪，缅王阿奴律陀登基，利用权力解散了阿利教和大乘佛教的组织，定小乘教为国教。从此，小乘佛教在缅甸历代国王推崇下得到广泛传播和很大发展。小乘佛教已深入到诗歌、音乐舞蹈等缅甸人民文化生活的各个方面了。在参观佛塔和寺庙中，回溯历史，我颇有解悟。1885年英国殖民统治者通过第三次侵缅战争，掳走了缅甸封建王朝的最后一个国王锡袍王，使缅甸沦为殖民地，在近百年的殖民统治中，英国不仅大肆掠夺缅甸的宝石、柚木、大米等，还从文化上入侵，派来大批传教士在缅甸到处建立基督教堂，使佛教的发展受到很大限制，发展处于低潮。缅甸人的反英抗英斗争在缅甸人民争取独立中，与佛教信仰紧紧联系。缅甸僧侣都积极参加反英斗争和第二次大战中的抗日斗争。缅甸独立后，佛教得到发展，宪法规定国家承认佛教为联邦大多数公民信仰之宗教的特殊地位。缅甸人至今谈起英帝国主义和日本帝国主义的侵略时记忆犹新难忘旧创。由于有这种历史沿革，现代的缅甸社会和各个方面与现代缅甸人的整个生活，处处充满了浓厚的佛教色彩，是有其根由的。佛教信仰与爱国主义紧密结合，与伦理道德处处相关。我能欣赏到佛教对他们的魅力，也能追寻到佛教在缅甸得到如此崇仰信奉的轨迹。

12月5日早晨，离开蒲甘赴机场乘飞机到曼德拉市。机上缅甸"空姐"风姿美艳、彬彬有礼，拖鞋赤脚捧盘子送缅甸水果糖给我们吃。飞机仅二十多分钟就开始降落。淡淡的雾气中，见下方佛塔极多，误以为飞机因雾大无法飞行又驶回蒲甘了！待再细看，才知已安抵曼德拉市了！在机场热情迎接的是穿白色上衣红色"笼基"的曼德拉省省长和穿漂亮警服的上校警察局长。

## 四

缅甸共十四个省和邦，曼德拉是一个较大而富庶的省，盛产红宝石。抗战时，中国远征军曾在此与日寇鏖战。四百多年前，缅甸阿瓦王朝建立时，定都于曼德拉，城内有气派堂皇的皇城。这里也是缅甸最后一个贡榜皇朝的故都。19世纪40年代中，英国侵缅军在此将缅甸最后一个国王俘虏，后囚死于印度。我们住在曼德拉宾馆里，宾馆对面就有红色城墙及护城河，里边是原来贡榜王朝的故宫。在曼德拉宾馆住定后，我们立刻去参观故宫。故宫规模宏大，大小建筑百余处，第二次大战中，宫殿被毁，现在政府花十四亿缅币用五年修复，已建了四年，快竣工了！本来宫殿全部是柚木结构，现除大柱用水泥外，其他仍全用柚木，壮观得很。重建故宫，不但是为国家保存了一处辉煌的名胜古迹，而且可供旅游者参观，更重要的是可以进行爱国主义教育，对帝国主义侵略缅甸的这笔旧账，年老的缅甸人记忆犹新，年轻人则从故宫这类"活教材"上，可以了解过去屈辱的历史也从而坚定反对外国干涉内政的决心。

第二天，乘车到彬乌伦参观。这里很多都是以前留下来的英国式建筑，是当年英占缅甸时总督的避暑地。有风景很好的溶洞、瀑布，又有占地二百四十英亩的植物园。英国总督统治缅甸，选择彬乌伦作避暑胜地，如今虽已早就换了人间，但仍可从房屋、设备想象当年帝国主义分子的奢侈生活。在南棉饭店午餐后，下午，我们在游了溶洞及瀑布后，又到植物园参观。这些地方游客都很多，植物园里各种热带植物和奇花异草很多。广阔如茵的草坪上，有几十个缅甸男女正欢乐得像过节似的敲鼓跳舞。看到我们，就友好地招手。于是，我们情不自禁地加入他们的队伍随着鼓声节拍一同欢跳。一问，才知他们是红宝石矿附近的居民，很富裕，结伴来彬乌伦游玩的。植物园里，有些男女演员正在拍电视剧，一个女演员告诉我："我到过中国，去过成都！"我告诉她："我就是成都来的！"她高兴地点头笑了。

曼德拉省恢复法律和秩序委员会主席觉丹将军热情会见并宴请我们。这是一位值得一记的将军，他身材魁梧，戴金丝眼镜，穿缅装，常带微笑。他告诉我们：他过去曾读毛泽东主席的军事论文，很喜欢。现在，他想读邓小平的著作。并说，如有这书，他可请人翻译成缅文来读。听了他的话，我很遗憾来时如果带一本"邓选"来送他那该多好！

12月8日下午五时，由曼德拉机场起飞赴黑河，省长、警察局长又来送行。抵黑河机场时，天已擦黑。黑河属掸邦。掸邦省长等在机场欢迎。坐上军车后，摩托警车及武装战士用军事礼仪护卫开道。军车飞快夜行，走了一小时环山险峻的山路，到达高山上的掸邦首府东枝，住进了十分讲究的东枝宾馆。

## 五

东枝宾馆设备完善，房间布置豪华，管理水平上乘，服务特别周到，一切使人感到方便。到缅甸后，一直生活在夏天似的，来到这里，凉爽些了，又看到宾馆里外有许多火红的圣诞花，才使我顿然想起已快年底，圣诞节快到了！

掸邦人口四百五十万，与泰国及我国云南交界。东枝是在高山上，气候宜人，这是个好大好大的山城，又是个非常非常美丽、繁荣、洁净的山城，有二百多万人。夜晚灯光晶亮，颇像重庆。白昼远望，英式建筑、缅式建筑连绵不断，遍布山间，佛塔寺庙也很多。我们到的当晚，东枝"恢委会"主席因公外出，副主席、秘书长会见宴请，先请我们听民歌。两位美丽的女民歌手与三位男的乐师坐在台上，其中一位年老的乐师弹弯琴（一种弯的类似七弦琴的乐器），女民歌手唱的是缅甸的古典、古歌及民歌。歌声悲壮凄凉，令人动情，一问才知是缅甸未独立前流行的古歌和二战抗日时为争取胜利所唱的歌曲。歌词虽听不懂，意蕴却很能体会，听后心情久久不能平静。这帮助我们理解缅甸人民。

来东枝，主要是为了游茵莱湖。一个戴眼镜的中年人，是掸邦省东枝县县长吴佩登，陪同我们游湖。从东枝到茵莱湖，车行一个多小时，来到湖边良瑞镇。这是个高山环抱间的"天池"似的大湖泊。十四英里长，七英里多宽，风光旖旎，雨季一般水深三十英尺，最深处究竟有多深还弄不清。湖边有湖人，也称茵莱族人，靠湖为生，美丽的茵莱湖很出名，世界旅游者都爱来游览并研究。

天气晴朗，阳光强烈。我们坐两头微微翘起的瘦长摩托艇游湖。船高速行驶在风光如画的湖上，蓝天白云，远处青山秀丽，湖面开阔，水天一色，使我想起云南大理苍山洱海的景色。忽然大批白色的形似海鸥的水鸟成群飞来，在我们头顶盘旋，水鸟呱呱鸣叫，要人喂食。去时我们未带鸟食，回来时带了大批鸟食，船驶行时，海鸥飞来，面包屑和玉米花撒上去，就飞着啄食，十分有趣。

我们终于见到了闻名的茵莱湖"脚划船"了！这里的湖人，皮肤黝黑，划船用脚不用手。他们站立在船尾，一只脚踩在船板上，一只脚悬空绕着木浆熟练地划动，同侧的手握住浆把，手、腰、脚同时用力，木船就破浪前进，不划船的手和脚，可以起平衡作用。茵莱人出门就是湖，所以他们与船形影不离。茵莱人从小就练习用脚划船，为什么用脚不用手划船呢？一些研究者认为：茵莱人一辈子生活在水上，很少走路，为了保持四肢发育平衡才用脚划船的。

我们又见到了闻名的茵莱湖的"浮岛"了！人都知道田地是在陆上，可谁又想得到此地的田地是浮在水上的呢？这里的湖人住在水上，木楼用粗木桩支撑在水中。他们除了打鱼、捞水草等外，就在水上种植菜蔬。先用芦苇、兰草等做成框架，底部放上水浮莲、杂草等，上面堆积些泥沙。日久天长，杂草泥沙混为一体，腐殖质富于营养，有时能有二三英尺厚，水上田地形成了，他们用粗竹竿、木桩将浮岛固定，上面种植西红柿、辣椒、黄瓜、蘑菇、玉米等，也可种花。浮田可以买卖，要多少切开就是，买的人可将买的浮田像船似的撑回去。正因这样，政府在湖上规定了界限，不许胡乱无限制地扩展浮岛。

碰到一些西方游客，据说他们就是专为看"脚划船"和"浮岛"这两种世界少有的奇观来游茵莱湖的。

茵莱湖里盛产鲜鱼，足供东枝居民食用。湖上渔舟点点，湖人在阳光下撒网。远处湖岸上高高的椰树成行成排。湖里有著名的旁道坞水上佛塔。上去后才发现是一处极大的寺庙，渔民都来这里进香，我们赤脚入庙，作为外国贵宾，住持拿来金箔让我们给佛像贴金。金箔每张不过二寸见方，放在佛像上，用手抚平使金箔贴上即可。但只有男子可贴，女人除外，子龙、冰夫和我给佛贴金，王扶、晓蓝无此缘分，只好在下面等候。

中午在水上餐厅进午餐，远看湖光山色、心情舒畅。吃的是缅餐，滋味与中国菜相仿，一盘米饭，多种荤素菜肴，吃到了茵莱湖上肥美的大鱼。

12月10日，又乘飞机飞回仰光。飞机不准时，中午就在机场等候，但久等不来，下午才到，傍晚飞抵仰光。我们要在仰光继续停留参观。

# 六

12月11日参观仰光珞伽野生动物园。著名作家、文学宫顾问吴苗丹和著名女作家杜茵茵及貌貌因陪伴参观。吴苗丹多次访问过中国，热心于中缅作家的文化交流。他是一位热情、活跃、友好而且风趣的诗人。杜茵茵七十高龄，50年代访问过中国，并得到过中国领导人的接见，在中国三个月从南到北到过很多地方，对中国人民怀着深深的感情。貌貌因是文学宫主管百科全书的女编辑，也是作家，我们访问文学宫时受到过她的接待。野生动物园里，有狮、虎、熊、象、鳄等动物。也许是看到了王扶和晓蓝的衣服色彩，孔雀开屏欢迎我们。整个动物园占地一千六百多公顷，很大。我们坐轿车进去，看见了林中的鹿群，看到了狼，更有许多猴子拥上来希望车中的人喂食。从车窗里扔出糖果花生，猴子都来抢食。一只猴王，个儿高大，模样威武，站在一边，矜持而骄傲。他不来与群猴抢食，似要保持领袖的尊严。印象最深的是骑大象。两头巨象为迎接我们，都挂红披绿，由驯象人陪同我们去骑。我们从一个高梯架上登上象背的座椅，绕道走了一圈，过去只在电影里看到印度的王公贵族坐在象背上的情景，如今亲身尝试这种平生第一次的滋味，自然觉得十分有趣。

参观完毕，在野生动物园有着鳄鱼的清水湖旁的大厅里午餐。餐前，大家谈笑风生，像开同乐会。吴苗丹率先唱了一首缅甸民歌给大家听。杜茵茵拿出一批她50年代在中国拍的照片给大家欣赏。其中有她同周恩来总理等的合影。她说："在中国的日子是难忘的。"那时照片上的她是一个漂亮的年轻姑娘，如今已是白发老太太了！蒋子龙应邀唱了一支歌。他歌喉响亮，音调优美，大家都热烈鼓掌。杜茵茵招回了回忆，也唱起了当年学会的一支中国民歌，冰夫即席朗诵了毛泽东的词《昆仑》，诗音铮铮，不同凡响。词难译，汪晓蓝却意译得很贴切。

尽兴后，大家进餐。子龙幽默，对主人说："今天在野生动物园吃午饭，很高兴。但既在这里吃饭，如果把狮子、老虎和大象都请来一同吃，那就更好了！"引得主人哈哈大笑，格外欢乐。

# 七

缅甸宣传部副部长吴登盛是位名作家，《仰光报》上常有他写的文章。12月12日晚在人民公园宴请中国作家代表团。他将自己写的书赠送给我们，向我们介绍了很多缅甸作家创作、出书的情况。我们总的印象是缅甸政府十分重视作家。他说："因为人民都极崇敬作家。""政府很重视繁荣文学，作家遇上了好时代。""现在是文学家获奖最多的时代。"他的话，隔了一天，就使我们得到了验证。

那是12月14日，宣传部邀请我们去国家剧场参加缅甸国家文学奖发奖仪式。台上摆满鲜花，绿色布幔上有一个会徽：一本书闪闪发光。缅甸文学界老中青的代表人物都来了。政府各部首长和军政重要人物也都来了。真是济济一堂，喜气洋洋。我们被安排在前排就坐，每人拿到了一册印刷精美附有获奖作家照片及介绍的印刷品。会开始前，宣传部谬丹部长陪同"恢委会"秘书长一位将军来到，随同来的有一批中将、部长。秘书长是缅甸的二号人物，亲自来参加大会，说明了他对文学艺术及知识分子的重视。他高高的个儿，戴眼镜，穿绿色军装，佩军衔，来时全场起立向他致敬。颁奖仪式由吴苗丹主持，吴温佩协助主持，讲话后，两位美丽的鬈发髻头插鲜花的女工作人员，穿白色薄纱上衣彩色女裙，披着漂亮宽大的纱巾，文雅庄重地用托盘托着奖品，吴苗丹念名单及作品名称后，作家一个个上台领证书及奖金。颁发一、二、三等奖及手稿奖。发奖时，对作家十分亲切，握手时，总要微笑着同作家说些什么。

国家文学奖每年颁发一次。一等奖奖金五万缅币（官价一美元折合六元缅币，但黑市浮动在百元上下）。手稿奖指的是未出版的手稿被评定有价值的，可得奖金二三万元，作者有此奖金可将手稿出版成书。获奖作家中有老作家老翻译家缪汉丁，他译过《红楼梦》；也有少数民族作家、儿童文学作家、短篇小说作家、诗人等，约共二十多人。最令人激动的是：有一位作家已经去世，奖金及证书由他儿子上台领取；另一位作家也已病故，奖金及证书由他夫人代领。

缅甸领导人重视繁荣文学的意愿与重视作家的态度，给我们留下了十分难忘的记忆。

## 八

过去印象中的中缅"胞波"情谊，来自纸面上的阅读。这次访缅，才有了感情上的认识。高规格的待遇姑且不说，宣传部长谬丹将军和副部长吴登盛及印刷出版事业董事长吴昂乃等的坦诚会见与隆重接待，曼德拉省"恢委会"主席觉丹将军等的推心置腹的谈心，都使我们感到在缅甸就像生活在亲戚家里。我们与文学官顾问吴苗丹的相处十分融洽。吴登盛与吴苗丹多次表达愿与中国文艺界及编辑出版方面加强互访并合作出书的愿望。吴登盛告诉我们：他到中国访问回来写了许多文章介绍中国的改革开放。全程陪同我们的诗人吴温佩与编辑吴昂拉通与我们亲如挚友。"佩"和"通"一直照应我们的生活，"通"总是清晨起忙到夜晚，吃饭时总将好的菜往我盘子里放。他对中国颇向往，但未来过，我真希望将来能在成都接待他和"佩"。我们在缅甸的游览告一段落，主人特地让我们去看中国援建的比南京长江大桥还长的丁茵大桥，也去看中国援建的雄伟的国家体育馆，同时欣赏缅甸运动员的精彩表演。在参加吴登盛的宴会时，宣传部下属各部门的负责人及许多作家、记者、文艺界知名人士都出席了。刚访问云南归来的名作家吴苗杜坐在我身边。他和我谈起话来，告诉我1958年参加亚非作家会议时，中国作协主席茅盾邀请一些亚非作家访问中国，其中包括三位缅甸作家，他就是其中之一。他们到了中国，1958 年 11 月 1 日周恩来总理在北京会见了他们。他取出大小两张照片给我看，大照片是周总理、茅盾、巴金等与全体访华亚非作家的合影，小照片是总理与三位缅甸作家的合影，其中都有他。他将照片递到我手上，说："中缅友好万岁！这送您作为纪念！"使我十分感动。

宣传部长谬丹将军，穿军装时仪表堂堂，穿缅装时温文尔雅，待人谦虚和蔼，有儒将风范。在盛大的告别宴上，他热情洋溢地念了陈毅元帅的诗："共饮一江水，彼此情无限……"并说："缅甸有句俗话：'家盛贵客来'！你们是贵客，来了可以看到我们缅甸现在的发展进步。我们去访问中国，也感到你们的兴旺发达！中缅友好万岁！让我们子孙万代友好，共同开辟金银大道！……"友好和尊重是互相对等的。我们在缅甸深深体会到缅甸人民的友好，也深深感到做一个中国人的光荣与自豪。中国的改革开放和繁荣稳定，在国外树立了良好的形象，去到异国，这点感受更加鲜明深刻！

缅甸半月，就这样过去了。说来有趣，我们出发赴缅甸时，住北京御园宾馆，登机前，一位作家恶作剧地开了个玩笑，说："希望你们不要遇到空难！"前段时间，世界空难不少，我们并不迷信，但飞机实在坐得太多了，不仅从北京到昆明去仰光，在缅甸时又总是飞来飞去，总航程超过一万公里以上，于是坐飞机时，总不免想到"空难"，当然，空难实在是极少的，中航、缅航又惠我以安全。访缅归来，这就成为笑谈了！

# 缅甸的敬老之风

## ——访缅散记之二

　　在缅十五天，我对紧张的日程安排完全能适应。离北京时是零下摄氏六度，到仰光时是摄氏三十二度，一冷一热相差极大。在缅时每天主人盛宴招待，缅餐很油腻；进寺庙要赤足，阴深处脚冰冷，日晒处烫脚；高级宾馆只供应冰水不供应热水……这些我都不在乎，尽管同团的朋友们很照顾我，我自己也争气，一直健康，小的病痛也没有。于是，同行者问我："你养生有何秘诀？为什么竟这么年轻？"我不禁笑了，这问题可答不好。

　　去缅甸前，我看了些关于缅甸的资料，知道缅甸人很敬老，还有个敬老节。缅甸的敬老节是传统节日之一，每年缅历七月（公历十月）月圆日以后，缅甸人都要举行各种形式的敬老活动，叩拜长者，敬献礼物，聆听长者的教诲。缅甸人认为凡是敬老赡养老人的人可以长寿、身心健康、长得俊美、力大无穷，所以缅甸人说："敬老是每一个想长寿人的习惯。"缅甸人敬老，使我在将届七十岁去到佛国时，怀着一种宽松无虑的心态。

　　到缅甸后，我很注意老人。在仰光豪华的茵雅湖宾馆每天都看到有人热热闹闹地结婚，结婚时，双方的家长和年长的来宾都受尊敬，被让坐在酒席上首，被让着走在前边。在仰光，大使馆文化参赞林朝宗有一晚开轿车陪我们浏览市区夜景，看唐人街。唐人街上皆是华侨，许多老年华侨夜晚都在街边茶馆里乘凉喝茶，欢乐谈天，悠扬自得。那状况同昔日四川、云南的茶园相仿。在曼德拉游避暑地彬乌伦到植物园时见到一大群农民在草坪上欢乐地载歌载舞，其中许多白发老年人，见到我们，热情招呼，我们也进去同他们一起跳起舞来，他们是红宝石矿附近的农民，来旅游的。年轻男女陪着许多老人来歌舞，老人都很开心。

全程陪同我们游览的缅甸朋友吴昂拉通，三十八岁，是位编辑，在荷兰留过学，因为我年岁大，一路对我很照顾，每晨见到我总含笑先说早安然后问我睡得好不好。吃饭时坐他身旁，总要把好菜和新鲜蔬菜敬我，一次又一次。全程陪同的诗人、缅甸国家文学奖获得者吴温佩陪我们到曼德拉后，因老母生病，匆匆赶去侍奉，老母病不要紧了，又匆匆赶回继续陪我们游览……这些，都使我得到一个印象，缅甸人确有敬老之风。

缅甸著名诗人吴妙丹退休后是文学宫顾问，仍在主持文学宫的出版工作和国家文学奖评奖工作，他三次访华，对中国人民感情深厚。我们在仰光，他一直接待我们，思想活跃，谈话风趣，看上去只像五十岁左右的人。有一天，缅甸著名女作家杜茵茵陪我们参观珞伽野生动物园。她七十高龄了，是位很受尊重的老作家。50年代，曾访华从南至北游历过三个月，受到中国领导人接见，她将珍藏着的与周总理的合影等拿给我们看，那时好年轻漂亮。午餐前，大家谈得高兴，她动了感情，唱起了当年在中国学会的民歌，沉浸在回忆中了，似又恢复了青春，面对头发花白的她，却使人觉得她一点不老。又有一天，在宣传部副部长吴登盛的宴会上，我遇到了老作家、老记者吴苗杜。他1958年参加亚非作家会议时曾应当时中国作协主席茅盾邀请来中国访问，他看中了我的"老"，对我非常亲切，特地将他在中国与周恩来总理的两张合影送我留念。我问："是给我们代表团的？"他说："不！是送给您的！"他珍视中缅人民友谊的感情令人难忘。他告诉我，他刚访云南归来，在云南度过了愉快的日子。他是老作家老记者了，仍在报社工作，精神状态也朝气蓬勃。回国前，我们被邀参加缅甸国家奖颁奖大会。亲眼见到许多老作家老文艺工作者出席大会，有些有贡献的老作家都获奖并受到尊重。著名老作家少丹妙该是七十岁以上了，他曾译过《战争与和平》，介绍过《毛泽东与中国革命》到缅甸，又译过《红楼梦》。

老人在缅甸受到尊重给我留下了良好的印象，但在曼德拉参观一所中国寺庙天道宫时，在那里看到了附设养老院里的一些白发苍苍满面皱纹的华侨老人，籍贯有四川、河南、山东……虽见他们穿得也整洁干净，但我的心情仍不觉恻然。华侨在曼德拉省号称七十万，富翁不少，穷人自然也不少。这些年迈丧失劳动力晚年孤子的华人流落异国他乡，虽因华侨间的互助，有天道宫这样的地方栖息，但看到他们年华迟暮流离失所来慈善机构求温饱，总令人不免想到在异域谋生之艰难。于是，我深深感到生活在自己国土上的那种难以言表的幸福。

# 缅甸的出版业

## ——访缅散记之三

1993 年 12 月 1 至 15 日，中国作家代表团应邀访问了缅甸。我们与缅甸编辑出版界进行了广泛的文化交流，并应邀参观了享有盛誉的文学宫。

文学宫设在仰光市的一幢大建筑物内。文学宫中有一个国家出版社、一个大型图书馆和阅览室及一个书店门市部。接待我们的文学宫负责人吴苗丹先生，是缅甸著名的作家兼出版家，虽已年届六十岁，仍在主持着文学宫的工作。他介绍说，文学宫的主要任务是出版书籍。每年除课本、练习册等外，共出书五十多种，另外还有四本杂志、一本儿童画报，每年还出一本年鉴和挂历。编辑人员仅十余名。吴苗丹先生说：我们除出书任务外，还兼顾文学发展工作，每年兼管全国文学协会颁发国家文学奖的评定任务，包括小说、戏剧、诗歌等，还设"手稿奖"。

听说设有"手稿奖"，我们感到新鲜，一问才知这是奖励并发现新作者和新作品的一个好办法。质量高的手稿，出书有困难，可以送评手稿奖。评上了手稿奖，作者不仅冒了尖，而且得到的奖金可以用来资助出书。

文学宫的负责人又向我们介绍了他们的"读书俱乐部"。俱乐部会员2万人，这些人都是他们出版书籍的推销对象，所以文学宫出版的每本书的印数一般都能发行到2万册，基本上不用贴钱。读书会员遍布全国，每个会员每年一次性缴一定数量的会费（20缅元），俱乐部会经常给会员及时寄书，一年中会员收到书的书价比自己缴的会费要多得多，所以会员也乐于缴会费。

谈到文学宫出版利润问题，吴先生等介绍说，因为出版教材和教辅、练习册等有赢利，加上儿童画报每年收入的120万缅元，再加上其他书发行量也不少，所以不必考虑赔本问题，当然也不存在买卖书号的问题。我们还就如下问题进行了交谈：

问："出书的方针是什么？"

答："主要是出爱国主义的、有利民族团结、国家稳定的书籍。"

问："有没有书卖不出去的问题？"

答："有！卖不出去就到旧书店减价出售。"

问："私营出版社有吗？情况如何？"

答："私营出版社很多。除我们外，国内各地绝大多数都是大大小小的私营出版社，国家不去包办代替他们的工作。私营出版社出的书也在文学奖评奖范围内。"

问："他们出坏书吗？"

答："坏书是不能出的，出了坏书出版社就办不下去，这是国家可以管理的。"

问："如何管理私营出版社？谁来管？"

答："国内事务部下面有个办公室，管私营出版业。有些重要的、特殊的稿件须送审，绝大部分稿子都不用送审。"最后，吴苗丹说："我们希望能同中国有关方面进行交流并合作出书，主要是为了友谊。如果可以，希望同我们联系。"

缅甸政府宣传部副部长吴登盛也是著名作家，他主管缅甸出版印刷事业。他向我们介绍说："缅甸宣传部掌握3亿缅元，一个作家如果有好作品但出书困难，要赔钱，宣传部就予以资助。"他还谈到每年国家都颁发文学奖，每年也发新闻奖、爱国文学奖、文学竞赛奖及其他各种书籍的奖。谈起奖金，他说："有位做烟叶生意的大商人，捐了800万缅元，存在银行里，每年有80万利息，可以用来支付奖金。国家文学奖一等奖奖金5万缅元；文学手稿奖奖金在2—3万缅元。"谈到稿酬，他说："国家出版社分两次付稿酬，出版前先付大部分，出版后付其余的。私人出版社的稿酬高些。""缅甸有个传统，人民都尊敬作家。"

他又谈到缅甸图书业的另一个情况：许多地方连小镇中都有很多出租书籍的小店。老百姓不买书的，花三五元租金也可租书看。租书书店全国约有一万户。著名作家的作品不管多么贵，出租书店都去买下来出租。吴登盛副部长也向我们提出："欢迎能同中国有关方面继续进行交流并合作出书。比如他们出我们五本书，我们出他们五本书。"

1993年12月14日上午，我们应邀到雄伟的国家剧场参加隆重盛大的国家文学奖发奖仪式。缅甸国家领导人由宣传部谬丹部长陪同出席，政府各部部长，还有一批将军均出席了发奖仪式。获奖者得到证书及奖金，领导人与获奖作家亲切握手交谈、合影，并在会后像过节似的一同吃面条，喜气洋洋地庆祝颁奖。

缅甸国家领导人和宣传部重视繁荣文学、出版事业，给我们留下了深刻难忘的印象。

# 无神论者游佛国

## ——访缅散记之四

出访缅甸归来，友人问："此行印象最深的是什么？"我说："是缅甸的那许多巍峨、辉煌的寺庙、佛塔和一尊尊佛像。"

缅甸是一个佛教国家，佛教是国教。全国 3500 多万人口中，80％以上的人是虔诚的佛教徒。小乘佛教于公元前 3 世纪传入缅甸，在缅甸历代国王推崇下得到广泛传播。1885 年英国侵略者通过战争，使缅甸沦为殖民地。在近百年的殖民统治中，侵略大肆掠夺缅甸的宝石、柚木、大米等物资，还到处推广基督教。但缅甸人民在争取独立的斗争中，爱国的佛教僧侣都积极参加，基督教推广不开。二次大战后，缅甸独立，佛教遂得到进一步发展。现代的缅甸社会和各个方面，与现代缅甸人的整个生活，处处充满了浓厚的佛教色彩。我发现，缅甸人的佛教信仰与爱国主义紧密结合，与伦理道德处处相关。我告诉友人："我能欣赏到佛教对缅甸人的魅力，也能追寻到佛教在缅甸得到如此崇奉信仰的轨迹。"

我们在缅甸的参观访问，主要项目是参观寺庙、佛塔，主人领着我们拜佛。友人问："你不是无神论者吗？"我笑了，说："是的，可是无神论者不应该孤陋寡闻，更不应该不尊重'胞波'的宗教信仰。到了佛国，应该入境随俗，尊重友好邻邦的习俗。我不信佛，但我认为释迦牟尼及缅甸人尊崇的许多菩萨都是伟大的人物，佛教文化是灿烂的，佛寺佛塔是光辉的艺术，我此行得到不少收获。"

于是，我摆了下面这些龙门阵给他听……

# 一、"赤脚大仙"

去年12月启程飞缅甸前，北京是零下6℃，冷得刺骨，但听说缅甸虽是"凉季"依然很热，拖鞋不可少，我就想在北京购买一双拖鞋。谁知跑遍王府井只有绒拖鞋、棉拖鞋，没有塑料凉拖鞋。好不容易找到一个小贩才高价购了一双。到仰光后，温度一般是32℃左右，发现街上的缅甸人不分男女穿拖鞋的占多数，这就感到带来一双拖鞋十分必要了。只是开始我与同伴们还不习惯这样做，依旧穿着皮鞋外出。

谁知在仰光开始参观朝拜寺庙佛塔时，才知：必须赤脚进庙，连袜子都得脱光。这下，就感到穿皮鞋太不方便：袜子要穿要脱，要系带子，比起穿拖鞋麻烦得多。于是后来离仰光去曼德拉和蒲甘、东枝等地参观时，也学了乖，干脆赤脚穿拖鞋上汽车。到寺庙外，就将拖鞋留在外边，一个个成了"赤脚大仙"，光着脚板进庙，出来趿上拖鞋就走。鞋子脱在外边，绝对不会遗失，我们拍了些照片留念。只要在寺庙中、佛塔前拍的，上身是西装领带，下边却全是赤脚，极不协调，却十分有趣。

缅方以贵宾相待，许多寺庙特为我们铺了红地毡，但在外边就赤脚，又四处去瞻仰，路上常有碎石棘刺硌脚，日晒处烫脚，阴凉有水处冰冷沁人，赤脚有时也很艰难。缅甸人认为鞋是最脏的物品，他们通常把那些最卑鄙下贱的人比喻为"挨鞋打之物"。据说谁如被人用鞋打了，就是奇耻大辱。寺庙佛塔是神圣之地，自然不能让鞋玷污。听说，当初英国殖民者侵占缅甸时，曾将有的寺庙作为兵营，英军官兵全副武装穿着大皮鞋耀武扬威进进出出，引起缅甸爱国僧侣及人民的英勇反抗，英国侵略军终于退出寺庙。

我国驻缅大使馆一等秘书韩学文告诉我："周恩来总理以前访缅时，入寺庙也是立刻光着脚的，这是尊重缅甸人民的民族感情和宗教信仰！"在缅甸自始至终，我都是自觉遵守脱鞋之后入寺庙这一条的。而且，每每脱鞋赤脚入寺庙，就会想到周总理。

## 二、借花献佛

在仰光，缅甸人在夜间 9 时前，都爱来拜著名的大金塔。

那一夜，驻缅大使馆文化参赞林朝宗亲自开了轿车带我们到著名的大金塔去看夜景。大金塔下据说埋着佛祖释迦牟尼的 8 根头发。塔高112 米，基座周长 400 多米，主塔周围有 60 几座小塔，塔耗纯金数吨，塔顶镶有数千颗钻石、数百颗红宝石、数百颗蓝宝石，还有大块的翡翠，豪华琳琅，光彩夺目，令人叹为观止。夜间，塔附近远处在四面装配有水银探照灯，强烈的灯光将塔映射得金光灿烂。置身其中如入仙境，真是一种美的享受。

在进大金塔前，看到一些美丽的赤脚缅甸姑娘手捧茉莉花串、菊花、玫瑰、曼陀罗花等迎着拜塔人叫卖，让人捧着鲜花敬献给佛塔。一个披着长发的大眼睛姑娘笑着上来兜售鲜花。她的花并不贵，可是我们身边没有缅币，无法购买，又不通缅语，只能摇头做手势表示不要。谁知美丽的卖花姑娘却将几束雪白芬芳的茉莉花往我们手上一递，做了一个赠送的手势，转身就跑了。委实出乎我们意外。卖花姑娘广结善缘为佛送花，她的纯朴与友善、虔诚，使我们感动而且不安。

其实，并不奇怪，老林后来指着大金塔旁斜廊中的一些花铺告诉我们："来拜塔的人如果穷，买不起花，可以向卖花的人借了花去献给佛的！"这对我倒是觉得新鲜。成语中有"借花献佛"，那出自《过现因果经》:"瞿夷寄二花于善慧仙人以献佛。"以后元杂剧中遂有"借花献佛"语。现在,来到缅甸亲自有了这点经历,我不禁想:"借花献佛"这句成语看来是发源于这种佛国的淳朴习俗的呢!

我后来将那串芬芳的茉莉花轻轻放在大金塔下了!

## 三、敲钟还愿

仰光大金塔旁,有一口巨大的铜钟,大小和形式类似我国苏州寒山寺的那只古钟。人们说这是一口"不跟帝国主义走的铜钟"。传说当年外国侵略者占领缅甸时曾要将这铜钟劫走,但当他们将铜钟迁到木筏上时,铜钟竟从木筏上自己滑入江中不见踪迹了!后来,缅甸人民独立后将它捞起又安放在原处供人瞻仰,这口铜钟成为缅甸人民不屈不挠的民族精神和爱国主义精神的象征。看到这口钟,使我立刻想起了苏州寒山寺的那口铜钟。那口明朝嘉靖年间铸造的大钟是被日本侵略者劫去了,所以康有为题寒山寺诗曾有"钟声已渡云海东,冷尽寒山古寺枫"之句。到日本明治年间,有位从寒山寺归国的日本和尚,为寻这口钟遍访日本各地未能觅到。于是他化缘铸钟,一式铸了两口,一口留在日本,另一口送回寒山寺……缅甸人民与中国人民一样,都有受侵略欺凌的历史,在这点上,感情很容易融合一致。所以,见到这口铜钟,听到这个传说,我心里不无激动。

好客的主人将我们作为贵宾,请我们敲钟还愿,说:"请每人敲钟三下,敲一下可以表达自己一个心愿。"

苏州的寒山寺钟并不轻易让人敲。日本旅游者每年除夕专为听寒山寺的钟声来到苏州寒山寺守夜敲钟。我多年前为写《战争和人》长篇小说也到苏州寒山寺敲过那口大钟。现在,在缅甸有此敲钟机会焉能放弃。于是,我高高兴兴地用力敲钟,默默表达了三个心愿:一愿我的祖国改革开放成功,人民康乐,国家富强;二愿我的家人和好友健康、幸福、快乐；三愿我们这次出国访问完成任务平安回去。这第三个愿望要解释一下：那个阶段，空难事件特多，我们临上飞机前，有位女作家开玩笑说："希望你们不要遇到空难！"到缅甸后，又常坐小飞机飞来飞去，因此，平安无事成了我们关注的焦点。这才产生了我的第三愿望。

我从来不信靠许愿就会实现愿望。但我希望这些愿望都能实现。那是因为这三个愿望表达了我对中国的热爱，我对家人和好友的忠诚，我对出国任务的重视。

我愿意采取任何形式表达这样的心愿！

## 四、佛像贴金

听说缅甸人崇拜榕树是与佛教传入缅甸同时开始的。据佛经上讲，和榕树同科的菩提树是和佛祖释迦牟尼一起出生的，同时又是释迦牟尼悟道的地方，他们就视榕树为神圣。缅甸有一句俗话说："心诚的人施舍榕树籽一样小的东西，可以得到像榕树那样大的报答；心不诚的人即使施舍榕树一样大的东西，也只能得到榕树籽那样小的功德。"

在缅甸时，见到大榕树上常插有虔诚的佛教徒们敬献的鲜花和金伞及红布条，有的大榕树的树干上挂着小佛龛，佛龛里供着佛像。有时，会见到有人在大榕树下诵经打坐。

对神圣的大榕树如此，对佛自然更加虔诚。方式之一，就是为佛像贴金。

过去写文章和讲话时，常会用到"贴金"这个词儿。"你这是给我贴金！""他自己往自己脸上贴金！"如此等等，但却从未多想"贴金"这个词儿的来源及本来含义，也未想到过"贴金"是怎么一回事，怎么贴法？金贴多了会怎么样？

到缅甸后，曾两次有机会给佛贴金。给佛贴金，并非人人可贴，一般是施主作了较大数量的捐赠后才由值班僧侣根据情况决定金箔的数量，提供贴金的机会。我们感到这是给贵宾的殊荣，都以尊重宗教信仰的态度，恭敬地从命。

第一次是在曼德拉市参观有 2500 年历史的有摩柯牟尼佛像的大寺庙时，寺庙住持请我们给佛像贴金。但只准男子上去贴金箔，女子无此缘分。摩柯牟尼佛像巨大非凡，英武庄重，金光闪闪。陪同我们的驻缅大使馆一等秘书韩学文熟悉缅文及缅甸习俗。我们就照他的样子做。金子捶成的金箔极薄，都用黄裱纸夹着，每张不过 2 寸见方，一叠叠由缅甸僧侣送给我们。然后，我们就一张张地将金箔放在佛像身上，隔着黄裱纸用手使劲抚贴，金箔就贴在佛像上了，黄裱纸则由僧人收回。第二次是在掸邦东枝的茵莱湖中。茵莱湖是驰名世界的风景名胜地，有个旁道坞水上寺庙，规模宏大，建筑华丽。寺中央供有四尊约莫半人多高的金佛塑像，我们踩着红地毡上去贴金。有了第一次的经验，这次当然熟练了。但发现这四尊金佛塑像，由于来贴金的人太多，佛像本来不高大，日积月累地贴金，佛像已被金箔贴得臃肿饱满看不出本来面目了！我不禁想："恰当的贴金可使佛像金光闪闪，分外华丽尊严；不恰当的，没头没脑地过多地贴金，却使佛像变形，佛恐怕也是不喜欢的吧？佛犹如此，何况于人!?"

这次，我仅恭敬地给佛像的身上贴了一张金箔。

## 五、古都"塔林"

缅甸历来有"万塔之国"之称。典型的"塔的森林"在上缅甸的蒲甘。我们是坐小飞机从仰光到蒲甘专诚去看佛塔的。

俗话说："牛车轴声响不断，蒲甘佛塔数不完。"又说："到了蒲甘，闭眼随便用手一指，手指到的地方总有佛塔。"蒲甘的佛塔，大的就像一座大寺庙，小的则像我国小县附近小山上常有的那种"镇山宝塔"。

公元 11 世纪，蒲甘王朝建立后，阿奴律陀王、江喜陀王、阿隆悉都王等个个都是修造佛塔的的带头人。他们和所有虔诚的佛教徒把修建佛塔作为一生中最大的愿望和事业来干。佛塔就是佛的化身，拜佛塔就是拜佛。古代在蒲甘实际有佛塔 5000 座光景。此地天气干燥雨水少，佛塔大都保存完好，可惜 1976 年一场地震，佛塔倒塌了近一半，现在仅存 2000 多座了！

有人把蒲甘王朝后来的败落归咎于兴建佛塔太多，劳民伤财，而且占用了大量良田，荒芜了大量土地；也有人认为佛塔的兴建并未损害王朝的基业。不知怎的，看到了蒲甘古都的"塔林"，我立刻想到了中国的万里长城，为什么？我自己也说不清。对缅甸历史，我缺乏深入研究，面对蒲甘佛塔，那灿烂多姿的佛教文化，我觉得这历史古城遗留下来的佛塔之林，今天是缅甸人民贡献给世界旅游者的精华和瑰宝，也是缅甸人民体现他们的统一与坚定信仰的辉煌和骄傲。缅甸今天的佛教仍然发达，缅甸这些年又实施开放，引进外资，积极从事建设，发展很快，人民生活有所改善，值得游人高兴。

我在访缅后，为此思索过……

# 关于萧乾的长篇小说《梦之谷》

  萧乾先生是我尊敬的教师，40年代我在上海复旦大学新闻系时，借读过他的长篇小说《梦之谷》。人事沧桑，一晃几十年，1983年我到四川人民出版社任副总编辑分管文艺，当时社里出版《萧乾选集》四卷本，为了解全面情况，我特地将已发排了的第一、二卷校样调来过目。第一卷是长篇小说和短篇小说，于是，又重新再读了《梦之谷》。现在回想：第一次读时，是纯粹抱着仰慕和学习态度读的；第二次，是以编辑身份抱着审阅态度读的。如今，我第三次细读《梦之谷》，则是抱着赏析态度读的，当然也还是学习。

  萧老的散文、特写、译作、文论，名震遐迩，评论推崇者较多，相比之下，小说显得冷落。尤其是他唯一的一部优秀长篇——《梦之谷》，似乎更未受到过应有的重视。我一直认为小说应该是文学的主力。正因如此，回顾三次阅读《梦之谷》，加上对萧先生的一些了解，现在应华艺出版社出版《萧乾研究专集》编者之邀，觉得实事求是地写一篇不算评论的评论还是可以而且应当的。

# 一

　　萧乾先生创作小说的数量不算太多，创作的时间不算很长，但他重视小说创作。他自己说："在我五十年的创作生涯中，写小说仅仅占去五年（1933—1938）时间。那以后，我曾花了不少时间去研究小说艺术……但我自己却没再写小说。"（《一个乐观主义者的独白》）[①]

　　他一直倾心于小说，倾心于写长篇，无论在写《梦之谷》之前抑或之后，始终念念不忘创作长篇。他说过："1931年，当我流浪在福州时，我便开始计划写一个长篇。抗战期间，什么全丢了，单单一匣卡片，一匣亡母的遗发，由沿海带到西南，又带出了国，如今还放在我身边。为什么写不出呢？外在的原因是抗战，由1937年[②]，我便算放弃了文艺创作。另外，是因为自己对这管秃笔不满意，对社会认识也还嫌不透彻，多少个人的小小恩怨成分得涤去，才能写出我应写的一个东西：对基督教会在中国的评价。"（《创作四试》前记），1947年7月，《萧乾选集》第四卷）"三十年代我在写过一些篇之后，确曾计划过写一部长篇小说，但它并不是《梦之谷》。为了那个长篇，我曾积累了两铁盒卡片，并曾带着它们转过大半个地球。1966年8月23日，它们同我的其他文稿一道消失了。此生大概也无力再去写它。"（《梦之谷》序言，1980年12月，《萧乾选集》第一卷）"记得当我给开明书店《十年》写了《鹏程》（1936年6月——作者注）之后，巴金曾鼓励我抓住揭露帝国主义文化侵略这个我既熟悉又多少有点战斗性的题材，写个长篇。"（《挚友、益友和畏友巴金》）那么，萧乾提到的计划要写的长

---

[①] 萧乾在《〈王榭堂前的燕子〉读后感》一文中说："我自己从1937年的'八一三'就再也没有写小说，那以前也只写过一个长篇，二十几个短篇。"（见《萧乾选集》第四卷）这是笔误了，《梦之谷》是1938年5月写成于昆明的。

[②] 应是1938年，因《梦之谷》完成于1938年5月。

篇，可能就是一个有关揭露帝国主义文化侵略对基督教会在中国的评价的题材了。萧乾后来也说过："1956年春，组织上批准了我的计划：去开滦三年，准备写那个煤矿的工人在二十年代进行的反英斗争，但我并没能去成。"（《未带地图的旅人》）由此可见，至少有两个长篇都曾孕育而未诞生。

萧乾是重视小说的。他说过："1933年，我还未正式加入一家报馆工作时，我便在一篇《我与文学》里写下了自己的愿望。那愿望很简单，便是我的最终鹄的是写小说。"（《〈人生采访〉前记》）"虽然从1938年我就没再摸过这行，关于小说写作，我是一直没停止过学习。我七年海外的时间，也多放在小说的研究上。……我的野心依然是在小说写作上，这是十多年前定下的志向。在这方面，最早鼓励指导我的是杨今甫师，各沈从文、林徽因、巴金、靳以四位。"（《创作四试》前记）

巴金和靳以是注意到萧乾作为一位小说家的不凡才华的。萧乾回忆：1937年春，《文丛》创刊，编者靳以一定要萧乾写个长的东西。于是萧乾就写了《梦之谷》中的序曲。本来是拿给巴金、靳以看看，打算写完后再考虑发表。可是靳以马上就把它登了出来。结果，骑虎难下，只好写一章发一章。写到中途，七七事变发生，接着发生"八一三"，萧乾流亡到了内地。但当时在上海"孤岛"坚持办文化生活出版社的巴金还是把它列入他主编的《文学丛刊》第五辑和《现代长篇小说丛书》，并且写信督促不可半途而废，所以小说终于完成。萧乾说："如果没有这位老友的热情鞭策，这部小说是注定要流产的。"（《梦之谷》序言，《萧乾选集》第一卷）

说这些的目的，我是想表述一个意思，就是萧乾虽只写了一部长篇，但《梦之谷》显然是极有造诣引起内行关注的作品，也是萧乾自己非常喜爱的作品。萧乾无论在国内和国外，多次谈到过自己这部作品。尽管他总是很谦虚，但喜爱之情是表达得很清楚的。

萧乾属于从 30 年代就开始把新文学运动不断向前推进的一代人中之一。他一生爱国，是个民族感情特别强烈的人，一生寻觅着真、美、善，是个对人生和文学执着进行思考献身于文学的学者型作家，但却曾不被理解，遭到过莫须有的错误对待。包括他的作品，例如长篇《梦之谷》就未曾在国内出版的文学史上占有一席之地或得到一段应有的评价。《梦之谷》也许不应算是萧乾最主要的作品，但它却表现了萧乾作为一个小说家的才华。我在再三阅读《梦之谷》之后，对此总是不胜遗憾。

我想，他如果有创作长篇的条件，凭他的才华和努力，那么，今天献给读者的绝不会仅仅是一部《梦之谷》，他必然会有独特、真诚、审美价值极高的其他长篇进入中国的文学宝库。所以，不禁使人感慨地想到：一个作家走的道路，与他的遭遇密不可分。以他的才华、生活积累、学识与爱好，萧乾作为一个小说家，在长篇小说上的成就本会大大高于今天的。这应当视作是中国文坛一个很大的损失。

二

萧乾先生自己对《梦之谷》说过这样一些点题的话："《梦之谷》写的是一场失败了的初恋。……但在这部长篇小说里，我并不仅仅为一场被摧残了的恋情唱挽歌，我是想控诉在那个社会里，穷人连恋爱的权利也没有，而毁灭这对青年的姻缘的，是一个有'党部'做靠山的地痞，他凭财势强横地霸占了一个孤女。……这部小说如还有一点可取之处，就在于我是先在感情生活的初次尝试中经历了一场惨败——也即是说，小说的情节基本上是我个人的经历；过了六年，我才动笔去写它。……但自信还是出于一点真实的感受。"（《梦之谷》序言）"然而这篇东西确实浸着我个人深切的感情。既可作为小说，也可以作为我个人那段生活的记录来读。"（《一个乐观主义者的独白》）

萧乾是一个热爱人生的人。创作小说，总是"挑自己生活中感受最深的写"（《一个乐观主义者的独白》）。他在《梦之谷》中的人物身上倾注了自己的感情，也挖掘了人物内心的感情，在艺术表现和人物描写上最大的特点就是真实。他自己喜爱这部长篇，我觉得原因首先在此。

这个初恋故事，发生于1928年冬天，他十八九岁的时候[1]。当时他在北京崇实中学上高中，以闹学潮的罪名给赶了出来，"接着传来一个险恶的消息，说我上了市党部的黑名单，一个高个子的潮州籍华侨同学跑来悄悄地问我：敢跟他去广东吗？……我终于在汕头落了脚，在美丽的角石——面对大海的半山坡上一家学堂里，找到一个凭喉咙唤饭吃的职业。……而且就在那里，我第一次尝到恋爱的滋味——或者不如说苦味，懂得了在现实生活里，两人相爱并不就能成为眷属。她也真挚地爱上了我，但是一只大手硬是把她攫了去。那只大手是鮀江电船的老板，长途汽车公司的大股东，她教书的那家小学的校董——更重要的是，他是'市党部'的什么委员。是初恋，也是脆弱心灵上一次沉重的打击。"（《未带地图的旅人》）

《梦之谷》的故事并不复杂，就大致这么简单。但艺术中的真实，自然并非全盘照写生活中的真实，小说必须带有虚构成分。作品层次繁多，起伏逼真，增加了作品的张力，给读者从人物到故事都留下鲜明的印象。萧乾自己说过："《梦之谷》写的是一场失败了的初恋，最早启发我写它的有屠格涅夫的《初恋》——也是一场破灭了的梦，和拉马丁的《格莱齐拉》，我爱书中的海景和那天真活泼的女孩。"（《梦之谷》序言）

拉马丁是诗人，认为诗是感情充溢时的自然流露，他的作品给人

---

① 按《梦之谷》小说中和《未带地图的旅人》应是十八岁；按梅子、彦火编的《萧乾年表简编》是十九岁，这应是虚岁和十足年龄说法之不同。故此处用十八九岁。

以轻灵、飘逸、朦胧的感觉，着重抒发内心的感受，有时只不过是心灵的叹息，《格莱齐拉》也有这些特点。

屠格涅夫擅长塑造少女形象。1860 年写的中篇《初恋》，1915 年就被介绍到了中国。《初恋》中的女主角写得跃然纸上。他善于写景，能够刻画自然景色的瞬息万变，又能赋予诗意和哲理，有时还赋予象征意义。这些描写不仅是人物心境变化的反映，而且往往成为情节转折的契机。他是真正的语言艺术家，风格简洁、朴素、细腻、清新，富于抒情味。他的忧郁的气质，又使作品带有一种淡淡的哀愁。

但，是否可以说《梦之谷》可能也受到过德国施托姆 1850 年发表的中篇《茵梦湖》的影响呢？萧乾在《一本褪色的相册》一文中，谈到他 1926 年在北京上初三时考取了北新书局的练习生时，曾阅读《茵梦湖》的事，说："门市部柜台上陈列的书籍也是五花八门的……也有害我哭湿了枕头的《茵梦湖》。"

《茵梦湖》描写一对青年男女的爱情悲剧：莱茵哈特和伊丽莎白青梅竹马从小相爱。伊丽莎白的母亲却把女儿嫁给了家境富裕的埃利希，男女主角因此抱恨终生，却逆来顺受，丝毫未作反抗。对于 1848 年前后封建势力仍然十分强大的德国社会和软弱无力的资产阶级来说，这部小说中所描写的环境和人物，都具有相当大的典型意义。施托姆善用自然景物烘托气氛，作品充满浓郁诗意，作品中常穿插民歌、民谣。他运用回忆、倒叙和故事套故事等方法，使情节紧凑集中，富于戏剧性。他的主要倾向为现实主义，同时具有浓厚的浪漫情趣。他的作品感情真挚、意境优美。倘非敏感，这些影响在《梦之谷》中都可找到。

我无意于一定要说《梦之谷》也受到《茵梦湖》的启发，因为萧乾自己没有这样说过。但我完全同意他这样一段话："去年在海外有人问起我受过哪些外国作家的影响，我的答复是：一个作家读他本国及外国的作品，就像一个人吃各种副食品，有蔬菜也有脂肪，有淀粉也有蛋白（他的主食只能是他所经历的生活）。他把这些吃下去后，在胃里

经过消化，产生热量，你不能断言这热量是来自哪样食品。"（《一本褪色的相册》）

这是很辩证、很合理、很切合实际的一种解释。

何况，《梦之谷》就是《梦之谷》。它是中国的，不是外国的。它是一部具有作家自己的独特生活、独特内容、独特风格、独特的立意和构思的作品，有其自己从内容到形式的新意，是作家个人经历、观察和体会的产物。它是属于萧乾自己的"这一个"，而非模仿之作。无论是作品中的生活和故事，无论是作品中所要表达的人生哲理与主题，无论作品中的爱与憎，都是萧乾自己的，不是从别处现成取来的。萧乾的写作，也许确可能受到过上述《初恋》《格莱齐拉》《茵梦湖》的一些启发，但我们无须用比较文学的态度来检验。

试看萧乾1936年秋在上海写的散文《苦奈树》（《萧乾选集》第三卷）吧，文末有个附记说："……它是《梦之谷》的胚胎，我最初并没有把它写成长篇的打算。"

《苦奈树》是篇仅仅一千五百字的散文。散文中"寻梦"的构思已有，回忆初恋丧失的叹息也有，那棵后来在《梦之谷》中提到的苦奈树也有……只是到底仅仅不过是一个粗糙的"胚胎"。优秀的作品在实质上多是自传性的，但想象、虚构、丰富、结构、充实、剪裁、弥补、穿插、转换、提高，从总体构思到细节的安排，源于生活，高于生活，都看得出作家的才华、能力与付出的辛勤劳动。这也说明，小说异于自传。《梦之谷》是根据一个真实故事写成的，但它毕竟是有了艺术加工的小说。

《梦之谷》中有不少仇恨帝国主义、仇恨旧中国的笔墨。例如："这是一个永远难忘的日子，那天是九月十九日。我打开报纸，大字标题告诉我：昨天……那条蚕食着我们的虫豸胃口大了起来，它从皇姑屯出动了，一夜之间，海棠叶的东北角被它一口吞了下去。……我是走到国破人亡的地步了啊！……船进了吴淞口，我又一次看见国际的军舰大检阅，并且在我们的咽喉，我们的扬子江入海处，有日本巨大的航空母舰，美国阴森森的潜水艇，以及挂了星条旗的巡洋舰，灰身的舰身上面睁了一个个黑色炮眼，挂了中国旗的小炮舰，真像儿童玩具般地泊在黄浦江边，似乎是用自己的弱小来陪衬人家的强大。"（《梦之谷》第二十九章"感伤的行旅"）"'告诉你，我恨灯了。天看是黑遍了，灯也点不亮'，她装得很淡漠地说……'你呀，你是我生命里的一盏灯，然而你不是太阳。灯随时可以吹灭。世界上没有太阳了，我索性把你丢掉吧！'……""爱情，没咱们苦命人的份儿，那不过是灯笼上的装饰，不中用啊！"（《梦之谷》第三十一章"坑大灯笼小"）"在我面前分明是一只巨大得怕人的火坑，熊熊地冒着血红的火焰。一个人，它贪婪地吞噬着，它吞走了一个青年仅有的一点光亮，也吞走了我的梦。"（《梦之谷》第三十三章"最后的装饰"）这些笔墨，愤激地诅咒黑暗，从字面看，是发自内心的呼号，更可贵的是这些文字间和作家在全部小说里蕴含、表达的浓烈的对美与丑、是与非、善与恶的爱憎分明的意蕴与感情，个人遭遇与蜩螗国事缠连在一起，构成了一种凝重的历史基调。在那极端黑暗的旧中国，《梦之谷》的谴责和揭露不能说是非常有力的，但方向却是正确的。萧乾说过："从1936年由津来沪后，我就有意地往战斗这个方向走！"（《创作四试》前记）可以说，《梦之谷》是一部真正来自生活感受的肺腑之作，也是一部寓含战斗意义的痛苦和憎恨之作。

在《梦之谷》中，作家抨击社会不公，揭露坏人，为弱者抱不平，通过人物的命运来鞭挞和控诉旧社会、旧制度，控诉好人没有好结果的黑暗世道，如果不是用今天的要求来要求过去，可以肯定地说《梦之谷》是一部具有明确政治倾向的作品。写的不是什么大事，只是两个小人物的初恋，但用高度现实主义创作方法通过一个爱情故事描写了丰满、逼真的典型性格。虽有点羁绊于个人的悲欢离合，但听得到时代的声音，感受到时代的脉搏，是从一个侧面反映那一时代某些本质的作品。好的文学作品应是一个国家社会史的佐证，《梦之谷》有此价值。

《梦之谷》发表与出版迄今，瞬忽五十多年。一部小说，到今天五十多年后仍充满生机，读来仍可以使人超越时代地来深入思考人与人的联系。那种热烈的纯洁美丽而又悲惨的恋情由于其发自内心，由于作家的美学技巧，由于小说中引人深思的人生哲理，更由于今天这世界上仍存在着穷人连恋爱的权利也没有以及邪恶势力的猖獗，使这部长篇永远也不会过时。爱情的故事常常有的会差不多，但遭遇未必相同，作家的笔触独特，就会使小说的生命力一直顽强。《梦之谷》这几十年来，在香港，它曾被大量翻印过，行销港九及东南亚，而且比较畅销。在国内，广东人民出版社及花城出版社均曾先后出版，四川人民出版社（后由四川文艺出版社接替出版）也在四卷本《萧乾选集》中把它列于第一卷的篇首出版，就说明了这个问题。

1988年诺贝尔文学奖得主埃及作家纳吉布·马哈福兹曾嘲笑过艺术不朽的想法，他认为："社会从来都从当时的艺术家那里获益，而每小时都在产生新东西，不必向后看，我们不会留下什么，而埃及将永存。也许某个热爱埃及的人在翻阅故纸堆时，会找到我的作品。"其实，他这话也许是谦虚，也许是失之偏颇。重读《梦之谷》时，我的感受是：优秀的、美的作品总是不朽的，总是会留存到后世的！


三


《梦之谷》在任何时候都未必一定会引起轰动效应，但作家敞开心扉创作的这个长篇，在任何时候都是值得一读并赞赏其魅力的。读时会感到是一种享受。它的生命力在于有作家真情实感的倾泻，有作家美的心灵和意境的熏陶，有作家敏锐观察能力和艰苦生活阅历的点染，有一种对人生经验、人性价值、人类行为价值的思索。

旧中国的丑恶现实太多了，应该清除。作家的胸膛里填满了愤怒。萧乾当过学徒，受过贫穷和凌辱，上过恶棍的当，尝尽人间不平。《梦之谷》中那种愤激与暴怒，那种哀怨与无奈，表示了作家的内心。作家有社会良心，呼声是响亮的。除此之外，《梦之谷》的主要价值，还在于它的艺术特色和艺术成就。

阅读《梦之谷》，会被它的诗情画意所笼罩。作家是用散文的、诗意的笔法写《梦之谷》的。严格地说，《梦之谷》没有很强的故事性和太多的情节，或者可以说它并非是以情节取胜的长篇，它取胜的是作品中的"诗"。

作家说："最初我要写的是一篇回忆性质的散文。我是在骑虎难下的情势下把它写成小说的。"（《一个乐观主义者的独白》）是的，《梦之谷》是一部散文体的小说，也可以说有些章节是接近于诗体的小说。当然，不仅仅是用华丽的词藻，而是用真挚的感情来直扑人心的。对于南国风光与氛围的描写，对于海的描写，对于山谷的描写，对于清晨与黄昏的描写……都一样。

如要引用小说中那些美的散文与诗的语言，可以大量摘录。

只是我认为精彩的突出的是如烟如梦的意境的美，经过锤炼的语言之美。小说中写的爱情动人至深，常常是美丽、真实得令人难忘。正由于这种美，就使悲惨凄凉的结局更令人嗟叹。例如第二十四章"镀了银的日子"中，男女主角烟和盈幽会，作家描绘了优美的景色和男主角焦急等待的心情，无论是对话、心理、动作，都切合少男少女的身份、思想，而最重要的还是那种可以感受到而未必一定在语句上写出来的藏在内容背后的诗情，真切地使人感到了对书中人物心灵的逼近。

《梦之谷》写得美。正因为美，读后会使人感到难以忍受的痛苦。盈在同烟秘密相见时说过这样含着血泪的话："也许，有一天我为了念书，临时当了回妓女，你还要我不？为了念书，为了我们的那一天！"

多么刺激人灵魂的话语哟！小说中作家揭示的美与那个黑暗社会造成的丑恶对比鲜明。用诗和散文来写小说，让美妙的意境留在心头，却用严酷的事实戳破幻梦，故事结束了，遗憾却会长存心间。

萧乾是驾驭、运用语言的能手，也是善于撷取典型细节的小说家。他说过："在这部小说里，我写了漂泊在南国的一个北方人的心境和尴尬处境。语言不通，人地两生，好像身在异邦。那位潮州姑娘，吸引我的，首先是语言相通，再有就是身世近似。"

《梦之谷》在体现"尴尬处境""语言不通、人地两生，好像身在异邦"，在第四章"我的贵干呢"中，用了两个人笔谈的细节，十分精彩。

两个萍水相逢的人竟使用拙笨尴尬的笔谈法谈起心来。风趣、幽默，引人发笑，可又使人同情主人公的可怜，感到悲恻。但时代气息和语言的运用绝妙，生活景象通过这种简单细节较忠实、典型地反映出来。

萧乾说过："我真正的兴趣，是探讨文学语言。因为对一个文学工作者，语言犹如画家的线条，音乐家的旋律，是用以表达意象或感情的主要手段。在我整个学习写作的过程中，它是我的主课之一。"（《一本褪色的相册》）萧乾的文字语言，鲜活而独具匠心，在《梦之谷》中时刻能有感受。

40年代我第一次读《梦之谷》时，记得曾发傻般的将《梦之谷》中所有用过的比喻语句都画出抄在本子上过，当时我深深感到作家语言文字上的讲究，虽然有时也有过于雕琢的情况，但总的来说，他这方面的努力是有价值的。现在，第三次阅读《梦之谷》时，我在第一章里又大致用笔画了一下，仅仅比喻语句就不下六十多处。

萧乾说过："鲜活则是文学语文的生命。"（《一本褪色的相册》）他在《梦之谷》中的实践，证明他做得是有成绩的。

《梦之谷》结构谨严，内容和形式是和谐的统一。小说就是要讲故事。作家娓娓地讲，没有去卖弄一些与故事无关的，与情节、动作或小说主题无关的描写。作家当时虽尚年轻，但对人情世故、人间冷暖，由于自己的坎坷旅途已很熟谙。以第六章"我沿街推销着自己"中写一个好心的友人带"我"寻找职业的一节为例，谋生艰难的人生三昧，被刻画得淋漓尽致，使人读后既感到作家鲜活的生活体验和随意着墨处的逼人才气，也能从作品中窥见活生生的作家本人，随之必然会感到一阵苦辣与辛酸。

我关注着萧老多年，发现他即使处于逆境时，也总是微笑着的。他的笑容真诚、善良而带点幽默。他绝对不是不懂得人间存在着那些不合理、不公平的事和不友好、不道地的人。他自己对许许多多人和事都有亲身体会，但他仍在微笑。他用微笑在观察人生、体味人生，用微笑来疏离恶浊。而在他的笔下，每每出现那种带着微笑间或有点俏皮而实际深沉悲愤的文字。他把微笑送给人间，抱着一颗赤子之心，却在运用一支犀利有力的笔。

## 四

对《梦之谷》来说，我觉得，作家由于受自己那段难忘的经历的拘束，好的一面是使人有可信的真实感，不足的一面是作家写人写事受到了局限，有的人物如果色彩浓一些，加工得多一些，艺术上的效果可能会更好更强。

作为长篇，可能是由于边写边发表的原因，《梦之谷》在布局上看，未必很匀称、完美，加之限于篇幅（全部13万余字），有些次要人物尚欠立体感。由于抗战爆发，作家急于为抗战贡献力量，无心在这部爱情小说上进行更多的打磨，从小说全部看，前半部细，后半部有些章较粗，收场比较急促。

作家本来感到"旧本子的文字有些地方过于雕琢，同时还夹杂了一些洋文和不成熟的潮州话"（《梦之谷》序言）。1980年在病榻上把全书修改了一遍，作为定本。我现在第三次阅读的就是这个定本，对作家自己曾提出过的这些缺点，已没有明显的感觉。本来，30 年代的作品保留原貌以保持 30 年代的气息，不去改动是可以的。但作家为了对读者负责，重版时做他认为必要的修改。在我的感觉上，内容并无实质性的触动，仍旧洋溢着 30 年代的气息，文字语言上是改得好而不是改坏了。

《梦之谷》的结尾，是使人痉挛颤动感到煎熬的部分，这说明了它的艺术感染力。听到有人说结尾太黯淡。但作品的结局只能按人物命运的必然逻辑去写，真实可信而无可非议，有条"光明尾巴"反倒损坏了原作。何况，作家本有呼唤光明之心，这在全部小说的字里行间，早已表露无遗。

《梦之谷》这部真切哀婉的长篇，有强劲的生命力，它浪漫抒情地一层层、一步步、一点点地运用文学手法和文学语言写了一对恋人的欢乐与苦难，引人入胜，给人以美的享受和苦的体味。五十多年来，凡认真读过这部以真情动人的长篇的人都不可能没有深切的感受，感受到作家撰写的这部小说掘进人物内心，在呼唤人、呼唤人情、呼唤人性和人与人之间的理解与是非爱憎。

1982 年，萧乾在一篇短文[①]中说过："一件艺术品的寿命，不决定于它问世时锣鼓敲得多响，也不决定于它立即受到的褒奖。最具权威然而也是最严峻的考官，是时间。对于为赶浪头、追时髦而凑出来的货色，他淘汰起来也毫不手软。真正来自生活感受的肺腑之作，会像陈年老酒或出土的陶瓷，几十年几百年后，光彩倍增。"

重读《梦之谷》，就有这种想法。它是经得起时间冲刷的一个艺术珍品。

（本文刊于 1991 年第四期《四川大学学报》）

---

[①] 此文指《观〈风雪夜归人〉有感》，原载 1982 年 6 月上海《新民晚报》。

# 读徐联的长篇小说

认识徐联同志有二十八年了，这二十八年来，交往不算多。但每次他来我住处，总会谈谈创作，总会告诉我他写了什么又在写什么。他似乎醉心于此，乐而不倦，来了总要讲点他已写或想写的题材给我听，有时讲得很动人。讲到得意处会宛然地一笑，使人觉得他对自己的作品极有自信。他写作的进度很快，但显然常开夜车。

我很欣赏他这种醉心拥抱文学的态度，他这种执着于创作的热情使我感动。他送过我书，一本又一本，都是长篇小说。先是《流浪女》《狼国在呼唤》，后是《漩涡里的女人》《觉醒》，接着，又是《啼鹃带血归》和《野岛》。连续六七个长篇，自是丰收。《流浪女》在成都获过奖；中篇小说《二送藏袍》被译成外文介绍到国外；有些长篇在一些省市电台被连播……他说："写作是我与同时代人交往的桥梁，然而我不想为了这种交往而写一些违心的东西。我愿我的每部书都引人喜欢，但我无意迎合读者。我希望我在自己身上点燃的火种能够传播开来，进而看到我的书在人们思想和心灵深处迸发出火花……这便是我著书的初衷，也是我做人的操守。"这是谈得很好的。

徐联同志是全国作协会员，担任过四川作协理事、四川省经济文化协会会长，他希望听到我对他的作品的意见。这是他的谦虚。抱歉的是我的视力不好，他送我的那么多作品，我实在无法一一仔细阅读。如果不一一认真品味，不作深入的分析研究，仅凭一点肤浅的了解，是很难写出踏实中肯的评论的。我花了十多天的时间看了他写的《流浪女》和《野岛》，这只是他创作的多部长篇中的两部，在读的过程中，我这种无法草草写出评论的感觉更强，浮想却也不少。

《流浪女》和《野岛》先后出版于1989年和1993年。而1993年是不平凡的一年。国家在改革开放中取得很大成绩，在国际外交上取得很大胜利。拿文学来说，也出了不少好作品。但这一年，在文坛却也卷过两阵难忘的"炒"风。"炒"得轰动，也"炒"得丰富了"地摊文学"。作品因"炒"而走红，令好奇者都想赏识一番。但这是文学的出路还是文学的死胡同？历史和读者都会做出裁决。开初，先是"玩文学"的走红。"玩的就是心跳"、"千万别把我当人"、"让我一次爱个够"、"过把瘾就死"……出现了些绝对不自以为比读者高明而且大体上并不相信世界上有什么太高明之物的作家和作品。他们不打算提出什么问题也不打算回答什么问题。他们不想写任何有意义的历史角色，把各种人物都降到饮食男女同一条水平线上，把各种语言都拉到同一条水平线上，严肃、机智、滑稽、轻松固然有，调侃、粗野、卑劣的语言也掺合。他们有的不乏才华，但玩世不恭、游戏人生，树了不少痞子做代表人物。新鲜倒是新鲜，无聊也够无聊。靠"侃"靠"玩"来建造文学的殿堂，实际未见营造出高楼大厦来。接着，下半年，又有一股更大的"炒风"。作品尚未面市，就已"炒"得热火朝天，从稿费的数字上炒，更从"性"上乱"炒"，颠倒了高品位与肮脏的地位，似乎"比金瓶梅还金瓶梅"的所谓文学作品，才是第一流的"名家"，最最出色的文学作品。于是，在从事文学创作的人中有的面对这种情况迷惘困惑了！难道文学应该往这方面走？望而却步，徘徊不前，停笔不写者大有人在；而眼红手痒想亦步亦趋进行效法者也不是没有。可贵的是徐联绝不为一时的风气所左右。他埋头辛勤耕耘，潜心于创作，乐在其中。在这一年，拿出的是两部既非"玩文学"又非"性"文学的长篇。看出版日期，《野岛》就是12月份出版的。他没有随着风去飘摇，也没有迎着风趴下，却是顶着风用"面壁"的态度一字一句作自己的文学艺术上的追求，固执不懈，取得了收获。于是，这使我感到：要想出好作品、出成绩，首先要真诚地对待这项事业，也要默默无闻地苦于实干。任何动摇犹豫或侥幸取巧心理都应排除。徐联在动荡的"风"潮中，心绪并不浮躁，仍保持冷静的写作情绪，坚定地走自己认为应走的文学路，这是值得称道和赞赏的。

《野岛》讲述的是发生在"文革"时期的一个故事。男女主人公任翔和裴丽瑶在荒岛上有着一段离奇的经历。故事曲折委婉，充满着人间的酸甜苦辣，生离死别。这是一个悲剧，甚至有些荒诞，但这故事发生在那疯狂而又特殊的年代，当时的人们赤诚而又蒙昧，因而显得是合情合理的。反常的生活产生反常的心态，这样一个有点离奇荒唐的故事，也就完全有存在的可能性了。故事有些压抑、沉重，但矛盾的撞击，心灵的冶炼，使人得到启发，读后引起思索，也是很自然的。

《流浪女》则是描述新中国成立初期在赛尔加草原上，一支流浪的藏族"热巴"队所经历的风云变幻，从中充分展示了人们之间强烈的爱和恨，并以此衬托出整个中华民族的魂魄和历史的精神。书中对正面人物格桑卓玛、华尔丹等，作者并没有强加于他们什么高尚的灵魂，他们对祖国、对故乡的爱，对敌人的恨，多为自然的，是内心深处情感的自然流露，然而愈是这种自发流露的情感，就愈能反衬出我们中华民族本身所固有的强大内聚力，从而也就揭示了历代分裂主义者之所以不能得逞的根本所在。在对反面形象的刻画上，作品一反过去写贵族头人皆是凶恶残暴的手法，把从国外留学归来的千户之子嘎布龙放在特定的历史时空内，尽情渲染他作为人的复杂性。这部作品的艺术结构打破了大团圆、大喜剧或大悲剧的封闭形式，而采用了开放型的结构，这无疑给作品本身乃至读者都留下了广阔的"回旋余地"。

文学作品要刻画人物。"小说是形象化的哲学"，写人就要穿透人的灵魂的或精神的深层，《野岛》和《流浪女》中被压抑、被泯灭了的生命意识，被扭曲、变形了的人物内心，较为淋漓地得到了表达。

文学作品需要作者的感情真诚、热烈。《野岛》中表达的情感与思绪使人感到真诚。结局的点题似乎看出作者是对人与事有所感而抒发的呐喊。虽未必很深刻，却是社会荒谬因素的浓缩与鞭挞，不乏诚挚与炽热。

文学作品需要诗化，《流浪女》《野岛》中不少篇章，作者在意境和文字点染上在作此努力，爱情、友谊和《野岛》中的鸟岛景色，以及《流浪女》中散发出的草原风情，都写得颇具诗情画意，情景交融。

文学作品需要"韵外之致"、"弦外之音"，思致微渺寄托在可言不可言之间，无论是《野岛》还是《流浪女》都有此效果……

在古老的中国向现代化的中国进行艰难转化的时代，历史的风雨，生活的波涛，社会成员除了经历幸福、光明，也必然可能有痛苦、困厄的经历，当然，我们文学作品中所能反映的社会生活和社会成员的心路历程、运转的方式都应当是向前、向上的。《野岛》《流浪女》虽是悲剧，但无悖于此。

我不太了解徐联同志的全部生活经历，但文学作品每每同作家的经历有密不可分的关系，他的经历该是深广宽阔的。从他偶尔来同我谈话之中，我感到他在认识社会、洞察人生上是常在开动"机器"的。他的心灵似有较大的翱翔天地。他在《野岛》中将岛写得多姿多态，人岛相衬，颇富内涵，也令人看得出他的艺术追寻。

在创作中，有许多难题是需要作家付出终生精力来攻坚的。创作不能自满。例如，写小说脱俗是极难的；如何使较深的思考通过巧妙的结构在纸上深刻而自然地体现也是很难的；如何摆脱从意念出发人为设置情节也不容易；一部作品要在人物刻画、情节设置、思想艺术上都够得上高雅的精品的标准更是十分难的。要使我们的作品扎根时代，扎根于深厚文化基础之中，写出博大复杂的社会生活画面，透视出典型人物的复杂心理多重感情，"以高尚的精神塑造人，以优秀的作品鼓舞人"，应当是有志气、有责任感的作家的终生努力目标。徐联是一位颇有潜力和后劲的作家，他不仅出版了九部长篇小说，而且还发表了大量的中、短篇小说，以及散文、诗歌、随笔、文艺评论……值得一提的是，他牢记自己曾就读电影文学专业，受过已故前辈陈荒煤先生的教诲，故在写作长篇小说之余，始终不忘电影文学和电视剧本的创作，自20世纪70年代末到21世纪初，先后创作并发表了《青山遮不住》《洁白的晚香玉》《弯弯的山路》《虎山行》《戒严夜脱险》等十八部影视剧本，其中三个剧本被拍摄成电视剧，与此同时，出版了《女儿国情事》和《浪迹》两部电视连续剧剧本。看来，徐联能有此收获，是他对文学艺术的不懈努力与追求的结果。我愿与之共勉，期待着他陆续有更厚重的新作问世。

（本文刊于《当代文坛》）

# 独特的文学踪迹史

蒋蓝是一位肯下苦功不怕艰难的作家。从 2011 年开始，他用两年时间写作了《一个晚清提督的踪迹史——唐友耕与石达开、骆秉章、丁宝桢、王闿运交错的历史》这样一部长篇非虚构作品，其中可以看到作为一个采集者的辛勤付出。

在四川、云南两省边境的许多地方，他像一个探险家，像一个勇士，像一个采矿工，更像一名考古工作者或者探宝者，跋山涉水，不管春夏秋冬。七百多天里，寻寻觅觅，一字一句，写写改改，先后十二稿。这是一部读来可津津有味的长篇，也是一部有历史意义、历史价值，又有生动文学笔法、叙人叙事、动人心境的长篇。蒋蓝自己说："用近两年时间来全力完成一件事，长期奔波于田野山河间。""写作中，我必须回到历史现场，回到官场文牍、稗官野史、江湖切口、烟帮密语、袍哥茶阵、天国客家用语等构成的专属空间与特定时间，我才可能竭力成为一个文学/文化的福尔摩斯。""我相信，我追踪的四川提督唐友耕的踪迹，及所带出的 1850—1900 年之间的四川官场史、军事史、民俗史、植物史、道路史、城建史乃至风化史，我已经尽了最大的再现努力。"

生活是创作的源泉。蒋蓝是能真正深入到他要写作的那种生活中去的，尽管艰苦而且艰难。事实上，今人写旧时代和旧人物，总比深入今天的生活写今天要困难，但他是努力深入了，而且确有所得。他的作品感染了我，我仿佛能看到他站在大渡河边面对大风呼啸、波涛滚滚，遥想当年石达开在此艰难作战的情景；又仿佛能看到他在寂静的深夜里钻研白天采访到的散乱资料；在大雨滂沱的夜晚、在孤寂简陋的客栈小屋里听春雨声奋笔写作……

蒋蓝不仅是一个"写书的人"，也是个"读书的人"。他博览群书，正史野史、诗词歌赋、中外典籍直至写作本书时所能觅到的一切文史资料、四川典籍、地县方志、信函日记、档案文件、民间传说、地图照片、老人回忆以及书中人物后裔的叙述……均在阅读研究及考据之列。正因如此，此书得以丰满，此书得以完整，此书得以可信，此书得以成功。

我想，这部"踪迹史"如果不是作家来写，纯由历史学家来写，可能不会像蒋蓝这部述作感人而且吸引人阅读。文学作品重于塑造人物，尤其是典型人物，当然也要同时具有丰富的想象力，优美的文学笔法及文句、叙事、写景、状物……史学家重在发掘、研究，重在实地考察及潜心考证，有所发现和前进。哲人则从学术角度体现人之才能识见，从自然知识与社会知识之累积及体悟中寻觅出规律、法则及正误之道。蒋蓝在处理文史哲的问题上做得很出色。他是作家，文采斐然，他写踪迹史，自然要去伪存真；他是一个有思想有想象力的作家，常常在叙史叙事时颇多哲思，或诗意盎然。但这些都是既尊重史实又尊重文学性的一种写踪迹史的必要和可贵之处。

蒋蓝在书中极恰当地用"杀孽深重"、"刀头舔血"来形容唐友耕。选这样一个人物的故事做本书主线，写出了晚清时期那段极不平常的历史，像历史老人串起的一串晚清时期的珠链，作为古董，自有其独特的价值。蒋蓝说过："人迹是构成史迹最重要、最深切的痕迹。"我同意这种说法。

（本文刊于 2014 年 12 月 8 日《人民日报》）

# 致田闻一①的两封信

## 一

田闻一同志:

酷暑天,感谢惠赠大作《成都残梦》为我消夏。这部长篇纪实小说可读性强,内容吸引人,有悬念,读来津津有味。读完全书二十万字,颇像看了一部电视连续剧。您希望听到意见,决定写这封信给您。

我在街上书店、报亭及书摊上看到《成都残梦》畅销。目前,正宗文艺书印数都少,《成都残梦》由四川文艺出版社出版,印数三万四千册,真不容易。您的书艺术品位是高的,却大众化,我很赞赏。我们很需要有畅销书作家,您颇有成功的条件。

曾读过您写的第一部长篇纪实小说《未遂政变》。那是一个难度大的真实题材,写的是蒋介石麾下将校军官团拟发动政变的一个真实完整的故事。为写那书,您曾远去东北采访。书出版后,反应很好,也是畅销。《成都残梦》沿袭了《未遂政变》的写法,文字上更老练出色,有新闻记者犀利的鸟瞰透视力,也有小说作家细腻描写和让人物丰满于情节过程之中的技巧。听说您正写第三部长篇纪实文学作品,

---

① 田闻一系四川省作家、《四川政协报》编委。

希望早日看到新作问世，您就沿这条路走下去似也颇富特色。坚持思想性，提高文学性，增强纪实性，注重可读性，似乎是你创作遵循的准则，很好。我欣赏您作品中那种叙事功能的弹性和张力、艺术氛围的催化、对我党和国民党双方情况都熟悉的丰富知识及伸展自如、充满成都地方色彩的风土人情和民俗景物的生动描述。

对成都解放这样重大的题材，您用纪实文学作品将这段历史生动地写了出来，可说是一个贡献。我对这段史实不熟悉，无法从史的角度评价作品。但看到您在后记中说：您的家族，当时在两个敌对的阵营中都有重要的角色人物，又有计划地、系统地采访过一些当事人，研究过史料和一些素材。那么，我想基本事实是不会违反的。纪实文学这点很重要，当然，既是文学作品，也必须允许有丰富的想象和合理的虚构。

我不是说大作已经完美无缺，但成就是主要的。您工作繁忙，业余创作条件艰辛，锲而不舍使我感动，您现在最需要的是鼓励。愿您接受我的祝贺！

握手

王火

1992 年 8 月

## 二

闻一同志：

继长篇纪实小说《未遂政变》《成都残梦》之后，我又读到了您新出版的二十五万字的《八千里路云追月——尹昌衡都督传奇》。

您的这部作品，除了与一般纪实小说类似的有可读性之外，故事性、传奇性都强，而且与《成都残梦》一样，有浓郁的四川味。在写到成都时，当年成都的风俗、民情及景物，通过字里行间都透露在读者眼前，色彩斑斓，宛如看一幅旧时锦城写生画，您书中写的主要人物尹昌衡，是四川彭县人，年仅二十七岁就被推上四川省军政府都督高位，在成都有过许多不平凡的经历。由您这样一位四川籍的对成都十分熟悉的作家来写这样一个传奇人物，语文是有川味的，写到四川各地时也是有川味的，正如"川厨烹调川菜"，川味自然而生，得心应手，这是我很欣赏的一点。

写长篇纪实小说，选择题材很重要。一般的人和事，平淡无奇，难于写得出色。选择尹昌衡作主角，写他的传奇传记文学作品，先天地就必然会带着传奇色彩。尹昌衡的经历确是一本有戏剧性的"书"。他1886年（清光绪十二年）生，四川武备学堂毕业，被保送入日本陆军士官学校第六期步兵科，加入过同盟会，1911年在成都任都督府军政部长，随即继任四川省都督。1912年为征藏军总司令，后兼川边镇抚使，授陆军中将加上将衔，以后又兼领川边都督……他在成都杀过清廷赫赫有名的"封疆大臣"、绰号"屠户"的四川总督赵尔丰的头；他曾率兵西征得到"威猛金刚"绰号，在川边血战、巴塘遇险、瓦解兵变中生命都处在千钧一发之间；他以后又突然被袁世凯、段祺瑞等监禁，从将军成为囚徒，缧绁京师；最后终于又冒险潜离北京，回到家乡四川，沉沦于成都……在你这本书中，方方面面，前前后后，都写得淋漓尽致。你选的这个人物是个有历史穿透感的人物。你将他从清末到新中国诞生之初的许多重大历史事件串了起来，形成了一个明亮的焦点。优秀的纪实小说必须关注人物的形象与典型性，总要塑造一两个乃至若干个典型人物。你刻画的尹昌衡，既有优点也有缺点弱点；既是将军，又是风流才子；既曾叱咤风云，又复变得意志消沉，是个活生生的人物。你在小说中多处引用了他的诗作，倒也为这个人物增添了几分儒将的色彩。我只知道尹昌衡著有《止园诗抄》，是在您这本作品中才读到了他的一些诗的。这些诗对认识他这个人有价值。尹昌衡在您的书中是一个凸形的人物，你主要写他，他凸出了，就是成功。

纪实文学作品是要有强烈的文学追求的。用形象来表现事实，以事实来承载理性。它的文学性主要表现在文学描写与刻画及氛围环境的渲染上，而必须排除文学中的虚构因素。我无从去考证这部作品中人物与事实的出入，但我想您在写过三本纪实文学作品后，定会清楚地认识到这个问题。这是不可忽略的一个主要点。长期的编辑、记者工作，使您具有丰富的知识，这对您写纪实长篇，很有好处；您的文字的基本功是不错的，简洁生动，不乏盎然情趣和华丽词藻。我知道您结识了尹昌衡的儿子中唯一还活着的尹宣晟，他现在已是年近古稀的人了！他同父亲尹昌衡相处最久，感情最深。他向你敞开了心扉，于是，您就掌握了不少珍贵的第一手资料。书中最末一章"将星陨落山林"虽短，但令人读后心潮激荡，恐怕材料是来自尹宣晟的吧？您的初稿，他细看过并提出了好些中肯的意见。我觉得创作这样一部纪实的传说小说，您有这样的幸遇，是很可羡慕的。因此，如您所说的，"为了完成这部很有意义的作品，我不知牺牲了多少休息、娱乐、睡眠、天伦之乐及健康……"我认为，您是值得的。

从您的连续三部长篇纪实文学作品中，我感到您是在认真严肃地走一条畅销书作家的路。我是赞同的！我们需要一批好的畅销书作家：有所追求，层次高些，不去媚俗降低格调，却力求自己的作品能雅俗共赏，能有强烈的吸引力，能使书的印数高些（如果书印数太少，只有极少数人能看到，岂不是写了也等于未写！）。新时期文学的奇观，除报告文学之兴隆突起外，纪实文学的繁荣不衰也是不可忽视的，但有些纪实文学作品走了"邪道"，就更衬得类似您的这种纪实文学作品的可贵。我能了解您业余从事创作的艰辛，但愿意为您的热情耕耘打气！愿您更有第四、第五本的纪实长篇问世。

握手！

王火

1993 年 11 月 1 日

# 伏枥还欲奋烈鬃

## ——读廖永祥同志新作《柳季诗选》《蜀诗总集》

  两本厚重的装帧精美的新书放在我的面前：一本是巴蜀书社出的《柳季诗选》，一本是天地出版社出的《蜀诗总集》；前是廖永祥兄的诗集，后者是他编选自先秦至辛亥革命前为止的四川历代诗人二千三百余家的诗作，是本籍诗歌作者一部较完备的选本。翻阅这两部新作，我对作者充满了钦佩与祝贺的情意。

  廖永祥是老记者、老干部又是老诗人、老学者。他曾是新华社重庆分社和四川分社正、副社长，《人民日报》重庆和四川记者站站长，四川省社科院副院长兼文学所所长，先后出版有《新华日报纪事》《新华日报史》《新华日报旧体诗选注》等在新闻学领域颇有影响的专著。1980年后，他编纂出版的古典文学著作，有《历代三峡诗歌选注》《四川山水诗选注》《锦城诗粹》等。这次出版的《蜀诗总集》九十万字，是他历经多个寒暑孜孜以求，查寻资料，披沙淘金做了大量的收集、增补工作，将先秦以迄晚清的历代蜀诗，取其精华汇成一书，可供欣赏，更可作工具书用，对巴蜀文化积累也是一大贡献。《柳季诗选》是他从60年来所写的2500首左右旧体诗词中选出1200余首外加上20首新诗合成。"柳季"是永祥兄的笔名。他认为旧体诗以其具有民族语言、民族诗歌传统等特点，作之者仍然很多，他也爱写。他又认为鲁迅说过："人文之留遗后世者，最有力的莫如心声。""这样的心声，富于现实性、革命性、战斗性，与一般旧文人写传统的纯文艺的作品，有根本的差别。"他说："我就是受这种心声的鼓舞、启示，沿着这一条路子来写旧体诗的。"纵观这本诗选，言志缘情的上乘之作比比皆是。例如1950年初重庆解放《新华日报》一出刊，他写了《函重庆友人，寻月初下落》七绝（注："月初"即陶月初，现名林平兰，廖之夫人）："秋水萦怀见心期，仙踪何处更神驰。青春最是人怆别，柳暗花明知不知？"将云山远隔的一段革命恋情写得绵绵意深。在《题灌县王小波纪念祠》七绝中说："不公分配矛盾多，拉大偏差复如何？鲁叟犹持均贫富，千秋人仰王小波！"关心人民贫富，溢于言表。永祥兄曾有诗赠我，中有"长忆嘉陵江上月，清光犹照共读人"句。他与我抗战时曾在北碚夏坝复旦大学同窗共读，这两句诗，引起我对往事的许多回忆……

廖兄有多方面的才能，早年出版过《柳季小说选》。听说他有写一部长篇小说《记者外传》的愿望。年岁大了，但仍要不断努力做出贡献，这是他的抱负。以他人生经历之丰富，思想之活跃，笔法之老练，诗人之气质及工作之勤奋，我认为写成后必是一部优秀的长篇。他在《七九·咏怀》一诗中说："双鬓银丝吾老矣，伏枥还欲奋烈鬃。"志豪气壮，如见其人。今年是马年，我已仿佛看到他真像一匹不老的宝马扬鬃飞驰，志在千里！我愿拭目以待他的新作继续出版。

（本文刊于2002年3月《中华文化研究通讯》）

# 流声固无穷

## ——读廖永祥《〈新华日报〉纪事》

廖永祥同志耗费大量精力和时间完成的《〈新华日报〉纪事》一书出版了。他谦虚，用了个"纪事"的书名，其实书的内涵广阔深远，带学术性，具有"史"的笔法及特色，具有珍贵的文化积累价值。我读了此书，在此深表祝贺，并愿向宣传干部、新闻工作者、党史及抗战史研究者、新闻史家和报学家、大学新闻专业的师生们诚恳推荐，希望此书受到应有的关注，发挥它应有的作用。

这本书介绍了《新华日报》的情况和历史经验。《新华日报》是一张伟大而不一般的报纸。它是抗战爆发后，国共二次合作的产物，是中国共产党建党以来创办的第一张大型日报。它的创刊，意味着结束了国民党长期垄断新闻事业的局面。它是中国共产党中央在国统区的统治中心公开出版的大型机关报，1938年1月11日创刊于武汉，武汉失守前迁至重庆。抗战胜利，国民党发动全面内战，1947年2月它被国民党反动派"查封"。这张实际在周恩来同志和中共南方局直接领导下的不同凡响的报纸，经历了抗日战争、解放战争初期两个历史时代，前后九年。它为团结人民进行抗日战争，为教育人民认清时代方向，为传播革命理论和知识，为反对国民党法西斯统治，为人民争取解放，创建新中国建立了不可磨灭的功勋。

《新华日报》在这九年多的战斗历程中，发挥了多么大的作用，当年读过该报的人都知道，而当年没有读过它的年轻一代的新闻工作者和大学新闻系的师生也应该补补这一课。

读这本书时，使我想起了抗战时期在大后方阅读《新华日报》时的情景。高中时我在四川江津，大学时我在重庆北碚，都阅读《新华日报》。但由于国民党反动派的阻挠，高中时只能偶尔偷偷读到。大学时，北碚有新华书店，报童报丁发行工作好，每天订阅的报纸都可及时读到。《新华日报》当时担负的任务重要而艰巨，它矛头针对日寇和汉奸，向大后方人民宣传党的方针政策，高举团结、抗战、进步的旗帜，充当人民喉舌，及时地将八路军新四军在前方和敌后抗战歼敌的消息报道给人民（而这些消息每每是国民党当局封锁住不让群众知道的）；同时，又在编好报纸、搞好发行、改进文风、树立记者好作风等等方面，为后来新中国的报业先行地创建了许多好经验。我还记得最后一次读到《新华日报》是1946年夏天在南京，那时我离开四川回沪宁一带了。像我这样的青年人，在接触地下党员之前，就是依靠《新华日报》和新华书店出售的书籍了解我们的党，了解解放区及敌后抗战的丰功伟绩，了解一点初步的马列知识，了解毛泽东著作，从而更加坚定抗战信念并懂得中国的走向，以后才选定了革命道路的。

我曾是复旦大学新闻系的学生，永祥同志是我复旦大学时的学长。他学的是外文，1944年就参加了进步的《中国学生导报》的创办，开始了新闻生涯。抗战胜利后，调《新华日报》做编辑、记者，此后历任《晋绥日报》、《新洛阳报》、新华支社编辑、文教记者。1950年后，曾任新华社记者，新华分社正副社长，《人民日报》记者站站长。他有三十多年的新闻工作经验，可说是一位这方面的专家了！可贵的是他用五六年时间，潜心对《新华日报》进行专题研究，参加学术讨论，给大学新闻系研究生讲课。这本书中论述的专题，大都以重大历史事件、问题为背景，不仅记述史实，还加有分析、评述。全书文章三十五篇，按历史发展顺序排列，较完整地反映了《新华日报》创办的过程，而且于准确的叙事之中，体现指导思想、观点、方法，可窥《新华日报》全貌。新闻事业始终在世界上蓬勃发展，报纸是电视、广播无法代替的，因此作为传媒始终为编者、读者所关注。怎样把报办好，过去、现在、将来一直是应探讨的主题。历史经验对今日面临市场经济大潮建设有中国特色社会主义的报业是有借鉴作用的。廖永祥这几年来，不舍昼夜，集中精力撰写此书，态度严谨，材料丰富，有深刻思维，有独立见解，颇不容易。新闻学著作，这些年出得太少，这部沉甸甸的三十余万字的好书出版，就更显得宝贵而被需要。"雄姿列往志，流声固无穷"。它不是昙花一现会被轰"炒"的书，但却是有永恒价值值得阅读研究的书。

# 跨越沧桑，辉煌晚霞

## ——读《李华飞文集》

华飞同志是位多面手，百万字（两卷）的"文集"分小说卷、诗歌卷、笔记·回忆录卷、散文卷、戏剧卷、文论卷六个部分。由于他的人生经验丰富，阅历不凡，创作态度严肃，激情充沛，"文集"显得丰富多彩而有分量，我读来津津有味。

"小说卷"中的十八篇小说，写法并不拘泥于小说常规，题材都好像取自他的生活片断，描绘真实自然，语言朴实流畅，人物多数均有形象，最可贵的是充满爱国热情。其中包括他青年时代1936—1939年间创作的六篇，老年时期1982年迄今的九篇。我喜欢的是他在日本留学时写的《亡国者》和《名古屋之夜》等篇。这同郁达夫等当年留日青年写的小说异曲同工：诉说中国留日学生的屈辱、反抗与痛苦，透露出盼望祖国强大的企求。如今来读，老人可以回溯历史，青年可以了解历史，大家都能体会到今天中国强大起来的可喜。读来既有感慨，更有回味。

"诗歌卷"包括新诗一百几十首及散文诗十首。华飞同志是巴蜀诗坛最年长的一位从30年代走过来的著名老诗人。他的诗，真实袒露了自己的思想感情与人生解悟。生命寄托于诗，用诗表达爱憎与苦乐及昂扬情绪。他的诗，与人民的进步同呼吸，与时代的脉搏同跳动。诗风豪放爽朗，蕴涵感人力量。《渡洪江》（实指乌江）是最早歌颂红军长征的诗，1935年9月刊于东京《诗歌》杂志，据说当年甚得郭沫若同志的赞许。正因写了这诗和其他抗日文章，诗人在东京曾被日本密探审讯拘留。如今来读，仍有沉重的历史感，使人心潮澎湃。《弹筝的老人》是华飞同志1957年发表在《星星》上的一首名诗，他因这诗而离开文坛二十多年。其实今天来看，这是一首歌颂了人生的真善美与变幻无常的好诗，有浓情密意。诗人自己是否就是这样一位弹筝的老人呢？很像他呢！他的诗写得极多，"文集"中的一百几十首是精选出来的，从他的诗可看到他的生活与为人。他年轻时写的诗充满青春气息，年老时的诗仍然年轻。"诗人是不会老的"，此之谓乎？臧克家同志为"文集"题词说："坠地金石自有声"，也许是用来作为"诗歌卷"总评的吧？

"笔记·回忆录卷"包括笔记五十多篇，回忆录八篇，从《白屋诗人吴芳吉轶话》到《杨沧白与猴子洞》，从《一个留学生在东京》到《大后方沉浮录》，这是我阅读时感兴趣的部分，有人誉之为"现代文学的活化石"，有人誉之为"真情至性凝为文"，都恰当。这不仅对认识和了解李华飞的创作经历有直接意义，人物逸事、时事秘闻、人生遭逢、民风民俗，皆成了作家的心血结晶和时代风云留下的趾痕。作家还应当多写。

"散文卷"包括"滇云篇""蜀水篇""人物篇""海外篇"共五十二篇。高缨同志为这一部分作序说："这数十篇散文，偶有空灵缥缈之作，但大多数的笔墨厚实而酣畅，有人有物，有景有情，有识有智，读后使人有所得。""'人物''海外'二篇，似乎更为可贵，因为其中许多事、许多人、许多细节为后来者所不知……比如东京聂耳追悼会的悲壮场面，张天虚维护国名的激昂言词，叶圣陶的为人师表，闻一多的志士风格，等等。"评论是中肯的，我也喜读"人物""海外"二篇，因这有作家独特视角和身影。

"戏剧卷"包括与人合作的大型川剧《望娘滩》与《薛涛》及八集电视剧《大禹》、五场歌舞剧《攀枝花》。《望娘滩》是个有影响的剧本，写的是都江堰的神话故事，有四川特点。1989年四川省川剧团以此剧到东欧多国演出，颇获好评。《薛涛》曾获四川省文艺创作奖。本卷的剧本写得人物性格鲜明，富于想象力，有的富于传奇性，故事性强，矛盾冲突尖锐，读剧本时如看到望娘滩上江流滚滚，薛涛井边松竹弄影，禹王宫前香烟缭绕……气魄与手笔是出我意外令我吃惊的。诗人写剧本，剧本中常有诗情和诗意。

"文论卷"中的三十四篇文章，包括政治、经济、历史、文艺多方面的内容。政治经济部分多数均是写于解放战争时期，但迄今读来，仍觉得有助于了解近代史，对新旧社会能做出对比。《薛涛与元稹的关系及其他》《论薛涛与竹文化》《诗经漫步》《正视四川在近现代史的地位》等篇，有不少独到的见解和思索，可以给人启迪。华飞同志现在还在与友人一起自费办一份非卖品的《老年文学》杂志，编得很出色，不付稿酬，愿写稿支持的人很多。"文论卷"中的《老年文学问题》一文，读了就明白此老的意图。他是要在党志"重视老龄工作、发展老龄事业"的指导思想下，把全国的老年作家、文学家这个"方面军"团结起来为改革开放创作更多更好的精神产品而努力。由此可见这位八十三岁的不老翁的精神状态。

文如其人。读《李华飞文集》使人加深了解了这位执着迷恋于文学的老作家。他得失成败，从不离开文学；俯仰百年，总是坚握投枪。无论身处顺境抑或逆境，始终保持着直面人生的正义感和是非感，在文学的精神领域中驰骋。正如马识途同志为"文集"题词所说的"华飞万里春常在"。他是一朵"老来红"。他兴趣广泛，能熟练运用多种文学样式。审美情趣、知识水准、艺术素养都是向高处着眼。他的作品决无市井气与纯商业化追求，决不忽略人格和理想，与那些伤害文学与社会的作品迥然不同。我读"文集"时，有一种面对崇高之情，不禁泛出钦敬。

前些时，看过中央电视台播放的一部专题片，陕西一位老劳模（可惜我未记清名字），坚持植树数十年，一年一年在绿化山坡。如今，那本来童山濯濯的山坡上全长满了他手植的粗壮高大的绿树。他仍一年复一年继续种树……面对巍巍青山，我看时肃然起敬。李华飞不也正是这样一位在文学山岭上不断植树的劳动模范吗？六十多年如一日在"植树"，文集的出版说明他绿化的地盘已是很大很大一片了。他的作品有如绿树，有益社会和人民。最近，仍常看到他有新作发表。我在此祝福他健康长寿，继续不断为绿化文学大地做出贡献。

（本文刊于《人民日报》）

# 啊！胡兰畦！

## ——读《胡兰畦回忆录》

　　四川人民出版社的倪进云副编审来到我住处，从包里掏出一本刚出版的《胡兰畦回忆录》来，脸露喜色地说："我磨了十年，终于把这根绣花针磨出来了！"我知道她为出版此书曾付出过辛勤的劳动，接过装帧精美的这本厚书，翻看着书前精印的二十几幅照片和沉重的六十万字正文，不禁欣慰地对她说："你磨出的是一根金针！"

　　胡兰畦是反法西斯的杰出女战士，德国人民称她是"敢于和希特勒较量的女人"！她1929年冬出国留学，30年代，她在留德学生中因从事反帝反法西斯运动，于1933年被投进德国女牢，获释后被驱逐出境，先后流落到法国、英国，后来又去了苏联。她写的《在德国女牢中》，最初被译为法文，载于1934年德国文豪巴比塞主编的《世界报》上，旋被译成英、德、俄三种文字。1937年4月，中国抗日战争爆发前，《在德国女牢中》在上海由《妇女生活》杂志连载，又由生活书店出版，曾风靡一时。现在，在这本回忆录后，附录了《在德国女牢中》的全文。

　　胡兰畦是位革命先驱、女中豪杰：她从小崇拜秋瑾，五四时期便投身于反帝反封建的洪流。20年代初投入争取女权的斗争，去上海列席全国学代会，是四川第一个妇女联合会的主席。她以后在广州参加国民革命，是黄埔军校最早的女学员之一。抗战前，她在苏州监狱慰问过因要抗日被囚禁的"七君子"；抗战爆发，她组织过抗战时期历时最长、影响最大的战地服务团——上海劳动妇女战地服务团，辗转七省抗日前线。1936年，为促成西安事变和平解决，1949年为策动国民党河南省主席张轸起义，她也出过力……

胡兰畦是革命的资深女作家，写过书，当过报社社长。1934年8月，与萧三一起，在苏联参加过第一次作家代表大会。当时，蒋介石在上海杀害了殷夫、柔石、李求实、胡也频及冯铿等左翼作家，她应中共驻莫斯科代表团一个干部之托，请高尔基在会上表示了愤怒的抗议，支持中国革命。胡兰畦多次与高尔基交往。高尔基逝世时，她被安排走在送葬队伍最前面，捧着高尔基的遗物为之执绋到红场送葬。胡兰畦与法捷耶夫、西蒙诺夫、奥斯特洛夫斯基、史沫特莱、安娜·西格斯等世界名作家均有交往。德国名作家安娜·西格斯作品大多以反法西斯斗争为主题，代表作为《第七个十字架》，胡兰畦同她有诚挚深厚的友谊。

胡兰畦是一位交游广阔的女社会活动家。为了民族的振兴，国家的进步，人民的幸福，她与许多国内外风云人物都有过交往、接触，可以开列长长一串与她交往、接触过的亲密朋友、名流、名人的名单：宋庆龄、何香凝、陈毅、廖承志、恽代英、周恩来、邓颖超、邓演达、杨秀峰、陈铭枢、李立三、吴玉章、杨之华、李济深、郭沫若、项英、邹韬奋……在国外，她接触过"三八"国际劳动妇女节的倡议人蔡特金及玛丽亚·吴塞、奥·托堡……从这长长的名单中，就可以想见这个奇女子当年驰骋奔波、跌宕起伏的飒爽英姿和侠骨风范。

胡兰畦一生经历十分独特，有极不平凡的遭遇。这位女战士富于传奇色彩，生活曲折大起大落。她加入共产党很早，可是一生坎坷，不仅是30年代在德国坐牢，不仅是大革命失败后被蒋介石亲自点名驱逐，不仅是旅苏期间被王明、康生迫害，而且新中国成立后蒙冤被错划为"胡风分子"、"右派分子"，到"文革"时期所受的苦难更不待言。

她直到 80 年代才由党为她落实政策，恢复党籍，当选为全国政协委员和四川省政协党委。但可贵的是她即使身处逆境也始终是一个坚定的革命女性，始终对党忠诚，始终不停止对光明和进步的追求，始终在奉献她的光和热及爱心。读她的回忆录时，我们会不仅被其经历所吸引，更会被其精神所感召，被其行为所激励。

书出得稍迟了一点，胡兰畦老人以九十三岁高龄在 1994 年 12 月去世。如果让她活着看到此书，自然更好。但书也出得适时，在今年作为纪念抗日战争和世界反法西斯战争胜利五十周年及世界第四次妇女大会召开的一件珍贵礼品而出版有更不寻常的意义。让中国妇女和世界妇女都来看看这么一个大写的女人，这么一个中华奇女子，让她的英名远远传扬开去，让她的光辉灿烂的精神传颂于永久。老人是会含笑于泉下的。

20 世纪是一个风雷激荡的世纪。在这个世纪中，中国的社会是复杂的，人生也是复杂的。有胡兰畦老人这种特别复杂经历的人却未必多。她的这本书是她一生革命生涯的回顾，也为中国现代革命历史提供了不少史料。这是一部可以传诸后世的回忆录。如果说欠缺，那就是在丰厚的内容中有些地方简略了一些，但当了解到老人写回忆录时有一个宗旨：凡遗忘的事虽经知情人提示而仍记忆不清的坚持不写，遂也不觉得遗憾了。想到一位高龄的老人，能有这样的记忆力与毅力，在文字记录整理加工者范奇龙和责编倪进云帮助下完成这项工程，实在是十分不易。

中国为有许许多多各式各样的类似胡兰畦的革命女性而骄傲。像这样不一般的回忆录，是无法用一篇短文评述介绍的。只有你自己去读，才会有得益和启迪。我读完此书后，不禁放下书脱口而慨叹曰："啊！胡兰畦！……"仅这一个"啊"字，蕴含了我无穷的感慨与收获。读一读这本非同小可的回忆录吧！你必将会有许多新鲜的超乎寻常的感受！

（本文刊于 1995 年 7 月《四川政协报》）

# 人心正反是沧桑

## ——评《心路沧桑》

　　出身将门的高戈里著的《心路沧桑》最近由解放军出版社出版。此书有个副标题——《从国民党 60 军到共产党 50 军》，是一本题材独特，富于政治意义和历史价值值得一读的好书。它揭示了一段尘封了半个世纪的史实，昭示了"得民心者得天下"的真理。作为旧军队的国民党第 60 军，怎么能变成共产党的人民子弟兵——中国人民解放军第 50 军呢？这当然有一个艰难、曲折、脱胎换骨的改造过程。本书对此做了"解密"，填补了这方面作品的一个空白。它既是一本文学书，也是一本历史书（一本涉及中国革命史、当代史、解放战争史、解放军军史的书）。由于作者有马列主义理论基础，其论述常使本书带有政治理论色彩，也是优点之一。

　　上年岁的人或熟悉三年解放战争的人都知道：解放战争时期，我军越战越强，蒋军越战越垮，突出表现在大批蒋军纷纷先后起义、投诚。据统计，那时期，我军共接纳、消化、改造国民党起义、投诚部队 177 万人（这个数字之庞大，超过如今美国现役军人总数）。当年这滔滔 177 万左右蒋军官兵是如何消化改造的？如果不能变被动为主动，消化并改造之，会是什么情景？我军为什么有这么强的组织、改造能力？作者说："对昔日的战场对手，派去一名指导员，就能改造百十人的一个连；派去几百人的工作团，就能改造几万人的一个军或一个兵团。"对旧军队的改造，作者指出："重心在于思想改造。改造之初，起义官兵多有抵触，一经涕泗滂沱的'泪血大控诉'，几乎是瞬间，他们就与国民党反动派不共戴天！""用起义官兵滚动改造起义部队：以改造滇军（国民党60军为云南籍军队）为例，解放战争初期，30多名老红军、老八路先改造了海城起义的第184师；两年多后，他们带着海城起义官兵又改造了长春起义的第60军……"本书用形象的故事和事实写出了中国共产党思想政治工作的巨大威力，也写出了由于中国共产党代表着中国最广大人民的根本利益，大势所趋，人心所向，遂使敌对阵营中无数官兵倒戈而来，经过改造，整个有生力量心悦诚服，成为凝化在共产党军事机器中的强大队伍，与人民生死同心，为人民解放和革命事业不惜献出鲜血与生命。在世界人民的革命史上，像中国人民解放战争中这样规模巨大的战争中的敌我队伍的流动、易位、改造、改变，恐怕是史无前例绝无仅有的。相形之下，春秋时秦国名将白起长平之战大胜赵军，俘赵军四十多万人全部坑杀，手段之拙劣残忍就无须比较了！所以，本书写的这样一个题材，恐怕对世界各国研究军史的学者均会引起关注的。

国民党旧军队是怎样一种状态呢？绝大部分是糟透了的。旧军队里有黑暗的非人压迫，军官可以任意残害士兵，贪污腐化，抢劫强奸什么坏事都做。书中以海城起义的184师为例："在400多名军官中，公开要求治疗梅毒花柳病的就有30多人，在参谋处和医务处抽鸦片的军官甚至公开摆鸦片烟灯。"……抗日战争时期，1943年我在四川江津德感坝上高中时，亲眼目睹当时国民党的渝江师管区强拉壮丁捆绑吊打并用枪毙逃兵的名义杀害壮丁。德感坝有个伤兵医院，院长等集体贪污，一次为应付上级来检查，天亮前将重伤而得不到治疗的伤兵全部抬到江边的树林里，胡乱搁置，晚上时，那些伤兵有的已死，有的正被野狗咬食，惨不忍睹……

旧军队改造之后是什么情况呢？作者以国民党 60 军作为一个"麻雀"解剖，改造成为中国人民解放军 50 军后，军容、军心、军风、军纪、战斗力、凝聚力迥然不同。1949 年，50 军南下参加解放战争后，进入鄂、川作战，士气昂扬，在歼敌 2.7 万人之后，又整编了蒋介石嫡系陈克非 20 兵团，溶编了袍哥舵把子的"挺进军"，屡立奇功。1950 年 10 月，50 军出国抗美援朝，面对强敌在冰天雪地中悍勇无前。在向高阳攻击前进中，歼灭英军第 29 旅皇家来复枪第 57 团一部和英军第 8 骑兵团"皇家重坦克营"全部，炸毁敌坦克和装甲车 27 辆、汽车 3 辆，缴获坦克 4 辆、装甲车 3 辆、汽车 18 辆、榴弹炮 2 门，俘敌少校营长柯尼斯以下官兵约 200 人。这同时，50 军第 148 师 442 团 1 营作为全军前卫直插汉城。1 月 4 日，率先攻占汉城。这些彪炳军功，可与日月同辉，堪称奇迹。

本书是一部非虚构作品，也是一部研究性的著作，是作者呕心沥血采访、思考、调研、阅读多年而诞生的。作者工作之余，将精力全部投入这部有意义有价值的作品，采访过 130 多名历史亲历者。这样的书正像作者在书中谈到另一个问题时说过的："自然界的石墨和金刚石都是由碳原子构成的，但他们的硬度却有着天壤之别，原因就在于他们的各自空间结构不同。"借用于他的写作，本书的质量是由于久磨不懈及反复锤炼，由于其第一手采访的可贵和真实，自会有其不同一般的光彩，作者又掌握了历史唯物主义和辩证唯物主义的指导原则，这与当时有些人草率马虎、仓促上阵、追风媚俗的创作态度大相径庭。我欣赏这种写作态度与风格。

（本文刊于《人民日报》）

# 诗人之歌

　　那是 1988 年的春季，当时，我到上海给左眼动了大手术回到成都已经半年，但还不能阅读写作，过的是懒散、静养的生活。陪伴我消磨时光的是一只熊猫牌半导体收音机。我常常独自躺在床上闭着眼打开收音机听音乐。我的心情处于沙漠般的寂寞境地中，不知今后我将怎么生活，唯有音乐使我在心灵上能感受到阳光和雨露。

　　有一天，白发满头的老诗人张天授由渝来蓉，看望我时，专诚送了我一盒录音带，说："这是我写的《成都情思》，我自己很喜欢，人家也说好，由著名作曲家敖昌群谱了曲，战旗歌舞团的女高音歌唱家沈惠琴演唱的。希望你听了能喜欢。"

　　天授毕业于复旦大学新闻系，1944 年参加革命，从事学运时参加创办过《中国学生导报》。他是老报人，更是老诗人，几十年来写了不少诗，也写了不少歌词。有人写过《张天授的歌词创作》专门评介他的歌词。病中得到他的关心，感到温暖。但当时我由于失去左眼心情懊丧，百无聊赖，没有兴趣去摆弄录音机。他走后，我将他赠的录音带，放在抽屉里，打算以后心情好的时候再听。

　　清楚地记得，不久，在那一年的 4 月上旬，成都人民广播电台每天早上 6 点 15 分和中午 12 点，两次都在"蓉城歌声"栏目中播放并介绍了《成都情思》。啊！这不就是天授的《成都情思》吗？我每天按时收听，一连听了一周。第一天听时，正逢下雨，窗外雨声淅沥，衬得《成都情思》分外悠扬。从一开始，我就被这支歌吸引住了。一支多么优美的歌曲呀！含蓄、优美、脱俗的歌词，奇妙悦耳的曲调，都使我心动，而女高音中速、深情、圆润而优美的歌声，将词曲表达得淋漓尽致，一下子就把我带进了一个情思缠绻、浮想联翩的境界。

于是，以后，我常让女儿给我拿来录音机，装入《成都情思》的录音带，不断地一遍遍欣赏。好的歌声百听不厌，那盘录音带在病中带给我不少欢快和慰藉。

我是1983年秋天由山东来到蓉城的。成都美丽的市容与景色，成都的晨曦与晚霞，时时刻刻感染着我。读过不少描写成都、抒发心绪的精彩散文，却一直遗憾没有听到过一支真正能颂赞成都、使人热爱成都的美妙歌曲。这是应当回荡在蓉城上空经久不灭的神奇旋律。我觉得成都应当有这样一支歌，正像北京有它的《北京颂歌》，哈尔滨有它的《太阳岛上》，济南有它的《泉城美》……这样的歌，将与它所歌唱的城市形影不离、永存不朽。

好了！终于听到了这支歌，它使人触动情思，深爱锦城，从音乐中感受到成都的美！它使我随着歌声心潮起伏，沐浴在一种漫步在望江楼前、荡桨在锦江河上的意境里。

"再见/你锦江河上的朝阳/再见/系着我的生命的小船/成都啊成都/我永远和你在一起/我永远和你同在/心啊，留在你的门前/卫护着你/卫护着你啊/时刻倾听着你的召唤/时刻倾听着你的差遣……

"深情雕刻在你的心上/真诚，交给你生命的琴弦/……"

天授虽然白发萧然，年已古稀以上，歌词却像他平日为人一样，充满青春气息，热情奔放，"色香味"俱佳。一看确是来自生活倾注了浓烈的感情写的。他对成都的感情，不是泛泛的感情，已经成为一种"情思"，似乎是淡淡流泻的心声，却字字锦绣，有浓浓的情意。我很欣赏敖昌群配的曲，那缠绵，那节奏，那诗意，那欲言又止，那耿耿忠诚，如果不是对词作者和歌词有深切理解，是谱不出这么精美的曲子的。

真高兴蓉城有这样一支与它相匹配的乡恋之歌！近几年，我在双流机场、在火车北站都听到过这支歌在播放。电视台和广播电台也不止一次作为"每周一歌"播出。成都市征求市歌，《成都情思》被选入市歌的集子。最近，成都人民广播电台编了《蓉城歌声》专栏节目集锦，由四川人民出版社出版，不但又选用了这支歌，而且就用《成都情思》作为书名。精美的东西总是有生命力的，这支歌经历了漫长的五年，在多如牛毛的歌曲世界中保留下来，说明已被群众唱开，当然绝非偶然。

蓝天、白云、春风、秋雨、芙蓉花、银杏、盆栽、古柏、青竹……杜甫草堂、武侯祠、王建墓、文殊院……青城山、都江堰、宝光寺……尽管这支歌的歌词中并不一一写到，但歌词如诗，含蓄佳妙就在这里，音乐的魔力也就在这里，是虚写，是概括，歌声一起，山川风貌、历史文物、新兴工业、改革开放、四方为客……就都立刻随旋律浮现眼前，诗情画意，绵绵不绝，令人陶醉。

真欣慰蓉城从此有了一支道出成都人共同心声的歌！听到这歌声，成都人的心会缭绕在蓉城周围，成都人的情会守护着家乡，愿为可爱的锦城献出力量和汗水；远离成都的游子，会永远不忘哺育自己成长的热土地……

我写信给天授说："有两种歌：一种是因为有名歌星唱了走红的；一种是唱了它歌星就会出名走红。反正，这两种都是好歌！《成都情思》就属于这样的好歌，应当介绍给来成都的名歌星都唱一唱！"我想，北京来的，上海来的，台湾来的，香港来的……歌唱家们，你们在成都演出，假如在台上唱一曲如此优美的《成都情思》，热爱桑梓的成都听众能不为你们的美妙歌声而情思澎湃吗！？

# 和平是时代的召唤

## ——读《世界和平圣诗》

　　当联合国敲定 21 世纪为和平与发展的世纪，世界诗人大会邀请联合国各成员国的首脑们对世界和平写上愿望与箴言，汇集成册出版，这是一个好主意，也是一个好构想，更是一个良好的希望。如今雁翼同志赠我的这本精装的非卖品——《世界和平圣诗》放在我的面前，看到世界上一百多个国家不同肤色、不同民族、不同文化、不同信仰的首脑们的诗和箴言，都同声在谈论和平、赞颂和平、祷祝和平，使人感到欣慰，因为这说明，和平确确实实是全球全人类所热爱并渴望永久掌握的瑰宝，人们都希望 21 世纪是一个和平的世纪。因此，这本《世界和平圣诗》是使人感到光辉灿烂的。

　　但，理想与现实，口头与行动，每每并不一致。我们处在现实世界中，我们看到的是国际局势总体走向缓和，但仍然存在一些紧张根源。有的地方还在响着枪炮声、流着鲜血，一些非正义的行为被谎言所掩饰，一些阴谋诡计被假和平的面具所蒙蔽，有的大国追求霸权，正以违反削减大规模杀伤武器和裁军及限制军备竞赛的原则强悍地走危险的希冀用先进武器控制全球的险道。显然，我们还无法从这种人的笑容和口头上的橄榄枝来获得信任和安全，获得和平的保证与保障。

我在自己创作的一部长篇小说中说过："和平是人生哲学，是一种人生态度，是每一代人对自己和后代前途所负的历史责任。"我也说过：历史经验表明，为了避免战争，促成社会上全体人民既能明确区别战争的性质，又能有和平意识的觉醒，是人们对自己生活与未来及子孙后代应负的重大责任。和平的事并不简单，实现永久和平的愿望更不容易，但无论如何，和平这种信念是崇高而不可丧失的，有这种信念，人们才能为之奋斗，为之努力，因此，任何努力服务于这种信念的人和事，均应支持和赞美。

1997年10月，我在第34届国际作家会议上发言时曾向25个国家的四百余位作家说过："亲爱的朋友们，我已是一个七十多岁的白发老人了！我诞生时，中国正在军阀混战。中学时代，日本侵华，我经历了八年艰苦抗战；大学毕业前后，面临内战，我为人民中国的诞生尽了自己应尽的力量，懂得战争之残酷，也就更懂得和平之可贵。在今天这现实世界中，作家应当用笔把人类团结得更紧密，反对一切不义的战争，共同来对付人类生存和发展所面临的挑战，共同去缔造一个更加美好的世界。世纪之交的文学理应为这铺路、开道！作家的作品和诗人的诗篇，可以深入人心为和平不断播种，使和平开花结果，使人类的智慧共享，让21世纪的世界成为和平普照、理智闪光的世界。"

和平是最强音，是时代的召唤，也是时代前进的要求，我们理应认准这一方向，让所有的人为此做出贡献！

（本文刊于《银河系》2000年10月号）

王火序跋集

# 心　意

编这本序跋集时，起凤去世已快六个月了！她走了！我书桌对面那张靠背椅总是空着，我的心也总是寂寞孤独。过去，那是她的座位。每当我写作，她常静静坐着陪我，看看书报，更多的是拿我写了放在她面前的文稿一张张阅读，有时倒杯水给我轻轻放在桌边。当我停笔时问她："怎么样?"她总微笑着说："行!"有时就谈点很好的看法让我改动。但现在，这一切都没有了！我总摆脱不了想念她。想起她，我就想哭，因为她是一个用她一生心疼着我的人，如今生死两茫茫了，我岂能不朝思暮想？夜里，我总希望在梦中再见到她，但我服安眠药入睡，很少能见到她，偶然见到，梦醒后更加伤心。

她是 2011 年 7 月 2 日夜 11 点 47 分走的。那是个星期六，我事先缺少心理准备，7 点多钟，医院开始抢救，她还是清醒的。9 点钟，小女儿亮亮从英国打电话来大声叫："妈妈——妈妈——"，她接着电话仍会慈祥地答应，但 11 点后，监测仪上病情严重了。她走前半小时，我站在她床前，用右手紧握住躺在病床上的她的右手。右手是温暖的，她也紧握住我的手，并且长情地看着我。但时间很短，她闭眼不看了，手也松了，监测仪上的变化使我心惊：氧饱和、心跳、血压、呼吸……都在下降，她的手也变凉变冷了！我明白：那不可挽回的悲痛时刻来到了！我放开她冷了的手，看着监测仪上各项数字变成了直线，忍不住在她额上深深吻了一下，眼泪流下来，我说："七姐！一路走好，将来我会同你在一起的!"我默默看着孝顺而疲劳的大女儿王凌,她哭着忍着悲痛同她的好友及护工替起凤换上入殓的新衣……起凤平静地躺着,像熟睡,依然一头黑发,身上干净,面容美丽,善良而平静,但这就是刻骨铭心的诀别了!……

现在,编这本序跋集有这么些心意:一是我在找点有意义的事做以便打发时间。二是我写的序跋很多,有些写得还可以,集中选在一起,可免散失。我给自己写的序跋有几十篇,我只选了很少;我给亲友写的序跋有几十篇,我多选了一些。三是序跋由于重要,又由于较短,起凤都看过,有的曾提过意见让我修改,有些序是我俩合写的,长篇小说《王冠之谜》的序还是用"庶华"的名字写的。编这样一本序跋集,应是对她的一个纪念,同时也悼念请我写序跋的已经逝去的而常常在我思念中的老友殷白、余润泽、闵宜、塞风、徐靖、贺祥麟、李友欣、金成礼、帅雪峤、李秀英等各位,愿他们安息!

(2011 年 12 月冬至在成都大石西路 36 号家中)

# 愿是五光十色的烟云

## ——《西窗烛》序

每个人的经历，不会完全一样，如果有所选择地如实写一些出来，总是会吸引别人的。这本文集是从我写的三十多万字的回忆、纪实文、散文、随笔中挑选出来的，属于"我的世界"。希望读者对其内容和多样化能感兴趣。

自己将各篇仔细一看，眼前恍若能够穿过岁月的迷雾看见飘过一片片五光十色的烟云，映照出许多遐想，回闪起不少心潮。

这些文字如果说愿意献给读者的话，那就是每篇都还言之有物，老实记录下了一些人和事的追忆、时代的变化与色彩，以及我自己的人生经历、心理剖析、萍踪感情和创作体会。没有无病呻吟的哀叹，没有绮丽浮华的好梦，文字追求朴实，体会发自内心，叙事尽量质朴。一些文章发表后，曾被《文摘报》摘录或被报刊转载。有的文章迄今仍有读者写信来索取。《追寻汉斯·希伯的踪迹》一文还引起了国外的注意。

回溯过去了的几十年中，我主要做了三方面的事：一是从事教育工作，在一个省里做过十几年的省属重点中学的行政领导工作；二是做了三十年以上的编辑出版工作；三是写了四十多年的文章。这里选的一些篇章，多多少少反映了我上述三方面工作与生活的一鳞半爪。

编选这个集子，今天来重读，不尽沧桑，又不胜庆幸。因为，时光如水，记忆如流。倘若以前没有写下来，现在既写不出，也是难以写或无法写的了。而这些人和事，这些浓浓的情和忆，记下来倒不是毫无必要的。

集中有一篇曾刊载在《中华儿女》杂志上的文章，题为《心灵镜上的图影》。实际这里的每一篇文章，无论长短，都是我"秉烛西窗"，从自己心灵镜上反映出来的图画或侧影。我希望它们有我自己的"独到"之处。"尘封土埋掩不住，擦光拭净又一新。"在沉默、静止和流动之间，我感受着现实、历史和命运而动笔。

不知是哪位文学家说过："人，全都是为'发现'而航行的探寻者。"我想，他这当然首先指的应是文学家。文学家的写作，如果无所"发现"，必然是一种失败。集中选的文章，都是有所感而写，但究竟有多少"发现"？却又惶惶然了！好的是记忆尚未成灰，豪情也未冷却，滓秽不录，物我通灵，笔下流泻出的，也许缺少花的芬芳，如有草的清香，我也堪以告慰。

要了解人生，只能向前追溯，要度过人生，却应向前瞻望，是人所共知的一种人生哲理。可惜，人随着年龄增长，每每总是容易怀旧、容易向前追溯。去年，《十月》原主编苏予来访，问起我在想写些什么。我谈到想写些回忆之类的文字时，她建议我：还是把回忆之类的文字放后一步，到再老一些来写，先该仍写些我该写的东西，比如长篇小说等等。她走后，我思索好久，觉得她似是勉励我：现在你还不老，还应向前看，还应在创作上去拼搏，而把那些属于回忆录之类的写作放到更老一些来干。她的话当然有理，我也感谢她的好意。但我不想机械地按照她的建议实践。我还是依自己的主观安排与客观要求来办，该写什么和想写什么时就写什么。

一个人善于利用人生，生命毕竟还是悠长的。集中的文章，都是过去应报刊编者之邀利用点点滴滴的光阴见缝插针写下来的。当时如果未写，也就早都消失遗忘了！当时写了，也就有了这本集子的存在。那么，过去这样，今后也依旧这样。该写而未写的人和事还多，湮没可惜。写小说的同时，我想，还会把这类文章穿插着写下去的。

历史在静静流淌，往事必如烟云。但愿我的这些心灵镜上的图影能像五光十色的烟云，凝视时，给人以美丽，给人以亮色；烟云即使散了，光彩和印象仍然在心。

（1990年金秋于成都）

# 点燃时光

## ——《王火散文随笔》序

　　不知怎的，总是忘不了"文革"。"文革"中有个阶段，我被莫名其妙地"打倒"，又莫名其妙地闲置，无事可干，无书可读，无文可写，无话可说。于是，有一种奇怪感受：时光在飞驰，却毫无价值；我嗟伤于无所作为，甚至感到了时光的停滞。那当然是错觉，时光不会停滞，也不会流逝，而人是会停止，会流逝的。当一个人无法自己支配时光，丧失了使用时光的权利，时光有犹如无；人，存在犹如消失。

　　所幸，恍如一场短暂的噩梦，后来，时光终于重又给我带来了希望和喜悦。当我仍然可以依靠时光在改革开放时期做出奉献时，我就更感到了时光的存在与可贵。时光是与奉献联系在一起才有生命的。

　　有个颇有意味的故事：一个希望长生不老的人找到了一位哲人，请教："我怎样才能延长生命？"

　　哲人说："点燃时光！"

　　"点燃时光？时光怎么能点燃呢？"

　　哲人笑了："时光一半在白天，一半是黑夜。倘若谁不会把黑夜变成白天，却会把白天变成黑夜，这样的人等于减寿。相反，谁能使黑夜也大放光明变成白昼，时光就翻了一番……"

近年应邀写了不少散文、随笔，都是时光的产物。每当光线阴暗，拿起笔，灿烂的台灯金光一亮，我就有点燃了时光的感觉，有了置身于时光流动之中的体验，有了活力。由此，感到生命延长。

我写的散文、随笔，大部分都属于旧梦，属于钩沉。有的依靠时光积累起第一手资料才能写成；有的依靠时光的汰洗、鉴定遂能下笔；有的依靠时光的发掘才能出现；有的仰赖时光的孕育才有选题、立意；有的历经时光的考验才能有境界和思索；有的承受时光的沐浴得以玉成。旧梦虽已阑珊、凋零，通过回忆写了出来，却也带着雨露、透着新鲜。能将特殊岁月、时代风云、人物身影、是非正邪、心灵感悟……点点滴滴镌烙纸面，首先要依靠点燃时光，将老了的旧梦园地耕耘一番。说来可笑，在这种时候，烦恼也好，遗憾也好，一切都似可不受干扰。大环境左右不了，小天地却可自己营造，无须瞻前顾后，无须浮躁不平，无须牢骚太盛，无须别人哭笑，但能踏实读点好书，写点对国家人民有益的东西，即使不能因此而快活，也会因此而充实，这总是自我完善的一条途径。

曾做过一个奇怪的荒芜的梦：仿佛在一个春天的早晨突然回到了久别的故园，一切那么熟悉却又那么生疏。旧屋沐雨栉风，已更苍老，庭园经过严冬显得凄冷，我的心感到寂寞而又孤独。但，春风中，绿树发芽，春草丛生，仿佛有个悦耳的声音在耳边响起，那是布谷鸟的叫声……醒来后，梦境依稀仍在眼前，心情却自不同。梦已逝去多年，布谷鸟叫声难忘。

我明白绝对无法抗拒老境的到来和羁绊，但，哲人关于点燃时光的启示和布谷鸟的啼声，对我似可格外起点激励和鼓舞的作用。遂决定用这些启示和感受为这本集文作序。

（1996 年 8 月）

# 峥嵘历史　风云儿女
——《国立中学的回忆》总序

时光会流逝，但值得称道的历史，实际是一部形象深刻的教科书，应该保存、流传。

本书实录的是那段回忆抗战后方国立中学的历史，这是一段颇有影响和意义、轰轰烈烈、不应湮没和忽略的历史。作为中国教育史来说，抗战时期的国立中学，这一独特篇章，应是中国现代教育史中属于抗日战争时期中等教育史内的重要组成部分。

1937年，面对虎狼似的日本帝国主义，"中华民族到了最危急的时候"，在中国共产党倡导下，国共合作，"七七"、"八一三"后，中国人民的全民抗战开始。日本侵略军凭借优势兵力，强占我大片国土，战区大学纷纷内迁，有些中学也跋山涉水艰难迁校。更有许许多多青少年中学生及难童为抗日离乡背井，颠沛流离陆续进入内地。从1938年到1944年，在四川、河南、贵州、陕西、湖南、甘肃、江西、安徽，先后成立了二十二所国立中学及三所国立华侨中学、两所国立中山（班）中学、两所国立女子中学，还有三所高校附中，收容战区流亡学生，全部给予公费上学的待遇（有的国立中学也吸收了少量公费或自费的当地学生，比如四川的国立中学就有不少川籍学子），由于国立中学的成立，使得大量战火中的中华儿女——知识青年，有了稳定的归宿，能顺利完成中学学业，保存并发展了民族的有生力量。

当时，国立中学集中教师精英，师资队伍强，教学质量高，1945年抗战胜利，所有国立中学师生都在1946年夏天开始或返原籍，或组建新的学校。留在四川的一批烈士遗孤和本地学子无法前往，遂在原中大附中、社教附中基础上，兼容其他多所国立中学在校师生，成立了国立青木关中学，但总的来说，抗战时期的国立中学历史，至此应算基本告一段落。

在这段抗战中诞生的国立中学的历史中，在国立中学上过学的学生人数，估计先后应在十万左右，他们被称为"战区流亡学生"。

"战区流亡学生"这一特定条件下获得的"知青"名称，是一个光荣的称呼，寓含着抗日爱国的行动、艰难困苦的锻炼和拼搏奋斗的精神。这是一个抗战中出现的特殊群体，关系到中国未来的特殊群体，它涵盖了全部国立中学的中学生，当然也包括了当时流浪来到后方的无数大学生和师范生、专科生。这批战区流亡学生遭遇不同，但大多数经过战火的洗礼：日寇铁蹄的侵扰蹂躏、逃亡流亡、敌机轰炸……又经过国立中学那种烽火岁月中校舍简陋、破袄草鞋、忍饥挨饿、思念家乡和亲人、疾病折磨、囊中空空、点着桐油灯夜读的磨练，他们国仇家恨深、报国意志坚，用乐观精神化解苦难，刻苦攻读，奋力上进，在大批优秀教师领导下，课余展开多样活动，高唱抗日歌曲，演出抗日戏剧，办墙报宣传抗战……正是这样，国立中学像炼钢炉似的锻炼熔铸出了大批钢一样的人才，每届毕业生大部分成为合格学生升入高一级学校。也有为救亡从军抗日献出热血的；也有进入各界工作，走上不同岗位，成为加强抗战有生力量的。随后，有的参加学运，从事革命进步活动，有的为实现建立人民共和国的理念，做出了牺牲和应有的极大贡献……

新中国成立后，当年国立中学的学生，有的参军保卫和平、反对侵略，为加强国防奉献热血和青春。大多数战斗在各条战线，奋发有为，几乎人人都有一段艰辛的历程，人人都体会过风雨挑战，也人人都有各自独特的付出与贡献。每一所当年的国立中学都可以列举出长长一串光彩夺目或有杰出贡献的学生名字。例如国立九中有"两弹元勋"邓稼先，1964年10月中国第一颗原子弹爆炸和1967年6月中国第一颗氢弹爆炸成功，他都是头功。他虽然因辛劳过度六十二岁就早逝，但他的丰功伟绩，使人民永远铭记在心。例如前国务院总理朱镕基是国立八中的；国防科工委主任丁衡高上将是国立中大附中的；天津市长聂璧初是国立十六中的；世界著名地理学家、瑞士苏黎世学院博导许靖华是国立青木关中学的；杂交水稻之父袁隆平也是中大附中的；还有作家贺敬之、聂华苓及台湾发行量最大的《联合报》副董事长原发行人刘昌平等都是国立中学出来的……此外，院士、专家、学者、教授、将军、社会活动家、高级记者、编审、音乐家、总工程师、医生、中小学教师、演员……应有尽有，无法一一列出。部分同学，由于机遇及其他原因，或许未必享有盛名，其实能力与学识、对人民的贡献及默默耕耘的心胸与态度，均可钦敬，他们实际都是成功者！应当提及的是还有部分报国有心、才华不凡的同学，在上世纪"左"风盛行、法制未立阶段，在一些运动及"文革"中遭受不幸，蒙受冤屈，受到种种不公的待遇，创伤严重，令人心痛。但却仍衷心耿耿，有强烈的使命感与责任心，"行无愧怍心常坦，身受艰难气若虹"。每个人未必都有优秀顺利的人生，但每个人都有积极进取的人生！事实证明，当年曾受教于国立中学的一代人，是热爱祖国、历经长期战乱受到过淬火雕凿的强者；是身处社会剧变、为新中国的建立及国家的富强与现代化作出积极工作的一代；是追求进步、富有贡献经得起考验的一代。

　　光阴如同流水，抗战胜利迄今瞬已六十多年，沐浴世纪风雨，经历时代沧桑，昔日的年轻同窗，不少已经先后西去，令人悼念；来往聚会的同学，如今都已个个白发苍苍。但国立中学昔日留给我们的回忆却始终难忘。对所有恩师的深刻怀念与感激，对老同学的殷切思悒与友爱，昔日在战争条件下孜孜攻读相濡以沫的情景都历历在目。甚至连过往最艰苦的战时生活在回忆中都变得美好迷人了！这是一种奇妙深厚的感情。昔日国立中学的学生们今天相遇，不管你是哪一个国立中学的，只要说起"当年我是战区流亡学生"，"我是国立中学的学生"，那么，不管你是二中的、他是八中的，抑或是十四中的，立刻产生一种"一家亲"的感情，都像久别重逢一个学校的老同学一样，互相变得亲密无间，可以无话不说，甚至相见恨晚。这是由于当年互相在抗日战争时思想感情是一致的，这是由于当年曾有过相同的生活的遭遇，是"同过患难"的！这是由于那段共同有过的"不愿做亡国奴"的历史，使大家能有共同的语言，只要是国立中学的就都是同学、校友。高度凝固力由此产生，"天涯海角都是情"由此产生。时至今日，在台湾和异国他乡的国立中学的同学、校友仍对当年国立中学的往事念念不忘，仍对当年的母校、老师、同学深深萦怀，为祖国统一大业做出贡献与努力的大有人在。而在国内，各地许多同学会的纷纷建立，许多精彩校刊、级刊的出版，天南海北使我们既怀想当年又讴歌今天，互相继续切磋，互勉保持健康发挥余热，当年豪情，迄未消弭；关心世界形势，向往中国兴旺，抗战精神，始终保持。这是可以告慰于母校的！

人到老年，容易怀旧。《国立中学的回忆》这套书限于人力、财力，不可能完整包括当年所有国立中学的全部应当具有的文稿，也不可能容纳许许多多能搜索到的各校校友所写的精彩文章，对国立中学的历史实录来说，这仅仅是一个开端、一个部分，但对我们国立中学的校友、同学来说，已是可贵、可喜的开端。

十万大军，一支铁流；峥嵘历史，风云儿女。此刻，请让我们——当年国立中学培养过的同学们，一同向亲爱的母校致崇高的敬礼；向敬爱的老师们表示最衷心的感谢；向已经离开人世的老师和同学们表示最深切的怀念：向我们所有虽已年迈仍生气勃勃的当年的老同学及校友致最良好的问候和祝愿。并向倡导和主编出版这部书的郑锦涛、黄作华两位热心肠、付出精力和财务的老同学，表示感谢和慰问。

（2006 年 7 月于四川成都）

# 写赠仲山侄

## ——《从漫天飞雪到青山绿水》序

仲山是我喜爱的侄儿。前两年曾看过他编的《聚沙》《在那遥远的地方》《参政何须有官衔》《联结能人与企业的纽带》《难以忘却的人和事》等小集子。这次他的新集子《从漫天飞雪到青山绿水》请我写序，我当然很乐意。这本集子中的有些文章，仲山曾寄给我看过，我也曾不客气地提出修改建议，也有几篇我很欣赏并向有关刊物推荐发表过。仲山不是专业作家，在业余时间里完成和发表了几十万字的作品，精神可佳也值得赞许。

爱国是我们家族的传统。集子中的许多文章充满了仲山对祖国的热爱，对大好山河的歌颂，对勤劳善良的中华民族的赞扬；也是仲山内在思想的真实反映，具有一定的可读性。

由于历史的原因，仲山没能读上名牌大学和系统地学习文学。依靠自己的勤奋好学和从他父母身上学到的文学基础知识，长期支撑和应对工作的需要。他在工作中颇有建树，在稀土方面是位专家。秘书长的工作使他写惯了一套程序化的文案。他的兴趣却又在文学上，他在实践中逐步提高自己的创作能力，这是难能可贵的。

集子中许多文章具有真实、生动的特点，读其文仿佛见其人。在粗犷之中见到细微，反映了仲山对日常工作生活中的事物具有敏锐的观察能力和特殊的视角，读来使人感到旧事旧景突现新意。

集子中写人物的文章反映了仲山在交友中善采别人长处，发现别人的亮点，从小事中见到人物身上的闪光，很可贵。当然，从严要求，个别文章在文体准确、文字精练等方面尚可提高，这也是我对仲山的一点期望。

谨此，与仲山爱侄共勉。

（2002 年 11 月 28 日于成都）

# 王纯和王列《问祁连》序

我亲爱的侄女王纯和王列写了一部回忆录，取名为《问祁连》。《问祁连》是一个极好的题目，是一个含有思想的书名，回忆录如果仅仅是个人经历的流水账和感悟的表达，未免不足。回忆录能寓含思想，有心灵的触动，再加上感悟的抒发，那就有了回味，有了意思。

王纯和她的妹妹（我的三侄女）王列那时年岁很小，作为父母关爱的两个小女孩，"文革"降临，父亲是部队著名的兵工专家①。必然受到不该有而必然有的冲击。这时，忽然听到一声令下：接受贫下中农再教育！于是，王纯和王列从北京同其他一批军干子弟，离家迢迢万里去到甘肃山丹军马场。（我亲爱的大侄女王明，当时在上海随祖母读中学，也就被敲锣打鼓远送到新疆去"农垦"。上海《解放日报》当时还在第一版上刊登了记者写的采访特写，表扬了她和我的母亲。我的爱侄王捷当时实在太小，才被留在父母身边生活。）论理年纪小小的王纯和王列，本该沐浴着父母之爱，享受着家庭温暖，接受正规的、良好的学校教育，循序渐进成为国家和人民需要的高、精、尖端人才，可是她们在一瞬间都失去了一切，面对着荒凉峥嵘的祁连山，开始了一种并不适

---

① 我哥哥王宏济是国防科技、教育战线的著名学者，是兵器系统与运用工程新学科的主要创始人。"文革"后是全军英模代表大会代表，首批享受政府特殊津贴专家，第七届全国人民代表大会代表，我国维修与维修性工程理论奠基人，我历来以有这样的哥哥而自豪。

合年龄的、莫名其妙的、超出想象的、受尽折磨的艰难生活。

本来，人生的轨道就是无法预见的，没有人能事先写好他的自传。所幸，许许多多这种受过爱国主义教育的孩子，当时属于那种天真洋溢，只要生命尚存就必定奋勇而活的人，能立足面对现实，真是顶天立地，颇不容易！

正如有人所说："人生的游戏不在于拿了一副好牌，而在于打好坏牌！"那批被称为"知青"的孩子们，男男女女，用青春年少的宝贵时光，以豪言壮语鼓舞干劲，"吃着草，挤着奶"，有的成了烈士，永远葬身在那儿了！（王列被分配到煤窑干负重拉煤的活，落后的煤窑出了事故，她曾险遭活埋）有的耽误了学习，损害了健康，影响了一生。但生活本身是有辩证法的，这些知青像军人似的面对一个又一个的战役，有胜利，有失败；有损失，也有战果。作为知青，失去了许许多多，在坚韧、毅力、刚强、意志、能力与体力的锻炼方面却也必然或说不定会成为一笔派生的财富！人生本来就像曲折崎岖的山涧泉水，遇到阻挡仍会滚滚或潺潺而流泻。悠悠多少年的崎岖跨过去了！"文革"结束和被否定后的"回城"风，使大批知青历尽沧桑重新有了前进的起点。王纯的爱人李建中，王列的爱人骆天柱都是从北京到山丹的军干子弟，这就"青春作伴好还乡"。俚女的父母在河北石家庄部队里居住，两个女婿和女儿就都到了石家庄工作生活，一晃又是许多年，时光真像流水……当年，因蹉跎岁月急切着曾想赶快离开的遥远的地方，待到岁月流逝，回忆镂心，却会转变成思念、难忘的地方，一种怀有神圣感情的地方。因为，在那里有过一种特殊记忆，有些特殊记忆常是多情而且可以从苦涩变为甜美的！不回那里，对那些过去的人和事，会魂牵梦萦；回到那里，见到了过去的熟人和遗迹，会念天地之悠悠，怆然而涕下的。

所以，在改革开放的年月中，当初年幼年轻的知青们，年岁增长了，各有不同遭际之后，那股怀旧之情，促使他们从各处来到当年生活过的老地方，这是他们昔日的战场，他们来聚会，悼念应该悼念的，怀念应该怀念的，感谢友谊，畅叙别情，然后互相祝福，并在那里立碑刻石留念。随之而来的就是用自己最纯挚真诚的感情写下真实的回忆录，叙述自己独特的经历和伤逝的感受。《问祁连》当然就是这样诞生的！

我读了《问祁连》是有所触动的。早在1958年"大跃进"的时期，我曾到过甘肃，先在兰州，后去张掖时路过山丹，但没有下车，看到了山丹境内的焉支山（又名焉耆山），但也有人说那就是祁连山。后来，我回兰州又到临夏去过，因为那时正在"引洮上山"，劳动大军正在"大兵团作战"。这本是违反科学的蛮干，但当时要"人定胜天"、"超英赶美"，所以要"低处的水往高处流"。我亲眼见到日日夜夜好几万人汗流浃背，熬红了眼在那里"折腾"。我回兰州后访问了省委第一书记张仲良，他向我介绍了甘肃的"大炼钢铁"和"引洮上山"，我告诉他："听工地上的群众说太累太紧张了！"他坚定地说："毛主席说，不是东风压倒西风，就是西风压倒东风！紧张是东风！"我记录他的话，经他过目同意，用《紧张是东风——访甘肃省委第一书记张仲良》为题，将文章发表在北京《中国工人》半月刊上作为头条出现。但后来事实证明：世上虽有许多智慧的格言，却都不会阻止人们去做傻事："瞎折腾"是绝对不行的！"大炼钢铁"和"引洮上山"这种事只造成了人民的灾难！我记录并发表那篇文章也是一个错误。

广义的祁连山其实是指甘肃省西部和青海省东北部边境山地的总称。古老、褶皱、断块高耸，西北—东南走向。那真是浩浩渺渺，气势宏伟的大山脉，它像一个又一个饱经沧桑的长寿老人蹲在那里观望世事和一代又一代的变化，它心里一定有比较、很明白。它不会说话，但不妨碍我们提问！它不会回头，我们却可以回头。回头看一看，什么是对？什么是错？什么是好，什么是不好？发现使过去成为过去的理由。

当年的老知青写回忆录，恐怕必然会有这点意思的吧！？

（2011年10月5日夜于成都）

# 风雷震颤，风雨芳菲

## ——《火红的金达莱》序

往事已然苍老，但历史不能忘却。

早有人说过："文革"貌似一场正剧，其实是一场悲剧和闹剧。《火红的金达莱》，是一个极好的共产党员和他的妻子（也是共产党员）在"文革"期间及以后的遭遇的叙述。这里充满了帅雪峣同志及其夫人卢爱忱同志的喜怒哀乐，这里是他们一段刻骨铭心的难忘记忆，一段正常人在正常年代少有的经历，一段事后滤沉多年冷静下来的思索，一段富于人格力量的回顾与总结。对于我这样经历过"文革"的人来说，读了以后，对那场毫无历史必然性的毁灭文明、毁灭生命的愚昧与"混战"，仍不免感到心跳引发共鸣，有一种风雷震颤之感。原因在于其内容及思想感情的真实及新鲜，它勾起我对往事的回想，也挑起我的兴趣，在本书的叙述中因其真实而使我沉思。

本来，每个人的经历及心路历程，其实都可以写成一部各不相同的作品。因为各人的经历绝不会完全一样，各人的想法与体会更不会完全相同。《火红的金达莱》写的是荒谬年代中的一首悲欢交响曲。我经历过"文革"，并出版过《在"忠字旗"下跳舞》一书，但雪峣同志写的这部书，我既熟悉又生疏。熟悉的是"文革"中遭迫害、诬陷、批斗的那一些，生疏的是他们夫妇发配边疆流放长白山麓务农四五载的劳动、生活与见闻。这段生活不乏生死考验、艰苦崎岖，却居然也不乏诗情画意、田园景色。这对我来说，读时颇获风雨芳菲的意境，这自然就是一种新鲜感了！

我查找地图，在吉林省地图上找到了属于延边朝鲜族自治州的延吉县（现在是龙井市），又大致找到了原来光新公社新化大队所处的地点。呀！那真是长白山区一个太遥远带点神秘的地点。那里离朝鲜的边界多么近！这是个春天开满红色的金达莱而冬天布满漫山遍野深厚积雪的地方。他们夫妇在那里语言不通、生活习惯迥异，人地生疏，两手空空，但像《鲁滨孙飘流记》中的主人翁那样仰赖自己的劳动与智慧及毅力，寻找生存和改善生活的权利。他们制爬犁、当"猪司令"、插秧、积肥、改土造田、整理打石场、搞水利建设、收割水稻、抗旱点种、挑水上山、伐柴、狩猎、做养鸡养鸭专家……因有坚强的革命意志和信念而韧性地生活下来。看看两个共产党员的这段"戴着屈辱帽子"的生活，背后可以得到的思索与回味很多很多。在养猪时，作者说："和猪们在一起，我有莫大的欢乐，更有安全感。"在被邀约去帮助县里出去做外调工作时，作者说："一个等待落实政策的'现行反革命'，却去为落实别人的政策努力创造条件并参加对一个历史反革命的反革命罪行的调查，滑稽之至！"……类似这种事实与感叹，更足以看到"史无前例"的荒唐与荒谬。幽默的话透着辛酸，反常的事有着苦恼人的笑叹。

我在前边说起过人格力量的话，帅雪峣夫妇本是合格的共产党员，可是"文革"一来，红白颠倒，竟成了"现行反革命"，甚至开除党籍。于是就受到了种种非人摧残。可贵的是在逆境中，他们依然用自己的奋斗去赋予生命意义，像一位哲人所说的："生命在闪光中见出灿烂，在痛苦中见出真诚。"他们干一行学一行，在生死存亡之间，依然在为党为人民为共和国做好事。他们反对"文革"中种种倒行逆施的事，因此蒙冤招祸，可是他们流放到冰天雪地之中，依然注意民族团结，搞好知青教育，甚至因当地盛行酗酒之风，会喝酒的老帅居然五年中极少同社员一起喝酒，还带动了男人们干家务……他们既不忘掉党员、干部应有的责任感，也不抛弃时代赋予的使命感，只做好事，不做孬事，正气凛凛，我行我素。那种处境下做这样的人和这样的事，美国人我想可能难以理解，生活在今天改革开放好时代的年轻人怕也不易明白。他们的表现说明：好党员就是这样，放到哪里都会放光，在人民中间就像革命的种子。"文革"末期国家元气大伤，但"四人帮"覆灭，党平反冤假错案、拨乱反正，国家恢复得很快，靠的自然是无数百折不挠的好党员和好干部起了中坚作用。《火红的金达莱》也许可以曲折地反映、印证这一点。

《火红的金达莱》，可贵在于真实。它写了"文革"，但又并不是一本专写"伤痕"的书。它用很少的篇幅涉及"文革"里的那种批斗、殴打……而用四分之三以上的篇幅写了干部下放当农民的生活，写了一对党员受到不应有的打击后依然挺拔的故事。这是特色之一。在写这段生活和故事时，又不是用凄凄惨惨、悲悲哀哀的心愿与笔法来写，而是用一个共产党员的笔墨抒发站在今天、回顾过去、瞻望未来且对未来中国怀抱信心的胸臆，表现出了拳拳的赤子之心，不乏乐观主义与豪情壮志，这自然是特色之二。

"文革"早已是历史。帅雪峣同志的文稿有其特色，就有其价值。有同志曾倡议建立"文革学"。无须建立或不建立，若干年后，研究历史的人，如果看到《火红的金达莱》一书，那将可能会像获得一种珍贵的参考资料来对待。

写到这里，我情不自禁忽然想起林则徐被充军新疆时所吟的诗了！诗中有两句是："苟利国家生死以，岂因祸福避趋之！"

啊！"往事多历历，漫说等云烟"。风雷震颤！风雨芳菲！

（2002年1月2日于成都）

# 余望的传奇人生

## ——《阳光照彻》序

  《阳光照彻》一书，作家用真实而生动的笔触，写出了书中主人公坦荡的传奇人生，也写出了余望所处的时代和历史，读后使人心中五味俱陈，感动殊深。

  我亲爱的外甥余望有坎坷崎岖的经历，非常人所能忍受，但他有志气有勇气承担沉重的命运，无论风霜雨雪，哪怕雷霆霹雳，均能豪迈面对。他坚毅真诚，终如有人夸他的那样："他在默默抚摸着时代造成的痛楚之时，尽力地击发自己的亮点，在求生存中造福社会，在求发展中关爱人群。"他打开了一片天地，做了许多值得称道的好事，在时代的风云激荡中成为一个站在浪潮前沿的有贡献的人物。

  余望的家庭背景比较特殊。他的祖辈处在中国封建社会末期的大变革时代，而且都是名门望族子弟，有条件吸收先进文化知识，追随新思想而成为辛亥革命的风云人物。辛亥革命前，他的外祖父凌铁庵及两个叔公凌蕉庵、凌济庵便与黄兴、柏文蔚、于右任等一起，发起组织了长江中下游反清团体"岳王会"，撰写《光汉》《兴汉》等书籍，宣传反清爱国思想，成为同盟会最早的会员。凌氏三兄弟在武昌起义及以后均出生入死，尽国民革命之天职，成为安徽籍革命党人中有较大影响者。安庆潜山余姓也是旺族，上溯到明清两代多有贤人辈出。尤其是中共早期的党员、第一任潜山县特委书记余大化烈士，是余望的叔父。余望就是在这样的家庭环境中，受到先辈爱国主义思想的熏陶而矢志不渝。

正是特殊的家庭背景，在极"左"思想盛行的年代，造成了余望少年时代的不幸，青年时代的挫折。他在"文革"中曾遭受冤狱之苦，但巧遇陈振亚——一位曾受到他外祖父凌铁庵营救的共产党人（新中国成立后曾任安庆地委书记），引发了后来他与陈振亚之间的忘年之交，并引导余望投入改革开放大潮之中为社会做了大量工作。余望正是从前辈身上学到了许多做人做事的优秀品质，养成了有胆有略，坦诚直率，刚直不阿的个性。他在改革开放的实践中，敢为人先，善于从现象中悟出客观实际的道理，并与不良势力抗争。为平民百姓谋福祉，为受冤屈者打抱不平，为贫困者争福利。

因为特殊的家庭背景，余望善于利用各种关系，为祖国统一大业服务。他团结台胞、台属并帮助他们拓展为经济服务的空间，做出成绩回报社会。他曾赴台访问并拜会陈立夫等一些国民党元老，介绍家乡改革开放以来的变化，他多次赴港澳为安庆的贫困学生争取港澳同胞帮困助学。余望将前辈人爱国、爱乡、勤劳善良的传统和自己的聪明才智相结合，成为造福社会的资源，这是非常难能可贵的。

这本书的内容跨越了近六十年的时空，也是余望人生走过的六十年。六十年来，祖国大地虽经风风雨雨，但时代在进步，国家较前繁荣，民主法制较前加强，改革的潮流浩浩荡荡。本书紧紧抓住了时代的脉搏，让时间证明一切。余望的命运正是随着时间的推移，时代的变革而发生变化，从厄运走向光明的前途。

前年我在黄山与余望相遇，见他名片上用了"天柱山人"的别号。大凡去过天柱山的人，都会为天柱山主峰的雄伟壮观而感叹。它潜于群山之中，雄起于群峰之间。那擎天立地之势中，蕴含着历史的久远和无限力量的源泉。天柱山以古皖文化荟萃之地而著名于世。余望以"天柱山人"引以为豪。一则他的祖籍是潜山，反映出他爱国、爱乡的情操，更深的寓意在于他崇尚顶天立地、坚忍不拔的"天柱精神"。这使我欣慰。

余望是我亲爱的外甥。时光如水，匆匆半个多世纪，至今我仍记得他六七岁时聪慧可爱地在他舅舅结婚时给新郎新娘当牵纱童子的模样。他有过一位擅长书法和诗文的父亲；有过一位慈祥勤劳、伟大的母亲。可惜两位老人均已早逝。他的妻子程华芳是一个十分能干与他同创事业的知心伴侣。如今，他生活幸福，子女均已成材，孙辈也在成长。今年是他六十寿辰，《阳光照彻》一书的出版，固然可以作为他寿庆的礼物，更重要的是，人们可以从阅读这本人物传记时，体会到失败的转化因素与人格的坚持，从而感悟到一些哲学意义，那就是每个人的一生都是战役——多事多难的漫长战役。因此，人，必须善用人生。正像哲人所说的："经不起不幸乃不幸之最"，"弱者坐待良机"！我欣赏余望那种不屈不挠对任何事都全力以赴，做强者打开局面，自始至终，心无旁骛的作风。愿爱甥余望谨慎谦虚、戒骄戒躁，继续诚信待人，养德远实，不断有所作为。

是为序。

（2004 年 7 月 23 日）

# 人品、学养、才情、气质、心灵的外化

## ——《仉雁秋诗文选》序

我想写一篇不拘一格的序。

雁秋是我的老友，更是好友。我们相交相识开始于 20 世纪的 60 年代初，一晃四十几年了！但他成为我的好友，该从"文革"中的 1972 年开始。那时，一场"乱仗"，是非颠倒，我在工作单位上突然被"打倒"，无端遭到从心灵到肉体的摧残。造谣的大字报将我的作品泼上脏水，将我这个在抗战后期就与地下党密切交往的红岩儿女，污蔑成一个"牛鬼蛇神"。"文革"的疯狂，使有的人露出狰狞面目，丧失了人性。在那忍受煎熬的漫长过程中，却使我看清了周围一个又一个人的真实面貌。那是一天上午，雁秋和张树林（原临沂一中语文教师，为人忠厚正派，后调到地区档案局工作，不幸早逝，令我怀念）两人奉派来到我的"囚室"，目的自然是来核对"材料"、了解情况。但他俩和那些态度恶劣的"黑干将"不同，态度平等，目的端正。问了我一些问题，我如实陈述，他俩有信任和同情的态度，临走还说了些安慰的话，而且从那以后，就不再肯插手我的"专案"了！这件事，雁秋也许早忘怀了，我却牢牢记住，深深珍藏。我看清了雁秋为人的品质，心中就将他列入我的好友范围之中了！

临沂一中是山东省属重点中学，来的教师都是优先经过挑选的，所以精英济济，有不少才华出众的人，雁秋就是其中之一。那时，在我感觉上，他博览群书，有思想，有抱负，勤奋精干，口才好，作风好，是受学生欢迎的语文教师。因此，明知雁秋与其他一些有创作基础及条件的老师大可都成为作家，有着写作的丰富潜能，却除了希望他们全力搞好教学之外，是不去相互切磋，谈什么文学创作的。那时，风向偏"左"，业余创作被视为"种自留地"，做作家可能被看作"追求名利"，这是遗憾的事。不然，像雁秋和其他一些文字出众的老师应该早就入列作家队伍了。

　　我1983年离开临沂到四川成都工作，同雁秋分别至今二十六年了，中间只见过一次面，但未断过联系。他后来在临沂一中语文教学上颇有成绩，做了教导副主任。他得过"模范教师"、"模范共产党员"称号。调到临沂地区出版办公室后任党组成员、副主任，创办、主编过刊物和报纸，曾被评为"首届全国少儿报刊优秀工作者"，连任过好几届临沂市政协委员。人们夸他："出色的工作成绩令人敬佩，忘我的奉献精神令人感动。"故人如此，令我高兴，他工作上成绩辉煌，但写作上的情况我并不了解。如今，他出文集了，嘱我写序。九卷三册厚重的诗文放在我的面前，使我欣慰，出我意外。我不禁想：这些文字作为载体承载着的岁月是悠长的，写作历程前后好几十年，一个专心致志忙于工作有时又受疾病折磨的人，能水滴石穿般地前前后后写下这么多诗文，不但艰难而且可贵。这是一种追求阳光从不虚掷生命的志士的作为！我不能不从心底里向他祝贺！

　　《仇雁秋诗文选》选录的有小说、故事、童话、寓言、散文、杂文、诗歌、文论等，洋洋大观。我近日正犯心绞痛，视力也差，难以一一阅读，只能抽选了部分作品来看。总的印象是文如其人，雁秋人品好文品也好，学识溢于行间，诗文发诸内心，这就是这篇序言的题目的由来。他酷爱文学的这些心血结晶读来有不少都使我深深感动。

拿小说来说吧。小说《桃花峪》，还是他十多年前写的。今天看来，题材不新，但不过时，读来仍感受到沂蒙的泥土清香，塑造的那位全心全意在艰苦条件下办好"帐篷小学"的女教师周梦桃，形象神圣。她最后在山洪爆发时救学生献出了生命令人悲痛。如果心中没有对教育工作的大爱，没有对学生的深情，是写不出这样的小说的。

雁秋的小说诚挚、真切，充溢着纯真的情趣，故事紧凑，笔墨集中，且寓意深刻，形象和意味有张力。《糁嫂》和《猫·狗·鱼·人》是两篇讽刺小说，对市场经济下经营之道中的是非曲直及人情世态中的炎凉势利，做了画龙点睛式的反映与披露。《信誉》白描了三个人物让读者去体会为人之道。《姊妹花》是反腐主题，有警世作用。这些短篇中的人物都栩栩如生，有真实感、可读性，来自社会生活，有现实意义。

特别引我注意的是雁秋的儿童文学作品。他实际是在儿童文学界已经有所作为的作家。他在《少年天地》杂志上连载过的儿童系列故事《朋朋的故事》，五十多篇，七八万字，当时颇受读者欢迎，对孩子极有教育意义。塑造的主人公朋朋是个"十佳文明少年"，他做班干部能团结同学做好事，一起好好学习，天天向上。生活面广泛，故事有趣，紧扣儿童生活和心理，读来津津有味。这使我想起意大利作家亚密契斯的《爱的教育》，那是一本享誉世界的名作。其实，雁秋当初有条件把《朋朋的故事》写下去，再写它几十篇出一个单行本的。却不知为什么竟中断了这个题材的创作，颇为可惜。儿童文学部分我还读了《卖馍馍的小姑娘》，写得简练、干净，意味深长；《爱唱歌的小蜘蛛》和《翠翠当国王》，写得有趣又有意味……雁秋关于儿童文学这部分的作品不少，使我能触摸到他有一颗美好的童心！

早年与雁秋在临沂一中同事时，记得一次听他给高中学生讲诗歌课，那堂课他讲得很精彩：言辞精辟，声调铿锵，诗意盎然。从那，我心里总觉得他这个人有诗人气质，如果写诗，应当是一个心地光明、如诗如梦、如火如荼的诗人。有这种想法和看法，可能源于觉得他既腹有诗书而又神采飘逸，诵诗时情感丰富。这次翻阅他编入文集的诗卷，读到了《我们的国与家》，那些昂扬的诗句使我激动。读了他的《四季歌》，出乎意外的精彩。就是写给儿童的小诗《云妈妈·雨娃娃》等也使我欢喜。我不禁想，雁秋应当是优秀的少儿作家，应当是杰出的诗人！只可惜他业余写作，虽是多面手，如果早早就走定了儿童文学和诗歌这两条道路，他这两方面的好作品必然会更多更出色，他在这两个领域的成就必然会更大。

雁秋的散文，我仅读了三篇：《泪洒故土》《等待》和《妻子是本深奥的书》。读完，使我想起苏轼的一段名言："吾文如万斛泉源，不择地而出……常行于所当行，常止于不可不止。"这"出、行、止"是为文的三要诀。雁秋这三篇散文都是深情之作，尤其是《泪洒故土》。乡土记事常是散文作者的好题材，但《泪洒故土》一文那是用最纯正、真实、深厚、充沛的感情才能写出的散文。我读过不少好的写怀念故土的散文，最数这篇短短的《泪洒故土》使我印象深刻，忍不住连读了两遍。我深感这是可以选入中小学课本的佳作。

雁秋的诗文选字数太多、门类太多，题材广泛，涉猎面广，我无法读得再多，但仅就上面提到的这些已使我感到，他固有的机敏、丰富的人生阅历、丰厚的学识底蕴和灵动的艺术感悟在这部文选中溢出了光彩。作品中常反映出他工作的影子，写作与工作相结合是一个特点。他的工作和生活体验，在杂文、杂感部分表现得尤为突出。杂文、杂感部分我读了《草根才是绿原之源》《莫把名人当圣人》，能意会到他的爱憎和思考，能体会到他对大千世界及人性的剖析。刘勰论文说过，"夸而有节，饰而不诬"。在这部分文字中是努力在做的。作者从对自然风物、文化遗存的观照中生发出对历史、人生的领悟和哲思。他赤诚做人，在工作之余或工作之中走创作之路，虽然艰辛但是乐在其中。他是作家，也依然是一位优秀的教育工作者，一位优秀的新闻出版工作者！

这部诗文选布满文化气息，也有诗心诗情。它讴歌时代，关注教育，感受沧桑，留痕岁月，涉足山水……鞭挞假、丑、恶，褒扬真、善、美，浏览其间，作家的观点是鲜明的。他的写作不单纯是自娱自乐，而是生命的延伸，精神的迸发，文风飞扬而纯正，发乎心而形于言，写作是雁秋的一种"感发的生活"。这样的文字应是使读者心境清新的有品位的文字！

写这篇序时，正是初冬的一个夜晚，外边下着中雨，我写着序，想念着雁秋。雁秋的作品中常有沂水蒙山的气息和浪迹，使我仿佛又到了一次深爱的临沂并见到当年那些亲爱的老友们，忽然心上涌出李商隐的《夜雨寄北》诗来。我疲倦了，就停笔于此吧。我先后给友人写过五十多篇序跋，但年岁大了，心脏血压不好，凌起凤同志有病需要我照顾，我视力也坏。鉴于此，我决定把这篇序作为最后一篇，以后不再写了。这篇序就是我的一点心意，送给雁秋老友作为纪念吧！

（2009 年 11 月 15 日于成都）

# 陈焕仁《谁是未来的省委书记》序

今年，立春节气来得早，天还寒冷，窗外的绿树已富生机。读完陈焕仁同志的这本集子后，我的心里热辣辣的，颇有触动。

找来了本书责编唐宋元同志写的审读意见，现在把它摘录一些放在这里。他说：

"收入本集中的作品，应当视为我省小说创作的一个新收获，具有自己的独创性。这首先表现在作者所选择的题材领域是极少有人涉足的。作品将一些新鲜的人物和生活场景带进了文学画廊，丰富了文学读者的审美视野。作品对于不同类型的秘书和省委书记形象的描写，使读者有可能从字里行间窥视到'高层生活'的复杂而又微妙的特点。题材本身所具的独特性在很大程度上决定了作品的独创性。

"其次，作者在描写颇具'神秘性'的'高层生活'时，并非故作惊人之笔，而是如生活本身那样朴素和娓娓道来，使作品具有朴实凝重的特点。笔触所到之处，时时在平稳之中隐含着幽默，颇具深长意味。这也是形成作品独创性的因素之一。正因为如此，作品在文学等次上大大地上跨了一步，与一些在'高层生活'中猎奇的作品相比较，自然就显出较高的优势。

"第三，作品将无产阶级文学的党性原则和作家作为'社会良心'而为人民'鼓与呼'的情感结合得较好。这也是本书的特点之一。收入集子中的作品从根本上说，都是从党的四项基本原则的立场来观察生活和描写生活的，但并没有粉饰现实，情节的发展中寄寓着某种值得称道的'平民气质'，这就使作品能够与更多的读者沟通心灵。"

见仁见智，在文学作品上，每一篇作品可以有大相径庭的看法。本书责编的意见，我无须都一致，但责编许多意见都是中肯的。我在读完集子里的所有作品后，思索很久，想得很多，愿意谈一些看法作为书序。

《雪夜》写党风好转的一个侧面，短小玲珑，文笔清新，正如作者自己说的它"无非是要在冬天深山有雪的夜晚，燃烧起一堆熊熊的圪塔火，去温暖那些冷了的心"。我很喜欢。

《市长助理》写的是我国改革中的领导体制和干部路线的改革，写了破格录用人才及在这个问题上颇为微妙的冲突。平实洗练，情节虽不曲折，但富于回味。

《绿蛇》这个中篇是有分量的。它写了"文革"期间一段复杂的生活和一些人物的复杂心理、不同命运，写了知识分子在那不正常年月的不正常遭遇，批判了左的危害。小说生活气息浓郁，不落"伤痕文学"的旧套，值得一读。作者在现实生活中所发现、所理解、所领悟和所感应的不少都能给人富于哲理的启迪。其中塑造的主要人物，大都能给人留下难忘的印象。这篇小说，虽不是写改革的，但历史不可割断，过去的教训适足以为今日的改革作一种回顾与反省。对于左的否定因而生发出来的对于改革、开放的坚定追求是焕仁同志小说、散文的经常的题材。

十七余万字的《谁是未来的省委书记》这部带有记者笔法的长篇，贴近时代和人民，思路清楚，文字干净，舒展自如，平易中时见情趣。透过秘书生活反映某省书记院及其联系的社会生活中的种种，看似很平静，实际不少矛盾和斗争。作品通过这种斗争生活的描写揭示历史运动的正确走向。作为人民改变自己生活命运的历史创造活动的艺术反射，充满热情地呼唤改革。小说读来使人感到一种从深处喷发出来的历史沉重感，由于所采取的角度和写法，展示的问题可能多了一点，读时不免苦涩，但读后余味悠长，它绝非无病呻吟或生造硬凑之作。

《谁是未来的省委书记》写的是1982年春秋间的故事。它没有动人心魄的高潮、山旋路转的跌宕和回肠荡气的情感纠葛。小说中涉及的多位省委领导人，都是些好的或很好的同志，都在日夜辛劳勤勤恳恳为党工作、为人民服务，但却因历史沉积的重担、难以拓展的局面、艰难以赴的工作放在面前。阅读时，那种历史的沉重感，使人抑止不住对改革的渴望。我想：作者的立意当是在此。例如老书记虽然可敬可爱，年岁实在太大了，又因劳致疾，由于他是一把手，凡事都需他点头，于是必然造成一种"阻滞"。作品中展示的事也许过于集中，在尺度的掌握上也许有的未必四平八稳，但1982年1月，邓小平同志面对严峻的形势曾经在中央政治局一次会议上严肃指出："总之，这是一场革命。当然，这不是对人的革命，而是对体制的革命。这场革命不搞，让老人、病人挡住比较年轻、有干劲、有能力的人的路，不只是四个现代化没有希望，甚至于要涉及亡党亡国的问题。可能要亡党亡国。"我们如果重温当时历史，当会感到小说中反映的生活显示了新时期我们党的正确选择和社会机制的良性运行，寓含着对革命理想的追求，是语重心长发人深省而非危言耸听的。

一写省委，势必就会成了敏感题材，引人注意。但小说就是小说，无须也不应该对号入座或当作真人真事来考据。因为既是小说，作者必然早就作了典型概括，加上了艺术构思。明显的无意褒谁贬谁。所以，阅读这部作品，重要的是要看到这部小说中要求改革的主旋律是高昂的，有鲜活的气韵和蓬勃的活力，这体现了作者的那种革命热情。从本书中的四篇作品来看，可贵的正是这样一条革命热情的红线贯串在所有作品中。陈焕仁同志从事新闻出版工作廿多年，现在主持四川省新闻出版局的工作。他一直很忙，但见缝插针，真诚有为地耕耘，从来不放下手中的笔，小说、散文、杂文什么都写。他这样做，我看就是由于心灵闪光，胸中有一股革命热情在激荡。我们的社会主义文艺应当表现时代前进的要求和历史发展的趋势。从作品看，陈焕仁同志追求的就在这里。改革题材的小说难写，他选了这类题材下笔，值得欣赏和鼓励的是他在小说中流露的感情和意愿，流露的希望和企求。中国革命的胜利是无数革命先烈流血牺牲得来的。人民取得政权不容易，巩固政权更不容易。关键是要把党建设好，更好地发挥党的领导作用。党的领导对我国社会主义事业的成败至关重要，同全国人民的利益息息相关。为了坚持党的领导，必须改善党的领导，写《谁是未来的省委书记》，使它给人以感情的触动、心灵的震撼和理智的启迪，我看，作者的目的正是满怀激情地为了揭橥这点。读到小说最后时，使人感到社会主义当它作为一种发展中的社会制度以坚定的意志在改革开放中不断完善自己的时候，当未来的省委书记是谁尚谜一般地含蓄着未曾确定让读者去思考时，我们就会油然产生一种信心：有理由相信我们的革命事业最终必将通达人类所憧憬的辉煌的未来。

小说写的已是改革之初的事了。现在，经过改革，值得欣慰的是情况与小说中反映的已有很大变化。改革，仍正在继续进行。对照小说中的生活，现在干部已经向革命化、年轻化、知识化、专业化过渡；党在领导政府机构的同时，也支持他们有效地开展工作，充分行使自己的职能；领导人太多同来管事又谁都管不了的局面已经改换；深入实际、联系群众、不说空话、多办实事的作风，正得到大力提倡。只是，问题依然不少，例如会议太多、文件太多、形式主义的应景活动太多，如何下决心精减会议和文件，反对官僚主义，扫除形式主义的花架子，使各级领导干部能够腾出主要精力，研究解决重大问题，能够真正深入基层，同群众打成一片，亲自动手，实实在在地把一般号召与具体指导紧密结合，完成我们面临的艰巨任务尚待努力。我们的国家大，人口多，底子薄，不可能一下子百废俱兴，不可能一个夜晚所有难题都解决。正是在这样的情况下，《谁是未来的省委书记》这部小说的现实意义是不可忽视的。

文海无边，天外有天。写改革题材的小说，作家视为畏途，但值得提倡，应给予爱护、扶持与理解。如何使之走向更深刻的揭示，如何在塑造人物和审美情趣上更上一层楼等，依然是写这类题材容易碰到的"横竿"。达到一个高度，又是一个新的起点。北京大学毕业、学者型的陈焕仁是四川省新闻出版局局长，他具备马克思主义理论素养，有领导工作经验，又有其丰富独特的生活经历和创作才华，他以业余时间写了这样一本好书，他以后的新作品，必然会百尺竿头更进一步的。我相信！

（1991 年 2 月 5 日）

# 为闵宜老友喝彩

## ——闵宜散文集《寸心集》序

　　1993 年夏，余润泽、闵宜夫妇远道从山东临沂来成都看望我们。老友相见，十分高兴。但十年分别，我们的变化自不待言，他们俩也老得多了。看到五十几岁的闵宜老师白发已染双鬓，双目只有很差的视力，我们很动感情，不由得想起 1961 年夏季初识她时的情景。那时她才二十多岁，大学毕业后分配到山东省属重点中学——临沂一中。她眉目清秀，戴着一副眼镜，很有书卷气。那时，她风华正茂，热情中带点天真。她说："我想当个好教师！"……

　　可是，三十多年后，秀气的姑娘变成了老太太，这使我们感慨良多。本来，人总是会由年轻走向年老的。关键是：你是怎么生活过来的，你生活得是否有意义，你是否实现了自己的价值，你曾向人民奉献过多少？……而在回答这些问题时，闵宜老师早已可以无愧地做出正面的回答了！

　　手边有一份资料，是有关单位为她整理的主要事迹，为了让读者了解作者，摘录如下：

　　　　闵宜，特级教师，山东省八届人大代表。十一届三中全会后，获全国"三八"红旗手、山东省优秀党员、优秀园丁、临沂地区和山东省职工劳动模范等光荣称号。曾出席全国教工第三次代表大会。她是中华诗词学会会员、中国楹联学会会员、中国作协山东分会会员、临沂地区科技拔尖人才。她的名字被收进《中国女教师》和《中国当代教育名人大辞典》。

她扎根沂蒙三十七年如一日，她爱学生胜过爱自己。她说："爱是教育的基因，是教师生命的主旋律，爱事业有多深，爱学生就有多深。"她节衣缩食，接济过许多困难学生完成学业。她倾家中藏书供渴求知识的学生阅读，为有的学生迈进中国科学院，获取博士学位作了铺垫。

她潜心育才，循循善诱，不因学生成绩优良而偏爱，不因表现较差而苛责。她认为没有教不好的学生，只有做不到家的工作。1979年，她受到全国妇联的表彰，见到了邓颖超，她更加努力拼搏。1980年5月，她右眼视力骤降，其左眼在"文革"中因病变未及时治疗，已近失明。领导上让她住院，但她强撑着把高三文史班送进考场。

她被迫改行教历史。她在自己敬爱的恩师山师大安作璋教授的关怀指点下，艰难地通读了大量历史书籍及有关历史教改的文章。有人劝她珍惜那点可怜的视力，可她一想到吴运铎，想到美国盲聋哑女作家海伦·凯勒，就情不能已。她以语文教师的功底探索文史横向联系，寓历史知识于语言形象之中，进行史话教学、诗化教学和历史教学中美育渗透的教改科研。为加强爱国主义教育，增强历史课的力度与深度，激发学生的民族自豪感和振兴中华的责任感，提高其文化素质，为培养学生的思辨能力，提高艺术修养；为使学生学得活，记得牢，她倾尽了身心。

她在教学中勤于笔耕，在《历史教学》《语文学习》《山东师范大学学报》等刊物上，发表《历史教学中的美育渗透》《史话教学论略》《秋瑾爱国诗词析》《诸葛亮的忧患意识初探》等十余篇论文。她参与编写的《教子育才故事新编》《水浒一〇八将》《当代中国文学专题史》皆获省级以上奖励并正式出版。她的诗集《春蚕的情思》、歌谣集《小学历史歌诀》由天津百花文艺出版社和明天出版社分别出版，她参与编写的《沂蒙女子散文》作为向世妇会的献礼于 1995 年 9 月出版……

记得有一次，闵宜曾叹息地对我们说："在大学时，我是学校创作组唯一的女组员，我曾梦想成为一名女作家，但我的梦总是难圆，因为教学工作实在太忙了！"可她又说："虽然如此，我总在十分紧张的工作之余，不断学着写点东西。"我们自 1983 年分别后，她的主要精力和成就仍是在本职工作上，但业余也确实一直不辍于写作。她应当算是圆了自己年轻时的梦了。她凭借自己的刻苦努力，依靠她那极差的视力，艰难但醉心地争分夺秒地爬格子，出版并发表了不少作品。这里所选的，就是她作品中的一部分。"镜里流年两鬓残，寸心自许尚如丹。"她依据陆游的这两句诗，将自己的散文集取名为《寸心集》，是不无深意的。

做人是要有点精神的，做文章是要有点激情的。这里入集的散文就体现了这种精神与激情。这些作品没有伪饰，出自真情，可以看到闵宜接触到的人和事，以及她走过的一个个磨灭不了的足迹。我们钦羡她有一颗滚烫的心，她对教育工作毫无保留的献身精神，她对真、善、美的向往和追求，使她的审美意识和信念、情愫显得灿烂高尚，她笔下流泻出来的文章充满着真情和爱心。这就容易激发并鼓励读者，使读者受到感染。

逐一评论或介绍书中的每篇文章，不是写这篇序的目的。应当指出的是：在读这本散文集时，除了散文本身之外，读者肯定可以有意外的收获，那就是从闵宜圆梦的事上，可以知道：人的理想是能够用无坚不摧的意志去实现的。闵宜要做一位良师，她办到了；闵宜要做一位女作家，她也做到了。现在流行说"好梦成真"，那不只是一句口头上说的吉利话，通过实干也是可以达到目标的。闵宜老友用自己圆梦的事例表明并启示了这一点。我们希望今后闵宜老师一定要重视保护眼睛！千万千万！但我们不能不在这里为她已经做成的事喝彩并致敬！

王火　凌起凤

（1995 年 6 月于成都）

# 感受李一安

## ——《透明的思索》序

记得朋友向我介绍李一安时，说他是位优秀的编辑工作者，全国及省一级编辑出版奖得了十几次；他又是作家，曾数次荣获省市级创作奖。

还有朋友向我介绍说，李一安年富力强，他的思想能承上启下，既有传统的严谨，又有光辉的后劲。他以他特有的敏锐感受来感受世界、感受人生，用一支挥洒自如会写好文章的笔……

其实，我注意到李一安已非一日，我早已开始在感受李一安的感受了！

我知道他曾在湖南文艺出版社和湖南文学杂志社当过"官"，他主编和策划的畅销书有的相当成功。但最引起我注意的，是我曾经读过他写的两篇意味深长而且美丽隽永的散文。这是两篇过目难忘的作品。

一篇是他发表在《人民日报》上的《心中的大佛》。这篇散文曾被《新华文摘》转载，又被四川文艺出版社选入《新时期优秀散文精选》出版，并被选入上海高中语文课本。这篇散文写的是作者游四川乐山观看大佛时，见到一位飞鸟似的冒险吊悬在半空中替乐山大佛清除身上小树和杂草的原铁道兵某部排长的故事。这位复员军人与作者恰巧都是湖南老乡，他是拿自己做铁道兵施工时掌握的绝技在尽义务。作者描绘出的这位没有领章帽徽的军人，那种高尚的精神世界使人深深感动。文章写得简洁自然，清峻而有深度，以情操取胜，来自生活，但有对生活的升华和超越，使人心胸开阔，回味无穷。

另一篇是我在《散文选刊》上读到的他写的《透明的思索》。这篇散文后来被上海文艺出版社选入《八十年代散文选》，90 年代又被文汇出版社选入《大家随笔丛书·时人闲话》出版，被广西民族出版社选入《中国散文集粹》出版。《透明的思索》包括"节日""品烟""宴会"三章，三章都以独自默想、品味的形式表达，独运匠心，炉火纯青而又意味深长。

现在，李一安选撷了他所写的近六十篇散文作品以《透明的思索》为书名出版，嘱我写序。我先将上述两篇读过很久的名篇先重读了一遍，依然叫绝，于是，又将全书各篇作品都依次浏览一遍，这才更感到作者写作态度之认真严谨，用字遣句之功力底蕴及挤绞脑汁之努力。

本书共分四辑。

第一辑《透明的思索》包括的十八篇散文，都无浮躁、浅薄、急就之弊病，如《原色》《风情》《活法》《一年四季》《槐花几时开》等篇，凝重沉稳，都是成熟之作，独具情调与意境。

第二辑《感悟风情》包括的十五篇散文，状写名城名胜及逆旅见闻种种，无刻意钩沉之生涩，有诗情画意之渲染，有的浑厚、悠远，有的妩媚秀丽，引人入胜。

第三辑《感悟人生》包括散文十一篇，富于对生活的解悟，也可体味出不少人生哲理。《生活的最强音》中写了李谷一；《元配夫人》写了李宗仁的元配李秀文；《郑洞国将军》写了郑洞国；《故人西来》写了水运宪和曹世华……都有第一手材料，值得一读。《父亲的求学之路》《女儿也也》等篇，亲情溢于纸上，动人心弦。我觉得一安肯定是写小说的能手，因为他如写人物常常既鲜活而又有个性。一安出版过中短篇小说自选集《舞台》，可惜我未读到过，无法印证。

第四辑是《书人书语》，包括散文十六篇。可能由于我从事编辑出版工作多年，是极喜欢这一辑的。一安的书评常散见在许多报刊上，近年，我曾在《人民日报》上读到过一些。在这一辑中，他写到的人物，有些是我熟识的文坛老友，有的是我心仪已久的作家。这些散发书香气息的篇章，情深意笃，豁达从容，不乏精辟的见解，流水行云，涉笔成趣，作者及其评述者的人品神韵也在作品中潆洄流贯。

真实的散文具有直抒胸臆的特点，实际是作者剖解自己的内心向读者展示，所以散文也常常是散文作者人格的体现。人品是散文的魂。综览这本散文集，感到李一安的散文，同广泛的社会生活相联系，深厚而大气，不媚俗，言之有物；他的散文中有诗，更充满了思考生活的智商和对生活及人的厚爱。

这近六十篇散文，不少是近几年写的，有些是以前写的，经过时光的淘洗和读者的筛定，写成、存在并汇集，何止十年八年之功！人的生命本来不过是历史长河和无垠宇宙中的一次机缘，但可贵、可爱，值得珍视。从这许多散文中窥见的李一安的这些岁月留痕，能看到作品中反映出的作者那份雄心壮志，那份理想信念，那种诚挚真情和青春气息，那种智慧的升华和理性的梳理，还有美丽而善良的愿望，使人深感他那逝水年华的汹涌与澎湃。他带着眷恋用笔在抚摸漫长的过去岁月和经历，将脑海中闪光发亮的人和事，用他的审美意识和满腔热情给我们送来了许多精美的作品。他是够资格的一位散文家。湖南多才子，但李一安的散文当然早已绝不仅仅属于湖南。

一安常写评论，但他评文评人有自己严格的标准：不好的东西，他惜墨如金；看中的作品才大力推荐。我不大喜欢为友人作序，写这序时，突然想到了一安写评论的态度，竟下笔滔滔地写了这两千来字，因为，我乐意向读者推荐这些值得好好读一读的精美散文！

（2000 年 8 月于楠斋）

# 高风亮节　典范永存

——老红军袁学邦《岁月的追思》序

我是怀着崇敬的心情为老红军袁学邦同志的这部回忆录写序的。

袁学邦同志，四川阆中人，1918年1月31日出生，1933年参加中国工农红军，1935年加入中国共产主义青年团，1936年加入中国共产党。他的一生是革命的一生，战斗的一生，光荣的一生。第二次国内革命战争时期，他浴血经历多次战斗，光荣负过伤，参加过举世闻名的二万五千里长征，翻雪山，过草地，到达陕北。长征前后，他与全体红军通信兵把我军的有线电通信线路架遍了整个川陕革命根据地，为中国革命事业做出了重要贡献……

抗日战争时期，他在中央军委电话队、中央军委三局及陕甘宁晋绥五省联防军司令部任职，亲自为毛泽东、周恩来、朱德等中央首长安装、检修电话，架设、抢修中央机关及周边地区有线电通信网，保证了党中央、中央军委与各部队、边区各地的有线电通信联络。抗战最艰苦阶段，他参加了延安大生产运动和著名的延安整风运动……

解放战争时期，他积极报名，离开中央机关奔赴前线，转战南北，尤其是在解放太原战役中机智勇敢，英勇作战，荣立一等功，被西北军政委员会授予"人民功臣"称号……

抗美援朝战争中，他任中国人民志愿军九兵团司令部通信处副处长，组织全兵团通信战线的指战员周密研究部署了多兵种协同作战条件下随时随地保持通信联络畅通无阻的方案，使之在对拥有高科技装备的敌人展开大反击的战役中发挥了重要作用……

尤为可贵的是在社会主义革命和建设时期，时任中国人民解放军防空军司令部通信处副处长的袁学邦同志，负责关系我国安危的我军某大型通信枢纽工程建设，为保卫我国领空安全做出了突出成绩，1957年2月光荣出席了防空军全军种积极分子代表大会……1958年，袁学邦同志转业并奉命亲手筹建了我国第一个专业载波机厂，出任厂长，率领工程技术人员和生产人员研制出我国第一部半导体十二路军用载波机，最早介入数字通信的研究与开发，研制并成功装备了具有国际领先水平的海底电缆通信系统，为我国发射第一颗人造地球卫星提供了相关系统设备，受到中央军委的祝贺……党的十一届三中全会后，袁学邦同志步入科研领域，为一些蒙受冤屈的科技人员落实政策，领导了多项技术攻坚。其中，代表我国打破国际霸权主义核垄断地位的某重大工程保密通信系统的研制，获得了圆满成功，以袁学邦同志为所长的研究所受到了国务院、中央军委、国防科委的表彰和奖励……

袁学邦同志离休后，依然关心国家大事，奉献余热，常作报告宣讲革命传统，除注重政治理论学习外，还学习诗文书法，并撰写回忆文章。有数十篇回忆文章在中央、省部级刊物上发表，十余件诗文书法作品在中央、省部级举办的大赛中获奖……

2003年3月26日，老红军袁学邦同志在成都363医院因病逝世，终年八十五岁。我有幸看到过他生前写下的遗言，使我因其情操之高尚而由衷感动。在遗言中，他说："当我休克时，不要抢救"，"我走后不要告诉任何人"，"不举行任何仪式"，"将我的骨灰送回家乡"，"将骨灰撒到水库里，让水库里的水灌溉农田生长粮食供人民充饥"，"儿女们，我走后希望你们照顾好妈妈，让她安度晚年，我就无忧无虑、清清白白而去了"，"五块石建设银行有我储蓄的稿费，作为我向党交的最后一次党费"……用不着我说什么，他的这些遗言，不但勾画出了老红军的高风亮节，而且表露出了一个共产党员的赤胆忠心。

袁学邦同志在晚年，曾用八年时间写成了三十余万字的回忆录。他说："这是我给子孙后代所作的一个交代，但愿孩子们能够从这本流水账中了解我所走过的道路、我毕生从事的事业以及我的人生信念和追求，这也算是我对社会做出的最后一点贡献吧！"其实，他这部回忆录，因其经历的伟大，因其思想的深邃，是给人民留下的一笔十分珍贵的财富。袁学邦同志有很好的子女，如今将这部沉甸甸的回忆录公开出版，是做了一件有意义、有价值的好事，使我们都能有机会读一读这样一本非同寻常的好书。

当20世纪30年代红军二万五千里长征的滚滚铁流造成的旷世奇迹传向世界后，"红军"这个光辉的名称便引起世界瞩目。提起工农红军，人们都肃然起敬。这是一群在中国共产党领导下为了理想和信念，不怕死、不畏难，勇往直前，用特殊材料制成的人。他们为了革命，为了中国人民的解放，当时为了抗日，历经难以想象的艰难苦辛，众志成城胜利完成了爬雪山、过草地……北上抗日的任务，像播种机，像宣传队，是工作队，也是战斗队。他们立下的功绩，是与天地齐光、与日月共辉的。

当年的红军，风雨沧桑半个多世纪，如今都早已成为老红军了！从领导干部到一般士兵，老红军的人数随着时光的推移、自然规律的不可违背而日渐减少。正因为如比，老红军越来越成为弥足珍贵而特别令人尊仰的一个群体，袁学邦同志用他一生壮丽而不平凡的事迹，可以作为老红军中一个典型范例让后人看到：什么是老红军？老红军是怎样的一种人？我读《岁月的追思》时，总是热血沸腾，不能自已。看了他的遗言，知道他的事迹，读了他的回忆录，谁都会懂得怎样才是一个大写的真正的人，而且明白人应该怎样活着才无愧于一生。

老诗人臧克家曾有名诗说："有的人活着，他已经死了；有的人死了，他还活着。"老红军袁学邦永生在他的回忆录中，同时也永生在受他的人格魅力感染至今活着的人及会向他学习、从他的回忆录中汲取力量的后辈身上。

老红军袁学邦同志永垂不朽！他的回忆录也将长传于世！高风亮节，典范永存！

（2004 年 1 月 5 日于四川成都）

# 走向哲理的思考和历史的审视

## ——《西京沉浮》序

历史小说终究是小说，不是历史史料。但小说的作者，必须熟稔他所写的那段历史，则是毫无疑义的。倘若吃不透他要写的这段历史，没有对这段历史及其中的人物抱有独特见解，光凭一个大概的历史框架来编撰故事，历史小说要想能写好，必然极难。

前两年，我也读了一些新出版的历史小说。好的固然有，可惜发现不少这类读物的通病常常是油盐酱醋糖佐料加得多多，文学上的渲染有那么一点绚丽多彩的气氛，离真实的历史都很远。有的甚至为了招徕读者增加印数，不惜从降低格调上来多花笔墨，好迎合低层次的读者。也有的历史小说，作者不是以史为据，而是想以古喻今，读后隐隐然使人感到有含沙射影之嫌。历史被歪曲了，历史人物被随意美化或丑化了！在阅读这类"历史小说"时，我常自杞忧，感到不是一种值得提倡的现象。

如今，放在面前的这本将由四川文艺出版社出版的历史小说稿《西京沉浮》，读毕以后，却使我有一种清风明月之感，觉得作为历史小说来看，是一本严肃的注入了作者读史和论史的心得与激情的作品，它既无哗众取宠之心，也无随意臧否人物的做法，应当说是一本有其独到之处的历史小说。

我与《西京沉浮》的作者岩痴（金成礼）曾一同工作，现在贴邻而居。从我的阳台上常常可以看到他白天在窗前阅读，深夜在灯下执笔。他的勤奋使我钦佩，而平日给我的印象是一位于平实中见深沉的老编辑主任。他对历史和古典文学颇有造诣，过去出版的书都属于这个范围，带有学术性。动笔写历史小说则还是第一次，只是既有历史和古典文学的修养，则写历史小说就有了功底。《西京沉浮》，文如其人，恰是于平实中见深沉的作品。他是在走向哲理的思考和历史的审视中酝酿、写作这部作品的。这是一部除了作小说看之外还能得到历史知识和历史启迪的书。

这部历史小说，虽重历史，但有一定的艺术概括力，又由于这一段历史本身布满了宫廷秘事、外戚内祸，风云紧骤、惊涛骇浪，所以读来可以津津有味。我阅读到写陈平与周勃"将相和"及"元勋沉沦"、"长沙痛哭"等章时，颇动感情。这里有作者面对历史的沉思与叹息。作者的笔触在这些地方很像他平日讲话，洋洋洒洒，一发如长江大河，颇有神韵。小说中，对吕雉、吕禄等人物，按历史面目实事求是描绘、评价，令人可信。写汉文帝德被天下及以身作则倡导节俭之风等处，使人神往。作者写这部书，有自己的追求、寄托与体会，自然不是消闲之作。

书中有些地方，除冷峻的历史批判精神外，微微透露出一种"淡淡的忧郁"。但回溯那段历史时期，齐生死、等荣辱、听天由命、顺乎自然的道家思想在西汉是占统治地位的。审视当时这段历史和人物，融人生的情怀于历史生活场景中，并做了哲理的思考。反射出一点这种历史观及情感，衬托当时的氛围，不但不足为怪，也是适宜这样做的。

历史小说的成败，我想，主要看作者能否通过作品中人物的命运、遭逢和性格所体现出的思想感情，来反映他所写的那段历史发展的特定时代背景、条件和原因，使人们对这段历史有所认识、有所解悟，从而启迪人们的思索。今天，是历史的延续；同时，又是明天的历史。历史上的经验教训和人生哲理，是我们取之不尽用之不竭的宝库。这可以供许许多多有识之士来发掘。不能完全否定那种以古喻今的历史小说，可我更欣赏用历史的自然面貌与本色来使读者从各自不同的角度及感应能力上来品味，来以史为鉴。

岩痴同志要我为《西京沉浮》写序，基于上面我谈的种种想法，我感到义不容辞。愿从我阅读书稿所感受到的一些方面谈谈我对这样一本有其独到之处的不拘一格的历史小说的欣赏。一得之见，未必都正确，谨供读者参考。

希望读者能喜欢这部作品。

（1991 年 10 月改定于成都）

# 打开一扇扇女作家的窗户

### ——序祖丁远《走近女作家》

坎坷和不幸，沧桑和历练，常常是生命中非常沉重的负担，在本书作者那里，却似乎成了他性格和血液中的一种兴奋剂，在时光的更迭中，愈加显露出灿烂的光彩。流泻下去的光阴不复再来，但他这二十多年里似乎是在寻找生命的最佳状态，抓紧时间不放，为的是补偿过去流逝了的损失。

已经不年轻，可喜的是心却始终坦诚而充满着青春气息。他说："写作是我的生命。"将写作当作一种奉献和爱好。"毫无花态度，全是雪精神"。想起这些，我由衷地对丁远老友产生一种敬意和亲切的感情。

他本应早是一名优秀的新闻工作者，名记者，年轻有为，前途无限，不幸却在1957——二十三岁那年竟遭无妄之灾，二十二年后才平反！

二十三岁，多么年轻可爱的年纪；二十二年，多么漫长的八千多个日日夜夜！想起这，怎不叫人心酸。往事已矣，是非昭昭，好在噩梦已去，他终于又拿起笔大步跨入文坛，而且，成绩斐然。这许多年来，大批散文、杂文、报告文学、传记文学作品，繁花遍地似的散见于各种报刊，十多本沉甸甸的作品集陆续出版发行。

其实，是大可写写自己的。如果把自己的辛酸遭遇、不幸生活与心路历程来写一写，必然是一部动人的书。只是他不这样。他始终以为他人作嫁衣的精神，花大力气在写别人。他写过有影响的像《从神秘到绝密——蛇医专家季德胜传奇》这样的驰名中外的传记；写过像《社会脊梁——"党风记者"李升平》这样荣获中国作家协会第三届"中国作家世纪论坛"全国征文作品唯一特等奖的长篇报告文学；写过《寻梦人生》等散文、随笔集；更在《中国作家风云录》《中国文坛·作家风云》等书内写了一批又一批的著名作家。如今这本《走近女作家》，集中了一批女作家的事迹单独出版。事实上，他已采访过而未写的作家还有不少，他打算一个又一个陆续写出来的作家也排着队。我觉得他是衡量过取舍才这么做的。他确确实实是在做一件极有价值的工作。因为人们很想了解当代名作家的一切，包括成就、业绩、为人、思想、生活、心态、经验……现今和以后，研究文学史、人文学的学者，也需要掌握这一切。而祖丁远兄的这方面写作，是可以积累起来达到这种要求的。

写真人真事难，需要用多得多的时间和精力去采访，去研究，去考察，去如实记录，去用变化着的手法写成作品。不能浮躁，不能失真，不能马虎，不能凭想象，不能虚夸或造成差错及纠葛。一篇专访或人物特写，实际是一部小传记。精练、浓缩和准确，是祖丁远的写作准则，他乐此不疲，为的是想把这一项绝不轻松的工作尽力做下去。这项工程目的在于将一批值得记载、推荐与介绍的作家写出来，积累形成一个阵势，用文坛的风云人物反映出时代的风云与实际，反映出人生的玄妙及作品的辉煌，翔实而耐读。作为一个独行侠似的采写者，他的勤奋与韧劲，可以使人竖起拇指。

当然不是随意的采写，他是一个严谨的挑选者。不一定追求时尚去采写那些被炒作得沸沸扬扬却未必值得去写的对象。比如这本《走近女作家》吧，所选的并非爱作秀的什么"用身体写作"的"美女作家"，而是文品与人品相得益彰、扎扎实实立足于崇高创作的女作家中实力与精神的中坚。有的作品精彩、出类拔萃；有的社会瞩目、德高望重；有的历经艰难，出手不凡；有的自强自立，笔走风云……介绍她们，无论是她们的人生历程、内心世界、喜怒哀乐、家庭情况，或是创作回眸、成败教训，都有记录下来的价值，都有献给读者的必要。他并不借此旁征博引、露才扬己，这很可贵。炽烈的激情、实事求是的文风、严肃认真的态度，在字里行间，我们可以窥见采写者的功力、追求与苦心。

闻名世界的奥地利作家斯·茨威格既是出色的小说家，也是杰出的传记作家。他写过许多著名的作家、诗人。他认为那些名作家、名诗人以各自不同的风格和特点，用他们的才能和激情为人类建筑了一个丰富多彩的形而上的精神世界，他们都是伟大的建筑师。所以他将自己所写的著名作家的名作冠以总标题为《世界建筑师》。我无意说丁远写的人物都是个个那么了不起，我是想说，读丁远的这本书时，使我不能不想起斯·茨威格的这种严肃的见解。我似乎能意识到，丁远可能也是有这种见解的！

我过去在一篇谈一般性创作的短文中，说到创作中"开窗户"的技巧问题，内中有段话说："我在有意识不断地为读者打开一扇扇窗户，目的是为读者增加场景，增加色彩感，增加新的视野，看到他们值得看的东西，看到他们想看的东西，看到他们可能难得看到的东西，并增加读者的好奇心。有了窗户，小说才能'活'，才丰富多彩……窗外，最好要有阳光，最好要有罕见的景物，人们爱欣赏、耐欣赏的美景。……我希望开出的窗户使人们享受到真实的生活，栩栩如生的人物，绚烂的诗情画意……"我这谈的是小说的创作，但对报告文学、人物专访，异曲也可同工。披览本书时，我感到作者正向我们打开了一扇扇这些女作家的窗户，不是向外看，而是让我们朝里看，让我们能看到这些女建筑师在工作、在生活、在路上、在家中……带着她们的作品在向读者走来。你可以看到她们的风采，你可以知道她们如何抉择和开拓自己的人生之路，你可以了解她们是怎样把握生命之船驶向创作成功的彼岸……尽管这些女作家中也有我极熟的朋友，透过丁远老友打开的窗户，我仍有所得益并增进了了解。于是，序的题目就是这么来的！

（2004 年 9 月于成都）

# 《殷白作品选》序

殷白是位有影响的评论家和老作家，他自己只愿意承认是个"老编辑"。的确，殷白也是一位资深的老编辑。在延安，他就参与《大众文艺》《中国青年》等刊物的编辑工作；在晋绥，他长期担任《晋绥日报》的副刊主编，并参与编辑《人民时代》等刊物的工作；重庆解放初期，他负责《新华日报》的副刊主编，并主持《大众文艺》《解放一年》《西南人民文艺丛书》等书刊的编务；在实际主持西南文联（任秘书长）工作时，自始至终兼任《西南文艺》主编。这个刊物在当时西南诸省市培养过不少文学新人。1957 年以后，他在重庆再未担任实质性的职务，却始终没有忘记党的文艺事业，仍然自动关怀这样那样的工作，尤其是文学的编辑和辅导工作。直至党的十一届三中全会春风吹拂，更加焕发了他的青春，他以新时期的文学如何既师传统又尚革新的主题，应邀在四川境内讲学，走遍了大部分地市，到处看稿，发现作品和人才，热情向全国推荐。前些年，他还参与中央党史研究室编辑系列《革命烈士传》的工作。接着，作为重庆出版社的特约编审，又为《抗日战争时期大后方文学书系》《现代中国作家评传》等编辑出版，频繁奔忙于京渝之间，奉献自己的一份力量。

殷白半个世纪的文学生涯，经历了从延安到晋绥、到重庆的几个阶段的重要实践，没有离开党的文艺传统，没有停止现实主义的探索和创新的追求，这无论是从他的评论或是创作中都可以得到证明。但和他的实践经验相比较，应该说他写得太少。这使我们不得不注意到他一贯扑在工作上的历史现象，和未能幸免的自50年代末期到"文革"这段历史对他的耽误，还有他身处逆境仍不忘情于党的文艺事业和关怀他人的个性特色。他对我说过，早年在延安"文抗"任支部书记时，听当时一位中央负责同志（张闻天）说过一句话，要求在文艺界工作的党员干部和党员作家，多付出一点时间精力，用来多做全体作家之间的沟通、协调、团结的工作，他说他把这句话听进去了，"甚至可以说影响了一生"。这决非虚言。几十年来，无论延安时期在党中央身边工作，进城后在西南大区的文艺岗位上，还是后来长时期处于一个省辖市的几乎被遗忘的"无名高地"，殷白始终如一的自觉工作着，习惯而热情地关心党的文艺事业，力所能及地关心和帮助他人，独独无言于自己奋斗的辛酸。历史的遗憾是，他应该写得更多而相对地写的和发表的东西太少，我们对殷白的这个现象，不仅完全可以理解，而且从革命文艺整体受益的补偿上自有我们共同的价值观。殷白说他只在"打杂"之余自己写一点，亦非掩饰之辞。应该看到，像这样一位经历丰富的老战士，在文艺战线上做了这么多工作，又写了不少东西，各个时期都留下了自己的作品，有评论，有创作，起过很好的作用，有些作品还得过奖，这样一位勤恳执着追求革命文学的人，应该说是值得钦佩和羡慕的。

我阅读殷白的作品不算太晚，就说《茧市》吧，早在40年代从上海生活书店的《中国的一日》上读到，而至今还记得，尽管不是用他现在的笔名。后来，我又断断续续读到过殷白的评论、散文、报告文学，虽不很多，但有的给我以隽永深刻的印象。

现在，这本选集的原稿放在我的面前。我左眼失明后，视力不好，阅读、写作都较以前艰难，无法将每篇文章都细细看上两遍。但我将几十篇散文全部读毕，其他除选读了一些外，有的只能大致翻阅一下，不过，在散文中一些我喜爱的篇目，都读了不止一遍。读时，我的心是不平静的。

"美"的欣赏，可以意会而不可以言传。我的感受当然未必定是别的读者的感受。这些作品中，有一部分很容易引起我的共鸣。像《我心上的茅公》，我很喜欢那亲切朴实的文字和意味深长的结尾。我同殷白一样，也曾同文中提到的茅公和郭老两位前辈有过一点接触。所以那自然容易勾起我对他们的想念。

我读《忆米谷》一文时，也不能不为作者悼念的深情所感动。因为我1949年在上海时认识漫画家米谷，那时他在《解放日报》，我在上海总工会，我们由于工作关系做了朋友。可是没想到殷白是米谷从小的伙伴，又是同到延安的战友，米谷去世时的情状，使我心弦颤动。

《龙华五十五年祭》是一篇豪情满怀慷慨悲壮的散文。文中提到的欧阳立安烈士，我1949年在上海时曾专门收集、整理过他的材料。他牺牲时仅仅十七岁，是共青团江苏省委书记，上海总工会青工部长……

共同经历的牵连，增加了我的亲切感。而主要的是我觉得这个选集里的作品有几个特色：

第一，我读过的作品不但有其技巧上的独到之处，而且都是有益于提高人民精神素质的作品。既有时代标记、时代气息，也都是遵循革命文艺的战斗传统写出的作品。比如，我特别喜欢《酸苦的糖》和《故乡车站上的木栅栏》。这两篇读来真有点像司空图《二十四诗品》中所说的"如月之曙，如气之秋"，悦目盈胸。前者我觉得与鲁迅先生的《一件小事》类似可以引起不同的回味；后者情调极像朱自清先生的《背影》，却是一个离别慈父奔向革命的游子的心声。无论文字和内容都可说是上乘之作。小说《草地炊烟》，充满乐观主义精神，十分动人。当时四川省和重庆市的小说集都收了这个短篇，并被外地报刊转载，在人民同心同德与三年困难时期作斗争的当时，自非偶然。现在读来，革命先辈的艰苦卓绝，仍然令人肃然起敬。

一个作家写了几十年文章，如果总结一下，得出一个"作品都是有益的"结论，并不容易。这本集子中的作品，是作家从各个时期的不少作品中挑选出来的。这本闪耀着革命传统光芒的书出版，我认为是一件好事。

第二，这部集子中的作品，都是有生命力的。这里没有无病呻吟的东西，没有故意逃离政治的花花草草，没有八股文章，都是言之有物反映了时代精神和时代进程的作品。像一些有关延安、晋绥、重庆等地生活的散文和报告文学作品，都有作家自己独有的生活、独有的感受。如《步行记》《蓝家坪秋夜》《延河往事》《第一次收获》《念庄一日》《思想的浪花》《战斗·农村·文化——记〈晋绥日报〉副刊》《随军西行续〈新华日报〉》等，既有史料价值，又使人能得到启迪和教育，或领悟生活的光彩，关键是作者很明确写什么和为什么写！一个有丰富生活经历的人，写出自己的"独家材料"，必然不同于泛泛。一个作者自己写的文章，也必然会有高低粗细之分，但只要是自己血管中流出的，就有生命力，就能站得住，就有保存的价值，就能使人读后能有所得并留有回味。

第三，这部集子中作品大量挥发出作家的革命之心和革命之情，这很可贵。

前些时，老诗人塞风（李根红）同志寄了他的诗集《弯路上的小花》赠我，开篇第一首诗题为《祖国》，我极欣赏。头四句是：

> 请摸一摸吧，
> 摸一摸我的胸膛；
> 里面有一颗心，
> 在为你激荡。

也不知为什么，读殷白同志这本选集时，我常想起这几句诗。我仿佛摸得着在殷白作品的字里行间，有一颗这样激荡的心。

许多作品都是作者征途上的追寻、记忆与思索。写这类作品，光有深沉的思考而无浓烈的心情是无法使读者享受审美快感的。我曾听说关于殷白写《梁定基和他的"瓦斯卡片"》的故事。这篇报告文学是珍爱一位非党知识分子写出的调查报告。殷白满怀热情写这篇文章，两次上书重庆市委，终于引起了市委书记的重视，使牺牲了的梁定基得到了应有的高度评价，补发了科研奖金给困难中的梁定基遗属。集子中有不少作品都看得出作者是用革命的热诚和激情在赞美劳动、宣扬情操。也有一类作品，像《哭星火》《悼李虹》等，一片真意，无限同志爱，扣人心扉。许多作品中，作者那热爱党、热爱祖国的拳拳之心和怀念革命往事、讴歌当代建设成就和新人新事的眷眷之情，是始终维系在一起使人难忘的。有这种"心"，有这种"情"，他的作品我认为像我这种上了年岁的人能理解和受到感染，青年一代也会一样理解和受到感染。

有人说过：文学就像炉中的火，我们看人家的作品就像借得火来，把自己点燃，而后再传给别人，以致为大家所共有。我所以愿将读殷白同志的一些作品后自己得到的感受多写一点出来，原因就在于此。

此文写就已经步入 90 年代，我为《殷白作品选》在 90 年代之初出版祝贺，并以良好的心愿以序代酒，祝殷白同志健康长寿，在他火红的晚年创作和工作上有更新的成果。

（1990 年 1 月）

# 舒德芳《四代人生》序

茫茫红尘，熙熙攘攘，芸芸众生，浑浑噩噩。人到老年，无所事事者多，像本书作者舒德芳女士在高龄阶段，这样使生命境界依然保持最佳状态进入勤奋与高尚的少。如今她捧出这本长篇纪实小说《四代人生》要我写序。面对书稿，我突然想起一副对联："庭松不改青葱色，盆菊仍靠清净香。"这是我同意写序的一种对她的尊重情态。

《四代人生》写了一个"小世界"，一部四代人的命运交响曲，一家四代妇女的爱情悲喜剧。是纪实的，却带点传奇色彩。虽写的"小世界"，但这个"小世界"牵连反映到大的世界。小说中记叙了一家四代的人生道路，反映了人物所经历的时代轨迹及社会变化，有其典型性，有其价值和意义，更有其可读性。所写的事是逼真的，所写的情是纯清的，所抒发的感慨是动人的，作者的心是诚恳的。所写的漫长岁月中的风雨雷霆充满了喜怒哀乐，所描述的成都及四川的风土人情及文化蕴涵是有地方特色、历史蕴涵的。熟悉舒德芳夫妇的人，很清楚书中所写的并非虚构，只是作者似乎有意将人名改了一下。其实"绿玉"就是作者本人，"继刚"就是她的先生张奎光，这是一目了然的。我以为作者所写的"小世界"，是由于她对外部世界有了更多的感受与思考。作者诞生于 1926 年，阅世的时间广而且长。从军阀混战到抗战军兴，从解放战争到共和国建立，从十年浩劫到改革开放，她胸中涌动创作欲望，要一吐为快。自诉体会，遂成此书，自然不是无病呻吟之作。

文学还是植根于生活土壤中的。有独特生活经历和解悟的人，其经历娓娓道来就是一部生动的小说。人生短暂，却又冗长；人生有顺风也有崎岖；有青春更有老年。留下一些人生的记录，使之不会随着时光的流逝而消失，这是文学的功效。有对往昔的回忆，缱绻的留恋，生活的磨难，苦难的侵袭，亲友的怀念，幸福的追求，伉俪的深情，先辈的追思……汇成一种解不开的情结。这些人间常情、人间爱憎，凝结成作品，这作品理应是经久芬芳的。

张奎光兄是我复旦大学时的学长，他在经济系，我在新闻系，他为人敦厚方正，学识渊博。由于是老同学，因而认识了其夫人舒德芳女士。在我接触中的认识和直感上，觉得舒德芳性格坚强，为人爽朗，聪明而有锐气，努力而不懈怠，过去工作时尽职尽力，持家时不畏艰难，爱国爱家，是那种善于奋斗，挺拔不折腰的女性。她爱好写作，与文学有缘，多年来硕果已经不少，文如其人，读《四代人生》，似可见到她快人快语的英姿及爽直率真的为人之道。她和奎光兄如今有一个充满阳光兴旺温暖的家庭，儿女孝顺，四代同堂，人所钦羡。现在《四代人生》将由四川文艺出版社出版，我在此首先要表示祝贺；并愿以序代酒，祝奎光、德芳二位快乐、长寿，全家幸福！

（2003 年 5 月于成都）

# 徐靖的世界

## ——《心底的歌》序

认识本书作者一晃快十四年了！初认识时，是 1983 年，我们同在四川人民出版社工作，别人向我介绍："徐靖是个组稿能手！她常能组织到许多好书稿。"显然，当时她在组稿上已出了名，不仅在出版社，而且在文艺界。后来，从四川人民出版社到四川文艺出版社，工作接触较多，我感到说她是"组稿能手"并不夸张。她如果去外地组稿，决不空手而返，组来的稿也常使我惊喜。她对作者很负责任，作者对她很信任，我觉得一个出版社里，有类似徐靖这样会组稿会团结作者的编辑，是一种需要。我们在工作上互为支持，合作共事，一直配合得很默契。

我离休后，她仍活跃在工作岗位上。过了几年，她也从副编审岗位上离休了，但我们一些老同志不时仍能在一起开会，激动地见见面，亲切地谈谈心。有一次，我曾劝她应该写写东西，既是寄托，也是奉献。她点头表示同意，并说她正准备将以前和现在写的散文编选一个集子。她仍是那种说干就干的脾气。几天前，她果然送来了已编好的这本散文集要我过目。

望着厚厚的一大沓稿子，当年她将稿组来放在我面前使我惊喜的那种感情突然又涌上心头。这位往昔参加过淮海战役的小女兵，这位长期努力"为她人作嫁衣"的老编辑，其实是很有写作才华的。问题在于几十年的工作缚住了手足，她只能舍此就彼，少写甚至不写。离休了，时间多一点了，这方面的能量也能自由释放出来了。于是，作品集问世了！我仿佛能看到她发有银丝坐在灯下戴着花镜握笔在专心写作的情景。这使我颇动感情。天气虽热，我的视力近来不好，却认认真真读了她的每一篇文章，读得津津有味。

我走进了一个徐靖的世界。

集子里的散文，有的是她过去写的，有的是现阶段写的，但都是她从自己作品中挑选出来的。因为这属于她的"世界"，读完这些文章，我对徐靖了解得较以前多，较以前深。这些严肃、美丽而动情的散文，记录了她的脚迹和游踪，写的都是与她有关的人和事，描绘了她所亲历的人生天地，记叙了她追求真理投身革命与服从斗争锻炼的征程，喷射着她的爱与恨，倾诉着她的激情与思索……虽未必全面，但至少清晰地画出了她的轮廓。

她的散文朴实真诚而清新幽丽，常常满含情韵，有奇峰突起。比如《泰山奶奶庙前》，从内容、技巧和结构上说，如果仅写成一篇泰山游记，就一般化没什么稀奇了，她却别致地抓住了一对"朝圣"的"神色忧郁"而面色"饥黄"的老大娘和她的女儿做文章，有悬念，有忧国忧民之思，使人读完浮想联翩。比如《阅尽人间冷暖的妈妈》，是一篇深情悼念母亲的优美散文，但不仅如此，作者透过慧眼，刻画出的母亲的形象慈爱而深邃，母亲的遭遇令人痛心而发人深思。作者对旧社会的黑暗作了控诉，对"文革"极"左"时期"恶"的强大、"善"的软弱进行了鞭挞，我读毕心灵受到强烈的震动。类似这样的作品，集子中有不少，如《一条米袋子》《贾英》《檀香树与茉莉花》等都是感人之作。徐靖写着曲折的往事和艰难人生，却着眼于历史进步，常常在于再现生活亮色和表达理想追求，这是一种有责任感和使命感的抒情方式。值得称道。

集子中分量最重篇幅最多的一批散文，写的是一个个她所熟悉或接触过的著名老作家，包括艾青、丁玲、萧军、沙汀、艾芜、秦兆阳、白朗、胡兰畦等。文中有未为人知的属于她的"第一手材料"，也有她的独特感受。从中更可窥见她的工作、性格、是非观和价值观。因此，是有特点、特色之作，有可读性与史料性。其实，这方面她是能写得更多一些的，她做编辑工作时间长，结识作家多，理该多写些才好。

时下，有些散文作品中，理想光芒暗淡，人格力量弱化，不少是风花雪月、猫猫狗狗，吃喝玩乐、琐屑小事，用媚俗的色彩，灰冷的调子装饰卑庸的人生，掩盖或撇开火热的现实。徐靖的作品虽未必有轰动效应，却有高尚的情操和人格的力量，给人以健康的激动和光明的信心。这就可贵。

我前面说读完这本集子后，我对徐靖同志了解得较以前多，较以前深，就是因为读她的作品使我了解了她的过去，她的深层底蕴及她的爱憎。人都生活在世界上，但每个人在大的世界中都各有其自己的小的世界。各人的世界各不相同，这常常就是文学作品丰富多彩各不雷同而又多样化的由来。我走进了徐靖的世界，看到了那一幕幕绚丽多姿的景色，听到了弹奏着时代精神乐曲的音响，领略了她诗情画意的内心，感到高兴，受到鼓舞，所以写下这一些虽零碎却真实的感想，应作者之命，作为本书之序。

（1995 年 7 月 29 日）

# 李秀英不朽

## ——《不屈的女人》序

　　女作家秦忻怡写的纪实文学《不屈的女人》要出版了，她要我为书写序，我觉得义不容辞。

　　抗日战争胜利后，我从大后方回到南京，曾作为记者在南京采访过李秀英大姐。当时，拉贝、马吉等西方人士的日记、书信、记录尚未发现。采访她时，我明确：寻找南京大屠杀的历史见证，是为了捍卫人类的文明和尊严。往事历历，像李秀英大姐这样的人和事，刻在心上是不会被时光冲洗掉的。

　　南京大屠杀是日本侵略军罄竹难书的反人类严重罪行，李秀英是1937年12月南京大屠杀中的幸存者，但她不是一位一般的受害者和幸存者，为了不被侵犯，她被日本兵刺了37刀。她是一位英烈不屈的奇女子；一位我心目中的"圣女"；一位足以代表中华女性为保持优秀民族气节和尊严不惜殉身的女性。

　　她的事迹与情况，女作家秦忻怡在书中已经比较完整、详细地写了，读者当可从中得到解悟。

　　随着岁月的流逝，李秀英年岁越来越大，但她作为日寇南京大屠杀的见证人，每当寒冬十二月里悼念南京大屠杀30余万遇难同胞的时候，她都会和许多幸存者一起到南京大屠杀纪念馆去凭吊并参加活动，人们都对她肃然起敬，红领巾都亲切地叫她李奶奶，听她讲难忘的往事。

可恨的是日本右翼分子至今仍无耻地妄想否定南京大屠杀的罪行，甚至说这一事件是"虚构"的，并对见证者进行诋毁，李秀英对此十分愤怒。从1994年起，为了向侵略者讨回公道，她在中日两国正义人士的支持下，先后以"身体损害"、"名誉损害"为由，将日本右翼作者松村俊夫及日本出版社展转社发行人相泽宏明告上法庭。年复一年，一审二审虽然胜诉，但日本最高法院的终审判决却迟在86岁的李秀英逝世一个多月后（2005年1月20日）才到达。日本最高法院审判长异田二郎等五位法官一致判定：驳回被告人的上诉请求，维持东京高等法院对李秀英的二审判决，上诉费用及申诉费由上告及申诉人承担。

知道了这消息我既激动也悲伤。激动的是，许多年来，这还是诉告日本右翼分子否定南京大屠杀的胜诉第一案！这个案件是承认还是否认南京大屠杀史实的较量，它是在中日两国正义人士努力下取得的胜诉，也是李秀英老人坚定地反击日本右翼分子所取得的胜利。但我悲痛的是李秀英老人没有等到这一天就病故了！我悲伤地想，如果这位爱国而有骨气的李秀英老人生前能看到这判决，一定会西行得更从容坦然。可恨判决来得太迟了！

1937年，"七七"、"八一三"抗日战争开始，12月，侵华日军攻陷南京，万千中国军官、士兵光荣牺牲，日军有计划地展开了兽性大屠杀。在魔爪中的中国人，遭到滥杀、奸淫、劫掠，火光冲天，血浸国土，但手无寸铁的同胞们也拼死作了抗争。李秀英就是可歌可泣的一个！从那时，到2007年12月，整整70年了！在南京大屠杀这一悲惨事件中，日寇的杀戮与中国人的斗争同在，蒙难同胞的死亡屈辱与光荣并存。秦淮泣泪，石城坚矗。历史真相早已大白于天下。如果说，二战中欧洲波兰奥斯维辛集中营的大屠杀已经超越国界和有责任意识的社会，属于世界人民保卫文明与和平的典型事例，那么，1948年的东京国际审判，理应已为南京大屠杀作了正式的结论，绞死了日本侵略军南京大屠杀的主犯——日本华中方面军总司令松井石根等甲级战犯。中国在那时也在南京审判并处决了日本师团长谷寿夫等屠杀南京人民的乙级战犯。震惊世界的南京大屠杀自然也应超越国界和有责任意识的社会，属于世界人民为保卫文明与和平、谴责日本军国主义分子并要日本进行反省的重大事件。

南京大屠杀的见证者、目睹者、幸存者随着年龄老化，逐渐凋零减少，目前听说只有四百左右的人在世，均是80以上高龄的老人。这充分说明做好这些老人的调研工作、经历资料的收集和保护他们的重要。这些年，"侵华日军南京大屠杀遇难同胞纪念馆"一直在做许多汇集史料、开放展览、关心支持幸存者等工作，很有成绩。一批学者和作家，也用笔用脑写作出版了不少有价值的有关南京大屠杀及其中人物的书籍。他们防止这段历史的湮没和遗忘，值得钦敬。

中国的传统文化使中国人不愿做报复主义者，但中国人懂得：只有富强才能保卫自己不再受人侵略屠杀。中国正在和平发展，希望国内和谐，也希望世界和谐。日本同中国及亚洲各国关系中的历史问题是不可能逾越的。中国政府坚定奉行与邻为善、以邻为伴的周边外交方针。日本只有在历史问题上用行动表明有真诚正确的认识，在中日建交三个政治文件的原则基础上，中日关系才能"以史为鉴，面向未来"，取得双赢。

秦忻怡写这本书，是做了一件有意义的工作。在南京大屠杀中，李秀英老人的亲身传奇经历，是一个典型的例子。秦忻怡在李秀英老人活着的时候，花费了大量时间和精力，一次再次从山东到南京实地采访，得到有关部门的帮忙和支持，与李秀英一家做了朋友，收集记录了宝贵真实的资料，使之不至于消失，孜孜写出了这本有价值的李秀英传记。这不仅仅是写出了一位"圣女"的传记，也是通过写她，捍卫历史的尊严，呼唤人类的良知，教育后代。使读者（尤其是青少年）深刻了解并铭记中华民族那一段沉痛的历史，并从李秀英老人的经历中，学习她的优秀品质，由此产生崇敬、难忘与悼念她的情感。

这是一本值得珍视的传记，一本值得一读的好书。

李秀英不朽！我也向辛劳写成本书的女作家秦忻怡表示敬意！

# 表深情感触　写诗性人生①

——给《岁月诗痕》作者龚炤祥兄的信

炤祥同志：

您好！

感谢让我读了您的部分诗词，总体感觉很好。我喜爱诗词，但不擅此道。所以只能简单写点读后感用以回报。

诗词之可爱，使它成为人们可以共享与吟诵的空间。您从政多年，业余有此爱好而无意中在走诗人之路。在冗重繁忙之余，您默然觅求着抒发思绪陶冶心灵，用雅致晓畅、清奇凝练的诗词，不带任何功利性，只是有所感触与感悟企望表达；或以诗词言志，生存在社会现实之中，您的情感与大众相通，呼吸与时代历史相连，即兴命笔。诗词数量并不算多，却也不少。您的诗词当然是写您自己，或写您自己的看法与想法，但却能使读者引起某种感情回忆，或某种感慨与审美意趣，这该是感染人引起人共鸣或回味的诗词艺术魅力造成的吧!？

我第一首读到的大作，是您1999年5月填的下面这首词：

---

① 此信承蒙龚炤祥兄作为附件，放入他新出版的大作《岁月诗痕》。

伴春秋几多风雨，韶华岁月飞去。区区功过谁明晓，甘苦自知无数。暮色住，人彻悟，回眸笑望丹心路。何消再语？看花落庭前，桃繁松寂，一地鸡毛絮。自清傲，莫怨佳期总误。　　从来木秀风妒。常吟绝妙流杯赋，胜过万言千诉。长袖舞，又何许？青烟一缕化灰土。兑勾心苦！任歌卷半帘，南腔北韵，月洒孤芳处！

记得当时与词同时收到的有您录制的《南腔北调》戏曲唱碟。放听碟子后，首先感到您的多才多艺，接着读词，感到这首词既脱俗又有才华。这次再读，看了您加注的题解："1999 年 4 月，中共中央总书记江泽民在川听取省委书记谢世杰汇报后，在讲话中曾吟诵辛弃疾词《摸鱼儿》，要求干部既应积极进取，又应看破看透。作者闻之有感，特步辛词之韵而填此词。"更有一种独特的感触，觉得词的内涵丰富广阔，心事浩茫，含而微露，表达得恰如其分。您意在言外，使我心头漾出一种可以言述而又难以言述的叹息与禅意，感受到词里有喧闹中的寂寞。您心头奔放的激情与平中见奇的心境，使我气韵旋折。何况"题解"又等于叙述了一个背景故事，值得咀嚼、回味与思索。

您 1962 年 7 月填的词《沁园春·观潮抒怀》，给我的印象是大气盎然，辞藻奇伟瑰丽，大海有形，心潮与海潮激荡碰撞，胸有豪放之气，思绪辽远。与这类似的是 1969 年 6 月您填的《永遇乐·三峡放咏》。"文革"初，您遭受冲击，直到 1969 年初夏才能买棹返沪探母。三峡途中填了这首词，发自胸臆。经历了那场浩劫，有愤懑与压抑的发泄，更有慷慨豪迈的心态，写了三峡之美，写了山水间"浩浩长河，绵绵秀景"引发出心中的激越，下阕中有"千年回望，一江淘去，多少恶凶尽杳。从来事，沉渣易起，英雄后笑"。真是淋漓痛快、神采飞扬，而又能让人思索回味。

我发现您是常有幽默、风趣感的。1960 年的《浪淘沙·食堂就餐记》和1968年的《浪淘沙·游街敲锣记》就有痛苦中的苦恼人的幽默。1992年填的《西江月·会见日本首相宫泽记事》简洁、明快、风趣，是严肃中的轻松。2004年的打油诗《转职广而告之》则是离职后无官一身轻坦然面对的自娱自乐了。读后令人能有会心的一笑。

在旧体诗词中，一首诗中有无好的诗句，是决定这首诗词成败的关键。一个好的形象或一种好的意境，一个好的比喻或是好的叙述，再或一个好的典故或一个精彩的警句，都可以成为一个"诗眼"使整首诗词鲜活而有生命。您的七律《黄山松》《游庐山》《答钱来忠赠诗》及两首"藏头诗"《赠梅葆玖》《赠樊建川》都有可圈可点之处，或有鲜活的诗意或有美的追求，或有对文化人物的赞扬，就不多赘。

文如其人，诗词也如其人。阁下的诗词实际已写活了自己。您的思想境界、真诚个性、灵动智慧及为人（2003年填的词《浪淘沙·曹杨中学五十周年校庆》看得出您是极重感情的人），都通过这些诗词可以看清三五，大致不差。而这些也使您的诗词值得阅读、欣赏。

中国的传统诗词历史已有数千年。古人依据中国文字语言特点长期实践逐渐发展、定型下来。在诗坛上，新诗、旧诗有争议，现代人应用诗词格律如何才对才好也有争议。旧体诗写作的多样化（如臧克家同志所说的"传统派"、"改革派"与"新古体"并举）也有不同意见。其实，形式只是一种表达。无论新诗、旧体，旧体中也无论墨守成规或有改动，主要应看那诗有无诗意，有无诗情。首先要有诗意诗情，然后用了适合形式表达而得到读者喜爱认可的就是好诗。至于词，《中华词律辞典》共收录词牌词调2566个，文体4186个。包括了后人愿意仿效的优秀自度曲（它也就成了新的词牌）。《文心雕龙·通变》的赞诗云："定律运用，日新其业。变则其久，通则不乏。趋时必果，乘机无法。望今制奇，参古定法。"我看很有道理。随着文明的进步，音韵也在不断发展变化，主张改革诗韵并进行实践的人也不少。我不太泥古，但也不薄古，主张的是"继承：发展两争优"。炤祥同志既讲究诗词之音韵平仄，也自谦地写点打油诗即兴抒情，以景托志或者缅怀留痕。我认为"作诗修心情有致，填词养性趣无穷"，人生如此，实在快乐！

《岁月诗痕》行将出版，我在此表示祝贺，希望以后还有佳作，并祝我们的友谊长在。

紧紧握手！

王火

2007 年 3 月 10 日

# 研究并写出苏州

## ——《姑苏札记》序

我在长篇小说《战争和人》三部曲的第一部《月落乌蹄霜满天》的"后记"中有这样一段话：

> 1980 年，为重写做准备，我特地到南京、苏州等地跑了一圈。我的一个学生崔晋余是位"苏州通"，陪我漫游苏州。我们去了枫桥镇和寒山寺，面对着那潺潺的古运河，我们谈了张继的《枫桥夜泊》，听着钟声，看着河水静静流淌，想着历史的演变，人事的沧桑……诗的意境，诗的感情盎然降临，过去、现在与未来都逗起我的遐想，心扉开了！灵魂震惊！我情不自禁了！回去就开始动笔……

我写这段话不是偶然的。因为晋余是我的一个好学生，也是我的一位知心朋友。多少年来，我们虽远隔吴、蜀两地，却从未断了联系。那次我为创作《战争和人》到苏州，与他同游寒山寺，留下了深刻的印象。近年，我知道他在苏州民族建筑学会任秘书长，常看到他写有关苏州的文字。

1999 年，他还寄过由他任执行主编出版的《苏州古亭》《苏州古桥》《苏州古盘门》《苏州古塔》等书给我。这些书是"苏州民族建筑知识丛书"中的几本，陆续由上海文化出版社出版。书不但出得精美，而且文化分量很高，富有阅读、保存价值。见到他在这方面不断有成就，我是十分高兴的。

我是江苏人，童年、青年、中年到老年，都不止一次到过苏州，母亲去世后也安葬在苏州凤凰山，所以对苏州有一种特殊的感情。现在虽落户成都，春晨夏夕，夜雨秋灯……总会想起苏州。旧时的苏州和改革开放后的苏州都常常在我眼前浮现。见到晋余长期在苏州生活，将闻名中外的苏州作为一个"富矿"，发掘开采，以生花之笔穷微极隐，为苏州添色加彩，并与一些志同道合者就苏州的园林、旅游及古建筑等作出专门而广泛的研究，我极为赞赏。

如今，生活节奏快，大家都忙，我养成了一个爱看短小精悍的美文的习惯。晋余用他的敏锐感受来体验精美绝伦的苏州，这本《姑苏札记》，分为"风景园林篇""花卉盆景篇""文史风物篇""名人趣闻篇"。一篇篇玲珑剔透的小品，可谓珠玑盈车，风格自由而轻松，既有可读性，也有知识性，都言之有物，颇堪玩味，给人以启迪。他写作态度真诚，下笔无拘无束，文体、格调不强求一律，常在朴实中见灵巧，在平凡中见新奇。读他这些文字，既使我觉得有他对苏州的深情眷恋，也使我有一种当年坐着马车从阊门到虎丘嗅着绣球花香气听着"嘚嘚"的蹄声浏览苏州的意境。在我想念苏州和江南的时候，像《姑苏札记》中这些篇章，会把苏州的今昔之感、园林丘壑、古木奇石、亭桥水榭、恬静的小巷、深深的庭院召唤到我面前，引起我无限的怀念。这正是我喜爱和珍惜的。

苏州的名声越来越好，建设越来越好，国内外游客越来越多。研究苏州并且写出苏州，早已成为一门"苏州学"，有了许多专家。各种如实考据并反映苏州的书都会有生命力的。《姑苏札记》也不例外。我高兴这一点，是为序。

# "耕园"主人童戈

## ——散文集《怀念微笑》序

认识童戈（童臣贤）同志三四年了！他给我很好的印象：热诚、干练、健康、常带笑容，见多识广但不逞能；经历丰富、富有文才却不炫耀。

我知道他是一个有荣誉感、有事业心的"老公安"，担任全国公安报年会理事会秘书长，又是四川广元市公安局党委成员，他主办过在公安系统颇有影响的《广元公安报》，如今是广元市作协副主席兼《广元文学》的执行主编。广元的自然风光幽险雄奇、人文底蕴博大精深、名胜古迹星罗棋布，是藏龙卧虎之地，有一批颇有成果和后劲的作家。童戈做了许多具体出色的文学组织工作：建立基层组织、举办笔会与评奖……从策划、安排到接待，不断泡在各种活动中，不断为外地来游广元的作家们做"导游"，看到他忙忙碌碌而又精神饱满，我为广元作协有这样一位不知疲倦的为作家服务的能人高兴。

童戈说自己是一个"爱舞文弄墨"的人，又说"藏书、读书、爱书、写书，一直是我生活的主旋律"，这是确实的。我读过他写的散文《今夜无法入眠》，颇受感动。才知道十几年前，当他住的地方狭隘得无法安排一个书房时，他工作之余每天晚上都骑上自行车到离家四里地的办公室去独自读书、写作，总要到夜里十一二点才再骑车回家休息，就这样坚持了十余个春秋，直到后来住处面积扩大，有了一间属于自己的书斋，他才改变这种为了读书写作夜间骑车来回的状况。最初，公安部老部长、书法家赵苍壁早年曾为他的书斋题写了"耕园"二字，可是居处太小，又无书房，这"耕园"二字一直无处张挂，只得静悄悄地躺在他办公室的文件柜里，直到迁去新居，"耕园"二字"才裱了高挂到了新书房的门楣上"，"在家中成了一道美丽的风景"。童戈藏书有六千册之多，这数量足以说明他的爱书，也使我吃惊，热爱读书、写作，使我与他交谈时能有共同语言，所以，我非常喜欢他这个人，很欣赏他的"耕园"故事。

这几年，我有时能在《人民日报》和《四川文学》《天津文学》《四川日报》等报刊上读到他的作品，但总觉得他太忙，不可能有时间写作。现在，看到这本《怀念微笑》，就发现他其实是见缝插针挤出空来抓紧时间和机会细水长流般地不断写作的。做到这一点极不容易，因为这既说明了他对文学的热爱，也说明了他不怕艰苦的勤奋与干劲。

集子中有一篇散文就叫《怀念微笑》，读了这篇散文，在我眼前仿佛揭晓了一个谜底，我了解到童戈有一个幸福美满的家庭。他对自己的妻子怀着深深的爱情与感激之情。文中有他的感悟，文风朴实平淡，其实却是作者发自内心的深情之作，读时可以体会出这种味道来。我感动的是，如果他没有这样一个和美融洽的家庭，没有这样一位贤内助，他就不会脸上常有笑容，他就不会做那么多工作，他就不会那么不怕疲劳，他也不会不断地写出作品来。

这本散文随笔集大致反映了童戈的生活面。有一部分是写人物的，如《春风吹拂剑门关》《陪邓华将军下乡》《独臂将军在苍溪》等，都极动人。有一部分是回忆往事的，例如《一把香木梳子》《童年买书的记忆》等文，都饱含人情、韵味浓郁。有一部分是写广元包括川陕邻近的绮丽风光和一些名胜古迹、人文景观、风情民俗的，如《春季到苍溪去看花》《在望红台上》《鼓城山——七里峡记游》等。这一部分连同童戈在国内游历过许多地点所写出的《站在卢沟桥上》《听纳西古乐》《走进岳麓书院》《登长城》《享受羌寨美味》《在咸亨酒店喝酒》《在三峡大坝上》等篇章，都属于游记性质，有采风所得的兴奋，有异彩纷呈的审美旨趣。童戈又访问过不少国家，远的如欧洲的法国、比利时、奥地利，邻国如俄罗斯，东南亚有新加坡、马来西亚、泰国，所以就有了一连串的访欧散记、东南亚漫笔和俄罗斯纪事……

总的印象是：这本集子中的选文有几个特点：一是作家富于爱国心、正义感，注意思想性和高格调；二是题材多彩多姿，不单调；三是文章短小，无论散文、随笔，都不冗长，没有什么空话和繁文褥节，有一种精小灵巧之美；四是作者有些篇章写得真诚，看到和感受到的美丽吐露在纸上能引起读者心灵上的共鸣。工作这么繁重的一位作家，写出这么一本集子来，比专职的作家应是困难得多的！

童戈老友要我谈些写散文的体会，我想：写散文、随笔，也容易，也难。这是写作者人所共知的道理。我也爱写点散文、随笔，却至今仍难以写得多数像样或被人欣赏。例如粗、浅、嫩、旧等问题，常难解决。如何把粗糙与粗略变得精雕细刻与自然流淌，通过"精耕细作"和讲究遣字炼句，使之更加精美；如何把写得肤浅变为内容扎实深刻、有所发现、更富意趣；如何把稚嫩改为老辣、犀利而不平庸；如何把旧的、老一套的形式和内容变为新颖的、富含独特与独创的、不同凡响的篇章；如何使散文与随笔的情与美写得脱俗、激动人心、为人欣赏而又与众不同……都要通过阅读、学习、磨炼、思索与创作实践，像爬高山似的去得到进步。前些天，我偶然又重读欧阳修的《秋声赋》，就又有启发，感到文字不多、篇幅不长，却把一个秋天秋夜写得有声、有色、有状、有音、有气、有意，甚至有容、有味，但这些虚无却又实在的东西，有的是可视、可见、可听到的，有的则仅仅是一种感受和感觉。而感觉和感受人人有所不同，你感觉到的我未必有同感。感觉又每每分为听觉、意觉、视觉、味觉、思觉、体觉（体感、心感……），文字本来是大有局限性的，比如绘声绘色，文字用来绘声就不如音乐曲调生动真切给人那种用音感达到的感受程度；比如文字用来绘色，也达不到美术绘画给人用眼睛可以获得的刺激和感知……用文字来表达音乐和美术所表达及抒发的情和美、乐与悲、善和恶……种种领域的空间很大，在表达上也有很多探索和开拓的可能与方式。而例如宋朝时的欧阳修所作的《秋声赋》却早就创造性地写出如此精彩绝妙形容秋声和秋天的散文来，实在令人佩服，使我每一次重读都能有所得益。自然，道理有点懂了，并非就能写得好了！关键还在于不断在体味复杂的生活中去读、去创造、去想与去写，去磨炼。

写写就把话扯远了！快拉回来！童戈同志书斋"耕园"这个名字起得真好！作家都该有自己的一块园地，更该出力在自己的园里耕作。童戈的"耕园"故事，使我仿佛能看到在一个幸福的家园里，这位"耕园"主人—— 一位力耕者，在深夜静静地独坐灯前，用笔作犁，在格子纸上不懈地耕作！……

他是有生活源泉和生活积累的人。那么，春天播种，秋天总会有丰收的！

（2004 年 11 月于成都）

# 倾听黄钟大吕之诗音

## ——塞风诗集《母亲河》序

　　近几年来，读过老诗人塞风（李根红）同志三本诗集：《弯路上的小花》《塞风抒情诗选》《根叶之恋》（与李枫合著），我都很喜欢。

　　去年，读到他与李枫同志合著的《根叶之恋》时，我曾想写一封长信给这对恩爱不渝的夫妇，表达我的敬意与激动的感受；又想写一篇评介，题为《这是真正的爱情诗》作为推荐。但因为忙，耽搁下来了！我不擅写诗，只是由于过去长期从事编辑出版工作，终审签发过不少诗稿，养成了喜读一点诗的习惯与爱好。如今，塞风的《母亲河》诗集放在我的面前，我开灯夜读，忽然像喝了一壶酒，读得浑身火热。我爱洗星海的《黄河大合唱》，那是不朽之作。每当听到录音机或电视中传来《黄河大合唱》的旋律时，总是热血沸腾。而此刻读塞风的《母亲河》时，有同样的发现。我好像看见了汹涌澎湃九曲连环的古老黄河在咆哮奔腾；好像看到了这条母亲河上的纤夫、船工在吟诉沉重的传说；仿佛看到了黄河岸中原土地上的青纱帐和人民的喜怒哀乐……塞风高大刚毅的身影呈现在我眼前。他正站在黄河岸边仰对云天，披着霞光，思念着他的家乡与逝去了的父母，像一个行吟诗人高唱着乡情和人生的豪迈之歌。

我是带着感情作为一个爱诗者写这篇小序的。当然，这仅仅只是一个老编辑对《母亲河》的读后杂感，而不是诗人或诗歌评论家的评述，更非全面论诗之作。我感到一种歉意，他的诗写得这样的好，当我在担任一个文艺出版社的总编辑时，为什么竟没有为他出一本《母亲河》这样的诗集！

诗言志，了解塞风的诗，应了解塞风的人。

塞风1921年3月生于河南灵宝沙坡村。上初中时，就和同学合办《豫西儿童报》，以歌谣形式揭露旧社会的黑暗。1940年秋，投奔延安追求真理，在陕北公学学习期间深受萧军的影响，受过艰苦生活的磨炼，写过一些有性格的诗歌。1943年他就参加了春草诗社。1945年出版长诗集《天外，还有天》，并在上海《时代日报》副刊《星空》（主编林淡秋）发表长诗《黄泛行》。1946年9月，在武汉协助邵荃麟编辑出版《文艺学习》月刊，并以诗人的愤怒激情写出《军阀统治下的河南》等通讯特写，发表于上海地下刊物《群众》上。同年冬赴胶东，编辑《胶东文艺》。1948年秋济南解放后，曾负责编辑《山东青年报》。次年，调山东省文联，编辑《山东文艺》。1951年调河南省文联，任驻会常委，开始从事专业创作，写小说，也写诗。……1957年的密云骤风期中，他不幸蒙受不应有的冤屈，以后被迫停笔二十余年。可是，如他在短诗《赠诗神》中写的那样：

你曾接受过我一个诗句：
黄河、长江
是我两行混浊的眼泪……
正因为如此
当我重新走到阳光下
第一个拥抱的就是你

这些年来，塞风发表了许多诗作，取得了可喜的成就。从我的感觉来说，特别值得珍视的是他的童心和爱心长存，火辣辣的热情依旧，对真理的信念毫未动摇，刚烈与柔情交融心田，积极与乐观汇聚一身。他的经历不平凡，有遍体荣光、壮怀激烈；也有崎岖坎坷、荆棘满身。有过大欢乐，更有大悲伤。但，不是经过九蒸九晒的中原汉子，不是有过他这种阅历与人生体验的山东诗人，是写不出他这种诗的。他对于诗，是那样的执着与投入，他是王粲说的那种"人生各有志，终不为此移"的诗人。

诗才并非与诗人的人格无关的本身可以独立的东西。塞风这本诗集有其风格。风格的形成，来自诗人的修养、独特的个性及熟练的技巧。读塞风的诗，在形象、语言、技巧之上的，是风骨气韵。他独抒性灵，诗里流闪清新的光彩，不拘格套，似非从自己胸臆流出不肯下笔。清人叶燮论诗颇有见地，说："诗之基，其人之胸襟是也。有胸襟，然后能载其性情、智慧、聪明、才辨以出，随遇发生，随生即盛。"（《原诗·内篇》）诗是人之性灵所寄，如果其感不深则情不深，情不深就无以使人惊心动魄。塞风不肯忘情于滔滔黄河及莽莽中原，情感丰富真实，所以诗是多情的，多情遂能拨动人的心弦，敲击人的心灵。他说："诗，太阳般的尊严，因此，对诗的亵渎，是一种罪过。我常常扪心自问。……"（《黄河奏鸣曲》）他说："我不喜欢/不喜欢轻飘飘的诗句。"（《爱的沉淀》）他的诗确实时而汪洋辟阖，时而变幻超恣，气势磅礴，雄浑悲壮，有金石宫商之声，实乃黄钟大吕之音，构思和境界也非一般。

曾读《随园诗话》，很欣赏袁枚的一段话："诗宜朴不宜巧，然必须大巧之朴；诗宜淡不宜浓，然必须浓后之淡。"塞风的《乡情》《父亲》等诗，都有"大巧之朴"、"浓后之淡"。黄河与黄土地写的人何止百千，但塞风在生活中发现美，并用诗的语言来创造美，诗咏出了新意，对生活有新的发现。像《破冰断想》《黄泛行》等就是如此。于是，诵读之后，不乏新奇恢宏之感，常见古直劲健而又悲凉豪放之句。

评论塞风诗作的文章，有的说他"求浓缩、寓深情，力避空泛和冗长"，有的说他"粗放豪迈"、"亲切细腻"，有的说他"朴素自然"、"豪情如火，刚气如虹"，有的认为"充满着对祖国、人民、事业、信仰的无限热爱"，"给人们带来爱和希望"，"含有极其深刻的哲理内容"。这些我都同意。但我特别强调提出塞风的诗是"黄钟大吕之诗音"，绝非置诗歌本身的艺术规律和审美要求于不顾。事实上，诗要求运用形象思维，要求有构思、有意境，能引起丰富的联想，要含蓄……这些特点，作为老诗人，塞风都不但注意且在不断求索。我只是想特别强调我读《母亲河》的直感就仿佛是听到了黄钟大吕之诗音，感到他笔走龙蛇，似地火运行，深邃而强烈。

婉约、典雅、飘逸、绮丽的诗我也喜爱。朦胧的好诗是诗，怪诞的好诗也是诗。新潮旧汐、前浪后浪加在一起构成丰富多彩的诗海。但靡靡之音的诗是不值得赞誉或提倡的。黄钟不能毁弃，瓦釜容不得它雷鸣。这是我读《母亲河》被其诗音所震动且感到喜悦的主要原因。黄钟大吕的诗音，是中华民族凝聚力和祖国繁荣进步之所需，是我们精神世界升华之所需，能感悟、唤醒人心，能燃起人们美好的向往。人无完人，总不难找出大大小小的缺点；诗无完诗，老诗人也绝不可能句句好诗无懈可击。但《母亲河》里的诗，总体上都是"高骨凌霜，高风跨俗"之强音。这是同混沌沌、软绵绵、甜腻腻的诗作迥然有别的作品。

抗日战争时期，我曾第一次走过中原大地沿着黄河去大后方。50年代，我又数次走过中原沿黄河去向西北，那感受至今新鲜。塞风说："黄河代表着民族的气质。是它孕育了我的生命，给了我特殊的生活磨练，我完全能听得懂它的高亢而不屈的心声，因此我终生为之歌唱是义不容辞的。"（《黄河奏鸣曲》）记不得谁说过的："为人不可以有我，作诗不可以无我。"塞风说："我属于黄河，黄河就是我的诗源。"写这本诗集，他像是在开掘一个富矿，从容而丰产。

他的诗点燃了我的记忆之灯。那时，经过黄河边时，我脚下踩着坚实黄土地，仿佛觉得自己是沿着祖先所留下的足迹在走，心头涌出一种无法形容和表达的渴望与向往。这种渴望与向往，如今虽因年代不同而有异，但塞风的诗却使我感到自己又站在黄河边在静静倾听了！我被他的黄钟大吕的诗音引入往昔的回忆，引出今日的沉思，又被引进未来的展望。

于是，两鬓如霜的我，说不清什么原因，我的心跳加速了！我的眼眶湿润了！

这也许就是好的诗歌的力量吧！

（1994 年 1 月 6 日于成都）

# 一部出真情的书

## ——王智量教授长篇小说《饥饿的山村》代序

智量是位名教授，又是位著名的外国文学评论家和翻译家。用他自己谦逊的话来说："我根本不是个什么小说家。"但他的现实主义的小说《饥饿的山村》，却是本很有特色的长篇佳作。

小说以三年"困难时期"为背景，以贫穷的山村李家沟为舞台，写了一个青年知识分子王良在天灾人祸中含冤错划为"右"派被下放到那里后所发生的故事。小说的主题正如书名所昭示的是"饥饿"。小说从社会的经济基础出发，描述了那一特殊时期人们缺粮的饥饿之外，还有人格和尊严的饥饿，精神和文化上的饥饿以及情感和性爱上的饥饿，书的分量就沉重了！

真实，是这部作品的生命，既无隐讳和虚伪，也无胡编乱造和添油加酱。因此，它才给人如入其境之感，具有震撼人的灵魂的力量。像我这样年岁的人，是经历过并且十分熟悉50年代末60年代初那段时日的。那是一个特殊的难忘的时期，由于缺乏建设经验，由于浮夸风，由于左的错，也由于当时苏联领导人的错误影响，以及某些农村干部素质不好，天灾人祸交杂，国家和人民面临巨大困难。写那个时期那几年，写那时一些人物在农村的遭遇，该不该写？值不值得写？这点智量出自于他对祖国对人民的爱，有胆有识地掌握得比较恰当，他用自己的独特生活、独特体会，怀着满腔赤诚写这部长篇，不是纯粹为了暴露，不是消极谴责。这是一部风格冷峻悲怆却又热血澎湃、真实而给人希望的作品。虽然，在饥饿的年代，小山村以外的天地展开得少了些，不然，将使这部小说更为壮观。

我喜欢小说中作者所倾注的对农村劳动人民所具有的那些善良美德的感激之情；我喜欢书中在塑造主人公王良时对他所作的无情而坦率的解剖；我喜欢书中那位新中国成立前就参加了革命的党员李江玉能说真话为群众鼓与呼的勇气与真诚；我喜欢作者在小说中明确表达出的那种思想——人即使在坎坷的苦难中，仍需要保持着真、善、美的情感和行动；我甚至也喜欢作者刻画的两个女性形象：秋眉和李七姑。这两个女性不过是农村两个可怜的小人物，但由于有血有肉，读后就有印象，这是作者刻画人物能触及皮肉、深入灵魂的功力所在。

《饥饿的山村》是一部说真话的书，一部填补了新时期文学创作中对50年代末60年代初饥饿年代空白的小说，一部饱含感情来看祖国，寄托着希望，对现在和将来都有认识作用和启示作用的书。

（1995年6月4日）

# 为不朽的拉贝树碑立传

## ——黄慧英《拉贝传》序

昨夜，我做了一个梦，一个恐怖的梦。梦见我又回到龙盘虎踞的古城南京了！仿佛身陷 1937 年 12 月的南京保卫战和南京大屠杀中，火光血海，尸体遍地……然后，又梦到了审判侵华日军第六师团长谷寿夫；在中华门外，看着挖掘骸骼累累的万人坑……醒来后，梦境依稀，心跳剧烈，情绪悒郁，久久难以舒缓。

这种梦，以前并不少做，但自从答应为本书作序以后，我仔细读了全书，深受感动，以致昨天读到最后两章时竟潸然流泪，夜间就做噩梦了！

我对南京有着特殊的感情。我深爱南京，因为我从六岁随父亲到南京居住，在南京上小学，1937 年抗战爆发时我是初中一年级的学生，对南京我相当熟悉。"八一三"淞沪抗战爆发，"八一五"日寇开始猛烈轰炸南京，我曾亲身经历……抗战胜利后，从 1946 年开始，我在南京采访过南京大屠杀的一些幸存者和一些屠杀现场，也参加旁听过审判日本战犯，我可以从一个记者采访的角度见证南京大屠杀。

读这本拉贝先生的传记，使我震憾和心潮澎湃。我先后给不少书写过序，但唯有为写序读这本书时使我落泪并做噩梦。

当年我采访南京大屠杀时，就知道城陷前后一些国际人士成立"难民区"保护百姓的事，也听说有德国人在内做了好事，后来陆续知道一些情况（例如访问幸存者李秀英大姐时她就说起难民区和鼓楼医院的外国医生等），但限于主客观条件，未去深入发掘。近许多年来，许多学者、作家在这方面做了有益的工作，他们的成绩是应当赞赏的。

本书作者为毕业于南大历史系的黄慧英女士，为写这本书，断断续续做了十几年的研究工作。她不但研究了拉贝的一生，研究了拉贝日记，同时研究了南京保卫战和南京大屠杀，研究了当时与国际安全区有关的一切，还研究了包括淞沪抗战史及有关的一切。她寻觅、阅读、考证了大量资料、档案及书籍，寻找旧时南京的地图、地址，从德国大使馆、金陵大学……到安全区里的街道……直到发现拉贝故居。甚至与拉贝在德国的亲属交往切磋。她对拉贝的身份与他的行为的矛盾性也做了研究和分析，忠于史实和事实，有根有据，花了三年完成了这部 27 万字的书稿。我认为她的治学、写作态度严谨、认真，难能可贵，令人起敬。文笔也是非常流畅达意而且富于感情的。

惨绝人寰的南京大屠杀自从东京审判之后，本已是世界公认的历史事实与滔天罪行了！许多年来，尽管日本右翼分子一味想否定这场大屠杀，但不断涌现的铁证越来越多。1996 年 12 月 2100 多页关于南京大屠杀的拉贝日记得到了公开，又是一个重大铁证，引起了全世界轰动。德国人拉贝先生抗战初 1937 年 12 月间南京陷落前后，他身任南京安全区主席，是南京大屠杀的权威见证人。在南京大屠杀中，他和其他十多位外国朋友拯救、保卫了 25 万中国难民的生命。他英勇地用他特有的身份捍卫了人类的尊严和良知，在同人中功劳应当说是第一位的。拉贝为德国西门子公司在中国工作三十年，有难以割舍的中国情结。他那种在危难之际、跨越国界、满腔热忱、舍生忘死、毫不利己专门利人的作为是令人难忘的。他的曲折坎坷令人悲恸的传奇人生也是令人难忘的。我读这本书时，曾经不由自主地想到过斯皮尔伯格导演的影片——曾获第 66 届奥斯卡金像奖最佳影片的《辛德勒的名单》。那使我感动过：二战时，到波兰科拉科的德国商人辛德勒，以商人和纳粹党员的特殊身份，用金钱救出了 1100 条犹太人生命的故事令人钦叹。当看到影片中战争结束，辛德勒因破产离开科拉科时，犹太人互相拔下嘴里的金牙铸成一枚金戒指送他。这是他们对辛德勒救命之恩的一点心意。而当辛德勒死后，在耶路撒冷天堂山的辛德勒墓地，当年的幸存者们带着自己的子孙，用他们的独特的方式深情悼念着辛德勒。我曾经泪湿眼眶。

辛德勒和拉贝都同样伟大。辛德勒了不起，但拉贝更了不起。不仅因为拉贝救卫的人数之多大大超过辛德勒，更在于拉贝当时在南京大屠杀中的处境在野蛮日军的枪口和刺刀下更险恶，尤其因为拉贝无私的人道主义及主持正义的英雄行为使他回国后遭到盖世太保逮捕，并一直沦入十分杌陧不幸的境地。他成了一个悲剧人物！欣慰的是，在他最阴暗悲苦的日子里，被他救护过的南京人民怀着敬意和感恩怀德的情感，给过他温暖的回报。虽然邀请他到中国居住未能实现，1950 年拉贝病故。但 1997 年初，拉贝先生的外孙女莱茵哈特夫人终于将拉贝先生的墓碑捐赠给"侵华日军南京大屠杀遇难同胞遇难同胞纪念馆"，这代表着拉贝先生的英魂回到了热爱他的中国人的身边！

拉贝的故居得到了保存！"侵华日军南京大屠杀遇难同胞纪念馆"里，有"拉贝史料馆"，挂着拉贝的大幅画像供人凭吊！这本《拉贝传》的出版及再版，更是一件非常有意义非常有价值的事。无论中外，都讲究为值得纪念的人物树碑立传。拉贝先生，我们是应当为他立传以志不忘的。黄慧英女士花了多年的时间和精力，用她的才智写了这本《拉贝传》，是填补了一个空白。前年夏天，纪念抗日战争胜利 60 周年，四川省委老干部局在 6 月 14 日邀我到峨眉山为离退休的厅局级以上干部讲我所了解的南京大屠杀，我讲到了安全区和拉贝日记，可惜那时不知道《拉贝传》，不然，我可能会讲得内容丰富些。我认为黄慧英的贡献是很大的。这本《拉贝传》是一本非常好的书；也是一本写得很出色的书；是一本用事实说话的书；一本有史料价值的书；一本有生命力不会过时的书！

我年岁大了，但仍愿意写这个序是因为这本书有价值、有意义。今年又是"七七"、"八一三"抗战爆发70周年和南京大屠杀70周年。国际媒体报道：今年日本右翼分子要拍摄一部所谓《南京真相》的电影片，预定12月在日本上映。事实是客观存在，历史是无法抹去的！此刻，我愿意为本书作宣传，我希望尽量多的中国人都应该读一读这本书。这本书的意义，不仅可以使你进一步了解南京大屠杀，从拉贝先生和当时的国际安全区的角度来了解南京大屠杀，同时，更使我们感染到正义、真理、道德、良知、仁爱、善行的可爱与可敬！懂得人是怎样可以通过义举变得伟大、神圣而且英勇的！什么叫作对人类做出贡献？人的名字怎样会被大写载入史册。那么，使人尊敬和怀念的拉贝先生，用他的行动达到了不朽，为我们做出了一个范例！

（2007年3月16日于四川成都）

466

# 燧火闪光，前锋流韵

## ——李友欣《履冰文存》序

1942 年，是抗日战争最艰苦的年代，也是河南人民苦难最深重的年代。陇海路黄河对面已被日本侵略军占领，中原半壁河山大旱惨烈，赤地千里，飞蝗肆虐，颗粒无收。汤恩伯驻军仍在征兵征粮，敲骨吸髓，灾民流离逃亡，饿死的传说达三百万人。那年 8 月我从界首步行经漯河、临汝去洛阳，沿途亲眼见到灾区宛如人间地狱，逃荒讨饭的同胞都在卖儿鬻女，有的地方还出现了人吃人的情景。印象之深刻，至今难忘。从那，对河南的人和事却产生了一种特有的感情。

就在这年，豫西南出版了一张民营的进步报纸——《前锋报》，站在人民立场，为人民说话。这张报纸积极报道灾情，疾呼救灾，为水深火热中的百姓请命，还提出了生产自救、平抑粮价、惩治贪污等许多措施和建议。报纸影响很大，在整个抗战时期，它反对内战、反对独裁，赞成联合政府，发行量经常达万份左右。当时，被称为"中原文化拓荒者"的作家李蕤同志，1943 年开始以《前锋报》特派员身份撰写精彩的灾区通讯十余篇在《前锋报》连载，深受河南及大后方关注。据李蕤年谱载：

1944年，李蕤继续在《前锋报》任主笔……编辑部同仁前后有张林翰、王峻远、李友欣、钱继扬、黄黎夫等。是年，《前锋报》副刊改名为《燧火》，李蕤任副刊主编。

　　这里"编辑部同仁"中的李友欣，笔名就是"履冰"，他那有着泥土清香的进步思想的处女作小说《瓜田里》，最初就是发表在《前锋报》副刊《燧火》上的。

　　但据友欣兄自己的回忆，"年谱"的记载是有误的，他说他和王峻远并不属于《前锋报》的工作人员，他当时只是作为一个作者，经常给《前锋报》写稿，通过投稿与李蕤建立了密切的联系。

　　《燧火》副刊的刊名由来，是"希望它能够如燧石敲出的火光一样"，"得到光……得到热，燃起各处的燧火"。叶圣陶、茅盾、叶以群、田仲济、冯沅君、臧克家、姚雪垠、碧野、塞风、苏金伞等都在这副刊上发表过文章。

　　后来，李友欣（履冰）同志离开豫皖苏解放区，到达南京，在《新华日报》工作，后随刘邓大军入川。新中国成立后，在文艺界和文学界工作，时代变了，但他当年在《前锋报》写作的精神及在《燧火》上发表作品的锐气依然保持，一以贯之。

　　我来四川工作是在1983年，与友欣兄有机会相识。我们恰巧同年，由于他是河南人，谈起当年中原1942年的大灾荒，又谈起抗战胜利后，《前锋报》与河南另一家民营进步报刊《中国时报》合作出版联合版的事，再谈到我们都熟识的地下党员燕凌、宋铮夫妇，他们是我复旦大学新闻系的学长，也是友欣的好友，于是，虽交往不多，但足以敞开心扉交流。

　　友欣在四川文联工作期间，主持创办过《当代文坛》，也主编过《四川文学》。我到四川后，见到四川人民出版社出版的《四川十人小说选》中收有他的小说，又见到他出版的小说集《八月的阳光》。此后，陆续在报刊上见到他的小说、评论、散文，写得都很好。现在，他的文存出版，嘱我写序，难以违命坚辞，只能勉为其难，重读他的部分作品，谈些不成熟的看法，回报厚爱。

友欣同志刻画人物，写景状物，抒情达意均属挥洒自如，得心应手。他是一位优秀的评论家，所以观察事物、揣摩心态、揭示问题，能入木三分，有独到之处。他熟悉农村，题材来自生活，写农村题材，自能生动、真实而贴切。他为人耿直，不爱写花草缠绵、风月悱恻，总去选那些使他有感受、想使人有启发的有关群众利益的人和事，面向农村，关心农民，大处着眼，而不是在咀嚼小小的悲欢，是为一种特色。

他常引证赵树理的话，说："我在生活中遇到一些迫切需要解决的问题而又不是用其他方式可以解决的，这就成了我写作的主题。"他把这当作箴言。所以他认为"应当通过真实而有血肉的对生活的描写，推动群众探索人生的道路……"

他确实是这么做的。

20世纪"四清"运动时，他写的小说《在一个高级农业社里》，曾被激烈批评为"反对农业合作化"，"反党反社会主义"的毒草，这种所谓"批判"当然是十分荒谬可笑的。这在当时实际是一篇值得称道的好小说。小说中的几个主要人物：工作组长王文聪独断专行不民主，主观主义瞎指挥，好心也办坏事；乡长朱青云、队长翁全忠觉悟高，实事求是说真话；王文聪培养的典型"开会专家"林玉英；能发现王文聪强迫命令、脱离群众的县委张书记……这些人物都各有特点，有较鲜明的形象，有代表性。小说反映和提出的问题，当时有普遍性，突出写了建社过程中损害农民利益的问题，难能可贵。如果不是受批判而是受到肯定，那该多好！何况，小说中反映的情况和问题，至今也有现实意义，足见其生命力！

《八月的阳光》这个短篇小说发表后，友欣同志说："它受到的诛语和恶谥……更骇人听闻。"小说表现了对当时农村基层先进典型的思考，意在指出，不应对先进典型和模范人物做夸大、不实的宣传，不应在物质和荣誉上采取尽量给以满足的做法，而应对其有更加严格的要求，不吹捧，不搞特殊化，在政治上给予关心和爱护，才能树立起真正的好典型。对这样一篇人物、故事、主题均好的小说加以鞭挞，当然十分荒唐。今天读这篇小说，见到干部的勤政廉洁，仍会有清风扑面之感，会有启发。缺点是有"左"的痕迹，写地主分子也脸谱化。但这是当时"以阶级斗争为纲"的局限所造成，添点阶级斗争为佐料，自不奇怪。

以上两篇编入集中还有一个好处是"保存真实，立此存照"。因为它们记录了作家本人在为农民创作中所做出的贡献与遭遇的曲折，使今天的读者了解当年农村的情况及那时作家创作的艰难。

我很喜欢曾发表在《人民文学》上的小说《车上的世面》。小说通过一个心灵扭曲了的女性的写真形象，记述描画了一段社会发生变化的风情，有一种某些人物被异化后的尴尬与无奈，短小精悍、干净利落，有点苦涩，有点叹息，颇像一幅世相漫画。看来突梯，实际严肃。

我也喜欢中篇小说《身世蚕眠话今昔》。这个中篇贴近现实，语言风趣，有很强的可读性。写的是改革开放后的1987年，一位原籍河南的离休老干部王子青抚今思昔及他遭遇、见闻到的一些事情的故事。有着愤激的冷静和诙谐，有着令人感动的眷恋故乡及故人的深情，有着怀旧忆往的沧桑，又有对转型时期众生百态的速写和描画，自然而不矫揉造作，集幽默讽刺于一体却不油滑，嬉笑怒骂皆成文章，通过阅读不尽感慨，似可窥见作家可贵的心灵，他的爱憎。

许多年来，友欣同志忙于工作，写作纯粹业余；认真但不高产。近年他身体不好，但还写了一些很好的作品。年来视力下降，恐怕很难动笔了。他过去写作，有如鲁迅先生说的，他是"在挖掘自己的魂灵，要发见心里的眼睛和喉舌，来凝视这世界"。他的小说，都是"有所为而发"，是来自血管的。文存中的小说，有小部分因时过境迁，是并不时髦的，但精神和思想未必过时；有许多至今读来依然令人有所感触，有所思索，有所赞叹。现在结集作为文存出版，对他来说，是一厚本献给过去、纪念过去的书，也是一本留给今天和留给未来的书。读他这些作品时，不由得使我想起他慷慨激昂、风华正茂的青年时代，想起新中国那些热火朝天乘风破浪的峥嵘岁月，想起当年那张了不起的《前锋报》，想起当年那个有名的副刊《燧火》。而眼前就仿佛闪烁着火的光亮，耳边仿佛听到不能忘却的奋力悠扬的战鼓流韵。

今年，友欣兄八十高寿，谨以此序为友欣兄祝寿，并祝文存的出版。

（2004 年 7 月于成都）

# 情浓意美

## ——何映森《放飞感怀》序

认识诗人何映森同志已有好几年了！那时他是《人口》杂志的主编。我们有来往，虽然并不密切，但我却觉得一直离他不远。因为我有个习惯：凡熟识的朋友，送了书，或在报刊上发表了作品，只要可能，我总要读一读。读时就宛若看到作者站在我的面前，与我娓娓谈心。

映森给我的印象是为人朴实、诚恳，执着于文学，勤奋于写作，热心于散文学会的工作。他写诗也写散文。我读过他写的有些哲理小诗，诸如"灵感点燃我心上的灯/我用这灯照亮憧憬"，"雨滴亲吻旱地的嘴唇/用挚爱愈合泥土的伤口"，"人生在写一篇论文/理想提出论点/奉献来作论证"……也读过他写的很好的散文诗，如《童年的梦》。他的散文集《小路悠悠》，我浏览过，为他作序的尹在勤教授，说他的散文"素净乃真"，认为他"力求自然，力争素净"，"总是诚挚地倾吐自己"，我也有同感。尹教授的评点是切合实际的。

现在，映森将他的一本新编好的集子《放飞感怀》送来给我，要我写序。我最近忙，视力也不好，但对于散文，我有偏爱，我仍读了这本集子中的大部分作品，愿意写一点直感回报他对我的信任，并向读者介绍。

我觉得映森有一双善于发现美、寻找美的眼睛。散文应是美文，有这么一双探美的"慧眼"是十分重要的。这本集子中的第一辑"山水有灵"中的十几篇游记散文及第二辑"风物览胜"中的一些篇章寻幽访胜都可一读。因为其中都有他捕捉到的独特美丽景色和场面，都有他对于自己这种发现的感想。他去过的地方，有的我曾涉足，有的我未去过。不论去过或未去过，读时都能津津有味感到鲜活。这是因为他有这么一双眼睛才会有他对见闻的体验。而这样的体验，写出来是五彩斑斓吸引人的。

我觉得映森有一颗热情、诚挚的心。第三辑"深情倾诉"、第五辑"文思心语"及第六辑"逝者如歌"中的散文，读后就有这种感觉。无论是亲情、友情、乡情，他都表达得淋漓感人，因为他有这样的一颗饱含真诚的心，笔下文字自然容易引起读者共鸣。即使是随记随写，但情真意切是发自肺腑的。

映森在这本集子中的《十年树"情"》一文中说："激情是一切作家、诗人都不可缺少的，激情中最可贵的是真情。真情如撞击的火花最能照亮和打动人心。"情是散文的生命，散文应是情文，主张以情取胜，我赞成他的观点，并且看到了他的实践。

我觉得映森是位酷爱文学迷恋写作的人。他业余写作，工作很忙，但写得不少。有的作品看得出是急就章，却也反映出他"见缝插针"的勤奋。搞创作，只有勤奋才能出成果。最近他告诉我：他常常在抽空读书（这当然好！中国有悠久深厚的散文写作传统，经、史、子、集四库中都有极优秀的散文。外国的好散文如今译介过来的也多），以后，如果时间多了，会读得更多，也写得更多，而且还想写长篇。他熟悉农村生活；参军后曾在西藏边防工作过十八年；1986 年转业到成都在城市生活也有十六年了。以他的生活积累、思想水平、文字技巧、刻苦精神来评估，今后他必然会不断有佳作问世。

散文容易显露作者的襟怀、气度及灵魂心路。映淼的作品不猎奇、不虚饰,真实而健康。写作对于他,是一种认知,一种与读者的共鸣。他能感受到什么就写什么,但写出来发表的东西不媚俗,淳朴而不乏味,流畅而不油滑,没有无病呻吟,有一种发自内心的对社会、对民族、对大局的关心和注目。我欣赏这一点。

近年来,散文的繁荣形成中国文坛一大景观。映淼,有写诗的基础,这是一种优势!他现在喜欢写散文,而且常读从古到今的散文大师和名家的作品,向中国的大师和名家也向外国的大师和名家学习。看到过高山大海的人,有利于开阔眼界,懂得什么是高大与广阔,必然会在创作上有"会当临绝顶,一览众山小"之感,从而产生大气的作品,我为他高兴。

文章之道,其道多端;运用之妙,在乎一心。我已年近八十,但是比我更老得多的季羡林先生说过:"写散文虽然不能说是难于上青天,但也决非轻而易行,应当经过一番磨炼,下过一番苦工,才能有所成。"这是名言。对于写散文,我至今仍觉得非我所长,且常在琢磨如何增强现代意识,以超前的眼光来审视生活,以便写出情浓意美且富于前瞻性的精锐散文来。写序至此,愿与努力耕耘、与时俱进的映淼老友共勉之。

(2002 年 6 月于成都浣花居)

# 看这一片春华秋实

## ——闻辅《芳草集》序

我是 1983 年认识闻辅（文甫）老友的，那时他是四川人民出版社文艺编辑室的一位编辑副主任。我们曾工作过一个时期，相处得很好。后来，他调四川教育出版社任副社长去了，虽不常见面，只要发现报刊上有他写的文章，我都要读一读。不过他有许多笔名，有些文章是用我生疏的笔名写的。因此，现在这本厚厚的《芳草集》原稿放在面前时，我不禁一惊：嗬，居然有这么多文章我没有读过！

说是"一惊"，其实并不该吃惊。闻辅是个热爱写作的人，但从事编辑工作近三十年，一直致力于为他人出书。他责任心强，工作认真，想写，每每少的是时间，许多创作计划都搁置了，不少该下笔的好文章都水也似的流逝了。尽管如此，他写得还是很多的，无论顺境、逆境，无论春夏秋冬，只要能抽挤出那么点空隙，他就要"见缝插针"。《芳草集》是一个自选本，内容丰富多样，形式不拘一格，有熬夜笔耕的产物，有带病孜孜的佳作，看得出他对文学的热爱与陶醉，对写作的勤奋与执着。

看到他比十年前显然多了点皱纹，也多了些白发。于是，面对着一位辛勤耕耘者收获来的花朵、果实，想着他那艰辛而喜悦的风采，我不能不带着感情，仔细阅读他这许多带着感情的散文。

行文之自由自在和自然，使他的多视角、多层面、多场景的散文都发自内心，抒情、描叙及议论富于人情味，都平易近人。用自然、平和、朴实、清纯八个字来形容读后的总印象，也许是恰当的。

"山水篇"中的三十多篇游记，在对山山水水的热爱中，流注着清晰的历史意识，景物风情，韵味旖旎。发怀古之幽思、咏时代之美奂。白马秋风的蕴蓄，青城后山的秀丽，鸟岛奇观，邛海横渡……泛现着丰富的遐想与沉思，采撷着古今的感慨与启迪，读来，美丽如画，色调斑斓。作者洋溢着饱满厚实的激情，常使人掀起低回不已的汹涌心潮，仿佛身入其境，能借壮丽的自然山水陶冶襟怀。

坚持从生活出发，扎根于生活，立足于真实人生，"人物篇"中十九篇人物散文给我这种直感。十九篇，写古人，也写今人，以彩墨点染的笔触描绘人生图画，读来有纵横开合之气度，又有沉甸甸的沧桑变迁的感喟。

"书影篇"中二十多篇散文评论，言之有物。闻辅是以一位有高级职称的资深编辑的身份，在捕捉和开掘出版物和影剧的韵味和价值。文中熠熠闪烁着的，是炽热情怀。他有很好的文学修养和丰富的编辑实践经验，在戏剧方面也有较深造诣。书评和影剧评论中发挥了他的所长，反映了他的爱憎与独到的体会。

我看，真诚是这部散文集中的聚光点，也是这部散文集的灵魂。闻辅为人真诚、实在，在我印象中，是个于无声之中自奋自强、廉洁耿介颇为奇崛的人。文如其人，我总觉得这里选集的散文都是感情很真的作品。他在断断地倾吐心声，真诚的情与真诚的思紧密合在一起，既有他生命的剪影，又有他对生活的关切与坦露。因此，这些散文就不乏有一种诚实美。

文学是寂寞、艰难的事业，同时也应该是辉煌的事业。它重在参与，只要有那许许多多矢志不渝热爱文学的人在忘我地迷恋、开拓与开掘，只要人类的精神与心灵的渴念不灭，文学就永远会伴随着人类社会一同蓬勃向前，它不会变成沙漠，更不会消亡。

人间需要真、善、美的求索，每个真正在生活的人应当坚信，生活之树总会带给你一片浓郁的绿色。生活绝不亏待每一个真正投入并奉献过的人。把自己沉淀到丰富的社会生活中去，进入生活和时代的海洋，与群众同呼吸、同忧共乐，生活就会充实。你就不会心河干涸、笔头枯涩，你就会像果农对果树的精心培育，春天时有繁花满树，秋季时有硕果累累。

我很高兴看到有闻辅这样一位热情、正派、优秀勤奋的同行者在潇洒前进！

# 风神潇洒，率性而行

## ——贺祥麟文集《散文随笔卷》序

花了三天时间，津津有味地读完了本卷数十万字的文稿，正是深夜，但心潮依然澎湃，有激动，也有解悟；有喜悦，也有感慨。窗外的雨仍在淅淅沥沥地降落，灯下听雨，与贺祥麟教授交游的一些往事一时又都浮上心头。

那是去年 10 月，我们在贝尔格莱德相逢，一同出席第 34 届国际作家会议。这位眉发银白的老教授给我留下了深刻印象。虽是初相识，他爽直而风趣，极易同人交流。我们似乎很快就成了老朋友。

他英语流利，在会场上戴着"译意风"听各国作家发言，每个发言他都勤奋地用笔在本子上记下内容。他在大会上的发言，题为《时代·作家·文学创作和人文精神》，眼光广泛，内容精辟，谈了 20 世纪的世界文学和当前的中国文学，也谈到要真正与世界各国种种丑恶的现象和社会罪恶斗争，就必须提高各国人民的思想道德水平，加强人文精神教育，据我体会，他讲的人文精神，显然既包括人文主义和人本主义，也包括人道主义。他说：由于历史和社会原因，有的国家强调多元化是可以的，但不管怎样"多元化"，任何一国不能没有"中心"，没有中心的国家就没有凝聚力，而中心中很重要的一条，就是这个国家的传统文化。同我闲谈间，他还说了一个论点：有人认为现代派是反人文主义的，这是极大的误解。实际上现代派优秀作品也是站在人文精神立场，无情揭露现代社会之堕落、哀叹人文精神之式微的……我们没有深入探讨什么问题，但他给我的印象是：思想活跃，博闻强记，有是非感，也有锐气。会议上有诗歌朗诵的安排。他穿一套蓝灰西装打一条红领带，朗诵的是一首爱情诗。白发老人朗诵自己的爱情诗，给人一种浓浓的浪漫主义气质，格外引人注意。朗诵前，他用英语介绍了他的爱情故事，就更使人唏嘘。他说：40 年代末，我在美国求学，爱上了一位中国女留学生。中华人民共和国一成立，我出于对新生祖国之向往，别了女友回到祖国。但后来朝鲜战争爆发，通信中断，一晃数十年。1986 年我应邀去美教书，到处托人打听她的下落，却杳无音讯。有一次，去亚特兰大开学术会议时，特地去拜访她当年的旧居，旧居如昔，人事全非，站在楼下门首，念起旧情、想起旧事，心潮似海，热浪翻滚，写下了这首诗。故事动人心弦，诗很美，感情凝重，最末有"我在等候，我在等候，我在等候……"三个排句。朗诵完，引起听众反响。有的上来握手表示感谢，有的上来问他：后来找到人了吗？他说，找到了！她在加州住，我们通了信，还相约 1987 年我回国前路过加州时去看她。但一位老朋友知道后劝道，她已结婚，你何必要让一位当年如花似玉的妙龄女郎在你眼中变成一个满脸皱纹的老太太，破坏了你当年心目中美好的形象呢？于是，我经过思想斗争，接受了友人的劝告，没有去同她见面。这引起了争论，有同情，也有非议……白发红领带相映的贺教授显然也不禁沉醉在往事中，给我富有人情味的感觉。

　　会议中，我们常有交谈的机会。近年来，有些老年人在一起，爱谈病、谈过去的坎坷、谈牢骚。他这个老头却同我一样，不是绝对不谈那些，爱谈的都是当前的热点、焦点问题，从中国到外国，从文学到社会，从教育到经济……这样，大家共同语言更多。

会议后期，我和他与一批外国作家同去北部诺维萨德、弗尔巴斯等城市访问。在南匈边境美丽的小城松博尔那夜，开完诗朗诵会后，那些外国诗人快乐地喝酒唱歌。到十一点半时，我困倦了，他也想睡。东道主马上以贵宾相待派车送我俩去郊外一处尖顶的古堡睡觉。管事是个五十多岁微秃的人，礼貌地欢迎、接待我们。古堡楼下是华丽的餐厅、大会客室，楼上则是卧室、盥洗室，并不奢侈，却很舒适。原来这里是铁托元帅当年来松博尔狩猎时常住的别墅，现在只偶尔供贵宾寄宿。睡前，我们自然而然谈起了铁托。对铁托的评价，在南斯拉夫有人肯定，有人否定，有人对他一分为二。贺教授既看到铁托当年主政时的失误及他肇下的后遗症，同时也认为铁托无论如何是位民族英雄，除了二战中率游击队痛击法西斯侵略者外，战后几十年能同时无畏地顶住两个超级大国的重大压力，又保持了国家的安定与发展，很不容易。他的见解自然是公正的。

　　会议结束，同贺教授分别那天是 10 月 24 日，我还要去访问黑山共和国，他要经瑞士回国。大家握别，那时距他登机时间已很紧迫，出乎意外地他竟要乘出租车去看望已故的南斯拉夫著名大诗人瓦斯科·波帕的夫人。因为十七年前他在贝尔格莱德时，与波帕夫妇建立了深厚的友谊，听说波帕去世后，夫人生活十分枯寂，热心肠的他就决定挤时间前去看望老友。他看重友情使我敬重。后来听说波帕夫人当天开门见到他时，悲喜交集，双手捂了脸就哭出声来……

　　我同贺教授的友谊就是这样在国外建立的。回国后，我们的友谊不但保持而且竟发展起来。我在成都，未想到他那位九十四岁高龄的老母亲也住在成都。而且他的妹妹贺佩珺大姐竟正巧是我抗战时期在四川江津国立九中时的校友。贺教授不但是位爱国者，1950 年为了新中国毅然离美返国；而且是位孝子，去年 10 月至今，他为了省亲，已来过两次成都。同我谈起老母时，那种人子之爱溢于言表。他两到成都，我们均见面欢谈并畅叙。不但如此，还频频通信。今年春节后，他去国外度假，简直像考察，四个半月间，先在南美智利漫游，又再到美国观光探亲，7月间才经日本东京回来。他眼勤、脑勤，手也勤，一封封信来，每封信上都将见闻描绘得栩栩如生。我不禁想：这人年轻时如果做个记者必定出名！读他的信是一件快乐开心的事，我喜欢同他交朋友。

贺祥麟教授 1921 年生，比我大三岁，西南联大外文系毕业，美国艾莫黎大学文学硕士，美国新英格兰学院名誉文学博士。1950 年回国后，先后任教于广西大学、广西师院和广西师大，曾任民进广西自治区区委会主委、广西自治区政协副主席、中国作协广西分会副主席、中国翻译工作者协会副会长、全国高校外国文学教学研究会副会长、中国外国文学学会常务理事、广西翻译工作者协会会长……曾先后在美国威克森林大学及美国新英格兰学院讲学任客座教授。

有人说过："对一个作家不了解，那只可能看到他作品的一半。"这是我写上面这些的原因。但这句话又可以反过来理解："对一个作家的作品不了解，你也只能看到这个作家的一半。"我读了这卷几十万字的散文随笔，感到对他的了解又加深了不少。他不但学有所长、有所成，而且风神潇洒、率性而行，于是就有下面这些片断的读后感了。

文如其人，是有一定道理的。

他的散文随笔自行其是，言之有物，有的写得有智慧，有的写得有情调，有的有理性和良心的责问，有的给人以知识和新鲜的见闻，有的记下史料，总的来说，都有思想，有见解，有个性。正因如此，读来不但受到吸引，而且不断感到作者热情灼人，能体会到作者学识、见识、阅历、胸怀融化于文章中的人格境界。

他的散文随笔，写得十分真诚。一位对散文很有见地的散文家说过："散文之道无他。写自家的真感受，发他人未曾发的议论而已。"深感受才有真情，真感受才有真议论。他始终以一双锐利的眼关注着天下，关注着过去和今天，眼睛背后的心地广阔得很，以一颗真诚的心，去发现和描写真善美，去批揭假恶丑。感受真切，情愫真诚，观点真实。他的散文随笔并不以舞文弄墨讲究辞藻的华丽为胜，但功力自到，由于发之于心，出之于胸臆，泻之于笔端，朴素自然，每每无雕凿粉饰，无矫情与做作，无匠气，可贵的是一个"真"字，即使信手写来，也实实在在，娓娓袅袅有其自己的独有风格。

他的散文随笔，写得放松和自由，写得通俗有趣，滔滔呵成，丰富复杂也明白如话。笔调从容，心态闲适，读来生动活泼，常常有幽默感妙趣横生，一如听他谈话，决不枯燥乏味，读时使你发出会心的微笑，笔墨情趣，常多回味。

他是一个有炽热信仰、服膺真理和正义的学者和社会活动家，热爱生活，向往美好与光明。关心和感受生命包含的启示，撷取动人心智的人与事，化而为文。虽是老年人，但生活态度积极，一颗心特别年轻，思想决不僵化陈腐，文章里也决不无病呻吟。由于在国内国外飞来飞去，东南西北畅游，如他所说的像个"游牧民族"。行万里路，读万卷书，见多识广，他的散文随笔就是即兴之作，致亲友信，也有生活的咀嚼和心灵的思索，反映的生活丰富多彩，时刻有爱国心的体现。于是，才华可以像鲜花般的开放在纸上，激情能在人生之巅峰喷薄如锦。

贺祥麟教授是研究外国文学和莎士比亚的专家（他只自称是"莎迷"），散文随笔应属他的副产品，但成就可喜。本卷所辑作品，仅从1980年开始至1997年为止，已洋洋大观。质量虽未必篇篇整齐，个别文章中一些看法或提法，看来他保持旧作未做改动，目的不外是反映那个历史阶段的时代烙印及思维，以求其"真"。有的文章不免琐碎，有些一家之言或对人物关系的叙述，即使可以引起议论，也极坦诚，决不世故。完全书生本色，值得尊重。

所以，我愿向读者推荐这厚厚一卷散文随笔。这种推荐并非做广告。我拒绝做广告。今年春天，意外的有家酒的集团要我为他们的酒做个广告，盛情可感，但我说："对不起，我从不喝酒！"干脆拒之于千里之外。但这卷散文随笔值得一读，向读者推荐义不容辞，这倒并不因为贺教授是我的朋友！

是为序。

（1998 年 9 月于成都）

# 《黑色的爱》序

  由于负责出版社工作的原因，前几年我曾不止一次婉谢过别人要我为他的书写序的好意，但现在，我不能谢绝靖一民同志的要求。他的集子《黑色的爱》由中国民间文艺出版社出版了，我为之高兴。我正在病中，医生禁止我用眼动笔，我却宁愿用潦草的字句来写这篇序，因为我的心是诚恳的。

  我在鼎鼎大名的沂蒙山区工作、生活过二十二年，对那里有深厚的感情。在那里，曾陆续看到一批青年作者由崭露头角到出名；从一个地区跃上了全省、全国的文坛。靖一民同志应当就是这中间正在继续努力攀登冲刺的一个。他现在是中国民间文艺家协会、中国当代文学学会会员。听说最近他的名字已被分别收入《中国当代文艺家名人录》及《中国民间文艺家辞典》，对于一个三十岁的青年人来说，他的收获是可喜的。

  记得我同他相识是在1983年的9月底，那时，我要离开临沂地区到四川成都工作了，来送行惜别的朋友很多。一个天高气爽的初秋下午，阳光灿烂，他随别人来看望我。他在文化馆工作，我听说他对民间文学有兴趣，虽在一年前刚开始发表作品，但全国性的《民间文学》上已刊登过他写的故事。他有点拘谨，沉默寡言，带点忧郁，但朴实浑厚的模样给我留下了印象。我感到这可能是个不善辞令但善于实干的青年。当天没谈什么，合摄了一张照片留念，就分别了。

感觉没有错。他确实是个能努力拼搏的人。同我分别以后，他一口气连续发表了几十篇故事。与此同时，还写小说、报告文学。显然，才能是多方面的。他后来是临沂市文化馆"美术、创作股"股长、《沂河文艺》报副主编，工作极忙，但一直没有放弃创作。我们分别以后，倒是通起信来了。他编的《沂河文艺》和写的作品常寄给我。《沂河文艺》编得挺好，版面美观，内容可读。他写的作品常有花果一般的清香和令人耐嚼的人生滋味。我甚至想：如果把靖一民调到出版社来，一定也是个称职的编辑。在临沂时曾听人说：靖一民只上过两年小学，我对这将信将疑，因为我觉得无论从他编的《沂河文艺》看或是写的作品看，都比有些大学毕业的编辑强得多。

我终于对他有了进一步的了解。他那坎坷困危的经历，很像高尔基童年有过的遭遇。我不能不对他产生了同情和兴趣，也使我理解为什么他留给我的印象总是忧郁和沉默。他 1958 年 3 月出生于沭河岸边一个落后的村庄里。那时，父亲已被错划为右派，每月只发十八元生活费，父母被迫离婚。母亲带着他四处流浪乞讨，终于改嫁。1962 年父亲"摘帽"后再婚，将他接了去，但继母并不疼爱他，常常打骂他。父亲不忍，只好送他去莒南县乡下祖父处。他在那里生活了几年后，父亲又把他接回来，可是继母仍旧像从前一样待他。此时，"文革"已开始，父亲为逃避批斗常四处躲藏，家中没了经济收入，继母更不容他，他被迫流落街头。所幸父亲又找到了他，将他送给一位老红军抚养。在老红军家里生活了一年，感受到了人间的温暖，可是继母知道后，又到老红军家吵闹。他只好又回到祖父那里割猪草、放羊，虽然年纪很小，但什么农活都干，只是没能上学（这之前，曾上过两年小学）。那时，他总是问自己问苍天："为什么我是一个多余的人？"甚至常常想到死……

1971 年，他十三周岁，得人帮助到郯城县第二饭店当服务员。他下决心要学文化。每月极少的工资用一半左右买学习用品。学了几年，能读小说、写信了。读的第一本小说是《高玉宝》，高玉宝的命运使苦孩子感动，他开始在日记里写自己的命运，但并没有做文学梦。以后，他又当过商店的营业员、工厂的车工。1974年，结识了一位很有才气的姑娘，她长他四岁，诗写得相当好，多是表现自我感情的。他读了她的诗，被打动了，第一次知道文学的感染力这么强。可不久，姑娘由于出身问题，抗争不了命运的戏弄，自杀了！他躲在一间草棚里哭了一夜，决心学着她的样子写点诗，抒发感情。尽管他并不懂得诗是什么，却觉得人要生活就需要文学，需要诗。1976年，他参了军，被分配到海军北海舰队政治部文化工作站工作。在那里，结识了些作家，才开始做起文学梦来。以后总是学习、写作，坚持不懈，用他自己的话说："写过几百万字，但一个铅字也没见。"不过，经过无数次的失败，他终于挺身走进了文学殿堂之门。

收在这本集子中的作品仅不过是靖一民已发表的一百三十余篇作品中的一部分。虽未必篇篇精萃，有的还不免稚嫩，却不乏真情实感、令人羡慕之作。我不打算对集子里的作品多加评论。选辑在这里，理应让读者来谈读后的感觉与得失。我介绍靖一民的用意是希望让读者看到：人，必须兢兢业业以自己的意志和智慧，用自己的眼泪、汗水甚至整个生命同逆境搏斗，去披荆斩棘开拓现在和未来，去做命运的主人！一个有过苦难生活经历积极向上的青年人，他通过作品所表达的意图和思想感情，无论如何是应当容易引起同龄人的心弦颤动并得到某些启示的。

靖一民自学成才，他是从一块贫瘠的土地上艰苦奋斗成长起来的。他年轻，还有待进一步成熟，前面还有漫长而未必平坦的路，但过去的经验可以昭示：只要思想闪着光，坚持社会主义的创作方向，走创新和继承发展的道路，富于强烈的社会责任感和刚健的美学意识，忠于时代、忠于生活、忠于人民，我相信他会有勇气和耐力继续前进，在横竿面前跳得更高的。靖一民同志过去的经历，对他从事文学创作可能是一笔巨大的财富。他可能会从往昔的难忘记忆中诞生出无此经历的人所无法拥有的好作品来。


（1988 年 7 月 8 日于四川成都）

# 李书敏书法代序

书敏同志：

握手！

我们相识并相交瞬间二十多年了！友谊由浅而深，相知也随之增多。我对您的许多方面均有了一定的认识，而且是极好的认识。现在您的新书将要出版，嘱我写序，我义不容辞，但我觉得就书谈书来写这篇序，不如用这信封来谈我对您的一些总体印象和对您的了解似乎更好。因为"文如其人"，我写出对您的印象和了解及对您的感觉和感情来，可能更实际和理性一些，读者如果对作者增加些了解，对阅读作品也有帮助。如果您同意，就用这封信代序如何？

您是一位名副其实的编辑出版家，敬业称职，不论放在这方面的什么岗位上都能努力踏实地工作。我们相识时您当时是重庆出版社的社长。重庆出版社从那时到现在始终是出版界的一朵奇葩，一座山峰。出版过许多有影响的滋润过无数读者心田、似绵绵书香泽被读者的好书。你是社长，总揽全局，经营管理。你也是编审，有时还亲自做某些书的责编。您重视选题计划，重视联系作品，重视装帧，重视印制与出版，能及时准确地贯彻方针政策、感受社会的脉动，营造葳蕤书林。从与您交往中，使我深深感到您有编辑出版家的文化担当意识，有善待作者之道，有竭诚为读者服务的举措。您卸任后，在重庆市出版工作者协会主管主办的《出版视野》杂志担任执行主编。这本刊物办得极好，是各地版协刊物中的佼佼者，秉承自己的宗旨，坚持自己的品味，不仅信息多，办得新颖活泼，非常大气，而且丰富多彩，信息量大，专业而又有可读性。刊物的栏目众多，有卷首寄语、特别关注、出版要闻、改革探索、综合信息、书刊点评、编读杂谈、出版春秋；有知识走廊、出版扫描、百花园地、协会资料等等栏目。每期封面都美观大方，封二、封三及封底图片、书画、摄影作品（包括插图）都较精彩。可圈可点之处甚多，每期我都必读。我知道这个刊物的编辑人手是较少的，但这个班子的高尚敬业精神是可喜可赞的。为这个刊物付出的心血中，可以看出您的敬业勤政精神，我认为在全国各省市地区办的版协刊物，这《出版视野》应是办得最用心最出色的一本！

您是一位率真豪爽重友情、讲友谊的益友。我有这印象不仅由于您因为我年纪大了，常惦记我，使我感到友情之可贵，例如四川汶川大地震发生后，您就很快来电话询问平安，殷殷关心。更从您对其他人身上同样感到您待人真诚而动感情。例如您对马识途、袁明阮两位老人都常关心。以我的感觉，您并无求于这些老人，只是因为他们德高望重，您对他们有感情才这么做的。更突出的一个例子是我熟识的好友王吉亭与您是知交。他不幸患癌症，于去年8月逝世于成都。您历来与他交往切磋较多。吉亭有学识。为人谦和。在他去世前的7月15日上午，您去重庆江北324医院看望，因当天下午成都要派车来接他回成都就医。分别时，您和他双方都意识到这可能是最后一别。那时，吉亭已不能行走，说话困难。你俩相拥而泣，泪流满面。7月21日，是吉亭的67岁生日，您发一条短信祝他生日快乐，在电话中念给他听："巴山苍苍，蜀水泱泱，君之厚爱，永志不忘。配合医疗，祈早健康，快乐人生，岁月悠长。"吉亭边听边叹息，重复说了两次："书敏，谢谢你！"他去世后，您在电话中通知全国你熟悉的他的好友，包括我在内。您写了悼亡诗："年年岁岁盼吉祥，停笔凝视意惆怅。天总难遂人心愿，痛哭吉亭欲断肠。"外国谚语说："友谊不因死亡而消亡。"又说："观其对友人而知其为人。"我是思索过这两句话的。

您是一位爱读书、善读书、读了书又善于思考的读书人。您将读书看作是生活中不可缺少的部分。有人说："世界实际都是被书籍统治着的。"我认为所说的基本是对的。您读书很多很杂，这可能同您的工作需要有关。您读的都是有益有用的书，读时认真，边读边思索，读书的态度和方法端正而勤于钻研。古人说："读书须知出入法，始当求所得入，终当求所以出，见得亲切，此是入书法，用得透脱，此是出书法。"也见古人说："读书有四要：深入、怀疑、虚心、耐烦。"您读书，所引起的思索的强度很高。读书易，思索难，两者缺一，便都毫无用处。您则读了总是有用。您写的《读书偶得》在刊物上连载时我多数都读了，这就是属于读书心得的结晶。读后引起我不少思索。您虽有文化底蕴，但始终用谦虚的态度进行阅读，还将感受与成果一一写下，写了一本书。我要为您喝彩。同样一本书，读的人不同可以有不同的感受，但只要出自真实的感受，有益于人的感受，这种感受的天地是广阔的，是值得给别人去阅读再感受的。

您是一位书法家，又是摄影家，是作家，广电方面也是行家里手，您对美学、美术有造诣。近年来，我看您的书法作品，能从书法本源着眼，重意、重神、重气韵，入古不泥而新意时出，深为钦佩。您的不少摄影作品，取景如画，妙趣天成，有的摄影作品色调美丽、剪裁得体，有的摄影作品匠心独运，有纪念意义……说您多才多艺，故在于您的热爱生活，有使命感和责任感。这当然也在于您的聪颖与好学，与您的日积月累的大量阅读分不开。

"行者常至，为者常成"。就拿写读书笔记来说，您就写了不少。现在，您的新作放在眼前，我突然又想到了您的为人。您为人忠厚宽容，这本书中也寓含着你的为人待人之道以至于评论世界大事之道。书风墨趣，想到您潜心于在书海里遨游之乐，真为您高兴！

希望读者爱读您的作品，读了有所收获！
紧紧握手

王火

2008 年 8 月 30 日于成都